알파미시

알파미시

Alpamysh

파질 율다시-오글리 구연 | 레프 펜콥스키 채록 · 러시아어 번역 | 최종술, 백승무 옮김 | 이영진 한국어 감수

아시아

일러두기

1. 이 책은 구술가 파질 율다시-오글리의 〈알파미시〉를 레프 펜콥스키가 채록하여 러시아어로 번역한 판본을 우리말로 옮긴 것이다.
2. 이 책은 문화체육관광부 아시아문화중심도시추진단의 '한-중앙아시아 신화 · 설화 · 영웅서 사시 번역 및 출판사업'의 일환으로 (사)아시아문화네트워크가 진행한 조사 · 번역 작업의 결 과물입니다.
3. 이 작품의 공간 배경은 오늘날의 우즈베키스탄을 중심으로 카자흐스탄, 투르크메니스탄, 키르기스스탄 등에 이른다.

〈알파미시〉는 우즈베크 영웅 서사시의 가장 뛰어난 기념비 중 하나이다. 용사 알파미시에 관한 이 고전 설화는 우즈베크 민족이 독립과 통일, 사회적 정의를 위해서 수백 년 동안 벌인 투쟁을 운문과 산문의 혼합 형식으로 표현한 작품이다. 이 작품의 핵심 주인공인 알파미시와 바르친은 불굴의 용기와 강한 의지, 민중에 대한 애정을 공유한 인물이다. 이 작품은 선명한 민족적 색채와 풍부한 묘사 기법과 수단들이 특징이다. 러시아어 판 〈알파미시〉는 구연가 파질 율다시-오글리의 구술을 토대로 레프 펜콥스키가 번역했다.

차례

1부

첫 번째 노래

내 나라 내 땅에서 나는 불쌍한 이방인이 되어버렸구나!

우즈베크 남부 광활한 산악지역에는 16개의 부족을 다스리는 다반비라는 족장이 살고 있었다. 그에게는 알핀비라는 아들이 있었고 알핀비에게는 큰아들 바이부리와 작은 아들 바이사리가 있었다.

동생 바이사리는 약 1만 가구가 거주하는 바이순[1] 지역을 지배했고, 형 바이부리는 콘그라트[2]의 족장이었다.

그러나 이들에게는 자식이 없었다. 어느 날 콘그라트 부족 내에서 큰 연회가 벌어져 바이부리와 바이사리는 함께 잔치에 갔다. 두 사람이 왔는데도 연회에 참석한 장로들은 예전과 달리 밖으로 나와 이들을 마중하지도 않았고, 말고삐도 묶어주지 않았으며, 이 고귀한 형제들에게 안내하는 수행원도 붙여주지 않았다.

---

1 우즈베크 남부의 산악지역. 중앙아시아에서 발원하여 아랄해로 흘러나가는 시르다리야 江이 이 지역을 지나간다.
2 16세기 경 데시트-이-킵차크에 있던 우즈베크 왕조로 유입된 터키어 사용 부족.

형제들은 가볍게 생각했다. '보아하니 이 사람들은 우리가 이렇게 방문할 줄 몰랐나 봐.' 형제들은 손수 자기 말을 말뚝에 묶고 운집한 손님들 사이에 앉았다. 그런데 여전히 어느 누구도 그들에게 예의를 표하지도 않고, 부드러운 짚을 좌석에 깔아주지도 않았다.

플로프[3]를 나눠줄 때도 그들 접시엔 조금밖에 담지 않았고, 그나마 나눠 준 것도 마지막에 남은 찌꺼기 같은 것이었다.

두 형제는 발끈했다.

"우리는 바이순 지역에서 가장 부유한 족장과 열여섯 부족으로 이루어진 콘그라트의 왕이다. 왜 예전처럼 격에 맞는 예를 갖추지 않는 것이냐?"

문턱에 앉아[4] 이죽거리며 이 말을 듣고 있던 한 얼뜨기 도령이 대답했다.

"이봐요, 바이부리, 바이사리! 부나 명예까지 들먹거릴 필요도 없소. 내가 간단하게 답을 주겠소. 이 연회는 후계자가 있는 사람들끼리 각자 비용을 지불하기로 했소이다. 그러니 자식이 없는 족장인 당신 둘은 돈을 낼 수가 없잖습니까? 당신들한테 아들이나 딸이 있습니까? 당신들이 죽는다면, 돈만 보고 달려드는 수많은 후계자들이 생기겠지만 불행하게도 야욕에 눈먼 그 치들은 산 사람도 한 입에 삼켜버릴 만큼 비천한 놈들 일 겁니다. 당신들의 부는 결코 반갑지 않습니다. 그래서 당신들에게 찌꺼기 음식이 돌아가게 된 겁니다."

두 형제는 분노가 치밀었다. 그들은 플로프 값으로 80체르본체프[5]를 던져놓고 자리에서 일어나 집으로 가버렸다.

아내들이 그들의 잠자리를 깔아주었고, 그들은 옷을 벗은 다음 이불을 덮고 누웠다. 각자의 천막에서 형제는 자기 아내를 포옹하며, 하나가 되었다.

---

3 기름에 쌀을 넣고 당근, 쇠고기 등과 함께 익혀 먹는 중앙아시아 전통 요리.
4 우즈베크에서 문턱 자리는 예로부터 불경한 공간으로 취급받았다.
5 러시아의 옛날 금화 단위.

두 형제는 곧 꿈속에 빠져들었다. 기이하게도 두 형제는 똑같은 꿈을 꿨다. 성인이 나타나 아이를 갖게 될 것이라 예언을 해주는 꿈이었다. 그리고 정말로 두 형제의 아내들은 거짓말처럼 임신을 했다.

하루가 흐르고 한 달 두 달이 지나 드디어 아홉 달 아흐레 아홉 시간이 다 지나갔다. 바야흐로 출산의 순간이 다가왔다. 바이사리가 바이부리에게 말했다.

"형님! 혈통의 용맹스러움을 보여줍시다. 사냥하러 갑시다. 혹시 돌아오는 길에 아이가 태어난다면 사람들이 우릴 마중하러 나올 겁니다. 좋은 소식을 전한 대가로 상을 받을 테니 말이죠. 그땐 인색하지 않게 상을 줍시다. 족장답게 한 턱 내자고요."

두 형제가 사냥하러 떠났다가 돌아오는 길에 늙은 산파들이 그들을 축하하며 맞았다. 바이부리에겐 아들 딸 쌍둥이가 태어났고, 바이사리한테는 딸이 태어났다는 소식이었다. 두 족장은 뛸 듯이 기뻤다.

집으로 돌아온 그들은 콘그라트 땅 곳곳으로 전령들을 급파했다. 전령들은 원로 족장들과 신참 족장들, 부족 장로들은 물론 지위 고하를 불문하고 많은 사람들을 축하연에 초청했다.

콘그라트 사람들은 두 형제의 행복을 빌어주기 위해 축하연에 왔다. 족장 형제는 무척 기뻐했고, 적들조차 그들의 기분을 상하게 하지 않았다. 물론 적들은 마음이 편치 않았겠지만, 적의를 꾹 숨긴 채 행복한 두 아비를 축하해주었다.

축하연은 발 디딜 틈조차 없이 성황을 이루었다. 필요한 식자재들을 충분히 마련해놓고 육류 꼬치와 슈르파⁶를 엄청나게 끓여 냈고, 플로프도 많이 준비했다. 40일 동안 밤낮으로 손님들을 맞이하며 축하연을 열었다.

잔치가 끝나갈 무렵 손님들이 돌아가려고 일어서려는 순간, 두 족장은

---

6 고기와 채소를 넣어 끓인 스프.

멀리서 떠돌이 순례자 한 명이 오는 걸 보았다. 순례자는 자신의 열광적인 기도에 도취된 채 알아듣기 어려운 소리를 지껄이면서 입에 거품을 바글바글 물고 연회장으로 다가오고 있었다.

이 광경을 지긋이 지켜보던 두 형제는 바로 이 순례자가 그들의 꿈속에 나타나 아이를 점지하고 이름을 지어주겠다고 약속한 그 성자라는 것을 기억해 냈다. 하지만 사람들은 그 사실을 알 리가 없었다.

두 족장은 자리에서 벌떡 일어나 성자를 맞으러 나갔다. 그들은 성자 앞에 무릎을 꿇고 손에 키스를 했다. 그리고 아주 정중하게 그를 연회장으로 모셨다. 두 족장은 자신들의 세 아이들을 데리고 나와서 바닥에 깐 실내복 위에 눕히고 이들을 성자에게 보여주었다.

성자는 바이부리의 아들을 하킴-베크[7]라 명명한 후 아기의 등을 손으로 살짝 쳤다. 그러자 아이의 등에는 성자의 다섯 손가락 자국, 즉 행운의 흔적이 남았다. 바이부리의 딸에게는 칼디르가치-아임이라는 이름을, 바이사리의 딸에겐 바르친-아이란 이름을 주었다. 그리고는 요람 바로 옆에서 하킴-베크와 바르친-아이를 축복하고 나서 성자는 말했다. "자, 이 둘은 아내와 남편이 될 것이오. 하킴은 위대하고 영광스런 인물이 될 거고 어느 누구도 그의 맞수가 되지 못할 거외다! 아멘!"

하루 이틀이 흘렀고, 한 달 두 달이 지나 아이들이 돌이 되고, 두 살이 되고, 이윽고 셋 다 말을 할 줄 아는 나이가 되었다. 세 살이 되었을 때, 세 아이는 학교에 가게 되었다. 일곱 살이 될 때까지 학교에서 읽고 쓰는 것을 배운 덕에 아이들은 아주 똑똑하게 자랐다.

족장 바이부리는 결심했다. "내 아들은 어른과 견주어도 그 박식함이 뒤지지 않는다. 이미 회교 학자가 될 만큼 충분히 배웠다. 이제 통치술과 군

---

7 베크는 고대 터키에서 씨족장을 가리키는 말이었으나, 중앙아시아 국가에서는 영주의 신분에 대한 명칭으로 변화된다. 19세기 중반 이후 터키와 아제르바이잔에서는 사람을 부르는 존칭어로 사용되기 시작했다. 이후 나오는 바이'도 베크와 비슷한 의미로 사용된다.

사술을 가르쳐야겠다!" 그는 하킴-베크에게 회교 공부를 더 시키지 않았다.

바이사리도 형을 따라서 자신의 딸 바르친-아이를 회교 학교에서 빼내왔다. "학교에 앉아있는 건 더는 의미가 없어. 양젖 짜기를 가르쳐야겠군."

그때가 하킴-베크의 나이 7살이 되던 해였다. 그에겐 할아버지인 알핀비 때부터 내려온, 무게가 14바트만[8]에 달하는 청동 활이 있었다.

7살배기 하킴-베크는 이 청동 활을 들고 활시위를 당겨 곧잘 화살을 날리곤 했다. 화살은 번개처럼 날아가 아스카르 산 정상까지 닿을 기세였다. 그러자 하킴-베크에 대한 찬사가 이어졌다.

"전설 속의 용사가 출현했어!" 사람들은 하킴-베크의 능력에 깜짝 놀랐다. "활의 무게가 14바트만이나 된다구! 장정들도 힘이 부칠 텐데. 도대체 하킴의 힘은 어디서 나오는 걸까? 도통 모르겠군!" 부족 사람들은 환호성을 질렀으나, 이 소문을 들은 적들은 씁쓸해 했다.

콘그라트 전 백성이 모여 결정을 내렸다. "이 세상엔 89명의 용맹스러운 용사, 알프가 있다고 하더이다. 루스템[9]이 그 첫 번째 용사였습니다. 이제 일곱 살 된 우리 하킴-베크도 알프가 될 겁니다. 우리는 곧 그의 공적에 대해서 듣게 될 거예요. 그를 알파미시로 부르도록 합시다!"

이렇게 해서 하킴은 세상에서 가장 영광스러운 90용사들 속에 포함된 알파미시로 다시 태어났다.

어느 날 하킴-베크-알파미시가 앉아서 지혜의 책을 읽고 있었는데, 그

---

8 중앙아시아에서 사용되던 무게 단위. 1바트만은 지역마다 30kg에서 180kg에 이를 정도로 다양하게 계측했다.

9 호라즘 민족 서사시에 나오는 전설적 영웅으로 『샤나메』의 핵심 인물 중 하나. 호라즘은 아랄해의 아무다리야 강 삼각주 지역을 이르는 옛말로서 현재 우즈베키스탄에서 북 카스피해 동쪽 해안에 걸친 일련의 나라들이 이에 해당한다. 『샤나메』는 이란 민족의 통치자들을 기록한 역사서로서, 역사가 피르다우시가 976년~1011년 사이에 집필했다.

내용은 인색함과 너그러움에 관한 것이었다. 바이부리가 아들에게 물었다.

"아들아, 네가 어리석지 않다면 말해보아라. 너그러움이란 누굴 가리키는 것이고, 인색함이란 누굴 가리키는 것이냐?"

알파미시는 일어나 대답했다.

"어느 날 우연히 손님이 방문했다고 가정하겠습니다. 상황이 좋건, 여의치 않건 상관없이 주인에게 방이 있으면 예를 다해 손님을 받아들이고, 돌아갈 때도 정중히 보내드려야지요. 그런 사람을 너그러운 사람이라고 할 수 있습니다. 허나 집에 빈 방이 있고 대접할 음식이 있는데도 손님을 사랑채에 들이지 않고 자리를 권하지 않으며 음식을 제공하지 않는다면, 그런 이는 인색한 사람입니다. 또한 여건이 그리 녹록치 않아도 납세의 의무를 꼼꼼하게 이행하는 자가 있다면 그를 너그러운 영혼을 지닌 이라 할 수 있습니다. 허나 큰 재산이 있음에도 불구하고 조세[10] 납부를 게을리 한다면, 그는 인색한 사람이며 결국 자신의 영혼을 파괴할 것입니다."

족장 바이부리는 깊은 생각에 빠졌다.

'나도 부유한 바이[11]나 또한 콘그라트의 족장 아니더냐. 그러면 나는 누구한테 조세를 납부하지? 나보다 높은 자가 하나도 없지 않느냐. 또 사람들이 내 동생 바이사리를 인색한 사람이라 부르지도 않는단 말씀이야. 그 녀석이 나한테 조세를 내게 해야겠군!'

바이부리는 14명의 가신들을 소집하여 명령했다.

"신복들이여, 내 동생한테 좀 가보시게. 행여나 그가 창피를 당하지 않을까, 행여나 사람들 사이에서 구두쇠 중 구두쇠로 불리지나 않을까, 행여나 인색함에 빠져 자신의 영혼을 파멸시키지나 않을까 걱정되네. 내 동생이

---

10 쟈케트(зякет)라 불리는 세금으로, 이슬람교회에서 부자들 재산 일부를 징수하여 가난한 자를 돕는 데 사용했다. 소유재산 중 1/40을 속죄 헌금이란 명목으로 의무적으로 교회에 납부했다.

11 '부자', 혹은 '부유한'이란 뜻을 지닌 단어인데, 지위와 무관하게 남자 이름에 붙여 존경의 의미로 쓴다. 존경의 의미로는 우리말 '선생'과 비슷하고, 계급의 의미로는 양반과 비슷하다.

모욕을 느끼지 않도록 아주 신중하게 얘기를 전하게. 보잘 것 없는 새끼 양 한 마리라도, 그냥 세금을 내는 척 해달라고 전하시게."

바로 그때 바이사리는 콘그라트 족의 1만 가구 부족민들과 함께 코카미시 호수 인근의 유목 막사에 있었다. 그 지역은 바이사리 부족이 끝없이 펼쳐진 초원에다 가축들을 방목하여 크게 번성한 곳이다.

바이사리는 자신의 벨벳 유르트[12] 안에 앉아 덕망 높은 도령들과 쿠미스[13]를 마시고 있었다. 거나하게 취해 있었고, 흥에 겨웠다. 그에게 바이부리의 가신들이 당도했다. 귀족 자제들이 그들의 말을 묶어주었고 족장의 유르트로 안내했다. 바이사르가 그들에게 자리를 권했다. 가신들은 예를 갖추고 감사를 표한 다음 자리에 앉았다.

바이사리가 물었다. 여정은 어땠는지, 무슨 용건으로 방문했는지. 가신들이 조심스레 바이부리의 말을 전하자 바이사리는 벌컥 화를 냈다.

"아니, 여태까지 우리한테 조세를 거두지 않았잖아. 형님이 너무 거만하게 구시는 거 아냐? 조공으로 날 압박하려 드는군!"

바이사리는 곁에 있던 귀족의 자제들에게 명령했다.

"이 망할 놈들을 포박하라!"

사람들이 가신들을 포박하여 말 위에 거꾸로 앉혔다. 이어 안장에 몸을 묶은 다음 콘그라트로 말들을 쫓아버렸다.

하지만 바이사리는 이런 조치에도 마음이 누그러지지 않았다. 분노가 그를 완전히 사로잡고 말았다. 그는 자신의 1만 가구 부족민들을 집합시키고 정황을 설명한 다음 말했다.

"형제동포들이여, 내게 자문해주시오!"

---

12 중앙아시아 및 몽골지역 유목민들이 잦은 이동생활을 위해서 만든 막사형 주거공간.
13 약 5,500년 전부터 카자크와 몽골 유목민족들이 말의 젖을 발효시켜 마시기 시작한 유산음료.

내 딸 바르친아, 너는 어느덧 어엿한 규수가 되었는데,

정녕 네 행복은 광채를 잃게 되었단 말이냐?

형님이 내게서 조세를 받기로 결정하셨다.

제발 그렇다, 아니다, 라고 대답해다오, 형제동포들이여,

내게 자문해주시오! 어떻게 하면 내 조카 하킴-베크가

바싹 말라버릴 수 있을지! 그 녀석은 너무 영악한 놈이 되어버렸다.

내 딸 바르친아, 그를 영원히 잊어버려라!

그놈이 조세를 받아먹을 규정을 만들었다는구나!

형제동포들이여, 내게 자문해주시오!

난 불행한 놈이오, 어떻게 나를 위로할 수 있겠소 .

내 나라 내 땅에서 나는 불쌍한 이방인이 되어버렸구나!

제 핏줄한테 조세를 받아먹는 형이 어디 있단 말이오.

어떤 나라에도 그런 법은 없었소!

형제동포들이여, 나에게 자문을 해주시오!

마당엔 벌써 가을색이 가득한데

사악한 운명이 내게 슬픔을 쏟아 붓는구나.

한 집에서 태어난 형이 세금을 요구하다니!

내가 왜 형에게 조세를 납부해야 한단 말이오.

그런 규정은 결코 형에게 도움이 되지 않을 거요!

차라리 타국 땅에서 유목을 하라고 쫓아내는 편이 나을 것이오.

거기서 남한테 인두세를 내는 편이 나을 것이오.

형제동포들이여, 나에게 자문을 해주시오!

내가 이 나라의 애송이는 아니지 않소.

나도 이 나라의 족장이고, 또한 이 나라의 통치자이기도 하오.

난 무고하게 고통을 받을 운명인가보오.

하늘의 뜻이라면 난들 어찌 하겠소.

형이란 작자가 내 앞에서 자식 자랑을 떠벌리더이다.

"어찌나 똑똑한지, 그 어린 나이에 말이야."

내가 어찌 바이순의 나라를 떠날 것인가?

허나 이 강도 같은 규칙을 용인할 수도 없는 노릇 아닌가?

형제동포들이여, 나에게 자문을 해주시오!

내 혈육인 형에게 세금을 납부할 것인가,

아니면 차라리 저 칼미크[14] 이국땅에서 유목생활을 할 것인가?

이런 상황에서 어찌 울지 않을 수 있으며 분통해하지 않을 수 있는가!

누가 내 고통을 치료해주시겠소.

형제동포들이여, 나에게 자문을 해주시오!"

 족장 바이사리가 이렇게 읊조렸으나, 대중은 할 말이 없었다. 중요 직책에 있는 점잖은 체 하는 인간들은 꿀 먹은 벙어리 꼴이었다. 야르티바이란 이름의 한 장로가 자리에서 벌떡 일어나 바이사리에게 다음과 같이 말했다.

 '바이사리여, 우리가 어떤 자문을 할 수 있겠습니까?

우리는 바이부리를 교수형에 처하고 싶지 않습니다.

우리가 어떤 자문을 할지는 스스로 잘 알고 있지 않나요?

목마른 사람이 우물을 파세요.

숙고한 대로 실행하십시오.

무슨 결정을 하든 한 가지만은 꼭 확실히 하십시오.

용기를 내서, 운명 지어진 대로 결정하십시오.

14 몽골 계통의 민족으로 17세기 경 볼가강 남부와 북카프카즈 지방으로 이주해왔다.

당신은 자기 땅에서 얼간이가 되어버렸소.

내 말에 화내지 마시오. 충정에서 하는 소리니 말입니다.

당신이 칼미크 왕의 치하로 떠난다면, 우리도 당신을 따라

함께 떠나겠습니다. 땅 끝이든, 바다 너머든.

용기를 내서, 운명 지어진 대로 결정하십시오.

혈육에게 조세를 납부하든, 타인에게 납부하든,

우리가 당신 형제간 불화를 해결할 수는 없소이다.

우리도 좋은 일을 하고 싶지만,

그렇다고 우리가 스스로 교수대로 기어들어갈 수는 없지 않나요.

자문했다가는 우리의 목숨도 위태로울 겁니다.

용기를 내서, 운명 지어진 대로 결정하십시오.

당신은 전 부족민을 소집하여 당신이 옳은지,

바이부리가 옳은지 자문을 구하고 있습니다.

당신 형제들의 불화 때문에 우린 참수를 당할 수도 있어요.

예비로 머리 하나를 더 가지고 있어야 할 판이란 말입니다.

하지만 우리 중 누구도 머리가 둘이 아닙니다.

바이부리가 우리 모두를 죽일 겁니다. 우린 당신에게

자문을 해줄 수가 없습니다, 족장!

칼은 당신 손에 있으니, 원하는 대로 행하세요.

당신의 종인 나 야르티바이가 할 말은 이것입니다.”

바이사리는 야르티바이의 말을 듣고 운집한 대중에게 말했다.

'나 바이사리가 여러분께 다시 말하겠소.

바이사리의 마음은 짓이겨져 고통스럽다오.

내 마음은 분노와 울분의 화염으로 활활 타고 있소.

내 혈육인 형이 조세를 납부하라고 명하다니.

이 바이사리는 비애와 치욕으로 죽은 몸이오.

내 형님께 세금을 내면서

고향 땅에서 치욕적으로 사는 것보다,

자기 땅에서 멍에에 길들여지는 것보다,

차라리 바이순을 뜨는 게 더 낫겠소!

먼 이국땅으로 유목지를 옮기고 싶단 말이오.

차라리 그 추방지에서 평생을 보내고 싶습니다.

이 불공평한 세계가 정말 싫소!

저 산 너머 또 다른 산이 있고,

그 산들 너머엔 칠비르[15] 초원이 있소.

원컨대, 난 거기서 행복한 세계를 찾으려 하오.

차라리 바이순을 뜨는 게 더 낫겠소!

내 고통은 마치 날카로운 칼처럼 아프고,

내 고통은 마치 불타는 모닥불의 화염 같다오.

만약 아침에 둥지를 떠난 행복의 새가

행복으로 모기 한 마리를 덮치고 싶다면,

물론 시무르크[16]에게 그 모기는 산 하나 크기와 같겠지만,

그도 모기 앞에선 일단 머리를 숙여야 하오.

분명, 칼미크의 초원인 칠비르에서

운명은 내게 선을 베풀 것이오.

차라리 바이순을 뜨는 게 더 낫겠소!

---

15 칼미크 왕이 바이사리 부족에게 제공한 유목 초원.

16 엄청난 힘과 크기를 가진 전설의 새. 바이사리는 자신을 거대한 시무르크에 견주고 있다.

아, 박해자 바이부리, 내 형제여!

아무래도 콘그라트는 그에게 비좁은가보오.

분명, 그는 날 쫓아내는 게 기쁠 것이오.

만약 자기 동생을 지옥 같은 곳에 내던진다면,

그는 즐거움을 알지 못하고 홀로 살게 될 거요!

듣자하니, 칼미크에는 부드러운 초원들이 있다고 하더이다.

차라리 그들에게 기꺼이 세금을 지불하겠소.

아마도, 알라신은 거기서도 날 도울 것이오,

결코 형제에겐 조세를 낼 수 없습니다!

이런 종류의 치욕을 견디는 게 무슨 의미가 있겠소?

모두들 알다시피, 신은 내게 아들을 주지 않았소.

형이란 작자가 내 마음의 상처를 후비는구려.

마치 날 조롱할 작정으로 그런 명령을 내린 게 분명하오.

신은 네게 아들의 축복을 내리지 않으셨잖아, 라고 말이오.

만약 형이 아들이 없다고 날 자극했다면,

그건 내 딸조차 모욕하는 행위요.

남 밑에서 빌어먹는 게 내 운명이라면,

차라리 칼미크의 권력 밑으로 들어가는 게 낫습니다.

만약 바이부리의 주둥이가 그리 탐욕스러운 것이었다면,

나 없이 혼자서 실컷 해먹도록 합시다.

차라리 바이순을 뜨는 게 더 나아요!

곧 가을이 올 것이고, 마당엔 낙엽이 들 것이오.

운명을 거스를 수는 없는 법입니다.

바이순이여, 잘 있거라, 내 정든 고향이여, 안녕!

저 앞에는 매정한 이별의 초원이 펼쳐져 있도다.

쓰디쓴 작별의 초원이여, 애끓는 고통의 초원이여!
아스카르 산맥의 정상엔 안개가 깔렸도다.
낯선 이국땅의 광야를 지나가리.
나는 남과도 같은 칼미크 왕을 주군으로 모실 거요.
형제동포들이여, 내가 당신들께 감출 게 뭐 있겠소?
조국 땅에서 내 별빛은 이미 꺼져버렸소.
내 눈에서 눈물이 두 줄기 강물처럼 흘러넘치오.
차라리 바이순을 뜨는 게 더 낫겠소!"

바이사리의 말을 다 듣고서 장로 야르티바이가 답했다.

"이 일순간의 불행이 오래 가리라 생각 마시오,
이 인간적 모욕의 무게가 거대한 업보인 것처럼 생각 마시오.
당신에게 머리가 있는 한,
적지 않은 부를 쌓을 수 있을 것입니다.
괜히 부족민들 때문에 눈물을 흘릴 필요는 없어요.
당신이 칼미크의 칠비르 땅으로 들어가든,
혹은 다른 지역을 선택하든,
유목만이 선이라고 생각한다면,
괜한 걱정의 칼날은 마음에서 뽑아 던지시오.
결코 당신 혼자 집을 버리진 않을 겁니다.
우리가 당신과 함께 길을 떠나겠어요.
당신과 함께라면 어떤 곳이든 좋습니다.
우리의 족장 바이사리여, 이 점을 분명히 이해하세요.
우리 아이들을 데리고 이 세상 여기저기로 유목생활을 하다보면,

자유로운 세상을 만나게 될 겁니다.

그러다보면 우리 아이들도 어른이 된다는 걸 알아두세요!

우리는 죽는 날까지 당신과 함께 살 겁니다.

우리의 화목과 우리의 우정을 소중히 지키면서 말입니다.

바이부리가 무슨 상관인가요, 그 망할 놈!

당신의 형 바이부리는 양심을 잃어버렸어요!

우리를 파괴하려 하다니, 이렇게 말하세요.

"1만 가구가 있었는데, 자, 봐라."

바이순 지역은 텅 비게 될 겁니다. 그러면 한 명의 족장은

탐욕의 대가로 평생 자기 자신을 응징하게 될 것입니다.

마음속에 심장이 아니라 돌덩이가 들어앉을 겁니다!

바이사리 당신과 함께 전 부족민은 떠날 것입니다.

음, 만약 우리와 함께 떠나지 않는 자가 있다면,

그 자는 바이부리 치하에서 파멸할 겁니다.

바이부리는 그 자한테서 모든 가축들을 빼앗을 겁니다.

양도 하나 둘씩 빼앗고, 가축 떼도, 그 새끼들까지.

아아, 매처럼 현명한 우리의 족장 바이사리여, 울지 마세요.

당신은 훨씬 더 높이 비상할 겁니다, 바이사리여!

칙칙한 꿈같은 이 암흑의 날들은 금방 지나갈 겁니다.

바이부리가 무슨 상관인가요, 나가 뒈질 놈!

강도 같은 규정을 도입할 생각을 하다니!

나, 야르티바이가 당신에게 이런 말을 하다니,

당신의 운명이 너무 안타까워 신음 소리가 나오네요.

나, 야르티바이의 신음 소리는 전 부족민의 신음 소리라오.

당신이 떠난다면, 우리 모두는 당신과 함께 떠나겠어요.

아내와 아이들, 노예들, 가축들을 데리고 떠날 겁니다."

장로 야르티바이의 연설은 대중들의 마음을 사로잡았다. 대중들이 외쳤다. "와, 야르티바이 장로의 말이 옳소, 바이부리 족장은 패륜을 저질렀소! 만약 그가 친동생한테서 조세를 거두려고 한다면, 우리한테선 얼마나 많은 세금을 뽑아내려고 혈안이겠소! 우리의 모든 가축을 빼앗을 겁니다! 우리 모두는 바이사리와 함께 유목생활을 하는 게 좋습니다. 바이부리는 사람들이 떠나버린 지역이나 통치하라고 하세요."

이렇게 해서 바이사리의 1만여 유목 가구는 콘그라트의 16개 부족과 결별하게 되었다. 그들은 경작법이라곤 알지도 못하고, 씨를 뿌릴 줄도, 거둘 줄도 모르는 사람들이고, 오직 유목으로 부를 축적한 사람들이었다. 그들은 수많은 가축들을 소유한 자들로서, 4만 마리 정도의 낙타를 소유한 이는 부자 축에도 들지 못할 정도로 부유했다. 그들은 자신들에게 양이 정확히 몇 마리가 있는지 알지 못했고, 그저 양 우리 하나, 양 우리 두 개, 양 우리 열 개 등 우리 수로 양을 셈했다. 말은 이렇게 세었다. "말 한 무리가 이 계곡 숲에서 풀을 먹고 있고, 말 두 무리는 저쪽 계곡 숲에서 풀을 먹고 있구나."

바이사리의 말의 수는 "그에겐 90무리의 말이 있다."라고 표현했다. 셀 수 없이 많은 그의 수말들과 암말들은 산의 구릉이나 호수 근처의 저지대, 코카미시 지역의 푸른 갈대밭 등 90여 개의 계곡 숲에 자유롭게 방목되어 풀을 뜯어먹었다. 다른 종류의 가축들도 헤아릴 수 없을 정도로 많았다.

바이사리 족장과 함께 유목 활동을 하기로 결정한 바이순 지역의 사람들은 노소를 불문하고 모든 유목민들에게 전령을 급파했다. "바이순 지역에서, 코카미시 지역의 모든 계곡 숲에서 우리의 양, 말, 낙타 등 모두를 몰고 나와 저 낯선 땅, 칼미크들의 나라로 가라. 거기서 유목 활동을 할 것이다!"

바이순 지역에 대소동이 벌어졌다. 큰 사람, 작은 사람, 늙은 사람, 젊은 사람 할 것 없이 모두가 "와, 유목지를 옮기자!"라고 서로에게 외치면서 이동하기 시작했다. 모든 바이순 사람들은 각자의 유르트를 해체하고 낙타 등에 실었다. 여자들도 자기의 가재도구들을 꾸러미로 묶고, 세간을 낙타 등에 실었다.

바이사리 족장이 다스리는 1만 가구의 콘그라트 지역 바이순 부족은 일대 소동 후에 "하!"란 외침소리와 함께 그 자리에서 움직이기 시작했다. 바이사리 족장은 하인들에게 가축들을 몰라고 지시한 다음, 살림도구와 재산, 금은보화를 실은 선단은 자기가 영도했다. 그는 훌륭한 보행능력을 지닌 말을 타고 이동했다.

여자들에게도 좋은 말이 지급되었다. 바르친-아이의 어머니는 딸을 위해 갈색 말을 골라 황금 말등자가 달린 황금 안장을 얹은 다음, 황금 말굴레를 씌웠다. 어머니는 말복대도 묶어주고, 안장에는 부드러운 털이 들어간 벨벳 쿠션도 깔아놓은 다음, 그 말을 바르친-아이에게 끌고 갔다. 이런 저런 소음과 외침 소리, 그리고 사람들의 유목지 이동 장면을 보고 있던 바르친-아이는 어머니가 말을 끌고 다가오자 펑펑 울며 말했다.

"왜 내게 갈색 말이 지급되었나요?
무엇 때문에 불행을 쫓아 길을 떠나나요?
전 이미 불길한 종말을 느끼고 있어요!
아버지에게 일어난 일이 도무지 이해가 안 돼요!
고향 땅에서 장미꽃 피듯 청춘을 꽃피웠는데,
이젠 칼미크 사람의 아내가 되란 말인가요?
내 마음의 막사는 불타지 않습니다.
이 막사를 부수지 마세요. 막사를 비울 수 없어요!

장미꽃을 넝쿨에서 너무 일찍 꺾어 내다니!

가을 낙엽처럼 전 노랗게 시들 거예요!

아버지에게 일어난 일이 도통 이해가 안 돼요!

아내란 항상 자신의 남편에게 충절을 지켜야 하지만,

아내는 또한 남편 수하에서 일등 충신이 되어,

남편의 생각을 자기 손안에 움켜쥐고 있어야 합니다.

만약 남편이 사악한 길로 빠지는 결정을 내린다면,

아내가 술책을 마련하고 남편을 깨닫게 하여

바른 길로 돌려놓아야 하는 거 아닌가요?

아버지에게 일어난 일이 도통 이해가 안 돼요!

어머니, 당신의 딸 바르친의 말을 제발 들어주세요!

만약 당신의 딸에게 빨간 장미의 홍조가 들었다면,

마른 사프란[17]처럼 노랗게 질리게 하진 마세요.

아버지에게 일어난 일이 도통 이해가 안 돼요!

어머닌 제게 괜히 말을 챙겨주셨어요.

어머니, 타국으로 날 끌고 가지 마세요!

이 딸년의 저항하는 언사를 용서해주세요.

날 데리고 떠나더라도, 떨구어놓진 마세요.

어머니, 정녕 날 구원할 수 없나요?

어머니가 당신의 딸을 울게 만들었잖아요.

조국 땅을 떠나야 하다니,

정말 고향 땅을 다시 볼 수 없는 건가요?

아버지에게 일어난 일이 도통 이해가 안 돼요!

학교 친구들도 볼 수 없을 것이며,

---

17 외떡잎식물 백합목 붓꽃과의 여러해살이풀.

낯선 사람들 사이에서 살아야 하다니.

그 많은 불행을 우리 모두가 참아내야겠지요!

봄 무렵엔 장미꽃들도 빨갛게 피어날 것이고,

사랑에 취한 나이팅게일들도 노래할 테지만,

나만은 즐거운 노래를 부르지 못할 겁니다.

이 불쌍한 소녀는 쓰디쓴 눈물만 흘리겠지요.

저 낯선 곳, 칼미크의 나라에서 말이에요.

거기에서 저는 제 아름다움을 파묻어버릴 겁니다!

칼미크 인들은 우리가 편안하게 살도록 내버려 두지 않을 거예요.

탄압하고 잔인하게 박해할 겁니다.

당신의 딸은, 아마도, 노예 신세로 전락하겠죠!

어머니, 정말 우리에게 이곳이 더 나쁜가요?

아버지에게 일어난 일이 도통 이해가 안 돼요!

아버지를 설득하세요. 남편의 일등 충신이 되란 말입니다!"

바르친-아이의 어머니는 딸을 위로하면서 다그치기 시작했다.

"오, 바르친, 이 어미를 믿어다오.

아무 이유 없이 심장을 천 갈래 만 갈래로 찢어놓지 마라.

하얀 빛을 보게 되면, 좀 유쾌해지겠지.

여행 도중에 새로운 사실들을 많이 알게 될 거다.

칼미크 사람들은 우리를 마치 손님처럼 맞이할 거야.

세월도 빨리 흘러가겠지. 고향 땅으로도 돌아올 수 있을 게야.

그때가 되면 학교 동창들하고도 같이 놀려무나.

오, 내 아가, 살 생각을 해야지, 결코 죽어선 안 된다!

넌 아직 이 모든 것을 이해할 수 없을 거다.

어린 머리로는 결코 받아들일 수 없겠지.

네 자신을 원망할 일이지, 이 어미를 괴롭히진 말아라!

내 딸아, 마음을 가라앉히고 이 사태를 받아들여라.

너도 아버지의 현명한 뜻에 승복해야 되지 않겠니.

자신의 운명과 당분간은 화해를 하거라.

말에 올라 타다오, 내 날씬한 사이프러스[18]야!

바르친-굴[19], 이 어미가 하는 얘기 잘 들어라.

얘야, 칭찬을 바란다면 원하는 만큼 칭찬을 해주마.

길을 떠날 땐 신부처럼 꾸며주마.

우리의 떠남은 예기치 않은 것이긴 하다만,

너 하나만 고향 땅을 버리고 떠나는 건 아니지 않느냐?

너와 같은 젊은 처자들이 얼마나 많으냐?

그녀들한테도 왜 슬픔과 고통이 없겠느냐?

네 연배 아가씨들을 봐라. 농담하고 노래하고 웃지 않느냐.

왜 그들 중에서 너 하나만 이리 울상을 짓는 것이냐?

우린 결코 사람들과 떨어져서는 안 된다.

아가야, 이 늙은 어미를 불쌍히 여겨다오.

울음을 멈추고, 당장 말에 올라 타거라!

내 초라한 유르트의 불은 결코 꺼지지 않을 것이다.

신이 이 모욕과 비애로부터 널 구원해주실 거야!

뭐든 필요한 게 있으면 나에게 요구해라.

---

18 측백나무과에 속하는 상록 침엽교목. 주로 아시아, 유럽, 북아메리카의 온화한 기후대와 아열대지방에 널리 퍼져 있다. 여기서는 딸 바르친의 애칭으로 사용하고 있다.

19 '굴'이란 호칭은 원래 장미꽃이란 뜻을 가지고 있는데, 여자 이름과 함께 결합하여 '미인'이란 의미로 사용된다.

어떤 변덕도 다 받아주마.

네가 입술 위에 작은 반점을 갖고 싶다면,

내가 네 뺨에 예쁜 자국을 만들어주마, 오, 신의 가호가 있기를!

제발 고집만은 피우지 말거라. 어서 말에 올라타렴.

어휴, 우리 아기 땋은 머리가 풀려버렸네.

머리카락이 물결모양의 비단처럼 풀어졌구나.

내가 네 머리를 빗겨주마.

아가야, 내가 너한테 수수께끼 하나 내보마.

아마, 조금 웃길 게다.

만약 신부의 머리카락 하나하나마다 신랑지참금을 지불해야 한다면,

우리 바르친-아이한테는 신랑지참금을 얼마나 줘야 할까?

이 세상 모든 가축들을 가져와도 모자랄 걸!

네 마음속에 무슨 생각이 있는지, 네 아버지는 잘 모른단다.

내가 아무리 설득을 해도 아버지는 결코 물러서지 않았지.

아버지는 일말의 주저함도 없이 떠날 채비를 하라고 명령하셨단다.

1만 가구의 우리 부족민 전원을

저 낯선 땅에서 유목 활동을 하도록 결정하셨는데,

설마 너 하나만 여기에 남게 하시겠니?

내 아가, 나도 너만큼 힘들다는 걸 알아다오.

어쨌든 넌 저 안장 위에 앉아야 한다!

번뇌로 네 머리가 바짝 마르지 않도록 조심해야 한단다.

1년이든, 2년이든 지나가겠지, 4년이라도 지나가겠지.

그러면 넌 콘그라트로 돌아올 수 있을 게야, 단지 살아만다오!

이 예언은 반드시 적중할 것이다!

넌 빠른 날개를 지닌 한 마리 새였지.

슬픔이 그 가벼운 날개를 상하게 했구나.

넌 날렵한 경주마, 기품 있는 명마였지.

하지만 이젠 말발굽이 닳아 기운이 빠졌구나.

허나 아가야, 지금은 냉정해질 때야.

상심하지도 말고, 울지도 말 것이야. 자, 이제 길을 떠날 때다."

바르친은 바이순의 부족민 전원이 유목 이동을 시작하는 것을 보고 마음을 다잡은 후, 수행원으로 40여명의 또래 하녀들을 선발하여 준마에 올라탔다. 1만 가구 부족민들이 길을 나섰다.

사람들은 더 늑장을 부릴 이유가 없었네.

60마리의 낙타가 지급되고,

그 위에 바르친의 결혼지참물을 얹네.

바이사리는 자신의 위대함을 확인하면서,

이동의식을 수행했다네.

바이사리는 2개의 기마대포를 가지고 있었는데,

유목 이동 개시를 위해 대포발사를 명령했네.

바이사리 사람들이 길을 향해 움직이기 시작했네.

땅은 아주 좋은 상태였고

바이사리의 낙타들은 최선두에 나섰다네.

낙타끼리 올가미로 묶어.

이동하는 무리가 꼬리에 꼬리를 물고 이어지네.

낙타 등에는 짐짝이 실렸는데, 융단과 카펫이었다네.

그 속에는 공단, 벨벳, 무늬비단도 있었다네.

족장 자제들의 재물이 오죽 많았겠는가!
단지 사랑에 빠진 자들의 비애만은 몰아낼 수 없었네.
바르친-아이는 밤낮으로 슬픔에 빠져 길을 가네.
바이사리는 딸의 고통이 얼마나 큰지 알지 못하도다.
안다고 한들, 딸에게 어떤 도움을 줄 수 있겠는가!

몇 날 며칠을 쉬지도 않고 사람들은 이동을 하네.
고향을 잃어버리는 것보다 더 큰 상실이 어디 있겠는가.
그들의 콘그라트 고향 땅은 멀어져만 가네.
칼미크 지역은 아직 멀고
몸과 마음은 지쳐 간다네.
과연 낯선 칼미크 사람들이 그들을 받아들일까?
행여 고통을 향해 긴 여행길을 나선 건 아닐까?
고향 땅엔 이제 주인도 없어라!
얼마나 많은 날 동안 이 초원의 먼지를 따라 가야 하나!
도중에 90개의 산을 넘어야 한다네!
부족민들은 상심에 빠져 생각한다네.
'지금 바이순 땅은 어떨까?' 부족민들이 생각한다네.
'황무지가 되어버렸을까?' 부족민들이 생각한다네.
'저 망할 놈의 푸른 하늘은 교활하고도 삐딱하구나!
자유로운 우리 유목민은 이방인이 될 신세로구나.
우리 우즈베크 사람들은 칼미크의 노예가 되진 않을까?
만약 어떤 사람이 조상의 땅을 버렸다면,
그것은 곧 자기 머리를 스스로 잘라버린 것 아닌가!'
낮엔 이동을 하고, 밤엔 숙영지에 도달하고,

새벽녘에 잠이 들었다가 또다시 아침부터 길을 떠나네.

산을 넘으면 새로운 산이 나타나네.

어휴, 바이부리 족장은 선량함이라곤 알지 못해요!

고향 땅은 멀기도 멀어라!

방랑인의 슬픔은 진실로 크다네.

이방인의 운명은 어디에 있든 쓸쓸한 것!

하지만 이미 그렇게 운명 지어진 것이라면,

칼미크의 나라는 언제, 우리 앞에 나타나주려나?

바르친-아이는 우수에 잠긴 채로 간다네.

시녀들 사이에서 그녀는 간다네.

40여명의 친구들이 그녀와 함께 가는데, 한 여자가 제일 살갑다네.

바르친은 수크수르와 자매처럼 친하다네.

동갑인 그녀에겐 마음을 열어놓는다네.

친구인 그녀와는 둘도 없이 친하구나.

바이들은 새벽부터 석양이 질 때까지 길을 걷네.

말은 안 해도 그들 머릿속엔 딱 한 가지 생각뿐.

"이 모든 것이 탐욕스러운 바이부리 때문에 일어났어!

그 저주받을 놈이 아니었다면,

고향 땅 바이순에서 그냥 귀족처럼 살았으련만,

명망 있는 바이이자 귀족인 우리들이

저 먼 이국땅인 칼미크 지역으로 가야 하다니.

굶주림을 향해 가고 있는 지도, 치욕을 향해 가고 있는 지도 모르지!

세상은 참 불공평하구나!" 바이들은 이렇게 말하네.

"이 세상은 거짓이 지배한다고!" 바이들은 이렇게 말하네.

바이들은 태양 아래서도, 달 아래서도 길을 걷네.

먼지 가득하고 나리새 우거진 초원의 미개척지에서 잘 때면,

꽃이 피고, 코카미시 호수의 파도가 철썩거리는

콘그라트 고향 땅이 꿈에 보이는구나.

그 긴 길을 이동하면서 그들은 이런 생각을 하네.

'그래, 가자. 끝까지 가보자!' 그들은 이런 생각을 하네.

양치기들은 "쿠르하이트!"[20]란 외침과 함께 여기저기를 왔다 갔다 하면서,

셀 수 없이 많은 가축 떼를 몰고 다녔네.

'그래, 저 가축들만 있으면,' 그들은 이런 생각을 하네.

'우린 망하진 않을 거야!' 그들은 이런 생각을 하네.

이렇게 오랜 기간 동안 낯선 땅을 따라 유목 이동을 하면서,

그들은 도중에 가끔씩 울라크[21]를 즐기기도 한다네.

바이들이 알라타크 산맥을 넘어가고 있구나.

이 산에서 저 산으로 넘어가면서,

많은 고개들을 건너가면서,

바이사리와 1만 가구 부족민들은 가축에게 풀을 먹이네.

바이사리가 괜히 머리에 지가[22]를 쓰고 다니는 게 아니야.

자기 종족 내에서 그는 귀족 아닌가!

봄이면 산에 얼마나 많은 백합들이 피는지!

바이사리한테 얼마나 많은 숫양들과 암양들이 있는지!

그의 낙타들과 말들은 셀 수도 없다네.

그가 칼미크의 땅에서 정착하려고 결정을 내린 것.

---

20 가축들을 불러 모을 때 지르는 소리.

21 중앙아시아 유목민족들 사이에서 전해오는 집단경기. 상대편의 염소 거죽을 빼앗아 목표지점까지 먼저 도착하는 경기.

22 남성용 머리장식 위에 달린 타원형 금속 장식품. 보통 보석을 박아 넣고 부엉이 털로 장식한다.

거기로 가는 길은 한 달도 아니고, 두 달도 아니고, 여섯 달이나 걸린다네!

그는 모욕당한 동생이자 방랑객이 되어버렸네.

강압의 면전에서 그는 명예를 잃지 않았다네.

자신의 딸이 형의 며느리가 되는 것도 원하지 않았네.

콘그라트의 바이순을 떠나 다른 곳으로 유목을 떠나버렸네.

그는 자신의 위대함을 드러내는 걸 좋아하기에

관습대로 이동 중에 불꽃을 쏘아댔다네.

90개의 산을 모두 넘었지만

또다시 아득한 광야가 펼쳐지는구나.

도대체 언제까지 이 유목 이동을 계속 해야 하는 걸까!

양치기들이 그들의 양 떼들을 몰고 있다네.

그 무리의 시작은 어디이고 그 끝은 어디일까?

가축 수는 셀 수가 없어요. 다 신의 은덕이죠!

바이들이 외침소리를 듣고 바라보니 소란이 일어났구나.

사람들이 웅성거리기 시작했는데, 보아하니 이유가 있었네.

가축들이 이미 칼미크 지역으로 진입한 것!

초원이 그들 앞에 펼쳐져 있다네. 녹음과 아름다움이 있었네!

아아, 칼미크의 풀은 싱싱하고 무성하구나!

칼미크 초원의 이름은 칠비르-촐이라네.

바로 그 칠비르-촐이 그들 앞에 있는 것!

바이들의 가축 떼 흐름은 끝도 없이 이어지는구나.

칠비르-촐로 첫 번째 가축 떼가 진입했다네.

후미부는 아직 여기까지 6개월이 걸리는 길 위에 있네.

후미 가축 떼는 아직 코카미시 땅을 밟고 있는 것!

그런 가축 때문에 바이순 땅이 욕되진 않는다네.

칼미크의 왕이 인두세를 거둬가도록 하라고요.

그것이 바이사리한테 큰 해가 되는 건 아니지.

자기 형에게 가구당 지불하는 것이야말로 비극이다!

그들에게 가축은 충분하네.

바이들이 자신의 가축들을 인도하면서 길을 가네.

먼지가 높은 창천에 흐르네.

"우리 여행도 끝나가고 있구나."하고 바이들이 말하네.

"낯선 땅을 지나오면서," 바이들이 말하네.

"운명이 우리에게 무엇을 줄 것인가?" 한숨을 쉬며, 그들이 말하네.

"설마 칼미크 인들이 악을 행하진 않겠지.

허나 우리가 콘그라트로 돌아갈 날이 올까?"

바르친-굴은 우수와 슬픔으로 흠뻑 젖어 있구나.

가을 낙엽처럼 그녀는 노랗게 변해버렸다네.

그녀의 꿈-기원은 이뤄지지 않았다오.

비애가 젊은 나이의 그녀에게 쏟아진 거라네!

그녀의 약혼자, 그녀의 하킴은 저 멀리에 있구나!

바르친-아이는 울고 있지만, 사람들은 그걸 알아차리지 못해요.

바이순의 전 유목민들이 반년이나 걸리는

머나먼 길을 가고 있네.

자기 땅을 떠나서 타지로 가네.

칼미크의 땅을 따라, 끝없는 풀밭을 따라 가네.

길가에 있는 목초는 모두 공짜이지.

가축들은 이 진기한 풀들로 포식을 하네.

한 칼미크 인을 만났는데 머리를 설레설레 흔드네.

또 다른 칼미크 인은 넋이 나간 표정으로 그들을 쳐다보네.

곧 정신을 차리더니 울음을 터뜨리고 고함을 치네!

"오오, 이건 풀이 아니라고요. 이건 우리가 키우는 곡초라고요!"

바이들은 밭에서 하는 농경 일에는 무지하다보니

곡물의 싹들을 풀로 착각한 거야!

파란 하늘 때문에 이렇게 된 거라오!

15일 거리나 되는 지역이 황폐해져버렸어!

칼미크의 땅에 괴로운 울음소리와 신음 소리가 울려 퍼지네.

이들은 배고픔으로 고통 받을 판이라,

슬픔에 빠진 채로 이방인들을 쳐다보네.

바이순의 가축 떼 흐름이 이어지는 것과,

자기 땅을 떠나 다른 곳으로 도망 나온 이들을 보고 있다네.

"이 부족은 누구지?"하고 칼미크 인들이 말하네.

"보아하니 명문가인 것 같은데," 그들이 말하네.

"저 사람들 때문에 손실이 크군!" 그들이 말하네.

"오오, 우린 불행한 사람들이구나!" 그들이 말하네.

그들은 심지어 콘그라트에 대해서도 들어보지 못했던 터라네.

　이렇게 90개의 산을 건너, 6개월 내내 이어진 유목 이동을 완료한 바이순 사람들은 칼미크 인들의 나라로 가축들을 옮겨왔고, 자기의 선단들을 이끌고 왔다. 몇몇 바이들은 가축들보다 앞서서 길을 안내했다. 칼미크 땅, 즉 타이차-칸이 지배하는 칠비르 초원으로 들어온 유목민족 바이들은 농경활동에 대해선 무지했기 때문에 곡물이 자라는 것을 본 적이 없었다. 그

래서 곡류를 목초로 착각하고 자신들의 셀 수도 없는 가축들을 파종지에
풀어 놓은 것이었다. 가축들이 칼미크의 곡류들을 마구 짓밟고 짓눌러서,
스스로 무슨 짓을 한 건지 알지도 못한 채 한 나라에 불행을 가져다주었다!
바이들은 칠비르-촐 초원에 둥지를 틀고 아이나-콜 호수 주변에 가축들을
풀어 놨다. 바이순의 가축들은 끊임없이 떼를 지어 들어왔다. 그들은 먼지
를 하늘로 피워 올리며, 마치 무수히 많은 메뚜기 떼처럼 곡류 파종지를 망
치고 있었다. 바이들의 선두 가축 떼들은 이미 한참 전부터 칼미크의 아이
나-콜 호수 주변에서 풀을 뜯고 있었고, 후미 가축 떼는 그제야 그 먼 콘그
라트 땅에서 막 나오고 있었다.

　가축 떼도 무사히 이동을 하고 있고, 바이들도 칠비르 초원의 아이나-콜
호수 주변에서 정착을 한 채 속속 도착하고 있는 자신의 가축 떼에게 풀과
물을 먹였다. 바이들은 유르트를 세우고, 정리정돈을 했다. 자, 여러분들은
이어서 칼미크의 나라에 무슨 일이 벌어졌는지 듣게 될 것이다.

　멀리서 온 바이들이 그들의 파종지를 망쳤다는 사실을 알게 된 칼미크
인들이 타이차-칸에게 달려갔다. 피해를 입은 장로-촌장들 중의 한 사람이
그에게 말했다.

　　"지배자-왕이시여, 청원이 있어서 왔나이다!
　　당신의 종에게 진심어린 관심을 보여주소서, 왕이시여!
　　저는 얼굴이 마치 빨간 사과처럼 생기 있던 사람이었소.
　　그런데 이렇게 바싹 말라버렸고, 근심걱정으로 주름이 졌습니다,
　　나의 칸이여!
　　어떤 불행이 탄탄하고 매끈한 제 몸매를 휘어지게 만들었습니다.
　　저 먼 곳에 살던 한 부족이 우리에게 왔어요.
　　그녀들은 우리가 알아들을 수 없는 말을 사용합니다.

그네들 나라는 투르케스탄이라 불리기도 하고,

바이순-콘그라트라 불리기도 한답니다. 그들의 종교는 코란입죠.

왕이시여, 당신은 그들에 관해서 아는 바가 있습니까?

아마도, 신 앞에서 저는 많은 죄를 범했나 봅니다.

하늘은 천둥번개로 제 귀를 멀게 하셨고,

겁을 주신 다음, 정신을 빼놓으셨습니다.

저 부족이 우리 땅에 눌러 앉기로 결정했습니다!

그들의 가축 수를 세자니 힘도 없고 시간도 모자랄 정도입니다.

이 소식을 당신께 전하고자 서둘러 달려왔습니다.

그들의 가축들이 우리 파종지를 짓밟았다고요!

이는 매의 날개가 부러진 꼴이며,

날쌘 준마의 말발굽이 부러져 절뚝거리는 꼴입니다.

저희가 부유하여 당신이 조세를 거두어 가셨죠.

당신처럼 위대한 왕께서 자기 일에 관해

아무것도 파악하지 못하는 사태는 참을 수 없습니다!

치명적인 기아가 곧 우리를 찾아올 것입니다.

모든 소작일꾼들이 떠나기로 결정했습니다.

우리가 뭘 할 수 있겠습니까? 가족을 뭘로 먹이나요?

멀리서 온 저 부족은 부유하고 집안도 좋아요.

그들의 아녀자들은 미인들입니다.

아이나-콜 주변에 그들 무리가 체류하고 있습니다.

메뚜기 같은 그들의 가축들이 칠비르 땅을 뒤덮고 있어요.

그런데도 당신처럼 위대한 왕이 아무것도 모르고 계시다뇨!

그 가축들이 파종 종자들을 모조리 망가뜨렸습니다.

멀리서 온 저 부족이 우리 땅에 눌러앉아,

우리의 모든 먹을거리를 먹어치운 후에 우리까지도 먹어치울 것입니다!

칼미크는 황폐해졌고, 농민들의 원성은 자자합니다.

그런데도 당신처럼 위대한 왕이 아무것도 모르고 계시다니요!

농민들의 통곡과 울음소리가 제 귀에 울려 퍼집니다.

이 불행 때문에 제 몸이 바싹 말라 쇠약해졌습니다.

만약 밭에 있는 모든 싹들이 망가진다면,

우즈베크와 투르크멘 땅에 어떤 재앙이 있을지 스스로 생각해보십시오!

가을 무렵엔 막사에 종자가 하나도 없을 것이며,

당신의 칼미크 인들이 죽어나가게 될 겁니다, 왕이시여!

신음소리가 온 나라에 퍼질 것이며, 정신은 공황 상태에 빠질 겁니다.

지금 밭에는 이런 불행이 덮쳤습니다!

당신처럼 위대한 왕께서 자기 일에 관해

아무것도 파악하지 못하다니, 이게 어찌된 일입니까!

정말 이 문제를 숙고하셔야 합니다!"

장로는 막사 안에서 왕과 얘기를 나누었네.

왕은 다리를 꽉 누르고 카펫에 앉아 있었고,

은쟁반의 당과를 먹으며 포도주를 마셨네.

그는 마당에서 나는 갑작스러운 소음과 외침 소리를 들었다네.

한 무리의 평민들이 쇠사슬로 만든 문 앞에 서 있던 경비를 밀쳐내고

왕의 마당으로 몰려왔다네.

양치기들과 우즈베크와 투르크멘 지역의 사람들, 기술자들이었다네.

모두 시끄럽게 고함치며 입에 욕설을 담았다네.

왕이 마당으로 나오자 군중들이 흐느끼며 외치는구나.

"우리 모두는, 아마도, 제 명에 죽지 못할 겁니다!

이제 당신의 농민들은 어떻게 연명을 합니까?

우리 모두는 엄청난 공포로 몸을 떨고 있습니다!

당신에게 청원이 있습니다." 그들이 말하네.

"우리는 이삭 하나도 수확하지 못할 겁니다!" 그들이 말하네.

'바이들로부터 피해에 대해 보상받기를 원합니다.

설마 우리들의 손실에 대해 그들을 용서하는 건 아니겠죠?

우린 그런 왕은 거부합니다!" 그들이 이렇게 말하네.

칼미크의 왕은 콧수염을 꼬면서 장로들과 촌장들에게 대답했다.

'나는 다양하게 부를 축적해왔소.

나는 무늬 비단과 벨벳과, 공단을 입고 있소.

이 비단으로 된 터번에는 큰 다이아몬드가 박혀 있소.

난 무서운 사람이오. 엄격하게 당신네한테 물어보리다.

그 바이들은 어디에서 갑자기 우리한테 들어온 거요?

어떻게 이런 피해가 우리나라에서 발생한 거요?

여기에서 사는 게 어떻게 가능하오?

그들은 어느 땅에서 온 거요?

당신들 모두에게 던지는 내 질문은 이러하오.

당신들은 이 질문들에 거침없이 답해야 하오.

정말로 그 불쌍한 사람들을 모욕 받게 할까요?

애 어른 가리지 않고

바이순의 이방인 바이들을 벌하겠소.

그러면 나를 영원히 기억할 겁니다!

누가 그들에게 이곳에서 유목을 하도록 허락했나요?

바이들에게 내 분노를 제대로 보여주겠소.

그들의 행위에 대한 대가로 고문을 명하고,

가장 지위 높은 족장들을 마구 때릴 것이며,

개처럼 사슬에 묶어 지하 감옥에 감금하겠소!

설마 내가 내 농민들의 노동을 중하게 여기지 않겠소?

피해를 입은 모든 사람들은 100배로 보상하겠소.

설마 내가 그런 강도짓을 용인하겠소?

누가 감히 그들이 우리 고향 땅에 접근하는 걸 내버려 뒀소?

내가 공평무사한 법정을 만들리다.

나는 멀리서 온 바이들의 고명한 신분은 고려치 않겠소.

농민들이여, 내가 하는 말을 잘 들으시오.

그 잘난 바이들을 내가 가루로 만들어버리겠소.

그들의 가축 떼로 당신들을 기쁘게 해주겠소.

그들의 가축 떼를 빼앗아 내 충성스런 농민들을 격려하겠소.

농민들이여, 당신의 황제인 나를 믿으시오!

어이, 내 형리들아, 내 간수들아!

너희들은 여자처럼 거기 서서 무엇을 하고 있는가? 어이!

칠비르의 초원으로 달려가게! 말을 타고, 어서!

그곳 사태를 모두 파악해 오너라, 어서!

가장 지위가 높은 바이의 자식들을 골라내라.

가장 부유한 족장과 귀족들을 골라내라.

그들을 포로로 잡아들여서 볼모로 삼아라.

양처럼 그들을 올가미로 묶어

내게 끌고 오라, 오는 길엔 채찍으로 고문을 하거라.

용서에 관한 말은 하면 안 된다!

그들의 코와 귀를 잘라낼 것이다.

그들의 눈을 파내고 영혼을 잡아 찢어놓을 테다.

머리를 잘라 내어서 걸어놓을 테다.

나는 진정으로 내 농민들을 위로할 것이다!

이 버르장머리 없는 우즈베크 바이들을 혼내주겠다!

자기 가축들을 메뚜기 떼처럼 여기로 몰고 오다니.

곡물들을 모조리 망쳐놨어! 내가 어찌 잠자코 있겠느냐!

피해에 대해선 그들에게 일곱 배로 보상받겠다!

나는 위대한 왕이다. 비록 무늬 비단을 입었지만,

왕의 소매를 팔목까지 걷어 올리고,

그들의 그 고상한 피로 옷을 적시겠다!

나의 형리들아! 너희들 모두는 용사들이다!

말에게 보리를 먹여라. 그래, 창포도 섞어줘라!

어서 안장에 올라서 칠비르 초원으로 질풍처럼 달려가거라!

멀리서 온 바이들한테서 기름기를 빼내거라!

그 이방인들을 쫓아낸 다음에 큰 잔치를 열자.

세상 사람들이 한 번도 본 적 없는 성대한 연회를 말이다!

눈이 내려서 유목 선단은 흔적을 남겼을 것이다.

누가 칼미크 농민을 파멸시켰는지 밝혀내라!

나는 죄인들을 무자비하고 사납게 대할 것이다!

내 칼미크 농민이 쓰디쓴 눈물을 흘린 만큼

왕인 나는 평민들을 위로할 것이다!"

왕의 명령에 충실한 오 백여 칼미크 형리들은 대장들을 앞세우고 말에 올라탔고, 우즈베크 이방인들의 야영지인 아이나-콜 호수로 달려갔다. 1만 가구의 사람들이 장난인가! 형리들이 도착해서 1만 가구의 부족원들이 여기저기 터를 잡은 것을 보았다. 그런데 그들 모두가 서로 비슷했다. 우즈베크 사람들 사이에는 어떤 차이도 없었다. 형리들은 우즈베크 사람들 중에서 누가 크고 누가 작은 지 분간해 낼 수가 없었다. 별안간 그들은 펠트로 만들어진 유르트들 사이에서 벨벳으로 만들어진 유르트를 발견했다. 벨벳 유르트의 문지방은 금과 은으로 장식되어 있었다. 이 유르트가 바로 바이사리 족장의 유르트였다. 형리들이 말했다.

"어이, 이 유르트가 화려하군. 하얀 벨벳으로 덮여 있고 금으로 된 문지방이야! 우리 왕의 궁전은 비교가 안 되겠는 걸. 보아하니 여기에 가장 으뜸가는 우즈베크 인이 살고 있을 거야. 이 사람들은 윗사람에게 이런 차이점을 두나보네!"

형리들이 바이사리의 유르트에 접근했다.

"어이, 막 도착한 바이!"

바이사리는 벌떡 일어나 대답했다.

"나 여기 있소이다." 그러고는 유르트 밖으로 나왔다.

형리들이 소리쳤다.

"당신이 여기서 제일 높은 사람이오?"

바이사리가 대답을 하기도 전에 형리들이 말에서 뛰어내려 족장을 사로잡고, 그의 손을 뒤로 묶었다. 바이사리의 머리 위로 형리들의 채찍이 마치 눈보라 속의 눈이나 소낙비처럼 쏟아졌다. 형리들은 족장을 앞으로 떠밀고 채찍질을 하면서, "걸어가, 걸어가!"란 외침과 함께 족장을 밀어냈다. 방금 막 이 나라에 도착하여, 어떤 나쁜 것도 예상치 못했던 족장은 자신의 당당한 위대함을 한 번도 실추시켜본 적이 없었다. 바이사리는 자기의 죄가 무엇인지 도통 알지 못한 채로 그저 이 갑작스러운 폭력행위에 아연실색할 뿐이었다. 족장은 고통과 치욕 때문에 흐느끼기 시작했고 형리들에게 자기를 동정해달라고 애원하면서 다음과 같이 말했다.

'나는 내 나라에서 왕으로서의 근심을 안고 왔소.

이 낯선 타국에서 나는 먼지보다 더 보잘 것 없는 사람이구려!

나는 평화롭게 당신네한테 왔소, 정말 이런 공포는 예상하지 못했소.

그저 새처럼 이곳에 둥지를 틀어야겠군, 하고 생각했소.

나는 오는 도중 내내 알라신께 오직 이 점에 대해서만 기도했소.

원수라도 불행에 빠진 도망자에겐 잠잘 곳을 제공하는 법 아니오?

칼미크의 왕은 불행에 빠진 나의 보루라고 생각했소.

난 보호처를 찾아 왔는데 당신네들에게 박해를 당하는구려!

이게 다 내가 많은 악을 저질렀기 때문이외다!

아아, 불행이 나를 당신네한테 데려다주었구려.

내가 얼마나 힘든지 누가 알아주겠나!

형리 당신들은 이유 없이 이렇게 나를 괴롭히는구려!

채찍으로 나를 때려 내 정신을 빼내다니.

난 늙은이고, 당신들은 힘이 장사요!

날 불쌍히 여겨주오,

형리들이여, 날 불쌍히 여겨주오!

난 보호처를 찾아 왔는데 당신네들에게 박해를 당하는구려!

심지어 원수나 도적들도 이렇게 괴롭히진 않을 거요!

제발 이 늙은이의 머리라도 때리지 마시오,

내 머리는 나한텐 가장 소중하다오!

불쌍히 생각해주시오! 내 목숨은 이미 그리 길지 않소!

난 얼마 전까지 큰 나라를 통치하던 몸이오,

그런데 이젠 잔혹한 당신들의 포로가 되는구려.

뭘로 내가 당신네를 화나게 했소? 뭘로 내가 당신네를 방해한 것이오?

난 당신네한테 나쁜 짓을 할 생각이 전혀 없었소.

아아, 채찍질 할 때마다 너무나 아프다오!

제발 자비를 베푸시오, 난 정말 약하고 늙었소.

보호처를 찾아 왔는데 당신네들에게 박해를 당하는구려!

불행을 피하다가 새로운 불행에 빠졌구나.

그리 떠밀지 마시오, 난 겨우 살아서 걷고 있는걸 아시오.

고통에는 끝이 없고, 치욕에는 정도가 없도다.

내 부족민들이 저기 가네요!

난 평화로운 유랑민 노인이오, 내가 무슨 죄를 진 것이오?

천국을 찾아오듯 당신네한테 왔소, 그런데 살아 생시에 지옥에 떨어졌구려!

아아, 그렇게 무자비하게 때리지 마시오!

난 자신에 대한 어떤 죄도 알지 못하오.

이게 웬 횡포요? 무슨 이런 강도 같은 짓이 다 있소!

제발 간청하오. 내 말을 믿어주시오.

나는 신성한 칼리마[23]를 암송할 수도 있소.

나는 당신네 누구한테도 악을 저지르지 않았소!

도대체 무엇 때문에 날 때리는 거요, 왜 나에게 모욕을 주는 거요?

내 죄가 대체 무엇이오? 도통 이해할 수가 없소!

과연 자기네 집으로 찾아온 손님을 때리는 것이 옳은 거요?

고통을 견딜 힘이 하나도 없소! 제발 그만 하시오, 형리들!

피범벅이 된 내 눈물 줄기가 보이시오?

당신들은 미쳐 날뛰는 늑대 무리들보다 더 잔인하구려!

---

23 칼리마의 원뜻은 말, 혹은 말씀이다. 이 칼리마를 공인하는 것은 이슬람 신앙의 핵심이며, 이슬람을 구성하는 다섯 요소 중 첫째에 해당한다.

아니면 여기 당신들 칼미크의 관습이란 게 원래 이런 거요.

존경받는 방랑자들과 평화로운 늙은이를

멍청한 당나귀처럼 채찍으로 내리치는 게 당신네 관습이란 말이오?

난 보호처를 찾아 왔는데 당신네들에게 박해를 당하는구려!"

바이사리 족장은 오랫동안 울면서 통곡했고, 마침내 형리들이 그에게 이유를 설명해주었다.

바이사리를 때리던 채찍이 너덜너덜해지자,

그제야 형리들은 그에게 말했다네.

"어이, 불행한 늙은이, 그만 울고 조용히 해보시오!

칼로 위협 받는 양처럼 소리치지 마시오.

눈물도 외침도 이 일엔 전혀 도움이 되지 않소.

우리는 칼미크의 무서운 왕이신 타이차가 보내서 왔소.

보낸다는 게 우리 같은 형리들을 보낸 것이오.

무서운 우리의 왕이신 타이차-칸은

분노한 촌장들과 농민들에게 들었소.

저 멀리 떨어진 나라에서 우리 칼미크 지역으로,

듣자하니 바이순-콘그라트인지 뭔지 하는 지역에서,

당신이 셀 수도 없이 많은 가축 선단을 이끌고 왔다는 사실을 말이오.

만약 당신이 여기로 올 때, 왕의 칙령이라도 받아 냈다면,

당신은 우리한테서 고명한 손님으로 대접을 받았을 거요.

당신은 우리 왕의 허락도 없이 당신의 부족민과 당신네의 모든 가축 떼를 여기로 끌고 왔소이다.

그러나 이게 가장 큰 불행은 아니오!

어휴, 당신은 정말 당신이 무슨 짓을 저질렀는지 모른단 말이오?

밭에 있는 곡물을 모조리 짓밟지 않았소.

당신이 곡류 싹을 가축 떼한테 먹이는 바람에,

칼미크의 농민들은 망해버렸소.

그들한테는 씨앗 하나도 남지 않은 겁니다!

나라 전체가 당신 때문에 잿가루로 변해버렸어요.

이제 우리나라는 기아에 직면할 거요!

이것이 바로 당신이 저지른 죄요!

우리의 왕, 타이차-칸은 지금 엄청난 분노에 빠져서,

마치 미쳐 날뛰는 사자처럼 잔인해졌어요.

자기의 불행한 농민들을 불쌍히 여겨서,

우리를 이 칠비르로 급파해, 자초지종을 파악한 후에,

누가 종자를 짓밟았는지 밝혀낸 다음,

당신네 사람들 중에서 가장 높은 지위의 인물을 색출하여,

그를 체포하여 포박한 후, 채찍으로 때리라고 명하셨소.

이것 때문이라는 것을 알아두시오!

만약 우리의 왕께서 직접 명하지 않으셨다면,

왜 우리가 당신을 잡아서 고통을 주겠소?

우린 왕의 형리들이오.

우리가 어찌 그의 명령을 어길 수 있겠소?

보시다시피, 우리의 직업이 이런 것이오!

일단 당신 부족 내에서 당신이 최고 어른이니,

당신이 그들을 대신 해서 고통을 받아야 하오.

울어봤자 소용없소. 형리는 타인의 눈물에 이미 익숙해져 있으니까.

우리한테 화를 내지도 마시오, 늙은이,

우린 그저 말을 그대로 전했을 뿐이오.

형리들의 말이란 우리들 손처럼, 투박하오.

만약 당신이 우리 농민의 곡물을 망가뜨렸다면,

당연히 당신의 운명이 고통스러울 줄 알아야지.

어떻게 곡물과 풀을 구별하지 못할 수가 있어!

우린 그런 인간들은 본 적이 없소!

자, 이제 당신은 우리 왕에게 어떻게 대답하시겠소.

분노한 우리 농민들에게 뭐라 대답하겠소?

이런 일을 용서한다는 게 가능하다고 생각하시오?

미리 당신께 우리가 약속하리라.

당신의 뼈다귀를 모조리 뽑아내야 하오!

타이차-칸은 매우 무서운 분이오, 어떻게 벌 줄 지 아는 사람이오.

아마 그 분은 농민들이 당신을 때리도록 내줄 거요.

당신은 농민들 손에 들어가는 거지.

농민들은 독이 올라 있어요. 보시오, 울라크 경기를 하려고 해요.

당신을 양처럼 갈기갈기 찢으려고 한단 말이오!

경기장에선 눈물도 흘리지 말고, 말도 쓸데없이 하지 마시오.

머리부터든, 다리부터든 죽게 마련이니까.

그 다음 우리 왕이 당신의 시체를 매달라고 명령할 것이오.

가축을 비롯하여 당신의 모든 재산을 빼앗고,

당신네 부족을 우리나라 국경 밖으로 내쫓을 거요.

말이 조금 투박하더라도 용서하시오.

우리가 조금이라도 친절했다면

당신을 마당으로 끌고 나오지도 않았을 거니까!"

바이사리 족장은 형리들의 말을 다 듣고서 다음과 같이 응답했다.

'내 재산 전부와 모든 재물을 바치리다!
금붙이와 은붙이도 바치리다!
내가 직접 그 모든 것을 낙타 등에 실어 보내리다.
재산이 전부 사라지더라도 내가 사는 게 더 낫지!
내 낙타들도 당신들께 드리리다. 양들도 당신들께 드리리다!
나도 내 가축 떼가 얼마나 되는 지 잘 모르오.
무리 단위로 그 수를 셀 수는 있어요.
작은 가축들은 무리 단위로 90무리가 있고
큰 가축 떼는 계곡 숲 단위로 세는 데 익숙합니다.
이 모든 내 말들을 당신들에게 바치겠습니다!
모든 걸 줄 테니, 더는 고통을 참을 수 없소.
그런 죽음을 기다리는 건 너무나 끔찍하오.
당신들께 진실하게 말합니다.
나에게는 머리가 가장 중요합니다.
먼저 내 손을 묶은 이 올가미라도 풀어주시오!
수치심과 고통 때문에 난 먼지라도 물어뜯고 싶은 심정이오!
날 죽이는 게 당신네에게 무슨 이익이 있겠소?
저 무심한 하늘이 나한테 먹을거리 대신 지옥을 들이부었구려!
당신들의 곡류에 대해선 내가 기꺼이 보상하리다.
만약 내 재산과 가축 떼만으로 부족하다면,
나의 마지막 보물을 추가로 드리리다.
내 딸 바르친을 가지시오.
그저 내 새끼가 고아가 되지만 않게 해주시오.

이 세상에 이 아비보다 더 불행한 사람이 어디 있을까?

내가 거지가 되어도 괜찮소. 이 땅에서 살기만 한다면야!

난 내가 이토록 어리석은 사람인 줄은 생각지도 못했소.

마치 맹인처럼 이 세상 물정 하나 모르고,

그저 내 말들과 낙타들, 양들만 키웠다오.

곡류의 씨앗은 한 번도 뿌려본 적이 없었고,

그 곡류가 밭에서 어떻게 자라는 지도 본 적이 없소이다.

곡류를 풀로 잘못 알아,

그 무지 때문에 싹들을 짓밟았는데도,

날 사악한 살인자라 할 수 있겠소?

내 죄에 대해서 내가 먼저 인정하오.

내 모든 재산과 딸을 당신네한테 바치겠소.

단지 내 목숨만은 자비를 베푸시오.

타지에서 죽음이란 백 배나 더 끔찍하오!

내 아둔한 머리는 여러 생각들 때문에 지쳐버렸소.

전지전능한 신께서 내 증인이 되실 거요.

당신네들 앞에서 난 산송장처럼 서 있소

애처로운 눈물이 강물이 되어 흐르고 있소.

형리 양반들, 간청하오니 제발 날 믿으시오.

제발 잔혹한 죽음만은 피하게 해주시오.

괜히 당신 왕의 주의를 끌고 싶지는 않소.

뇌우 같은 왕의 분노가 나를 지나쳐가도록 해주시오.

정말 이 이방인의 눈물로 왕을 감동시킬 수는 없겠소?

차라리 내가 편지로 용서를 구하는 게 나을 듯하오.

탄원서에 모든 이 불행을 서술하리라.”

바이사리의 말을 듣고 형리들은 생각했다.

'이 불쌍한 사람이 하는 말이 옳구나. 저 사람들은 무지로 인해 곡초를 풀로 착각하여 우리의 모든 곡류를 망쳤구나. 이 세상엔 별별 민족들이 다 살고 있군. 이 사람은 진정으로 참회를 하고 있다. 만약 우리가 그를 왕에게 끌고 가면, 그 분은 이 사람 말을 듣지도 않을 것이며, 곧바로 태형에 처할 것이다. 편지로 이 사태에 대해서 서술하도록 해야겠군. 이 사람은 여기서 기다리게 하고, 그 편지를 왕에게 전달한 다음, 모든 것이 잘 해결되도록 해야겠다.'

형리들은 바이사리의 말을 토대로 편지를 작성한 후, 그것을 두 명의 간수를 통해 칼미크의 왕에게 보냈다. 왕은 바이사리 족장의 청원서를 읽고는 기뻐하며 말했다.

'만약 그가 내 보호권 밑으로 들어왔다면, 그를 사형시키는 것이 나한테 무슨 이득이 있겠는가? 그에게 우정을 표하고 살아남게 해주겠다. 그리고 그의 모든 낙타 선단들, 그의 모든 말 떼들, 그의 모든 양들, 그가 축적한 모든 금 등 그의 모든 재산들은 그의 수하에 남겨 두어라. 우리는 그에게서 아무것도 받지 않는다! 그리고 그의 딸도 그의 소유이다. 미인인 그의 딸도 그로부터 빼앗지 않을 것이야! 우리는 그에게 우정과 평화를 선언하며, 그에게 칠비르의 초원을 여름 방목지로 제공하고, 아이나-콜을 가축 식수용으로 제공하노라. 향후 칠 년간 그로부터 조세를 거두지 않을 것이며, 그의 가축 떼 목록 조사도 하지 않을 것이다. 우즈베크 바이들에게 해를 가하는 자와 그들에게 예를 갖추지 않는 자는 참수형에 처할 것이고, 모든 재산을 국고로 환수할 것이다. 알겠느냐?'

왕의 말을 듣고 칼미크의 촌장들이 말했다.

'왕이시여, 그렇게 일을 처리하시다뇨? 이방인들이 빈농과 과부들의 종자들을 짓밟았는데, 당신은 그들을 완전히 용서하시다뇨! 며칠 후에 당신은 농민들에게 세금 납부를 요청하실 겁니다. 그런데 그 돈을 어떻게 마련합니까? 최후의 이불까지 내다 팔란 말입니까?!"

차이타-칸이 대답했다.

"한 해의 시간은 아직 많이 남았소. 수수나 그 비슷한 다른 것을 파종할수 있을 거요. 어떻게든 겨울까지 입에 풀칠을 하시오. 그 대신 당신들한테서 조세를 거두지 않겠소. 사람들에게 그리 전하시오!

타이차-칸은 거짓으로 약속했다. 그들을 속인 것이었다. 칼미크의 왕은배신자였다!

농민들은 왕의 말을 믿고 기뻐하였으며, 황소들을 두 마리씩 묶고 수수와 그 외 곡물을 다시 경작하러 갔다. '모든 수확물은 우리 것이 될 것이다.조세를 납부하지 않아도 된다니 부자가 될 거야!'

우즈베크의 바이들도 매우 기뻐했다. "칠비르의 초원은 매우 광활하고 서늘하다. 목초들도 싱싱하며, 풀도 좋구나, 우리 가축들이 풀을 먹고 번식을하면 훨씬 더 부유하게 될 거야!"

그들은 칼미크의 땅에 정착을 했고 칼미크의 왕의 처분에 아주 만족했다.

두 번째 노래

내게는 가치를 따질 수 없는 선물이 있다네.

타이차-칸의 영역인 칼미크 국에는 수르하일이라는 노파가 살고 있었다. 그녀는 유난히 키가 컸고 일곱 명의 아들이 있었다. 장남의 이름은 코칼다시였고, 나머지는 코카만, 코카시카, 바이카시카, 토이카시카, 코시쿨라크였고, 막내아들 이름은 카라잔이었다. 그들은 모두 무사였다. 칼미크의 왕은 저 멀리 토카이스탄이라는 특별한 동굴 속에서 83명의 다른 칼미크 무사들과 함께 그들을 훈련시켰다. 이 90명의 무사는 모두 뛰어난 기수였으며, 능숙하게 활을 쏘는 특급 사수였다. 그들은 무게가 90바트만이나 나가는 갑옷을 입고 다녔고, 하루에 90마리의 살진 양고기를 먹어치웠으며, 왕으로부터 매달 금화 90투만[24]을 받았다. 그들은 저명한 무사들이었다. 그들은 각자 40명의 하녀들을 소유하고 있었고, 이 하녀들은 이들에게 부드러운 바닥깔개를 깔아주었으며, 무사들이 사냥이나 급습에서 돌아오면 그

---

24 이란의 옛날 금화 명칭.

들의 시중을 들었다.

타국에서 온 우즈베크 바이의 딸인 바르친-아이는 그녀의 미모 때문에 온 나라에 명성이 자자했지만, 그들 중 어느 누구도 그녀를 실제로 본 적이 없었다. 그 당시 바르친-아이는 아가씨의 성숙함이 최고조에 달했고, 그녀의 어깨는 한쪽이 2.6미터나 됐다! 이 우즈베크 미인 아가씨에 대한 소문을 칼미크 무사들도 들었다. 그들은 모여 앉아 그녀를 개인의 소유로 할 것인지, 아니면 모두를 위한 공동 아내로 삼을 것인지에 대해 궁리하면서 떠들어댔다. 무사들은 오랫동안 얘기를 나누고 논쟁을 했지만 쉽게 결정을 내릴 수가 없었다.

그런데 일곱 형제 무사의 어머니인 마귀할멈-수르하일(그녀는 그렇게 불렸다)이 왕한테 가기로 결정했다. 그녀의 많은 아들들이 칼미크의 왕에게 봉사하고 있으니, 왕은 그녀와의 면담을 거부하거나, 그녀의 요청을 거절할 수 없었다.

수르하일 할머니가 타이차-칸에게 말했다.

"내가 일곱 무사들을 폐하를 위해 낳았고,

그들의 영광스러운 업적은 당신도 잘 아실 겁니다.

그래서 당신께 청원코자 이렇게 왔습니다.

이 청원은 아주 사소하고 아주 하잘 것 없는 것입니다!

위대한 왕이시여, 내 말을 들어주소서.

나의 왕이시여, 칠비르-촐에 다녀오도록 허락해주십시오.

우즈베크 사람들을 보고 싶네요.

듣자하니, 그들한테는 재산이 아주 많다던데,

그들이 어떻게 사는지 알고 싶습니다.

그들이 칭찬받을 건 뭔지, 그들이 비난받을 건 뭔지,

당신에게 충성을 다하는지 그들을 시험해보고 싶습니다.

만약 당신이 허락을 해주신다면,

내가 아주 궁색하게 변장하여 그들에게 가겠습니다.

일곱 명의 무사 아들을 낳았으니

저에게 그 정도의 자비는 기대할 권리가 있을 겁니다.

만약 내가 그들로부터 공물을 취한다면,

나는 그 어떤 누구에게도 해악을 저지르지 않을 겁니다.

사람들이 말하길 그들의 가축 떼는 셀 수 없이 많다더군요.

벌은 모든 꽃에서 꿀을 따옵니다.

나도 폐하께 이익을 가져다드리겠습니다.

이런 저런 사람들과 대화를 나눠본 다음,

그들의 마음속에 무슨 꿍꿍이가 있는지 제가 알아보겠습니다.

당신을 칭찬하는지, 혹은 비난을 하는지.

나의 술탄이시여, 그들에게 저 혼자 가진 않겠어요.

세, 네 명 쯤 다른 할망구를 골랐어요.

이런 내 마음을 누가 알아줄까?

나의 왕이시여, 내가 칠비르-촐에 다녀오도록 허락해주십시오!"

칼미크의 왕은 이방인 바이들에게 그들이 원하는 대로 살도록 허락하였다. 하지만 왕조차도 이 사악한 할망구 수르하일과 그녀의 막강한 아들들을 두려워하고 있었다. 어쩔 수 없이 왕은 할망구에게 허락을 할 수밖에 없었다.

'이젠 원하는 것을 모두 얻겠구먼!' 교활한 할망구는 이렇게 생각했다. 집으로 돌아와서 그녀는 친척 중에 자기에게 순종적인 아홉 할망구를 골라 길을 떠났다. 아홉 명의 등 굽은 거지 할망구들이 그녀의 뒤를 따랐다.

수르하일의 막내아들인 무사 카라잔은 이때 13명의 종복들과 말에게 풀을 먹이고 있었다. 그는 어머니가 뒤로 아홉 노인네를 이끌고 칠비르 초원으로 가는 것을 보았다. 카라잔은 생각했다.

'우리 어머니는 정말 교활한 할망구야. 다리라도 확 부러뜨려 놔야 하는 건데! 칠비르 초원으로 가서, 우릴 자기의 의지처라고 떠들어 대면서, 온갖 잡담과 헛소리를 하고 다녀 이방인들을 화나게 할 거야. 어디 가서 죽어버렸으면 좋으련만! 결국 남의 땅에 갔구만! 어휴, 저 양심도 없는 더러운 할망구들! 도대체 바이들의 거주지에서 무슨 짓을 하려는 거지? 우리에겐 수치를 주고, 왕에겐 고통을 줄 거야. 왕께선 이렇게 말하겠지. "저 괴물들의 힘을 과대평가하는 바람에 내가 쓸데없이 저 할망구를 이방인 바이들에게 가도록 놔뒀군. 저 마귀 같은 할망구가 내 모든 일을 그르쳤어."'

카라잔은 어머니에게 다가가서 안부를 물었다.

"신이 어머님께 생명과 부를 하사하길 빕니다!
신이 어머님께 많은 옷을 하사하길 빕니다!
신이 어머님께 아들을 하사하길 빕니다!
아홉 명의 충직한 동행자들이 당신과 함께 길을 가고 있군요.
첫 번째부터 아홉 번째까지 당신들 모두에게
어딜 가든지 신의 가호가 있기를 빕니다!
어머님, 어디 멀리 가십니까?
무엇 때문에 그 노쇠한 두 다리를 아프게 하십니까!
이 카라잔의 말을 들어보시겠습니까.
아마 이 길로 집으로 돌아가실 수 있을 겁니다.
칠비르-촐로 갈 이유가 없어요!
여러 가지 많은 말을 어머니께 할 수는 있지만,

죄를 범할까 봐 입을 조심하겠습니다.

전 쓸데없는 말은 좋아하지 않으니까요.

좋은 말만 하고 싶습니다.

적이 아니라, 자기 어머니에게 하는 말이니까요.

자식이 이런 말 하는 것을 용서해주세요.

단지 이 대화를 장난이라고 여기지만 말아주세요.

칠비르-촐의 우즈베크 사람들한테 뭐하러 가시나요?

멀리서 온 바이들한테서 선물 따위는 기대하지 마세요.

이 길로 집으로 돌아가세요.

어머니와 아홉 분들에게 말씀드립니다.

어머니, 머리가 깨질 필요 있습니까.

전 정말 어머니를 잘 알아요. 어머니는 아주 교활해요.

못된 계략을 꾸미는 일에는 능숙하시죠.

멀리서 온 그 바이들은 건드리지 마세요, 어머니,

뭐하러 그들의 불안감을 고조시키나요.

이 길로 집으로 돌아가세요, 어머니!

어머닌 연로하셔서 죽음을 목전에 두고 있잖아요.

제발 사후의 운명에 대해서 생각 좀 하세요!"

카라잔의 성격을 잘 아는 마귀할멈-수르하일은 그가 화났다는 걸 알고 이렇게 말했다.

"에이, 내 아들아, 괜히 그렇게 열 내지 말거라!

열심히 돌아다니면 다리를 잃어버릴 염려는 없단다.

그녀들 아가씨들은 훌륭하단다, 내 아들아.

난 널 우즈베크 집안의 사위로 들이려고 한단다.

결혼할 아가씨를 만들어놓고, 수건을 씌워준 후[25]에

무사히 집으로 돌아가마.

내 아들아, 내 발길을 돌려놓지 마라.

누가 가장 으뜸가는 바이인지 쭉 둘러보고 알아낸 후,

그들 중에서 최고의 미인을 찾아서,

결혼은 했는지, 성격은 어떤지 탐색한 다음,

너의 아내로 만들어주마!

결혼 승낙을 받아내면, 아들아, 소식을 기다리거라.

그들과 사돈관계를 맺고, 아이들도 쑥쑥 낳는다면,

어쨌든 그게 내 노년의 위로가 아니겠느냐!

평생 종복들과 싸돌아다닐 수는 없지 않느냐.

지금은 혼자 살고 있지만 너도 결혼할 때가 되었다.

날 교활하다고 서둘러 탓하다가

넌 네 행복의 끈마저도 끊어버릴 뻔 했어.

정 알고 싶다면 난 널 위해 가는 거야.

막내아들을 너무나도 사랑해서,

난 정말 그 어떤 나쁜 것도 생각하지 못했단다.

난 내 영혼을 죄로 무겁게 만들고 싶진 않아!

난 널 신랑으로 만드는 걸 꿈꾸어 왔다.

난 네 어미가 아니냐. 너에게 좋은 일을 하고 싶단다.

아무튼 정말로 난 이미 늙었으니,

널 결혼시켜야 할 때가 되었구나, 내 아들아.

나도 이젠 막사에서 손주들을 보고 싶구나!

---

25 여자 머리에 둘러쓴 수건을 신과 남편에 대한 순종으로 간주하는 이슬람의 전통을 말한다.

너에게 우즈베크 아내를 골라주고 싶으니,

그 미모가 너에게 어울리도록 말이다.

넌 우즈베크의 저명한 집안의 사위가 될 거다.

네가 젊은 아내와 나란히 서서 눈웃음치면서

기쁨으로 빛나는 걸 보고 싶구나, 내 아들아!

총각다운 어리석은 생각은 그만 두거라, 내 아들아!"

어머니의 말을 듣고 카라잔은 기분이 좋아졌다.

"아, 어머니 마음속에 그런 것이 있었다면, 성공을 바랍니다! 어서 다녀
와 알려주세요. 전 여기서 기다리고 있을게요."

아들이 동의를 하자 기분이 좋아진 할망구는 칠비르 초원을 향해 허둥지
둥 길을 떠났다.

수르하일은 즐겁게 길을 걸었다네.

적지 않은 나이에도 불구하고,

그녀의 걸음은 빨랐다네!

그녀에 관한 소문이 괜히 났겠는가.

모든 칼미크의 노파들은,

모든 매파들과 모든 산파들은,

그녀 안에 불순한 혼이 있다고 쑥덕거린다네!

할망구가 마귀할멈으로 알려질 만큼

그만큼 교활하고 사악했다네.

아홉 명의 동행 할망구들은

그녀의 친척들이며 추악한 할망구들인데,

그녀를 쫓아 혼신의 힘을 다해 달려갔다네.

하지만 결코 그녀를 따라 잡지는 못했다네.

"차라리 그녀가 뒈지는 게 낫겠어!"

그녀는 호기심이 많고 탐욕과 몰염치로 가득하다네.

"족장이란 작자들은 도대체 어떤 사람들이지?"

"타지방 사람들이지만 그들 딸의 결혼 중신이나 해볼까!"

그녀는 그들의 지참금을 셈해보더니

돈 냄새로 모든 정황을 알아차릴 수 있었다네!

겨우 살아있는 할망구들이 어슬렁어슬렁 걷고 있지만,

수르하일을 따라잡지 못하고 뒤쳐지더니,

수르하일에게 온갖 욕을 다 하네.

"어휴, 악마가 그녀에게 저 키를 줬을 거야!

수르하일의 실내복을 만들려면,

얼마나 많은 실을 뽑아야 할까.

얼마나 큰 면포를 짜야 할까?

저 교활한 할망구를 없애버리려면,

어디서 비슷한 마귀할멈을 찾아야 할 텐데!"

서둘러 바이사리 집으로 가려고

수르하일은 마치 민첩한 낙타처럼,

점점 더 앞으로, 앞으로 내달렸네.

이 교활한 할망구의 다리는 빠르고,

이 간교한 할망구의 생각은 영악했네.

카라잔을 결혼시켜,

바이들과 사돈 맺기를 원한다네.

도대체 바이사리의 유르트는 어디에 있을까?

다른 할망구들은 그녀의 마음속에 무슨 생각이 있는지,

알지를 못하네.

뭐하러 새 녹색 수건을 매듭으로 묶었는지,

알지 못하네.

다른 할망구들은 겨우 걷는데, 마귀할멈-수르하일은

이미 멀리 가버렸네. 옷자락으로 먼지를 쓸면서,

동행들에게 그녀는 이미 보이지도 않는구나!

드디어 그녀 앞에 아이나 호수가 보이네.

수르하일이 바이들의 유목지에 도착했다네.

"당신네 최고 바이는 어디에 살죠?" 그녀가 묻네.

사람들이 그녀에게 바이사리의 막사를 알려주었네.

'바이사리가 부자긴 부자네!' 그녀는 이렇게 생각했네.

바이사리 집에는 아홉 마리의 사나운 개가 있었다네.

키가 크고 호리호리한 할망구를 보자,

개들은 사납고 시끄럽게 짖어댔다네.

마치 짐승에게 달려들듯, 그녀에게 쏜살같이 달려들었고,

그녀를 둘러싸더니 진흙탕 쪽으로 몰아넣네.

마치 그들끼리 작전이라도 짠 것처럼,

사정없이 달라붙어 그녀를 물어뜯었다네.

팔에, 다리에, 가슴에, 엉덩이에 달라붙어, 으르렁거리고 사납게 굴면서,

윗도리 면포를 갈기갈기 찢었다네!

이 할망구가 울부짖는 것 말고 달리 할 수 있는 일이 있겠는가?

그녀는 상처 입은 곰처럼 울부짖는구나!

그녀는 완전히 정신이 나갔다네.

넓적한 바지는 조각조각 찢어지고, 가슴은 훤히 드러났고,

완전히 벌거벗은 꼴이라니!

그래도 개들은 그녀를 이리 저리 몰고 다녔네.

일단 개들의 영역으로 들어간 이상,

울부짖는 것 말고 그녀가 할 수 있는 일이 뭐가 있을까?

그녀는 상처 입은 곰처럼 울부짖었네!

그녀는 오랫동안 울부짖었으나, 아이고,

모든 사람들이 사라져버린 것처럼, 도와줄 이가 없다네.

아니면 이 이방인들의 성격이 원래 그런 걸까?

참으로 잔혹하고, 참으로 무심한 사람들이네.

그녀가 소리쳤지만 아무도 나오지 않다니!

가을이 다가왔으니 꽃들이 시들지 않겠는가?

죽음이 다가왔으니 당신은 삶의 마지막 잔을 끝까지 들이킨 거지!

개들은 날카롭게 짖으며 그녀를 물어뜯고,

그녀는 공포 속에서 비명을 지르며 누워 있었네.

그녀의 영혼의 양초는 겨우 켜져 있었네.

그때 바이의 아내가 유르트에서 나왔네.

한숨소리와 "저리 가! 저리 가란 말이야!"하는 신음소리를 듣고,

깜짝 놀라서, 서둘러 도와주러 갔네.

그제야 개들 사이에 있는 그 할망구를 보고,

"오오, 세상에 저럴 수가!"라고 외쳤네.

할망구는 부끄러워서 죽으려고 했네.

그녀는 이미 완전히 벌거벗겨진 상태였다네! 오, 불행이여!

　개들을 패준 다음, 할망구에게 지금 그녀의 상태에 대해서 알려주고 나서, 안주인은 유르트로 돌아갔다. 여자 옷을 챙겨 가지고 나온 안주인은 할

망구에게 갈아입으라고 주고 그녀를 공손하게 유르트로 데리고 갔다. 바르친-아이는 자기 몸종들과 함께 유르트에 앉아 있었다. 그 노파를 보고 생각했다. '그녀가 누구든 간에, 이곳 사람이 아닌 게 분명해.'

바르친은 자리에서 일어나 손님에게 낮게 고개를 숙인 다음, 그녀에게 예를 표했다. 그 할망구는 바르친을 보자마자 이렇게 생각했다. '미모로 보나 지성으로 보나 우리 카라잔에게 딱 어울리는 훌륭한 아낙이야!'

적지 않은 시간이 지나서야 그곳으로 마귀할멈-수르하일의 동행자들인 아홉 할망구들이 도착했다. 이번에는 그들을 맞으러 사람이 나가서 개들을 단속했고 무사히 유르트 안으로 데리고 왔다. 유르트 여주인인 어머니가 플로프를 만들어 손님들을 대접했다. 이러저러한 대화가 이어졌고, 몇 마디 말들이 오갔다. 마귀할멈-수르하일이 여주인에게 물었다.

"보아하니 당신들은 새끼 양을 삶고 있는 것 같군요?
당신네 예쁜 딸은 자유롭지 않나요?
내가 보니까 여기 아주 훌륭한 꽃이 만개했던데!
내게도 집에 결혼 안 한 아들이 있어요.
만약 신의 도움으로 당신네와 사돈지간이 된다면,
당장이라도 신부 머리에 수건을 묶어줄 텐데.
혼사를 성사시켜놓고, 내가 집으로 돌아간다면
내 사랑하는 아들 무사 카라잔이 무척이나
기뻐할 텐데. 그는 내 막내아들이라오.
당신네 손님으로 오기 위해서, 난 아주 먼 길을 지나왔어요.
다른 민족 사람들을 무척이나 보고 싶었답니다.
당신 딸한테 온 정신이 쏠려서,
덕분에 큰 기쁨을 맛보았지만,

당신네 개들 때문에 너무 혹독하게 고생하는 바람에,

유쾌한 기분이 반이나 달아나버렸어요.

저 당신 딸은 자유로운 몸인가요?

때마침 내 아들놈한테 그녀가 필요하답니다.

바이의 아내여, 내가 하는 말을 잘 들으세요.

내가 보니까 빠를수록 좋겠네요.

내가 큰 마음먹고 이 혼사를 제안합니다.

보아하니 당신 딸은 머리도 땋았고,

보아하니 땋은 머리에다가 장식도 많이 꾸몄고,

내가 그녀 머리에 수건을 묶어주리다!

당신께 해야 할 얘기가 또 있는데요,

카라잔은 당신들의 훌륭한 사위가 될 겁니다.

내 아들이 이 자리에 없어도 당신들이 데려갈 수 있답니다.

그는 우리나라 무사들 중에서도 유명해요.

우리 왕인 타이차-칸이 그를 아주 총애해요.

어느 곳을 가나 그에 관한 좋은 소문들이 끊이질 않죠.

그 녀석 때문에 당신네 집안이 수치심을 가질 일은 없을 겁니다.

그가 아가씨들 마음을 얼마나 설레게 한다고요!

단지 지금까지 그저 총각으로 지내는 것은,

어느 누구의 아름다움도 그 애를 유혹하지 못했기 때문이랍니다.

"이 여자는 나한테 맞지 않아요. 이 여자는 나와 어울리지 않아요!

전 유명한 무사인데다가 베크라구요!"

이 때문에 내가 무척이나 괴롭다니까요.

영원히 총각으로 남지 않아야 할 텐데!

보아하니, 여긴 존경받는 사람이 살고 있어서,

아들 녀석한테 우즈베크 장인이 생기겠구나, 싶었죠!

당신네 딸과 내 아들은 정말 잘 어울립니다.

어서 당신들의 관습을 내게 설명해주세요.

말하려면 시간이 오래 걸리나요?

당신 딸을 주신다면 신랑지참금은 무엇이든 드리리다.

혼사만 성사되면 의심할 것 없습니다.

스스로의 머리를 괜히 혼란스럽게 하지 마세요!

만약 당신이 불행에 빠지면, 친구들이 도우러 오겠죠.

모든 사랑에 빠진 사람들한테 가장 충실한 친구는 밤이죠.

안주인, 내 말에 어떻게 답하시겠소?

당신의 딸 바르친은 내가 보기에 이렇소.

더할 나위 없이 훌륭한 며느리 감이오.

하지만 우리 카라잔도 정말 나쁘지 않아요.

사실을 말하자면, 아들놈은 바르친 때문에 바싹 말랐어요.

그래요, 신만이 사랑에 빠진 그의 한숨소리를 들을 수 있을 겁니다!

카라잔-베크를 위해 딸을 주시오,

그러면 우리는 밤낮으로 기뻐할 겁니다."

할망구의 말을 듣고서 바르친-아이의 어머니가 대답했다.

"지금 우리 집에선 어떤 것도 삶고 있지 않습니다!

우리 예쁜 딸은 자유롭지도 않습니다!

우리 딸은 이미 오래전부터 혼처가 정해져 있습니다.

태어나자마자 백부의 아들과 정혼을 했습니다.

이 백부는 제 남편의 형님 되시는 분이십니다.

제 시숙께서는 바이순-콘그라트 나라의 족장이시죠.

그 분께서는 이미 우리 딸에 대한 신랑지참금을 우리에게 주셨답니다.

당신의 신랑지참금으로 날 유혹하진 마세요!

행여 당신이 나한테 말한 대로 처신한다면,

그 죄를 오래 숨길 수나 있을까요?

콘그라트에 있는 알파미시가 가만히 있겠어요?

만약 알파미시-술탄이 여기로 온다면,

당신네 아들 카라잔도 살아남기 힘들겠죠?

저주 받을 당신 모가지에서 교수형 올가미가 질질 울 겁니다!

아! 늙은 할망구여, 왜 쓸데없이 돌아다니면서,

헛소리를 지껄이느라 하루 종일 앉아 있는 것이오?

당신네 아들들 모두가 다 베크나 귀족인 것은 아닌가 보지요?

사냥매가 까마귀랑 포획물을 나누던가요?

혹은 단순한 무사들한테는 카이사르[26]가 무섭지 않던가요?

혹은 모기가 독수리의 길을 막던가요?

과연 콘그라트 나라로 소식이 날아가지 않을까요?

용맹한 알파미시가 여기로 날아오지 않을까요?

정말 그가 여기서 칼미크 인들을 소탕하지 않을까요?

정말 그가 당신의 그 멍청이 아들을 용서할까요?

이 늙은 할망구여, 정말 수치스럽지 않나요?

여기저기 헤매다가 어디서 누가 플로프를 대접하지 않나 찾아다니고!

당신의 괴짜 아들이 내 장미를 유혹할 거라고요?

가을이 다가와서 정원의 꽃들이 시들었어요.

신이 당신의 이성을 빼앗아버렸군요. 이보다 더 슬픈 일은 없어요!

---

26 로마 정치인 시저를 말한다. 여기서는 무사보다 직위가 높은 용사를 뜻한다.

누가 당신에게 이토록 멍청한 충고를 속삭여줬나요?

알고 싶다면 알려주겠는데, 하킴에 필적할 남자는 아무도 없어요.

이 세상에 그토록 영광스러운 무사는 없답니다!

당신 모두를 멸족시키고, 당신네 흔적을 이 땅에서 싹 지워버릴 인물이죠!

하킴-베크는 열네 살에 이르렀어요!

혹시 알고 싶다면 말해주겠는데, 그는 패배를 모르는 사람입니다.

그가 바로 하킴이란 이름을 가진 내 조카 베크랍니다!

만약 그가 당신의 카라잔과 맞닥뜨리면,

그들 둘에겐 이 세상이 좁아지겠죠.

하지만 당신 아들은 그 앞에서 버틸 수가 없을 겁니다.

당신의 노망난 머리는 어리석기 때문에,

이렇게 말을 해야 합니다!

보아하니, 당신은 사자-알파미시를 모르는 듯하네요!

아직 살아있으니, 당신은 제 갈 길이나 가시죠!

혹시 알고 싶다면 말해주겠는데, 바이순 지역은 아주 부유해요.

번창하는 우리 콘그라트는 최고의 지역입니다!

하킴-베크의 말은 진짜 날개가 있고,

하킴-베크의 시선은 사냥매 같으며,

그 손에 있는 칼은 다이아몬드보다 단단해요!

그는 태생이 콘그라트 출신이고, 학식이 높으며,

태어나자마자 내 딸과 함께 공부했죠.

그는 당신 나라에선 왕이 될 겁니다.

이 불쾌한 할망구여, 여기서 사라지세요!

만약 여기서 우리 부족민이 박해당한다면,

우리의 신음 소리가 그에게까지 날아가지 못할 것 같나요?

그가 당신네를 끝장내버릴 겁니다!

그가 자기 신부를 보고 기뻐하지 않을 것 같나요?

자기 신부를 콘그라트로 데리고 가지 않을 것 같나요?

그녀와의 결혼 생활을 알지 못할 것 같나요?

당신이 정말 분별력 있는 할망구라면,

당신은 좀 더 처신을 바르게 할 수 없었나요?

좋은 말로 할 테니, 몸 성할 때 꺼지시오!"

수르하일은 여주인에게 다음과 같이 대답했다.

"당신은 그 어리석은 말을 부끄러워해야 할 거요.

스스로 생각해보시오. 그 약혼남이 어디 쓸모가 있다는 거요.

반년 동안 초원길 위에서 뭘 했단 말이오?

생각해봐요. 그가 여기로 그렇게 날아왔소?

생각해봐요. 그가 오면 살아서 무사할 것 같소?

그가 우리 무사들 전부를 무찌를 거라고요?

그가 오면, 후회할 겁니다!

당신은 내 말을 농담으로 간주하지 마시오.

오랜 숙고로 영혼을 고달프게 하지 마세요.

그냥 당신의 딸 바르친을 내 며느리로 주시오.

난 그녀를 꼭 며느리 삼고 싶어요!

내 아들을 당신네 사위로 받아주시오!

만약 받아주지 않으면, 그 녀석 때문에 당신들에겐 편할 날이 없을 것이오!

그가 자신의 욕망을 성사시킬 수 없는 사람 같소?

생각해보세요. 내 아들이 말을 타지 않을까요?

바르친을 자기 아내로 생각하지 않을 것 같소?

생각해보세요. 그가 당신네한테 혼자서 올 것 같소?

그는 당신들을 공격하러 열세 명의 부하들을 데리고 올 거라고요.

당신의 딸, 우즈베크 아가씨를 강제로 데리고 갈 겁니다!"

안주인인 바르친-아이의 어머니가 할망구에게 말했다.

"산 정상에서는 눈이 녹을 것이고,

땅에 있는 적들의 시체는 계속 해서 썩을 거요!

당신의 병신 같은 아들 카라잔-베크도 뒈질 거요!

내가 하고 싶은 말을 잘 들으시오.

당신의 아들은 내 딸을 결코 데려가지 못할 거요!

내 말에 언짢아하지는 마시오,

내 앞에서 아들 자랑을 하려고 들지 마시오,

이 교활한 할망구야, 어서 뒈져버려라!"

바르친의 어머니는 화가 나서 할망구에게 이렇게 말했다네.

이 모든 것을 바르친-아이가 듣고 있었네.

"싸우지들 마세요!" 그녀가 그들에게 말하네.

"부끄럽지도 않으세요!" 그녀가 그들에게 말하네.

바이의 아내와 카라잔의 어머니가 말다툼을 하다가,

말다툼이 심해져, 주먹을 쥐기 시작하네.

다른 손님 할망구들이 그들을 떼어놓기 시작했다네.

결국 할망구들이 그들을 떼어놓았다. 손을 씻게 하고, 식탁보를 깔게 했다. 플로프 세 접시를 올려 열 명의 여자들 앞에 놓았는데 한 접시에 네 명이 먹어야 했다. 안주인에게 몹시 화가 난 카라잔의 어머니는 쌀 알곡 두 개를 집어 입에 넣었다. 아홉 할망구들은 알곡을 한 번에 한 개 이상 먹는 걸 두려워했다. 마귀할멈-수르하일이 그들의 모가지를 비틀어 죽여버릴 것이기 때문이었다. 세 접시에는 스무 개보다 적은 알곡이 남았다.

"됐습니다. 우린 실컷 먹었어요." 손님들이 플로프가 있는 접시들을 돌려 주며 말했다. 손님들은 접시를 치우고 나서 손바닥으로 얼굴을 문지르면서 나갔다. 카라잔의 어머니는 자기 동행들을 기다려주지도 않고 온 힘을 다해 앞으로 달려 나갔다. 아홉 할망구들은 그녀를 시야에서 놓치지 않으려고, 다음과 같이 외치면서 절뚝절뚝 따라 갔다.

"알라신이여, 저 할망구를 데려가 어디서 뒈지게 해주십시오! 그 병신 같은 자기 아들을 결혼시키려고 작정했는데, 안 좋은 때에 왔으니! 한바탕 싸움을 벌이려면 플로프라도 먹고 나서 붙든지! 그런데 이 바이들은 부유하게 살고 있어요! 만약 이 사악한 할망구 없이 우리끼리 왔다면, 여기서 저녁으로 샤블랴[27]를 대접 받을 수 있었을 텐데, 우릴 나쁘지 않게 영접했을 텐데. 어휴, 정말 유감이네. 플로프도 전부 남기고 왔으니! 싸움판을 벌이지 않나, 다 먹지도 못하게 하질 않나! 한 입 먹을 때마다 알곡을 두 개씩 집어넣으니, 사람들이 모두 저 할망구 죽기를 바라지. 알라신이여, 제발 저 할망구를 우리한테서 떼어가세요! 다음번엔 저 할망구 빼놓고 우리끼리 오자고."

수르하일은 저 멀리 앞질러 갔다. 카라잔이 내내 길을 바라보며 그녀를 기다리고 있었다. 그녀가 오는 게 보였다.

카라잔이 그녀에게 물었다.

"어이, 어머니, 안녕하세요? 암여우처럼 오셨나요, 암늑대처럼 오셨나

---

27 쌀에 고기, 양파, 버터, 당근 등을 넣어 볶은 음식. 재료나 제조법에 있어서 플로프와 비슷하나 버터 가 훨씬 많이 들어가, 좀 더 고급음식으로 취급된다.

요?"[28]

어머니가 그에게 대답했다.

"어이, 아들아, 이걸 잘 기억해 두거라. 어딜 가더라도, 어딜 어슬렁거리더라도, 난 암여우가 아니라, 암늑대처럼 돌아올 것이야! 내가 널 결혼시키겠다는 말 기억하고 있지? 내가 입은 이 새 옷 봐. 사돈 될 이가 나한테 새 옷을 선물하셨단다."

카라잔이 말했다.

"우리 어머니, 역시 대단한데요! 나한테 우즈베크 아가씨를 신부로 잡아주셨군요! 그들이 신부에게 새 면포 옷을 기꺼이 입히려고 하는군요! 자, 어머니, 어떻게 암늑대가 되었나요. 얘기 좀 해주세요!"

할망구는 아들에게 일이 어떻게 되었는지 얘기하기 시작했다.

"아들아, 내가 시간을 헛되이 보내진 않았단다.

내가 그 멀리서 온 바이들의 거주지에 도착했을 때

바이사리 족장한테는 손님들이 와 있더구나.

유르트도 정말 멋졌어!

아가씨도 환상이었지.

마치 꽃송이처럼 순수하고,

정혼자가 없는 상태더구나!

그리 공손할 수가 없었어요.

모두들 그녀 때문에 기가 죽더라고!

정확히 40명의 아가씨들이

시중을 들려고 함께 있더라.

28 여기서 여우는 간교하고 비겁한 속성을 상징하는 반면, 늑대는 당당하고 의연한 속성을 상징한다. 우즈베크 민족의 전통적 토템의 흔적으로서, 암늑대처럼 온다는 말은 성공을 하여 당당하게 귀환하는 것을 암시한다.

바르친은 40명의 친구들 속에서

마치 달처럼 있더라.

이 세상에 그녀 머리보다 더 곱슬거리는

머리는 찾을 수 없을 거야!

긴 댕기머리를 땋고 있더구나.

목소리도 들어보기 힘든 그런 것이었어!

두 눈이 다이아몬드처럼 반짝거려서

심장이 광채 때문에 곧바로 녹아내릴 것 같았어!

그녀가 입은 옷도 우리들은 본 적이 없는 거야.

가늘고, 줄무늬가 있고, 비싼 공단을 사용했어!

그런데 소매가 과도하게 좁더라고!

그녀는 아주 성숙한 처자의 나이더라고.

바이사리의 딸은 정확히 그런 여자였어.

내가 물었지. "당신네 딸은 혼처가 없나요?

내 아들 카라잔을 결혼시키고 싶은데,

신부를 주시면 신랑지참금을 두둑이 내리다."

안주인에게 꼬치꼬치 캐물어서,

내가 알고 싶어 하는 것을 모두 알아냈단다.

어휴, 아들아, 내가 땀을 적지 않게 흘렸단다!

그 아가씨는 아직 자유롭더라. 확실해, 아들아!

신부에게 혼인 허락을 하고 수건을 씌워준 다음,

난 네게 혼신을 다하여 달려왔단다.

하지만 그네들한테는 이런 관습이 있더라.

혼사가 성사되면 바로 그날 예비신랑이 다녀간다고 하네.

내 아들아, 지금 당장 예비신부한테 달려가야 한다.

내일은 늦을 거야. 이유가 백 가지도 더 생길 테니

내일이면 바르친이 거절할 지도 몰라!

바르친한테는 수크수르란 이름의 여자 친구가 있더라.

모든 걸 나한테 눈짓으로 알려줬지. 아주 영악하게 실눈을 뜨더라고!

이렇게 속삭이는 거야. "우즈베크의 혼인 관습은 이래요.

예비신랑이 너무 부끄러워해선 안 됩니다."

나머지 사람들한테서도 똑같은 말을 들었단다.

"중요한 것은 예비신랑이 우물쭈물 해선 안돼요."

너의 신부가 어떤 여자인지 잘 기억해라.

이름은 바르친-아이, 땋은 머리를 하고 있다.

오늘은 벨벳 유르트에서 널 기다리고 있단다.

노래와 웃음, 즐거움이 있는 기쁨의 막사이지.

마음이 울적해도 거기에 가면 곧바로 사라지지.

그 사십 명의 여자 친구들도 좋더라.

진심으로 널 기쁘게 해줄 거야.

내 아들아, 네 수하들을 이끌고, 서둘러 가거라.

스스로 행복의 별빛을 꺼버리지 마라.

넌 불행해지지 말고, 그림자 속으로도 가지 마라.

소심함과 불안감을 네 속에서 꺼내 버려라.

단지 거친 말만은 내뱉지 말 거라.

벨벳 유르트에는 바이사리 족장이 살고 있다.

이 부적을 가지고 길을 가거라, 카라잔아.

네가 사랑할 여인은 별들 가운데 있는 달과도 같다.

불손하지도 말 것이며, 너무 순박하지도 말거라.

중요한 것은 말을 세게 때려 서둘러 가는 거야!

총각 신세를 오늘 끝내거라!"

어머니의 얘기를 들은 카라잔이 말했다.

"어머니! 이상한 말씀을 하시네요. 방금 우즈베크 아가씨한테 수건만 씌워줬다고 하셨잖아요. 그런데 내가 예비신부 앞에 곧바로 나타나는 것이 예의 바른 건가요? 남자의 체면을 깎는 거 아닌가요? 사람들 앞에서 웃음거리가 되는 거 아닌가요?"

하지만 어머니는 그에게 재차 반복했다.

"에이! 우즈베크의 관습이 그러하고, 그들의 법칙이 그러하단다. 내가 설마 제 자식 얼굴에 먹칠을 할까보냐? 지나치게 주저하는 자는 여자를 놓치게 되어 있어!" 수르하일 할망구는 그렇게 말하고 나서 가던 길을 갔다.

카라잔은 자신의 마부들한테 말을 돌렸다.

"너희들 몇몇은 이 세상을 두루 다녔고, 몇몇은 이미 신부를 얻었고, 지금은 한 집에서 살고 있다. 아마도 너희들은 우즈베크의 풍습을 알고 있겠지? 나는 우즈베크 집안의 예비신랑이 되었다. 내가 거기로 가야 하는데, 그래 곤란하게 됐지. 신랑이 그네들 집으로 방문할 때 어떻게 옷을 입어야 하는지 모르겠네. 아마도 너희들 중 누가 나에게 가르쳐줄 수 있겠지?"

카라잔의 마부들이 말했다.

"와! 축제일과 축제일 무렵에 우즈베크 신랑을 본 적이 있어요. 멋지게 입었던데요. 머리에는 터번을 썼어요. 여자들이 그에게 소리쳤어요. "새 신랑, 새 신랑!" 그리고 그에 대한 대가로 신랑한테서 돈을 받더라고요."

마부의 말에 카라잔은 우즈베크 식으로 성장을 하기로 결심했다. 그는 자신의 칼미크 모피 모자를 벗어던지고 새 옷을 입었으며, 머리에도 터번을 감았다. 그런데 터번은 아무리 해도 동그랗고 멋있게 모양이 나오지 않고 사방으로 돌출하여 우즈베크 인들이 하고 다니는 것과는 전혀 다르게 되었다. 카라잔은 한 번도 터번을 써본 적이 없어서 그것을 머리에 감는 게 쉽지 않았다.

"에잇, 우즈베크 식으로 멋있게 되지 않는구나!"

"우리가 직접 당신의 여행 차비를 해주겠습니다." 마부들이 말했다.

그들은 무사 카라잔을 말 위에 앉히고, 구십 바트만짜리 철제 갑옷을 그에게 입힌 후, 열네 마리 말의 말고삐를 쥐고 그것을 혁대 대신에 무사의 몸에 단단히 감았고, 카라잔을 안장 위에 똑바로 앉혔다. 사마르칸트의 높다란 회교사원 첨탑처럼 꼿꼿한 카라잔은 자신의 열세 명의 종복들의 호위를 받으며 신부에게로 출발했다.

무사 카라잔이 길을 나섰네.

칼미크의 거인이자 예비신랑인

카라잔은 칠비르 초원으로 가고 있네.

친위대의 호위를 받고,

어머니의 말에 꼬임을 당해,

아가씨 생각으로 공상에 잠겼다네.

그는 늘 혼자서 다녔고, 혼자서 휴식을 취했네.

그는 미인의 남편이 될 거라네.

게다가 우즈베크 족장의 사위가 되는 거라네!

"어이, 나의 말이여, 준마여, 늑장 피우지 마라.

아이나-콜 호수로 새처럼 달려가라.

부드러운 사이프러스가 날 기다리고 있단다.

난 넋을 잃고 신부를 보겠지!"

용감한 준마인 그의 말은

빠르게 질주하며 도중에 콧김을 뿜기도 하네.

등에 태운 사람에게 도움이 되고 싶어 하네.

힘이 넘치는 그 기수는

마치 싸움 잘하는 매처럼 앉아 있다네.

아직 미녀를 보지 못했기 때문에,

미망의 꿈을 간직한 채,

견딜 수 없이 안절부절 하면서 달려가네.

아이나-콜 호수에 다 왔나, 아니면 아직 멀었나.

예비신부가 그에게 소중한 만큼,

예비신랑은 그 길이 멀기만 하구나!

아이나-콜 호수는 파랗게 변하기 시작했고,

호숫가는 녹음이 무성했다네.

카라잔은 마치 용처럼 간다네.

모든 우즈베크 사람들은 당황스러워하네.

"저게 누군가, 우리한테 왜 왔을까?

정말 거대한 용사구나!

저런 용사는 본 적도 없는데!"

칼미크의 수염을 자랑스럽게 꼬면서,

준마를 전속력으로 몰면서,

평범한 유르트들은 쳐다보지도 않고,

카라잔이 그들 사이를 지나가네.

바이사리의 벨벳 유르트를 향해

오만한 예비신랑이 가네.

유르트로 곧장 다가간다네.

유르트로 그의 종복들도 간다네.

어머니의 약속을 기억하면서,

자신의 수하들에게 뭔가를 속삭이고,

치밀어 오른 격정 때문에 눈을 가늘게 뜨네.

그는 자기가 입고 있는 빨간 비단 천에

필적할 것은 없다고 생각한다네!

한편 유르트에 있는 바르친-아이는

스스로 예비신랑이라 호칭하는 그에 관해서는

아무것도 모르고 있네.

열네 명의 말 탄 남자들이 도착해서 기다리고 있다네.

바르친은 왜 나와보지 않는 걸까?

모욕을 당할 이유는 없는 거니까!

우즈베크의 아가씨들이 나와 서 있지만,

말을 잡아 주진 않는구나.

공허한 무관심으로 그들을 바라보면서,

예를 표하려 하지 않네.

그는 제때에 그녀한테 도착했다네.

충직한 말에 채찍을 가하면서,

먼 길을 오느라 정말 지쳤네!

그런데 이런 식으로 예비신랑을 맞아도 되는 건가?

카라잔은 마음이 몹시 상했다네.

이런 무례함이 아무렇지도 않단 말인가!

아마도, 이 모든 일이 속임수일지도 모르지.

아마도, 아무도 그를 기다리지 않았는지도 모르지.

장난이라면 너무 고약하지 않나?

어머니를 신뢰할 수 있을까?

거짓이면 어머니를 참살시켜버릴 거야!

보아하니, 어머니 꿈에 며느리가 나타난 게야!

아가씨들은 하하거리면서 웃는구나!

그는 이미 정신을 잃기 시작했다네.

"난 즐겁게 사는 걸 꿈꾸었어요.

바이 집안과 혼사 맺는 걸 꿈꾸었어요.

바르친와 결혼하는 걸 꿈꾸었어요.

하지만 내 신부는 날 기다리지도 않았네요!"

정말 당황스러운 만남이고,

마귀할망구에 의해서,

자기 어머니의 장난에 의해서 바보 취급받게 됐네.

카라잔이 말 머리를 돌리는구나.

카라잔은 돌아오면서 깊이 생각했다. '신부는 우릴 보지 못했고, 그 말은 아가씨들이 우리가 누군지 아직 모르고 있다는 걸 뜻한다.' 그는 이렇게 자신을 위로했고, 오랫동안 바이사리의 유르트 주변을 배회했다. 카라잔은 매우 마음이 아팠다. 그는 외진 곳으로 가서, 말에서 내려 자기 종복들에게 이렇게 말했다.

"날 좀 풀어다오. 숨을 쉴 수가 없구나. 너희들이 내 허리를 너무 단단하게 묶었어. 어휴, 심술궂은 내 어머니가 우리를 속였구나!"

종복들이 그를 풀어주자, 무사는 말에 올라타고, 형제-무사들이 있는 동굴로 갔다. 구십 명의 무사들 중에서 가장 힘이 센 무사 코칼다쉬가 물었다.

"카라잔, 어디서 오는 길이냐?"

카라잔이 대답했다.

"우즈베크 아가씨한테 갔다 왔어요. 우리 신부한테요. 그녀와 즐거운 시간을 가졌어요!"

무사 코칼다쉬는 버럭 화를 냈다.

"오오, 너는 어린 시절에 죽어버렸으면 좋았으련만! 감히 어떤 신부한테 다녀왔다는 거냐? 설마 그녀가 네 큰 형님의 미래 아내는 아니겠지? 큰 형님이 버젓이 살아 계신다! 이 망나니 같은 놈아!"

여기서 무사 코시쿨라크가 벌떡 일어나 똑같이 말했다.

"내가 신랑지참금을 가지고 가려고 하는 그 처자에게 접근하는 이유가 뭐냐? 네 형님들의 길을 막고 서 있다가, 어린 나이에 뒈지려고 그러는 거냐!"

이 말을 하고서 무사들은 자리에 앉아 아라크[29]와 다른 술을 마시며 연회를 벌였다.

만취한 무사 코카만은 아침 무렵에 자기의 말 코크도난을 타고 혼자서 호수로 사냥을 하러 갔다. 정오 무렵, 그는 사냥에서 돌아와 호수 주변을 지나가고 있었다.

바르친-아이는 그 시간에 자기 하녀인 수크수르와 함께 누에나방이 있는 뽕나무 잎을 올린 처마 아래에 앉아 있었다. 그들은 칼미크 사람과 그 아래 춤추듯 걷는 말을 보고 있었다. 그 칼미크 인은 아주 강건하고, 마치 사마르칸트의 회교사원 첨탑처럼 꼿꼿했다.

"와, 정말 강건하고 덩치가 큰 칼미크 인이구나! 날 보지 못했는지, 여길 빙빙 돌려고 하지 않는구나!" 바르친은 이렇게 말하고 유르트로 갔다.

그때 무사 코카만의 시선이 바르친의 허벅지에 꽂혔다. 그는 말고삐를 당겨 말을 돌린 다음, 혼잣말을 했다.

"저 아가씨들한테 접근해야겠다. 저 바이들은 유목민들이니 마유(馬乳)를

---

29 쌀이나 다른 곡류로 만든 중앙아시아의 독주.

청해야겠다. 만약 마유를 준다면, 저 우즈베크 아가씨와 결혼을 해야지. 만약 물을 준다면, 빈손으로 떠나야겠지. 한번 해보자. 내 운명을 시험해봐야겠다." 코카만이 아가씨들에게 말했다.

"우즈베크 아가씨들, 정말 멋진 빨간 비단 옷이오.
아가씨들이 내 넋을 빼놓는구려!
유목민들한테는 마유가 많이 있다지요.
난 지금 마유가 무척이나 마시고 싶습니다!
봄이 되면 장미꽃이 빨갛게 피어나지요.
나이팅게일들은 사랑에 취해, 노래를 시작합니다.
그 아름다움으로 인해 구리야[30]를 알아볼 수 있지 않나요?
나 같은 무사가 마유를 부탁하는데
과연 미인들이 나에게 한 그릇 부어주지 않을까요?
나는 부자라서 비단으로 된 터번을 쓰고 다니죠.
나는 온통 노랗게 변했어요. 이렇게 열정적으로 부탁드립니다.
당신이 거절한다면 난 정말 참을 수 없을 거요.
제발 나한테 마유 한 잔만 부어주시오!
품위 있는 준마는 스스로 전장으로 달려갑니다.
내 심장은 쇠약해졌고, 그 때문에 열이 납니다.
약사가 말하길, 마유가 치유력이 있답니다.
마유는 노소 가리지 않고 마신다고 들었습니다.
당신 우즈베크 아가씨들은 구리야보다 더 아름답게 태어났으니,
나한테 마유를 좀 부어주지 않겠소?
당신들께 부탁을 하는 자는 아주 유명한 무사요!

---

30 무슬림 신화에서 극락의 여인. 영원히 늙지 않고 처녀로 지내는 신화적 여성.

나는 동굴 속에서 살고, 이름은 코카만이오.

난 호수 쪽에서 왔소. 칸이 내게 일을 주셨소.

보아하니, 유목민들의 야영지가 여러 곳에 널려 있구려.

유목민들은 모두 부자라고 알고 있소,

그들 모두는 마유를 마치 물처럼 마신다고 들었소.

아리따운 아가씨, 당신은 아주 화려한 실내복을 입고 있구려!

만약 내 병약함을 낮게 해줄 마유를 마시라고 명령한다면,

애원하는 시선을 당신에게 보내겠소.

이런 베크를 거절할 수 있겠소?

내가 당신께 마유를 부탁한다면,

제발 크지 않은 잔에 조금이라도 주시오!

이리 아름다운 여인이 인색할 수가 있습니까?

모든 주술사들이 나한테 마유를 마시라고 명했소.

마유로만 나는 병약함에서 자유로워질 수 있소.

그래서 나는 당신에게 부탁하는 것을 부끄러워하지 않는 것이오.

만약 마유를 주시면, 원한다면 신을 걸고 맹세하겠는데,

아마 나도 당신에게 쓸모가 있을 것이오!

마유 때문에 나는 하루 종일 여기서 빙빙 돌고 있소!"

이 말을 들은 바르친이 코카만에게 대답했다.

"적의가 없는데 피가 튀는 전쟁터는 없습니다.

쓸데없이 준마를 전장으로 몰고 가진 않습니다.

만약 준마를 과도한 질주로 몰아넣는다면,

그 말은 다음엔 전혀 식지 않을 수도 있습니다.

당신들 각자는 나름대로 위대하죠!

떠나세요, 칼미크 인이여, 당신에게 줄 마유는 없소!

어리석은 칼미크 인이여, 판단해보세요.

여름이 끝날 무렵에, 어디서 마유를 구해 당신께 준답니까?

칼미크-현인이여, 내가 당신께 하는 얘기를 잘 들으세요.

내 아버지가 새끼 말들을 암말들이 있는 곳에 풀어놨는데

도대체 내가 이제 어디서 마유를 구한단 말이오?

마유는 이제 기억 속에도 없다고요!

가을이 오지 않았고, 꽃이 시들지 않았어요.

칼미크 인이여, 나는 무의미한 대화는 좋아하지 않습니다!

신은 아직 나한테서 이성을 빼앗지 않으셨소.

마유는 없을 것이오. 이게 모든 대답이오!

나는 바보보다도 더 고집불통인 사람은 만나보질 못했어요!

자, 우리들에겐 숨불[31]이 끝나갑니다.

일 년 중 이 시기에 누가 마유를 봤답니까?

칼미크 인이여, 그냥 가시오. 왜 나한테 달라붙는 것이오?

다른 사람들한테 부탁해봐요. 여기선 당신은 이미 늦었어요.

어휴, 당신이 어리석은 말들을 얼마나 많이 쏟아냈는지!

당신과 얘기하면서, 난 완전히 지쳐버렸어요.

칼미크 인이여, 그냥 가시오. 헛되이 시간을 낭비하지 말고!

난 아버지의 집에서 즐겁게 살고 있어요.

그냥 가세요. 그렇지 않으면 아버지에게 이르겠습니다!

당신과 얘기하는 것은 내게 전혀 이롭지 않아요.

날 괴롭히지도 말고, 당신도 괴로워하지 마세요.

---

31 고대 이슬람 달력상으로 태양년의 여섯 번째 달로써, 8월 22일부터 9월 21일까지가 이에 해당한다.

마유는 다 떨어졌다고 당신에게 말합니다!

그런데도 이렇게 끈질기게 달라붙어 있다니!"

무사 코카만이 그녀에게 대답했다.

"난 이 준마를 타고 전장으로 뛰어다녔소.

나한테 심한 모욕을 주시는구려.

그저 소량이라도 부어주구려, 바닥에만 조금 깔리도록!

난 저명한 무사이건만, 이렇게 무시를 당하네요!

내가 포도주를 청한 것도, 아라크를 청한 것도 아니고,

그저 한 잔의 마유만 부어달라고 청하고 있어요!

약사들이 내게 "마유를 마시게나."라고 명령했어요.

내 말이 투박하거나 모욕적이지 않잖아요?

내 자신의 건강을 소중히 해야 합니다!

만약 마음에 고통이 있다면 이 칼이 손을 배신할 것이고,

그러면 그 살벌한 전투 중에 무사가 무엇을 할 수 있겠소?

젊은 나이에 병약하여 병석에 누워있는 건 무사로선 수치요!

그 비슷한 부탁인데 무시할 수 있겠습니까?

그 병약함을 마유로 치유할 수 있다는 희망이 있다면,

어떻게 당신이 나에게 그 희망을 버리라고 할 수 있겠소?

당신은 그 사람의 고통을 가차 없이 불타게 하여

정말 누군가를 불태워버릴 수 있어요.

당신은 그가 죽도록 운명 지을 수 있답니다!

제발 마유를 주세요. 약을 주세요!

난 당신이 바이사리 족장의 딸임을 알고 있습니다.

당신은 마유를 주지 않고, 날 멀리 쫓으려 하는군요.

그런 인색함으로 아버지를 욕되게 하지 마세요.

난 친구로서 여기 왔습니다만, 불청객이 되어버렸군요.

이 모욕이 나한테는 상처보다 더 아프다는 걸 아세요.

난 무슨 짓이든 할 수 있어요. 분노에 사로잡혀 있습니다!

당신네는 저 먼 나라에서 여기로 왔습니다.

당신네는 일단 여기로 왔고, 타이차-칸이 당신들을 받아주었어요!

나는 칼미크의 무사이고, 이름은 코카만입니다.

보시다시피, 난 아주 강인한 용사요!

이러다간 내가 당신의 멋진 진영에서 희생자가 되겠소!

내가 초대받지도 않았고, 환대도 못 받는데도, 마유를 부탁한다면,

그건 이 코카만이 진짜 매우 아프다는 걸 뜻합니다!

정녕 이 환자에게 마유를 주지 않으시렵니까?

다 차지 않은 한 잔이라도 주십시오!

만약 지금 마유를 마시게 된다면,

우즈베크 아가씨, 당신의 그 마법 같은 손에 의해

내 마음의 고통은 완치될 수 있을 거요.

여우가 아니라 늑대처럼 떠날 수 있게 해주오!

화내지 마시오. 난 정말 나쁜 사람이 아니오.

마유를 좀 주시고, 내 마음을 진정시켜주시오!

난 칼미크 사람들 중에 보잘 것 없는 사람이 아니오.

난 정예 무사 그룹에 포함되어 있고,

아흔 명의 영광스러운 무사의 일원이요.

어떤 적들의 머리도 베어버릴 겁니다!

내 아름다운 여인이여, 나에게 마유를 좀 주시오,

마유를 마시지 못하면, 떠나지 않으리다!"

바르친은 자신의 하녀인 수크수르에게 말했다.

"이 칼미크 인은 마유를 부탁해서, 마유에 자신의 행운을 점치면서, 여기서서 떠벌이고 있구나. 잔에 물을 부어라. 내가 그에게 물을 주면, 물이 그를 진정시켜서, 나에 대한 희망을 남기지 않겠지!"

수크수르는 잔에 물을 붓고, 그것을 바르친에게 갖다주었다. 바르친은 팔을 뻗어 그 잔을 무사 코카만에게 주었다. 무사 코카만은 잔속에 마유가 아니라 물이 있는 걸 보고 격노하여, 자신의 채찍으로 그녀의 팔을 내리쳤다.

무사의 잔인함을 겪고서, 바르친은 펑펑 울며 말했다.

"저 산 위의 모든 눈은 녹아내릴 겁니다!
그래요, 땅에 있는 적들의 더러운 시체도 썩을 겁니다!
오, 신이여, 내 적들을 벌 하소서,
그래요, 이 낯선 사악한 땅도 파멸할 겁니다!
우둔한 당신은 내 말을 들으려 하지 않았소,
당신은 감히 날 채찍으로 내리쳤소!
도대체 내 비애는 그 정도가 얼마며, 그 끝은 어딘가?
우리는 남의 땅에서 무방비 상태가 되었네.
조국을 떠나서 큰 박해를 당하는구나.
칼미크 인이 채찍으로 내 손을 내려쳤다.
우리의 이주를 핑계 삼아 어리석게 날 질책했다.
당신은 멸시의 바늘로 내 심장을 찔렀소!
불쌍한 나는 이제 어떻게 해볼 힘도 없다네.

난 이 땅에선 이방인이라네!

불행한 나에겐 안락한 삶이란 없다네!

난 이방인이지만, 노예는 아니라오!

남의 땅은 얼마나 잔혹하고 거친가!

난 울고 있지만, 내 운명이 그러한 걸 어쩌겠는가!

조국과 이별하고 비탄의 눈물을 흘린다네.

내 고통을 누가 알아줄까!"

코카만이 대답했다.

"선으로 대하지 않고, 이렇게 힘으로 대하겠소.

당신의 순수함은 봐주지 않겠소!

알고 싶다면 말하겠는데, 나 또한 고통스럽소.

코카만의 마음속에도 똑같은 아픔이 있소.

당신에게 약을 달라고 부탁했는데

내 마음의 상처에 소금을 뿌리다니.

누가 당신더러 이 칼미크의 칠비르-촐로 오라고 했소?

가축 떼를 데리고 이 아이나-콜 호수에 정착을 하다니!

이방인 우즈베크 아가씨, 당신은 참으로 콧대가 높군요!

이 풀들은 우리 것이오, 여기 물도 우리 것이오!

내 동료 무사들을 여기로 데려오겠소.

그땐 당신들 양치기에게는 불행한 날이 올 것이오!

우리가 당신네를 습격한다면,

당신네 피를 쏟게 하고, 투르케스탄[32]으로 쫓아낼 거요.

---

32 투르크 족들이 거주하던 중앙아시아 지역. 현재 카자흐스탄과 상당 부분 일치한다.

그리고 당신은 이 코카만이 무력으로 차지하겠소!

밤낮 가리지 않고 당신과 재미를 볼 것이오.

바이사리 족장의 딸이여, 내가 당신과 잘 것이오!"

바르친-아이가 무사 코카만에게 대답했다.

"헛된 희망을 가지고 바보짓하지 마세요!

원하는 대로 행동하시오, 하지만 나중에 울지는 마세요.

바보 같은 당신은 힘으로 날 취하겠다고 협박하시는군요.

말도 안 되는 소리 말고, 갈 길이나 가시오!

경박한 칼미크 인이여, 마음껏 상상해보시오.

당신이 힘으로 날 사로잡는다면,

사랑하는 나의 베크인 알파미시가 달려오지 않을 것 같소?

설령 내 꿈들이 이뤄지지 않는다고 해도,

내 스스로 남자처럼 무장하여 전장으로 나서겠소!

내 손으로 힘을 찾아내겠소.

당신네들이 사천 명이 돼도, 당신네한테는 어둠만이 있을 것이오.

당신들 모두를 나는 내 손으로 직접 물리칠 것이요.

보아하니, 당신은 정말 미쳤소!

저주받은 당신들은 날 힘으로 취하지 못할 것이오!

당신들 중 누구든 그따위 헛소리로 귀찮게 한다면,

그 수다꾼은 죽음을 면치 못할 것이오.

멍청한 당신이 첫 번째로 모가지가 달아날 것이오!

내가 바로 그것을 행하겠소.

나머지 무사들도 참으로 대단한 사자들이오!

난 우즈베크 여인이고, 이름은 바르친-아이라오,

내가 난폭한 당신들을 조각조각 베어버리겠소.

좋은 말 할 때 저리 꺼지시오!

의연한 우즈베크 여인을 힘으로 사로잡겠다는 기대는 저버리시오.

어서 제 갈 길로 방향을 잡으시오,

여자 손에 죽는 걸 부끄럽게 여기시오!

칼미크 인이여, 내 앞에서 쓸데없이 얼쩡거리지 마시오!"

무사 코카만은 그처럼 강경한 말을 어느 누구한테도 들어본 적이 없었다. 말을 돌리고 길을 나선 그는 화를 참지 못하고 마치 곰처럼 치를 떨면서 울부짖었다. 저 멀리 동굴에 있는 무사들에게 도착한 그는 눈에 눈물을 머금고 말에서 뛰어 내려, 아버지 앞에서 고집을 피우는 아이처럼 발을 동동 구르면서 큰 소리로 울기 시작했다.

그의 큰 형인 코칼다시가 물었다.

"내가 이렇게 건강하게 버젓이 살아있는데,

네가 누구에게 모욕을 당했다는 거냐?

동생아, 내가 화가 나면 얼마나 무서운지 알지.

내 칼이 낙타를 두 동강으로 잘라버린다!

내가 널 대신해서 백 배로 복수할 준비가 되어 있다.

나는 어떤 적과 만나는 것도 두려워하지 않을 것이다.

왕의 머리일지라도 그 어깨에서 떼어놓을 거다!

만약 왕께서 네 슬픔의 원흉이라면,

나 또한 왕이 피를 흘리는 것을 기뻐할 것이야.

왕의 딸 탑카가 예쁘다던데,

동생아, 내가 너에게 왕의 딸 탑카를 주마!

만약 그가 타이차-칸 같은 폭압자라면,

검은 안개를 그에게 덮어씌우마.

내 동생 코카만아, 나한테 사실을 말해다오!"

그러자 코카만은 자신의 비밀을 코칼다시에게 털어놓고 자신의 분노를
설명했다.

'내 애원을 털어놓게 해주세요.

날 대신해서 복수를 하기 위해,

빠른 말을 내달리게 하고 싶다면

타이차-칸을 비난할 필요는 없어요!

내가 불행한 건 왕 때문이 아닙니다.

죽는 한이 있어도, 왕의 딸은 내게 필요 없습니다!

전 어떤 우즈베크 아가씨에게 모욕을 당했어요.

그녀가 내 심장에 칼날을 꽂았어요.

형의 동생인 이 코카만이 사랑에 빠졌는데,

자기의 피 맛을 보게 된 겁니다!

그녀는 여자인데도, 얼마나 험악하던지,

날 깔보면서 얘기했어요!

슬픔이 날 이렇게 불태웠습니다.

그래서 상처 입은 곰처럼 울부짖는 겁니다!"

무사 코칼다시가 말했다.

'네가 젊은 나이에 뒈지려고 발버둥치는데, 뭐하러 널 불쌍히 여기겠느

냐! 이 큰 형님이 버젓이 살아있는데도, 형의 신부를 집적거리며 시키지도 않는데 참견한다면, 당연히 널 개처럼 무시하고 욕하지!"

바로 이때 카라잔이 도착했다.

"이 녀석, 코카만, 내가 신부로 삼으려고 하는 여자한테 다녀온 거야? 너 후회하게 될 거다!"

그때 무사 코시쿨라크가 소리치기 시작했다.

"너희들 둘이, 내가 이미 신랑지참금까지 준비해놓고 신붓감으로 점찍어 둔 그 여자한테 다녀오는 것이냐! 내 두 형제의 모가지를 잘라버리는 일은 없어야 할 텐데!"

무사 코카시카가 다가와서 코카만을 때리고는 말했다.

"내가 이미 그 아가씨와 결혼을 약속하고, 허락까지 받아놨단 말이다. 내 가 첫 번째로 그녀와 약혼했는데, 너희들이 어떻게 내 신부인 그녀에게 오 갈 수가 있단 말이냐?"

이때 모든 무사들이 벌떡 일어나 코카만에게 주먹을 휘두르며 말했다.

"이 녀석, 그러니까 네가 뒈지려고 그 우즈베크 미인을 네 아내로 봐뒀구 만!"

코카만은 아흔 명의 무사들의 주먹질 아래에 놓였다.

무사들은 한참 열을 낸 다음 진정했다. 코칼다시가 말했다.

"우리가 이런 불화를 겪는 건 좋지 않아. 코카만, 곰처럼 울부짖지 말고 일어나거라. 만약 우리 모두가 그 우즈베크 미녀를 좋아한다면, 우리 모두 함께 그녀한테 가자꾸나. 우리 중 한 사람이 그녀를 아내로 갖든지, 아니면 모두 함께 그녀랑 결혼을 하여 그녀가 우리 모두의 아내가 되도록 하자고!"

모든 무사들은 채비를 갖춰 말에 올라타고 출발했다. 아흔 명의 무사가 바이사리의 유르트를 둘러쌌다. 그들 중 가장 힘이 센 무사 코칼다시가 호 령했다.

"어이, 먼 나라에서 온 바이여!"

유르트에 앉아 있던 바이사리는 불만족스러운 목소리로 말했다.

"우리 귀에는 안식이 없도다! 나 여기 있소!" 그리고 억지로 손님을 맞기 위해서 밖으로 나갔다.

가장 힘이 센 무사 코칼다시가 말했다.

"멀리서 온 바이여, 당신에겐 딸이 있소이다. 원하는 대로 하시오. 그녀를 우리 중 한 사람에게 주는 게 좋겠소, 아니면 우리 모두에게 주는 게 좋겠소? 우릴 괴롭히지 말고 더 나은 걸 고르시오. 한 사람이오, 아니면 모두한테요? 당신 딸을 한 사람에게 주겠소, 아니면 모두한테 주겠소? 당신이 결정하는 대로 따르겠소!"

바이사리는 어떻게 대답할지를 몰라 당황해하다가, 곧 넋을 잃고 시름에 잠겼다가 이렇게 대답했다.

"오, 무사들이여! 나한테 내일 정오까지 말미를 주시오. 내일 다시 오시고, 기분을 좀 푸시오. 그러면 우리가 생각을 해보리다."

무사들은 그의 말에 동의하고 발길을 돌리며 생각했다. '우리 모두가 한 군데에서 잔다면, 새벽까지 신부 문제로 다투고, 입으로 떠들고, 서로를 발로 찰 거야. 한 사람이 "내가 차지하겠소."라고 외치면, 다른 사람이 "아니야, 내가 차지할 거야!"라고 소리치겠지.'

무사 중에 한 사람이 제안했다.

"열 무리로 흩어집시다. 그러면 훨씬 더 질서가 있을 거요!"

어떤 사람이 이렇게 말했다.

"다섯 무리로 흩어집시다!"

세 번째 사람이 이렇게 말했다.

"세 무리로!"

네 번째 사람이 이렇게 말했다.

"두 무리로!"

다섯 번째 무사가 이렇게 말했다.

"만약 두 무리 사이에 불화가 시작된다면, 누가 그들을 화해시키고 불화를 해결하겠나? 더 강한 쪽이 더 약한 쪽을 압사시킬 거야. 그래서 차라리 각자 따로 흩어지는 게 나아요!"

모두 이 말에 동의했다.

무사들은 아흔 개의 동굴이 있는 하가탄스키 산맥으로 갔고, 무사들은 각각 다른 동굴로 들어갔다. 각자의 동굴에 고립된 그들은 곰처럼 아침까지 울부짖었다.

그때 바이사리는 기름진 양들을 잡아서 1만 가구의 콘그라트 부족 중 가장 권위 있는 사람들을 불러 모은 후, 슈르파를 배불리 먹이고, 고기를 큰 나무 접시에 담아 낸 다음 말했다.

"이제 와서 생각하니, 우리의 예전 삶이 더 나은 거 같소! 지금 우린 끔찍한 폭압자들과 거래를 해야 할 처지요. 내일 무사들이 오면 우린 그들에게 어떻게 대답해야 하나요?"

바이사리 족장은 다시 한 번 부족민들에게 자문을 구하며 말했다.

"큰 한숨소리가 있는 곳에는 늘 소나기 같은 눈물이 있게 마련이오!

우리 아리따운 딸은 시집갈 나이가 됐소.

내 형제동포들이여, 당신들의 자문을 기다리오!

무사들이 오면 내가 어떻게 해야 하오?

기한이 내일까지인데, 내가 그들에게 어떤 대답을 해야 하오?

내 형제들인 그대들에게 간청하오.

그런 짐을 한 사람의 등짝에 지려하니 참 힘들군요!

내가 어찌 내 딸을 칼미크 인들에게 줄 수 있겠소?

이 불쌍한 딸년을 대신해서 내가 희생물이 되리다!

만약 내가 그녀를 하킴에게 주지 않으면

망자가 부활하는 날을 피하기 어려울 것이오.

딸이 내 멱살을 잡을 거요!

그 칼미크 장사들은 사자처럼 포악하오.

불행하게도 난 그들에게 저항할 힘이 없소!

내일 정오 무렵까지 그들에게 답을 줘야 하는데

내 형제동포들이여, 당신들의 의견은 어떻소?

고향 땅에서 난 높은 사람이었지만,

이제야 내가 남의 땅에 있다는 걸 깨달았소!

무방비 상태가 되고 보니, 정말 괴롭구려.

내일 정오에 내가 무사들에게 무슨 말을 한단 말이오!

이제 내 고향 땅은 저 멀리 있고,

이제 내 삶은 운명에 짓눌려 있고,

이제 아무것도 먹지도, 마시지도 못하고,

이제 내 딸은 수모를 당할 것이고,

이제 하늘의 천벌이 나타났도다!

나는 당신들과 오랫동안 친구로, 형제로 지내왔소,

기쁨도 함께하고 불행의 무거움도 함께 했소.

내 형제동포들이여, 내게 자문을 해주시오,

이 칼미크 인들에게 내가 어떤 대답을 해야 하오?"

바이사리가 이렇게 말했지만, 어느 누구도 선뜻 나서지 않았다. 그때 중인 계급인 야르티바이가 벌떡 일어나 다음과 같이 말했다.

'바이사리 족장이여, 당신은 내 말에 귀 기울여왔소이다.

당신 자신이 우리를 이 저주받은 땅으로 데리고 왔으니,

그에 따라 자신의 실수에 대한 고통을 치르시오.

칼미크 인들에게 당신 딸을 건네주고 굴복하시오!

내 말을 장난으로 생각하지 마시오.

만약 우리가 이 무사들과 친교를 맺는다면,

만약 우리가 혼인관계를 맺으려 한다면,

우린 그들 땅에서 완전히 자유롭게 살게 될 거요.

우리가 구원을 바라지 않을 리가 있겠소?

만약 그들과 서둘러 혼인관계를 맺는다면,

우린 그들의 폭력 행위를 피할 수 있을 뿐만 아니라

당신도 그들 속에서 높은 사람이 될 거요.

정말 우리가 당신의 운명을 소중히 여기지 않겠소?

그들에게 당신의 딸 바르친-아이를 준다면,

우리도 우리 자식들을 그들과 결혼시키리다.

그들이 우리와 내왕하고, 우리도 그들과 내왕하는 거요.

오, 바이사리 족장이여, 내 말을 믿으시오.

우린 그러면 완전히 자유롭게 살 수 있게 될 거요!

이것이 우리 모두가 당신에게 주는 답이오.

나중에 우리가 고통스럽게 응징당하지 않으려면,

그 칼미크 인을 집안의 사위로 맞으시오.

내 말에 괜히 괴로워하는구려.

우린 그들 나라에 있고, 그들의 법이 그렇잖소!

당신이 알듯이, 그 무사들은 용과 같아요.

만약 무사 한 명이 화가 나서 달려온다면,

당신의 두 눈을 뽑아버리지 않겠소?

여기서 누가, 무엇으로 당신을 도울 수 있단 말이오?

그러니 벌 받는 셈 치고 칼미크 인에게 딸을 내주시오!"

야르티바이의 말을 들은 바이사리는 버럭 화를 냈다.

"이 불쌍하고 연약한 몸뚱이에 있는 영혼이 슬퍼하는구나!

남의 땅에서 내가 억압과 수치를 당하는구나.

내 딸의 슬픈 모습을 어찌 잊을 수 있겠는가?

오, 야르티바이, 그대가 나한테 나쁜 충고를 하는구려!

내 딸은 자네에게는 막내 동생 같지 않은가?

자네가 내 뼈를 모닥불 속으로 내던지는구나,

칼미크 놈들보다 더 고약하게 내 영혼에 침을 뱉는구나.

콘그라트에서 나는 원로 중 최고 지도자였소,

하늘이 내 노년을 가만두지 않는구나,

내 딸 바르친을 치욕에 빠뜨리다니.

내 마음은 사십 아르신³³ 아래로 떨어져버렸소!

간교한 팔자여, 너는 너무 잔혹하구나!

이런 때엔 제 명보다 빨리 죽어버리는 것이 낫겠구나!

그들에게 이리 말하고 싶지만, 이곳에서 난 평등하지 않고,

그렇게 행동하고 싶지만, 이곳에서 난 권력이 없다네.

형제동포들한테서도 도움을 찾을 길 없구나.

이런 시절엔 제 명보다 빨리 죽어버리는 것이 나을 텐데!

아침이 되면 그들이 대답을 들으러 나타날 텐데,

---

33 러시아의 옛날 척도단위로서, 1아르신은 71.12센티미터이다.

내가 어떻게 이 덫에서 벗어날 것인가?

딸을 절대 내줄 수도 없고, 그렇다고 거절을 할 수도 없고.

내 형제동포들도 답을 주지 못하는구나!"

바르친은 부족민들이 아버지께 어떤 자문을 하는지 알고 싶어서 들으러 왔다. 야르티바이가 말하는 것을 듣고, 집회장에 앉아 있던 다른 모든 이들도 그에 동의하는 것을 알고 나서 바르친-아이는 아버지를 불쌍히 여기며 말했다.

"아버지, 골머리 앓을 필요 없습니다!

현자 야르티바이가 모두를 대신해서 대답해주었잖아요!

드디어 아버지는 제 부족민의 정체를 간파하셨네요!

이들의 말을 듣지 마세요. 헛되이 눈물도 흘리지 마세요.

내 불쌍한 아버지, 스스로를 불쌍히 여기세요.

자기네 딸이나 무사들에게 주고,

자기네들이나 그들을 사위로 삼으라고 하세요.

내 사랑하는 아버지, 그리 슬프게 울지 마세요.

저 한 사람이 모든 부족민들보다 더 용감하다는 걸 명심하세요!

아버지는 집으로 들어가세요.

제가 직접 칼미크 인들에게 대답하도록 해주세요.

제 걱정은 마세요. 난 그들이 겁나지 않답니다.

그들 앞에서 약해지지 않을 겁니다.

축제 의상을 입고, 머리를 땋겠습니다.

무사들과 당당하게 대화하겠습니다!

그들의 말에 조리 있게 대답하겠습니다.

늑대들 사이에서 겁먹은 토끼가 되지 않을 겁니다.

그 무례한 바보들을 훈계하겠어요!

아버지, 괴로워하지 말고 강건해지세요.

제가 아버지를 만족스럽고 당당하게 만들어드리겠습니다.

아버지, 누구에게 자문을 구하십니까?

그들의 진심은 정말 나쁘잖아요!

저런 신하들한테서 뭘 얻을 수 있습니까?

오, 아버지, 불쌍한 사람처럼 울지 마세요.

저를 위해서 아버지가 고통을 겪고 있다는 것을 알고 있어요!

아버지, 슬퍼 말고 집으로 가세요.

집으로 가서 눈물을 씻어내세요.

제가 직접 이 문제를 해결하도록 허락해주세요!

제가 아버지를 사랑한다는 것을 알고 계시죠?

제가 아버지의 연로함을 모욕하진 않을 테니, 믿어주세요.

어떻게 살지 명령하시면, 그대로 처신하겠습니다.

무사들에게 스스로 대답을 할 정도로,

저에겐 힘과 지력이 충분하답니다!"

바르친이 이렇게 말하자 1만 가구의 콘그라트 부족민들은 그녀에게서 멀어졌다.

"와, 어린 나이에 죽을 정도로 오만방자한 아가씨군! 약자가 어찌 강자를 대적하겠다는 건가! 그녀가 무사들에게 온갖 잡설을 늘어놓으면, 논쟁이 벌어질 터이고, 불화가 시작될 거야. 저 여자의 오만한 태도 때문에 우리 모두에게 큰 재난이 있을 것이고, 그땐 그들이 우릴 마구 짓밟겠지! 그들의 복수를 두려워하지 않고 그녀 스스로 그들에게 대답을 줄 거라면, 그

녀를 우리에게서 멀리 떨어뜨려놓고, 한적한 곳에서 그들과 대화하게 해야
겠군!"

사람들은 바르친의 유르트를 콘그라트 부족민들의 체류지에서 걷어내서,
외떨어진 언덕 꼭대기에 설치했다. 바르친은 하녀들과 함께 그곳으로 갔다.

일출과 함께 아흔 명의 칼미크 무사들이 기상하여 하가탄스키 산맥의 아흔
개 동굴에서 나왔다. 그들은 정오 무렵에 바이사리의 유르트에 도착했다.

"자, 멀리서 온 바이여, 어떤 결정을 내렸소? 당신 딸을 우리 중 한 사람에
게 주겠소, 아니면 모두에게 공동으로 주겠소? 만약 한 사람에게 주기로
결정했다면, 그건 누구요?"

바이사리가 대답했다.

"우리가 회의를 했는데, 햇수를 세어봤답니다. 우리 딸이 쥐띠 해에 태어
났으니, 그녀 나이가 열네 살인 겁니다. 우리 우즈베크에는 이런 법이 있습
니다. '여자가 성숙함의 문턱인 열네 살에 이르면, 그녀 자신이 자기 삶의
주인이 된다. 그녀의 의지는 자기 손 안에 있다.' 딸이 우리의 충고를 듣지
않고, 멀리 떨어진 곳에 있는, 저 언덕 꼭대기에 자기 유르트를 설치했어
요. 그 애에게 가서 답을 듣도록 하세요. 그 애 스스로 당신네한테 대답할
거요. 그 애가 우리 손을 풀어줄 겁니다."

칼미크 인들이 전속력으로 유르트가 있는 언덕으로 달려갔다.

말을 뒷발로 날아오르게 하면서,
그들은 그녀에게 달려간다네.
그들은 서로 자기가 다른 이보다 더 힘이 세다고 생각한다네.
자기가 다른 이보다 더 멋있고, 용감하다고 생각한다네.
자기 일이 잘 풀릴 거라고 생각한다네!
말들이 엉덩이를 흔들면서 춤을 추네.

대담한 예비신랑들이 달려간다네.

농담을 나누면서 그들이 달려간다네.

"우리가 그녀의 콧대를 꺾어주자고!" 그들이 이렇게 말하는구나.

"우리가 그녀를 차지할 거야!" 이렇게 말하는구나.

백에 열 모자란 예비신랑들이

한 가지에 대해서만 말하며 간다네.

"만약 그녀가 동의한다면,

우리 중 누가 남편으로 적합할지

그녀 스스로가 고르게 하자고.

만약 그녀가 결정을 할 수 없다면,

모두 함께 그녀와 살자고!"

바르친-아이는 그들 모두에게 소중하다네.

바르친의 치아는 보석 같고,

바르친-아이는 어린 영양 같으며,

바르친-아이의 귀걸이는 반달 같다네.

얼굴은 보름달보다 더 부드럽고,

몸매는 사이프러스보다 더 우아하다네.

그녀의 두 눈은 가젤의 눈 같구나!

언덕 위의 그녀 처소는 즐겁다네.

웃음과 시중을 위해 그녀와 늘 함께 하는

사십 명의 여자 친구들이 있다네.

이들 무리는 우애 넘치고,

이들의 자유로운 휴식은 달콤하다네.

언덕 위에서 그들은 장미꽃처럼 화사하고,

언덕 위에서 그들은 여주인 바르친 수하에서

나이팅게일처럼 노래하네.

바르친-아이 옆에는 아이-수크수르가 있다네.

그들은 앉아 얘기하면서,

길 쪽으로 시선을 던지네.

길을 따라 말들이 먼지를 일으키네.

"칼미크 인들이 오는군요, 저런!"

아가씨들은 모두 당황하지만,

바르친-아이는 보지도, 듣지도 않았다네.

기수들의 무리는 점차 가까워지네.

모두들 그 아가씨를 차지할 거라고 장담을 하는구나.

모두들 장가갈 생각을 하네.

"그녀가 얼마나 긴장하고 있을까!" 그들은 이렇게 말하네.

"말하자면, 그녀는 기쁜 게지!" 그들은 이렇게 말하네.

"누구를 선택할까?"

모두 그녀 때문에 정신이 없었어요.

무사들 모두 비밀스레

행복에 빠진 자신을 발견한다네.

"그녀 스스로 결정하게 하자!"

하지만 바르친은 보지도, 듣지도 않고,

유르트 앞에 앉아 침묵을 지키네.

마치 그들을 못 본 것처럼, 침묵을 지키네.

백에 열 모자라는 예비신랑들이

의연하게 눈을 뜨고,

용사다운 체격을 과시하면서,

그녀 앞에서 거드름을 피우며 왔다 갔다 하네.

왔다 갔다 하면서, 그들은 이를 드러내고 웃네.

우즈베크 아가씨에게 그들의 용맹함과

그들의 청혼을 강제하고 과시하네.

어쨌든 그들은 그녀에게 사랑받지 못하네.

그들은 투박하고 거칠거든!

여기서 공연히 알짱거리고 있는 거라네.

그녀의 결정을 기다리고 있지만,

바르친-아이의 마음을 가질 순 없다네.

바르친의 불쌍한 마음을 말이야!

그녀는 앉아서 아무 말이 없다네.

마치 그들이 보이지도 않는 것처럼 침묵을 지키네.

자존심 강한 우즈베크 아가씨, 바르친.

칼미크의 무사들은 정오가 될 때까지 안장 위에 오만하게 앉아, 바르친 앞을 왔다 갔다 했다. '그녀가 직접 말을 할 거야.'하고 생각하면서, 바르친 앞에서 잘난 체를 했다.

마치 도약 직전에 사열하는 것처럼 그녀 앞을 여러 번 지나간 후, 아흔 명의 무사 중 가장 힘이 센 무사 코칼다시가 그녀에게 말했다.

"당신은 우릴 바보로 만들 생각이오? 아니면 여기서 저녁노을이 질 때까지 어슬렁거릴까? 대답하시오. 우리 중 한 사람한테 시집오겠소, 아니면 모두에게 시집오겠소?"

이에 바르친이 대답했다.

"내 입이 막 당신들께 얘기를 하려던 찰나요.

힘으로 날 차지하려는 것은 헛된 망상이오.

어서 당신네 처소로 돌아가시는 게 좋을 거요.

힘으로 날 차지하려 하다니, 에이, 말도 안 되는 소리요!

바보 같은 양반들, 제 갈 길이나 가시오!

이 바르친-아이를 힘으로 차지하려고 했소?

내 충고는 제 갈 길이나 가라는 겁니다!

나 같은 백합꽃은 당신들을 위해서 피어난 게 아니오!

난 이미 정혼 상태고 나에겐 다른 이가 있어요.

내 연인은 바이순-콘그라트 나라의 술탄이오,

이름은 하킴-베크이고, 그 또한 무사입니다!

그곳에선 알파미시란 이름을 사용하죠.

힘으로 날 차지하려 하다니, 에이, 말도 안 되는 소리요!

바보 같은 양반들, 제 갈 길이나 가시오!

내 앞에서 헛되이 빙빙 돌고 있군요.

과연 알파미시한테까지 소식이 도달하지 않을 것 같나요?

과연 그가 말에 올라타는 것을 무서워할 것 같나요?

그의 복수가 대혼란을 야기할 것이오.

당신네 중 어느 누구의 머리도 무사하지 못할 것이오!

무엇 때문에 그렇게 추악한 허풍을 떨면서 나한테 오셨소!

말이 있을 때 돌아가시오!

만약 알고 싶다면 말하리다. 난 당신들만큼 힘이 강하오.

나는 당신들 누구의 아내도 아니오!

멍청한 까마귀처럼 여기서 빙빙 돌고 있군요.

이 아둔한 사람들아, 어서 꺼지시오!"

그러자 무사 코칼다시가 말했다.

"이 우즈베크 아가씨는 정말 콧대가 세군! 어이, 코카만, 말에서 내려 이 우즈베크 아가씨를 여기로 끌어내라!"

코카만은 말에서 서둘러 내려 바르친을 쫓아 유르트로 들어갔다. 그녀의 하녀들은 몹시 놀라 앞쪽 구석에 몰렸다. 당황한 바르친은 불안한 기색을 숨기며 옆쪽을 보고 있었다. 무사 코카만이 그녀의 댕기 머리를 낚아채고 문지방으로 끌고 갔다. 바르친은 엉겁결에 그 난폭한 무사를 향해 얼굴을 돌리고 두 손을 쭉 뻗었다. 한 손으로는 코카만의 멱살을 잡고, 다른 한 손으로는 그의 허리끈을 부여잡더니, 순간적으로 그 거대한 무사를 공중으로 들어 올려 자기 왼쪽 어깨가 그의 가슴에 꽂히도록 땅에다 메쳤다. 땅바닥에 메어 꽂힌 코카만은 입과 코로 피를 줄줄 쏟아냈다! 유르트 안의 상황을 모르는 코칼다시가 나머지 무사들에게 고개를 돌려 말했다.

"코카만 녀석은 어떻게 된 거야, 한 번 들여다봐! 나올 때가 한참 지났는데!"

무사 중 하나가 말에서 내리지 않고 유르트로 다가가 안을 들여다보았다.

"저 우즈베크 여인이 코카만을 짓누르고 있어요!" 그는 깜짝 놀라서 비명을 질렀다.

여든 여덟 명의 무사들은 곧장 말에서 뛰어내렸다. 바르친은 그들 모두가 갑자기 사나워진 얼굴로 유르트로 몰려오는 것을 보았다. 그녀는 그들 중 가장 힘이 센 자가 코칼다시라는 걸 눈치 챘다. 그가 유난히 짙은 갈색 말을 타고 있었고, 무사들 중 연장자란 표시로 머리에 황금 지가를 쓰고 있기 때문이었다.

바르친은 무사들에게 말했다.

"나는 내 짙은 하늘색 실내복을 입고 있소이다!
남의 땅에서 어찌 정신이 병들지 않겠소이까?

짙은 갈색 말을 타고, 황금 지가를 쓰고

나의 친애하는 베크가 오는구려.

약 6개월 정도만 유예해주시길 바랍니다.

나는 수치심 때문에 애가 타고 너무 당황스럽습니다.

불행이 나를 당신네 칼미크 인들에게 끌고 왔네요.

나는 여기서 이방인이고, 당신들은 여기서 주인입니다.

약 6개월 정도만 유예해주시길 바랍니다.

내가 부족민과 함께 이 일을 심사숙고해보고,

저 길을 바라보며 정혼자를 기다려보겠어요.

아마도, 사랑하는 알파미시가 오시겠죠.

그가 오지 않는다면, 그걸 운명으로 간주하고,

당신들 중 한 사람의 아내가 되도록 하겠습니다.

약 6개월 정도만 유예해주시길 바랍니다!

내 겉모습이 마른 사과처럼 변해버렸어요.

내가 하는 말에 화를 내지 마시길 바랍니다.

당신들 무사는 몇 명이나 되오? 백에서 열 모자랍니다!

나는 이곳에서 자유가 없는데, 당신들은 자기네 땅이라서 체면을 유지하죠.

이런 상황에서 어떻게 처신하면 되겠소?

힘 센 자가 약한 자를 구할 수 있는 법이죠.

1년을 부탁하는 것도 아니고, 6개월입니다!

당신들 모두에게 "용서해주세요!"라고 말합니다."

무사들은 '멋진 연설이다!'라고 생각하네.

그녀의 연설은 그들 영혼에 박힌 바위를 뽑아주었던 것.

그리하여 우즈베크 아가씨는 그들을 자신의 올가미로 유인할 수 있었다네.

아주 교활하게 매듭을 단단히 조여 놨다네.

무사들은 "기한이 그리 멀지도 않잖아!"라고 말하네.

누가 그런 애절한 눈앞에서 반기를 들 수 있겠는가?

무사 코칼다시는 생각했다.

'보아하니, 그녀는 우리 중에서 유독 나만 사랑하는 거 같군. 당연히 내 힘을 곧바로 알아본 거지!'

"6개월의 기한을 주겠다!" 그가 말했다.

감히 항명할 생각을 못하고 나머지 무사들도 똑같이 말했다.

"6개월의 기한을 주겠다!"

그제야 바르친은 코카만을 풀어주었다. 그 또한 땅에서 일어나자 이렇게 말했다.

"6개월의 기한을 주겠다!" 그러곤 말에 올라타서 다른 무사들과 함께 떠났다.

무사들은 6개월 동안 집으로 돌아가 있어야 했다. 그들은 즐겁게 대화를 나누면서 집으로 갔다. 몇몇은 코카만을 놀리기도 했다.

"자, 어때, 코카만? 만약 우리가 합의해서 이 우즈베크 아가씨를 너한테 양보해주면, 그녀를 가질 테냐? 네 집에서 그녀와 살겠냐는 말이다. 우린 단지 네가 그녀와 사랑을 즐기다간 제 명에 죽지 못할까 봐 걱정이야. 그녀가 왼쪽 어깨로 네 가슴을 짓누르면 네 입과 코에서 피가 펑펑 쏟아질 텐데 말이야. 피를 너무 많이 흘리면 죽음이 또다시 널 비켜 가진 않을 거야!"

코카만이 대답했다.

"용맹스런 무사들, 내가 보니 당신들 진짜 멍청이들이구만! 내가 당신네들 누구보다 못한 게 있나? 나도 90바트만짜리 갑옷을 입고 다니고, 또한 90마리의 기름진 양고기를 먹어치우고, 칸에게 90투만 황금을 받으며, 내게도 시중드는 마흔 명의 하녀들이 있고, 나도 무사계의 아흔 명 무사 중

하나잖소. 헌데 이 우즈베크 미인은 늘 똑같은 말만 되풀이 합니다. 한마디도 예외 없이 정혼자에 대해서만 말합니다."

"나한테는 가치를 따질 수 없는 선물이 있다네.
나한테는, 나의 님, 알파미시가 있다네.
내게는 용감한 한 무사가 있다네.
선단 속에 있는 나만의 나르[34],
심지어 겨울에도 잠들지 않고,
일 년 내내 열정이 끓어오르네.
모든 경쟁자들은 그를 무서워하네.
그의 사랑하는 여인에게 치근거렸다간,
안장을 머리로 박살내고,
그가 당신들에게 잔인한 복수를 할 거야!
저기 고향 땅에는 나르가 있다네.
나의 알파미시, 나의 용사가 있다네!"

"그런데 그녀의 고향 땅에 그런 강력한 나르가 있다는 건 사실입니다. 만약 우리가 계속 그녀에게 집적거리면, 만약 우리의 열정의 불길이 식지 않으면, 그녀의 콘그라트 나르가 올 것이고, 그의 일격이 우리들의 머리에 떨어질 겁니다. 그때에는 우리 속담에 있는 말처럼, 삼 천 텐가[35]어치의 쥐구멍을 사야 할 겁니다. 내 생각에 이 6개월의 기한은 아무 효과도 없을 것이며, 이 혼사는 우리에게 아무런 이익이 되지 않을 겁니다. 이 오만한 우즈베크 아가씨를 영원히 거부해버립시다. 차라리 그녀의 우즈베크 이름을 잊

34 등에 혹이 하나만 있는 낙타.
35 작은 은화.

어버리자고요! 난 그렇게 생각해요." 코카만이 말을 끝냈다.

무사들은 크게 웃으며 칼미크의 동굴로 돌아갔다.

세 번째 노래

낯선 길을 밟아보지 않는 사람이 누구냐?
넓은 세상이 너의 눈과 이성을 밝혀줄 것이다.

바르친은 1만 가구의 자기 부족민 중에서 10명의 젊은 전령을 선발했고, 90개의 유목지에 방목된 수많은 말들 중에서 10마리의 말을 골라 여행 준비를 시킨 후, 알파미시에게 편지를 썼다.

"고향 땅 콘그라트에서 6개월 거리에 떨어져 있는 칼미크의 나라에 와 있는 당신의 바르친은 강한 적의 손아귀에 빠져 있습니다. 90명의 칼미크 무사들이 결혼하고 싶다며 날 위협하고 있습니다. 다행히 그들한테서 6개월의 유예를 얻어냈습니다. 만약 알파미시께서 나한테 아직도 희망을 가지고 계시다면 지체 없이 날 구하러 오시고, 만약 아니라면 내 운명을 어떻게 처리할지 알 수 있도록 이별의 증표를 보내주십시오."

그녀는 자신의 서한을 10명의 젊은이들한테 전달하며 그들의 여행길이 무사하길 기원했다.

"꽉 찬 만월은 주변으로 빛을 흘려보냅니다.

궁수는 자신의 가장 훌륭한 활을 전장으로 가져가지요.

이 먼 이국땅은 쓰디쓴 고통의 땅입니다.

멀리 있는 내 친구는 이 바르친을 구출하러 올 것입니다.

당신들이 가는 길에 나쁜 일이 없기를 바랍니다.

고향 땅에 내 안부도 전해주시길 부탁해요.

거기에 남겨둔 내 동포들에게,

코카미시의 강물에, 모든 고향 땅 곳곳에 안부를.

그리고 학창시절 친구에게도 특별한 안부를 부탁해요!

나 같은 미인은 칼미크 사람들 때문에

어떤 평안도 누릴 수 없다고 말해주세요.

당신의 바르친-아이는 울면서 괴로워하고 있답니다!

나의 전령들이여, 한 가지만 부탁합니다.

밤낮으로 달려 매일매일 전진하시길 부탁합니다.

칠타니[36]가 당신들의 초원길을 지켜줄 거요!

이 험난한 이국땅에, 이 혐오스러운 땅에서,

천국 같은 바이순 지역에 살고 있는

내 모든 고향 사람들, 지인들을 회상하면서,

당신들을 배웅하자니 눈물이 소나기처럼 흐르네요.

허나 내가 적들의 땅에 살고,

친구 하나 없으니 누구한테 도움을 호소할 것인가?

혼자 고민하면서, 고통을 받고 있어요.

나는 이 과중한 칼미크 사람들의 탄압을 참아내야 합니다.

---

36 중앙아시아 신화 속의 성령으로, 40명이 모여서 세계를 지배하고 있다고 믿는 존재들이다. 다양한 삶의 영역을 담당하며, 사람들한테는 보이지 않으나, 그들끼리는 사람 형상으로 살고 있다고 한다.

딱 반년의 기한이 내게 주어졌어요.

바르친-아이의 운명은 정말로 위태롭다네!

고향 땅 바이순 방향으로 가는 길을 따라서

밤이고 낮이고 내달릴 거라고 나한테 약속해주세요.

노소 불문하고 모든 이들에게, 모든 내 고향 사람들에게

이 이국땅에서 내가 얼마나 힘든지 말해주세요.

바이부리 백부님께도 이 소식을 전해주세요.

"지금 저는 칼미크 인의 아내가 될 위험에 처해 있다네,

결코 노예가 되어 내 청춘을 흘려보내고 싶지 않아요!

내 어머니도 울고 있으나 위로할 길이 없어요.

아버지의 두 눈은 슬픔 때문에 생기가 사라졌어요.

제발 어린 시절 내 실수는 용서해주세요!"

사자(使者)들이여, 고향 땅 콘그라트로 질주하세요.

내 부족민들은 날 구출하러 오는 걸 기뻐할 겁니다.

거기엔 내 친구들, 언니, 오빠가 있습니다.

전령들이여, 콘그라트 고향 땅으로 서둘러 가세요.

내가 의도한 모든 것이 이루어질 수 있도록!"

10명의 용감한 사람들은

바르친에게서 편지를 받아들고,

날렵한 말 등에 뛰어 올라,

길에 큰 먼지를 일으켜 올리며,

자신들의 준마들을 흥분시키며,

격렬하게 말들을 채찍으로 때리면서,

함성을 지르고 소리치면서,

칼미크의 땅을 떠나간다네.

그들의 준마는 기수들의 마음을 기쁘게 하면서,

콧김을 내뿜으면서 달리네.

젊은이들은 콘그라트로 가는 길을 달리네.

그들은 사자의 포효로 불타오르고,

밤이고 낮이고 계속해서 달리네.

서로서로 이렇게 말하는구나.

"우린 서둘러야 하네!

머리가 부서지더라도,

바르친-아이를 위해 임무를 수행해야 하네!"

어떤 사람이 지인들을 위해서 고통을 받는다면,

먼 거리도 가까워지는 법이라네.

콘그라트 땅으로 사자(使者)들이 달리네.

콘그라트로 가는 길은 험난하다네.

산과 산은 급경사로 이어지고,

오솔길은 겨우 지나갈 정도였네.

도중에 무시무시한 협곡들이 나타났지.

수없이 웅장한 산들을 지나갔고,

천개의 절벽을 가로질렀고,

부서질 듯한 모래 길을 건너갔다네!

산 속에서 겨울을 만날 수도 있을 것이고,

사막에서 어둠에 휩싸일 수도 있을 것이라네.

얼마나 많이 길을 잃었으며,

얼마나 자주 정신을 잃어버렸을까!

추위와 폭염의 시간이 있고,

힘든 때와 좋은 때가 있으며,

길안내 별들이 있고,

강에는 비바들이 노닐고,

산기슭에는 풀들이 있다네.

밤이든 낮이든 바르친-아이의 전령들은

늘 용감했고, 길을 따랐다네.

전령들을 태운 말들도 원기왕성했다네.

초원에는 폭염이 들끓었고,

초원에서 그들은 들개처럼 얼어붙었다네.

초원은 길이도, 넓이도 없이 광활했네.

산의 계곡들은 무시무시했다네.

전령들은 밤이고 낮이고 달리네.

먼지 때문에 새까맣게 변한 채로.

아흔 개의 산이 우뚝 솟아 있고,

고갯길들은 하늘에 맞닿아 있다네.

이미 많은 산들을 뒤로 했지만,

아직 많은 산들이 앞에 서 있다네.

거대한 산들을 지나가고,

모든 모래 언덕들을 지나서,

콘그라트 칸의 지역을 찾아야 한다네!

말들의 힘이 빠지기 시작하네.

밤과 낮을 잊어버렸다네,

전령들은 길을 달리면서 말하네.

"휴식을 취할 시간이 아닌가?

우리는 기한 내에 도착할 수 없을 거야." 그들은 말하네.

"불쌍한 바르친은 죽어버릴 거야!

우리가 그녀를 위해서 고통을 겪을 것인가?" 그들은 말하네.

"아니면 말을 불쌍히 여길 것인가?" 그들은 말하네.

"앞으로 나가자." 그들은 말하네.

"밤이고 낮이고 달려야 해!" 그들은 말하네.

"우리는 조국과 동포들을 만나야 해." 그들은 말하네.

"우리가 베크의 얼굴을 보지 못하고,

왕의 아버지를 뵙지 못하고,

바르친의 편지를 전달하지 못한다면,

우리가 어찌 바르친의 눈을 바라볼 수 있겠는가?

바르친-굴의 눈물은 뜨겁다네.

만약 우리가 그녀를 돕고 싶다면,

밤낮으로 달려,

기한 내에 도움을 얻어내는 거지!"

전령들은 길을 간다네.

불쌍한 말들을 채찍질 한다네.

칼미크의 땅에서 콘그라트로 가는 길은

보통 반년이 걸린다고 하지.

고향 나라의 갈대는 어디에 있는가?

먼가요, 아니면 가까운가요? 서둘러야 한다네!

물 하나 없는 오지를 따라 간다네.

모든 길 위에는 생명체 하나 없네.

"우리가 길을 잃지 않기만 한다면,

우리가 목적지에 도착할 수만 있다면,

말들의 원기를 회복시켜줄 수 있을 것이고,

하사품도 받을 것인데!"

용감한 전령들은 길을 가면서

이런 대화를 나눈다네.

예상치 못한 순간에 갑자기

갈대 호수의 물을 보게 되었네!

거기서 말들을 쉬게 해주었다네,

그들도 잠시 눈을 붙이고 싶었다네.

선잠으로 조금 정신을 맑게 했다네.

그들은 말을 목욕시켜줘야 한다네.

말 복대를 조이고,

안장에 앉은 다음 길을 떠나야 한다네!

날렵한 말들을 봐주지도 않고,

다시 채찍으로 내리치네.

열 명의 지체 높은 신분의 전령들은

계속 달리고, 질풍처럼 돌진하네.

그렇게 그들은 자신의 길을 갔다네.

바르친을 진심으로 애처롭게 여기며,

먼지를 기둥처럼 위로 치솟게 하면서 달리네.

어떻게든 도착해야 한다네!

그들은 안장에 앉아 있는 것도 힘들어 졌네.

말들도 힘을 잃었다네.

그들의 목적지인 콘그라트 땅은 어디인가?

그곳에 관해서는 아무 말도 들을 수 없네!

전령들은 그렇게 콘그라트로 가는 길을 갔다네.

알라타크 산을 넘었다네.

그들의 발 아래로 콘그라트가 보였다네.

드디어 우리 아버지의 땅이다!

기쁨이 전령들을 사로잡았다네.

"자, 봐, 90일 만에,

바이부리의 나라에 도착했어!"

6개월 걸리는 길을 90일 동안 내달리니 그들의 말은 바싹 말라버려, 마치 초원의 암여우처럼 홀쭉해졌다.

전령들은 말에서 내리지 않고 바이부리의 집으로 다가갔고, "살람"[37]이라고 말했다. 바이부리는 '이 망할 놈들은 누구지?'하고 생각했다.

전령들은 바르친의 비밀 서한을 꺼내어 늙은 족장에게 건넸다. 바이부리는 조카딸의 편지를 다 읽고 나서 하인에게 전령들 모두를 말에서 내리게 하고, 예를 다하여 정성껏 모시고, 풍성한 음식을 대접하라고 명령했다. 바이부리는 전령들이 가지고 온 서한을 패물함에 숨기고, 아무에게도 말하지 않았다.

전령들은 바이부리 집에서 20일 동안 머물렀는데, 항상 그들에게 예를 다했기 때문에, 그들은 늘 잘 마시고 잘 먹었다. 단지 그들은 사랑채 밖으로는 나갈 수 없었고, 상주 하인들 외에는 어느 누구도 그들에게 접근할 수 없었다.

전령들이 돌아가려고 하자 바이부리는 그들에게 황금을 선물하고, 다음

---

37 아랍어로 평화, 평안이란 뜻의 인사말. 보통 'Salaam Aleikum' (살람 알레이쿰. 평화가 있기를)이란 인사말과 함께 오른손을 왼쪽 가슴에 갖다 댄다.

과 같이 말하면서 행운을 빌어주었다.

"전령들이여, 내가 읍소하는 것을 잘 들어주시게.
빛이 내 유르트로 데리고 온 그 아들을
바르친-아이를 위해서 저 멀리 낯설고 적대적인 지역으로
보내진 않을 걸세.
적들의 땅에 있는 바르친 때문에
그가 불공정한 싸움에서 목숨을 잃으란 말인가.
전령들이여, 칼미크의 압제가 잔혹하다는 당신들 말은 믿지만,
부드러운 새싹인 아들은 내게 정말로 소중하다오.
자네들이 알듯이, 그는 내 외아들이오.
내 아들을 바르친-아이를 위해 보내진 않을 걸세!
경기장에서 말 경주 시합을 하다가,
모두를 앞지른 말은 말 덮개로 보상을 받는다오.
알파미시에게는 이 콘그라트 땅에도 아내들이 충분하다네!
잘 듣게, 전령들, 자네들은 떠나야 하네.
행여나 이 말로 자네들을 화나게 만들고 싶지는 않네만,
혀를 말뚝에 묶어두게나.
절대로 알파미시가
자네들에 관해서 알아선 안 되고, 아무것도 들어선 안 되네!
이곳에서 오늘 밤에 떠나시게.
아무도 자네들을 보지도, 듣지도 못하게,
아무도 자네들에 관해 알파미시에게 떠들어대지 않도록,
행여 그가 여행 채비로 안장을 올리지 않도록,
적이 기뻐하고, 친구가 슬퍼하지 않도록,

콘그라트의 칸이 희생물이 되지 않도록!

내 아들은 곤란에 빠진 아가씨에 관해선 생각하지도 않았다네.

자, 전령들, 떠나거라! 이것이 그대들에게 주는 내 대답이다!

만약 자네들에 관한 소식이 내 아들한테까지 이른다면,

내가 자네들을 뒤쫓아 본때를 보여줄 것이야.

콘그라트에는 교수대가 있다는 걸 기억하게!

전령들이여, 자네들에게 경고했네!"

전령들은 어느 누구에게도 자신들의 방문 목적을 누설하지 않기로 약속했다. "그가 원하는 대로 하게끔 내버려 두자. 우리가 상관할 일인가? 우리는 우리의 소임을 완수했고, 편지를 배달했다." 그들은 칼미크의 나라로 되돌아갔다.

바이부리에게는 말 떼를 관리하는 노예가 있었다. 그의 이름은 쿨타이였다. 그의 말 중에 얼룩말이 있었는데, 그 말은 알파미시가 상속 받은 유산의 일부였다. 그 얼룩말이 얼룩 수말을 낳았다. 그 수말을 보고 쿨타이는 "이 수말은 준마가 되겠군!"하고 바이부리에게 끌고 갔다. 이 수말은 몇 년 동안 아주 잘 먹고 잘 컸다. 엉덩이는 둥글둥글해졌고 갈기는 귀 뒤로 훌쩍 넘어갔다. 바르친의 전령들이 되돌아간 바로 그때 이 수말은 눈을 하늘로 굴리면서 신나게 장난질을 했다. 전령들이 떠난 뒤 며칠이 지난 후 바이부리는 이 수말을 쳐다보며 생각했다. '이 못난 말의 장난질이 마음에 들지 않군. 좋지 않은 예감이 들어.' 바이부리는 그 얼룩말의 엉덩이를 지팡이로 때려 마구간에서 몰아낸 후, 쿨타이에게 끌고 가 말 떼 속에 풀어 놓으라고 명령하고 처소로 돌아왔다.

알파미시의 누이 칼디르가치-아임은 어느 날 친구들과 함께 아버지의 유르트에 들렀다가 아버지의 패물함을 열어 보고, 그 속에 있는 여러 가지 물건들을 만지작거리다가, 편지를 발견했다. 집어 들고 읽어보니 그것은 바르친의 편지였다. 그녀는 생각했다. '보아하니 이 편지는 우리 집에 들른 그 전령들이 가져온 것이구나. 아버지는 불쌍한 바르친-아이를 돕고 싶지 않은 모양이야. 그래서 이 편지를 패물함에 숨겨두었군.' 그녀는 자신의 하녀들에게 말했다. "어서 내 동생 베크한테 가서 이 편지를 주고, 그가 어떤 인물인지 시험해보자."

14살이 된 하킴-알파미시는 이미 젊은 나르처럼 힘이 충만했다. 알파미시는 편지를 다 읽고 나서 앉아서 혼잣말을 하며 생각했다.

'만약 그녀가 6개월 걸리는 거리에서 강력한 적들의 손아귀에 잡혀있다면, 단지 내 아내로 삼을 목적으로 내 목숨을 희생하는 게 가치 있을까?'

칼디르가치는 그의 생각을 간파하고는 말했다.

"여기 내 여자 친구들은 기쁨과 가난 속에서 살고 있지.

나는 그들과 어디서든 헤어지지 않을 거야.

내 사랑하는 동생아, 난 네가 수치스럽구나.

삼촌의 곱슬머리 딸이 불행에 빠졌는데!

궁수는 자신의 가장 훌륭한 활을 전장으로 가져간단다.

비탄에 빠진 사람에게는 친구만이 위로가 되는 법이지.

어두운 밤에는 보름달 주변이 밝은 법이야.

저 먼 이국땅은 모욕과 고통의 땅이다.

우리 바르친-아이가 불행에 빠졌다!

용사가 사랑하는 여자를 잊을 수 있을까?

적들에게 자신의 신부를 양보할 수 있을까?

바르친이 비탄에 빠지지 않을 수 있을까?

내 불쌍한 사촌 바르친-아이!

하킴아, 그녀의 모든 운명은 너에게 달렸다.

그녀는 이렇게 생각하겠지. '나를 사랑하는 그이가 달려올 거야.'

그녀는 이렇게 생각하겠지. '이 난폭한 자들에게 복수를 해줄 거야.'

그 어리석은 놈들이 그녀를 동정하여

반 년 동안 기다려주기로 결정했지.

그녀가 편지를 쓰고 친구들을 찾은 거야.

10명의 젊은이들을 파견했지.

이렇게 써 있네. '당신의 도움을 기다리고 있어요.

만약 사랑하는 당신이 살아 계신다면, 나를 구출해주세요.'

편지를 온통 눈물로 적시며 썼구나.

전령들이 도착하여 아버지께 편지를 전해줬는데,

아버지는 그들을 맞이하고, 선물로 포상했지만,

그들을 교수형으로 위협하면서 침묵할 것을 명하셨어.

아버지는 우리에겐 한마디도 하지 않으시고,

바르친의 편지를 쇠를 박은 패물함에 숨기셨어.

아버지는 오만하게도 아직 삼촌의 죄를 용서하지 않은 거야!

내가 바르친의 편지를 아버지 패물함에서 발견했는데,

그 불쌍한 아이의 영혼이 내지르는 비명을 눈물 속에서 읽었단다.

그리고 네게 이 편지를 가지고 왔다.

칼미크 인들 때문에 바르친-아이에겐 평안이 없어!

동생아, 내 말을 모욕으로 받아들이진 마라.

이 일과 관련해서 알아야 하는 모든 것을 알아둬라.

아버지의 금지를 구실로 삼아, 머뭇거리지 마라.

널 고자라고 여기게 하지 마라.

갈 것인가, 말 것인가를 고민하지 마라.

저 먼 칼미크 땅으로 어서 길을 떠나라.

자신의 정혼녀를 영원히 잃어버리지 마라!

만약 네가 가지 않는다면 너는 죄를 짓는 거다.

그 불쌍한 아이 혼자서 뭘 할 수 있겠니?

칼미크 인들의 첩이 돼야 할 걸!

아흔 명의 공동 아내라고!

정말 그녀가 괜히 전령들을 보냈겠니?

이건 편지를 쓴 게 아니라 눈물을 물줄기처럼 흘린 거야.

너는 그녀의 희망이고, 그녀의 빛이야.

가거라. 너의 출발에 행운이 있을 거야!

용감한 용사들은 그런 식으로 신부를 차지한단다!"

하킴-베크는 '고자'란 놀림에 발끈하며 여자들을 향해 고개를 돌리고 말했다.

'내 마음속에 있는 모든 고통의 바늘은 셀 수도 없을 거야.

이별의 날카로운 칼이 내 가슴을 갈기갈기 찢어놓았어.

'고자'란 놀림을 해명해주길 바라.

왕의 아들인 나는 비단으로 된 터번을 쓰고 있단 말이야!

밤에 꾼 꿈의 비밀은 낮에 해몽하지만,

마음속에 있는 슬픔의 불은 끌 수가 없어.

'고자'란 놀림을 해명해주길 바라.

내 누이와 함께 온 여인들이여,

봄날의 벌 떼처럼 즐겁게 조잘거리면서,

너희들은 그렇게 놀리면서 날 자극하는구나.

'고자'라고 치욕스럽게 나를 놀리는 까닭을 말해다오.

사랑하는 내 누이 칼디르가치!

눈물이 모욕 받은 내 가슴을 후벼 파는구나.

여인들, 당신들 앞에서 나는 수치 때문에 얼굴이 화끈거리네.

난 정말 화났고, 조금도 이해할 수가 없어.

왜 내가 너희들에게 '고자'라고 불려야 하는지."

칼디르가치-아임이 동생에게 대답했다.

"어디 가서 이런 바보 같은 베크를 찾을 수 있을까.

사내인지, 계집인지 알 수가 없구나.

고자란 바로 너를 닮은 사람을 말하는 거야!

적과 한 번도 싸워보지 못한 사람이 누구냐?

말 떼 속에서 떨어져 나오려고 하지 않는 사람이 누구냐?

준마에게 마구(馬具)를 채우지 않는 사람이 누구냐?

준마에게 여행을 위한 안장을 올리지 않는 사람이 누구냐?

허리에 칼을 차지 않는 사람이 누구냐?

낯선 길을 밟아보지 않는 사람이 누구냐?

자기 나라를 다 보지 못한 사람이 누구냐?

한 자리에 늘 앉아 있는 사람이 누구냐?

신부가 불행에 처했는데도 달려가지 않는 사람이 누구냐?

남편의 명예에 무관심한 사람이 누구냐?

그 사람이 바로 고자다, 이런 자보다 더 못난 사람이 있을까?

화내지 마라. 난 너의 누이!

너의 행복과 선을 바란단다.

기한이 이미 다 되어 가니, 서둘러야 한다!

바르친을 구하지 못한다면, 네가 어떻게 살아갈 수 있겠니?

목숨이 두 개는 아니지만, 바르친-아이가 불행에 빠져 있어.

네가 가서 구하겠니? 아니면 적들의 첩이 되게 할까?

늦지 않게, 적들에게 복수할 수 있도록,

지체하지 말고 가거라!

난 바르친의 편지를 읽기가 힘들었다.

그녀가 그 불행에 저항할 수 있겠니?

그 백에 열 모자란 불쾌한 구혼자들이

자기네 동굴에서 나와 매일 같이 말을 몰고

그녀에게 찾아가는 것이 습관이 되었다고,

무력으로 그 동굴에 데려가겠다고 위협한다고 편지에 써 있더라.

그 불쌍한 애가 구해달라고, 구원해달라고 요청하고 있다.

그녀는 혼자고, 그들은 백에 열 모자란 놈들이다!

내 동생아, 먼 길이 겁나서

갈까, 말까 고민하는 것이냐?

나의 이 쓰디쓴 말을 모욕으로 간주하지 마라.

우리의 불행한 동포들을 찾아가라.

바르친을 구하고, 칼미크 인들에게 복수해라.

가야 한다. 그러니 어서 떠나라.

하킴-베크야, 불쌍한 고자가 되지 마라!"

누이의 말을 듣고 알파미시가 물었다.

"그 나라로 걸어서 가나?"

칼디르가치-아임이 대답했다.

"아흔 개의 유목지에 우리 말들이 풀을 뜯고 있다. 설마 그것들 중에서 안장을 올릴만한 말을 한 마리도 찾을 수 없겠느냐? 안장과 마구를 챙겨 쿨타이에게 가면, 마음에 드는 말을 골라 안장을 올리고 길을 떠날 수 있을 것이다."

"그럼, 좋아!" 알파미시가 말했다.

칼디르가치-아임은 안장과 마구, 투구, 방패, 무기, 그 외의 도구들을 모두 함께 묶어 하킴에게 짊어지게 하고 그를 쿨타이한테 보냈다. 그는 도중에 사냥에서 돌아온 아버지를 만났다. 바이부리는 아들을 의심스럽게 바라보면서 말했다.

"그래, 아들아, 네 말(言)의 샘은 마르지 않을 것이다!
아들아, 힘센 모든 적들을 혼내줘라!
네가 어디로 가든지, 너에겐 좋은 길만 있을 것이다.
내 마음의 기쁨이며 내 눈의 빛인 아들아!
장구와 무기를 쥐고, 마구와 안장을 짊어지고,
어디로 가느냐. 말해다오. 날 안심시켜다오!
누구에게서 소식을 들었느냐?
아니면 사냥을 가느냐, 하킴아?
아니면, 내 새끼 양아, 어디 먼 길을 가려느냐?
어디를 가느냐, 말해다오. 날 안심시켜다오!
너의 몸체는 황금 허리끈으로 장식되어 있다.
젊은 사람들의 장난은 용서가 된다만,
너는 출행(出行)으로 날 죽이려 하느냐?
그래, 이 아비의 두려움은 마치 연기처럼 온 몸으로 퍼지고 있다!
넌 어딜 가는 길이냐? 날 안심시켜다오!

오오, 아들아, 이 아비의 말에 침묵을 지키지 마라.

그런 행동으로 자신을 괴롭히지 마라.

내가 너에게 외출용 말을 선물하마!

아들아, 네가 어느 곳으로 가려고 하는지 말해다오.

내 눈의 눈동자여, 네가 돌아올 거란 걸 알고 있다만,

네가 길에서 지쳐 쓰러지지나 않을까 걱정이 되는구나.

사막에선 힘이 드느니라. 만약 길이 멀다면,

너는 어찌 혼자서 그 길을 가려고 하느냐?

내 눈의 눈동자여, 넌 어디로 가는 것이냐?"

아버지의 말을 듣고서 하킴이 말했다.

"오, 아버지는 아버지 동생한테서 세금을 거두기 전에 돌아가셨어야 했는데!" 이렇게 불손하게 말하고 나서 그는 제 갈 길로 향했다.

바이부리가 아들의 뒷모습을 보면서 생각했다. '저 녀석이 젖먹이였을 때 죽어버렸어야 했는데. 누군가 저놈에게 말했군.'

바이부리는 서둘러 집으로 돌아왔다. 집에 도착해서 보니 패물함이 열려 있고, 패물함 속에 넣어둔 편지는 사라지고 없었다.

그는 다시 말을 타고, 저지대로 숨어서 알파미시를 앞질러 목동 쿨타이에게 갔다. 바이부리는 알파미시도 거기로 올 거라고 생각했고, 아마 그 낯선 나라에서 왔던 누군가가 그에게 소식을 전했으리라 짐작했다.

'나쁜 일이로다. 알파미시가 강해진 건 사실이지만, 무서운 고함 소리를 두려워하지 않을 정도로 강하진 않지. 만약 고함 소리를 무서워하지 않으면 지팡이로 때릴 수도 있지.' 바이부리는 이렇게 생각하며 쿨타이에게 명령했다.

"그가 너에게 오면, 욕지거리를 퍼붓고, 말은 절대로 내주지 말 것이며,

지팡이로 흠씬 패준 다음 쫓아내버려라."

쿨타이가 말했다.

"당신의 명령이 없었다한들, 제가 알파미시한테 말을 내주겠습니까?"

바이부리는 쿨타이에게 다짐을 받고 떠났다.

아무것도 모른 채 알파미시가 그곳에 도착했다. 그가 다가오자, 쿨타이
는 올가미 막대기를 쥐고 알파미시한테 손을 한 번 흔들어준 다음, 온갖 욕
을 하면서 외쳤다.

　　"너는 어떤 나라에 유혹되었느냐,

　　어휴, 그 무례하고 몹쓸 놈의 무사 때문이냐?

　　네 일은 나와 관계가 있다!

　　너는 뭐하러 내게 왔느냐?

　　왜 너는 말 떼들 사이에서 어슬렁거리는 거냐?

　　왜 너는 말들을 찬찬히 살피고 있는 거냐?

　　난 어떤 말도 주지 않을 것이다!

　　낯선 땅으로 가려고 궁리하고 있는 것이냐?

　　저리 가라! 젖먹이한테는 말을 내주지 않을 거다!

　　저리 가라! 내 말떼에게 다가오지 마라!

　　저리 가라고 말하고 있잖아! 어서!

　　너는 여기서 주인이 아니다. 몹쓸 놈 같으니!

　　바이부리가 버젓이 살아있어. 네 아버지 말이다!

　　난 너의 준마를 빼앗을 거다!

　　너의 귀를 찢어버릴 거야!

　　여행을 떠나려고 마음먹은 것이냐?

　　신이 네 정신을 빼앗아 간 거야!

너는 아직 내 지팡이 맛을 보지 못했지?

너는 아직 어리니 집에 가 있거라!

저리 가라, 이 몹쓸 놈, 날 화나게 하지 마라!

난 너와 농담을 하는 게 아니야.

너한테 이성을 가르치고 있는 거야.

길을 가다가 넌 힘센 자를 만날 것이고,

그가 널 죽여버릴 거야!"

알파미시는 쿨타이의 말을 다 듣고서 대답했다.

"이 잔소리꾼 쿨타이 할아범, 당신께 내가 비밀을 알려드릴게요.

전 장난질을 하러 온 게 아닙니다.

당장 준마 한 마리가 필요해요!

당신은 걱정하지 마세요. 제가 어리긴 하지만,

전 그 힘센 이국의 무사가 무섭지 않아요.

저도 강력한 힘을 가지고 있으니까요!

칼미크의 나라에 한 여인이 있습니다.

그녀는 칼미크 인들의 엄청난 폭압을 견디고 있어요!

내 착한 쿨타이 할아범, 당신의 충직한 자식이

그 칼미크의 땅으로 가려고 합니다.

가서 자신의 여자인 바르친-아이를 데려오려고 합니다.

날 도와주세요. 내게 준마 한 마리만 주세요!

내가 나의 바르친-아이를 자유롭게 해주겠어요.

동포들에게 그들이 어떻게 살고 있는지, 꼬치꼬치 캐물을 겁니다.

아마, 그들은 고향 땅으로 돌아오려고 할 거예요.

할아범, 내가 저 나라로 갈 수 있도록 도와주시오!

내가 적들의 목을 비틀어버리겠소.

삼촌의 딸을 그들로부터 해방시켜주겠소.

유목생활을 하는 모든 사람들을 도와주겠소.

그 다음 고향 땅으로 돌아오겠소.

이것이 내가 여기 말 떼 주변을 서성거리면서,

말을 달라고 요청하는 이유랍니다.

쿨타이 할아범, 당신이 날 사랑하고 있다는 걸 알고 있어요.

날 쫓지 마시고 말을 골라주세요.

지금 전 하루도 더 기다릴 수 없어요.

할아범, 내 행복을 방해하지 말아주세요!

할아범, 내가 늘 당신에게 위안이 되어주리다!

할아범, 이건 장난치자는 것도, 웃자고 하는 짓도 아닙니다.

할아범, 난 당장 사랑하는 사람을 구출하러 가야 합니다!"

쿨타이는 다음과 같이 대답했다.

"아니, 넌 뭐냐, 이 몹쓸 놈, 왜 여기로 왔어?

너는 이 할아버지의 말을 유순한 농담으로 여긴 게야?

네가 죽고 싶어서 여기 남아 있는 거구나!

아니면 악마가 널 바른 길에서 벗어나게 했니?

아니면 도중에 교활한 충고를 받았니?

아니면 네가 이 지팡이 맛을 덜 본 것이냐?"

이렇게 쿨타이 할아버지가 알파미시에게 고함을 치고,

손에 무거운 지팡이를 쥐고,

흔들기 시작하네. "자, 꺼져버려라, 이 병신 같은 놈!"

알파미시는 우두커니 서서, 아무 말도 하지 않은 채,

꼼짝 않고 서 있었는데, 할아버지가 그 앞으로 오는구나.

가까이 다가와 장난이 아니라 진짜로 지팡이를 움켜쥐고,

서너 차례 지팡이 세례를 퍼부었다네.

할아버지가 베크 알파미시를 한참 때렸다네.

지팡이로 무사를 삶 쪽으로 되돌려놓고자 했다네.

이것은 베크를 화나게 만들었네.

알파미시는 짐을 땅에 내려놓고,

할아버지에게 가까이 다가가서,

그의 허리춤을 붙잡았다네.

쿨타이 할아버지는 겁이 나서 모든 감각이 사라져버렸고,

쿨타이의 옆구리에서 뼈 부서지는 소리가 울려 퍼졌다네.

가을이 다가왔고 꽃은 시들고 앙상해졌다네.

까마귀는 장미 덩굴에 앉을 거라네.

보아하니, 지팡이가 기적을 행한 것!

알파미시는 쿨타이의 허리춤을 붙잡아서,

들어 올려 이러 저리 흔들더니 하늘로 집어던졌다네.

알파미시는 그 비행 궤도를 주시하는구나.

할아버지는 장난감 할머니 인형처럼 공중에서 아래로 떨어지네.

쿨타이가 젊은 무사에게 소리치네.

"어어, 얘야, 네 할아버지 쿨타이는

백 살까지 만수무강할 것이고,

조각조각 부서지더라도, 많은 불행을 만들어내지 않는다.

나 없으면 네 말들을 감시할 수 없어!

명령한 대로 하겠다고 신께 맹세한다.

말 떼 중에서 최고의 말을 잡을 테니,

그저 날 조각조각 상처 입게 하지는 말아다오!"

하늘에서 노인의 통곡 소리가 들려왔다네.

알파미시는 무사의 팔을 위로 뻗어,

쿨타이의 허리춤을 잡았다네.

잡아서 그를 땅에 눕혔는데,

그의 가슴을 무릎으로 살짝 짓눌렀다네.

"자, 할아범, 나한테 말을 잡아주시겠소?" 알파미시가 말했다.

"잠깐, 얘야, 잡아주마." 쿨타이가 대답했다. "다만 지금은 안 된다."

"아뇨, 지금 당장 잡아줘요!"

"일어날 수도 없는데 어떻게 말을 잡아주겠니?" 쿨타이가 화를 냈다.

알파미시가 쿨타이를 풀어주자, 이렇게 소리쳤다.

"쿠르하이트!"

아흔 개의 모든 유목지에서 셀 수도 없는 많은 말들이 호출 소리를 듣고 그의 앞으로 모여들었다. 쿨타이는 하킴-베크에게 올가미 달린 막대를 주면서 이렇게 말했다.

"네 스스로 원하는 말을 잡아라."

하킴-베크가 올가미 달린 막대를 잡고 그것을 말무리로 던지자 갈기가 비단결 같은 얼룩무늬 말의 목에 걸렸다. 그 말은 그가 속으로 기대했던 말이 아니었고, 알파미시의 취향에 맞지 않았다. 그는 말을 풀어주면서 속으로 생각했다. '이 말은 지나치게 온순하고 참을성이 없어서 여행길엔 부적합할 거야.'

그가 다시 올가미 막대를 던졌는데 또 그 말이 걸렸고, 알파미시는 다시 말을 풀어주며 말했다.

"어이, 너는 나한테 불행을 가져 올 것이고, 여행길 도중에 죽을 거야. 네가 나의 불행에 동행하게 되면, 날 원망하게 될 거다!"

알파미시는 세 번째로 올가미를 던졌는데, 바로 그 비단결 갈기가 있는 얼룩무늬 말이 또 잡혔다.

"보아하니, 이것도 내 운명이구나!" 알파미시가 말했다.

그는 말을 끌어당겨 말의 목에 자신의 허리띠를 감아주고, 안장과 마구가 놓여 있는 곳으로 데려갔다. 그리고 자신의 것으로 운명 지어진 그 말이 어떤 말인지 파악하려고 자세히 살펴보기 시작했다.

이때 칼디르가치-아임이 자신의 여자 친구들과 함께 다가와서 동생을 한참 보더니, 알파미시가 자신의 말에 만족하지 않는다는 사실과, 그 때문에 울적해 한다는 것을 곧바로 알아차렸다.

그녀는 그의 손에서 말고삐를 빼앗아 들고, 말의 엉덩이를 쓰다듬으며 사방을 훑어보더니 말했다.

"슬퍼하지 마. 이 말이 나쁜 말이라고 생각하지 마라. 이 말에 올라탄 사람은 많은 나라를 볼 것이며, 자신의 목표를 달성할 것이다."

그녀는 동생을 격려하며 축하했다.

"이 말은 타고나기를 회색 얼룩무늬 말이구나.

넌 세상에서 이보다 더 나은 준마를 찾을 수 없을 거야.

너에게 말하건대, 이 말은 기수들의 행복이야.

이런 말을 타면 어떤 적이든 무찌를 수 있다.

화려한 마구 속에, 그 안장 아래로 명마의 혈통이 느껴진다.

네가 들판으로 황금 화살통을 가지고 나서면,

이 말은 전장으로, 울라크 경기장으로 바람처럼 내달릴 것이니.

너는 아름다운 아가씨에게 갈 수 있을 거야.

동생아, 축하한다. 명마 혈통도 아닌데 우연히 보물을 얻었구나!

넌 이 준마를 사랑하게 될 거야.

일단 타보거라. 그가 직접 자신의 질주 능력을 보여줄 것이다.

네가 적들을 물리치는 것을 이 말이 도울 것이다.

바르친을 구출하고 그녀와 행복해지도록 도울 것이야.

그런 운명에 대해 이 말에게 감사하게 될 것이다.

동생아, 축하한다. 명마 혈통도 아닌데 우연히 보물을 얻었구나!

부드러운 손으로 말 이마를 쓸어줘라.

길 떠날 준비를 해라. 말에 안장을 올릴 때야!

넌 바이치바르[38]에 대해서 안 좋게 판단하지 마라.

의심의 쓴 맛을 가슴에서 뱉어내라.

이 말의 장점은 매우 많다.

이 말을 타고 일단 세상을 다녀봐라.

더 나은 명마를 찾아볼 테면 찾아봐라.

결국 찾지 못할 테니 마음만 쓸데없이 아프게 하지 마라!

아주 고귀한 말이야. 그와 함께라면 실패는 없을 것이다.

너를 위해 임무를 잘 수행할 테니, 두고보렴.

너 스스로 알게 될 것이니 이 말을 괴롭히지 마라!

너의 모든 욕망을 이 말이 실현시켜줄 것이다, 동생아!

이건 말이 아니라, 진귀한 보물이니까!

진짜 명마이고, 날개가 달린 듯하다.

가장 빠른 새도 그와 나란히 날 수 없을 정도야.

날 믿어다오. 어느 누구도 이 말을 가질 만큼 부유하지 않다.

---

38 이 말의 이름이 바이치바르이며, 알파미시의 모험 내내 함께 한다.

이 말은 사막 모랫길을 따라, 산맥 절벽을 따라

여섯 달이나 쉬지 않고 달릴 수 있어.

이 말이 얼룩말이고 볼품없어 보이는 것은,

네 말의 잘못은 아니잖니, 사랑하는 동생아!

사랑하는 동생아, 이 칼디르가치의 말을 들어라.

이 말은 골격이 튼실하고, 참을성이 있고 화끈하다.

다른 말은 보기엔 좋지만, 이 여윈 말보다 더 약하단다.

이 말은 준마이니, 말 때문에 울지 마라.

내 사랑하는 동생아, 네가 바이치바르를 비방한다면

그건 멀리 보지 못하는 거란다.

이 말 덕분에 넌 세상을 놀라게 할 거고,

넌 이 말에 올라타서 다른 무사들의 명성을 가려버릴 거야.

만약 네가 이 말과 운명을 함께 한다면

넌 칼미크의 최고 장사들을 능욕할 것이고,

그들로부터 삼촌의 딸을 해방시킬 수 있을 거야.

내 동생 알파미시야, 어찌 그리 예지력이 없느냐!"

칼디르가치는 직접 말안장을 올려주며 이어서 말했다.

"멀리 낯선 땅으로 떠나는 모든 이들은

멸시를 참아내고, 큰 억압을 참아낸다.

영웅다운 마음으로 친척 아가씨에 대해 슬퍼하면서,

내 동생 베크, 넌 지금부터 용기를 보여줘야 한다.

"비스밀라![39]" 칼디르가치는 이렇게 말하면서,

---

39 '알라신의 이름으로!'란 뜻으로, 보통 어떤 일을 시작할 때나 음식을 먹기 전에 외는 기도문구이다.

먼저 말 등에 언치[40]를 올렸다네.

금자수 비단으로 된 부드러운 안쪽 언치였다네.

"비스밀라!" 칼디르가치는 동생에게 말했다네.

"용감한 사람들은 망원경으로 저 먼 곳 까지 볼 수 있지.

대장장이는 무사를 위해 칼날을 단련시키지.

연인을 애처롭게 생각하는 자에겐 이역만리도 가까운 법.

"비스밀라", 내 동생아, 명예롭고 담대해지거라!"

그녀는 말에 상단 언치를 올리네.

금으로 짜인 상단 언치였다네.

안장을 결박하는 가죽띠도 함께 묶었다네.

어린 송아지 가죽으로 만들어진, 아주 질긴 가죽띠였네.

"비스밀라!" 칼디르가치가 동생에게 말했다네.

"글을 읽을 줄 알아야 문서를 읽는다.

학자의 손은 펜으로 향하고,

목수의 손은 도끼에 익숙하지. 비스밀라!"

칼디르가치가 동생에게 말했다네.

얼룩무늬 말의 등에

황금 돌출부가 있는 높은 안장이 놓였다네.

"저 멀리, 알라타크 너머로, 우리 동포가 갔어.

그들이 그 낯선 땅에서 얼마나 힘들겠니.

적들에게 이로울까 봐, 비밀을 퍼뜨리고 다니지도 못했단다!"

이렇게 말하고 나서, 그녀는 양쪽으로

순금으로 만든 말등자를 아래로 내렸다네.

세월은 영원히 흐르는 것.

---

40 말이나 소의 안장이나 길마 밑에 깔아 그 등을 덮어주는 방석이나 담요.

겨울이 지나갈 것이고, 3개월의 봄이 오고.

수다꾼보다 더 지긋지긋한 사람은 없다네.

말을 조리 있게 하지도 않으면서 늘 시끄럽지.

수다꾼에게는 혀가 마치 바트만처럼 무겁다네.

"비스밀라!" 칼디르가치가 동생에게 말했다네.

그녀는 보따리에서 부드러운 쿠션을 꺼냈다네.

초록색 벨벳으로 만든 쿠션이었네.

빨간 술 장식이 있는 말안장용 쿠션이었네.

"무식쟁이의 칭찬은 현자에겐 비난과 같다.

하지만 현자도 용감한 사람의 업적은 찬양한단다!"

칼디르가치는 말 복대를 잡고, 민첩하고 능숙하게

말의 옆구리에 씌웠다네.

그 말 복대는 위에서 아래쪽으로 비단이 부드럽게 엮여 있는

그런 말 복대였다네.

칼디르가치는 동생에게 "비스밀라!"라고 말했다네.

"네가 '추!'[41]라고 소리 내고, 재갈을 휙 잡아당기면,

말은 하늘로 솟구친 후, 날개를 쫙 펼 것이고,

구름 속에서 높이 나는 새들도 따라잡아낼 거야!"

청동 금속판 세트가 달린 가죽 끈으로 만든

차가타이[42]의 마구로 말을 치장한 후,

칼디르가치는 동생 앞에서 머리를 공손하게 숙이면서,

"비스밀라!", 하고 동생에게 말했다네,

칼디르가치는 말에 꼬리걸이[43]를 걸고 있다네.

---

41 말을 달리게 할 때 내는 소리. 우리말 '이랴'에 해당.
42 칭키스칸의 둘째 아들로서, 1224~1242년까지 몽고 제국을 지배했다.
43 말안장이 흐트러지지 않도록 안장과 꼬리 부분을 연결하는 가죽 끈.

그 꼬리걸이는 코뿔소 가죽으로 만든 것이라네.

그녀는 말에 가슴걸이를 걸어주네.

금속판들은 모두 차접시를 닮았다네!

그녀가 말굴레를 씌우는 일이 오래 걸릴까?

말은 완전히 채비를 갖추었다네.

칼디르가치가 말을 보더니 스스로도 놀라네.

그녀는 부드러움이 충만한 손으로 바이치바르를 쓰다듬어주네.

참을성 없는 말은 재갈을 물어뜯는다네.

말은 땅을 파고, 춤을 추며, 갈기를 흔드네.

드디어 안장도 갖추고, 굴레도 쓰고, 여행할 채비를 마쳤다네.

칼디르가치는 동생에게 셔츠를 주네.

"하킴아, 입거라!" 하킴은 생각했다네. '이것 봐!

여자들이란 이렇다니까, 그래도 참 재미있는 사람들이야!'

그는 비단으로 된 셔츠를 입으면서,

자신의 운명을 감지하며 한숨을 크게 쉬었다네,

하킴은 전투용 체판[44]을 입었고,

새빨간 허리띠를 매었고,

머리에는 강철로 만든 원뿔형의 투구를 썼다네."

알파미시에게는 그의 할아버지 알핀이 유산으로 남겨준, 무게가 14바트만이 나가는 청동 활이 있었다. 알파미시는 생각했다. '만약 적의 나라에서 활 사격 시합 날이 열린다면 어쩌나. 사람이란 출정 중에 어떤 일이 벌어질지 알 수 없는 법이야. 이 활도 가져가야겠군.' 그는 그 활을 안장에 넣었다. 칼디르가치는 그가 말에 올라타는 것을 돕고 나서, 그의 출정 채비를

---

44 중앙 아시아인들이 즐겨 입는 헐렁하고 긴 상의.

다시 점검하고, 그에게 여행 인사를 하며 말했다.

"사랑하는 동생아, 넌 제때에 떠날 수 있게 되었구나!

다른 나라로 가는 너의 길이 행복하길 빈다, 동생아!

그래, 네가 고른 친구가 나타날 것이다, 동생아!

그래, 너에게 칠타니가 동행할 것이다, 동생아!

성공하여 속히 돌아와라, 내 동생 베크야!

내 위로 고통의 먹구름이 검게 덮이는구나, 동생아!

내 눈에서 멈추지 않고 흐르는 뜨거운 눈물이 흘러내리는구나.

전 부족민이 기뻐하는 그런 연회를 베풀도록,

너의 바르친-굴과 함께 고향 땅 콘그라트로 돌아오거라!

내 말이 너의 영혼 속에서 불타도록 해다오.

내 사랑하는 동생아!

살아서 무사히 돌아오거라.

교활한 간계를 부리는 적들을 용서하지 마라.

너의 모든 일들을 성공으로 완성하거라.

사랑스러운 너의 어머니를 슬프게 하지 마라.

네 신부를 구출하고 돌아오거라.

네가 우리 고향 땅으로 돌아와,

바이순-콘그라트를 천국처럼 만들어다오.

너의 아랍 준마가 네 밑에서 흥분하고 있다.

전속력으로 풀어놓으면, 그 말은 돌풍처럼 하늘로 치솟을 것이다.

내 동생아, 가거라. 실패는 생각하지도 마라.

이 칼디르가치가 널 위해 기도하마!"

하킴-베크-알파미시는 쿨타이 할아범과 누이 칼디르가치와 이별하면서
말했다.

"소금이 내 마음의 상처에 뿌려졌어요.

고통으로 나는 낙타처럼 울부짖습니다.

사랑하는 이와 이별하는 것이 쉬울 리가 있나요?

쿨타이 할아범, 나 없이도 행복하세요!

내 고통이여, 넌 연기처럼 녹아 없어져라.

조국이여, 번성하여라.

나에게 축복을 해다오.

쿨타이 할아범, 나 없이도 행복하세요!

내 친구이자 누이여.

너는 나와 함께 태어났고,

우린 하나의 젖으로 자랐어.

넌 나와 어린 시절부터 우애가 깊었고,

넌 내 희망의 봄이었어.

누이여, 부디 살아서 건강하게!

칼미크 초원에서 포로가 된 그녀가,

나르시스의 눈을 가진 내 여인이,

빨간 볼을 가진 내 여인이,

거기서 슬픔 때문에 노랗게 질리지 않도록

나는 그녀를 구출하러 간다네.

누이여, 부디 살아서 건강하게!

온 세상을 둘러보고,

적들을 응징하고 박멸한 다음,

사랑하는 누이에게 돌아와서,

내 조국을 통치할 수 있으면 얼마나 좋겠는가!

누이여, 부디 살아서 건강하게!

내 발아래엔 날렵한 준마가 있어.

예전 삶과 작별을 고하고,

산과 산을 내달려,

이 나라와 저 나라로 가서

어디에 좋은 부족이 있고, 어디에 나쁜 부족이 있는지 보리라.

누이여, 부디 살아서 건강하게!

승리자의 얼굴은 무섭도다.

교활한 칼미크 인이여, 벌벌 떨거라.

나는 적들을 용서하는 것에 익숙지 않다!

영광스럽고 위대하게 돌아올 것이다.

할아범, 기도를 해주시오.

당신들 모두 부디 살아서 건강하시오!"

마지막으로 동생에게 출정 기도를 해주면서, 칼디르가치-아임은 그에게
말했다.

"겁쟁이와는 사귀지 마라. 그런 사람은 믿지 마라.

수다꾼을 친구로 고르진 마라.

오래 생각하느라 네 의지를 잃어버리진 마라.

동생아, 부디 행복하거라. 죽지 말고 살아야 한다!

내가 널 위한 기도를 올리마.

널 그리워하느라 내 눈이 마를 날이 없겠구나.

내 앓는 소리에 귀 기울이길 바란다.

동생아, 내게 맹세해라. 그리고 그 맹세를 깨지 마라.

애처럼 되지 말고, 남편으로서 처신해라.

전투에선 사자 같은 기질을 드러내거라.

왕이든, 거지든, 어쨌든 죽게 마련이지만,

죽음은 소심한 영혼을 서둘러 좇는 법!

그리고 내 동생아, 또 이것도 말해주마.

이 준마를 애지중지하거라.

어두운 밤에도, 밝은 낮에도,

나아가 나쁜 사람들로부터도 이 말을 지켜라.

나의 세 번째 충고를 들어보아라.

적에게 돌진할 땐, 원한다면 잔인해져도 된다만,

말의 머리는 베지 마라.

사랑하는 동생아, 칼미크 지역으로 기한에 맞춰 가거라.

사랑하는 연인과의 대화를 즐겨라. 달콤한 꿀을 쭉 들이켜라.

너의 머리에서 그 지가는 떨어져 내리지 않을 것이다.

너는 전투에서 가장 강한 적을 무찌를 것이다.

우리 부족민을 행복하게 만들거라, 사랑하는 동생아.

우리의 이별이 길지 않도록 해다오!

너 없이 남는 건 끔찍하단다, 내 동생아.

네 발 아래서 말이 아주 평화롭게 노닐고 있구나.

네 옆구리엔 너의 칼이 채워져 있다.

가거라. 소중한 보물을 손에 넣어라!

내 동생아, 이 시험은 너의 정신을 단련시킬 것이다.

넓은 세상이 너의 눈과 이성을 밝혀줄 것이다.

가거라. 그래 너의 행군이 행복하길 빈다!

거기서 유목을 하고 있는 우리 부족민이 널 기다리고 있다.

거기서 사촌 바르친이 마음을 졸이면서 널 기다리고 있다.

밤낮으로 길에서 눈을 떼지 못할 것이다.

그렇게 오래 기다린 형제가 도와주러 오지 않을까, 하고.

그녀에게 반년이 주어졌으니, 그녀에게 하루는 일 년 같을 것이다.

기한 내에 도착하지 못하면, 그녀의 고통은 배가될 것이고,

기한 내에 도착하면, 거기서 사랑과 존경을 찾을 것이다.

너는 모든 우즈베크 동포들을 단결시켜서,

우리의 적이 못된 짓을 꾸미지 못하게 해라.

만약 모든 우즈베크 인들이 단결한다면,

그때엔 적들의 간계도 두렵지 않을 것이다!"

누이와 쿨타이 할아범과 이별하고 나서, 알파미시는 길을 떠났다.

그의 큐폴라 모양의 강철 투구가 덜컹거리네.

코뿔소의 가죽으로 만든 방패가

소리를 내는구나.

청동으로 만든 칼집 끝 장식이 딸그랑거리고,

등자가 찰랑거리네.

말이 몸을 파르르 떨면서 콧김을 뿜어내고,

비상하는 매처럼 날아가네.

알파미시는 오른쪽으로 고개를 돌리지 않네.

알파미시는 왼쪽으로도 고개를 돌리지 않네.

왼손은 활을 잡고,

오른손으로 창을 쥐고 있다네.

알파미시는 분노와 사랑에 이끌리어,

직선 길을 질주하네.

치바르[45]가 거품을 흔들어 떼어내네.

치바르가 콧김을 뿜으면서 재채기를 하네.

칼미크 사람들의 나라로 가는 길은 멀다네.

바람이 초원을 먼지로 뒤덮지만,

치바르는 쉬지도 않는다네.

하킴-베크는 대담하고 엄격하다네.

기한 내에 도착하지 못할까 봐 걱정이라네!

"춥-하!" 외침으로 말을 재촉하면서,

말 다리 사이에 채찍을 가하네.

준마가 질주에 속도를 더하자,

가야 할 길이 단축되었네.

산맥이 나오면 날아 건너고,

협곡이 나오면 뛰어 건너고,

수로가 나오면 달려 건너네.

이렇게 하킴-베크는 자신의 길을 간다네.

이렇게 생각을 하면서. '그 낯선 나라에서

동포들의 거주지를 찾아내면,

내 신부를 찾을 수 있을 거야!'

산길은 밤에 위험하지.

산길에는 낭떠러지가 있고,

산길에는 돌무더기도 있다네.

---

45 알파미시의 준마 바이치바르의 애칭.

달이 보이면 밝아지고,

먹구름 속으로 들어가면 돌보다 더 어두워지지만,

이 준마는 다른 녀석들보다 더 영리하고,

이 무사는 다른 무사들보다 더 강하다네.

그의 두 눈에는 용기가 있고,

그의 두 어깨에는 무기가 있다고!

두려움을 떨치면서,

밤과 낮을 구분하지도 않고,

밤낮으로 그는 말을 몰아댄다네.

하킴은 마음속의 무거운 슬픔을

걱정을 도저히 몰아낼 수 없다네.

"삼촌의 딸을 구출할 수 있을까?"

청명한 두 눈을 내려 깔고,

하늘에 도움을 청하면서,

저 멀리 있는 적들에게 겁을 주면서,

하킴-베크는 밤낮으로 달리네.

그는 하루라도 기한을 늦출 수 없다네!

얼룩무늬 말은 초원길을 따라,

험악한 산 좁은 길을 달리네.

이별의 고통이 기수를 불태우네.

도대체 칼미크 땅은 어디에 있는 건가!

그의 말은 옆으로 먼지를 일으키며,

먼 거리를 단축시키며 달려간다네.

그토록 많은 산들을 넘었는데,

또다시 광활한 초원이 펼쳐지는구나!

밑도 끝도 없는 초원의 광활함과

몰려오는 더위 때문에 머리가 어지럽네.

눈길을 사방팔방으로 던지지만,

좀처럼 길의 끝은 보이지 않네!

그러니 머리가 아플 수밖에.

알파미시는 흥분한 상태로 달리네.

가는 길에 스스로에게 말하네.

마치 헛소리를 하는 것처럼 말하네.

"그 나라로 갈 테다." 이렇게 말하네.

"사랑하는 그녀를 찾을 테다." 이렇게 말하네.

'내가 그녀의 불행을," 이렇게 말하네.

"제거해줄 수 있을까?" 이렇게 말하네.

'이 길이 끝나기만 한다면,

그녀와 결혼하여," 이렇게 말하네.

"콘그라트로 그녀와 돌아가리라!" 이렇게 말하네.

'내가 전투에서," 이렇게 말하네.

'나의 용맹함을 보여주고," 이렇게 말하네.

"모든 적들을 쳐부수고," 이렇게 말하네.

'내 고향 땅에서," 이렇게 말하네.

"왕이 되리라!" 이렇게 말하네.

그는 이런 것들을 꿈꾸면서 혼잣말을 중얼거리네!

만약 전투의 날이 임박했다면,

계곡에는 가축 풀 먹이는 소리가 울려 퍼지는 법.

창에 찔린 상처도 아파오지.

하킴-베크가 달려가고 있는데, 저 멀리서,

마치 땅 끝을 따라서,

먼지 속을 달리는 기수들을 보게 된다네.

이미 태양이 머리 위에 뜬 거라네.

"저 말 탄 사람들은 도대체 누구지?"

그는 채찍으로 말을 내리친다네.

그는 말을 야단치면서 재촉을 하네.

바이치바르는 달리는 게 아니라 날아서 간다네.

광활한 초원을 가로질러,

그 말 탄 사람들을 따라잡고 있다네.

그렇게 4일간 밤낮으로,

말에서 땅으로 내려오지도 않고,

알파미시는 그들을 뒤쫓아 달리네.

4일째 되는 날이 저물 무렵,

여러분이 보다시피, 얼마나 용감한 사람입니까!

그가 드디어 그 사람들을 따라잡았다네.

알파미시가 뒤쫓아 간 그 말 탄 사람들은 바르친이 보낸 열 명의 전령들이었다. 그들은 말에서 내려 알파미시에게 인사를 하고 말했다.

"우리는 임무를 제대로 수행했습니다. 우리를 존중해야 합니다."

알파미시가 그들에게 말했다.

"이제는 서두를 필요가 없다. 조용히 가거라. 내가 서두르마. 내가 먼저 가겠다."

전령들은 뒤에 남겨졌다. 알파미시는 멀리 앞으로 가면서 생각했다. '여기쯤에서 숙소를 찾아야겠군.' 그는 불빛을 보았다. 알파미시는 말의 머리를 돌려서 불빛이 있는 쪽으로 향했다. 가까이 다가가니 묘지가 보이고, 그 위로 무덤이 우뚝 솟아있었다. 하킴-베크는 생각했다. '내가 듣기론 늦게 온 길손들이 무덤에서 밤을 보낸다던데. 이 인적 없는 곳에, 이 황무지 같은 무덤에서 밤을 보낼 것인가. 아니면 계속 달릴까? 망자들이 나한테 볼 일도 없을 것이고, 길손인 나한테 신경 쓰지도 않을 것이다. 그래도 어쨌든 그들에게 나 자신을 소개는 해보자.'

알파미시는 이렇게 말하기 시작했다.

"나는 콘그라트의 수장임을 아뢰오.

나는 그곳에서 황금 지가로 장식된 터번을 쓰고 다녔소.

내 유목지는 아무46 강변에 있고,

나는 그곳 왕의 아들 되는 사람이오!

이 묘지의 거주자들이여, 당신들에게 평화가 깃들기를!

나는 당신들에게 밤을 보낼 곳을 부탁합니다.

이 지친 준마가 땀을 흘리고 있지 않습니까?

군주의 마음이라고 걱정근심이 없겠습니까?

당신들은 날 받아들일 마음이 있습니까?

나는 오직 하룻밤만 지샐 수 있는 거처를 부탁합니다.

내 충실하고 날렵한 명마가 지쳤답니다.

내가 나이가 많은 건 아니지만, 내 부족 내에서는 높은 사람이오.

무덤이여, 내가 당신께 숙소를 부탁하오!

난 먼 곳에서 와서 저 멀리로 바삐 가고 있다오. 믿어주시오.

나는 완전히 지쳐서 겨우 숨을 쉬고 있소, 믿어주시오!

어이, 묘지의 망자들이여, 무덤의 문을 열어주시오!

46 아무다리야 강. 중앙아시아에서 발원하여 아랄 해로 유입되는 강.

날 보면서도,

내가 내 부족의 귀족인 걸 알지 못하겠소?

기진맥진하여 겨우 말하고 있는데,

설마 괜히 내가 숙소를 부탁하겠습니까?

성스러운 무덤이여, 자비를 베풀어주시오. 날 들어가게 해주시오,

나는 무덤에서 밤을 지새울 준비가 되어 있소.

나는 말을 하기조차 힘이 드오.

이 길손의 부탁을 용서해주시오!

묘지의 거주자들이여, 당신들에게 평화가 깃들기를!

뭐든 물어보시오. 모든 것을 양심에 따라서 답하겠소.

나는 콘그라트에서 칼미크 지역으로 가고 있소.

나는 내 연인의 불행 때문에 전전긍긍하고 있소.

나는 콘그라트의 사자고 명예를 중시한다오!

적들에게 이 사자의 분노를 보여주려고 하오.

적들의 심장을 갈가리 찢어 염장시켜버릴 것이오!

하지만 여기서 나는 거처를 찾을 수가 없소.

이 묘지의 거주자들이여, 당신들에게 평화가 깃들기를!

나는 당신들의 동의를 기다리고 있습니다.

초원에서의 밤은 바람도 세고, 지옥보다 더 어두워

묘지의 돌 위에서 밤을 지내고 싶소.

설마 내가 묘지 판석을 훔치기야 하겠소?

단지 하룻밤만 지샐 수 있도록 허락해주시오.

나는 아침이 되면 다시 제 갈 길을 가겠소.

이 묘지의 거주자들이여, 당신들에게 평화가 깃들기를!"

너무 지쳐버린 나머지 말고삐를 놓쳐버린 하킴-베크는,

말에서 떨어질 뻔 했다네.

이때 불빛 속에서 그림자 하나가 피어오르듯 나타났네.

하킴은 이렇게 생각하지. '말을 들었군!'

'이 분은 어떤 사람일까?' 하킴-베크는 생각했다네.

"어이, 무덤의 거주자여, 당신께 인사 올립니다.

나는 숙소가 필요합니다. 나는 매우 지쳐 있습니다.

나는 당신 못지않게 슬픔에 빠져 있다오.

내가 당신의 밤잠을 깨운 걸 용서하시오.

난 4일 동안 줄곧 달려왔소.

단 하룻밤만 나에게 숙소를 제공해주시오.

나는 콘그라트에서 왕 노릇하는 우즈베크 사람이오.

당신은 어떤 사람인지 나에게 말해주시겠소?

만약 당신이 너그러운 분이라면 당신들에게 평화가 깃들기를 빌겠소!

만약 적이라면 당신을 반으로 토막 낼 것이오!

당신이 친구인지 적인지 단 한마디로 알아내겠소.

운명의 명령은 순순히 받아들이겠지만,

적이라면 목을 잘라버리겠소!"

무덤에서 나온 사람이 말했다.

"여기에 당신의 말을 위한 자리는 있지만, 당신의 자리는 없소."

하킴-베크가 그에게 대답했다.

"내 말에게도 자리가 있는 곳에 날 위한 자리가 없다면, 우리에게 적합한 곳이 아니구려."

그가 떠나려고 하는 순간 다른 사람이 나와서 말했다.

"당신의 말과 당신을 위한 자리도 있을 것이오."

한 사람이 바이치바르를 묶어주고, 알파미시와 대화를 나눈 다음, 그를 손님으로 대접하기 시작했다. 며칠 동안 쉬지 못하고 말을 타서 녹초가 되어버린 알파미시는 곧바로 잠에 빠졌다. 알파미시는 꿈속에서 바르친을 보았다. 바르친은 손에 술잔을 쥐고 있었는데, 자기는 마시고 싶지 않아서 알파미시에게 술잔을 권하며 말했다.

"마셔요, 마셔요!"

"더 즐겁게, 알리야르[47], 알리야르!
더 과감하게, 알리야르, 알리야르!
아, 더 빨리, 알리야르, 알리야르!
잔이 가득 차게 부었어요.
잔의 무게가 무거워요.
오오, 내 팔이 저려요!
난 비애를 참지 못하고 기다리고 있어요.
내가 건네는 잔을 받지도 않고,
나를 비난조로 바라보면서,
나의 칸이신 당신은 왜 그리 우물쭈물하시나요?
더 즐겁게, 알리야르, 알리야르!

내 몸은 버들가지처럼 유연하고,
내가 입은 옷처럼 불그스레합니다.
당신의 두 눈은 정말 멋져요.

47 손에 술잔을 들고 건배하면서 부르는 짧은 노래. 이슬람교의 예언자 '알리'와 친구란 뜻의 '야르'가 결합되어, 알리가 지켜주는 친구란 뜻.

그 눈을 보니 넋을 잃게 됩니다.
이 술을 마시라고
내가 말하고 있잖아요?
하녀들을 모두 떠나보내고, 나 혼자예요.
더 과감하게, 알리야르, 알리야르!

나는 바이순 부족의 딸,
나는 시대의 영광이고 자랑,
나는 족장이신 당신 삼촌의 딸이라오.
만약 내가 밤새 이 잔을 들고 있어야 한다면,
난 지쳐 쓰러질 거예요.
좀 더 빨리, 알리야르, 알리야르!

잔이 가득 차게 부었어요.
오래전에 당신께 이 잔을 가져왔어요.
술이 쏟아지겠어요.
어쨌든 당신은 다 마셔야 해요!
더 즐겁게, 알리야르, 알리야르!

하킴, 멀리 떨어져 있지 마세요!
우리 둘이 가까워져야 더 즐거워요.
만약 우리 둘이 정절을 지킨다면,
우리가 서로를 괴롭게 만들 필요는 없겠지요.
만약 운명이 그렇게 결정했다면,
날 지배하세요. 난 당신의 노예니까!

아, 더 빨리, 알리야르, 알리야르!

나의 숄은 촘촘한 비단이고,

빨간 내 실내복은 붉은 비단이며,

내 귀걸이는 터키옥입니다!

그래요, 슬픔의 뇌우는 지나갈 겁니다.

그래요, 눈물이 와락 쏟아지진 않을 겁니다.

그래요, 내 칸의 두 눈에도

기쁨의 나날들이 도래할 겁니다!

하녀들은 다 떠났고 우리 둘만 있어요.

내 가슴으로 손을 뻗어주세요.

더 과감해지세요. 알리야르, 알리야르!

먼 곳에서 내 소식을 듣고,

어머니 아버지와 이별하시고,

콘그라트 지역에서 이리로 달려와,

당신은 제때에 날 찾으셨군요.

나의 사랑하는 무사 알파미시여!

당신은 지금 왜 이렇게 소심한가요?

나는 이 칼미크의 압제를 오랫동안 견디면서,

당신을 그리워하고, 슬퍼하면서,

충절로 마음을 다잡으며,

겨우 숨을 쉬며 당신을 기다렸어요!

어서 마시세요. 알리야르, 알리야르!

즐거운 봄날이 찾아와서

화단에는 장미꽃이 만발하고,

나이팅게일도 노래를 부르고,

당신은 내 말에 귀를 기울이십니다.

바이순-콘그라트의 땅에서

날아오신 매, 나의 칸이여,

선물처럼 나와 운명으로 맺어진 분이여.

당신의 이 바르친-아이가,

여성의 매력이 절정에 이른 내가,

이 잔을 가져왔으니 받아 마시세요.

그렇게 오래 고민하지 마시고, 괴로워하지 마세요.

이제 아이가 아니니,

당신은 그 아이 같은 소심함을 깨부수세요.

그토록 갈구하는 것을 쟁취하세요!

우린 단둘이 만났어요.

이 장소는 완전히 안전합니다.

좀 더 가까이 오세요.

팔을 뻗어서 안아주세요.

아, 더 빨리, 알리야르, 알리야르!"

바르친-아이의 말을 듣고서 알파미시가 대답했다.

"만약 당신이 정절을 지키지 않았다면,

과연 내가 콘그라트에서 이곳으로

달려올 수 있었겠소?

맹세코, 아니요. 알리야르, 알리야르!
당신이 가져온 술잔은
손대지 않겠소, 알리야르, 알리야르!

난 당신 때문에 완전히 쇠약해졌소.
이별의 불 속에서 전소되었소.
여기서 나는 당신을 바라보겠소.
마치 당신을 처음 보는 것처럼,
하지만 당신의 술은 마시지 않겠어요!
당신이 직접 가지고 왔다 하더라도,
당신 눈동자의 황홀한 어둠이
날 미치게 만든다 할지라도,
당신이 부어준 그 술을 마시는 것은
두렵소. 알리야르, 알리야르!
당신의 몸을 결코
만지지 않겠어요. 알리야르, 알리야르!
나는 칼미크 인들의 나라로 서둘러 가서,
거기서 내 사자 같은 분노를 토해놓으리다.
나의 모든 적들을 괴멸시키고,
이 여행길을 공적들로 완성하겠소.
이 점은 맹세하오, 알리야르, 알리야르!

그리고 전투 마다 이름을 날려서,
적들과 친구들을 깜짝 놀라게 해주겠소.
그 다음 귀향하리다. 알리야르, 알리야르.

내 갈증을 해소시키고 나서,
당신이 준 그 달콤한 술잔을 마시고,
술에 취하겠소, 알리야르, 알리야르!
허나 그 행복한 순간까지는
바이사리의 딸이여, 내게 운명 지어진 행복을
훔쳐 오진 않을 것이고,
욕정을 몰래 해소하지도 않겠어요.
나의 바르친-아이여, 당신은 나에게
이것을 권유하지도 말 것이며, 유혹하지도 마시오,
난 유혹되지 않을 것이오, 알리야르.
이 점을 맹세하오. 알리야르, 알리야르!"

여명에 가까워졌고, 이윽고 아침이 되었다. 알파미시가 밤에 보았던 사람들은 나타나지 않았고, 그 혼자만 남았다. 꿈속에서 자기 삼촌의 딸을 본지라 알파미시는 그녀에 대한 욕망으로 불타올랐다. 그는 이렇게 생각했다. '아가씨가 됐군. 매우 멋지고 새하얗고, 홍조도 띠고, 아주 완벽해.'

한편 바로 그때 바르친도 똑같이 행복하게 미소 지으며, 기쁨에 차서, 자신의 하녀들에게 말했다.

"난 꿈속에서 백부의 아들을 보았다. 우린 함께 앉아 있었고, 많은 얘기를 나누었단다."

알파미시는 다시 길을 나섰다.

신성한 무덤에서,
단정한 무덤 판석 위에서 잠을 잔 후,

그는 다시 자신의 바이치바르를 타고
사막 길을 간다네.
꿈 때문에 잔뜩 상기되어,
오직 한 가지에 대해서만 생각하네.
'이 꿈은 좋은 징조이다.
우리가 그 칼미크 지역에 도착하여,
우리가 연인의 집을 발견할 것이고,
적들을 섬멸하고 그다음,
향락의 잔을 마실 것이다.
사랑하는 그녀를 당당하게 가질 거야.
그녀를 우리 콘그라트로 데려갈 거야!'

사막을 밟으며 그가 간다네.
언덕을 따라서 바이의 아들이 간다네.
준마를 채근하면서 간다네.
가다가 한숨을 쉬고 이렇게 속삭이네.
"넌 내 것이 될 거야, 바르친!"
무사는 자신의 길을 쉼 없이 간다네.
무사는 목적지로 서둘러 가고 있다네.
"칠비르 초원은 도대체 어디에 있는 거야?
어서 속히 사랑하는 그녀가 있는
유목지에 다다랐으면 좋으련만!"

옆구리에는 다이아몬드 칼이 있다네.
그는 언덕에서 시선을 던지네.

자신의 매 같은 시선을 던지네.

가축 떼들이 먼지를 일으키는 것을 보았다네.

그는 칠비르-촐 초원을 본 것이라네!

바르친이 있는 곳은 가까울까, 멀까?

희망의 빛이 더 선명하게 반짝였다네.

그는 가축 떼가 풀을 뜯고 있는 것을 보네.

"오호, 이제 정말 가까워졌군!" 그는 이렇게 짐작했다네.

그는 채찍으로 말을 내리쳤다네.

하킴은 기뻐하며 이렇게 생각한다네.

'살아서 무사히,' 그는 생각한다네.

'내가 그들에게 왔구나.' 그는 생각한다네.

'여기가 드디어 칼미크 인들의 나라구나!'

'우리 바르친-아이를,' 그는 생각한다네.

'행복으로 즐겁게 해줄 거다.' 그는 생각한다네.

'모든 우리 고향 사람들에게,' 그는 생각한다네.

'자유를 돌려줄 거다.' 그는 생각한다네.

'적들에게 복수를 할 거고,' 그는 생각한다네.

'그들에게 고통을, 고통을 줄 거야!' 그는 생각한다네.

'오호, 바르친-아이는,' 그는 생각한다네.

'우리가 원하는 대로 될 것이다!' 그는 생각한다네.

칼미크의 땅으로 들어서서, 칠비르-촐을 지나가면서, 알파미시는 아흔 무리의 검은 양 떼를 보았다. 이 양들은 그의 삼촌 바이사리의 양들이었다. 이 아흔 무리의 양치기는 호박처럼 머리가 벗겨진 카이쿠바트-칼이었다.

알파미시는 카이쿠바트에게 물었다.

"어이, 양치기 양반, 당신에게 평화가 깃들기를!

보아하니 당신은 찢어진 체판을 입고 있군요.

보아하니 당신은 치즈를 엄청 과식했어요.

마치 다 큰 멧돼지처럼 뚱뚱하네요.

어떤 바이가 여기로 유목하러 오지 않았나요?

그의 기도가 천국의 문까지 도달하도록 해주소서!

천 사십 무리의 가축 떼를 가졌다고들 하고,

그는 귀족이었으며, 그의 나라는 콘그라트입니다.

그런 바이가 여기로 유목하러 오지 않았나요?

슬퍼하는 자는 항상 자신의 꿈으로 배가 부릅니다.

그 꿈 때문에 부자가 된 자는 항상 꿈이 넘쳐납니다.

그는 항상 벨벳 유르트를 자랑스러워했으며,

유르트의 찬가라크[48]는 항상 금이었죠.

그런 바이가 여기로 유목하러 오지 않았나요?

그는 비애 때문에 사프란처럼 노랗게 질려버렸어요.

터번에는 칸의 지가가 달려 있습니다.

봄이면 산에 튤립이 무리지어 피어나듯이,

그에게는 그만큼의 양들이 있습니다.

바로 그 바이가 딸을 데리고 이곳으로

유목 활동을 하러 오지 않았는지, 나에게 알려주길 부탁하오.

그런 분은 어디서든 명예롭게 살지요.

그는 금도 많이 가지고 있어서,

---

48 유르트 상단에 난 연기 구멍으로, 보통 나무로 제작한다.

오백 마리의 낙타도 단번에 나르지 못할 정도입니다.

그 바이에게 딸이 있는데, 나는 그녀와 정혼한 사람이오.

그 분이 어디 계시는지 당신께 묻습니다.

나는 그들을 서둘러 찾아야 하오.

나 또한 비단 터번을 쓰고 있습니다.

양치기 양반, 당신은 그의 가축 떼를 유목하진 않습니까?

내 질문에 답을 해주길 바라오.

가을날까지 장미가 시들진 않았습니까?

그 장미에게 낯선 나이팅게일이 날아들진 않았습니까?

신께서 내 말에 귀 기울여주시기를!

당신께 빕니다. 빨리 알려주세요.

그런 바이가 여기로 유목 활동하러 오지 않았나요?”

카이쿠바트가 대답했다.

“이 양치기 말을 들어주시오. 이렇게 얘기하게 돼서 기쁩니다.

그래요, 슬픔과 불행이 용기를 더욱 강하게 만들지요.

밀사 전령들이 콘그라트로 떠났습니다.

그 바이사리 바이는 죽어 있지 않을까요?

그가 가진 천 사십 무리의 가축 떼는 영원하죠.

그는 콘그라트 사람입니다. 그는 거기서 계속 귀족이었죠.

그런데 지금 그는 우리들처럼 계속 울고 있어요.

그 바이사리 바이는 죽어 있지 않을까요?

비탄에 잠긴 그의 얼굴은 사프란보다 더 노랗습니다.

가축 무리들 속에는 항상 새끼들이 있습니다.

향기로운 꽃 같은 그의 딸 바르친도 있습니다.

그런데 그 바이사리 바이는 죽어 있지 않을까요?

모든 연인들은 밤의 어둠을 기다리죠.

한 친구가 눈물을 흘리면 모든 친구들이 위로하러 올 겁니다.

바르친의 약혼자들은 서로서로 논쟁을 하네요.

내가 당신께 말해주리다. 여기 그 약혼자들이 아흔 명이나 됩니다!

이 불쌍한 아가씨가 칼미크 놈들의 가쇄에서 벗어날 수 있을까요?

그 바이사리 바이는 죽어 있지 않을까요?

그에 관해서 말하자면,

그는 금도 많이 가지고 있어서,

오백 마리의 낙타도 단번에 나르지 못할 정도입니다.

쓸데없는 말을 한마디 더 한다면요, 죄송합니다만,

당신의 그 품위 있는 행색을 보니,

혹시, 당신은 우즈베크 귀족이 아니요?

그 바이사리 바이는 죽어 있지 않을까요?

당신의 칼은 다이아몬드로 된 거고, 칼집도 금이군요.

적들도 당신을 보면 전율을 느낄만합니다.

보아하니 당신은 바이사리 족장을 찾고 있는 듯한데,

나는 그의 가축 떼를 돌보는 양치기라오.

악사는 손가락으로 현을 탑니다.

무례한 사람은 입으로 상처를 입히죠.

나는 무사인 당신한테선 어떤 모욕적 언사도 듣지 못했소.

나는 당신이 바이사리를 찾고 있다는 것을 곧바로 알아차렸습니다.

기수 한 사람이 오는 게 보이는데, 행색이 이곳 사람이 아니었어요.

그 사람은 이러 저러 사방을 둘러보더군요.

그는 용감한 매처럼 안장에 앉아 있었고,

그의 말은 진정한 명마처럼 날아가더라고요.

나는 당신이 바이사리를 찾고 있다는 것을 금방 간파했습니다.

이 편평한 길로는 다니지 마시오.

좀 더 가까운 보행 길로 가십시오.

적들의 피를 길가의 먼지들과 섞어버리세요.

가셔서 기쁨과 사랑을 맛보세요.

보아하니 당신은 바이사리한테 가기 위해서

괜히 서두르고 있는 것이 아니군요.

보아하니 당신은 그의 딸에게 빠졌군요.

저 오솔길을 따라 곧장 가십시오.

저 오솔길은 아이나 호수 변까지 이어져 있습니다.

거기에 당신의 동포들이 거주하고 있소.

바이사리의 유르트는 멀지 않은 곳에서 보일 겁니다.

천 개의 유르트 중에 그런 유르트는 단 하나요.

유르트 전체가 흰색 벨벳으로 덮여 있어요!"

알파미시는 말했다.

"이미 늦었소. 제때에 도착하지 못한 손님에게 존경이란 없소. 오늘은 당신들과 밤을 보내고, 내일 아침 떠나겠소."

양치기들은 생각했다. '이 길손은 계속해서 여길 빙빙 돌고 있구나. 그가 콘그라트에서 온 알파미시일 수도 있겠는데.'

양치기들은 그를 기쁘게 해주려고 애썼다. 바이치바르의 고삐를 잡아서 여물통에 묶어주고 바지와 펠트 옷 등을 깔고 손님인 알파미시를 앉혔으며, 양고기를 그에게 대접하며 말했다.

"당신은 피곤하니, 팔꿈치를 괴고 드십시오."

알파미시는 음식을 먹고 가축 떼 안에서 양치기들과 함께 자려고 누운 다음, 카이쿠바트에게 말을 지켜달라고 부탁했다. 새벽녘에 그는 또 꿈을 꾸었고, 또다시 꿈속에서 사랑하는 바르친-아이를 보았다. 바로 그때 바르친-아이 또한 자신의 벨벳 유르트에서 꿈을 꾸었다. 무사 카라잔은 여든 아홉 명의 다른 칼미크 무사들과 함께 동굴 속에서 잠을 자고 있었는데, 그도 꿈을 꾸었다.

아침에 일어난 알파미시는 자신의 꿈에 대해 생각했다. 그리고 계속 가기로 결심했다.

바르친-아이도 자신의 유르트에서 깨어나서 마흔 명의 아가씨들한테 꿈 이야기를 해주었다.

"가을이 다가왔고 정원의 꽃은 시들었구나.

여명이 들 무렵 내가 꿈을 꾸었단다.

키블라[49] 쪽에서 새로이 태어난 황금 달이

빛을 발하면서, 솟아오르더니,

네 개의 별을 동행으로 불러냈다.

누가 이 꿈의 의미를 나한테 해몽해주면 좋으련만.

이 꿈이 나 같은 불쌍한 여자를 초조하게 만드는구나!

보아하니 지상의 상태는 먹구름처럼 음침했고,

보아하니 괴물-용이 날고 있더라.

그 뒤를 좇아 사방에서 용들이 날아드는데.

내 꿈을 불행이 아니라 좋은 쪽으로 해몽해다오!

---

49 이슬람교도들이 신성하게 여기는 도시인 메카를 향한 방향을 뜻하며, 항상 이쪽 방향으로 기도를 올린다. 모스크도 어디든지 키블라를 향하여 지어져 있으며, 동물을 제물로 바치는 경우에도 머리를 키블라 방향으로 둔다.

내 눈의 속눈썹은 활 같고,

눈썹은 갈대 펜으로 채색한 듯했단다.

불쌍한 내가 어찌나 놀랐던지!

베개에서 머리를 곧바로 들어 올렸는데,

보아하니 날개를 쫙 펼친 마흔 마리의 괴물들은,

큰 독수리 한 마리를 품에 안고 있었어.

그 힘센 독수리가 나한테 날아들었어.

내 옆으로 앉더니, 날개로 내 머리를 다치게 했어.

얘들아, 내 꿈을 좋은 쪽으로 해몽해다오!

보아하니 용들이 둥근 대형으로 서서,

내 어깨를 잡고, 내 두 손을 잡고,

엄청난 고통을 주면서, 내 혀를 뽑는 거야!

거기서 또 거대한 호랑이가 갑자기 나타난 거야.

내가 도망가려 했는데, 그 호랑이가 날 향해 도약했어!

내 연약한 몸을 순간적으로 덮친 거지.

오오, 내가 얼마나 끔찍한 비명을 질렀는데!

얘들아, 내 꿈을 좋은 쪽으로 해몽해다오!

내 유르트의 찬가라크는 짓눌려 부서졌고,

유르트의 벨벳은 전부 구멍이 숭숭 뚫렸어.

비록 머리가 단정히 빗겨진 상태였지만, 나는

갑자기 내 모습을 보았어.

내 침대는 사방으로 던져졌어.

떠올리기도 싫은 끔찍한 꿈이었지!

이 꿈이 무엇을 의미하는지 누가 나한테 얘기해주겠니?

제발 불행이 아니라 좋은 쪽으로 해몽해주면 좋으련만!"

수크수르-아이가 그녀의 꿈을 해몽해주었다.

"당신은 쓸데없이 그 꿈 때문에 괴로워하는 거 아닌가요?

아, 당신의 기쁨이 그 속에 숨어있는 거 아닌가요?

그 용들은 말들이고, 첫 번째 말은 치바르,

콘그라트에 있는 당신 백부의 명마죠.

그 위에 탄 독수리는 당신의 영웅-하킴-베크입니다!

내 아름다운 이여! 이것이 그 꿈의 의미입니다!

그는 내일 정오 무렵에 도착할 겁니다.

그의 말에게 곡류를 먹이지 않으시렵니까.

바르친이 중매인들에게 대답을 주지 않겠습니까?

당신은 꿈에서 호랑이를 봤다고 했죠.

그 호랑이가 당신에게 장난을 쳤다고 했죠.

알파미시가 한 자리에만 서 있어야 합니까?

당신의 몸은 내일 당신의 친구를 껴안게 될 겁니다!

만약 유르트의 상단 원이 짓눌려 망가졌다면,

만약 어느 누구도 유르트의 지지 기둥을 고치지 못했다면

바르친-아이, 당신은 쓸데없이 걱정하고 있는 거라고요.

지지 기둥의 수는 적들의 수와 일치합니다.

말하자면, 파멸이 칼미크 구혼자들을 기다리고 있는 거죠.

곱슬머리가 헝클어졌다는 것, 그것의 의미는 이러합니다.

당신 적들의 피가 흘러넘칠 겁니다.

내일 당신 연인의 도착을 기다리세요!

괜히 슬퍼하지 말고, 즐겁게 바라보세요.

이 꿈에 대해 신께 감사하십시오.

당신의 수크수르에게 꿈 해몽의 대가로

푸짐하게 상을 주세요!"

바르친은 그녀에게 상으로 금을 주었고,

그 꿈은 불행이 아니라, 행복으로 변했네.

내일 그가 올 것이다. 그 젊은 무사가!

하녀들은 바르친-아이 곁에서 들떠서 즐거워했다네.

그녀에게 즐거운 일이라면, 그들에게도 즐거운 일이지.

비록 알파미시-하킴이 아직 도착하지 않았지만,

그들은 마치 그와 함께 있는 것처럼 즐거워했다네.

그들 모두는 그를 맞이하러 나간다네.

큰 길로 나가 손님을 기다리며 서 있네.

   양치기들의 무리를 떠난 알파미시는 타이치 칸 소유 지역에 있는 험준하고 예사롭지 않은 언덕 하나를 발견했다. 이 언덕 이름은 무라트-튜베였다. 모든 사람이 이 무라트-튜베의 산길을 지나갈 수 있는 건 아니었다.

   알파미시는 다음과 같이 자신의 행운을 시험해보려고 했다. "내가 이 언덕으로 말을 향하게 하겠다. 말이 이 높이에 놀라지 않고 정상까지 올라간다면, 이것은 내가 무사히 도착하여 내 사랑하는 여인을 얻을 수 있다는 것이다. 만약 내 말이 이 언덕의 절벽에 놀라서 고집피우고 버틴다면 내가 바르친을 얻을 운명이 아니라는 말이다. 그렇다면 내가 뭐하러 그녀에게 가서 바보 꼴을 당한단 말이냐?"

   그는 곧바로 언덕으로 말을 몰았다. 바이치바르는 한순간도 딴청피지 않고 위로 뛰어올랐는데, 그의 말발굽 소리는 마치 사천 여 마리 말들의 말발굽소리처럼 쩌렁쩌렁 울렸다. 알파미시는 이미 자신의 사랑하는 연인을 얻은 것처럼 매우 기뻐했다. 언덕 정상에 올라서서, 그는 저 멀리 1만 가구 콘그라트 부족의 유목지를 내려다보았다. 알파미시는 말은 발아래 풀을 뜯게 하고, 들판에 누워 팔꿈치로 몸을 괸 다음, 바이사리 집으로 얼굴을 돌렸다.

한편 조금 전에 꿈을 꾸었던 칼미크 인 카라잔은 아침 나마스[50] 시간에 잠을 깼다. 그는 신성한 칼리마를 외기 시작했다. 아흔 명의 칼미크 무사들은 카라잔이 무술만의 기도를 외는 것을 듣고는 경악하며 말했다.

"어이, 이 부엌칼 녀석, 이 빨간 고추 카라잔이 미쳤나보네! 이 녀석을 남겨두고 우리는 호수로 가자고."

그들은 사냥하러 나왔다. 카라잔도 자신의 열세 명의 친위대 종복들과 함께 초원으로 사냥을 나섰다. 그는 정확히 알파미시를 향해 갔다. 무라트-튜베에서 풀을 뜯던 알파미시의 얼룩무늬 말은 칼미크 나라 쪽에서 열네 개의 어렴풋한 그림자가 다가오는 것을 보았다. 그들을 보자마자, 바이치바르는 뜯고 있던 풀이 목에 걸려 넘어가질 않았다. 얼룩무늬 말이 생각했다.

'만약 이리로 다가오는 저 말들이 준마들이라면, 그 기수들은 적들이겠지. 만약 알파미시가 내 등에 올라타고 그들로부터 숨기를 원한다면, 그들은 우릴 쫓을 거야. 정말 이건 불행한 바이부리 나리 외아들의 죽음으로 끝날 수가 있겠어!'

얼룩무늬 말은 다가오는 것들을 좀 더 찬찬히 주시했다. 열네 명 모두가 뒤뚱거리며 오고 있었고, 그들 말의 발굽이 땅에 푹푹 빠지고 있었다. 이를 본 바이치바르는 아삭거리며 풀을 먹었다.

'저 정도라면, 내가 저들을 뒤쫓더라도 충분히 따라잡을 수 있겠어. 만약 우리가 도망쳐야 한다면, 저들로부터 안전하게 도망칠 수 있겠어. 내가 태우고 있는 그 사람을 충분히 구할 수 있어!'

---

50 무슬림들이 하루에 다섯 번 드리는 예배.

카라잔은 자신의 친위대 종복들과 함께 이미 무라트-튜베 언덕의 발밑까지 다가왔다. 그는 언덕 정상에서 누군가가 미남 유수프[51]처럼, 힘센 루스템처럼 팔꿈치를 괴고 누워 있고, 그 주변에 얼룩무늬 말이 어슬렁거리며 산 정상의 마른 풀들을 먹고 있는 것을 보았다. 카라잔은 생각했다. '저 사람은 우리 지역 사람이 아니다. 만약 우리에게 저런 용사가 있었다면, 우리 왕국은 왕국 중의 왕국이 되었을 텐데. 정말 저 이는 내가 전에 한 번도 만난 적이 없는 사람이야. 혹시 저 사람이 내가 꿈속에서 본 최고의 용사인 콘그라트에서 온 알파미시인가. 꿈속에서 그의 친지들과 선조-수호자들이 그와 날 친하게 만들어줬는데.'

카라잔이 알파미시에게 말을 걸었다.

'당신이 타고 있는 말이 평화롭게 놀고 있네요.

우렁차게 호령하니, 당신은 적들에게 불같을 것 같군요.

안녕하십니까! 베크 무사여, 당신은 어디로 가십니까?

저 먼 나라에서 날아온 새처럼,

당신의 말은 헐떡이고 있군요. 박력 있는 무사여!

당신의 분노는 눈보라처럼 사람을 오싹하게 만드는군요.

스스로 힘센 독수리처럼 여기로 날아오셨네요.

당신은 어느 곳에 있는 독수리 둥지에서 오셨나요?

무사여, 어디서 오셨으며, 어디로 가시나요?

보아하니, 당신은 슬픔과 고통에 사로잡혔군요.

당신의 안장 가방에는 코란이 들어 있겠지요?

아름다운 무사여, 당신은 어디서 오셨습니까?

용감한 조롱이는 산언덕에 앉길 즐깁니다.

51 아름다움으로 유명한 이슬람 예언자. 탁월한 꿈 해몽 능력을 지니고 있었다.

당신은 루스템의 키에 필적하며, 논쟁을 해보면 알겠지만,

당신은 전장에서 어떤 장사에게도 타격을 가할 수 있습니다.

왕이 당신 앞에서 느림보가 되더라도 치욕이 아닙니다.

베크 무사여, 당신은 어디로 가고 있소이까?

당신의 출중한 아름다움은 달에 버금가고,

당신의 두 눈썹은 전쟁터의 활 같구려.

당신의 몸매는 한 마리 매와 같소.

당신이 부자이고 저명한 분이라는 것을,

말을 타고 가는 모습만 봐도 나는 알 수 있습니다.

아름다운 베크 무사여, 당신은 어떤 곳에서 오셨소?

당신은 어떤 다이아몬드로 만들어지셨소?

당신은 혹시 여자로 태어난 게 아니오?

지금 당신은 어떤 둥지로 향하고 있습니까?

만약 당신이 지상의 사람들에게서 태어났다면,

그들을 위해서 실현되지 않을 소원은 없겠죠.

신은 어떤 신성함을 위해 당신을 그들에게 주었나요?

매 발톱처럼 매서운 당신은 어떤 나라에서 왔나요?

당신 같이 용맹스러운 사람은 처음 봅니다.

당신이 어디서 태어났으며, 어디서 자랐는지 내게 말해주세요.

나로 말할 것 같으면 칼미크 인이고, 내 이름은 카라잔이오.

당신의 고통은 너무나 고매하며,

당신이 꿈꾸는 그 목표는 매우 높다는 것을 알 수 있습니다.

베크 무사여, 말해주시오, 당신은 어디로 가나요?"

알파미시는 카라잔을 향해 고개를 돌리고 대답했다.

'나는 내 부족의 수장이었다.

나는 황금 지가로 터번을 장식했다.

여름이면 아무 강변에서 가축 떼를 유목했지.

콘그라트의 수장이 너와 얘기하고 있음을 알아 두어라!

어쩌다가 나는 코카미시의 강물에서

오리 한 마리를 놓쳐버려 크게 상심하고 있었다.

나는 한 마리 매가 되어 내 오리를 찾고 있는 중이야.

내 허리끈은 에메랄드로 장식되어 있고,

내 강력한 주먹은 단련된 칼과 같다.

나는 용감한 무사이며, 콘그라트를 양육하는 자다.

내가 찾아가고 있는 그 사람들의 말은

셀 수도, 계산할 수도 없이 많았다.

한때 저 알라타크 산에는 모든 유목지에

그들의 준마들로 가득 찼지.

4천 무리의 가축 떼를 이끌던 한 집은

그들 지역에서 가장 가난한 자에 속할 정도였다.

내 열정을 불태운 그녀가, 새끼 낙타 같은 그녀가,

바로 그 가축 떼들과 함께 먼 곳으로 떠났다.

이 수컷 나르가 자신의 새끼 낙타를 찾고 있다.

난 그녀 때문에 슬퍼하고, 비탄에 잠겨 목이 멘다.

이렇게 그녀를 찾아 반 년 걸리는 길을 질주하고 있다.

나는 봄이 오기도 전에 이미 발정이 나서,

안장머리에 이렇게 머리를 박고 있다.

욕정 때문에 광분하여, 이렇게 무시무시하게 포효하고 있다.

정열이 내 심장을 갈기갈기 찢고 있다.

가을이 도래했고 즐겁던 마당은 텅 비었구나.

까마귀는 장미 관목에 앉아 있다!

쥐가 고양이와 장난을 시도하다니, 죽음이 다가올 것이다.

곧 쥐 뼈가 으스러지는 소리가 들리겠지.

뱀이 교활함에도 불구하고, 뱀이 미끄러움에도 불구하고

죽음 같은 우수가 뱀을 물어버릴 것이다.

만약 내가 어디에서든 칼미크 인을 만난다면

돌을 던지듯 그를 구름 너머로 던져버릴 것이다.

칼미크 인들에게 나는 무서운 악마가 될 것이다!

어이, 불행한 칼미크 인이여, 내가 하는 말을 들어라.

내가 가차 없이 너희들 모두를 징벌할 거라는 사실을 명심하라.

너희들에게는 이보다 더 무서운 위협은 없었을 거야!

너는 떠돌이 개처럼 왜 그리 꼬치꼬치 말을 거는 것이냐?

너는 내가 태어나 자란 곳이 어딘지,

열 번이나 똑같은 질문을 던지는구나.

왜 그렇게 날 귀찮게 구느냐?

그나저나, 내가 고향 이름을 대지 못할 건 없다.

기억해라. 내 고향은 콘그라트 국이니라!

내 타고난 이름은 하킴이고,

나중에 알파미시란 별칭이 주어졌다.

네 이름은 카라잔이라 그랬지.

넌 왜 그렇게 장승처럼 버티고 서 있느냐?"

카라잔은 알파미시의 말을 힘겹게 들었다. "내가 너희들 모두를 잔혹하게 징벌하겠다. 칼미크 인들에게 나는 재앙이 될 거야!" 이 말이 카라잔 뇌리에 깊이 박혔다. 그는 이 방문객을 시험해보려고 이렇게 말했다.

"당신이 놓친 오리가 여기에 있습니다.

불쌍한 그녀는 아이나-콜에 정착하러 왔었죠.

아흔 마리의 솔개 떼가 그녀 머리 위를 빙빙 돌면서,

밤낮으로 그 불쌍한 여자를 감시하고 있습니다.

당신은 괜히 여기로 서둘러 왔군요.

그런 솔개 떼를 어떻게 이길 수 있겠습니까?

당신은 헛되이 서둘렀는데, 애만 태우겠군요.

그 솔개들의 발톱에 눌려 죽는다면 유쾌하진 않겠죠!

당신은 여기 상황을 알지 못해서,

나와 이렇게 헛된 대화나 나누고 있으니,

승리가 아니라, 파멸이 당신을 기다리고 있소이다!

당신의 슬픔과 고통은 그 어린 낙타 때문입니다.

당신 것인지, 아닌지 모르지만, 어린 낙타가 있습니다.

그녀는 천오백 체르본체프짜리 숄을 걸치고 있고,

당신은 칠비르 초원에서 그녀의 거처를 발견하겠죠.

내가 뭔가를 알고 있다면, 그것을 말하는 걸 부끄러워하지 않을 겁니다.

내가 당신의 그 어린 낙타가 살아있는 걸 봤어요.

단지 당신의 꿈이 실현되지 않을 거라는 사실을 명심하시오.

정확히 백에 열 모자란 장수들이

여기 당신의 그 어린 낙타를 위협하고 있습니다.

그녀에 대한 소문은 초원 전체에 파다해요.

우즈베크 인이여, 당신은 참으로 운이 좋습니다!

당신이 그 장수들을 눈앞에서 맞닥뜨린다면,

분명히 불평등한 싸움에 돌입해야 할 겁니다.

그들 중 누구든 당신을 이길 수 있어요.

오만함만으로 그 장사들을 이길 수 있겠소?

난 정말 당신에게 사실만을 얘기하고 있어요.

당신은 그 어린 낙타에 대한 정념에 불타서

무모하게 여기로 오셨지만 헛되이 지쳐버릴 겁니다."

알파미시는 카라잔의 말을 듣고 매우 괴로워했다. '이 사람은 아흔 개의 산을 넘었고, 칼미크 무사들과도 맞닥뜨렸구나. 아마도 이 칼미크 인은 많은 불행을 만났겠지. 그가 내게 하는 말은 옳다. 거기로 가서 자신을 치욕에 빠뜨리느니, 지금 즉시 여기서 말을 돌려 되돌아가는 게 낫지 않을까?'

카라잔은 알파미시가 자기 말을 마음 깊이 받아들이는 것을 눈치채고, 모르는 척 하며 말했다.

'난 당신을 다른 사람으로 착각했어요.

고귀한 콘그라트의 가문과,

천사의 외모, 전사의 광채,

건초를 잔뜩 먹은 말 때문에.

난 당신을 다른 사람으로 착각했어요.

연인을 향한 그 정열적 포효와,

모든 것에 대한 그 주저 없는 당신의 답변,

루스템 같은 당신의 불타오르는 시선 때문에.

난 당신을 다른 사람으로 착각했어요.

생생한 언변의 열기와 달콤함,

깎아지른 바위 같은 어깨,

자신만만한 큰 머리 때문에.

난 당신을 다른 사람으로 착각했어요.

쩌렁쩌렁한 분노의 고함 소리와,

뇌우 같은 한숨 소리와 신음소리,

초원의 독수리 같은 용맹스러움 때문에.

난 당신을 다른 사람으로 착각했어요.

당신의 가슴과 척추,

샘물처럼 솟구치는 웃음,

고운 아미와 노을 같은 눈 때문에.

난 당신을 다른 사람으로 착각했어요!"

알파미시는 카라잔에게 자신을 누구로 착각했는지 물었다.

"콘그라트의 가문이란 건 내가 말했고,

얼굴은 천사 같고, 전사의 기세가 있으며,

건초로 배부른 말이라.

칼미크 인이여, 날 누구로 착각했나?

연인을 향한 정열적 포효와,

모든 것에 대한 그 주저 없는 내 답변,

루스템 같은 나의 불타오르는 시선이라.

칼미크 인이여, 날 누구로 착각했나?

생생한 언변의 열기와 달콤함,

깎아지른 바위 같은 어깨,

단단한 큰 머리라.

칼미크 인이여, 날 누구로 착각했나?

나의 쩌렁쩌렁한 분노의 고함 소리와,

뇌우 같은 한숨 소리와 신음소리,

초원의 독수리 같이 용맹스럽다니.

칼미크 인이여, 날 누구로 착각했나?

나의 가슴과 척추,

샘물처럼 솟구치는 웃음,

둥그스름한 글자 장식 같은 눈썹이라.

칼미크 인이여, 날 누구로 착각했나?

이 망할 칼미크 인이여, 날 누구로 착각했나?"

자꾸 반복되는 "이 칼미크 인아"란 말과, 심지어 말끝에 붙인 "이 망할"이라는 단어가 카라잔을 화나게 만들었고, 울화가 치밀게 했다. 그는 분노로 화끈거렸고, 완전히 끓어올라 머리카락까지 곤두섰지만, 갑옷을 입은 채로 참아내려고 안간힘을 썼다.

분노를 참아낸 후 카라잔은 알파미시를 향해 말했다.

"당신의 콘그라트 가문과, 천사의 외모,

전사의 기세는 내가 알아냈어요.

건초로 배부른 말은,

내게 바이치바르를 떠오르게 했습니다.

연인을 향한 정열적 포효와,

모든 것에 대한 그 주저 없는 당신의 답변,

루스템 같은 당신의 불타오르는 시선은

내게 알파미시를 떠오르게 했어요.

생생한 언변의 열기와 달콤함,

깎아지른 바위 같은 어깨,

자신만만한 큰 머리는

내게 바이사리를 떠오르게 했어요.

당신의 가슴과 척추,

쩌렁쩌렁한 분노의 고함 소리와,

회오리 같은 한숨 소리와 신음소리 하나하나,

걸음걸이 하나하나와 당신의 생각은

내게 쿤투그미시[52]를 떠오르게 했어요.

당신의 노을 같은 미소와,

샘물처럼 솟는 웃음,

둥그스름한 글자 장식 같은 눈썹은

나에게 칼디르가치를 떠오르게 했습니다!"

이 말을 들은 알파미시는 탄복했다.

"너, 칼미크 인이여! 넌 언젠가 예전에 날 봤거나, 혹은 나와 얘기를 나누곤 하던 자였거나, 아니면, 우리 양들을 키웠거나, 고아라서 우리 집에서 살았던 거로군? 그래, 넌 네 나라 땅에서 내 삼촌 바이사리를 본 적이 있고, 내 아버지도 이 사막-초원 어디에선가 만난 적이 있으니까 여기서 날 알아본 거야. 하지만 네가 우리 집에서 살았던 적이 없다면, 너는 어떻게 내 누이와 내 어머니를 알 수가 있지?"

카라잔이 말했다.

"난 당신을 한 번도 본 적이 없으며, 당신과 얘기를 나눠본 적도 없습니다. 나는 당신의 신부에게 구애하고 있는 아흔 명의 무사들 중 한 명입니다. 그런데 내가 꿈속에서 당신의 친지들을 보게 됐고 그래서 당신의 친구가 된

52 우즈베크 민간설화의 남자 주인공 이름. 알파미시 어머니도 동명이인이다.

겁니다. 그래서 내가 당신과 당신의 모든 가족들을 알고 있는 겁니다."

알파미시가 그에게 말했다. "그럼 너는 내 친구이자 측근이 된 것이다. 언덕 꼭대기로 올라오거라. 인사를 나누자꾸나."

카라잔이 대답했다.

"나는 당신처럼 이 언덕의 정상에 올라갈 정도의 내공에 도달하지 못했어요. 당신이 내려오는 편이 나을 겁니다. 이 아래에서 인사를 나누시죠."

알파미시는 말고삐로 말을 이끌고 그 험준한 언덕에서 내려왔다.

카라잔은 자신의 종복들에게 명령했다.

"내 친구 알파미시님과 인사를 나누거라."

공손하고 수줍음 많은 종복들은 손끝으로 인사를 올렸다.

"그래, 안녕들 하신가?" 알파미시는 이렇게 묻고 나서 그들 하나하나와 악수를 나누었는데, 그들 손가락이 모조리 달라붙고, 휘어져서 병신 꼴이 되었다. 그다음 카라잔이 자신의 품을 열자, 알파미시도 자신의 품을 열어젖혔다. 이렇게 둘은 애정 넘치게 인사를 나누었다.

"자, 내 친구여, 어떻게 사시는가?" 알파미시는 이렇게 물으며 카라잔을 꽉 껴안았는데, 카라잔은 그만 갈비뼈 일곱 개가 부러져서 벌러덩 쓰러졌다.

"내 친구여, 왜 그러는가?" 알파미시가 물었다.

카라잔은 아프지 않은 척하며 대답했다.

"제가 소싯적에 간질을 앓았는데, 또다시 간질에 걸린 것 같습니다."

알파미시가 그에게 말했다.

"자신의 병을 알고 있다면 그걸 고쳐야지."

그러자 카라잔이 말했다.

"당신은 내게 사실을 말해주십시오. 이게 인사를 나누는 겁니까, 아니면 싸우는 겁니까?"

알파미시는 말했다. "내가 너랑 싸우다니, 네가 나에게 무슨 나쁜 짓이라도 했느냐? 이건 인사를 하는 거야."

카라잔이 대답했다. "당신이 인사를 한 게 이 정도라면, 그럼 싸울 땐 어떻게 되는 거요?" 그는 계속해서 알파미시에게 말했다.

"당신은 악수로 내 부하들 손을 짓눌러 부숴버렸고,

우애 있는 포옹으로 내 갈비뼈를 부러뜨렸어요.

당신의 힘 앞에서 나는 탄복할 뿐이오!

콘그라트 나라에서 온 당신 같은 베크는

이곳의 모든 무사들을 불구자로 만들어버릴 겁니다.

오직 신이 지정한 자만이

감히 당신과 대적할 수 있을 겁니다. 우즈베크 분이여!

당신에 필적하는 자는 없으며, 예전에도 없었어요!

당신 아래에는 준족의 명마가 뛰고 있으며,

안장머리에는 당신의 황금 화살통이 있습니다.

만약 바이치바르가 좀 더 빠르게 내달린다면,

당신은 복숭아처럼 예쁜 눈을 가진 바르친-아이와

금방 만날 테고, 그녀와 행복해질 겁니다.

일단 그녀에게 도착한 후에 그녀를 얻으세요.

험난하고 먼 길을 이겨내고,

우리나라에 도착했다면,

그는 적들이 누구든지 간에,

적들에게 분노를 퍼붓고, 적들을 괴멸할 겁니다.

그는 그 전투에서 큰일을 해낼 것이고,

자신의 사랑하는 여인을 쟁취할 겁니다.

당신 이름이 하킴인 것은 우연이 아니죠.

어떤 영웅도 당신과 비교할 수 없어요.

당신은 강력한 용처럼 이기기 어려운 사람입니다.

친구여, 당신은 그 말만 들어봐도 고상한 사람입니다.

만약 당신의 꽃이 짓밟히지 않은 상태라면,

그 칼미크 인들한테 지나치게 잔인하게 대하지 말아주세요.

당신은 제시간 안에 바르친-아이를 얻을 수 있을 겁니다.

당신과의 만남은 운명의 표식처럼 내게 주어졌습니다.

당신의 순수한 영혼은 바닥까지 다 보이네요.

내 양심에 오점을 남기고 싶지 않습니다.

저는 우리나라에 있는 그 아흔 명의 무사들 중에서

그저 그런 사람은 아닙니다.

하지만 이 세상에 당신보다 더 강한 사람은 없습니다.

당신의 힘 앞에서 나는 탄복할 뿐이오!"

카라잔은 알파미시의 친구가 되자, 그를 마치 존경스러운 손님처럼 자신의 천막으로 안내했다.

용감한 사람은 칼을 높이 쥐는 법.

친구들처럼 베크가 베크와 함께 말을 타고 나란히 길을 가네.

그들 준마의 질주는 마치 가벼운 바람처럼 빠르구나.

하킴-베크가 간다네. 안장머리에

활을 올려놓고 간다네. 14바트만짜리 활 말이야!

카라잔도 제일 친한 친구처럼 그와 나란히 간다네.

그들 앞에선 스무 명의 기마 대원들이 달리네.

알파미시에 관한 소문도 앞으로 달리기 시작했다네.

이 소문을 접한 칼미크 사람들은 놀라 입을 쩍 벌리네.

'카라잔이 그 손님을 자신의 천막으로 데려오고 있다!

그 위인은 어떤 사람이고, 그의 부족민은 누굴까?"

하킴-베크는 두려움 없는 매처럼 달리네.

아랍의 준마는 그 기수가 자랑스럽다네.

하킴은 매처럼 사방을 둘러보네.

루스템처럼 칼미크 인들의 땅을 지나간다네.

그들이 가는 길은 삼림지역으로 길이 나 있다네.

카라잔은 자기가 직접 친구를 수발하네!

마주친 사람들은 자신의 눈을 믿지 못하네.

드디어 카라잔-베크가 손을 내미네.

알파미시는 앞에 서 있는 천막을 보네.

그는 평화로운 손님이 되어 칼미크의 집으로 들어가고 있다네!

그 천막에서 카라잔의 하녀 마흔 명이 나오자, 그는 그들에게 알파미시를 말에서 내리게 하라고 명령했다. 하녀들이 다가가 손님을 말에서 내리게 하려고 하자, 알파미시는 장난을 치려고 마음먹었다. 그는 몸을 날려 그 여자들을 덮쳤는데 그들 중 열다섯 명의 다리가 부러졌다.

알파미시가 카라잔의 천막에 들어서자 수르하일-마귀할멈이 아들에게 말했다.

'내 카라잔아, 네가 얼마나 경솔했는지 아느냐!

내 아들아, 넌 너무 바보같이 행동했어.

도대체 어디서 저 우즈베크 장사를 데리고 온 것이냐?

뭐하러 네 적과 우의를 쌓으려 한단 말이냐?

저 우즈베크 놈이 도대체 무엇으로 네 정신을 마취시켰느냐?

내가 차라리 집으로 오는 길을 잃어버렸더라면 좋았을 걸!

어휴, 내 아들 카라잔-베크야, 넌 바보짓을 했어!

어떻게 네가 저 식인종 같은 자를 집으로 들일 수 있느냐?

내 카라잔아, 넌 나중에 벌을 받을 것이다.

어째 일을 이딴 식으로 하는 거냐?

너도 죽게 될 거고, 우리도 모두 죽게 될 거야!

이 멍청한 녀석아, 넌 마음이 너무 약하고 망상으로 가득 찼어!

넌 바보 중에서도 가장 덜떨어진 바보야!

넌 저 우즈베크 놈에게서 마음을 숨겨라.

너무 열성적으로 그와의 우정을 드러내지 마라.

넌 저 장사가 선한 마음으로 여기에 왔다고 생각하니?

이 녀석아, 저런 손님이 너한테 무슨 쓸모 있는지 말해봐라.

그는 널 노예로 만들 거야!

그는 분노에 불타서 널 짓이겨버릴 거야!

이 수르하일은 네 생모지 적이 아니야.

이 어미가 괜한 소리를 하는 게 아니야.

어휴, 이 카라잔-베크야, 어쨌든 넌 바보야!"

카라잔이 어머니의 말을 듣고 대답했다.

"어머니, 전 이 우정을 죽는 날까지 지킬 겁니다.

전 명예의 의무를 훼손할 생각이 없어요.

제 성격은 마치 넝쿨-풀처럼 유순해졌습니다.

사랑하는 어머니, 내가 집으로 손님을 모셔왔으니,

어머니도 손님을 아들처럼 맞이하셔야 합니다.

어머니 말씀은 나를 화나게 만들었어요.

저는 제 친구와의 우정을 지킬 거예요.

나는 형제에게 하듯 그를 받들 거예요.

어머니는 괜한 말로 남을 화나게 하는 걸 좋아하시죠.

그는 여기서 살 거고, 이곳에 말을 잡아둘 겁니다.

콘그라트 지방에서 우리에게 매가 날아든 겁니다.

그를 위해서 새장용 홰를 만들어야 하지 않겠습니까?

소란 피우지 말고 손님 앞에서 자신을 욕되게 하지도 말고,

그를 환대하고 잘 대접하세요!"

알파미시는 카라잔 천막에서 손님으로 체류하게 되었고, 카라잔은 그를 잘 대접했으며, 그에게 존경을 표했다. 시간은 이미 정오에 다다르고 있었다. 알파미시가 말했다.

"우리가 여기에 머물러 있으면, 바이사리가 우리에 대해서 어떻게 알 수 있겠나? 카라잔, 네가 내 삼촌 댁에 가서 모든 것에 대해 상세히 알아 보거라. 그리고 만약 그가 내게 자신의 딸을 줄 생각을 바꾸지 않았다면, 우리의 우정 어린 존경을 보여드려라. 네가 우리 측 중매자가 되거라. 어떻게 해서든 그에게 내가 도착했다고 알려드려라."

"어떤 말을 타고 갈까요?" 카라잔이 물었다.

"네가 타고 싶은 말을 타고 다녀와라." 알파미시가 대답했다.

"당신의 말은 많이 지쳤습니다. 내 말을 타고 가겠습니다." 카라잔이 말했다.

"만약 네 말을 타고 간다면 사람들이 널 믿지 않을 거고, 이렇게 생각할

것이다. '이 자는 우리랑 늘 싸우던 그 칼미크 인 아닌가. 이 자가 뭔가 꼼수를 노리고 왔구나.' 그러니 내 말 바이치바르를 타고 갔다 오는 것이 더 좋겠다."

"알겠습니다." 카라잔은 바이치바르에 올라타서 채찍으로 몇 차례 말을 쳤다. 낯선 기수를 태운 말은 사정없이 몸을 흔들었다. 카라잔은 말고삐를 당긴 후 생각했다.

'어휴, 이 망할 놈의 말한테 무슨 일이 일어난 거야! 보아하니 이놈은 완전히 몹쓸 짐승 같은데, 이 녀석하고는 좋을 게 하나도 없겠어. 알파미시는 어째서 이 쓸모없는 짐승을 말이랍시고 타고 가라고 한 거지?'

카라잔은 알파미시 앞에 서서 말했다.

"뭡니까! 당신한테는 모든 도로보다 언덕이 더 다니기 좋단 말입니까?
적의 무력이 당신에게는 가벼운 바람입니까?
아니면 바르친-아이가 당신에게 기한을 연장해주기라도 했습니까?
당신은 이 비쩍 마른 말을 타고 오신 겁니까?
당신은 이 여윈 말에 안장을 올려놓고 일이 잘 되길 바라셨나요?
당신은 웃기기 위해 콘그라트에서 여기까지 온 겁니까?
당신은 이 말을 밤에 골랐습니까, 아니면 낮에 골랐습니까?
왜 이런 말과 함께 출정길에 올랐나요?
당신은 신부도 여기에 태워서 데려갈 작정인가요?
내 친구 베크여! 머리가 나쁘면 몸이 고생하는 법이오!
만약 당신이 그 멀리서 여기까지 타고 올
다른 말을 찾지 못한 것이라면,
되돌아가시오. 아직 늦은 건 아닙니다.
여기 있다간 적들이 당신을 반드시 죽여버릴 거요!

밤은 모든 연인들에게 가장 충실한 친구죠.

난 눈물을 흘릴 것이고 내 주위에 모든 이들이 울 겁니다.

당신에게는 아흔 개의 계곡 목장이 있습니다.

그런데 당신이 저런 야윈 말을 타다니!

아마도 당신이 다른 말을 찾지 못한 것 같네요!

당신은 내 우즈베크 친구고, 당신 나라는 콘그라트입니다.

초록과 청색의 성장을 입고 다니지 않으십니까?

보아하니, 당신한테는 정말로 말이 많다던데요.

저런 죽은 시체 같은 말한테 안장을 올리니까 속이 시원하십니까!

위기의 순간에 불쌍한 당신에게 무슨 일이 일어나겠어요?

이 마당에 당신이 무엇을 할 수 있겠어요! 우리에게서 떠나시오!

사랑하는 여인을 구하기는커녕, 당신 자신이나 구하는 편이 나을 거요!

아마도, 당신네 쪽에서 다른 말을 찾을 수 있을 겁니다.

어떻게든 다음번에 다시 오시오.

당신은 내 말을 모욕으로 간주하지 마십시오.

바르친을 데려갈 생각을 헛되이 꿈꾸지 마십시오.

내 친구여, 이제 괜히 자신을 힘들게 만들지 마십시오.

설령 되돌아가는 한이 있더라도, 행복을 움켜쥘 수 있도록 애쓰십시오!

당신에게 말하노니 바동거리지도 말고, 똑똑한 체 하지도 마시고,

자신의 고향 쪽을 바라보세요.

미완의 꿈을 가진 채 죽진 마십시오.

보아하니, 당신은 불행한 운명에 내팽개쳐진 겁니다.

저런 몹쓸 말을 타고 전투에 나서다니,

칼미크 인들이 당신에게 끔찍한 일을 저지를 겁니다!

장난삼아 이런 말을 하는 게 아닙니다.

지금 이 순간부터 바르친에 대한 생각은 하지 않는 게 좋을 겁니다.

당신의 모든 꿈-희망은 말라빠진 헛소리입니다.

이 뒈질 당신의 바이치바르는 말도 아닙니다.

이놈은 쓰러져 뻗어버릴 거예요. 이건 말이 아니라, 누더기입니다!

콘그라트에서 도살자들이 이놈을 오래전부터 기다리고 있소이다!"

카라잔의 말을 듣고서 알파미시는 대답했다.

"너는 용맹스럽고 힘센 자의 목소리를 잘 들어라.

소낙비 같은 눈물을 흘리지 마라. 그건 네 스스로 자신을 모욕하는 것이다.

너는 공연히 내 치바르를 힐난하는구나.

말고삐를 당겨 세우는 바람에 너는 40일이나

내 일을 지체시키고 있다.

네가 치바르를 지체시키지 않았다면,

그는 달려가는 게 아니라, 아예 날아갔을 것이다.

나는 더 빨리 바르친-굴과 행복을 맛보았을 거다.

보아하니, 너는 말을 이해하는 데에 익숙지 않구나.

내 전투마가 모욕 받아서 울고 있잖아.

어휴, 너는 말도 못하게 멍청한 칼미크 인이구나!

즉시 칼리마를 두 번 낭송해라.

내 말이 널 순식간에 하늘로 들어 올려줄 테니.

너는 그에 대한 존경심만 가져라.

선택받은 말을 왜 그리 심하게 때리느냐?

네 스스로 자신의 파멸을 불러올 것이다.

자, 빨리 신성한 칼리마를 낭송하거라.

바이치바르를 또다시 길에서 벗어나게 하지 마라.

이제 자신의 마음을 괴롭히지 마라.

내 혼사를 성사시키겠다고 약속해라.

내 친구 카라잔아, 속히 돌아와야 한다! 잘 다녀와라!"

카라잔은 칼리마를 두 번 낭송한 후, 얼룩무늬 준마를 타고 알파미시의 중매인이 되어 바르친-아이에게로 출발했다.

네 번째 노래

슬픔이 나를 잡아먹고, 그리움이 나를 죽여버릴 것이다!

칼미크 무사들 사이에서 그 우즈베크 미인 때문에 많은 논란이 벌어졌다. 시간이 흘러, 어느덧 6개월의 기한이 끝날 때가 되었다. 그 기한까지 2시간이 남았을 때였다. 바르친은 꿈속에서 이런 예언을 들었다. "정오 무렵에 네 백부의 아들이 올 것이다." 정오가 되었지만 알파미시는 오지 않았다. 과연 그녀는 칼미크 인들 손에 넘어갈 팔자인가? 바르친-아이는 불안감 속에 길을 쳐다보면서 자신의 하녀들에게 말했다.

"얘들아, 내가 누구와 이 비애와 고통을 함께 하겠니?
고통과 그리움 때문에 이렇게 목이 메는구나.
얘들아, 날 위해 기도해다오.
지금 이 순간부터 나는 회교도가 되지 않겠다!
아니면 내가 신의 운명에 순종하지 않을 것인가?

내가 어떻게 칼미크 인들의 혼사를 피해갈 수 있을까?

만약 내가 조상들의 신앙을 거부하면,

그것은 내가 영원히 웃는 것을 잊어버리게 된다는 말이다.

내가 어떻게 다른 부족 속에서 뿌리를 내릴 것인가.

이 부족은 내 언어도 이해하지 못할 것이다!

내 몸은 순결하고, 꽃보다 더 부드러우나,

칼미크 인의 아내가 된다면, 나는 정말 말라죽을 것이다.

슬픔이 나를 잡아먹고, 그리움이 나를 죽여버릴 것이다!

날 위해 기도해다오, 얘들아!

내 마음의 유르트는

이 순간까지 행복으로 만들어진 건 아니었다.

그런데 이제는 그 유르트가 불길에 휩싸였구나.

이 젊은 나이에 슬픔에 빠진 팔자라니!

정오가 되었는데 백부의 아들은 오지 않네.

슬픔이여, 슬픔이여! 이 바르친을 위한 희망은 없도다!

날 위해 기도해다오, 얘들아!

오오, 더는 고통 받을 힘조차 없다!

보다시피, 내겐 기다릴 사람이 없다.

나의 칸은 어찌해서 이리 늦을 수가 있단 말인가.

기한에 맞춰 내 보호막이 될 수 없다니!

얘들아, 미안하구나.

내가 너희들한테 고통만 가져다주는구나.

하지만 내가 무슨 수로 이 시련을 잠재울 수 있겠느냐?

칼미크 인들에게 나는 기한을 받아냈다.

친구들이여, 지금 그 기한이 경과되었다.

만약 끔찍한 겨울 한파가 온다면,

과연 꽃이 죽지 않을 수 있을까?

사랑하는 하킴은 오지 않았네.

내 콘그라트 앞에서 부끄럽구나.

우리는 이 고난의 날들을 괜히 참으며 기다렸구나.

내 부족은 어떻게 될까!

울어라, 사랑하는 마흔 명의 친구들아.”

마흔 명의 여자들은 칠비르-촐 방향으로 눈을 돌렸고, 그 쪽에서 말발굽 소리가 울려 퍼지고 있는 것을 들었다. 그들이 눈을 치켜뜨고 보니 한 기수가 바이치바르를 타고 달려오고 있는데 칼미크 인이었다! 여자들이 슬픔에 빠져 바르친에게 말했다.

“당신의 꿈이 예언한 그 사람이 도착했어요!

하지만 그가 칼미크의 무사들을 만났네요.

보아하니, 그가 달려오느라 무척이나 지쳐버려서,

칼미크의 무력에 패배를 당해 죽었네요.

약혼하기로 한 여인에게 오지 못하고.

그의 충직한 말은 적들의 노획물이 되었고,

신분 높은 적이 그 말을 포로로 삼아 안장을 올렸네요.

세상 종말의 끔찍한 날이 와버렸네요!

알파미시가 콘그라트에서 베크가 아니었던가요?

아니면, 그가 직접 말을 적들에게 내준 건가요?

만약 적이 그를 길에서 죽인 게 아니라면,

저 칼미크 인이 치바르에게 안장을 올릴 리가 있습니까?

말하자면, 당신의 콘그라트 매는,

자신의 욕망을 달성하기도 전에 죽은 것입니다!"

시력이 좋은 수크수르가 순간적으로,

칼미크 인이 바이치바르를 타고 달려오는 것을 보았다네.

그 칼미크 인이 아주 교만하게 말을 타고 있는 걸 보니,

그는 포획한 말을 자랑스러워하는 듯했다네.

그는 말에 채찍을 휘두르며 채근한다네.

미래의 통찰력으로 판단하건데, 적의 승리감을 느낄 수 있네.

"우리는 어떻게 될까?

콘그라트의 선량한 말아, 네 주인은 어디 있느냐?

너는 칼미크 인의 전리품이 되었구나!

아름다운 이여, 땋은 머리를 풀어헤치세요.

우세요! 당신은 아내가 되지도 못하고, 과부가 되었군요!

저 칼미크 인이 훨씬 더 가까이 왔어요. 이럴까, 저럴까, 짐작할 필요도 없이,

저 사람한테서 좋은 일을 기대할 건 없습니다.

그가 당신을 강제로 자신의 아내로 삼으려고 할 거고,

당신의 친구인 우리들을 울며 통곡하게 만들 겁니다.

오오, 우리 부족 모두가 시련을 당하고,

세상 종말의 고통을 겪어야 한다니!"

바이치바르를 타고 온 칼미크 인이 가까이 다가오자 마흔 명의 여자들은 그가 카라잔임을 깨달았다. 그들은 당황하여 소리를 내며 통곡하기 시작했고, 바르친-아이를 둘러싼 후, 하늘로 손을 뻗어 기도를 하기 시작했다. 바르친-아이는 수크수르에게 크게 화를 냈다.

"나는 너의 수다가 지겹구나.

친구가 온다는 둥, 적이 온다는 둥, 너의 말은 공허하다.

그래, 모래가 너의 그 수다스러운 입을 틀어막을 거야!"

바르친-아이가 일어나서 칠비르의 초원을 바라보네.

무사 카라잔이 치바르를 타고 달려오고 있다네.

이 미인의 눈 속에서는 온 세상이 새까맣게 변해버렸다네.

바르친은 애처롭게 눈물을 흘리기 시작했네.

"이제 내게 달콤한 영혼은 필요 없다.

이제 나는 모든 부귀함도 잃어버릴 거야.

내 유년의 봄은 이제 무슨 의미가 있는가?

만약 신이 사랑하는 사람과의 만남을 빼앗아버렸다면,

신은 죽음이 나를 데리러 오는 것도 허락하신 게야!"

바르친은 땋은 머리를 풀어헤치고 흐느끼네. "오오,

콘그라트의 선량한 말아, 네 주인은 어디 있느냐?

남편을 알지도 못한 채로 나는 과부가 되었구나!

가을에 꽃들은 시들지 않으면 안 되며,

우리는 죽음의 순간을 결코 예측할 수 없으며,

보아하니, 콘그라트에서 온 형제는 결코 기다릴 수가 없구나.

보아하니, 그를 살아있다고 생각할 수도 없겠구나.

그리고 우리가 그의 소식을 콘그라트로 전할 수도 없겠구나!"

바르친이 통곡하는 동안, 알파미시가 중매자 자격으로 보낸 카라잔이 다가왔다. 카라잔은 다리를 말등자에 올려놓고, 콧수염을 꼬면서, 벨벳 유르트를 바라보다가, 바이사리에 대해 이것저것 물어보더니 말했다.

"한 맺힌 노예들은 무슨 꿈으로 살아갑니까?

바이들이 성대한 연회를 베풀지 않을 거랍니까?

여기서 따님과 함께 사시는 존경하는 바이사리는

지금 집에 계신가요?

내가 좀 더 엄격하게 보게 된다면 모두를 당황하게 만들 수 있어요.

여기서 따님과 함께 살고 있는 바이는

지금 집에 계신지 내게 답해주길 부탁하오!

나는 중요한 일로 칸의 준마를 타고 있소.

내가 모시는 칸이 나를 보냈소이다.

여기 온 목적은 아직 비밀에 부쳐두겠습니다만,

바르친-아이를 딸로 둔 그 분께

바이 바이사리에게 모든 일을 설명드리겠소."

무사 카라잔이 바이 바이사리에 관해 계속 물었으나, 여자들은 어느 누구도 그에게 다가가지 않고, 어떤 대답도 하지 않으며 서 있었다. 그가 무슨 일로 여기 온 건지 아무도 몰랐지만, 여자들은 그를 믿지 못해서 울고만 있었다.

무사 카라잔은 제 소임을 알고 있었고 그의 마음속에 교활함은 없었다. 그는 알파미시의 중매자로 와서는 바이 바이사리에 관해서만 물었다. 하지만 여자들은 이 칼미크 인이 간교하다고 의심했다.

'그는 우리 집으로 찾아온 불행이다!' 그들은 이렇게 생각했다. 하지만 미인 바르친은 직접 그에게 말했다.

"이 말은 오래전부터 당신의 노획물이 되었나요?

당신이 직접 굴레를 씌우고 안장을 올렸나요?

당신은 바이 바이사리를 이 집에서 만나지 못했어요!

슬퍼하는 자들에게는 많은 근심걱정이 있는 법입니다.

보시다시피, 부유한 자는 달콤하게 먹고 마십니다.

보시다시피, 내 아버지는 가축들을 검사하고 있어요.

내 무늬 비단은 선명한 하늘색이었죠.

나의 하킴-베크가 당신의 희생양이 되지 않았나요?

당신 속에 있는 형리의 자질을 나는 진작 알아봤어요!

내 아버지는 집에 없다고 말하잖아요.

들었어요? 내가 정말 귀머거리한테 얘기하고 있는 건 아니잖아요!

그는 고향 땅인 바이순-콘그라트로 떠났어요.

고향 사람들과 만나길 원하셨나 봐요.

그 소식을 나도 얼마 전에 소문으로 들었습니다.

그는 고향 나라에서 환대를 받으셨어요.

비록 아버님이 여가를 잘 보내고 있지만,

고향을 그리워하기 시작했다네요.

여기서 거기까지 반년이 걸리는 길이란 걸 알아두세요.

그는 오래전에 집으로 떠났습니다.

내 아버지는 약 석 달 후에 이곳에 도착할 겁니다.

그런데 당신은, 간교한 폭력자인 칼미크 인 당신은

무엇 때문에 여길 왔소, 이젠 고백하시오.

먼 곳에서 온 우리 부족은 칼미크의 수하에 있습니다.

먼 곳에서 온 사람들은 잔혹한 탄압을 견뎌내야 하죠.

이 말이 만약 당신의 노획물이 되었다면,

그 용맹스러운 주인은 죽었다는 말이죠!

당신에게 말합니다. 아버지는 떠났어요.

아버지는 형인 바이부리 왕에게 떠났습니다.

아버지는 약 석 달 후에 돌아올 겁니다.

기한이 경과했다 해도,

비록 콘그라트의 그 귀족이 살아남지 못했다 해도,

칼미크 인이여, 헛되이 자신을 수고스럽게 만들지 마시오.

나에게 90일의 기한을 다시 주시오.

아버지가 오실 테니 아버지와 이 문제를 해결하시오.

칼미크 인이여, 그때까지 여기로 오지 마시고,

다른 무사들한테도 내왕을 금지시키시오.

이제 서 있지 말고, 말을 돌리시오.

오랫동안 건강하게 사시오. 슬퍼하지 말고,

가는 길에 나쁜 일은 만나지 말고 좋은 일을 만나시오!"

바르친은 카라잔이 간교한 술책을 부리려고 찾아 왔을 거라고 의심하면서, 오히려 3개월 기한을 벌기 위해 꾀를 부렸다. 카라잔은 그녀의 꿍꿍이를 알 수 없었다. '에이, 바이가 집으로 돌아올 때까지 기다리느니, 그녀와 직접 얘기하는 편이 더 낫겠네. 중매 일을 시작했는데, 그리 유쾌하진 않군, 먼지를 일으키며 길을 따라 이리 저리 왔다 갔다 해야 되고, 헛되이 자신을 고단하게 해야 하고. 바로 끝낼 수 있어야 좋은 중매지. 그가 그녀를 원하니 그녀한테 바로 얘기해야겠다.' 이렇게 생각한 카라잔은 바르친-아이에게 갔다.

'내 밑에선 우즈베크의 명마가 기쁘게 춤을 추고 있소.

내 어깨에는 방패가 있고, 허벅지에는 칼이 있소.

이 카라잔은 당신께 평화로운 중매자로서 왔소이다.

당신의 빨간 비단 천은 화려하고 선명하오.

우즈베크 여인, 당신은 내 말을 좀 들어보시오.

용맹스런 매가 내 집에 손님으로 앉아 있소.

충직한 하인이자 그의 충성스러운 친구인 내가

당신이 그에게 말한 모든 것을

내 친구에게 정확히 전달하겠소.

나는 당신의 모든 말을 이해할 것이며,

나는 당신의 한 서린 마음도 이해할 것이니,

내 말을 꿍꿍이로 간주하지 마시오.

나의 진실함을 진실함으로 갚으시오.

어느 누구에게도 당신이 정도를 벗어나는 것을 허용하지 마시오,

당신의 적들이 알 수 있으니,

내가 여기 도착했다고 소문 내지 마시오.

내가 칼미크 인이라고 슬퍼 마시오.

우리는 당신 친구의 친구이자 의형제요.

우린 진심으로 그에게 헌신하고 싶소.

이 카라잔은 바르친-아이에게 중매자로서 왔소이다.

만약 당신이 백부의 아들을 기다리고 있었다면,

이 카라잔이 그에게 그렇게 말하겠소."

바르친은 카라잔을 시험해보고 싶어서 이렇게 말했다.

"내 무지개 색 성장(盛裝)은 에메랄드로 만들었죠.

알파미시는 자신의 부족에서는 왕이었죠.

그래요, 당신의 새 친구 알파미시는 쇠약해지고 있죠.

그는 내 마음에 들지 않았어요!

당신께 말하건대, 그는 병신 같았죠.

회색 눈동자에, 몸매도 꼴사나웠죠.

당신이 알고 싶다면 말하죠. 무사 카라잔-베크여,

당신이 내가 기다리던 사람입니다.

나는 무늬 비단을 입고 있고, 색깔이 고운 비단을 입고 있어요.

신의 의지 앞에서 내 몸을 숙입니다.

내가 오직 한 가지 생각만 하면서 살고 있다는 점을 명심하세요.

만약 내가 당신네 정원사로 가게 된다면,

내가 당신네 정원에서 얼마나 많은 장미를 모을 수 있을까요!

무사 카라잔은 모든 나라에서 명성이 자자하니,

나는 카라잔의 아내가 되는 걸 동의합니다.

나는 다른 어떤 영웅도 필요치 않아요.

당신이 뭐하러 다른 구혼자들을 칭찬하나요?

당신이 뭐하러 그들 모두를 나와 만나게 하시나요?

당신은 뭐하러 자기 자신을 둘로 나누나요?

내 마음은 진심으로 오직 당신 한 사람에게만 향하고 있습니다.

당신은 당신의 친구에게 그렇게 전하세요.

여기, 당신의 땅에서 남편과 아내가 되어,

당신과 나는 사랑 속에서, 합의 속에서 살 겁니다.

우리 둘은 집안을 잘 꾸릴 겁니다.

때가 되면 우리에게 아이들이 태어날 겁니다.

나는 단지 카라잔-베크 당신만을 원합니다.

이것이 내가 당신에게 건네는 말입니다. 나는 영원히 당신 거예요!"

바르친의 말을 듣고 카라잔이 말했다.

"날 내버려 두시오! 당신은 파렴치하게 말하는군요. 알파미시는 오직 당신을 위해서 그토록 힘들게 고통을 겪으며, 자신의 말을 혹사시켜 여기로 왔어요. 그가 홀로 돌아가 자신의 부족 앞에서 모욕을 당할 수도 있잖소? 만약 칼미크 인들이 당신 마음에 든다면 나 말고도 아흔에 하나 모자라는 무사들이 아직 있어요. 그들 중 누구에게든 존경을 표할 수 있겠지만, 나는 그냥 내버려 두시오."

카라잔은 진정으로 화를 냈다. 그의 유쾌한 꿈들은 사라져버렸다. 그는 되돌아가려고 말 머리를 돌렸다.

바르친은 자신의 말을 후회하면서 카라잔의 뒤를 쫓아갔다.

"만약 알파미시가 나를 아직도 사랑한다면,
그는 내게 예전과 똑같이 소중하다는 걸 명심하시오!
보시다시피, 눈물 줄기가 내 눈을 멀게 해서
내 시선은 위아래도 구분할 수 없어요.
적절치 않은 말은 모욕적일 수가 있죠.
당신은 무사입니까, 아니면 조그만 아기입니까?
나는 정말로 장난삼아 당신과 얘기를 나눈 겁니다.
도대체 당신의 이성은 어디 있는 거요, 내 님의 친구여?
내 말을 그에게 전하지 마세요.
불쌍한 그를 놀라게 만들지 마시고, 이봐요.
내 장난으로 불행을 만들지 마세요!
의심 때문에 의기소침하게 되지 않도록,
이에 관해선 그 어떤 것도 그가 알지 못하게 하세요!
내 마음의 슬픈 신음 소리를 잘 들으세요!

치바르의 몸을 내게로 돌릴 것을 부탁드려요.

내가 당신과 말을 돌보겠어요.

이제 내게 완전히 만족하실 겁니다.

내가 기다렸던 분에 관해 당신께 이것저것 물어볼게요.

정말 나는 당신들의 우정에 대해선 알 길이 없었어요.

만약 내가 당신들끼리의 사건을 알았더라면,

당신이 기대하던 대답을 곧장 했을 겁니다.

조금 전에 한 말은 진심이 아닙니다.

만약 나의 알파미시님이 도착했다면,

소식을 전해준 당신께 감사를 드리며,

말을 돌릴 것을 당신께 간곡히 부탁드리고,

우리의 영혼을 당신과의 대화로 즐겁게 해주길 바랍니다.

그렇게 기다렸더니 드디어 기쁨의 날이 왔군요!

나의 베크 카라잔이여, 내 말을 잘 들어요.

내 하녀들에게 말을 맡기길 부탁드립니다.

나 같은 미인들에게,

무사 카라잔, 당신은 반드시 상냥해야 합니다.

내가 이렇게 부탁을 한 이상, 당신은 반드시 양보해야 합니다.

나는 바보 같은 상황에 빠지고 싶진 않답니다!"

카라잔은 다시 말을 돌려 점잖게 다가왔다. 바르친-아이는 말의 재갈을 붙잡은 후, 카라잔을 귀한 손님처럼 반갑게 맞았고, 그에게 부드러운 옷가지를 깔아주었다. 새끼양고기도 썰었고, 고기와 슈르파도 삶았다. 데운 고기를 나무 대접에 담아서 카라잔 앞에 가져다 놓았다. 카라잔은 앉아서 16개월 된 새끼양고기의 기름진 고기를 뜯으면서, 다 빨아 먹은 뼛조각들은 뱉어냈다. 허겁지겁 먹고 나서 카라잔이 말했다.

"자, 바르친. 당신의 알파미시가 왔고, 당신이 요청한 기한이 끝났습니다. 무슨 말을 하시겠어요?"

바르친이 말했다.

"그래요, 오긴 왔죠. 내가 뭘 할까요. 그의 옷깃을 부여잡고 온 세상을 향해 '알파미시가 오셨어!'라고 소리칠까요? 그가 도착했어도 바이가[53]는 개최될 겁니다! 칼미크의 무사들은 나에게 6개월의 기한을 제시했고, 정념에 몸부림치며 기다렸습니다. 그들은 말들을 경주에 풀어놓고, 다른 모든 말을 앞지른 말을 소유한 자가 날 차지할 거란 희망을 가지고 일찍이 내 조건을 받아들였죠. 이긴 자에게 내가 시집가기로 했으니 그들에겐 모욕이 있을 수 없죠. 내 조건은 총 네 가지입니다. 알파미시가 그것들을 완수하면 나는 그의 아내가 되고, 칼미크 인이 완수하면 나는 칼미크 인의 아내가 됩니다. 나는 내 말을 지켜야 합니다! 내 백부의 아들에게 이렇게 전하세요.

골짜기에는 말이 뛰어 가고 산 정상에는 천둥이 칩니다.

창에 찔린 용사가 신음 소리를 내고 있네요.

바바한 산에서부터 40여 일 걸리는 길.

바바한 산에서부터 우리는 바이가를 벌일 겁니다.

내가 하늘에 기도를 올리는 그 분은,

내가 눈물방울을 쏟게 만드는 그 분은,

말을 하늘 아래로 날아오르게 하실 그 분은,

매의 자유로운 날개를 활짝 펴고,

경주 중인 다른 모든 말들을 따라잡고서,

---

53 중앙아시아에서 가장 오랫동안 사랑받던 말 경주. 보통 5~50km의 거리(과거에는 50km이상)를 직선으로 달리는 경주로서, 기수의 전략적 기술이 가장 중요한 역할을 한다.

그 무사는 1등을 해야 합니다.

그 분이 내 남편이 되어야 합니다.

그 분이 몇 년 동안이나 내가 그를 기다렸다는 걸 아신다면,

내가 여기서 고생하고, 잔혹하게 고통 받았다는 것을 아신다면,

오시는 길이 적지 않은 난관을 겪으며,

저 먼 곳에서 날 찾아 달려오셨으니,

그 무사는 나를 자신의 아내로 삼을 겁니다.

경주에 능숙하며, 강인한 자가,

활을 심하게 구부러뜨려도, 활을 망가뜨리지 않는,

숙련된 사수가 내 남편이 될 것이오!

모든 적들을 능욕한 후,

삼천 보 떨어진 곳에서 텐가를 맞추는 자가,

그 적중률 높은 사수가 그 사수들 중의 매가

내 남편이 될 것이오, 만약 그가 그런 사람이라면.

나에 대한 사랑과 질투심으로 불타는 자가,

괜한 허풍은 떨지 않고, 경기장에 나가서,

모든 자신의 경쟁자들을 따돌리고,

용기와 무사의 힘을 증명한

바로 그 분만이 내 남편이 될 자격이 있습니다.

내 님이 내 조건들을 알도록 해주세요.

내 술탄이신 하킴이 말을 준비할 수 있도록 해주세요.

당신은 칼미크 인들한테도 전해주세요.

나는 모든 사람들에게 똑같은 조건을 제시했습니다.

이제 나는 누구 앞에서든 죄가 없습니다.”

바르친의 말을 듣고서 카라잔이 대답했다.

"오, 당신은 정말 멋진 생각을 해냈군요! 만약 당신이 곧장 알파미시의 옷깃에 매달렸다면, 적지 않은 불행이 발생했을 거요. 당신은 정말 명민했소. 당신을 칭찬하고 싶군요!"

카라잔은 말을 타고 왔던 길로 되돌아갔다. 가는 길에 그는 아흔에 하나 모자라는 칼미크 무사들을 만났다. 그들 중 가장 힘이 센 무사 코칼다시가 물었다.

"카라잔, 어디서 오는 길이냐?"

"그 우즈베크 아가씨한테서 오는 길이에요."

"그녀가 지정한 기한이 끝났다. 이제 그녀의 대답은 어떤 것이냐?"

코칼다시에게 카라잔이 대답했다. "그녀 말은 이렇습니다. 바이가를 펼쳐서 다른 모든 말들을 앞지르는 말의 주인, 활쏘기에서 활을 부러뜨리지 않고 남들보다 더 멀리 화살을 날리는 자, 경기장의 격투기에서 모든 경쟁자들을 물리치는 자, 그 자와 결혼하겠다."

그러자 코칼다시가 말했다.

"우즈베크 여인의 마음이 나한테 기울어졌구나. 바이가를 한다면 내가 모든 이들을 앞지를 것이다. 어떤 누구의 말도 내 말에 필적하지 못한다! 활쏘기를 한다면 내 활이 가장 강할 것이다. 오백 보 떨어진 거리에서 텐가를 적중시킬 것이고, 좀 더 신경 써서 조준을 한다면 천 보 떨어진 거리에서도 적중시킬 수 있지. 나에게 대항하는 자들의 손은 연약하다. 만약 격투기를 한다면, 진실로 말하건대, 나는 모든 이를 제압할 수 있다! 바르친-아이를 갖는 것은 나에게 주어진 운명이다. 그런데 너는 어디서 이런 야윈 말을 구했는지 말해봐라."

"콘그라트 나라에서 내 친구 알파미시가 왔어요. 이건 그의 말입니다." 카라잔이 대답했다.

"알파미시가 왔다고?!" 코칼다시가 소리쳤다.

"그래요, 왔어요."

"어휴, 만약 그렇다면, 그는 바보야!" 코칼다시가 크게 웃었다. "저런 말에 신부를 태워서 데려가려고 하다니!"

코칼다시 수하에는 말 전문가가 있었는데, 그의 별명은 돌팔이의사-쿠사였다. 코칼다시가 그를 불렀다.

"이 우즈베크 말을 좀 살펴봐라. 이놈에 대해 어떻게 생각하나?"

돌팔이의사-쿠사는 바이치바르를 살펴보고, 치수를 재봤다. 말 꼬리에서 귀까지 17미터였고, 가슴둘레는 11미터였다. 쿠사는 바이치바르의 허리 부분을 쓰다듬었고, 그의 콧구멍에 망원경을 갖다 대고 내부를 쳐다보고, 가슴도 살펴보았다. 앞다리 사이의 가슴 부분에는 눈에 띄지 않게 포개진 날개가 있었는데 하나가 3.5아르신이었다.

"그래, 우즈베크의 말은 어떠냐?" 코칼다시가 물었다.

쿠사가 대답했다.

"우즈베크의 말을 살펴보니 나리가 우즈베크 아가씨에게 집적거리지 말아야 할 것 같네요."

"사실을 말해라!" 코칼다시는 그에게 무섭게 명령했다.

"이것이 사실입니다!" 돌팔이의사-쿠사는 바이치바르를 극찬하기 시작했다.

"이 말은 명마 중에서도 선별된 명마요.

말발굽은 마치 다이아몬드 같고, 등은 사슴 같네요.

이놈의 가격은 매길 수도 없습니다.

이 말은 이러합니다.

전시에 이 말은 적들을 놀라게 할 것이고,

이 말에 올라탄 자는 모든 사람을 앞지를 겁니다.

이 말은 겨드랑이 속에 날개 두 개를 숨겨놓고 있는데,

각 날개의 길이가 3아르신이며,

심지어 0.5아르신이 더 있소! 그리고 눈처럼 하얗습니다.

정말 진정한 명마입니다!

이 말은 회색 얼룩무늬로 태어났습니다.

겉보기엔 보기 흉하지만, 얼마나 강하고, 얼마나 영리한지!

이 말은 기수에게 행복을 가져다줍니다!

마구는 청동금속판의 광택으로 반짝이네요.

그는 날갯짓으로 하늘을 날아다닐 수 있어요.

구름 속에서 날렵한 새들도 따라잡을 수 있습니다.

이 말을 산에 풀어놓든, 평야에 풀어놓든,

어디에서든 그의 걸음걸이는 나무랄 데가 없습니다.

이 말과 시합을 시작하지 않는 편이 나을 거예요.

당신은 우즈베크 여인 바르친-아이를 얻을 수 없을 겁니다.

이 우즈베크 말에 대한 진실을 잘 알아두십시오.

정말 진정한 명마입니다!

코칼다시, 당신의 말을 1년 동안 준비시킨다 해도,

당신의 수고가 아까울 뿐이오.

이 우즈베크 말은, 당신이 아무리 교활하게 굴어도,

설령 당신이 길 전체를 못으로 도배를 해놓더라도,

조금도 찔리지 않고,

모든 못을 뛰어 지나갈 수 있으며,

게다가 당신의 말을 따라잡기까지 할 수 있어요.

이 말은 정말 특별한 준마입니다!

만약 당신이 다른 교활한 마음을 먹고,

만약 당신이 바이가 시작 전에 그를 묶어두어,

한 발도 내딛지 못하게 해도,

이 말은 스스로 경주 노선 앞으로,

심지어 15일이나 앞설 겁니다. 어쨌든,

당신이 1등으로 들어오지 못하도록 되어 있습니다.

이 바이치바르는 밧줄을 뜯어내고,

당신을 따라잡고 1등으로 달려 들어올 수 있어요.

이 말은 정말 특별한 준마입니다!

코칼다시, 잘 들으세요. 내 충고에 따르세요.

그리고 콘그라트 손님 앞에서 망신이나 당하지 마세요.

바이가를 일찌감치 그만두는 게 좋습니다.

우리나라 전역에는 저런 말이 없어요.

당신은 바르친-굴을 가질 수가 없어요. 그녀를 잊으시오!

일단 못 가지는 걸로 정해졌으면, 운명에 순응하세요.

뭐하러 쓸데없이 고생을 합니까?

만약 바이가의 길을 6개월짜리 노선으로 정한다고 칩시다.

당신은 모든 지점에서 전속력으로 출발해야 합니다.

그래도 저 우즈베크 인이 1등을 할 수 있어요. 울 필요도 없습니다.

이 말은 행운의 낙인이 찍혀 있다는 사실을 명심하시오.

이 말은 다른 말들을 파멸시키며, 다른 기수들에겐 치욕을 줄 것이오.

내가 말하건대, 치바르에 관해선 논쟁이 불필요하오!"

이 말을 들은 코칼다시는 진노했다.

"쿠사, 네가 교활한 여우인 줄은 알고 있었다! 넌 예전부터 나한테 나쁜 감정을 가지고 있었지. 지금 네가 그 우즈베크 인과 사전에 작당을 하고, 바이가를 기피하도록 나한테 겁을 주고 있는 거야. 분명, 그가 네게 3~4텐가 쯤 줬겠지. 그래서 네가 이렇게 저 우즈베크 말을 칭찬하고 있는 거야! 그래, 좋다. 날 잊지 못하게 해주마!"

코칼다시는 돌팔이의사-쿠사에게 달려들어 그의 두 눈을 뽑아버렸다.

"만약 저 우즈베크 준마가 내 말 코크도난을 따라잡으면, 내가 네 놈의 눈에 대한 배상금[54]을 지불하마. 일단 그 알파미시를 보러 가야겠다." 그가 말했다.

아흔 명의 칼미크 무사들이 모두 소집되었는데 카라잔도 그들과 함께 있었다. 그들 모두는 소란스럽게 떼를 지어 알파미시에게 달려갔다.

알파미시는 천막 안에 앉아서 칼미크 인들이 오는 것을 보고 있었다. 그들의 머리는 유르트와 비슷하고, 몸통은 험준한 언덕을 닮았다. 알파미시는 일어서지도 않은 채, 그 무사들을 준엄하게 쳐다보았다. 아흔에 하나 모자라는 칼미크 무사들은 당황해하며, 말에서 뛰어내린 후, 손을 가슴에 얹고 멀리서 온 자에게 인사를 올렸다. 무사 코칼다시 한 사람만이 자신의 말 코크도난에서 내리지 않은 채 알파미시에게 말했다.

"우즈베크 인이여, 내 충고를 명심해라.

오던 길로 돌아가서,

네 목숨을 보전해라.

네 여자를 얻을 거라고 생각지 마라.

이 무사 코칼다시가 말하노라.

그는 쓸데없이 말을 낭비하지 않는다.

그의 심장은 분노로 불타고 있다.

---

54 터키나 카프카즈 민족 중에서 살인자 또는 그 친족이 복수를 피하기 위해서 지불하는 돈.

네가 내 아내한테 무슨 볼일이 있느냐?

죽기 전에 어서 떠나라!

먹구름이 산을 감싸고 있다.

너와 나는 힘이 대등하지 않다.

만약 우리가 충돌한다면,

너는 내 마수에 빠질 것이고,

무사히 벗어나지 못할 것이야.

우즈베크 인이여, 나는 너와 농담하는 게 아니다.

내가 네 머리를 후려갈길 테고,

말을 타고 널 짓밟을 것이다.

내가 너를 잿더미로 만들어주마!

너를 마음대로 주물러주마!

우즈베크 인이여, 서둘러 떠나거라.

목숨을 잃어버리지 마라.

만약 네가 듣고 싶다면 잘 들어봐라.

너 알파미시는 바르친-아이의 마음에 들지 않으며,

우리를 향한 그녀의 감정은 좋다.

그녀가 이 코칼다시에게 이런 말을 한 것이

한 두 번이 아니다.

"알파미시는 건초 같아요.

나에 대한 권리를 상실했어요.

당신에게 말하건대, 당신 여자가 되겠어요.

괜히 약속하는 게 아닙니다."

내가 바로 코칼다시다.

알아둬라, 그 우즈베크 여인은 내 것이다!"

그러자 알파미시가 말했다.

'내 눈빛으로 저 대양을 말려버리겠다.

내가 크게 고함치면 저 언덕도 무너져 내릴 것이다.

용사여, 너는 얼마나 많은 말을 낭비하고 있느냐!

내 이름은 하킴이고, 나는 바이순의 칸이다.

머나먼 나라에서 연약한 겁쟁이가 왔다면,

과연 자기를 기다리는 여인을 찾아 갈 수 있을까?

너 같은 바보는 대체 어느 나라 사람이며,

그 나라는 어디에 있는가?

자신의 입을 헛소리 같은 자화자찬으로 가득 채우고,

시장바닥인 것처럼 서서 온 초원에 대고 고함을 질러대는구나!

수다가 무사의 가치를 높이는 것은 아니며,

쓸데없는 고함질로 영광을 얻을 수 있는 게 아니다.

용감한 자는 루스템을 본받아야 한다.

전시에는 위엄을 견지하고,

전장에서는 가차 없이 적을 궤멸시켜야 한다.

그런 시기에 잘난 체하는 자의 일이란 벌벌 떠는 것뿐.

그런 자는 경기장에 나와서 교만을 떨기 시작할 것이고,

경쟁자가 그 거짓을 분간해내지 못할 것이라 생각하겠지.

경기의 순번이 다가오면,

결국 적이 그를 자기 손아귀에 잡아넣지.

그리고 적이 그를 한바탕 흔들고 빙빙 돌린 다음 뒤로 세게 던져버릴 거야.

그 잘난 체하는 수다쟁이는 곧 죽게 되는 거지!

그 바보는 교훈을 하나 얻게 되지.

경기장에는 주제넘게 고개를 내밀지 마라!

나는 다이아몬드로 만든 칼을 지니고 있다.

어떤 칼미크 용사든 나타나기만 해봐라.

내 칼을 적의 상처 난 피로 벌겋게 물들일 것이다.

누굴 만나든, 내가 손맛을 보여주고

돌 던지듯 구름 아래로 힘차게 던져버릴 것이다.

본때를 보여주고, 나는 바이순의 나라로 돌아갈 것이다.

내 사랑하는 여인을 고향 땅으로 데리고 갈 것이야.

큰 소리 친 사람은 고통을 참아내야 할 것이다!

가을이 다가오면 시들어버린 꽃은 앙상할 것이다.

까마귀도 장미 넝쿨에 앉을 수 있을 것이다.

죽음 같은 우수는 교활한 뱀도 물어버린다.

칼미크 인이여, 나랑 장난할 생각은 하지도 말아라!

만약 네가 용감하다면, 경기장으로 가자.

우리가 너를 말과 그 위에 올려진 모든 것과 함께,

사람들을 즐겁게 해주기 위해 저 하늘로 던져버리겠다!

내가 너에게 말하노니, 일단 내가 여기로 왔으니,

이것은 너희들이 최후의 심판[55]을 맞이한 것이다!"

알파미시의 말을 들은 코칼다시가 말했다.

"우즈베크 인이여, 내 예언의 말을 잘 들어라.

나는 내 분노로 이 땅을 완전히 태워버릴 수도 있다.

네가 어떻게 내 말을 던져버린단 말이냐?

---

[55] 기독교처럼 이슬람교에서도 최후의 심판과 부활의 계시가 있다.

나도 그런 기적을 한번 구경해봤으면 좋겠구나.

보아하니, 네가 이 낯선 땅에서 시체로 뒹굴고 싶은가보구나.

너야말로 수다 떠는 걸 제대로 배웠구나.

그토록 많은 말들을 쏟아 내다니 1년 내내 세어도 다 못 세겠다.

나는 널 잿더미가 되도록 짓밟고 싶다.

우리나라에서 자비를 기대할 생각은 하지 마라!

너에게 말하건대, 너는 공연히 온 것이다.

너는 우리에게서 그 어떤 신부도 데려가지 못할 것이다!

그런 무모한 자들은 이미 많이 다녀갔다.

그 누가 우리 땅에서 성한 채로 떠났더냐?

내가 겁쟁이인지, 용감한 자인지, 두고 보자, 용사여.

지금 곧 너와 나는 경기장으로 나갈 것이다.

내가 네 어깨에서 머리를 뜯어낼 것이다, 바이순의 칸이여.

그 머리를 내 무사용 주머니에 넣어두마.

내 형제인 카라잔이 이 모든 것을 꾸민 게로구나.

그 녀석이 혈연이고 명예고 다 잊고 널 데려온 거야.

경기장으로 나가자. 네가 어떤 놈인지 한번 보자!"

이때 카라잔 또한 참지 못하고 말했다.

"나의 형님, 코칼다시여, 잘못 처신하는 겁니다!

형님은 저 우즈베크 인과 말로 맞붙어 싸우니 좋으신가보군요.

대화를 할 때는 자신의 혀를 진정시키세요.

형님은 저 우즈베크 인을 물리칠 길이 없어요.

그는 진정한 무사이고, 강력한 거인이며,

주먹으로 산을 귀리 가루로 만들어버릴 겁니다.

이 카라잔이 저 우즈베크 인을 잘 압니다.

어서 자신의 혀를 진정시키세요, 코칼다시 형님.

그 말의 대가로 형님은 목숨을 내줘야 할 겁니다!

그가 크게 화나면 형님을 흙과 똑같이 취급해서,

형님을 먼지나 재로 바꿔버릴 겁니다.

그는 이 모든 칼미크 나라를 재로 만들 겁니다!

자신의 혀를 진정시키면 그가 형님을 용서할 거예요.

다행스럽게도, 그는 형님이 그에게 한 말을

전부 다 알아듣진 못했어요.

만약 그가 우리 언어를 좀 더 잘 알았다면,

형님은 장님이 되었을 겁니다. 형님은 참 교만한 칼미크 인이에요!

그냥 가까이만 가보세요. 그가 형님을 순식간에 끝내버릴 겁니다.

욕설이 이 힘을 대적하는 데에 무슨 소용이 있겠어요?

협박을 해봤자 일은 잘 안 될 겁니다.

좋게 말할 때 그에게서 물러서는 게 좋아요.

불행의 혓바닥으로 북을 치지 마세요.

우리는 바르친의 모든 조건들을 수용했고,

형님도 반박하지 않았잖아요. 자기 말(言)을 지키세요.

만약 이 우즈베크 인 한 사람만 모든 것을 해낸다면,

바르친-아이는 이 우즈베크 인의 아내가 되는 것이고,

그녀는 형이나 우리와는 인연이 아닌 거죠.

무사로서, 남자로서 명예를 유지합시다.

형님이 승리한다면 그녀는 형님 것이 될 겁니다.

욕설의 열기가 우리에게 필요한 게 아니라,

힘든 경주에서의 행운이 우리에게 필요합니다.

말들이 좀 더 날렵하고 강해지도록,

준마들을 준비하도록 합시다.

우리 말들은 기수가 상을 받을 수 있게,

경주에서 목숨을 바칠 겁니다.

만약 형님의 말이 1등으로 도착한다면,

그건 말이 형님에게 신부를 쟁취하게 해준 거죠.

자, 나는 가서, 부족민 모두가 바이가에 관해

미리 알 수 있도록 알리겠습니다.

왕에게도 소식을 전하도록 전령들을 보냅시다.

괜히 사람들 속에서 이런 낭설이 돌지 않도록 해야죠.

'내게는 제때에 소식을 전하지 않았구나.

나도 바이가에 말을 세울 수 있었을 텐데.'

말을 준비하게 하고 경기장으로 갑시다!"

모든 사람이 이 말에 동의했다. 카라잔은 곧장 바이가 준비에 돌입했다. 그는 심복을 통해 칼미크의 왕에게 편지를 보냈다. 그 심복은 가는 길에 만나는 모든 사람들에게 경주 소식을 알리라는 명령을 받았다. 왕은 편지를 읽고 고참 마부에게 명령을 내렸다.

'바이가를 대비하여 가장 훌륭한 말들을 준비해서, 그들을 잘 돌보거라. 우즈베크 인 바이사리의 딸이 바이가 상금으로 걸려 있다. 나도 그녀를 아내로 삼는 게 싫지 않다. 혹시, 운명이 내게로 기울어진다면, 내 말 중에서 한 마리가 1등으로 들어올 수도 있다.'

왕은 또한 모든 시장에서, 모든 촌락에서 다가오는 바이가에 대해 사람들이 알 수 있도록 전령들을 보내라고 명령했다.

어린 사람, 늙은 사람 할 것 없이 서둘러서 칠비르-촐로 달려오네.

아이나-콜은 축제일 시장처럼 바글바글하구나.

모든 무사들은 사자보다 더 힘이 세다네.

여기서 가장 훌륭한 경주마를 고르네.

그들을 따라 회계원-서기들이 와서,

선택된 말들의 목록을 작성하네.

총책임자인 카라잔이 이 일을 진두지휘한다네.

군중들이 도착하네. 점점 더 소란스럽고, 사람도 더 많아지네.

칼미크의 저명인사들과 평민들이 모였고,

콘그라트 출신의 모든 부족민들이 여기로 모여들었네.

일만 가구 부족민들 모두가 앞으로 몰려오네.

아이나-콜은 마치 축제일 시장바닥처럼 소란스럽네.

칼미크의 왕도 바이가에 세 마리의 말을 출전시켰다. 한 마리는 발이 빠른 황갈색 말이지만, 발굽이 흰색이었다. 흰색 발굽은 너무 연약해서 희망이 없었다. 왕의 두 번째 말은 샤파크[56]라 불리는 말의 일종인데, 뜨거나 지는 태양을 마주 보고 달리게 되면 바로 눈이 멀어버리고, 제자리에서 움직이질 않는 말이었다. 왕의 세 번째 말은 타이치 칸이 11,000탄가[57]를 지불하고 구입한 밤색 알라카라크[58]였다. 아무리 잘 달리다가도, 한번 고삐를 당겨 세우면, 사슬에 묶인 것처럼 되어, 한동안 앞으로도, 뒤로도 움직일 수 없는 말이었다.

바이가에 출전한 칼미크 인들 측의 말은 총 사백 아흔 아홉 마리였다. 카라잔이 타고 있는 알파미시의 말 바이치바르는 오백 번째의 말이었다.

56 태양이 뜨거나 지는 방향으로 달리지 못하는 말.
57 14세기~18세기 경 중앙아시아에서 통용되던 은화.
58 달리다가 한번 멈추고 나면, 다시 계속 달리지 못하는 말.

대인은 대인을 알아보고, 장사는 장사를 알아보며, 명마는 명마를 알아본다. 무사 코칼다시의 말인 코크도난은 준마였다. 코크도난은 우즈베크 말인 바이치바르한테서 승리자의 기운을 느꼈고, 공포감에 휩싸여 의기소침해져, 여물을 거부하기까지 했다. 코칼다시는 크게 절망하여, 제 손으로 눈을 뽑아버린 돌팔이의사-쿠사에게 말했다.

  "보아하니, 내 말이 큰 병에 걸린 것 같다. 너의 두 눈이 보이진 않는다 해도, 그 대신 두 손이 느낄 수 있다. 내 말을 만져보고, 그의 병든 몸을 진단하고 고쳐라.

  쿠사가 코칼다시에게 말했다.

  "코칼다시여, 내 말을 들으시오. 무사여, 입을 좀 다무시오!
  당신은 내 눈을 뽑아버리고, 세상을 컴컴하게 만들었소.
  날 바싹 마르게 했고, 내 얼굴을 샛노랗게 만들었소.
  나는 필요 없는 사람이 되었고, 차가운 사람이 되었소.
  당신의 말은 빠르고 유쾌하며 용감했죠.
  많은 바이가 경기 속에서 준마로서 날아다녔던 말 아닙니까!
  하지만 지금은, 아아, 당신의 말은 기운도 없고, 기력도 없어요.
  심지어 여물조차 거부하기 시작했습니다.
  당신의 도난이 치바르를 보기만 했을 뿐인데,
  자신의 패배를 예감한 겁니다.
  보시다시피, 바이치바르가 그를 이길 겁니다.
  용사 하킴이 당신을 앞설 겁니다.
  공연히 자신을 괴롭히지 마시고, 결단을 내리세요.
  바보 같은 분이여, 바이가에 나가지 않는 것이 좋소!

당신은 그 거만한 우즈베크 아가씨에 대한 꿈을 접으세요.

어쨌든, 당신은 논쟁으로 운명을 이길 순 없습니다.

당신은 괜히 자신을 바르친의 약혼자로 상상해서,

자기 말을 쓸데없이 고생시키려고 합니다.

당신의 말은 바이치바르의 맞상대가 절대 아닙니다!

그 불쌍한 놈을 치욕으로 몰고가다간,

당신은 불행에 처하게 될 겁니다.

자기 자신을 책망하며, 아주 쓰라리게 울게 될 거고,

죄인처럼 내 앞에서 머리를 숙인 채,

내 눈을 멀게 한 것에 대해서 아쉬워할 겁니다.

나는 공연히 입으로 수다 떠는 것에는 별로 익숙하지 않소.

당신에게 말하노니, 당신은 고집불통의 칼미크 인이오.

설령 내가 화가 나 있다 하더라도, 나는 이렇게 맹세할 수 있소.

당신이 바이가에 출전하여 바바한 산에 다가가면,

당신은 불행을 향해 직행하는 겁니다.

당신은 괜히 고생만 하고 녹초가 될 뿐이죠.

먼 데서 온 그 우즈베크 인이 당신을 이길 겁니다.

당신은 사람들 앞에서 망신을 당할 겁니다.

당신은 우즈베크 여인 바르친-아이를 볼 수 없을 겁니다!

그러니 제때에 치욕을 벗어나고 싶다면,

바이가에 대해선 잊고 생각하지 마시오.

당신은 괴짜이고, 바보이며, 순진한 사람이오!"

'무덤에 누우려고 진실을 말하지 않는구나! 그 우즈베크 놈이 이놈을 매수한 거야. 이렇게 말하도록 사주한 거지.' 코칼다시가 생각했다.

코칼다시는 화가 나서 코크도난에 올라타고 떠났다.

바이가의 모든 참가자들이 모이기 시작했다. 카라잔은 자신의 친구 알파미시를 위해서 그의 말을 타고 달리기로 결심했다. 그는 80금화를 주고 바이치바르를 샀다.

친척 칼미크 인들이 카라잔을 설득했다.

"정말 이 말이 그렇게 큰돈을 주고 살 만큼 가치가 있느냐? 보아하니, 마부 쿠사가 널 속이는 거야. 그는 우즈베크 인에게서 뇌물을 받았어! 이놈은 준마가 아니라, 그냥 야윈 말이잖아!"

하지만 알파미시가 말했다.

"내 친구여, 네 친척들의 성화에 굴복하지 마라. 이 말은 한번 자빠진 다음, 마치 흐르는 물처럼 매끄러운 발걸음으로 피곤한 줄도 모르고 달릴 거야. 네가 무슨 명령을 내리더라도, 이 녀석은 모두 다 해낼 거야. 너는 이 말에 아주 만족할 것이다."

"저는 일단 샀으면, 물리진 않습니다." 카라잔은 이렇게 말한 후, 바이치바르에 올라타고, 칼미크 인들 앞을 왔다 갔다 하면서, 자신이 산 말을 자랑하며 극찬했다.

알파미시는 자신의 말에게 다가가서 마치 영원히 이별이라도 하는 듯, 말 가슴에 꽉 달라붙더니, 카라잔에게 말했다.

"친구 카라잔-베크여, 너에게 신의 가호가 있기를!
돌아오는 시기를 지정해줄 것을 부탁한다.
너는 영광스러운 기수이며, 용맹스러운 자다.
네 위대함의 화관을 떨어뜨리지 마라.
자, 드디어 바이가가 시작되는 시간이 되었다.
나의 말 바이치바르는 재빠르고, 영리하니까,

다른 준마들을 야윈 말 따돌리듯 제칠 것이야.

너의 칼은 날카롭고, 너는 힘센 무사이니,

나는 일찌감치 네 적들의 울음소리를 듣고 있다.

네가 바이치바르를 전속력으로 달리게 하기 전에,

돌아오는 시기를 지정해줄 것을 부탁한다!

너는 나처럼 베크이자 귀족으로 불리니,

너는 신나고 용맹스럽게 돌진할 거다.

죽음을 두려워 말고, 용감하게 싸워라.

친구 카라잔-베크여, 너는 언제 돌아오겠느냐?

네가 이렇게 광활한 초원의 길로 떠나고,

내 충성스런 말, 치바르도 너와 함께 하는데,

나만 여기서 그리움 속에서 외로이 시들어가겠구나.

날 애태우지 말고, 도착 기일을 알려다오!

내 말 바이치바르가 널 태우고 떠나게 되니,

보아하니, 우리의 이별은 운명에 의해서 예정된 거로구나.

내가 지독한 고통 때문에 초췌해지도록 내버려둬라.

단지 내 치바르가 살아서 건강하게 돌아오기만 하면 좋을 텐데!

카라잔-베크여, 내가 너에게 맹세를 하마.

내가 고향 땅으로 돌아갈 때,

혼자가 아니라, 너와 함께 가마. 내 고향에서

천국 같은 삶을 네게 주겠다!

내가 너와 내 말을 공유한다는 말은

네가 영원히 내 친구이고, 나와 의형제란 뜻이다.

무슨 일이 벌어지더라도 너는 내가 형제처럼 사랑하고 존경하는 사람이다.

너는 건강하게 속히 돌아오거라!

내 말을 말끔하게 잘 관리해라.

너는 바이치바르와 함께 속히 돌아와라.

네 형을 위해 좋은 일을 하는 셈치고,

너는 우리의 우정과 사랑의 이름으로

정확한 복귀 일시를 나에게 알려다오!"

카라잔은 슬퍼하며 대답했다.

"내 밑에는 당신의 재빠른 아랍 말이 있습니다.

내 친구 알파미시여, 부디 강건하고 인내심을 가지세요.

바바한 산에 오르는 길은 약 사십 일 걸립니다.

바바한 산에서 내려오는 길은 닷새도 걸리지 않을 겁니다.

나는 약 사십오 일 만에 돌아올 수 있습니다.

칼미크 인들은 우리의 우정에 대해 나를 용서하지 않을 겁니다.

만약 그들이 나를 뭔가로 응징한다면.

바이치바르를 몰래 해치거나,

혹은 나를 강제로 말에서 떨어지게 하는 식으로,

만약 내가 허리에 날을 세운 칼을

지니고 오지 않는다면, 내 친구여, 내 의형제여,

만약 이 기한이 지난 뒤에도 내가 돌아오지 않으면,

그때 당신은 나를 더 기다리지 말고,

나와 말을 죽은 걸로 간주하세요.

나는 사람들 앞에서도, 운명 앞에서도 겁쟁이가 아닙니다.

양심에 따라 당신을 섬기기 시작할 테니,

약 사십오 일 후에 돌아오겠습니다.

내가 돌아올 때까지 당신은 슬퍼하지 마세요, 내 친구여.

아마도 불행은 우릴 피해갈 겁니다, 친구여!

내 적은 오백이지만 당신이 내 친구인 이상, 그들은 아무것도 아닙니다!

사랑하는 친구여, 나 때문에 두려움을 가지진 마세요!

내 칼은 날카롭고, 조준이 잘 되는 내 활이 여기 있어요.

내가 어디선가 운명에 의해서 불시에 당하더라도,

나는 낙담하지 않을 것이며, 두 손을 떨어뜨리지 않을 겁니다.

내 친구여, 침묵하지 않고 당신에게 다 말하겠어요.

당신의 경쟁자들을 망신시키고 싶어요.

나는 당신의 말을 몰고 바이가로 갑니다.

나는 적들의 삶을 영원히 암울하게 만들어버릴 겁니다.

친구여, 당신이 내게 이런 말을 주셨으니,

약 사십오 일 후에 다시 만납시다, 친구여!

당신의 친구가 이렇게 말합니다.

슬퍼 말고, 나쁜 것을 기다리지도 마시오, 친구여!"

드디어 바이가의 참가자들이 길에 들어섰다. 알파미시는 혼자 남아 구슬프게 천막으로 향하며 생각했다. '사십오 일은 금방 지나가겠지. 카라잔은 승리자가 되어 바이가에서 돌아올 거야. 나와 바르친-아이에게 행운을 가지고 올 거야.' 이렇게 그는 스스로를 위로했다. 바로 이때, 바르친의 마흔 명의 하녀들이 수크수르를 앞세우고 그의 천막으로 와서, 식탁보를 깔고 그 위에 맛있는 음식들이 담겨 있는 접시들을 가져다 놓았다. 그들이 왔을 때는 바이가 참가자들이 이미 멀어진 후였다. 수크수르가 알파미시에게 말했다.

"가을이 다가왔고 모든 정원이 창백해졌다네.

벌레가 과실을 다 먹어버렸다네.

저는 그런 불행 때문에 이성을 잃고 있어요.

내 고통의 흔적들이 당신에게 향하고 있어요!

지금 좋지 못한 소식이 나한테 도착했어요.

베크여, 오오, 당신이 한 짓은 나빠요.

어디선가 보고 들은 것은 이러합니다.

말을 타는 용사가 자발적으로 걸어다니다뇨!

좋은 대답으로 내 마음을 위로해주시든가,

혹은 어리석은 대답으로 날 죽여주세요.

그 칼미크 인이 바이치바르를 타고 갔다는 게 사실입니까?

그 칼미크 인이 성하게 돌아오지 못하게끔 만드셨어요!

오오, 나의 베크여, 당신은 심성이 왜 그리 약하신지!

나라면 적에게 말을 건네진 않았을 겁니다.

당신은 그 말을 적들의 손아귀에서 빼앗아오세요!

당신은 어리석음에 사로잡힌 소심한 노예입니다!

과연 그 칼미크 인이 우정을 지킬까요?

그 칼미크 인이 충성의 임무를 수행할까요?

당신은 남의 나라에서 도대체 어떻게 처신하는 겁니까?

칼미크 인을 만나더니 당신은 곧바로 녹아버리는군요.

이 쓰디쓴 내 말을 잘 들으세요!

당신은 아직 칼미크 사람들을 제대로 만나지 못했어요.

내가 당신이 곤란에 빠지지 않도록 감시해야 합니까?

당신은 날개를 달고 있었는데 이제는 날개를 잃어버린 무사군요.

당신은 준마였는데 발굽을 잃어버렸군요.

말을 잃어버렸으니, 많은 모욕을 견뎌야 합니다!
당신의 바이치바르는 당신께 충성스레 봉사했는데,
당신의 전투용 말인 치바르가 사라졌단 말입니다!"

알파미시는 수크수르의 말에 화를 내며 대답했다.

"모든 사람이 베크이고 귀족 아니더냐?
너는 공연히 나를 가르치려 드는구나.
네가 하는 말은 지나치게 무엄하다.
너에게 주는 나의 첫 대답은 이것이다.
너는 누구와 얘기하는 것인지 잘 생각해보고, 말을 가려서 하거라!"

알파미시가 음식을 다 먹자 바르친의 마흔 명의 하녀들은 다시 그에게
말했다.

"그녀는 빨간 비단을 입고 있으며,
두 눈은 넋을 잃게 하고,
그녀의 몸매는 버들가지처럼 유연합니다.
그녀의 명령은 우리한테 뇌우와 같습니다.
바르친이 우리에게 명령했습니다.
"그 젊은 미남 용사를," 그녀가 말합니다.
그를 우리에게 오게 해라.
내 마음은 그를 잊지 않고 있다!"
우리 마흔 명은 바르친의 하녀들이기에,
우리는 관습과 지위를 알고 있습니다.

당신은 콘그라트 왕의 아들이니,

거절할 이유가 없다면,

우리는 당신의 시중을 들 것입니다, 나으리!

이제 당신의 길은 오직 하나이니,

그 길은 행복으로 귀결될 겁니다!

바르친은 번개의 섬광을 발하면서,

바르친은 당신을 만날 꿈을 꿉니다.

그녀의 말은 꿀처럼 달콤합니다.

화단의 장미꽃은 꽃을 피우고,

꽃 아래는 곱슬털이 자랍니다.

우리에게 이렇게 전달하라고 명령했습니다.

그 아름다운 여인이 당신을 기다릴 겁니다.

바르친이 당신을 시험해보고 싶어 합니다.

만약 그녀가 웃는다면,

슬픔은 오점을 남기지 않을 것입니다.

당신에게 기쁨의 찻잔이 주어질 것이며,

당신은 그 찻잔을 끝까지 다 마셔야 합니다!

일단 당신이 칼미크 인이 아니라, 우즈베크 인이니,

당신은 오랜 관습을 잘 알고 있을 겁니다.

젊은이는 사랑하는 여인을

몰래 보러 와야 합니다.[59]"

바르친-아이의 하녀들의 말을 듣고서 알파미시가 말했다.

---

[59] 신랑이 신부를 밤마다 몰래 방문하는 것은 우즈베크를 비롯한 여러 중앙아시아 민족의 전통이며, 오늘날까지도 지켜져 오고 있다.

"내가 그녀에게 가더라도, 비밀리에 가는 것은 두렵구나.

바이사리, 그 늙은 분과의 만남도 두렵고,

주변에서 사람들이 날 두고 웃는 것도 두렵다.

내가 그녀에게 가더라도, 비밀리에 가는 것은 두렵구나!

너희들이 나를 나쁜 길로 몰아가려고 하는구나.

나는 위험한 꿈에 유혹되지 않을 것이다.

왜 나를 나쁜 길로 유혹하느냐?

만약 내가 유혹의 길로 간다하더라도,

내가 어떻게 내 삼촌의 집에 몰래 들어갈 수 있겠느냐?

그 부잣집에는 하인들이 셀 수 없을 정도로 많은데.

그 집 딸은 거기서 마치 귀한 다이아몬드 같은데,

나는 오직 남이 보지 않는 곳에서만 그녀에 관해 꿈꿀 뿐이다.

모든 것이 순리대로 되도록 하거라.

바이가에서의 1등은 판정에서 결정된다.

바르친을 가지는 자만이 그녀의 집으로 들어갈 수 있어.

우리의 신부에게 몰래 가지는 않을 것이다!"

알파미시가 이렇게 말하자, 하녀들은 자신들의 말을 확인해주었다.

"신부를 몰래 만나는 것은 우리의 오랜 관습입니다. 조부와 조부의 조부 때의 관습이 그러했습니다. 아주 먼 옛날부터 우즈베크 인들 사이에서 그렇게 지켜져 온 것이니, 당신도 다른 이들처럼 그렇게 하세요."

알파미시는 고집 부리지 못하고 결국 동의했다.

개는 호랑이 흔적을 따라 가는 것을 무서워하지만,

알파미시만은 이제 두려움이 없었다네.

하녀들의 충고가 너무나 유혹적이었다네.

그는 생각하네. '유혹을 이겨낼 수 없던 걸.

삼촌의 딸을 방문해야겠다.'

망설임과 두려움을 그는 떨쳐냈다네.

하녀들 말을 듣고 나서, 그는 그녀들과 함께

나갔다네. 그리고 매처럼 약혼녀에게 갔다네.

그는 사랑하는 연인과 만날 생각으로 잔뜩 들떠 있었다네.

건조한 골짜기를 따라 그들은 몰래 간다네.

하녀들은 그와 활기차게 대화를 나누네.

"당신은 진짜 그렇게 소심하세요?" 그들이 말하네.

"그런 지위에 앉아봤으면!" 그들이 말하네.

"우린 간신히 마흔 명이 됩니다." 그들이 말하네.

"우리가 감히 당신을 유혹하다니!" 그들이 말하네.

"바르친-아이는 요람 때부터," 그들이 말하네.

"당신과 정혼했었죠. 정말로," 그들이 말하네.

"당신은 행복을 맛보게 될 겁니다!" 그들이 말하네.

하녀들은 그와 이런 대화를 나누면서,

조심스럽게 바이사리의 집으로 데려간다네.

해가 뜨기 전에 그들은 벨벳 유르트에 도착합니다.

바르친-아이는 어둠 속에서 심심해하며 앉아 있네요.

그녀는 손님에게 정중히 인사를 하고,

마흔 명의 여자 친구들 때문에 당혹스러워하며 자리에서 일어났다네.

하녀들은 즐겁게 웃으면서 그들을 만나게 해줍니다.

알파미시는 그녀에게 다가가는 것을 두려워하며, 우물쭈물합니다.

그 다음 그는 아름다운 그녀의 손을 잡는다네.

그 다음 하녀들이 그들에게 축배 노래를 불러주네.

하킴은 밤새 카펫 위에서 얘기를 나누며 시간을 보냈다네.

해가 떠도 집으로 돌아가고 싶지 않았네.

이때부터 저녁이 그림자를 조금이라도 드리우면,

하녀들이 하루가 멀다 하고 그를 데리러 오고,

그도 바르친에게 몰래 가는 것을 게을리 하지 않았다네.

그렇게 하녀들이 시도 때도 없이 바르친 집에서 알파미시 집으로 다녔고, 그를 이쪽저쪽으로 데리고 가면서도, 이 비밀만은 엄격하게 지켰다.

그동안 바이가의 참여자들은 제 길을 달려갔다.

그들의 말들은 매우 빠르다네.

그들의 어깨는 마치 산과도 같다네.

그들에게는 이글거리는 눈빛이 있네.

자기들의 날쌘 준마들을 타고

오백 명의 기수들이,

용감한 칼미크 인들이 질주하기 시작했네.

그들은 바이가의 노선을 따라 간다네.

말들에게 쉴 틈을 주지 않고,

말들을 재촉하면서, 채찍질을 하네.

40일로 예정된 길을

단축하려고 애를 쓰네.

무사 카라잔도

오백 장사들 사이에 끼어,

바바한 산까지의 길을 달리네.

며칠이나 밤낮으로 달리네.

눈을 들지도 않고 달리네.

그는 채찍 내리치는 소리와

험상궂은 말과 조롱을 듣네.

그리고 강철 칼들의 섬광과도 같은

사악한 눈들의 섬광을 보네.

그들은 자유로운 초원을 달리네.

그들은 밤낮으로 달리네.

그들 모두는 카라잔을 조롱하네.

그들 모두는 카라잔을 비난하네.

카라잔을 아주 험악하게 욕하면서,

그들은 카라잔의 죽음을 예언하네.

카라잔은 침묵을 지킨 채,

말에게 채찍질을 하며 달리네.

반면 바이치바르는, 마구 장식 부딪히는 소리를 내며,

다른 말들과는 비교도 안 되게,

날이 갈수록 더 씩씩하게,

앞으로 내달리네.

허나 치바르는 흥분하진 않네.

가벼운 새처럼 치바르는 내달리네.

이제 두려움이 칼미크 인들을 사로잡고,

불길함이 그들을 불태우네.

"에잇, 이 말은 교활하군, 정말 교활해!

넌 그 말을 채찍으로 무조건 내리쳐.

그놈이 물속으로, 불속으로 뛰어들도록.

사람들이 가져보지 못한 말이야.

그놈한테 위험한 길이라곤 없군.

그놈한테 필적할 말도 없어.

그놈은 모든 말을 추월해버려. 독한 놈이야!"

이제 그들은 웃을 처지가 아니었네.

이제 질 산에 다다랐다네.

그들은 논쟁과 대화를 벌이네.

"바바한 산까지 어떻게 올라가나?

고개를 넘어 갈까?

절벽을 따라 갈까, 우회하는 길로 갈까?"

그들은 우회로로 가기로 결정했다네.

질 산의 산기슭을 따라 가기로 했다네.

무사 카라잔은 그 우회로로 가지 않았네.

그는 험준한 고갯길을 따라

가까운 질 산의 정상을 넘어,

바바한 산으로 이동했다네.

카라잔이 질 산에서 내려다보니,

길에 먼지가 보이네.

그는 생각하네. "그들일까, 그들이 아닐까?"

그는 칼미크 인들이 가는 것임을 알아차리고,

확실하게 그들과 멀어지네.

"만약 내가 여기서 그들을 따라잡는다면,

그들은 이제 자신을 저주할 일만 남았다.

그들은 오랫동안 저 산 밑에서 뭉그적거려야 할 거야!"

영웅-카라잔은 늠름한 자세로 달리네.

이 무사가 험준한 정상에서 아래로 내려오네.

그는 질 산을 느긋하게 지나갔네.

이웃한 산의 고개를 지나갔네.

그 다음 마지막 고개도 지나갔네.

이렇게 그는 힘든 산길을 넘었다네.

치바르에게 쉴 시간을 주지도 않았네.

카라잔은 그저 달렸고 마음속으로 기뻤네.

경쟁자-적들은 그와 멀어지네.

그가 바바한 산에 1등으로 도착하네.

아마도 그가 바이가에서 1등으로 들어갈 것 같다네!

만약 심판이 그에게 1등 판정을 해주면,

그는 자기 친구에게 아내를 얻어주는 거라네!

바바한 산의 기슭에 도달하자 카라잔은 말을 쉬게 하고 기다렸다. 우회로로 갔던 칼미크 인들은 카라잔이 어디 멀리 뒤쳐져서, 그들의 말이 일으킨 짙은 먼지나 삼키면서 오고 있을 것이라고 생각했다. 열흘째 되는 날 그들은 바바한 산에 도착했고, 카라잔이 앉아서 그들을 기다리고 있는 것을 발견했다. 칼미크 인들은 깜짝 놀랐고, 코칼다시는 자신의 막내 동생인 무사 카라잔에게 말했다.

"어이, 카라잔, 네가 우리 종교를 버리고 이슬람교를 받아들이더니 마법사가 되었나보구나. 네가 이 몹쓸 치바르를 타고 어떻게 우리를 추월할 수 있었지? 어이, 이봐, 카라잔, 넌 불행에 빠질 거야!"

카라잔이 코칼다시에게 대답했다.

"어휴, 코칼다시 형님! 마법이라니 웬 말입니까! 이렇게 된 겁니다. 내가 질 산까지는 여러분들과 함께 달려왔는데, 당신들의 준마들은 여전히 원기 왕성했지만, 내 말은 그들과 경쟁하느라 순식간에 지쳐버렸고 한 발자국도 더 내딛지 못하는 겁니다. 어떻게 해야 할지 몰라서 얼마나 고생했다구요! 길을 바라보며 한참을 서서, 내 운명을 탓하면서 신께 기도를 올렸죠. "도와주소서!" 내가 말의 네 발을 묶고 내 어깨에 들쳐 업고 산길을 따라 걷기 시작했는데 산맥을 넘었는지도 모르고 마구 걸었죠. 정말 힘들었어요! 여차여차해서 여기에 도착한 겁니다!"

코칼다시가 다시 그에게 말했다.

"카라잔, 넌 스스로 일을 망치고 있는 거야.

우리가 바이치바르를 죽여버리는 편이 더 낫겠다.

그러면 아주 많은 고기가 공짜로 생기겠지!

우즈베크 놈과 놀아나다니! 그것은 수치가 아니냐!

우리끼리 얘긴데, 진심으로 순수하고 솔직하게 말하마.

저 말을 죽이게 해다오, 괜히 고집 피우지 말고.

우리 모두는 한 우즈베크 여인을 꿈꾸고 있다.

우리는 오백 명의 칼미크 사람들이고, 모두 고생하고 있다.

아마도, 네가 그녀를 얻을 것이야.

너에게 아름다운 아내가 생기는 거야.

말하자면, 나머지 사람들은 그녀를 얻을 운명이 아닌 거지.

우리는 오래전부터 어떻게 너와 함께 할 수 있을까 생각하고 있었다.

우리가 남이냐. 어쨌든 칼미크 인들이다.

우리는 그렇게 단결하자꾸나.

멀리서 온 외국인 우즈베크 인이 너한테 뭐란 말이냐?

그의 말을 먹어치우게 해다오, 카라잔-베크야,

그 말고기를 우리 모두가 실컷 먹어치우자.

카라잔-베크여, 우린 너에게 잘해주고 싶다!"

카라잔이 코칼다시에게 대답했다.

"형님은 왜 그렇게 내 치바르에게 집착하시나요?

코칼다시 형님, 당신은 왜 혼란을 부추기나요?

당신의 코크도난이 어디가 못났는지 이해가 안 되는군요.

형님이 코크도난을 죽이세요. 나는 뼈다귀 하나만 갖고,

살코기는 모두 형님 한 사람에게만 줄게요.

나는 내 치바르를 정말 자랑스러워하지 않습니다.

형님의 코크도난의 맛이 훨씬 더 달콤하기 때문이죠.

나는 코크도난으로 포식하는 것을 거부하진 않습니다.

형님, 날 믿으세요. 나 또한 진짜 칼미크 인입니다.

나도 소싯적부터 말을 알아보는 데에 능통합니다.

게다가 나는 능숙한 도살자거든요.

원한다면 코크도난을 순식간에 도살해드리겠습니다!"

칼미크 인들은 심하게 악감정이 치솟았네.

카라잔은 한 명이고, 그들은 그 수가 오백이나 된다네!

친구도 없이 혼자서는 너무 힘들지.

만약 여기서 사태가 살인까지 갔다면,

용맹스러움도 그 무사를 구할 수 없었을 거라네.

어휴, 카라잔은 대등하지 못한 말싸움에 들어간 거라네!

명예로운 카라잔은 적들에게 사로잡혔네.

그는 사로잡혀 팔과 다리가 묶였네.

그가 오백의 적들에게 무엇을 할 수 있겠는가?

칼미크 인들은 어떻게 행동할까 고민하네.

바로 끝내버릴까, 아니면 나중에 죽여버릴까?

역시 완전히 죽여버리기로 결정하지는 않았네.

불쌍한 그는 누워서 생각을 했다네.

"불쌍한 바이치바르, 놈이 불행에 빠졌구나!"

카라잔의 운명은 결정하지 않은 채로,

군중들은 바이치바르를 둘러싸고,

고함소리와 휘파람 소리로 그의 귀를 멀게 한 후,

머리부터 발끝까지 올가미로 휘감은 다음,

마침내 땅바닥에 넘어뜨렸네.

그들은 말발굽에 못을 때려 박기 시작했고,

못들은 말발굽에 그대로 박혔다네!

불행한 말은 귀를 머리에 바싹 붙이고,

머리부터 꼬리까지 온몸을 벌벌 떨었네.

그는 가해자들의 다리를 물었다네.

그들은 말을 순순히 눕히기 위해서 마구 때렸네.

그들은 못이 모자라자 칼까지 사용했다네!

그들은 그렇게 사정없이 말을 괴롭혔다네.

그들은 말의 고통에 기뻐하며 이런 생각을 하네.

카라잔이 좋은 교훈을 얻었을 거다.

이 녀석은 바바한 산을 두고두고 기억하겠지!

만약 이 녀석이 올가미를 잡아 찢더라도,

이 바이가에서 결코 우리를 방해할 수 없을 거야.

그의 치바르도 멀리 달릴 수 없을 거야.

이 카라잔-베크 개자식, 어쨌거나 넌 실수한 거야!'

이때 바이가를 시작하는 신호가 주어졌다네.

산 아래에서 북소리가 요란하게 울려 퍼졌다네.

카라잔은 포박당한 채로 누워서 신음 소리를 내고 있다네.

그를 뺀 채, 바이가의 행사가 시작될 거라네!

불쌍한 바이치바르의 상태는 어떨까.

경주 시간에 족쇄에 묶여 있는데 어떻겠는가!

카라잔과 바이치바르는 그렇게 바바한 산에 남겨졌다.

그때 바이가의 참여자들은 행렬을 이루었고 주어진 신호에 따라서 자리를 박차고 질주하기 시작했다. 포박된 카라잔은 누워 있었다.

카라잔은 버려졌고 분노가 그를 불태우네.

그 옆에 바이치바르가 애처롭게 울부짖고 있네.

무사가 그런 치욕을 어떻게 견딜 수 있겠는가?

그는 힘을 잔뜩 주어 겨우 일어날 수 있었고,

그를 묶었던 올가미를 잡아 찢었다네.

그의 내부에서 새롭게 전사의 화염이 불타오르기 시작했다네.

그의 내부에서 용기의 샘물이 새롭게 끓어오르기 시작했다네.

스스로 족쇄를 풀고 나온 카라잔이 말의 발을 풀어주자 바이치바르는 벌떡 일어났다. 카라잔은 안장 머리 뒤로 말고삐를 짧게 비틀어 쥐고, 바이치바르 등에 올라탔다. 하지만 말은 제자리에 서 있었고, 한 발자국도 움직이

질 못했다. '어휴, 내가 괜히 바이가에 출전했군!' 카라잔은 화가 나서 이렇게 생각했다. 내 모든 경쟁자들이 떠난 지 이미 많은 시간이 흘렀어. 이제 그들을 어떻게 따라잡지? 만약 누군가의 말이 앞서서 도착해버리면, 내가 내 친구 알파미시의 얼굴을 어떻게 볼 것인가!'

무사는 말에게 더 힘껏 채찍질을 했지만,

말은 뛰기는커녕 걸을 수도 없다네.

무사는 어떻게 해야 할까? 그는 무겁게 한숨을 쉬었네.

그는 참을 수가 없어서 말의 허벅지를 채찍질했다네.

그러자 바이치바르도 참을 수가 없어서 크게 울부짖었고,

준마의 날개가 활짝 펴졌다네.

날개 하나의 길이가 3아르신이나 됐다네.

그래, 날개 하나가 3아르신 하고도 반이 더 있네!

만약 카라잔이 채찍질을 많이 가했다면,

이 준마가 제자리에 가만히 서 있었겠는가?

치바르는 구름 아래로 번개처럼 솟아올랐고,

치바르는 구름 아래에서 기수를 태우고 질주하네.

그는 하늘을 따라 마치 백조의 깃털처럼 유영하네.

카라잔은 눈을 뜨기가 무서웠네. 우와!

카라잔은 넋이 나갔네.

바이치바르는 공중에서 번개처럼 번쩍거리네.

바이치바르는 마치 말이 아닌 것 같다네.

무사는 채찍질을 한 것을 후회했네.

"그 대가로 내 머리를 갖다 바쳐야 할 것 같군.

나 같은 용사가 하늘을 나는 게 웬 말이람?

나는 광활한 초원을 질주하고 싶은데,

내가 땅 위에서 질주할 수 없으면 어쩌지.

나, 무사 카라잔은 내가 태어나고 자란

저 지상의 세계로 돌아갈 수 없을 것 같은데!

나는 저 사랑스러운 고향 땅으로 돌아가지 못하고,

내 부족을 볼 수 없을 것 같아!

눈물이 나는구나, 내 영혼이 슬퍼하는구나.

오오, 보다시피, 이 말은 영적으로 불순한 것 같아!

이것 봐, 마치 회오리바람이 나뭇잎을 솟구쳐 올리는 것처럼 날 들어 올리다니!

머리가 빙빙 돌고, 귀에선 윙윙거리는 소리가 사그라지지 않는군.

모골이 송연해지고, 눈앞이 캄캄해.

난 어떻게 되는 걸까, 내 운명은 어떻게 되는 걸까?"

공포가 무사를 짓누르고, 그리움이 죄어오네.

무사 카라잔은 눈을 뜨고, 보네.

치바르는 이미 지표면 가까이 날고 있네.

바이치바르에게서 거품이 눈처럼 떨어지네!

카라잔-베크는 곧바로 정신을 차렸고,

제정신을 찾아 사방을 둘러보네.

칼미크 인들의 흔적은 발견하지 못했네!

치바르는 지면을 따라 전속력으로 날아간다네.

골짜기를 따라, 산기슭을 따라 질주하네.

말이 달리면 달릴수록, 열정은 더 강해지네.

다리의 움직임이 보이지 않을 정도로 빠르게 질주하고

그 뒤로 모래가 마치 회오리바람처럼 솟구치네.

한번 점프를 하면 0.5베르스타[60] 정도를 뛰었네.

카라잔은 사막에서 홀로 질주하네.

그는 모든 지역을 두루 구경하면서 질주를 하네.

태양이 머리 위에 떠 있네.

용감한 기수는 앞으로만 나아간다네.

그는 자기 앞에 있는 기수들을 발견하네.

그들은 무질서하게 무리를 지어 달려가고 있네.

헌데, 어떤 사람들의 상태는 아주 안 좋네.

어떤 말은 절뚝거리고, 어떤 말은 겨우 살아있다네.

많은 말들이 이 바이가에서 전력 질주하는 것이 기쁘진 않네!

카라잔은 그들을 뒤쫓아 달리고 달리네.

카라잔은 크게 소리 지르며 휘파람을 부네.

그들이 고개를 돌리자 대소동이 일어났다네.

카라잔이 애석하게도 죽지 않고 그들 뒤에 있다니!

모두 손을 휘저으면서 소리치네.

"너의 말을 헛되이 몰아세우지 마라!

어쨌든 코크도난이 1등으로 도착할 것이다.

카라잔-베크여, 그를 따라잡을 생각은 하지 마라.

쓸데없이 네 치바르의 옆구리를 비벼대지 마라.

너는 우리의 말을 명심해라!

네가 쓸데없이 따라붙으려고 하다가,

코칼다시가 1등으로 질주하게 된다면,

넌 수치심 때문에 고통스럽게 울게 될 것이다!"

카라잔은 그들의 충고가 교활하다는 걸 알고 있다네.

---

60 러시아의 길이 단위. 1베르스타는 약 1.07km이다.

카라잔은 기수들을 쫓아 달리네.

치바르는 번개처럼 앞으로 치닫네.

그는 훨씬 더 빠른 속력으로 질주하네.

모든 사람들은 뒤쳐졌고, 바이치바르는 질주하네.

그는 혼자지만, 그들은 오백에 하나 모자란 인원이라네!

명예로운 카라잔은 뒤쳐진 자들의 숫자를 세어보네.

칼미크 인들의 무리가 소리를 지르며, 고함을 치네.

목청을 긴장시킨 후 고함을 치며 입을 삐죽거리네.

"저건 말이 아니야, 잡종 동물이야, 병신이야!

저 병신이 어디서 저런 힘을 얻었을까?

저놈이 모두를 추월하고, 1등으로 도착하겠는데.

저 망할 놈이 등수에 들어가지 못하고, 뒤쳐져버렸으면 좋으련만!"

그들은 자신들의 말에 채찍을 가하면서, 이렇게 말하네.

"네 놈 말이 우리에게 해준 게 뭐가 있냐?" 그들은 말하네.

"네 놈 말을 말로 취급이라도 할 수 있느냐?" 그들은 말하네.

"네 놈 말은 병신 같은 몹쓸 말이고, 죽은 말이야!" 그들은 말하네.

"네 놈 때문에 우리가 큰 손해를 입을 것이다." 그들은 말하네.

"우린 그 자존심 센 우즈베크 아가씨를 놓쳐버리고 말 거야!"

카라잔은 또다시 치바르를 채찍으로 내리치네.

그는 밤낮으로 계속해서 달리네.

골짜기를 지나고, 돌무더기를 지나간다네.

치바르는 사백 마리의 말들을 제쳤다네.

그가 육십 마리의 말들을 또 제쳤다네.

나머지 말들이 바로 옆에 있지만, 그 나머지들은

그와 함께 질주할 힘이 없다네.

바이치바르는 지치지도 않고, 마치 돌풍처럼 날아간다네.

초원의 모래 길을 따라 번개가 번쩍번쩍하네.

이제 그가 모든 말들을 앞질렀다네.

그를 뒤쫓는 말들이 혼신의 힘을 다해 달려오네.

그를 뒤쫓는 말들이 수달들처럼 한 줄로 길게 늘어서서 달리네.

말들이 위태롭게 그를 추격하네.

낮이 지나 밤이 오고, 또다시 새벽이 밝아왔네.

힘든 난관을 수 없이 견디면서 달리고 또 달리네.

이미 많은 기수들과 준마들이 사라졌다네.

그들은 바이치바르의 뒤를 더는 따라갈 수 없었네.

그들은 심판이 누구에게 바르친을 내줄지 알 수가 없을 거라네.

그들 대부분은 꼬꾸라져 일부는 기어서 오고 있고,

일부는 그 자리에 누워 모래나 갉아먹고 있으며,

나머지들은 초원의 까마귀들이 쪼아 먹고 있다네.

태양이 점점 더 강하게 머리 위에서 불타오르네.

점심시간은 다가오는데, 점심을 기대할 수 없다네.

이제는 카라잔 혼자서 앞으로 달리고 있다네.

그는 모든 후발주자들을 열심히 세어보고 있다네.

그는 네 마리의 말을 따라잡지 못했다네.

누가 앞으로 치고 나갔는지 그는 궁금하다네.

그는 물어보고 싶었지만, 누구한테 물어보겠는가?

초원 전체를 둘러보았지만 아무것도 보이지 않네.

그 때문에 카라잔은 유쾌하지 못하다네.

아주 주의 깊게 유추하며 달리고 있지만,

그의 마음속에 불안감이 자라네.

아무것도 보이지 않으니 참을 힘이 없는 것!

순간, 카라잔은 저 멀리 있는 점 하나를 발견했네.

그 점이 먼지 속에서 움직이고 있는 듯하네.

자세히 보니 기수가 앞에 있네.

카라잔-베크는 심장이 벌렁거렸다네.

카라잔-베크는 바이치바르에게 "추!"하고 소리쳤고,

카라잔-베크는 말에게 채찍질을 하네.

바이치바르는 번개처럼 전속력으로 질주했고,

카라잔은 '저 사람은 누구지?'하고 생각하네.

그는 그 기수를 따라잡았다네.

그 칼미크 인은 칸의 밤색 말을 타고 있었는데,

날렵하고 젊은 준마였네.

그 칸의 말은 카라잔-베크가 잘 알고 있었다네.

다리가 경쾌한 말이지만, 치명적 약점이 있지.

일단 달리면 바람처럼 질주하지만,

갑자기 고삐를 당기면 팽이처럼 빙빙 돌기 시작하다가,

앞으로 한 발자국도 가지 않는다네.

이 불안한 말은 알라카라크라는 밤색 말인 것!

무사 카라잔은 이 밤색 말의 나쁜 버릇을 알고 있었다네.

그는 그 기수에게 입담배를 요청했네.

그 칼미크 인은 입담배를 꺼내 대접했다네.

"누가 앞으로 치고 나갔죠?" 카라잔-베크는 이렇게 묻고 나서,

"추!"하고 외친 후 말을 전속력으로 몰았다네.

치바르는 순간적으로 재갈을 꽉 깨물었고,

있는 힘을 다해 앞으로 치고 나갔다네.

그 멍청한 칼미크 인은 속임수를 깨달았지만,

밤색 말은 제자리에 서서 꼼짝도 않고 굳어버렸다네!

그 칼미크 인은 채찍으로 말을 계속 내리쳤지만,

밤색 말은 한쪽 눈만 기수를 향해 흘길 뿐이었고,

제자리에 서서, 땅만 짓이기다가,

벌러덩 자빠져서, 기수를 떨어뜨렸다네.

안장도 떨어졌고, 마구들도 쏟아졌다네.

그 칼미크 인은 악에 받쳐 곰처럼 울부짖기 시작했다네.

다시 하루가 지나가고 정오가 다가오네.

카라잔은 오직 앞만 보면서 달리네.

그는 저 멀리서 달리는 기수를 발견하네.

그는 전속력으로 달리는 그 기수를 추격하기 시작했네.

하지만 무사를 따라잡기도 전에,

저 멀리서부터 그 말도 칸의 마구간 출신인

샤파크라는 것을 알아차리네!

바이치바르는 이미 샤파크와 가까워졌지만,

샤파크를 추월하진 않았네.

치바르는 그와 얼굴을 가까이 하고 달리네.

카라잔이 채찍으로 말을 때렸지만,

말은 어째서인지 앞으로 치고나가지 못하고,

샤파크 옆에서 얼굴을 가까이 하고 간다네.

'이거 큰일인데!' 카라잔이 걱정이 되어 생각하네.

'이 말은 훌륭하고 빈틈없어!' 카라잔이 생각하네.

많은 말들을 추월했는데.' 카라잔이 생각하네.

'이제 다리가 약해졌나보네!' 카라잔이 생각하네.

'부정을 탄 걸까, 아니면 어떤 병에 걸린 걸까?' 카라잔이 생각하네.

'에잇, 이 몹쓸 녀석!' 카라잔이 생각하네.

카라잔은 마음속으로 샤파크를 욕하네.

'네가 뒈지든가, 너의 칸이나 뒈져라!

내게 또다시 사악한 난관을 주느냐!'

카라잔은 불쌍한 바이치바르에게도 똑같이 욕하면서,

채찍을 가하네.

정오가 다 되었을 무렵, 일이 터졌다네.

치바르가 머리를 앞세우고 치고 나가더니,

갑자기 몸을 돌려,

샤파크의 길을 가로 막는 것.

샤파크는 태양 쪽을 향해 얼굴을 쳐들었고,

태양 때문에 눈이 멀어버렸다네.

영리한 바이치바르는 앞질러 나갔다네.

샤파크는 또 이런 습관도 가지고 있었다네.

뒤에서 말발굽 소리가 들려오면,

마치 자유로운 바람처럼 앞으로 질주했으며,

반면 뒤에서 말발굽 소리가 들리지 않으면,

천천히 속도를 줄인다네.

칼미크 인이 그를 때리고, 채찍질을 해도

이 말은 뒤에서 말발굽 소리가 들리지 않으면, 달리지 않는다네.

초원을 따라 카라잔-베크 혼자서 날아간다네.

카라잔-베크는 계속 사방을 둘러보네.

그가 또다시 준마 한 마리를 발견했네.

달려가 그 준마를 뒤쫓았다네.

점점 더 가까이 다가가 어떤 말인지 알아보네.

그 말은 손질을 잘한 칸의 새 말이었는데,

그 황갈색 말의 가격은 1만 탄가였던 것!

그 아랍의 말은 초원을 따라 날아가고 있다네.

머리에서 발끝까지 황금이 번쩍거리네.

그 말이 산길을 달리자 발아래 산이 둔탁한 소리를 냈네.

화강암을 따라 달리면 화강암이 울리네.

그 말은 바람도 앞지를 수 있을 듯하네!

바이치바르가 이 칸의 준마를 쫓아 달리네.

치바르의 머리가 칸의 말 꼬리에 다다랐네.

그 황갈색 말은 거품 문 입으로 바이치바르의 궁둥이를 물어뜯었네.

물어뜯은 후에는 길에서 밀쳐낸다네.

길 때문에 싸움이 시작됐네.

두 준마는 전속력으로 날아가지만,

그 황갈색 준마는 흰색 말발굽이었네.

그 말은 치바르에게 질 거란 걸 직감했다네.

그 말은 나란히 달리긴 하지만, 이미 쉰 소리를 내고 있고,

달리는 도중에 눈물을 쏟아내네.

치바르는 그를 바위길 쪽으로 계속 밀어붙이네.

치바르는 바위 위에서 말발굽이 떨어져나가게 만드네.

악조건에 잘 견디는 치바르는 바위 길을 따라 달리네.

치바르는 목을 쭉 빼고 달리지만, 속도를 줄이지 않다네.

이 준마는 밤낮으로 전속력으로 달리네.

그는 바위길을 따라 달리지만 아무 탈도 없고 씩씩하네.

칸의 황갈색 말도 그와 경쟁하며 달리지만,

발굽이 떨어져나간 터라 끔찍하게 고통스러워했고,

바이치바르한테서 멀찍이 멀어졌다네.

카라잔은 달리네. 칭찬에 또 칭찬을 해줄만 하다네!

그는 우정이라는 명예로운 업적을 증명했다네.

잠시도 안장에서 내려오지 않고 달리네.

'도대체 코칼다시가 어디 있지?' 카라잔이 생각하네.

'우리의 경쟁자가 어디 있지?' 카라잔이 생각하네.

'그가 모두를 앞질러 가더니, 날 불안하게 만드는군.

그가 1등으로 종착점에 도착할 수도 있어.

만약 내가 그를 따라잡지 못한다면,

그의 말 다리라도 부러졌으면 좋으련만.

내가 내 친구에게 고통을 가져다줄 수도 있겠구나!'

카라잔은 자신도, 준마도 불쌍히 여기지 않고,

달리네. 고통이 그를 짓누르네.

그는 먼 곳을 바라보며, 초원을 따라 질주하네.

그가 저 멀리 앞을 유심히 보더니,

지면 위에서 그림자 하나가 먼지 속에 날아가는 것을 발견했네.

칼미크 인 한 명이 앞에서 달려가고 있다네!

카라잔은 곧장 뒤쫓아 질주하네.

귀를 기울여서, 코칼다시의 고함 소리임을 알아낸다네.

바이치바르가 혀를 빼내고, 코크도난 뒤를

쫓아가네. 그는 추월하는 데에는 익숙하네.

당당하고 씩씩한 무사 코칼다시가 질주하고 있다네.

그는 자신의 모든 경쟁자들을 따돌렸다네.

코칼다시는 생각했다네. '내가 종착점에 1등으로 도착할 것이니,

우즈베크 아가씨를 아내로 받을 것이다!'

그는 어떤 불행도 예감하지 못하고 달리고 있네.

갑자기 그는 뒤에서 들려오는 말발굽 소리를 듣고 놀랐네.

그가 뒤돌아보자 한 기수가 보이네. 오, 맙소사!

무사 카라잔이 그를 뒤쫓아 화살처럼 날아가고 있다네.

코칼다시는 큰 소리로 "추흐-추!"라고 고함치기 시작했네.

그는 채찍이 너덜너덜해지도록 코크도난에게 채찍질을 가하네.

그는 생각했다네. '그도 살아있고, 그의 말도 살아있다니!

낯선 이든, 우리 편이든 누군가가 그들을 풀어준 게로군.

알아내기만 한다면 모가지를 내놓아야 할 거다!'

씩씩한 코크도난은 번개처럼 질주하네.

불행한 코칼다시는 안정을 잃어버렸네.

그는 계속해서 어깨 너머로 뒤돌아보네.

바이치바르가 바람소리를 내며 날아오네.

용맹스러운 카라잔의 모습은 무섭다네.

이미 바이치바르가 코크도난을 따라잡았다네.

바이치바르가 순간적으로 코크도난의 옆구리를 이빨로 물더니,

살짝 들어올려, 그를 저 멀리 던져버리고,

뒤로 한참이나 따돌린 후,

사만 걸음 정도 앞질러 달아났네.

하지만 코크도난도 방심하지 않았다네.

그도 자세를 가다듬고 다시 내달렸고,

치바르를 따라잡은 다음, 복수심에 불타 울부짖기 시작했네.

코크도난은 치바르의 골반을 덮쳤는데,

치바르의 골반 뼈가 부러질 뻔 했네.

그러고는 온 힘을 다해서 그를 흔들더니,

일만 걸음 정도로 멀리 내팽개쳤다네.

치바르는 목이 뒤틀릴 정도로 나가떨어졌다네.

코칼다시는 다시 혼자서 앞으로 날아간다네.

코칼다시는 상으로 그 우즈베크 아가씨를 받는 상상을 하네.

그는 우즈베크의 준마가 어디엔가 쓰러져 죽었고,

카라잔도 영원한 잠 속에 빠졌으니,

그를 위협하지 못할 것이라 생각하네.

갑자기 그의 뒤에서 잦은 말발굽 소리가 들리네.

고개를 돌려 보니, 바이치바르가 날아오고 있네.

카라잔-베크도 멀쩡하게 안장 위에 앉아 있다네!

코칼다시는 실망하여 말에게 화를 낸다네.

말을 채찍으로 때리고, 발로 차면서, 고함을 지르네.

바이치바르가 점점 더 가까이에서 거친 숨을 쉬네.

바이치바르는 이미 코크도난과 나란히 날아가고 있다네.

두 준마가 길 때문에 싸움을 벌이네!

카라잔은 코칼다시에게 시선을 던지며,

이렇게 말하네.

"당신은 지금까지 나의 큰 형님 아니었습니까?

하지만 적으로서는, 당신은 참 교활한 사람이었군요.

당신이 나한테 간계를 쓰고, 나한테 치욕을 주려고 하다니요?

형님은 내가 바이가 경주에서 탈락하도록 날 결박했고,

적들도 하지 않을 짓을 했어요.

형님은 하다못해 명예라도 지키세요.

내 말을 잘 듣고, 거짓말 하지 말고 대답해보세요.

형님은 며칠째 말을 몰고 있는 거죠?

형님은 어찌하여 아직도 날 앞지르지 못했나요?

형님 말은 왜 충성스럽게 임무수행을 하지 못하나요?

형님 말은 밥값을 못했습니다.

형님 말이 우즈베크 아가씨 바르친을 놓쳐버린 겁니다!

형님은 그 많은 날들 동안 질주를 했는데도, 여전히 얼뜨기네요.

형님은 자신의 모든 친구들을 울게 만들 겁니다!"

코칼다시가 말하네. '카라잔, 자만하지 마라!

이 불행한 카라잔아, 넌 불행에 빠질 거야!

어쨌든 내가 종착점에 1등으로 들어갈 테고,

무슨 일이 있어도 우즈베크 아가씨를 아내로 삼을 것이야!

이 바보야, 네 혓바닥을 짧게 하는 편이 좋을 것이다.

헛소리 지껄이지 말고, 자만하지 마라!"

하지만 카라잔도 예사로운 인물이 아니었으니,

코칼다시 말에 곧장 대답하네.

"형님과 내가 지금은 대등하게 가고 있습니다만,

형님이 1등으로 도착하는지는 좀 더 두고 봅시다.

누가 그 우즈베크 아가씨를 자기 아내로 갖게 될지.

누가 바이가 경주에서 탈락하여, 수치의 징벌을 받을지.

누가 영광과 명성을 얻게 될지.

한번 두고 봅시다, 코칼다시 형님!"

그 둘은 초원길을 나란히 질주하네.

질주하면서 서로 거친 욕설을 주고받는다네. 게다가

단지 혀로만 욕을 하는 게 아니라,

무사의 큼지막한 주먹으로도 싸우네.

둘 다 어찌나 치열하게 주먹질을 하며, 고함을 쳐대던지,

산사태가 난 것처럼 시끄러웠네.

주먹질은 나중에는 채찍으로 바뀌었고,

둘은 칼부림을 시작할 뻔 했다네.

주먹다짐은 끝이 없었고, 말들도 흥분을 하네.

기수들이 울화통을 터뜨리는 만큼, 말들도 길을 따라 질주하네.

서로를 추월하려고 맹렬하게 질주하면서,

악의에 넘쳐 달리는 도중에도 서로 물어뜯고 걷어차네.

알파미시는 카라잔의 복귀 시일이 지났음을 알자, 걱정하기 시작했고, 침울해졌다. 그는 높은 언덕으로 나가 망원경으로 초원을 둘러보았다. 그는 두 마리 말이 서로 길을 다투면서 달려오는 것을 보았다. 그는 그 중 하나가 코크도난임을 알아차렸다. 바이치바르는 하얀 거품과 노란 먼지에 뒤덮여 황갈색처럼 보였기에 알파미시는 바이치바르를 알아보지 못했다. '나는 자신의 말도, 자신의 신부도, 자신의 고향 나라도 빼앗기게 되었구나.' 알파미시는 망연자실하여 쓰러졌다. 바르친이 그에게 달려가, 그의 머리를 자신의 무릎에 올리고 말했다.

"내 사랑이여, 왜 이렇게 망연자실하여 먼지 위에 쓰러졌나요?

왜 사랑하는 이의 눈에 눈물이 맺혔나요?

내 전능한 왕이시여, 무슨 일이 일어난 겁니까?

선녀가 유혹한 건가요, 아니면 나쁜 귀신 때문인가요?

당신은 그냥 쓰러지더니 벙어리가 되고 귀머거리가 되었군요.

밝은 낮의 빛이 내 눈 속에서 꺼져버렸어요.

당신은 콘그라트의 매이며, 나의 총명한 매입니다.

당신이 어떤 불행도 만나지 않았으면 좋으련만,

친애하는 백부의 귀중한 자손이여!

오, 맙소사, 당신의 슬픔은 무엇 때문입니까?"

알파미시는 한숨을 크게 쉬고, 두 눈을 떴다네.

바르친을 바라보며 이렇게 말하기 시작했네.

'바르친 당신이 내 마음에 그다지 소중하지 않은 걸까요?

나는 당신의 조건이 바이가 경주라는 걸 알고 있었어요.

카라잔이 날 위해 경주를 하러 갔어요.

내 친구가 적의 손에 죽지 않았을까요?

만약 내 친구 카라잔-베크가 죽었다면,

내 충실한 말도 영원히 죽어버렸다는 것입니다!

만약 카라잔과 말에게 변고가 생겼고,

칼미크 인이 바이가에서 1등을 차지한다면 그때엔

판정에 의해 그가 당신에 대한 권리를 가질 겁니다.

만약 그 칼미크 인이 도착해버리면, 당신은 무슨 말을 할 수 있겠어요?

당신이 어떻게 그의 아내가 되는 걸 거부하겠습니까?

당신이 고분고분하게 굴지 않으면 그는 힘으로 가질 수 있어요.

어떻게 그런 슬픔의 올가미를 쥐어뜯어버릴 수 있단 말입니까?

불쌍한 당신 바르친이 도대체 어떻게 적과 함께 살 수 있단 말입니까?

나는 또 그런 고통과 치욕을 어떻게 견디겠습니까?

그때엔 내가 뭐하러 목숨을 소중히 하겠소?

차라리 내 머리를 잘라내는 게 더 나을 거요!

나는 내 나라에서는 유력한 베크이고 고관이지만,

여기 남의 땅에선, 재앙이 나를 덮쳤군요.

만약 내 말, 나의 바이치바르가 죽었다면,

이 비애와 수치의 불을 내가 무슨 수로 끈단 말입니까?

만약 내가 그 말을 찾으러 간다면,

나는 방랑을 하다가 객사를 하게 될 거요.

여기 남더라도, 또한 불행에 빠지겠죠.

나는 정말 무방비 상태이고 말도 없습니다!

칼미크 인들이 와서 나를 찾아내면,

나는 얼마나 큰 고통에 처하게 될까요!

그들은 모두 무기를 가지고 있고, 날렵한 말을 타고 있으며,

어깨에는 활이 있고, 손에는 칼이 있습니다.

나를 곧바로 죽여버릴 것이고, 먼지 속으로 짓밟아 넣을 겁니다.

그리고 내 피는 그들의 칼 속에서 식겠죠!

설령 죽이지 않는다 해도, 폭력적으로 끌고 가서,

내 사랑하는 곱슬머리 여인을 끌고 가서,

양한테 하듯이 포박을 하고, 노예시장에 팔아넘길 겁니다.

오오, 여기서 내 모든 희망들이 사그라졌구나!"

그 와중에 바르친-아이는 알파미시의 망원경으로 접근하고 있는 말들을 보다가 말했다.

"쿠르하이트, 치바르여, 내 님의 말이여!
좀 더 힘차게 달려, 자, 뒤쳐지지 마!
하얀 내 처녀 가슴이
너를 위한 고산의 목장이 되어줄 것이다!
네 부드러운 털을 빗겨주기 위해서,
내 머리카락을 말솔로 내주마.
네가 무사히 여기로 돌아오면,
내가 영원히 너의 마부가 되어주마!
금강석 같은 다리를 가진 말이여, 1등으로 들어오너라.
내 가슴의 눈 덮인 두 언덕을 밟아라.
단지 나와 사랑하는 친구를 떼어놓지만 말아다오!
이 불쌍한 나, 바르친-아이를 쳐다 보거라.
쿠르하이트, 치바르여, 내 님의 말이여!
내 마음의 천막은 아주 깨끗하고,
텅 비어 있다.
내 마음의 유르트는
아직 사람 손을 탄 적이 없으니, 불태워버리지 마라!
내 몸도 내 얼굴도 꽃을 닮아서,
내가 일생에 슬픔을 알지 못했는데,
정말 나더러 칼미크 인의 아내가 되란 말이냐?
치바르여, 내 위로할 길 없는 이 눈물을 가라앉혀다오!
칼디르가치는 네가 경기에서 실패하지 말라고,
너한테 부적을 씌워주었지.
바이부리는 널 키우고 보살펴주었다.
쿠르하이트, 치바르여, 내 님의 말이여!"

바르친은 언덕 위에 서서 저 멀리를 바라보네.

그녀는 자신과 알파미시가 불쌍했다네.

슬픔이 그녀를 옥죄고, 안달하게 만드네.

이 바이가가 그녀에게 무엇을 가져다줄까,

운명이 그녀에게 어떤 약속을 해줄까?

바르친-아이는 집요하게 망원경을 보네.

저 멀리 초원이 마치 연기를 뿜는 것처럼 보이네.

하지만 초원에 연기가 날 리는 없고, 저 멀리서 먼지가 치솟는 거라네.

근심이 바르친-굴의 마음을 더욱 강하게 압박한다네.

말들이, 말들이 달려온다! 점점 더 선명하고, 또렷해진다!

그건 바로 바이치바르였다네. 바르친은 겨우 숨을 쉬며,

소매를 흔들고, "쿠르하이트!"라고 소리친다네.

이 소리가 치바르의 귀까지 닿았다네.

치바르는 말갈기를 풀어헤치고 귀를 쫑긋 세운 후,

은은한 목소리 쪽으로 머리를 돌리더니,

고삐를 바싹 당겨, 앞으로 질주하기 시작했는데,

그 단단한 말고삐가 순간적으로 찢어질 정도였다네.

보다시피, 칼미크 인 카라잔은 서둘러

말고삐를 묶었는데, 지나치게 짧게 묶었던 것.

그가 이 사실을 잊어버리는 바람에, 실수를 해버린 거라네!

카라잔은 이제 낭패에 빠졌는데,

어쨌든 카라잔은 당황하지 않고,

높은 안장 머리를 붙잡고 버틴다네.

그는 달리면서 무섭게 소리치고 고함을 지른다네.

하늘도 전율하면서 이 용맹스러운 자에게 주의를 기울이네!

카라잔의 말은 마치 폭풍처럼 질주했다네.

코칼다시가 그를 뒤쫓으며 협박을 하네.

"너는 형제의 심장에 칼을 찔러 넣었다.

너는 네 말과 함께 무덤으로 들어갈 거다!

누굴 위해서 형의 아내를 빼앗아 가느냐?

어려서 죽지 않더니, 너는 이제야 죽는구나!

카라잔아, 내 말을 듣는 편이 더 낫다.

우즈베크 인의 말을 앞으로 달리게 하지 마라!

이국인과 야합이나 하고, 칼미크 인은 방해하다니,

네 형의 신부를 빼앗지 마라.

이 바보 녀석아, 자신의 파멸을 재촉하지 마라!

넌 내 충고에 감사해라.

말을 세우고 나와 얘기 좀 하자.

자, 카라잔-베크야, 교활한 짓 좀 하지 마.

어려서 죽지 않았으니, 너는 이제 죽어라!"

카라잔은 멈추지 않고, 전속력으로 질주하면서,

대답한다네. "형님은 혓바닥으로 죄를 짓는군요!

나의 형제, 코칼다시 형님, 당신은 매우 화가 나고,

고통스럽겠지만, 그건 내 잘못이 아닙니다.

내가 형님과 마음을 나누던 시절이 기쁘지 않았겠어요?

이 바이치바르가 내 불행이고, 재액입니다!

내가 이놈 때문에 죽을 수 있다는 걸 잘 압니다!

태어나서 이런 존재는 보질 못했어요.

내가 안장에 겨우 앉아 있는 게 보이시죠.

하지만 보다시피, 신의 의지가 그러하니,

형님의 말을 듣는 것이 불쾌합니다.

형님도 이 카라잔이 힘이 모자라는 게 아니라는 걸 아시죠.

형님이 날 포박했지만 그 올가미를 풀어헤친 건 나입니다.

하지만 이 치바르는 보다시피 악마가 내몰고 있는 건지,

아니면 바이순의 칸이 그렇게 훈련시킨 건지,

이렇게 날 태우고 몰아치는 태풍처럼 질주했어요.

내가 있는 힘껏 고삐를 당겼지만,

나는 좀체 질주 속도를 줄이지 못했습니다.

내가 그의 입이 벌어질 정도로 말굴레를 당겨도

그는 나를 태우고 미친 듯이 앞으로 질주합니다!

보아하니, 이 말이 어딘가에서 내 목을 부러뜨려버릴 것 같아요!

정말 내가 자발적으로 이렇게 달리고 있나요?

정녕 내가 죽고 싶어 할까요?

코칼다시-아카 형님, 확인하시겠어요?"

"멈춰라!" 카라잔은 상대를 속이기 위해, 갑자기 소리쳤다네.

"멈춰라!" 하고 크게 소리쳤지만, 속으로는 "추!"라고 조용히 속삭인 후,

바이치바르에게 채찍을 휘둘렀다네.

"어이, 내 바이치바르야, 용감한 말아, 날아라!

곧 쉬게 될 테니, 지금은 화살처럼 날아라!

우리는 절대 이 친근한 길에서 벗어나면 안 된다.

우리는 친구를 위하여 바르친-아이를 구해야 한다!"

무사 코칼다시는 분노로 치를 떨었다네.

"저놈이 또다시 나를 치욕에 빠뜨리다니!

카라잔, 이놈, 넌 죽을 줄 알아라!" 그는 이렇게 소리쳤고,

저주를 퍼부으며 말고삐를 당겼다네.

허나 치바르는 이미 저 멀리 앞서 달아났다네.

치바르는 승리의 축전(祝典)을 예감했다네.

그는 비록 오랜 경주 때문에 야위었음에도 불구하고,

근접한 목적지를 의식하고, 신나게 달리기 시작했다네.

바이가에는 1만 가구의 군중이 있다네,

모든 칼미크 인들과 모든 우즈베크 인들이 거기에 있다네.

대화와 논쟁을 하는 와중에 말들이 도착할 시간이 되었다네!

순간, 날카로운 바람처럼 무성한 마당을 따라,

사람들 행렬을 따라, 흥분이 퍼져갔다네.

사람들은 귀를 쫑긋 세우고, 저 멀리를 바라보면서,

흥분한 땅벌 떼처럼, 웅성거리네.

뒤에 선 사람들은 앞쪽 열로 밀고 들어오네.

사람들의 시선이 조바심으로 활활 타오르네.

말들이, 말들이 달려오고 있다네! 기수들이 날아오고 있다네!

하지만 사람들 시선에는 말 한 마리만 보인다네.

이 말이 도대체 누구 말인지 모두 알고 싶어 한다네.

와, 대단한 준마구나. 정말 날개가 달린 듯하다네!

"저건 바이치바르다!" 우즈베크 인들이 말하네.

그들 모두 카라잔을 위해 매우 기뻐하네.

"저건 코크도난이야!" 칼미크 인들이 말하네.

그들 모두 코칼다시를 위해 매우 기뻐하네.

아니요, 코크도난이 아니야. 저 말은 훨씬 더 여위었다네.

이제 그 말이 바이치바르인 것이 명확해졌다네!

1등으로 달려 들어온 바이치바르는 멈추지 않고, 바르친의 유르트 주위를 일곱 번이나 돌았다. 그 후 카라잔은 말고삐를 당겨 말을 세웠다. 그에게 바르친의 하녀들이 몰려왔고, 카라잔이 말에서 내리는 것을 도운 후, 그를 카펫에 앉혀 높게 쳐든 다음, 벨벳 유르트로 들고 들어갔다. 하녀들은 말의 몸이 식도록 천천히 몰고 가서, 말뚝에 묶어 두었다. 바르친은 바이치바르에게 다가가서, 비단 수건으로 말의 눈을 닦아주었고, 먼지와 땀도 닦아주었다. 바이치바르는 칼미크 인들이 그의 말발굽에 박아 넣은 못의 통증 때문에 더는 서 있을 수가 없었고 이내 땅에 쓰러졌다. 바르친은 그를 둘러보다가 말발굽에 박힌 못을 보고 흐느껴 울기 시작했다.

"내가 이 모든 죄를 저질렀으니 이렇게 슬프게 우는구나.

알파미시의 칼미크 적들이 이 말에게 무슨 짓을 했는지,

알지 못했으면 좋으련만!

아직도 숨이 붙어 있는 게 용하다!

이런 준마를 어디서 또 찾을 수 있을까?

애 어른 할 것 없이 그의 용기에 놀랄 거야!

바이치바르는 어떻게 이런 고문을 견뎠을까?

이 말에게 성한 발이 하나도 없구나!

그가 어떻게 바이가 경주에서 살아 돌아올 수 있었을까?

알파미시의 야비한 적들아, 눈물을 흘려라!"

이 처녀의 슬픔은 얼음과 강철도 녹여버릴 거라네.

바르친-아이는 눈물을 흘리네. 그녀는 바이치바르가 불쌍했다네.

그녀는 치바르의 말발굽을 보며 슬퍼하네.

만약 어떤 못이 말발굽 뼈까지 박혀 있다면,

그녀는 치바르의 말발굽에서 어떻게 이 못들을 뽑아낼 수 있을까?

하지만 그녀는 좀 더 작은 못들은 빼내야 했다네!

바르친은 어깨에 걸친 비단 수건을 벗겨내어,

비단 수건으로 말발굽을 감은 다음,

말 다리 옆에 몸을 쭉 뻗고

이빨로 못을 하나 둘씩 뽑아냈다네!

이때 때마침 바이가에서 뒤쳐졌던 칼미크 인들이 도착했다. 그들은 다른 경기를 준비하기 시작했다. 아흔에서 하나 모자란 무사들도 집결했다. 무사들은 긴장하며 웅성거렸다. 바이순의 우즈베크 인들과 모든 칼미크 인들도 긴장하며 웅성거렸다.

칼미크 무사들이 우즈베크 용사와 활쏘기 시합을 할 거라고 공표되었다.

아가씨들과 젊은이들이 나란히 앉아 있네.

바르친의 운명에 대해 예견하면서 얘기를 나누네.

칼미크 기수들은 그들 옆에서 먼지를 일으키고 있네.

멋지게 폼을 잡고, 눈을 가늘게 뜨고 씩씩하게 간다네.

용기로 미녀들을 깜짝 놀라게 해주고 싶어 하네.

아가씨들은 조롱하는 눈빛으로 그들을 바라보네.

그 사이에 사람들이 저 멀리서 과녁을 손수 만들고 있네.

무사-궁수들은 열을 지어 섰다네.

모두 표적을 적중시키려는 욕망으로 활활 타오르네.

모두 상으로 바르친을 얻기를 원한다네.

각자 속으로는 경솔하게 미리 기뻐한다네.

모두 서로에게 순번을 전달하네.

모두 전투용 활을 손에 쥔다네.

활시위에 날카로운 화살을 올리고,

팽팽한 활시위를 당기네.

전투용 활을 최대한 휘게 만드네.

화살은 휘파람 소리를 내고, 날아가면서 노래를 부르네.

번개보다 빠르게 날아가는 화살들의 비행,

하지만 하나의 화살도 과녁에 적중하지 못하네.

이 화살은 과녁보다 약간 낮게 날아가고,

저 화살은 과녁보다 약간 높게 날아가지만,

대부분의 화살은 과녁에 다다르지도 못하네.

무사들은 화가 났고, 분노가 그들을 불태우네.

어떤 궁수는 너무 강하게 활을 구부려서,

활을 부러뜨려버렸고, 부끄러워하며 떠나네.

여든 여덟 명이 화살을 날렸다네. 드디어

코칼다시에게도 순번이 다가왔다네.

코칼다시는 팽팽한 활에 화살을 얹고,

진지하게 과녁을 조준해서,

시위를 당기네. 그의 화살이 날아간다네.

"적중! 맞았다!" 그는 기쁨에 차서 고함치네.

하지만 그에게 사람들이 환호하는 소리가 들리지 않네.

무사는 자세히 보네. 오, 맙소사, 엄청난 치욕이라네.

그는 자신의 전투용 활을 반으로 부러뜨려버렸네!

알파미시 베크에게 순번이 왔다네.

그는 자신의 전투용 활을 침착하게 잡았다네.

그의 활은 나무로 만든 게 아니었네.

14바트만이나 나가는 청동 활이었네!

그의 손이 금속주조 활에 놓였고,

그의 예리한 독수리 눈은 과녁을 향했네.

그가 화살을 당겼는데, 그 화살은 창처럼 길고,

바늘처럼 날카롭다네.

모든 칼미크 인들이 그를 바라보고 있다네.

그들 마음 깊은 곳에서 질투심이 불타올랐네.

"저 활을 잡을 힘이 어디에서 나온 걸까?"

알파미시는 팽팽한 시위를 당기네.

그가 저 시위를 끝까지 당길 수 있을까?

다 당겼네! 예리한 화살이 날아가서,

과녁에 적중했다네. 그에게 칭찬을!

대단한 일을 해낸 알파미시 베크에게 칭찬을!

활은 부러지지 않았고, 시위도 무사하다네.

칼미크 인들은 악에 받쳐 울고 싶어 하네.

활쏘기도 행복을 주지 않았으니까!

그들은 세 번째 조건을 수행해야 한다네.

그들은 텐가를 사격해야 한다네.

천 보 밖에서 조그만 텐가를

총알로 맞추는 것. 규칙은 그랬다네.

오오, 적들에게 괜히 소란과 동요가 있는 게 아니었지!

이번에는 사수들에게 행운이 올까?

무사 알파미시는 자신의 전투용 소총으로 장난을 치며,

이렇게 말했다네. "자, 시작합시다!"

칼미크 인들은 소총을 들고 앞으로 나왔지만,

서로서로에게 순번을 미루었다네.

텐가-과녁을 총알로 맞히는 것은

백 보나 백이십오 보 정도에서라면,

그들도 할 수 있었을 것.

무사 코칼다시는 총으로 멀리 떨어진 텐가 맞추기로

자신의 운명을 시험해보기로 했다네.

그가 아무리 맞추려고 애써도,

하나도 맞지 않았다네.

그는 오백 보 밖에서만 맞추었다네!

칼미크 인들에게 또다시 기쁨이 사라졌다네!

그때 알파미시는 속으로 기뻐했네.

그는 총과 탄약을 잡았다네.

왼쪽 눈을 가늘게 뜨고, 텐가를 겨냥하네.

겨냥해서 총알로 정확하게 텐가를 명중시키네.

천 보 떨어진 곳에서 조그만 텐가를 적중시켜,

자신의 모든 적들의 무력함을 증명했다네!

모든 칼미크 인들은 경주에서도, 사격에서도 1등을 차지하지 못했기에,

운명에게 저주를 퍼부었네.

이제 격투기에서 그들에게 행운이 올까?

아니면 우즈베크 인이 우즈베크 아가씨를 자기 나라로 데리고 갈까?

사격이 끝나자, 마지막 경기인 격투기[61]가 시작되었다. 가장 강한 자로 판명난 사람이 우즈베크 여인 바르친을 차지하게 될 것이다. 대다수 칼미

---

61 우즈베크의 격투기는 보통 '쿠라시(к у р а ш)'로 불리는 경기로, 중앙아시아에서 공통적으로 널리 행해졌다.

크 인들과 1만 가구의 바이순 사람들로 구성된, 칠비르-촐에 모여든 모든 관중들은 손을 맞잡고 경기장 주변의 땅바닥에 앉았다.

아흔에서 하나 모자란 칼미크의 용사들은 코칼다시를 필두로 하여 한쪽 방향으로 열을 지어 둘러앉았고, 알파미시와 카라잔은 그 반대 방향을 향해 앉았다. 경기장 원의 중심부는 빈자리로 남겨두었는데, 거기에 격투기를 위한 넓은 경기장이 마련되었다. 사람들은 그 먼지 나는 공간에 물을 부어두었다.

카라잔은 자기 자리에서 일어나, 상의를 벗어던지고, 격투기 복장을 입고 허리끈을 졸라맨 후, 경기장으로 나섰다. 카라잔의 첫 번째 상대는 무사 코시쿨라크로 정해졌다.

카라잔은 천천히 경기장 주변을 돈다네.

용사 코시쿨라크가 그를 대적하러 온다네.

모든 칼미크 인들은 구경하며 속삭인다네.

"우리 카라잔이 막내 동생이었는데,

우즈베크 인과 놀아나더니 적이 될 판이군!"

'우리 둘 다 힘이 세다!' 코시쿨라크가 생각한다네.

'힘의 시험이 되겠군!' 코시쿨라크가 생각한다네.

'저 녀석이 뒈지면 좋겠는데!' 코시쿨라크가 악의를 갖고 생각한다네.

'저 녀석을 들어 올려 땅에 묻히도록,

바닥에 처박아주마. 뒈져버려라, 이 멍청한 놈아!'

무사 코시쿨라크가 경기장으로 나오네.

그는 자신의 칼미크 체판을 벗어던지고,

튼튼한 몸을 허리까지 드러내네.

칼미크 인들 사이에서 웃음이 터져 나오네. '카라잔, 너도 해봐,

자, 봐라, 얼마나 강한 용사냐!

이 거인이 너를 혼내줄 거다!

그의 콧수염이 멋지게 드리워진 걸 봐라!

여우 꼬리도 저렇게 복슬복슬하진 않고,

저렇게 긴 여자 머리도 없단다!

전에 저 콧수염 속으로 쥐들이 숨어들어가서,

거기다 살림을 차렸는데 새끼까지 낳았더라.

날렵한 고양이 한 마리가 그 쥐들을 추격했는데,

저 콧수염 속에서 일 년 내내 쥐들을 쫓아다니더라고.

네 형님 코시쿨라크는 바로 그런 분이시다!

그의 주먹 크기는 청둥호박만 하단다!"

그 장사는 황소처럼 머리를 숙이고,

카라잔-베크에게 돌진한다네.

카라잔은 이 칼미크 인의 뒷덜미를 낚아채고,

높이 들어 올려 한번 흔든 다음, 세게 내팽개쳤는데,

이 콧수염 난 칼미크 인은 땅바닥에 콕 처박히더니,

곰처럼 울부짖다가, 그 자리에서 죽어버렸다네.

또 다른 칼미크 인이 경기장으로 나오네.

그의 목소리는 그냥 목소리가 아니라 북소리라네!

그 무사의 몸에 허리끈을 묶으려면,

오백 발[62] 길이의 올가미가 필요하네.

"네가 내 상대냐? 어서 덤벼!" 카라잔은 이렇게 말한 후,

그를 잡고 살짝 들어 올려 칠비르-촐로 던져버렸다네.

---

62 길이의 단위. 한 발은 두 팔을 양옆으로 펴서 벌렸을 때 한쪽 손끝에서 다른 쪽 손끝까지의 길이이다.

또 칼미크 인이 경기장으로 나오는 게 보이네.

무사 카라잔은 느긋하게 서서 기다린다네.

상대가 다가와 배를 내밀자,

카라잔은 그의 배를 살짝 찔렀고,

그 상대는 나자빠져 목숨을 신께 반납했다네.

네 번째 전사가 경기장으로 나왔는데,

그는 모든 칼미크 용사들의 전범(典範)이었다네.

그가 고함을 한번 내지르면 온 세상이 파르르 진동한다네.

그런 거대한 다리도 이 세상에선 찾을 수 없을 것.

아흔 마리의 질긴 황소 가죽으로 만든 덧신 정도가 돼야만

그런 다리를 이어붙일 수 있을 것이라네!

이 칼미크 인은 욕설을 지껄이며 경기장으로 나오네.

카라잔은 그 칼미크 인에게 다가갔다네.

카라잔-베크는 주먹질과 격투기에 있어서는 전문가라네.

그는 칼미크 인의 목을 졸랐고 그는 숨을 쉴 수가 없었네.

칼미크 인은 죽음의 순간이 다가오는 것을 직감했다네.

카라잔은 그를 거꾸로 붙잡아서,

머리를 모래 속에 집어 던졌다네.

칼미크 인은 숨이 끊어졌고 가마니처럼 누웠다네!

카라잔은 그를 경기장에서 끌어냈다네.

또 한 사람의 칼미크 인이 경기장으로 나오네.

진짜 거대한 칼미크 무사라네.

만약 그가 분노하여, 미쳐 날뛴다면,

돌을 녹이고, 얼음을 녹인다네.

그에게 하루에 아흔 마리의 새끼 낙타를 줘보라.

그는 그것 모두를 먹어 치우고도 또 처먹으려 안달할 거라네.

이 거인이 모래 위에 발자국을 남기면,

그 발자국 흔적에 한 가마니의 종자 씨라도 뿌릴 수가 있다네.

이렇게 엄청난 칼미크 인이 경기장에 나타났다네!

가을이 다가오면 창백해진 꽃밭은 텅 비게 되고,

까마귀들도 장미 넝쿨에 앉을 거라네.

칼미크 인이 카라잔-베크에게 가네.

칼미크 인은 무시무시한 죽음의 외침을 들었다네.

카라잔-베크는 그의 뒷덜미를 잡고,

들어올려, 이리저리 흔든 다음, 하늘 아래로 던져버렸다네.

다른 칼미크 인이 또다시 경기장으로 나오네.

그는 다른 무사 다섯 명을 합친 것 같다네.

그의 모자에는 정상인의 두 배나 되는

60아르신의 비단천이 필요하고,

그의 털모자 하나에는

아흔 마리 양의 가죽이 필요하다네.

이렇게 엄청난 칼미크 인이 경기장에 나왔네!

과감한 카라잔은 그와의 격투에 돌입한다네.

카라잔은 칼미크 인의 튼튼한 척추를 꺾어버린 후,

등이 땅에 닿도록 순식간에 던져버렸다네.

그 칼미크 인은 자신의 욕망을 달성하지 못하고,

땅바닥에 닿자마자 바로 죽어버렸다네!

카라잔은 다시 혼자 남았다네.

또 다른 칼미크 인이 경기장으로 나오네.

그 거인 칼미크 인은 대마초 중독자였다네.

그는 계속해서 대마초를 피워댔다네.

대마초 때문에 그의 머릿속은 흐리멍텅했는데,

카라잔-베크에게 대결을 신청한다네.

이 마약중독자는 다음과 같은 모습이었다네.

그의 한 발자국은 백 명의 발자국과 같았고,

그가 쥐고 있는 곤봉은,

오백에 열 치 모자란 길이였다네.

그가 가지고 있던 찻잔은,

저수지보다 더 컸는데,

그는 한자리에서 열여덟 잔을 마시기도 했다네!

그의 호주머니 하나를 덮으려면

90아르신의 두 배가 되는 면포가 필요하다네.

이렇게 엄청난 칼미크 인이 경기장으로 나오네!

이 칼미크 용사는 대마초 중독자였다네.

대마초에 취하면 취할수록 힘이 더 세진다네.

그는 분노에 휩싸여서, 두 팔을 흔드네.

카라잔은 그를 대적하러 이동했다네.

이 약에 취한 장사와 용감하게 싸우기 시작했네.

이미 다섯 명을 해치웠는데 이놈도 문제없다네.

칼미크 인이 한쪽 어깨로, 카라잔은 다른 어깨로 짓누르네.

그들이 발을 바꿔가며 땅을 짓누르니, 주변의 모든 땅이

마치 쟁기질한 것처럼 개간이 되었네.

이 대마초 중독자는 아주 강한 전사로 정평이 나 있었지만,

격투술은 제대로 배우질 못했네.

그는 금세 지나치게 많은 힘을 소진했다네.

카라잔은 자신의 힘은 소진시키지 않으면서,

일부러 그를 흥분시켰네.

자, 보라, 이 카라잔이 어떤 전사인지.

그는 힘을 마지막 순간까지 아꼈던 거라네!

이 대마초 중독자는 눈 한쪽도 깜빡일 수가 없었다네.

카라잔-베크는 구름 바로 밑에까지 날아오를 정도로,

그를 세게 내던질 수 있었다네!

그는 당연히, 구름에 머리를 부딪쳤고

순식간에 대마초 기운에서 깨어났다네.

그는 땅으로 꼬꾸라졌고 끔찍한 쉰 소리를 내기 시작했다네.

그는 이미 자신의 죽음을 눈앞에서 목격했네.

카라잔-베크는 그렇게 여섯 번째 상대를 물리쳤다네!

모든 칼미크 사람들은 벌떡 일어서서 웅성거리기 시작했다네.

이때 일곱 번째 칼미크 인이 싸우길 원했다네.

하지만 앞의 여섯 명처럼 그도 무사하질 못했다네.

카라잔-베크는 할 일이 많았다네.

그는 모든 상대들을 물리치길 원했다네.

죽은 칼미크 인들의 시체가 산더미처럼 쌓였다네.

"모두 나오시오!" 그는 큰 소리로 호령했다네.

이런 식으로 카라잔은 결투를 통해

아흔에서 둘 모자란 무사들의 목숨을 빼앗았고,

그들의 시체를 높다랗게 쌓아올렸다네.

무사 코칼다시 한 명만 살아남았네.

저녁이 되었고, 밤이 가까워졌다네.

밤이 되자 격투를 당분간 중지시켜야 했다네.

아침이 되자, 알파미시는 옷을 새로 갈아입고, 직접 경기장으로 나가 싸우러 나오라고 코칼다시를 불렀다. 무사 코칼다시가 그에게 말했다.

"우즈베크 인아, 자만하지 마라. 네 연인을 얻을 생각도 하지 마라. 넌 이 이국땅에서 아직 죽지 않은 것처럼 보일 뿐이다. 즉시 내게 우즈베크 인 바이사리의 딸을 양보하는 편이 좋을 것이다."

그의 말을 듣고 알파미시가 대답했다.

"여인에 대한 사랑으로 불길처럼 타오르는 자가

그녀 때문에 나선 전투에서 죽지도 않았는데,

적에게 자신의 정혼녀를 양보하다니,

그런 베크나 귀족을 본 적이 있느냐?

넌 힘은 세지만, 멍청이구나! 그런 말을 하다니,

쓸데없이 대화로 시간만 낭비하는구나.

이 바보야, 차라리 경기장으로 나오는 게 더 낫다.

이 바보야, 거기서 내가 대답할 것이다!"

이 말에 코칼다시는 울화가 터졌다네.

그는 자신의 원추 모자를 벗어 내동댕이친 후,

이렇게 외쳤다네. "정녕 그렇다면, 넌 목숨을 내게 헌납해야 할 거다!"

그때 그는 옷을 벗고, 몸에 허리끈을 매었는데,

회교사원 첨탑보다 높았다네. 그는 경기장으로 나갔다네.

그는 사자처럼 화가 나서, 두 손을 휘저었다네.

그가 걸어가자 먼지가 하늘로 솟구쳤네.

알파미시는 불안하게 그를 쳐다보았다네.

"저 칼미크 인이 이 우즈베크 인을 이기면 어떡하지?"

코칼다시는 외모도 매우 흉폭했다네.

그때 군중 속에서 외치는 목소리가 들렸네.

"당신들은 속히 허리끈을 붙잡으시오!

여기서 누가 더 강하고, 누가 더 약한지 판가름 하는 겁니다!"

코칼다시는 알파미시의 허리끈을 잡았고,

알파미시는 코칼다시의 허리끈을 잡았다네.

다시 사람들 속에서 큰 소리가 터져 나왔다네.

"알파미시여, 기죽지 마세요!" 우즈베크 인들이 외쳤다네.

칼미크 인들은 이렇게 외쳤네. "코칼다시여, 힘내세요!"

알파미시는 아낌없이 자신의 힘을 썼다네.

코칼다시는 격투에서 훨씬 더 악랄해지네.

하지만 알파미시는 아직 이기진 못했고,

칼미크 인도 아직 그를 물리치진 못했다네.

그들은 서로의 척추를 휘게 하거나 옆구리를 짓이기네.

이 사람도, 저 사람도 악력이 대단하네!

경기장에서 두 전사-경쟁자가

두 마리 들개처럼 싸우네.

그들의 불굴의 싸움은 끝도 없다네,

사람들은 누가 승기를 잡을지 알지 못하네.

사람들은 참을성 없이 웅성거리네.

결투의 결과를 걱정하던 바르친-아이는 하킴-베크를 향해 말했다.

"봄이 되면 마당에 장미꽃이 향기롭다네.

봄이면 나이팅게일이 노래하고, 사랑에 취합니다.

오오, 만약 당신이 아직도 싸움에서

자신의 상대를 무찌르지 못했다면,

내 사랑이여, 백부의 아들이여, 당신은 고자가 아닙니까?

사랑하는 하킴 베크여, 당신에게 무슨 일이 생긴 겁니까?

아니면 당신에게 이 바르친-아이가 소중하지 않은 건가요?

만약 당신이 자신의 적을 처리하지 못한다면,

당신 대신에 내가 그와 싸우겠어요.

당신의 바르친은 여느 남자보다도 용기 있고,

힘도 세다네.

나의 베크여, 나의 주인이여, 당신이 그 정도로 약하다면,

내가 지금 직접 남장을 하고,

모든 사람들 앞에서 경기장으로 나가,

이 칼미크 인을 조각조각 부수어버리겠어요!

오오, 내 사랑하는 알파미시여, 나의 칸이여!

왜 당신은 날 고통스럽게 하고, 아무 말이 없나요, 나의 칸이여!

내가 어린 시절부터 공연히 당신을 기다린 건가요?

여자들도 당신을 조롱하고 있어요, 하킴-베크여!

이제 그들은 당신을 고자라고 부릅니다.

여자들의 조롱 소리가 내 심장을 태워버릴 겁니다.

사람들은 당신에게 영웅적인 활약을 기대합니다.

후손들은 당신의 활약을 칭송할 것이고,

나약함은 영원히 조롱할 겁니다.

용기를 내고 힘을 모으세요.

사랑하는 이여, 칼미크의 장사를 무찌르세요!

만약 이기지 못한다면 스스로를 책망하시고,

나를 향한 사랑에 대해선 아무 말도 말고, 침묵하세요!"

바르친-아이는 이렇게 말하고,

오랫동안 불쌍한 알파미시를 비난했다네.

알파미시의 마음은 수치심 때문에 불타오르네.

불타는 눈물이 그의 눈을 멀게 하네.

사랑하는 여인에게서 그토록 욕을 먹다니!

정말 그가 적에게 패배를 당할까?

정말 그가 자신의 명예를 지켜내지 못할까?

정말 그가 힘을 열 배로 내지 못할까?

알파미시는 매 같은 열정으로 끓어오르네.

알파미시는 격렬한 사자의 분노로 불타오르네.

알파미시는 호랑이의 힘으로 넘쳐흐르네.

그가 칼미크 인을 쥐어짜자 칼미크 인은 겨우 서 있다네.

그가 칼미크 인을 비틀자 척추가 으스러졌다네.

그는 순간적으로 칼미크 인을 땅에서 뽑아내어,

하늘 높이 내던지네!

이 기적을 보면서 사람들이 웅성거리네.

사람들은 머리를 하늘로 쳐들고,

거대한 무사가 하늘에서 떨어지는 것을 보네.

마치 장난감 뼛조각처럼 보이네.

무사의 머리가 땅 속으로 처박혔다네.

이 불행한 무사 코칼다시는 죽어버렸다네.

알파미시는 행복하고, 바르친-아이는 당당하네.

칼미크 인들은 슬퍼서 어른이고 아이고 할 것 없이 울어댄다네.

그들에게 너무나 큰 충격이었네.

이 불행한 날에 그들 무사도의 꽃은 시들어버렸네!

너무나 많은 칼미크 인들의 눈에서 눈물이 흘렀네!

고통을 당한 칼미크의 왕도 자리를 떴고,

그의 모든 부족민들은 눈물 속에서 그 뒤를 따르네.

다섯 번째 노래

너는 내 눈의 눈동자처럼 소중하니, 알아두어라.
너 없이 나에겐 어떤 위로도 없다.

우즈베크 인들의 유목지에는 축제와 축전이 펼쳐졌다네.
바이사리는 자신의 1만 가구 유르트의 부족민들을
축하연에 초청하고,
딸을 알파미시에게 시집보내네.
말을 탄 전령들이 칠비르의 초원을 따라 온 세상으로,
이 소식을 전파했다네.
초원 전역에서 사람들이 연회에 참석하기 위해 서둘러 오네.
벨벳과 공단으로 차려입은 바이사리는,
많은 흰색 유르트를 보기 좋게 진열했고,
온갖 풍성한 먹을거리를 손님들을 위해 차렸다네.
그가 소중히 아끼던 딸을 시집보내네!

요리사들이 큰 솥을 가지고 오네.
결혼식의 요란한 순간이 다가오네.

칼미크 인들은 심술이 나서 죽을 지경이라네.
그들 모두는 하얀 재처럼 광택을 잃었네.
바르친-아이는 달처럼 빛나네.
알파미시와 함께 행복을 찾았다네.
바르친-아이의 결혼식은 즐겁다네!
거기엔 얼마나 많은 낙타들과 말들이 있던지!
결혼식 하객은 수도 없다네!
이미 적지 않은 날 동안 연회가 이어졌고,
울라크 경기도 그렇게 요란할 수가 없었네.
양 가죽을 이리저리 던지네.
모든 양들은 토실토실하고 각양각색이라네.
바이사리가 이런 연회를 베풀었다네!

양들을 수없이 도살했다네.
말들도 수를 셀 수 없이 도살했다네.
손님들은 모두 사양하지 않고 먹고 마시네.
울라크 경기는 매일 다섯 군데에서 펼쳐지네.
존경받는 노인들이 심판으로 선발되었네.
투전꾼들은 울라크 경기로 내기를 하려고,
적지 않은 금화를 자본금으로 가져왔다네.
엄청난 군중들이 날렵한 기수들을 기대하네!

무희들은 춤을 추고, 부브니[63] 연주자들은 부브니를 치고,

음창자(吟唱者)들은 명예로운 무사들에 관해 노래한다네.

누가 오더라도 여기서 그는 기다리던 손님이라네.

음식과 술이 돌아가지 않는 이는 없다네.

게다가 모든 손님들에게 선물까지 준다네.

거기서 정확히 사십 일 동안 연회를 즐긴 후,

사람들은 집으로 흩어지기 시작했다네.

하킴-베크는 무사들 무리에 둘러싸여 있다네.

그는 마치 하인처럼 그들 시중을 들어야 한다네.

옛날부터 우리는 그런 관습을 지켜오고 있지!

이제 하녀들이 그에게 무리지어 오네.

모든 젊은이들이 그에게 다녀간다네.

하녀들은 아홉 가지 맛난 음식을 준비하고,

곧바로 이 음식들을 신랑에게 가져간다네.

하지만 그가 조금도 먹지 못하게 할 거라네.

참석한 모든 사람들이 한 조각까지 우애 있게 먹을 거라네.

접시 위에는 여자 요리사들이 기쁘도록

금화 더미가 쌓일 거라네.

신랑 베크는 하녀들에게 동그랗게 둘러싸이고,

그 옆에는 모닥불이 활활 타고 있다네.

하녀들은 신랑 앞에서 얼굴이 땅에 닿도록 절하면서,

그를 신부의 집까지 안내하네.

집에서는 존경받는 원로들을 만나게 된다네.

---

63 북처럼 생긴 악기로, 지름은 30~80cm 정도이고, 가죽에 여러 가지 테마의 그림을 그려 넣는다.

하녀들은 바르친을 둘러싸고 (우리 우즈베크의 결혼 풍습은 예부터 그러하다네.),

시끄러운 소리를 내며, 오밀조밀 원을 맞추는데,

어느 순간 갑자기 신부를 유괴하는 것처럼,

신부를 데리고 도망간다네.(옛날에는 신부를 그렇게 약탈했지.)

우리 우즈베크의 결혼 풍습이 그렇다네!

농부 아낙들도 신부가 숨어 있는 집으로 찾아와,

신부가 어디에 있는지 알고 싶어 하지.

하지만 그녀의 하녀들은 그들에게 가르쳐주지 않는다네.

어쨌든 그녀는 나중에 나타난다네.

회교승 예비자들은 (그렇게 관습이 내려오고 있지.)

신부가 그들의 질문에 대답하기를 요청한다네.[64]

"신랑에게 동의합니까, 안 합니까?"

신부는 부끄러움을 이길 수가 없어서,

그들에게 "아니오."도, "네."도 답하지 않는다네.

그러면 회교승 예비자들은 물러나서,

이번에는 그녀의 하녀들에게 참견하게 한다네.

그녀로부터 동의를 받아낸 하녀가

자비로운 손님들로부터 많은 상을 받게 된다네.

(우리 부족은 이런 관습을 이어왔는데, '신부의 입을 열게 하기'라고 한다네.)

바르친이 회교승 예비자를 한 사람 지목하면,

하킴-베크는 신부의 동의를 얻은 게 된다네.

결혼식 의식은 별 탈 없이 진행된다네.

---

64 회교승 예비자는 보통 사회적 지명도가 있는 사람들 중 두 사람이 맡는데, 이들이 신부한테 결혼승
낙 의사를 받아서 회교승한테 알려주면 회교승이 기도문을 읽는 것으로 결혼식이 종료된다.

회교승 예비자들이 양쪽에서 하객들 쪽으로 걸어가면, 회교승이 그들에게 질문을 던진다. 그들의 결혼 증명에 대한 대가를 받은 회교승 예비자들이 대답을 하면 회교승은 기도문을 낭송했다. 하킴-알파미시에게도 몇 가지 질문-조건들이 주어졌고, 이 모든 내용은 서면 결혼 계약서에 의해서 확증되었다. 하객들은 젊은 부부를 축하했고, 다들 만족해서 헤어졌다.

신혼부부의 벨벳 유르트에는 휘장이 매달려 있다. 알파미시는 자신의 몇몇 하인들과 함께 그 유르트에 들어가고 싶었지만, 거기에 있던 하녀들은 관습에 따라 '노파의 죽음'을 보여주었다. 그에 대한 대가로 돈을 받았지만 하녀들은 신랑을 들여보내지 않고, '개처럼 으르렁거리기'[65]를 실시했다. 이에 대한 대가로 돈을 또 받고 나서야 신랑을 유르트로 들어가게 했다. 하킴과 하인들은 계속 절을 하면서, 드리워진 휘장 너머로 지나갔다. 여자들이 그들 앞에 식탁보를 깔았고, 양 가슴살을 대접했다. 신랑의 하인들이 관습대로 포식을 한 다음, 여자들에게 튜베테이카[66]와 수건들, 옷가지를 나눠줬다. 예정된 의식에 따라 모든 것을 수행한 다음, 신랑의 하인들은 떠났다. 이때 바르친-아이를 유르트로 데리고 온 하녀 무리는 하킴을 둘러싸고 말했다.

"당신은 이제 처녀들의 영역에 있으니, 옛 관습을 따르시오!" 그들은 신랑을 벨벳으로 안감을 댄 하얀 펠트 천 조각에 올려놓고 그를 들어올리기 시작했다. 하킴이 무거웠기 때문에 하녀들은 그를 땅 위로 조금만 힘겹게 들어 올릴 수 있었다.

이때 또다시 신랑 측 하녀들이 들어와서 관습에 따라 그녀들에게 '머리

---

65 아주 오래된 결혼 풍습. 유르트로 들어오는 입구에 시체로 가장한 한 노파가 눕고, 다른 한 노파는 개로 변장하여 신랑을 신부한테로 가지 못하게 막는다. 신랑한테 선물을 받게 되면 두 노파는 떠나게 된다.
66 원형이나 사각형 모양을 한 중앙아시아 전통 모자. 1960년대에 소련에서도 크게 유행했다.

쓰다듬기'와 '손 잡아주기'[67] 의식을 행하고 선물을 받았다. 이것 다음에 몇 몇 노파들이 신혼부부에게 농담을 했다.

"이제 원하는 대로 즐기세요."

이제 모두들 떠나고 하킴-베크와 바르친만을 위한 유르트가 되었다.

죽은 적들의 울음소리가 들릴 거라네!

알파미시는 혼인 기도문을 낭송했고,

사랑하는 여인과 하나가 된 후,

그녀와 함께 겪은 불행과 고난을 모두 잊어버렸고,

쾌락의 잔을 아침까지 마셨다네.

그는 자신의 꿈이 실현된 것을 알게 되었지!

해 뜰 무렵 그는 자신의 유르트로 떠난다네.

아름다운 여자들이 그에게 온다네.

그의 건강에 대해 문안을 하러 온다네.

많은 젊은 여자들과 노파들이 온다네.

하킴은 그들의 접시에 금을 올려준다네.

우리 부족은 그런 관습을 지켜오고 있지!

신랑의 친구들이 나타나고 그 우두머리가

신혼부부에게 울라크 경기를 위한 염소를 요청한다네.

베크는 그들의 요구대로 염소를 준다네.

모두 그에게서 받은 염소를 쫓아 떠난다네.

카라잔이 자신의 친구한테 다가온다네.

손님들은 그의 큰 영광을 찬양한다네.

---

67 신랑은 유르트의 격자창을 통해서 신부에게 비단 수건으로 감싼 손을 내밀어 그녀의 머리를 아래에서 위로 쓰다듬어준다. 신부의 수행 하녀들이 이에 대한 대가로 신랑한테서 선물을 받는다.

여러 날이 지나가자 알파미시는 자신의 아내와 함께 고향 땅인 콘그라트로 돌아가려고 했다. 이 낯선 칼미크 나라에서 바이사리 족장과 고통을 받았던 1만 가구의 바이순 부족도 함께 가려고 했다.

하지만 늙은 고집쟁이인 바이사리는 자기 형이 준 모욕을 잊지 않고, "가지 않을 게다!"라고 했다. 부족민 중 높고 낮은 사람들이 와서 그를 설득하려고 애썼다.

"당신의 모든 부족민이 떠납니다. 당신 혼자만 이 낯선 곳에 남게 될 거에요. 만약 나중에 떠나려고 하신다면, 그땐 어디서 날개를 구할 건가요? 당신의 날개, 당신의 힘은 바로 당신의 1만 가구 부족민입니다! 외로이 남게 되면 쓰라리게 후회하실 겁니다. 당신이 존경받고, 당신의 모든 말이 법처럼 울려 퍼지던 시절이 있었죠. 당신은 칼미크의 왕인 타이차-칸에 기대를 걸고, 그가 당신의 영원하고 진실한 친구가 될 거라 생각했습니다. 시간이 흘렀으니 보십시오. 당신은 여기서 당신 딸에 대한 칼미크 인들의 획책 때문에 얼마나 많은 모욕을 겪으셨습니까! 당신은 우리의 최상급자이시니, 고집부리지 말고, 생각을 고쳐먹고, 적들의 나라에 홀로 남지 마십시오."

바이사리는 친지들의 말을 듣고는 그들에게 대답했다.

"저주받을 내 형 바이부리 때문에 나는 고난에 처했다. 그가 내게 가한 모욕으로 내 심장은 쇠약해졌고, 나는 형님 때문에 조국을 등졌지만, 그는 오만하게도 나의 안부를 단 한 번도 묻지 않았다. 이미 결정이 난 것이니, 내 형의 아들이 내 딸 바르친을 데려가라고는 하겠지만, 나는 가지 않을 것이야. 칼미크 인들에게 살해당하는 편이 더 낫지, 콘그라트로는 절대 돌아가지 않을 것이다."

사람들이 이 말을 하킴-베크에게 알렸고 하킴은 자신의 전령들에게 지령을 주며 바이사리에게 보냈다.

"너희들은 삼촌이자 내 장인어른을 설득해라. 그가 우리 선조들의 땅에서 한참 먼 이 낯선 땅에 자신의 뼈를 외롭게 남길까 두렵구나."

늙은 고집쟁이는 알파미시 전령들의 말에 귀를 기울이지 않았고, 어떤 설명도 들으려 하지 않았으며, "난 가지 않겠다!"고 하면서 고집을 피웠다. 전령들이 그에게 말했다.

"사십 일 더 당신을 기다리겠습니다. 생각을 바꾸실 수도 있으니까요."

바이사리는 사십 일 동안 깊이 생각했고, 부족민들과 얘기를 나누었지만, 여전히 자신의 결정을 고수했다. 1만 가구의 바이순 족은 바르친-아이와 함께 고향 땅으로 유목지를 이동했다. 늙은 바이사리는 자신의 하인들과 함께 이국땅에 남았다.

그는 헤어지기에 앞서 '신랑 보기' 의식을 거행하기로 결정했다. 양들을 잡은 후, 그는 아침에 자신의 딸 바르친과 사위 하킴-알파미시, 그리고 그의 친구 카라잔을 자기 처소로 불러서, 배불리 먹게 하고, 그들 모두의 어깨에 좋은 옷을 얹어주었으며, 그들을 배웅했다.

달변인 사람은,
모든 단어를 적재적소에 배치할 수 있다네.
정오에 이별의 슬픈 시간이 찾아왔구나.
낙타 대상은 출발을 기다리고 있다네.
그 수가 정확히 오백인데 하나 같이 똑같다네.
그들 위에 바르친의 결혼지참품을 실었다네.
바르친-아이가 울자, 눈물이 냇물처럼 넘치네.
그녀의 마음이 천 갈래 만 갈래로 찢어진다네.
이 불쌍한 여인에게 이런 고통이 운명 지워졌다네!
어머니, 아버지와 이별할 팔자였어!
그녀는 고향으로 출발한다네.

이 고약한 이국땅에 부모를 남겨둬야 한다네.

바르친-아이는 아버지를 설득하고 싶지만,

이 고집쟁이의 심통을 꺾을 수가 없네.

슬픔이 세 사람의 심장을 찢어낸다네.

그래도 그녀는 그 먼 길을 가야 한다네.

이미 그녀에게 말을 가져다주었네.

하킴-베크도, 무사 카라잔도,

마구를 점검한 후, 말 위에 올랐고

나머지 부족민들도 그 자리를 떠난다네.

부족민들은 고향 땅으로 유목지를 옮긴다네.

양치기들이 크게 소리치네. "쿠르하이트! 쿠르하이트!"

불안한 소와 양들이 울기 시작했네.

양치기들은 먼저 젖을 내는 가축들을 몰고 간다네.

고향으로 가는 길에 축복이 있기를!

바르친-아이를 먼 길까지 배웅하러 나온 바이사리는 절망스러웠으나, 딸을 위로하기 위해 이렇게 말했다.

'바르친-아이야, 내 아가야, 슬퍼마라.

이 아비 때문에 슬퍼하느라, 마음을 상하게 하지 마라.

건강하게 살고, 슬픔은 겪지 마라!

너는 고향으로, 친지들에게 돌아가는 거야.

그 나라에선 외롭지 않을 거야.

내 딸아, 내 말을 잘 들어라.

만약 내가 내 딸을 저 멀리로 떠나보낼 일이 있다면,

그것은 딸을 노예로 팔아넘기기 위해서가 아니라,

딸을 사랑하는 사람한테 시집을 보내기 위해서다.

만약 내가 자신의 양 같은 딸을 슬프게 했다면,

마지못해 딸 마음을 슬프게 한 것이고,

이 늙은 내 자신도 슬프게 만든 것이니,

이별의 고통이 내 가슴을 갈기갈기 찢어놓는구나.

내 딸아, 어서 가거라. 행복한 길이 되길 빈다!

아가야, 나를 원망하지 말아다오.

나는 네 운명을 칼미크 인에게 맡기지 않았고,

나는 널 너에게 맞는 사람과 혼인시켰다.

괜히 슬퍼마라. 그토록 눈물을 흘리지 마라.

빛나는 나르시스 같은 두 눈을 소중히 해라.

이 적대적인 칼미크 땅에서는

내가 있어도 너에게 안식이 없었을 게다.

네가 그 칼미크 인들 때문에 오죽 고생을 했더냐?

그들의 횡포 때문에 네가 얼마나 많은 눈물을 흘렸더냐!

이제 너는 그들로부터 완전히 벗어났다.

아가야, 어서 고향으로, 친지들에게 가거라.

너는 고향 사람들에게서 사랑과 애정을 찾을 것이다.

황조롱이는 산비탈에 앉는 걸 좋아한단다.

너는 지금까지 하나의 산만을 알고 있었지.

너는 나이에 맞지 않게 많은 고난을 겪었지만,

적들에게 반격을 가할 수 있었다.

자연이 너를 여자로 만들어주셨지만,

너는 루스템이 꿈꾸었을 법한

엄청난 활약을 완수할 수 있었다.

여자로 태어났지만, 너는 무사들보다 더 강하니,

너는 내 말년의 지주이다.

나는 내 고향에서 권력을 상실했다.

바이부리 혼자 그곳에서 주인행세를 하고 있다.

나는 마음속 끔찍한 고통의 외침을 억제하고 있다.

이 무력한 늙은이는 혼자서 남으마.

내 친구가 누구냐? 내 주변엔 칼미크 인뿐이다.

낯선 관습과, 낯선 언어뿐이다!

너는 내 눈의 눈동자처럼 소중하니, 알아두어라.

바르친-아이야, 너 없이 나에겐 어떤 위로도 없다!

아가야, 떠나거라. 선조들의 땅으로 가거라.

네 아버지를 나쁘게 기억하지 마라!"

바이사리는 딸을 배웅하고 나서 집으로 돌아갔고, 1만 가구의 모든 콘그라트 부족민은 길을 떠났다. 바이사리는 자신의 부족민과 딸과 이별한 채, 홀로 남겨졌다.

슬픔 때문에 머리가 윙윙거렸다. 이국땅에 홀로 남는 건 그에겐 너무 힘든 일이었다. 이 이국땅은 그에게 노예상태와 같았다.

이때 교활한 할망구 수르하일이 자신의 무사 아들들의 죽음과 알파미시와 함께 콘그라트로 떠난 막내아들 카라잔의 소식을 접하고, 슬퍼하면서 울다가 말했다.

"내 아이들아, 내 아들들아.

너희들은 이 칼미크 나라에서 그리 강했는데,

우즈베크 놈이 와서 내 아들인 너희들이

그놈한테 살해당해 죽어버렸구나, 내 아들아!

이 수르하일한테는 이제 무사-아이들이 없구나.

친구 같은 아들들 없이 나 혼자 어찌 살란 말이냐!

이 수르하일이 우는데 위로해주는 사람 하나 없구나.

카라잔은 살아있지만 내 가슴을 박살내버렸네.

내게는 날개가 있었는데, 그 날개를 잃어버렸구나.

준마가 있었는데 말발굽이 없어졌어!"

수르하일이 우네. 눈물이 흙먼지를 적시네.

머리를 풀어헤치고, 온 초원에 대고 통곡하네.

그녀는 분노의 고통을 하소연할 사람이 없다네.

강한 원한에 사무친 그녀는 칼미크의 왕에게 가서, 자신의 슬픔을 털어놓기로 결심했다. 헝클어진 머리와 손톱으로 할퀸 얼굴을 하고 그녀는 궁전으로 갔다.

아들들이 살아있었을 때 그녀는 나라에 중요한 여자였기에, 궁중 신하들은 그녀를 공손히 영접하여, 칼미크 왕에게 데리고 갔다.

수르하일 할망구가 왕에게 말했다.

"왕이시여, 내가 얼마나 샛노랗게 변했는지 보세요!

왕이시여, 나는 당신께 청원이 있어 왔어요!

나의 왕이시여, 이 사태에 관해서 생각해보셨습니까?

당신이 완전히 망했다는 걸 아시겠습니까?

우즈베크 사람들이 셀 수도 없는 가축들을 당신 땅에서

가져가버린 사실을 당신은 알고 계십니까?

우즈베크 인 한 명이 온 나라를

이렇게 고통 받게 하는 것을 허용하실 수 있습니까?

당신과 비슷한 사람이 왕으로 있으면,

적에게 저항할 수 있겠습니까?

그런 왕한테서 어떤 이득을 기대할 수 있습니까?

그런 자를 왕좌에 앉힐 수 있습니까?

이 나라에 그런 무사태평인 왕이 필요합니까?

세상 천지에 그토록 무정한 왕이 어디에 있습니까?

만약 당신이 그런 분이라면, 자기 백성에게서

아무것도 요구하지 마세요, 쓸모없는 왕이시여!

저는 사람들이 진실을 말하고 있다는 걸 알고 있어요.

그 우즈베크 인이 무사히 살아서 콘그라트로 떠나도록 하셨다면서요.

당신은 자신의 요새에 앉아 있으니 기쁘시죠.

만약 당신이 직접 우즈베크 인을 향해 출정하지 않으면,

나의 왕이시여, 내가 그 자를 떠나지 못하게 할 줄 아십시오.

사람들에게 호소를 하고 사람들을 모아서,

그 사람들을 데리고 적을 향해 출정하겠어요.

그 우즈베크 인들을 죽여버리고, 그들의 가축 떼를 빼앗아 오겠어요!

내 아들 카라잔을 잘 구슬리겠어요.

그를 죽이든지, 내가 죽든지 하겠습니다!"

  수르하일의 말을 들은 칼미크의 왕은 자신의 모든 대신들과 기수(旗手)들
을 불러 모아 그들에게 자문을 구했다. 왕의 대신들은 수르하일이 찾아온
사연을 알게 되자 그녀가 옳다고 생각했다. 우즈베크 인들이 칼미크 나라
의 자랑인 최고 무사들을 교활하게 모조리 죽여버렸고, 그들이 카라잔을

자신의 올가미에 끌어들여, 마치 자신의 친구로 삼는 척 하면서, 자기 나라의 포로로 데려갔다는 것이었다. 그들이 자기 가축 떼를 모두 데리고 갔는데 아무 징벌도 받지 않아야 하는가?

타이차-칸은 진노했다. 그는 복수의 갈망에 불타올라 소리쳤다.

"대부대를 즉각 보내겠다! 내가 직접 그들을 향한 출정을 선두지휘하마! 그들은 혼쭐이 날 것이다! 나는 그들 다수의 머리를 뽑아낼 것이고, 살아남은 자들을 모두 전리품으로 만들 것이며, 그들의 가축 떼를 빼앗을 것이다. 그들의 아내와 딸들을 끌고 와서, 노예로 삼아, 그 부족을 능욕할 것이다!"

칼미크의 왕은 즉시 무장을 하고, 우즈베크 인들을 쫓아가라고 명령했다.

부대와 부대가 연이어 달려가네.

주민들이 놀라서 바라보네.

"용감하게 싸우러 가는군." 주민들이 말하네.

"뭘 가지고 집으로 돌아올까요?" 주민들이 말하네.

"연대와 연대가 연이어 달려가는구나.

저길 봐 저길, 엄청난 기수들이야!

그들의 어깨 너머에는 소총이 있고,

허리에는 금강석 같은 칼이 있군.

말은 경쾌하게 달리고,

말 위의 안장은 아주 높아.

모든 연대에는 기수들이 있고,

모든 연대에는 연대장이 있어!

타이차-칸이 그들에게

우즈베크 인들의 선단을 따라잡으라고 명령했어.

그들의 무사들이 안치되어 있는

토카이스탄을 지나가네.

군대 나팔을 불어

죽은 무사들을 애도하는구나.

저 멀리 강물은 파랗고

아이나-콜의 광야도 반짝거리며,

저 멀리 풀들은 초록빛이 되었네.

이것이 칠비르-촐의 광야지.”

말을 전속력으로 몰고,

그들 뒤로 먼지를 기둥처럼 솟구치게 하면서,

칸의 군사들이 전장으로 질주한다네.

그들 자신들을 사자로 간주하고,

스스로를 칭찬하며 흥분하네!

우즈베크 인들은 태평스럽게 가축 풀을 먹이며

저 앞에서 가고 있다네.

셀 수 없이 많은 가축을 이끌고.

먹잇감이 가까이 있다는 것을 안,

왕의 군대는 기뻐하네.

부대가 줄을 이어 질주한다네.

질주하면서 그들끼리 말하네.

질주하면서 서로를 격려하네.

“우리는 그들에게 복수할 거다!” 이렇게 말하네.

“그들은 피할 수 없을 거야!” 이렇게 말하네.

“그들을 먼지로 만들어버리자!” 이렇게 말하네.

"우즈베크 인들은 가축 떼를

콘그라트로 몰아가느라 여념이 없네.

게다가 우리를 예상치도 못해."

"할 수만 있다면," 이렇게 말하네.

"회오리바람처럼 날아가서," 이렇게 말하네.

"많은 사람들을 마구 짓밟아버릴 거야. 그러면

그들 스스로 우리에게 가축 무리를 주려고 하겠지!"

어리석은 자는 눈도 크고,

어리석은 자는 손도 짧다네.

우즈베크 인들은 제때에 칼미크 인들을 알아차리고, 당황하여 웅성거리기 시작했다. 그들은 가축 떼를 모으느라 정신이 없었다. 알파미시는 칼미크 인들을 보고 생각했다.

'만약 칼미크 왕이 군대를 보내 우리를 쫓게 했다면, 그가 뭔가 나쁜 것을 생각해낸 거로군.'

그의 생각에 동의한 카라잔이 말했다.

"내 판단이 짧았군!" 그가 말하네.

"만약 그들이 습격을 한다면," 그가 말하네.

"왕을 저주하게 만들어주마!" 그가 말하네.

"여기서 그들을 섬멸하여," 그가 말하네.

"까마귀들이 그들의 시체를 쪼아 먹게 하마.

저들이 감히 누구와 싸우러 온 걸까?

나는 용사 카라잔이다.

전장으로 불러내기만 해라.

초원이 적의 피로 잠기게 해주마.

적의 간을 염장해버리겠다!

자, 왕의 군인들아,

여기서 카라잔과 만나자.

모두 낙타처럼 울부짖을 것이다!"

카라잔의 말에 알파미시가 대답했다.

"너는 나를 겁 많은 사람으로 오해하지 마라.

너는 이성 잃은 분노에 자유를 주지 마라.

내 친구여, 그런 식으로 상상하지 마라!

홧김에 그런 폭력을 행사하지 마라.

그들은 자발적으로 온 게 아니니,

괜히 그들을 죽일 수는 없는 것이다!

그들은 무슨 짓을 하고 있는지 스스로 알아차리지 못하고 있다.

우리의 피를 쏟게 하지도 못할 것이다.

자유롭지도 못하고, 연민이 필요한 불행한 사람들이다!

내 친구여, 잠시 내 부족민들의 뒤를 좀 봐다오.

저 앞에 왜 혼란과 통곡이 많은지!

저들이 이성을 잃은 것 같구나!

서둘러라, 사람들이 정신 차리게 해다오.

그들을 저 아래로 내려가게 해라. 네가 그들에게 알려줘라.

나중에라도 가축 무리들을 수습할 수 있을 것이고,

가축과 함께 포로 상태에 빠지는 일은 없을 것이라고.

친구여, 잠깐 기다리게, 잠시만 기다려라.

아직까지는 너의 동포들을 비난하지 마라.

먼저 그들을 무서운 목소리로 위협해라.

저들은 왕의 종복들과 군인들이다.

왕이 보내면 그들은 가야 한다!

저들은 군복무로 묶인 자들이다!

좋은 말로 그들이 뒤돌아가도록 설득해라.

우리에게도, 그들에게도 해가 없도록 해라!"

하킴은 카라잔에게 이렇게 말했다네.

이 두 친구는 이쪽저쪽을 둘러보면서 말하네.

그들은 부족민들이 가축 무리를 앞으로 몰고 간 것을 보았네.

불행이 그들을 피해가도록 신이 도운 거라네.

그 사이, 왕의 군대가 가까이 왔다네.

아직까지는 아무 짓도 하지 않고 서 있네.

대부분의 부족민이 이미 저 앞으로 멀리 떠났음에도 불구하고, 몇몇 사람들은 자신의 가축과 함께 지체하다가 뒤쳐졌다. 카라잔은 알파미시와 함께 칼미크 군대가 보는 앞에서 뒤쳐진 자들을 모아서 큰 길로 떠나보냈고, 무기를 점검한 후, 제자리에 남았다.

칼미크의 군대는 조금 서 있다가 다시 앞으로 움직였는데, 말을 한 걸음만 앞으로 보냈다. 그들을 향해 카라잔이 말했다.

"내 이름은 카라잔이다!

묻겠다, 누가 너희들에게 바보짓을 시켰느냐?

내가 너희들에게 경고하겠다.

만약 이 들판에서 전투가 발생한다면,

너희 바보 녀석들 모두를 분쇄하여,

너희들 피로 이 초원에 물을 대도록 하겠다!

만약 내가 이 금강석 같은 칼을 뽑으면,

너희들에게 당장 지옥을 보여줄 수 있다.

나는 너희들 모두의 수의를 준비해두었다!

만약 너희들이 말을 돌린다면,

너희들에게 말하노니, 좀 더 현명해질 것이다!”

이때 칼미크 용사들 중에서 한 명이 나와 대답했다.

“보이느냐, 나도 용사이다!

타이차-칸이 우리 뒤를 따라 오고 계신다.

이곳이 바로 전장이다.

카라잔, 너는 좀 멍청하게 변했구나!

너는 우리들의 운명 때문에 울고 있는데,

네 자신에 대해서나 생각하는 편이 더 나을 거다!

우리가 힘든 길을 이겨냈고,

전속력으로 여기에 왔다는 걸 잊지 마라.

하지만 우리는 조금도 지치지 않았다!

너희들은 우릴 속일 생각을 했다.

우리들은 이 전투의 길에서

벗어날 의향이 없다는 것을 명심해라!

보아하니, 카라잔 네 놈은 너의 우즈베크 녀석이

우리한테 저지른 만행들을 잊었나보구나.

저놈이 얼마나 많은 무사들을 죽였느냐!

이제 저놈 스스로 참회하게 될 것이다.

우리가 너의 눈에 지옥을 열어주마!

우리는 쿤을 요구하러 왔다.

우리에겐 우즈베크 인들의 피가 위안이다!"

    카라잔과 알파미시는 이 말에 분노로 불타올랐고 칼미크 군대를 향해 말을 출발시켰다.

두 베크는 맹렬하게 불타올랐다네.

그들의 말은 뒷발로 서서 날아올랐고,

위로도, 혹은 아래로도 보지 않고,

순식간에 칼미크 인 쪽으로 질주했다네.

칼미크 인들도 진노하면서,

곧바로 말들을 출발시켰다네.

바로 그 순간 전투가 시작되었지.

아주 오랜 옛날부터 지금까지

이보다 더 무서운 전투는 없었네.

정말 대단한 만남이었고,

정말 엄청난 회전(會戰)이었네!

말들은 재갈을 깨물고,

울부짖으면서, 서로를 사납게 짓이긴다네.

칼들이 번갯불처럼 번쩍이고,

양측은 끓어오르네.

이쪽도, 저쪽도 용맹스러움만은 대단하다네!

전투란 바로 이렇게 하는 것!

칼미크 칼날은 천 개이고,

두 용사에게는 두 개의 칼날이 있다네.

베크-알파미시는 카라잔과 함께

적들의 강습을 격퇴시키고 있다네.

칼미크 인들의 모가지들이 날아다니네!

무사의 분노란 이런 것!

마치 바닷가에서

두 물줄기가 부딪쳐 뿜어져 오르는 것처럼,

그들은 이제 그렇게 끓어올랐다네.

그들은 이제 그렇게 사나워졌다네!

겁쟁이는 이제 겁먹었다네.

왕의 연대는 숫자가 줄어들었다네.

두 친구가 그들의 모가지를 베어버렸다네.

그들은 가마니처럼 말에서 떨어졌다네.

그들은 하나 둘씩 시체가 된다네.

부상당한 자들은 흙을 갉아 먹고 있다네.

그들의 통곡 소리가 하늘에 닿을 정도였다네.

두 무사가 전투를 벌이네.

적들은 자비를 기대할 수 없다네.

많은 사람들이 전장에서 도망간다네.

지휘관들이 눈물을 흘리며,

왕에게 보고를 올리네.

"우리가 패배하고 있습니다!

지원을 요청합니다!"

왕이 보고를 들었네.

그의 머리가 흐려졌다네.

사람들은 공포에 빠졌다네.

그 사이에 전장에서는

군대가 궤멸하고 있었다네.

그들은 너무 힘들었다네!

전사자의 수는 계속 늘었고,

도망자의 수도 계속 늘었다네.

잔악하게도 그들에게 지원을 보내지 않네!

저 불행한 자들은 고통스럽다네!

알파미시는 저들을 얼마나 많이 죽였는지,

카라잔은 저들을 얼마나 많이 죽였는지!

하킴은 부족민을 떠올렸고,

친구를 앞쪽으로 보내네.

"부족민들이 무사한지 가보거라!"

카라잔은 앞쪽으로 달려갔고,

알파미시가 혼자 남아서,

전투를 도맡았네.

그는 뿔뿔이 흩어져 뛰어다니는 모든 적들을,

좁은 길로 몰아넣어,

교묘하게 그들을 무더기로 죽일 수 있었네.

그는 혼자 힘으로 그들을 죽이기 시작했다네.

칼미크 인들은 어떻게 해야 할까. 어떻게 살 수 있을까.

그들은 칼로는 죽일 수 없다는 걸 알게 됐다네.

혹시 날카로운 창으로 그를

잡을 수 있을까?

하지만 창으로도 그를 잡을 수 없었네!

칼날이 그를 잡을 수 없었던 것처럼,

창도 그를 관통하지 못했고,

소총도 그에게 상처내지 못했네.

칼미크 인들은 공포에 휩싸여 울부짖었네.

"그가 과연 인간인 것인가?

그는 마법을 부리고 있어!

우리는 쓸데없이 피를 쏟고 있어,

마법사는 절대 물리칠 수 없어!

전리품을 챙기려고 생각했는데,

이제 모든 것이 잘못되어버렸어,

이제 우리는 울면서 죽어가네!

차라리 말을 돌리는 게 더 낫겠다!"

바이카시카가 전장으로 나왔네.

그 또한 거인 용사라네.

그는 앞서 카라잔과 얘기를 나눴던 자라네.

그가 알파미시와 대적하네.

알파미시와 바이카시카는,

서로에게 분노를 쏟아내면서,

칼도, 창도 잡지 않고,

가장 잔혹한 접전 속에서 싸웠네.

이 만남은 짧았고,

이 접전은 무시무시했다네!

하킴-베크가 칼미크 인의 머리를 박살내자,

그의 몸이 두 조각으로 절단되고,

바이카시카는 끝장났다네.

모든 무사를 잃고

최고의 지도자들이 죽자,

살아남은 자들은,

죽어버린 동료 때문에 울면서,

다시 도망치려고 애썼다네.

하지만 그들 중 소수만 도망칠 수 있었네.

하킴-베크는 그들을 제지했다네.

그는 그들의 삶의 길을 막아섰다네.

그는 양 떼를 모으듯 그들을 한데 모아 베었다네.

동정이란 모른 채 죽였다네.

칼을 높이 휘둘러 목을 잘라내어

말발굽 아래로 내던졌다네.

그러면서 분노 속에서 이렇게 외쳤다네.

"이 멍청한 자들이여, 너희들은 꿈에서 전리품을 보았겠지!

이 멍청한 자들이여, 너희들은 새 먹이가 될 것이다!

평화롭게 떠나려 하지 않았으니

길에서 시체가 되었다.

이 멍청한 자들이여, 내 관습이 그러하다.

자만의 대가를 피로 치러라!

자, 칼미크의 왕이여, 보시오.

죄인인 당신이 무슨 만행을 저질렀는지.

당신은 도대체 얼마나 많은 자기 백성들을

경솔하게 죽음에 처하게 하였소!

이것이 불행한 당신에게 주는 교훈이오!

내가 당신과 만나겠소, 기한을 주시오.

당신은 내 칼을 피해가지 못하오.

타이차 왕이여, 내가 당신을 죽일 것이오!

나의 적인 당신에게 말하노니,

나는 자신의 적을 용서하지 않으며,

가야 할 길을 벗어나는 법이 없고,

만약 싸운다면 죽도록 싸우는 사람이오!

배신자 타이차여, 만약

내가 당신에 대한 증오를 잠재우고,

당신의 머리를 제거하지 않는다면,

나는 겁쟁이처럼 불명예스럽게 될 것이오."

그렇게 이 회전이 끝났다. 도망간 덕에 살아남은 몇몇 칼미크 인들만 무사했다. 혼자 전장에 남자 알파미시는 앞으로 말을 몰아 부족민과 함께 떠난 카라잔을 쫓아갔다. 둘이 나란히 달리게 되자, 카라잔은 알파미시에게 전투가 어떻게 끝났는지 얘기해달라고 요청했다. 알파미시는 그에게 자신의 공적에 대해, 그가 얼마나 많은 적들을 죽였는지, 결투에서 그가 칼미크 군대의 지도자들인 가장 무서운 무사들을 어떻게 베었는지, 몸 성한 칼미크 인들이 어떻게 전장에서 도망쳤는지에 대해 얘기해주었다.

카라잔은 알파미시의 영웅스러움에 매혹되어 이렇게 말했다.

"나는 칼미크 나라로 돌아가지 않을 것이고, 배신자 타이차 왕을 위해 싸우지도 않을 것이오, 내 친구인 영광스러운 무사 알파미시의 나라에서 살 것이오."

이때 부족민들은 아치크-콜의 강변 쪽으로 유목지를 이동하고 있었다.

사람들은 오랜 여행 때문에 지쳤고, 가축 떼는 이미 힘을 모두 소진했다. 이 자리에서 거처를 세우기로 결정했다. 사람들은 가축 떼를 자유롭게 풀어놓고, 여기저기에 유르트를 세웠다. 바르친-아이의 선단도 도착했다. 그녀의 하녀들 대부분은 말 위에 너무 오래 앉아 있어서 마치 돌이 되어버린 것처럼, 서지도, 앉지도 못했다. 바르친-아이를 말에서 내려주고, 그녀의 지참품을 짊어진 오백 마리 낙타가 쉴 수 있도록 그들의 짐을 내려주었다. 여자들이 바르친의 벨벳 유르트를 설치했다. 하녀들은 그녀를 유르트 안으로 데리고 들어가, 그녀의 옷들을 사방에 걸었고, 금속 대야에 물을 데웠으며, 차도 끓였다. 식탁보를 깔고 뜨거운 음식을 배불리 먹은 다음, 쉬려고 누웠다. 모든 거처에서 그렇게 했다.

사람들은 하루 종일 쉬었다. 저녁이 다가오고, 밤이 와도 사람들은 일어설 힘이 없어서 누운 상태로 노독을 풀고 있었다.

휴식은 3~4일로 길어졌다. 사람들은 제정신을 차리고 다시 길을 떠나려 했다. 바르친-아이와 나란히 가던 알파미시가 말했다.

> "그대는 밝은 얼굴로 달과 겨루며,
> 나와 말등자를 나란히 하고,
> 자유로운 초원길을 따라,
> 하녀들에 둘러싸여,
> 우리 고향 땅으로 가네요.
> 내 친구이자 아내여, 내 말을 들으시오!
> 당신은 진실을 알아야 합니다.
> 우리의 가축 떼를 빼앗으려는 망상 때문에,
> 우리를 뒤쫓으려
> 강력한 기마부대를 보낸

그 배신자 타이차가

나의 바르친-아이여, 잘 알아두시오.

만약 그가 승리를 거두었다면,

그는 죽음으로 우릴 위협했을 겁니다!

타이차, 그는 허탕을 쳤어요.

내가 그의 지주(支柱)들을 제거해버렸어요.

내가 금강석 같은 칼을 꺼내들어,

그의 부대의 꽃을 베어 죽였소!

적은 우리를 파괴하겠다고 위협했고,

치욕을 주고, 노예로 만들겠다고 협박했소.

내가 직접 적에게 무서움을 보여줬소!

내가 바이순-콘그라트의 명예를 지켰고,

내가 우리의 가축들을 약탈로부터 구했소!

내 고향 땅으로, 아버지를 기쁘게 해드리러,

나는 당신과 함께 말을 줄지어 가고 있소.

그 곱슬머리는 당신의 얼굴에 잘 어울리오.

그 푸른 성장(盛裝)은 당신의 얼굴에 잘 어울리오!"

그와 그녀는 나란히 간다네.

베크와 젊은 아내,

그들의 말이 옆구리를 나란히 하고 간다네.

그들의 말등자가 뒤엉키네.

가면서 이야기를 나누네.

농담을 하고, 노래를 부르네.

적의 나라는 멀어졌고,

저 앞에 고향 나라가 있는데,

아직 가깝지는 않다네!

평평한 광야를 지나서,

산등성이에 도착했는데,

앞은 첩첩산중이고,

길은 끝이 없네!

바르친-아이가 아버지를 생각하면,

곧장 얼굴부터 어두워지고,

때로는 슬프게 그리워하겠지.

그녀의 마음속에는 고민이 많다네!

"어떻게 그리워하지 않을 수가 있나!" 그녀는 말하네.

"내 아버지와 어머니가," 그녀는 말하네.

"칼미크 적들의 땅에 있는데,

친지들도 없고," 그녀는 말하네.

"적들 속에 혼자인데," 그녀는 말하네.

"분명 억압 속에서 사실 거야.

힘든 멸시 속에서 사실 거야!

타이차-칸은 아버지에게서

모든 가축 무리를 빼앗아버리겠지.

그러면 가난이 부모님들을 위협할 텐데!"

바로 이것이 바르친-아이를 괴롭히는 문제라네.

바로 이것이 그녀의 마음을 할퀴고 있는 문제라네!

알파미시는 그녀의 마음을 알기에,

그녀의 눈을 바라보네.

그는 그녀를 위해 무척 슬퍼하네.

베크는 그녀에게 이렇게 말하네.

"내 선의의 충고를 잘 들으시오.

그런 생각으로 괴로워하지 마시오.

슬퍼하지 말아요!

우리의 적은 교활하지만, 그래도

정말 칼미크 인이 그토록 흉포한 강도짓을

저지르기야 하겠소!

운명이 지켜준 당신과 나는

이제 곧 집에 당도할 것이고,

당신과 나는 둘이서 행복하게

고향 땅에서 살게 될 거요.

당신의 아버지가 걱정되니,

우리가 나중에 그에게 편지를 써서,

전령 편으로 보내고,

우리 콘그라트로 모셔오도록 합시다.

당신의 사랑하는 아버지와,

당신의 사랑하는 어머니와,

당신은 영원히 헤어진 게 아니오!"

하킴-베크는 그녀에게 이렇게 말했다.

유목 부족민들은 수없이 많은 자신의 가축들을

몰면서, 움직이네.

반 년 걸리는 길도 힘들고,

남의 땅에서 받는 고통도 쓰라리고,

친지들과의 이별도 쓰라리네!

사람들은 괴로워하며 말하네.

"우리는 고향 땅으로," 그들이 말하네.

"온 힘을 다해 달려간다." 그들이 말하네.

"단지 이 초원길이," 그들이 말하네.

"많은 가시를 마음속에 찔러 넣네.

집에 닿을 때까지 견딜 수 있어야 할 텐데!

기다리던 땅, 콘그라트여, 넌 어디에 있느냐!"

힘겹게 여행을 견뎌내면서,

초원 전체를 가축 떼로 가득 채워가며,

그들은 그렇게 그 길을 간다네.

많은 고난과 재난을 참아낸다네.

사람들도, 가축들도 바싹 야위었네.

바이순 사람들은 멈추지 않고

계속 길을 따라 움직이지만,

고향 땅의 국경은 보이지 않네!

양들이 길에서 쓰러지네.

산 넘어 산이고,

고개 넘어 고개라네.

그토록 많은 산을 넘었는데,

고향 나라는 아직도 나타나지 않네!

또다시 산에 올라서,

그들은 희망을 가지고 저 먼 곳을 바라보네.

그들의 눈빛이 기쁨으로 불타오르네.

터키옥 색깔의 호수물이

코카미시의 물이 반짝거리네!

"드디어 저기가 고향 땅이다!" 그들이 말하네.

"선조들의 나라여, 콘그라트여, 우리가 너에게 돌아왔도다!

이 세상에 더 좋은 나라는 없다!" 그들이 말하네.

바르친-아이는 자신의 하녀들 속에 끼어 간다네.

그들 모두 축제 의상을 입었다네.

코카미시의 물이 그들을 애무하네.

길가에 핀 갈대가 그들에게 인사를 하는 것 같네.

그들은 떠나온 고향 땅으로 간다네.

고향의 연기가 바람에 실려 날아오네.

하킴-베크가 모든 부족민을 이끌고 간다네.

그는 전위 전령들을 파견하네.

그들은 말들을 채찍질하여, 돌풍처럼 질주하네.

여러분들이 이 기수들을 봤어야 하는데!

도중에 만난 사람들이 놀라서 그들에게 묻는다네.

"무슨 일이오? 당신들은 누구요? 당신들은 누구의 부족민이오?"

전령들이 그들에게 대답을 해주고 서둘러 앞으로 달리네.

그들은 바이부리 집에 당도했고,

머리가 희끗희끗한 바이부리에게 소식을 전하네.

전령-목동들은 바이부리에게 알파미시가 복귀했다고 알렸다.

'바이부리 칸이여, 우리 말에 귀 기울여주십시오!

당신의 모든 동포들을 집합시키세요.

우리들에게 아끼지 말고 선물을 주십시오!

당신의 훌륭한 백합꽃이 여기에 있습니다!

달콤한 목소리의 나이팅게일이 여기에 있습니다!

당신의 명철하고 용감한 매가 여기에 있습니다!

당신의 아들 알파미시가 도착했습니다!

당신의 명령을 어겼던 그는

마음의 맹세는 어기지 않았습니다.

위험과 고난을 두려워하지 않고,

고향 사람들을 구출하러 갔다가,

거기서 적들의 뇌우가 되어,

많은 승리를 거두었던 그가

그쪽 군대의 꽃을 베어 죽였습니다.

그는 자신의 고향을 잊지 않았습니다.

당신의 매혹적인 아들, 그는 살아있습니다!

당신의 아들 알파미시가 돌아왔습니다!

신께서 아버지의 눈물에 귀를 기울였습니다.

당신도, 당신의 집도 행복합니다.

당신의 아들 하킴-베크가

당신의 눈물 줄기를 마르게 하고,

당신의 고통의 불길을 꺼버리고,

자신의 영광스러운 출정을 완성하고 돌아왔습니다!

거기서 양심을 더럽히지도 않았고,

무사의 명예를 지켰으며,

그가 어린 시절부터 사랑하던 이를

드디어 아내로 얻은 후에,

그녀의 모든 부족민과 가축 떼를

적들로부터 용감하게 지켜내면서,

그가 그들을 여기로 데려왔습니다!

당신의 아들 하킴-베크가 도착했습니다!

그의 영원한 친구가 된,

용감한 무사는

이름이 카라잔 베크인데,

당신의 아들과 함께 도착했습니다.

우리는 코카미시에 숙영지를 마련하여

머무르고 있습니다.

당신의 유일한 무사 아들은,

용맹스러운 당신의 알파미시는,

이미 멀지 않은 곳에 있습니다.

그가 다시 이곳에서 매처럼 비상하고 있습니다!

우리들의 전갈을 믿으십시오.

우리들과 함께 가셔서 확인해보세요!

우리들의 적은 이제 치욕에 빠져서,

마치 잿더미처럼, 검게 변해버렸습니다!

그 많은 적들을 이겨내고,

그 많은 산과 절벽을 극복하고,

당신의 용감한 아들 알파미시가,

사자처럼 강력한 그가 도착했습니다!

달처럼 빛나고,

꽃처럼 부드러우며,

하녀들에 둘러싸여 있고,

열정적으로 그를 사랑하는 아내와 함께 있습니다.

정확히 오백에 이르는 낙타 선단이

바르친의 지참품을 짊어지고

오고 있습니다!

당신의 아들 거인-알파미시가

행군에서 돌아왔습니다. 그는 여기에 있습니다!

그는 조국의 명예를 지켰고,

우리 부족민을 새롭게 통합시켰습니다!

그가 우리를 전령으로 미리 보내어,

이 소식을 알리도록 한 겁니다!

바이부리여, 당신의 종인 우리들에게 좋은 소식을 전한 공로로

푸짐한 선물을 하사하소서!"

바이부리는 그들의 말을 듣네.

그들의 소식에 매우 기뻐하네.

그는 전령들에게 상금을 아끼지 않고,

그들 모두에게 멋진 옷을 증정하네.

그 사이에 이 소문은

날개 돋친 듯 콘그라트 전역으로 날아다니네.

소란과 혼란이 발생하네.

지명도 있고 저명한 사람들이

알파미시를 만나려고 서두르네.

거리는 사람들로 북적거리네.

엄청난 수의 농촌 아낙네들과 여자들이 있네.

콘그라트의 집들은 텅 비어 있네!

오직 한 가지 얘기만 입에 오르내리네.

알파미시와 바르친 얘기만 입에 오르내리네.

칼디르가치-아임은 자신의 마흔 명의 하녀들에게

이렇게 말합니다.

"자, 서두르자." 그녀가 말하네.

"그들을 마중하러 나가자,

내 동생 베크 하킴이

어떤 사람이 되어 돌아왔는지 보자!" 그녀가 말하네.

"우리는 우리의 자매인

바르친과 얘기를 나누고,

바르친을 여기로 데려올 거야!"

사람들이 손님들을 맞이하려고 움직이네.

어찌나 군중이 많은지, 사람들이 겁을 먹을 정도였네.

길이 온통 소용돌이 속에 휩쓸리네.

사람들은 호기심으로 가득 차 있네.

관직에 있는 베크들이 앞으로 질주하여,

'하얀 물들'[68] 옆에 휴게소를 만들었다네.

그들은 알파미시가 오는 것을 보고 있다네.

그가 부족민들을 이끌고 오네.

마중 나온 사람들을 보자, 그는 진심으로 기뻐하네.

그가 서둘러 길을 가다가, 고향의 흙 한 줌을 움켜쥐네.

그 흙을 입에 대고, 키스를 하네!

이때 베크들이 알파미시를 접대하면서,

---

68 바이순으로 가는 길에 있는 지명(地名).

아버지의 인사를 그에게 전달하네.

베크들이 손님들을 잘 먹인 다음, 앞장서서 그들을 이끌고 간다네.

그때 칼디르가치-아임이

소란스러운 자신의 하녀 무리를 데리고 도착했다네.

형제를 보더니 그와 인사를 나누네.

누이의 입맞춤은 부드럽고 뜨겁다네.

그녀는 사랑스러운 신부에게도 애정이 넘쳤고 자상하네.

그녀는 신부하고도 그렇게 입맞춤을 하네.

그녀는 바르친의 아름다움에 반하네.

갑자기 "자, 시작해라!"는 즐거운 외침과 함께

하녀들이 바르친-아이 주변을 원으로 둘러쌌다네.

길을 가로 막고 올가미를 던지면서,

그들은 손님들에게 바르친 몸값에 해당하는 선물을 요구하네.

하녀 수크수르가 그들에게 선물을 주네.

불그스름한 황금색 튜베테이카와,

머리 수건을 그들에게 잔뜩 하사하네.

길은 온통 사람들로 가득 찼다네.

콘그라트 사람들 모두가 여기로 몰려왔다네.

이렇게 군중들이 모이니 이 광활한 초원도 좁기만 했네!

형제들이 고향 땅으로 돌아온 것!

그들은 그렇게 오랜 세월 동안 떨어져 있었다네!

콘그라트의 심장들은 기쁨으로 불타고 있다네.

형제인 바이순의 심장들 그러하네!

여기저기서 환호가 터져 나오네.

모든 시선들이 알파미시에게 향해 있다네.

"영광 있으라, 승리자여!" 이런 외침들이 들리네.

"우리의 통일 주역이여!" 이런 외침들이 들리네.

매력으로 충만한 바르친은 달처럼 빛을 내면서,

알파미시와 나란히 간다네.

사람들은 바르친의 아름다움에 넋을 잃었고,

카라잔의 힘에 전율했다네.

뒤에 선 사람들은 앞줄에 있는 사람들을 질투했네.

뒤에 선 사람들은 아무것도 보이지 않자, 울고 싶었네!

어떤 이는 지붕에 기어 올라가고, 어떤 이는 느릅나무에 올라간다네.

"손님들이 지나가고 있어! 그들을 봐!

바르친-아이는 달보다도, 아침노을보다도 밝아.

그녀가 바이부리의 영토를 보고 있어.

무사 알파미시와 카라잔을 봐!

급히 달려와서 말을 하인들에게 주고 있어.

너는 저런 두 친구를 모범으로 삼아라!

바이부리는 사랑하는 아들을,

사자 하킴-베크를 봅니다. 처음에는 정신을 잃어서,

겨우 말을 하고, 단어를 혼동합니다.

행복의 힘 덕분에 겨우 서 있을 수 있다네.

그는 알파미시의 가슴을 꽉 눌렀다네!

"하킴잔, 내 아들아, 네가 어른이 다 됐구나!

네가 살아서 건강하게 내 앞에 서 있으니,

난 더 바랄 게 없구나, 내 아들 알파미시야.

네 아비의 모든 바람이 이루어졌느니라!"

그는 기쁨의 눈물을 훔치며,

훌륭한 사나이 카라잔도 껴안아줬다네.

"보는 그대로구나.

내 아들의 전우여!

널 진작 알지 못한 게 유감이야!"

이때, 자기의 사랑하는 아들을 자랑스러워하며

늙은 어머니가 하킴에게 달려와서,

소중한 아들을 껴안았네.

그녀는 카라잔도 똑같이 껴안아주고,

그들에게 축복의 말을 했네.

알파미시는 친구들에게 둘러싸인 채,

아버지의 궁전으로 인도되었고,

여기서 그는 금도금된 왕좌에 앉게 된다네.

그 뒤를 따라 바르친이 거기로 왔고,

그녀는 하녀들과 나란히 서 있다네.

그녀는 먼 길에 지쳐서 창백했다네.

그녀는 들어오자마자 사람들에게 인사를 건넸다네.

그녀의 미소에는 매력이 가득하네.

그녀는 얼마나 예의 바르며 얼마나 겸손한가.

그녀의 지성과 교양이 드러나네.

그녀는 아름다움으로 모든 구리야의 빛을 잃게 만드네!

우즈베크에는 아직도 지켜지고 있는 의식이 있네.

모닥불을 피워 맞이하는 것은 귀한 손님들에게 명예스러운 거라네.

하녀들은 바르친-아이를 마당으로 데리고 간다네.

그녀가 피곤한지는 알 바 아니라네.

그녀를 앉아 있게 하지 않을 거라네.

즐겁게 노는 것은 나쁜 게 아니니까!

그들 모두는 노래 부르고, 모닥불 옆에서 떠들어댄다네.

요란한 상봉 축제는 아침까지 이어지네.

처녀들은 바르친 곁에 아침까지 달라붙어 있네.

그녀는 마치 언니처럼 사랑스럽게 대하네.

거기엔 많은 미인들이 있지만, 그녀만이

자신의 아름다움으로 그들의 넋을 빼놓고 있네.

태양이 솟아올랐다네.

아침이 광야를 붉게 물들였다네.

축제의 모닥불도 꺼졌고,

바르친-아이는 천막으로 안내되네.

칼디르가치는 여태 괴로워하다가,

드디어 그녀와 비밀스러운 대화를 나누네.

바르친에게 이렇게 물어봅니다.

"내 삼촌, 바이사리는 어떻게 됐니?

왜 그는 거기에 혼자서 남았지?

바르친아, 그는 살았니? 그는 건강하니?"

"아버지를 어떻게 하면 좋을까요!" 바르친이 말하네.

"그는 완고해요." 바르친이 말하네.

"고향의 유목지로," 바르친이 말하네.

"콘그라트로 모두 유목지를 옮겼는데," 바르친이 말하네.

"하킴이 우리를 데리고 나왔는데," 바르친이 말하네.

"내 아버지는 떠나길 원하지 않았고,

그 고집쟁이는 혼자 남았어요!

아버지가 얼마나 많은 모욕을 당할까요!

아버지를 생각하면 마음이 이렇게 아파요!"

칼디르가치는 삼촌 때문에 슬퍼하네.

"족장 삼촌의 일은 안됐구나.

자존심을 끝까지 꺾지 않으셨구나!"

그렇게 그들은 모두를 피해서,

마음속에 있는 모든 것을 나누고,

속상해하면서, 눈물을 흘렸네.

정오가 되자, 그들은 남들의 험담이 두려워,

태평스럽게 웃으면서 나갔다네.

사방에서 손님들이 바이부리를 찾아오네.

아들의 귀향을 축하하려고 오고 있다네.

여기에 콘그라트의 모든 가문 사람들이 있다네.

저명한 사람, 평범한 사람, 늙은 사람, 젊은 사람.

행복감에 젖은 바이부리는 풍성한 연회를 베푸네.

아침부터 셀 수 없이 가축들을 베었네!

그는 손이 크니, 아들이 돌아왔으니,

재산이 남아나질 않을 거라네.

그의 수많은 가축들을 어디다 쓸 건가.

모든 사람들을 1년 내내 불러들일 것도 아니고,

1년 동안 계속해서 연회를 베풀 것도 아니지 않은가!

이 즐거운 연회는 날마다 요란하네. 저 보라!

울라크 경기를 위해 날마다 염소들을 토막토막 자르네.

날마다 울라크 경기야! 어지간한 경기가 아니라네. 저 보라!

바이부리가 기수들에게 상을 수여하네!

무사 알파미시는 그렇게 콘그라트로 돌아왔다네.

이 세상에서 본 적이 없는 대단한 공적을 완수했다네.

그는 칼미크의 용사들을 능욕했다네.

그는 혼자서 왕의 군대를 궤멸했다네.

형제지간인 두 부족민을 다시 결합시켰다네.

그의 치세에 고향인 바이순-콘그라트 전역은

지상에 건설된 천국의 정원처럼 번영했다네!

2부

첫 번째 노래

우리에게 닥친 이 불행은 누구의 죄인가?

알파미시는 카라잔과 우정을 나누며 콘그라트 땅을 평화롭게 다스리고 있었다. 백성들의 삶을 개선하기 위해 힘쓰며 바르친과 행복하게 살고 있었다.

하지만 들어보라! 알파미시와 카라잔이 떠난 후에 칼미크 인들에게 무슨 일이 일어났는지. 전장에서 도망친 칼미크 무사들이 타이차-칸의 왕궁 옆에 모였다. 카라잔의 어미 수르하일도 이 자리에 있었다. 교활한 그녀는 광장에서 조금 멀찍이 멈춰 섰다. 칼미크의 왕이 나와서 모여든 모든 사람들을 향해 말했다.

"슬프고 또 슬프오! 내 말은 고통에 차 있소.
귀족과 공작들, 남녀노소 모두에게,
만백성 모두에게 내가 말하노니,

모두 한 가족처럼 단결해야 합니다.

이 불행한 날 내게 충고를 아끼지 마시오.

우즈베크 인 바이사리가 우리에게 닥친 재앙의 원인이니,

그로 인해 나는 이 세상이 싫어졌으니,

칼미크가 지닌 모든 힘의 꽃이 죽어버린 듯합니다!

이 캄캄한 날 내게 충고를 마다하지 마시오!

내 무사들은 용맹하게 싸웠으나

우즈베크 인들을 이길 수 없었을 뿐이라오.

많은 백성이 전장에서 쓰러졌고

많은 백성이 불구가 되어 돌아왔소.

아, 내 나라에 닥친 이 엄청난 재앙이여!

우리에게 닥친 이 불행은 누구의 죄인가?

내가 청하니, 그대들은 바로 이 점에 대해 생각해주시오.

그리하여 만백성의 충고를 내가 듣게 해주시오.

모든 칼미크 땅의 귀족인 나는

이렇게 그대들에게 말하노니,

만약 바이사리를 죄인으로 인정한다면,

나는 그의 가축을 빼앗을 권리가 있는 것인가?

그가 자기 백성과 함께 떠나지 않았을 때

우리는 그를 마음대로 할 수도 있었소.

그의 생명은 빼앗지 않고서도,

그의 가축으로 우리를 부유케 할 수도 있었소.

홀로 제 가축 곁에 남아서

천한 목동이 되어 우리를 섬기게 할 수도 있었소!

정말 우리는 바이사리를 다시 용서할 수 있는가?

얼마나 많은 고통을 그 우즈베크 놈이 우리에게 안겼는지,

얼마나 많은 우리의 피를 또 눈물을 쏟게 했는지!

그런데도 그의 양과 염소를 약탈해선 안 되는가?

내가 진심으로 그대들에게 말하노니,

노소를 불문하고 내게 충고를 해주시기 바라오!"

모여든 칼미크 사람들은 왕의 말이 마음에 들었다.

"왕의 말이 맞아. 똑똑한 생각이다! 바이사리가 아니었다면, 우리는 이 모든 재앙을 알지도 못했을 것이고, 그토록 많은 칼미크 사람들이 죽지도 않았을 거야!"

칼미크 인들이 웅성거리기 시작했다. 아주 많은 사람들이 바이사리의 가축을 뺏기를 원했다. 사람들이 칠비르의 초원으로 떠났다.

칼미크 왕이 그들에게 명령했네.

"지금 칠비르-출에 갔다 오라.

우즈베크 놈의 재물을 모두 빼앗고,

그놈은 묶어서 데려 오라!"

그들은 말에 뛰어 올랐네. 말을 타고 칠비르로 내달렸네.

많은 사람들은 걸어서 칠비르로 떠났네.

"그가 가진 재물 중에서 뭐라도 좋아.

다섯 개든 열 개든 빼앗아야 해!"

그들은 누구도 그들을 앞질러가지 못하도록

내달렸네. 저마다 말 등 위로 채찍을 치켜들었네.

칠비르-출에서 먼 곳에서 살든, 가까이 살든,

사람들은 칠비르-촐 초원으로 몰려갔네.

아이나-콜의 푸른 물결이 그들 앞에서 출렁였네.

이 광경을 바라보는 바이사리의 가슴은 슬픔으로 가득 찼네.

저 많은 칼미크 사람들이 왜 여기로 오는 걸까?

아, 새로운 재앙이 우리에게 다가오는구나!

"이 억압을 우리는 얼마나 더 견뎌야 하나?"

"알라여, 우릴 구하소서. 더는 빼앗지 마소서!"

칼미크 사람들이 강가 갈대밭에서 그의 말 떼를 에워싸고

고함치며 말을 몽땅 몰아가네.

말을 모으고 꼼꼼하게 수를 세네.

서기들이 말의 수를 장부에 기록하고,

타이차-칸의 몫을 적네.

바이사리는 그의 잘못이 뭔지 알 수 없었네.

그는 이미 양 떼도 잃었다네.

이 끔찍한 충격을 어찌 이겨낼까!

수컷 단봉낙타들을 줄 세워 앉혀놓고

서기들이 낙타 명부를 쓰기 시작했네.

그의 황금도 타이차-칸에게 가져갔다네.

한꺼번에 바이사리는 모든 걸 잃었네.

아, 바이사리의 심장이 산산조각 나고 말았네!

어른아이 할 것 없이 목동들의 수도 헤아렸네.

또한 이름을 노예명부에 올렸다네.

그의 재물을 다 기록하고 나서,

칼미크 사람들은 이제 그의 천막을 향해 갔네.

늙은 바이사리는

자기 잘못이 뭔지 묻고 싶었으나

욕설과 협박만 들려올 뿐이었네.

오, 지금 그는 타향에서 고난을 당하고 있었네!

그는 제 오만에 대한 처벌을 받아들일 수밖에 없었네.

"곤경에 처한 고향이 천만 배 더 좋구나!

알파미시와 함께 콘그라트로 떠났더라면!"

바이사리가 탄식하며 장대 같은 눈물을 쏟았네.

오만했던 자신을 쓰라리게 후회했다네.

그 자신도 고귀한 사람, 그토록 부유했으나

조국을 버리자 모든 게 어긋나버렸다네.

오, 바이사리, 뒤늦은 참회여!

바이사리는 무시무시한 운명의 형벌을 받았다네!

주위엔 적들뿐, 동포는 없네.

자, 악당을 포박하듯, 칼미크 사람들이 그를 묶네.

적의 채찍이 얼마나 아플까.

그러나 회한의 채찍보다 아픈 게 또 있겠는가!

칼미크 사람들은 그를 조롱하네.

"어이, 더 빨리 못 걸어?"

걸음을 재촉하며 채찍을 내리치네.

수도로 끌고 와 궁전으로 데려가네.

왕 앞에 세우고 명부를 건네네.

칼미크의 왕 타이차가 서슬이 시퍼렇게 고함치자

죽음 같은 공포가 그를 엄습했다네.

교활한 노인한테 속았다고 소리치는 왕은.

모든 죄가 바이사리에게 있다 하네.

그가 불구대천의 원수와 같다 하네.

사형 집행인의 손에 넘길 거라 외쳐 댔네.

무시무시한 고통에 처하게 될 거라 협박 했네.

왕은 이제 그와 모든 셈을 치르기 위해

우즈베크 인의 목을 자를 거라 하네.

바이사리를 이곳으로 오게 한 건 자기가 아니라고 주장했네.

처음 우즈베크 사람들에게 자비를 베푼 건

타이차 왕 자신이 실수한 거라 말하네.

바이사리가 칼미크 사람 전부를 목 졸라 죽였다 하네.

그가 칼미크의 가장 기름진 초원을 빼앗았다 하네.

뛰어난 사람들을 수없이 죽게 만들었다고 하네.

왕은 늙어빠진 작은 올빼미의 영혼을

사형집행인의 손을 빌려 뽑아버릴 거라 하네!

왕이 홧김에 하는 말이 아니었다네.

타이차 왕은 자기 말대로 할 거라 하네!

바이사리는 묶인 채 고개를 숙이고 칼미크 왕 앞에 서 있었다. 칼미크 사람들이 그를 에워쌌다. 온통 찢기고 두들겨 맞은 그는 무슨 죄를 지었는지 몰랐다. 변명이 소용없다는 것을 그는 알았다. 절망에 휩싸인 그는 칼미크의 왕을 바라보며 굴욕을 참지 못하고 말했다.

"제 누렇게 뜬 낯빛을 보시오. 너무도 비통하오.

이 일이 어찌된 영문인지 난 모르오.

왕이여, 내 죄가 무엇인지 알기를 청하오.

왕이여, 나에 대한 왕의 처사는 왕답지 못하오.

내 가축을 몰수하고 약탈을 자행하다니 왕답지 못하오.

불행한 나를 쫓기 위해 저토록 많은

사형 집행인들을 보내다니.

온 몸을 묶어 끌고 다니다니.

어찌 노인의 머리에 채찍을 내리친단 말이오!

비록 이방인일지라도 이 우즈베크 사람 바이사리가

사람이라는 걸 생각지 않는단 말이오.

뭐가 진실이고 뭐가 거짓인지 왕은 알려고 하지 않았소.

내게 해명할 기회도 주지 않았소.

분노에 차서 희디 흰 내 머리카락에 침을 뱉고 있소.

여전히 난 내 죄를 알지 못하오.

내 민족과 내 나라는 멀기만 하고,

낯선 땅은 신의가 없소, 신의가 없어!

타향살이가 끔찍한 지옥같이 암울하기만 하오.

날 지켜줄 건 아무것도 없고, 난 그대 손에 달렸소.

내 죽음이 이미 정해져 있는 것 같으니,

다만 난 알기를 청하오, 내 죄가 무엇이오!"

바이사리의 말을 듣고서 칼미크의 왕이 말했다.

"내게는 90명의 무사가 있었다.

그들보다 강하고 용맹한 자는 없었다.

그들 모두가 내 버팀목이었다.

무사 카라잔을 난 누구보다 소중히 여겼다.

이제 난 용사들을 모두 잃었다!

누구 잘못으로 그들을 잃었단 말이냐?

누구 죄란 말이냐?

이 우즈베크 놈아, 네가 내 모든 재앙의 씨앗이다.

너와 잠시도 가만있지 못하는 염소 같은 네 딸년 때문이다.

네 놈의 교활한 눈을 뽑아버려야겠다!

저 90명의 용사가 네 딸년을 품고 싶어 안달이 났을 때,

왜 딸년을 내주지 않았느냐?

정녕 넌 네 딸년의 아비가 아니더냐?

알파미시는 칠 년이나 네 딸을 찾지 않았다.

네 영혼 속에는 죄가 없기라도 하단 말이냐.

내 무사들을 모두 파멸시킨 건 네 놈들이다!

말하라, 카라잔을 무엇으로 매수했느냐?

너희들은 내 나라를 도탄에 빠뜨렸다!

이 우즈베크 놈아, 이제 네 죄를 알겠느냐?

어깨 위에 달랑 하나 달린 네 놈의 머리를,

댕강 잘라버릴 테니 그리 알아라.

머릴 자르고 네 놈 시체는 매달 테다!

하지만 난 다시 지난번처럼 널 살려주고자 한다.

그래도 넌 명망 있는 사람이니 말이다.

네 딸 바르친을 멀리 떠나보낸 지금

넌 이제 네 가축의 주인이 아니다.

비렁뱅이에다 혼자인 네가 내게 무슨 위험이 되겠느냐?

널 처벌할 까닭이 없음이다.

여기서 네 생애를 마감하게 할 것이다.

넌 두 번째 내 처벌을 면했도다!

노동으로 내 자비를 갚으라.

네 가축은 모두 이제부터 내 것이 되었으니,

네 목동들을 가축 곁에 머물게 하라.

넌 우두머리 목동이 될 것이다.

이제 내 말을 마치고자 하니

생각건대, 넌 내 심판에 만족해야 할 것이다!"

바이사리는 마음이 조금 가라앉았다. 비록 가축을 잃긴 했지만, 목숨만은 건졌으니. 칼미크의 왕이 서기들에게 문서를 쓰게 했다. 바이사리가 문서에 손을 올려놓았다. 모든 걸 포기하고 동의할 수밖에 없었다. 왕이 문서에 국새를 찍었다. 바이사리는 목동 우두머리가 되었다. 바이사리는 전에 그의 소유였던 가축을 모두 몰고 아이나-콜로 되돌아갔다.

교활하기 짝이 없는 할망구인 수르하일은 왕의 일에 참견하지 않은 적이 없었다. 그녀는 그 일을 제 식대로 몽땅 뒤집어버리기로 결심했다. 수르하일이 타이차-칸에게 말했다.

"가을이 왔어요. 장미 잎사귀가 떨어질 거예요.

종달새는 시든 장미에 앉아 노래하지 않는 법이지요.

난 부당한 처사를 참을 수 없어요.

왕이여, 공정한 처사였나요? 대답하세요!

우즈베크 인의 가축을 몽땅 왕의 것으로 만들었지요?

왕이여, 이게 심판인가요. 도적질일 뿐인 거 아닌가요?

부유해져 슬픔도 모르는 것 같군요.

모든 아들을 잃은 난 기댈 곳이 없는데!

내 말에 뭐라고 답할 건가요?

왕은 우즈베크 인을 용서했지만, 난 어떻게 용서할까요?

죽은 아이들은 누가 보상해주지요?

그러니 난 피 흘린 대가를 받아야겠어요.

비통한 내 심장이 소리치고 있어요. 내가 소리치는 게 아니에요.

왕이라고 하더라도, 거짓은 참을 수 없어요.

하다못해 바이사리라도 죽여버려야겠어요.

왕이 나쁜지 좋은지 어디 보겠어요.

왕이 선을 베풀면 백성도 선으로 답하는 법이지요.

자, 난 이 말을 하고 싶었어요.

이제부터 난 무라트-튜베에서 살고 싶어요.

칠비르 초원에 성을 세우고

무례한 우즈베크 놈의 길을 막을 거예요.

왕에게 큰 보탬이 될 거예요.

알파미시는 내게 불구대천의 적이에요.

바이순의 그 베크 놈이 감히

칼미크 땅을 다시 습격해 오면,

내 손으로 꼭 알파미시를 잡아

그를 죽여서 피의 대가를 치르게 할 거예요.

알파미시의 죽음으로 바이순이 벌벌 떨게 하겠어요."

수르하일의 말을 듣고 칼미크의 왕이 대답했다.

'내 인정하는 바, 나를 비난하는 그대의 말은

한 치도 틀림이 없도다.

네가 거기 성을 세우기를 원하니

이 일에 내가 조력자가 될 것이다.

뭐든 요청하라. 무조건 줄 것이다.

벽돌도 갖가지 돌도 네게 줄 것이다.

온갖 석공들,

그들을 네게 줄 것이니 적소에 성을 세우고,

그곳에 완전한 도시를 세우거라!

네게 베풀고자 하니 무조건 줄 것이다!

장인들을 감독하도록

내 관리들을 네게 줄 것이다.

그대를 그들 가운데 가장 큰 우두머리로 세울 것이다.

필요한 돈을 아낌없이 줄 것이다.

내 국고에서 끊임없이 꺼내줄 것이다.

그 성을 짓는 데 아무것도 아끼지 말거라.

명심하라. 그대가 성을 빨리 세워야

네 아들도 빨리 돌아올 것이다.

카라잔은 콘그라트에 영원히 정착해 살지 않을 것이다.

이 일에 관한 소문이 그에게 닿을 때,

마침내 제 나라가 그리워

우리 도망자는 어느 날 돌아올 것이다.

그가 돌아오면, 분명 그렇게 될지니,

수르하일, 그대에게도 알릴 것이다.

그의 과오를 나는 다 잊겠다.

네 심장에 내려앉은 슬픔의 먼지를 쓸어주겠다."

왕의 말을 듣고 수르하일은 무척 기뻤다. 많은 일꾼과 건축 기술자를 모았고, 칸의 관리들을 감독관으로 세웠다. 그녀는 또한 칼미크에서 제일 예쁜 사십 명의 처녀를 데려 갔다. 눈을 뗄 수 없고, 일단 보았다 하면, 넋이 나가지 않을 수 없는 처녀들을.

수많은 마차가 여행 채비를 하네.
마차마다 온갖 짐이 가득하네.
다 건축에 필요한 것들이라네.
온갖 노동 도구,
수년을 먹고 마실 수 있는 음식과 술.
여기에 돈도 실렸다네.
기술자들과 일꾼들도 마차에 탔네.
줄지어 선 마차의 대열이, 선단이,
무라트-튜베를 향해 간다네.
마귀할멈 수르하일이
거들먹거리네. 지위를 뽐낸다네.
모두 그녀에게 굽실댄다네.
그녀와 함께 가는 사십 명의 처녀들.
모두 나라에서 최고 미녀들이라네.
모두 붉은 비단을 둘렀다네.
모두 장난기 넘치고 상냥하다네.
모두 사이프러스같이 날씬하다네.
보면 넋이 나갈 만큼!
모두 하모니카를 부네.
영혼을 사로잡는 데 전문가들이라네.

왜 수르하일은 이런 미녀들을 데려가는 걸까?

음모를 꾸밀 심산이었네.

이들 처녀와 함께 환희를 맛보는 사람은

파멸에 이를 것이다!

그들이 길을 간다네. 계속 길을 간다네.

선단이 코카이스탄에 들어가네.

무라트-튜베가 가까웠다네.

그들은 여기서 밤을 새고자 멈췄다네.

수르하일은 칠비르 초원에 성을 세울 땅을 고르라고 시켰다. 무라트-튜베에서 멀지 않은 곳이었다. 일꾼들과 장인들이 성을 짓느라 오랫동안 땀을 흘렸다. 드디어 성이 세워졌다. 탑마다 벽에 강철을 두르고 문과 문턱에는 황금을 붙이고 금박을 입혔다. 눈에 잘 띄는 곳마다 진주와 루비로 치장했다. 성이 마무리되자 칼미크의 왕이 그곳을 방문했다. 왕은 장인들과 일꾼들을 놓아주고 잔치를 벌였다. 독한 아라크와 정신을 몽롱하게 하는 묘약을 수르하일이 무한정 풀어놓았다. 칼미크의 왕은 무사들과 함께 성을 자주 다녀갔고, 모든 일을 할망구와 의논했다. "우즈베크의 베크 알파미시가 바이사리의 일을 알게 되면, 반드시 여기로 올 것이다. 그럼 그때 붙잡는 거야." 그들은 음모를 꾸몄다. 수르하일은 하루도 빠짐없이 무라트-튜베에 올라가서, 우즈베크 인들이 보이지 않나 망원경으로 왼쪽 오른쪽을 살폈다.

그동안 바이사리는 제 가축 곁에서 외톨이가 되어 살았다. 그러던 어느 날 어떤 선단이 지나갔다. 그는 가축을 버리고 선단 행인들을 향해 달려갔다. 그리고 그들의 책임자인 선단 대장에게 말했다.

"그대 온 세상을 다 돌아다니는 선단 대장!

그대가 가는 모든 길이 다 좋으리라!

선단을 이끌고 어느 나라에서

어느 나라로 가는가, 선단 대장!

나는 고난의 불길 위에서 심장이 다 타버렸네.

이방인의 삶이 내 운명이라네.

그대는 어디로 길을 이끄는가, 선단 대장?

신은 내게 두 눈을 주셨지.

오래전 그 분은 두 눈을 네 개로 만드셨지.

하지만 아무리 눈 씻고 보아도 고국에서 내게 오는

도움의 손길은 보이지 않았다네.

길을 서둘지 말고 나에게 말해주게.

내 한탄을 들어주게."

바이사리의 말을 듣고 선단 대장이 대답했다.

"난 떠돌며 물건을 사고팔지요.

여러 나라와 도시를 다닌답니다.

여기서 사고 저기서 판다오.

내 태생은 칸지갈리라지만

칼미크의 여러 도시와 장사한 지는 오래 되었다오.

타이차-칸의 수도에서 오는 길이라오.

신이 허락하는 때가 되면 바이순에 돌아갈 거라오.

칼미크 인들에게서 많은 천과 비단 꾸러미를 사

바이순으로 싣고 가는 중이오.

벨벳과 리넨이 실렸다오.

붉은 비단도 바이순에 가져가

시장에 전부 풀 거라오.

신이 허락하시면 적지 않은 이윤을 남기겠지요.

알라가 덜 주신들, 그래도 난 기쁘겠지요.

길을 떠도는 자들은 이렇게 말하곤 합니다.

"살아서 돌아가 손해도 보지 않은 자는

고향에서의 휴식이 기적같이 기쁘다네."

바이순-콘그라트가 마침 내 나라라오.

그대는 불행한 사람인가보오.

여기서 모욕과 멸시를 겪었는가보오.

태생이 나와 같은 우즈베크 인이라면

내게 부탁할 말이라도 있는 게요?

콘그라트에 있는 누구에게 소식을 전하길 원하는 게요?"

선단 대장의 말에 기뻐서 바이사리가 말했다.

"이보시오, 친절한 양반. 자네와 나는 일가요, 동향 사람이오. 나도 바이순 출신이오. 족장 바이부리가 내 친형이오. 내 이름은 바이사리라오."

바이사리가 선단들에게 무엇 때문에 칼미크로 이주하게 되었는지 얘기했다. 그가 겪어야 했던 모든 불행을 알렸고, 선단 책임자에게 부탁했다.

"내 탄원을 내 형 바이부리에게 전해주시게. 비참한 내 상황을 그에게 알려주시게. 오래전의 다툼을 잊고 이곳을 벗어날 수 있도록 날 도와주게."

말을 하면서도 바이사리는 속으로 후회했다. '아니야, 형 앞에서 그렇게까지 초라해질 순 없어. 형에게 용서를 구한다고? 내가 그를 모욕한 게 아니라 형이 나를 모욕했잖아.' 바이부리에 대한 울분은 여전히 사그라지지 않았다. 어려운 처지에도 불구하고 여전히 바이사리는 오만을 잃지 않았다. 바이사리가 선단 책임자에게 말했다.

"내 자네에게 잘못 말했네. 모욕으로 받아들이지 말고 내 부탁을 바꾸게 해주시게. 족장 바이부리가 아니라, 그러니까 내 형이 아니라, 내 딸 바르친-아이에게 내 청을 전해주시게. 내 편지를 그 아이 손에 직접 전해주게. 자네 눈으로 본 걸 자네 입으로 직접 그 아이에게 알려주면 좋겠네."

선단들이 바이사리의 말을 듣고는 즉시 종이에 그의 말을 적었다. 선단 대장은 바르친-아이에게 편지를 전하겠다고 그에게 약속했다. 선단들이 길을 떠났다. 바이사리는 다시 홀로 남았다. 오래도록 서서 눈길로 선단을 뒤쫓았다.

"고른 걸음으로 낙타들이 줄지어 가네.
낙타들이 되새김질하며
볼록 솟은 등에 짐을 싣고 가네.
낙타를 탄 사람들이 이야기를 나누네.
'바이사리 말이야, 걸인처럼 여위고 지쳤잖아.
콘그라트에서 조세를 내려 하지 않았지.
그래서 여기로 이주했어.
그런데 가진 걸 다 잃었잖아!
딸에게 소식을 전하게는 됐지만
도우러 오는 사이에
그는 아마 이 낯선 땅에서 썩고 말 거야!'

밤이 낮을 뒤따르고, 낮이 밤을 뒤따르네.
선단 뒤에서 먼지가 기둥을 이루고

길은 멀고 더디기만 하다네.

수없이 산을 넘으며,

상인들은 주변에서 눈을 떼지 않는다네.

느닷없이 출현하는 도적떼를 경계하기 위해

멈춰 서면 보초를 세워야 하고,

마실 물을 만나면,

언제든 쉬어가야 한다네.

노래를 부르거나 이야기를 나누기도 하지.

때로는 말다툼이 나기도 해.

비록 길은 아직 끝이 보이지 않지만,

신이여 살아 돌아가 물건을 팔게 하옵소서.

상인들은 미리 이득 셈하기를 좋아하지.

이윤이 있는 곳엔 말다툼과 알력이 있어,

부적절한 말이 오가고 분쟁이 시작되기도 하지만

길을 가는 긴 시간을 어떻게든 때워야 하는 법!

싸우던 자들은 저녁이면 다시 친해져 있네.

길에서 밤을 새우는 날은,

불을 피워 맹수들의 접근을 막곤 했네.

동이 트면 다시 길을 재촉하지만

달빛이 드리운 밤의 야영은 아름답기도 하다네.

하지만 칠흑같이 어두운 밤이면 무서워

쉼 없이 길을 가곤 한다네.

낙타 위에 앉아 잠이 들었다가

뿔뿔이 흩어져 길을 잃기도 한다네.

깨어나면 혼비백산 선단이 망가진 것을 알지만

칠흑 같은 어둠 속에 길은 없네!

간신히 서로를 불러

힘들게 다시 길을 찾는다네.

아, 얼마나 많은 낯선 하늘과 땅을 건너야 한단 말인가!

날이 가고 달이 가네.

하지만 터벅터벅 선단은 어김없이 바이순으로 가네.

드디어 그들 앞에 고향 땅이 펼쳐졌네.

동포의 유르트에서 연기가 피어오르네.

그들은 동포를 만났네.

그들이 보이자 사람들이 네거리로 몰려들고

그들이 도착했다는 소식은 그들을 앞장서 가네.

"선단이 왔다. 물건을 싣고 오고 있어!"

만나는 사람마다 그들에게 고개 숙여 절하네.

지나가다, 말안장에서 내려

길이 얼마나 힘들었는지 묻네.

몸은 어떤가? 일은 잘 됐나?

뭘 실어왔나? 거처가 어딘가?

이런 저런 것들에 대해서 얘기를 나눈 다음,

또한 노소를 막론하고 모두

장으로, 바로 그 도시 바이순으로, 간다네.

바이순 사람들은 선단의 도착을 아주 기뻐했네.

선단들이 바이순의 도시에 도착하네.

선단은 사라이로 길을 잡네.

그곳에 여장을 풀고 느긋하게 차를 마시네.

조상들의 신성한 땅에 축복이 깃들라!

선단 대장은 바이사리와의 만남이 생각났네.

그의 편지를 챙겨 들고 묻네.

족장 바이부리가 어디 사는가?

거물이 사는 곳은 다들 아는 법.

그가 사는 곳을 금방 일러주었네.

선단 대장이 편지를 가지고 그곳으로 갔네.

편지를 쥐고 궁전에 들어서네.

상인이 대기실에서 접견을 기다리는 동안

마침내 근엄한 사람들이 와서 그에게 묻네.

"무슨 일로 우리에게 왔는가?"

"바르친에게 전할 소식이 있소."

"바르친-아이에게 전할 소식이 뭔지 말하라.

네 소식을 우리가 직접 그녀에게 전할 것이다."

선단 대장이 이렇게 대답했네.

"나는 칼미크를 거쳐 왔소.

그곳에서 바이사리를 만나게 되었소.

그는 아주 불행하오, 그 바이 말이오.

나는 내 일이 있어 온 상인이오.

많이 말해봐야 쓸데없이 시간만 버릴 테니

바르친-아이에게 서너 마디 말만 하게 해주오."

그의 말을 들은 바이부리의 수하들이 하인 하나를 바르친-아이에게 보냈다. 여자들이 사는 집 쪽에서 바르친-아이가 나와서, 낯모르는 사람이 자기를 기다리고 있는 걸 보았다.

"아름다운 아가씨, 더 가까이 오세요."

"우리는 선단 상인들이라오. 칼미크를 지나다 당신 아버지를 보았소. 당신에게 편지를 전하라고 주더이다. 편지를 읽으면 모든 걸 직접 알게 될 거예요."

선단 대장이 바르친-아이에게 편지를 건네고는 장사하러 떠났다. 바르친은 편지를 받아 방으로 돌아왔다. 그녀는 편지를 읽고 목 놓아 울었다.

그때 알파미시가 문간에 나타났다. 바르친이 편지를 손에 쥐고 서서 울고 있는 걸 보고 물었다.

"무슨 일이오?"

바르친이 그의 손에 편지를 내밀었다. 편지를 읽고 알파미시는 억장이 무너졌다. 그는 아내를 위로했다.

"울지 마오." 그가 말했다. "그리 속상해 마오. 내 말을 타고 칼미크로 다시 가서 그들이 보지 못한 걸 보여주리다. 당신 아버지 바이사리를 말에 태워 조국으로 모셔 오리다. 당신은 아버지를 만나 기뻐하고 웃게 될 것이오. 예전에 당신 아버지, 그러니까 내 숙부는 지나치게 오만한 모습을 드러내곤 하셨소. 이제 저토록 굴욕적인 상황에 처하게 되셨으니, 유순해지셨을 거고, 스스로 고국으로 돌아오고 싶어 하실 거요."

바르친을 달래고 나서 알파미시는 떠나는 걸 허락해달라고 청하러 아버지에게 갔다.

"아버지, 드릴 말씀이 있으니, 절 용서하세요.
제 말을 귀담아 들으시고 동의해주세요.
칼미크에서 선단들이 와서
숙부에 관한 나쁜 소식을 우리에게 전했습니다.
제 장인이, 제 숙부가, 그곳에서 몹시 핍박당하고 있답니다.
가축을 몽땅 잃고 자기 가축 곁에서

우두머리 목동으로 일하도록

강요당하고 있어요!

아버지 동생 바이사리가, 제 숙부이자 장인이,

선단 편에 우리에게 그런 소식을 보내왔어요.

이보다 더한 조롱이 세상에 어디 있나요?

말씀해보세요. 누가 그걸 참을 수 있겠어요?

그런 적을 전 더는 참을 수 없습니다.

만일 우리가 침묵하면, 도대체 우리 명예는 어디 있나요?

제가 뭘 바라는지 이해하실 거예요.

자, 아버지, 제 말은 이거예요.

바이치바르에 올라 앉아 다이아몬드 칼을 쥐고

적들에게 고통을 안기겠어요.

타이차-칸의 목을 베겠어요.

그들의 간계로부터 우리의 콘그라트를 지키겠어요.

적의 올가미에서 숙부를 빼내겠어요.

제 피 속에서 불길이 타올라 참을 수 없습니다.

저에 대한 사랑으로 가득하시다는 걸 압니다, 아버지.

하지만 출정을 허락해주세요!

아버지도 친동생의 일을 슬퍼하시잖아요.

이제 오만을 꺾을 때가 되었어요.

아버지의 오만으로 인해 바이순-콘그라트가

세상 앞에서 수치를 당한 거예요!

아버지의 순종적인 자식 알파미시가 말씀드립니다."

알파미시의 말을 듣고서 족장 바이부리가 말했다.

"나의 등불아, 이 아비 말을 진심으로 들어라.

이 크고 풍요로운 조국에서 네 삶이 불만이더냐?

네가 커다란 공적을 세웠던 그때

너는 이미 그 나라에 가지 않았더냐?

앞으로는 적의 소굴을 멀리 해라.

출정에는 동의할 수 없으니 그리 알거라.

그곳에 가면 많은 고통 끝에 파멸할 것이다.

네 자신에게 해로운 망상은 받아주지 않을 것이다.

덫에 걸린 숙부를 구하겠다 했느냐?

그렇다면 이곳에서 나는 너 없이 홀로 무얼 하겠느냐?

모든 사람은 제 살 날이 정해져 있는 법.

아마 내 동생은, 네 숙부는, 그곳에서 죽을 것이야.

죽지 않으면, 제 동족에게 스스로 돌아올 것이다.

네 순서가 아닌데 무엇 때문에 네가 죽어야 하느냐?

내 여생에 자비를 베풀거라.

설령 네가 루스템 같이 강한 용사라 한들

출정은 허락할 수 없으니 그리 알거라!"

아버지의 말에 알파미시가 대답했다.

"생각해보세요, 아버지, 어떻게 제가 안 갑니까?

아버지 동생이 적의 제물이 되어야 한단 말입니까?

상황이 이런데 어떻게 안 갈 수 있습니까?

내 하얀 철갑 투구를 쓰고,

내 전투용 황금 갑옷을 입고,

내 다이아몬드 칼을 칼집에서 뽑아

온 신경을 곤두세우고,

적에게 달려가 적을 곤경에 빠뜨리겠어요.

잔뜩 성난 낙타가 되어서 울부짖겠어요.

분노에 타오르는 사자가 되겠어요.

흉포한 호랑이의 목을 따버리겠어요!

아버지 절 쓸모없는 자식이라 생각지 마세요.

원하시면 무엇으로든 제 충정을 시험하셔도 좋으니,

제 갈 길만은 막지 말아주세요.

전 제가 한 말은 지킵니다, 아버지!

절 염려하실 이유가 없어요, 아버지!

저 혼자서도 칼미크 인들을 물리칠 수 있습니다, 아버지!

그러니 제발 제 길을 막지 마세요.

나의 주군이신 아버지시여, 절 보내주세요!"

바이부리는 아들에게 등을 돌리고 누워버렸다. 그리고 그에게 말했다.

"내가 살아있는 한, 널 보내지 않겠다. 넌 바이사리의 딸이 필요해서 칼미크에 가서 데려와 아내로 삼지 않았더냐. 그럼 바이사리는, 내 동생은, 데려와서 어디다 앉힐 셈이냐? 네 머리 위에라도 앉힐 셈이냐?"

알파미시는 속이 상해 바르친에게 돌아왔다. 그는 그의 아버지가 아무리 해도 그를 놓아주지 않으려 한다고 그녀에게 이야기했다. 바르친-아이는 크게 낙담했다. 마음을 가라앉히지 못한 그녀가 알파미시에게 말했다.

"속담에 '술탄은 제 뼈를 모욕당하게 하지 않는다.'라고 했어요. 당신이 살아있는데 내 아버지는 칼미크 인들의 손아귀에서 저런 모욕을 당하고 있단 말인가요! 오오, 하킴잔, 당신은 분명 날 사랑하지 않는 거예요.

난 어찌 하나요? 난 넋이 나갔어요!

당신이 가지 않으면, 내가 직접 가겠어요.

남은 생을 잃는다 한들,

왕가의 영광은 필요 없어요!

난 내 아버지를 보러 가야만 해요.

칼미크가 아무리 멀어도,

남장을 하고 무기를 들고,

아무 말이나 타고 나 혼자 가겠어요.

아버지 앞에 죄인이 되지 않을 거예요!

아세요, 갑자기 난 세상 모든 게 지겨워졌어요.

갑자기 슬퍼졌어요. 난 불쌍한 여자예요.

고귀한 왕 나의 남편이여, 날 놓아주세요.

당신이 가지 않으면 내가 가야 해요!"

아내의 말을 들은 알파미시는 깊은 슬픔에 잠겨 생각했다. 그에게는 벡테미르라는 친척이 있었다. 벡테미르는 콘그라트의 부족 칸지갈리의 베크였다. 알파미시는 벡테미르에게 가서 조언을 구하기로 했다. 그가 벡테미르에게 상황을 모두 이야기했다.

"내가 아버지께 아무리 여쭈어도 허락하시지 않습니다. 제 아내는 노심초사해서 직접 가겠다고 하고요. 어떡해야 할지 모르겠어요. 더는 참을 수 없어요. 어쨌든 팔짱 끼고 앉아 있을 순 없어요. 칼미크로 출발해야 합니다. 조언을 부탁드립니다."

상의한 끝에 그들은 바이부리 몰래 출정하기로 결정했다. 사십 명의 용사들이 그들과 함께 했다. 그들은 저녁을 먹고 길 떠날 채비를 했다. 말에 안장을 얹고 무장했다. 모든 사람이 이미 깊은 잠에 빠져 있었을 때, 그들은 조용히 떠나기 시작했다.

　이때 늙은 바이부리가 마당으로 나왔다. 그들이 떠나는 걸 보고 그가 말했다.

　'내가 살아있는 한, 내 혀는 정직할 것이다!

　비록 너희들이 적절치 못한 때에 말에 올랐어도,

　용맹한 베크들이여, 그대들의 길에 행운이 따를 것이다!

　난 이미 말한 바 있다.

　"머물러라. 적의 땅은 잊어라!"

　난 이미 네게 말한 바 있다.

　"네가 내 가슴을 찢으리라!"

　넌 전혀 내 말에 순종하지 않는구나.

　베크들이여, 오만한 자들이여,

　그대들의 길에 행운이 있을 지어다!

　넌 황금 띠를 서둘러 둘렀구나.

　신이 널 용서하길,

　아들아, 넌 죄를 지었다는 것을 알아야 한다.

　늙은 아비의 평안을 앗아갔으므로!

　넌 때 아닌 출정을 감행하고 마는구나.

　적게 본 자들은 불같고 급하고

　많이 본 자들은 냉정하고 현명한 법이거늘.

　바이사리를 위해 어미 아비를 버리고,

　싸우러 가는구나!

　매는 은으로 만든 제 왕관을 뽐내지만

　내게는 엄청난 재물과 재산이 있는데

나의 후계자여, 콘그라트의 왕이여, 돌아오라!
매의 영혼은 가진 너는 용감하여
몰래 날아올라 아비의 궁궐을 떠나지만,
저 저주받은 땅으로는 날아가지 말고 돌아오라!"

   족장 바이부리가 아무리 애원해도, 아무도 그에게 대답하지 않았다. 그렇게 그들은 떠났다.
   바이부리는 슬픔에 젖어 집으로 돌아와 생각했다. '내 말을 듣지 않고 그들이 떠났어. 느낌이 안 좋아. 불길해. 그들은 칼미크에서 돌아오지 못할 거야!'

두려움을 모르는 사십 명의 베크가
말을 타고 달려가네.
칠흑같이 어두운 밤에 광활한 초원을 질주하네.
준마들을 독촉하는 채찍소리가 바람을 가르네!
초원으로 산길로
밤낮으로 가네.
말들이 초원을 내달렸네.
콧구멍으로 불을 내뿜네.
사타구니에서 부글거리는 거품이
솜같이 떨어져 흩어지네.
기마병들은 맹렬한 말의 속도가 무섭지 않다네.
그렇게 환한 낮과 그렇게 어두운 밤에
사십 명의 말 탄 용사들이
먼 칼미크 땅으로 날아가네.

그곳으로 가야 한다 말하네.

그들의 군대를 박살내야 한다 말하네.

그들의 괴수 타이차 왕의 머리를

베어버릴 거라 말하네.

바이사리를 구하겠다 말하네.

가축을 그에게 돌려줄 거라 말하네.

콘그라트로 데려올 거라 말하네.

이 용맹하고 고귀한 자들을 보라!

이 기사들을 보라!

너, 칼미크 인들아, 그들을 가볍게 생각 말라!

길에서 만나는 많은 나라.

길에서 나누는 온갖 대화.

까마귀도 결코 날아가지 않는

죽음의 초원을 지나쳐 가네.

갈대로 뒤덮인 호수를 지나

에메랄드 호수를 지나

가네. 눈이 위안을 얻네.

암벽능선을 지나갔네.

협곡과 갈라진 틈을 거쳐 갔네.

산이 적었던가, 많았던가?

90개나 되는 산을 넘었다네!

초목이 우거진 평원으로 나오자

적의 땅이었네.

그렇게 그들은 칼미크 땅을 따라 달렸다. 어떤 덫이 그들 앞에 놓여 있는지 전혀 모른 채.

한편 교활한 할망구 수르하일은 여전히 매일 언덕에 올라 망원경으로 길을 살펴보았다. 하루는 그녀가 전방을 살피는데 성난 용보다 더 위협적으로 달려오고 있는 사십 명의 말 탄 무사가 보였다. 그들을 본 교활한 노파는 놀랄 새도 없이 간계를 꾸미기 시작했다. 숱 많은 긴 머리칼을 헝클어뜨리고, 얼굴은 손톱으로 할퀸 다음, 그들에게 다가갔다.

베크들이 노파를 보고 고삐를 당겨 말을 멈췄다. 알파미시가 그녀에게 물었다.

"할멈, 무슨 일로 이 황야를 홀로 떠도는 거요?

할멈, 무슨 이유로 슬피 우는 거요?

머리칼은 풀어 헤치고 얼굴은 여기저기 찢긴 채,

할멈, 남편이나 자식 때문에 슬퍼하는 거요?

누구한테 모욕당한 거요?

손해를 입은 게요?

소중한 누구를 잃은 게요?

얘기해주오, 그 쓰라린 눈물의 원인이 무엇이오?

사는 곳이 여기서 머오, 아니면 가깝소?

눈물을 쏟으며 어디로 무거운 걸음을 옮기고 있는 거요?

얼굴을 손톱으로 할퀴며 뭘 그리 고함치는 거요?

그리 슬퍼하다간 미치고 맙니다!

우리는 먼 길을 가고 있어요.

우린 콘그라트 사람이오. 할멈은 어디 사람이오?

가다 보니 너무도 비통해하는 할멈이 보이더이다.

대답해보오, 할멈, 정신을 놓지 마시오!

어찌하면 우리가 할멈을 도울 수 있겠소?"

이 말을 듣고 수르하일이 말했다.

"친절한 용사들이구려, 내 믿고 말하리다.

칼미크의 타이차-칸이 날 모욕했다오.

가을에는 정원에서 꽃이 피지 못한다오.

그래요, 그대들에게 자비를 구하지요.

그래요, 그놈이, 그 몹쓸 칼미크의 왕이 죽일 놈이에요!

난 장한 아들이 일곱 있었어요.

세상에 더는 없는 훌륭한 아들들이었다오.

그놈이, 저주받을 못된 왕 타이차가

내 일곱 아들을 괴롭혔다오.

검은 날의 공포가 날 덮쳤지요!

칼미크의 왕, 이 악당이 죽어버리기만 한다면야!

그대를 태운 말이, 그대 옆구리에 찬 번쩍이는 검이,

모든 곡조에 맞춰 춤추니,

그대의 민족과 그대의 조국 콘그라트는 행복할 것 같군요.

그대 같은 보물이 있어서!

매 같이 정의로운 눈으로 그대가 날 발견했으니,

젊은이, 그대가 기꺼이 날 도우리란 걸 믿는다오.

그러나 사랑하는 내 아들들을 돌려줄 순 없으리오!

왕의 악행을 용서할 수 있겠소?

어떻게든 난 왕에게 복수해야만 하오!

감히 묻고자 하오. 젊은이, 그대는

무슨 일로 이곳에 온 것이오?

우리나라에 오래 머물 작정이오?"

알파미시가 대답했다.

"알고 싶으면 내 말을 귀 기울여 들으시오.
난 바이순-콘그라트 땅에서 오는 길이오.
나는 혈통 있는 힘센 양이오.
여기서 칼미크의 왕과 치러야 할 셈이 있소.
난 적에게 진 빚은 전쟁을 통해 갚는다오.
이 땅의 왕에게 나는 적이오.
이곳에 외로운 한 사람이 있소.
내 가까운 친척이자 고귀한 사람이라오.
그가 칼미크의 왕에게 심한 박해를 받았소.
불법적으로 그에게 가축을 전부 빼앗기고
자기 가축 곁에서 목동으로 일하도록 강요당했소.
이름이 바이사리요. 내 장인이자 숙부요!
그 때문에 난 칼미크로 달려가고 있다오.
이렇게 혈통 좋은 말을 흥분시키면서 말이오.
난 그놈을, 교활한 타이차를 찾아낼 것이오.
매처럼 그를 덮쳐,
바이사리에 대한 책임을 빠짐없이 물을 것이며,
할멈 아들들 일에 대해서도 앙갚음하리다!"

노파가 알파미시에게 말했다.

"젊은이, 날 다정하게 대해 주는구려.

이 황량한 초원에서 내 영혼을 어루만져주는군요.

그러니 젊은이에게 한 가지 청을 드리지요.

내 집에 들러 내 귀빈이 되어주시오!

하룻밤이라도 시중을 들고 싶어요.

기쁨을 내게 허락해주세요.

먼 길에 지치지 않았나요? 서두를 게 뭐가 있나요?

하룻밤 내 집에 손님으로 묵을 수 있지 않나요?

그럼 큰 영광이겠어요.

난 그런 영광을 요구할 권리가 있어요.

아들이라곤 전부 죽고 없지만

젊은이, 내게는 위안이 하나 있다오.

사십 명의 예쁜 딸들이 있지요.

완전히 다 자랐고, 장미 같이 곱지요.

황량한 초원에서 남자형제 없이 사니 무료해 한답니다.

그대들을 보면 기뻐서 마음을 다해

친형제처럼 시중을 들 거예요.

우리는 환대의 의무를 영광으로 여긴답니다.

젊은이, 내게 이 의무를 다하도록 허락해주세요.

이 밤만이라도 내 집에 묵고

동트면 갈 길 가시구려.

난 칼미크 말을 잘 아니까,

나중에 가장 좋은 길을 여러분에게 가르쳐드리지요.

젊은이, 보아하니, 그대 얼굴은 고결하오.

보아하니, 적에 대한 두려움은 그대에게 낯선 것!

젊은이, 그대와 맞닥뜨리는 적이 아무리 많아도
단 한 명의 칼미크 인도 맞서지 못할 것이오.
젊은이, 내 모든 아들에 대해 복수해주오!
우리 손님이 되어주어요. 우리 집은 멀지 않아요."

교활한 할망구가 알파미시와 그의 동료들의 정신을 흐려놓았다. 베크들은 분별을 잃고 그녀의 집에서 하룻밤 묵기로 했다. 할망구는 기뻐하며 그들을 자기 집으로 이끌었다.

그들이 그녀를 뒤따라갔다. 이윽고 그녀의 성에 다다랐다. 번쩍번쩍 빛나는 건물을 보고 그들은 생각했다. 자기 아들들이 살아있었을 때 할멈은 왕처럼 살았던 게야!'

대문이 활짝 열렸고 그들은 마당으로 들어갔다. 그리고 웃음을 터뜨리며 말했다.

"노파의 아들들이 자기 왕과 경쟁했던 게 분명해. 제 집을 황제의 집에 못지않게 짓기로 했던 거야. 그래서 아마 칼미크의 왕이 그들을 죽였을 거야."

그들은 성을 둘러보며 부유함에 놀라 입을 다물지 못했다. 한편 이 할망구는 대문 안으로 들어서자마자 자기 처녀들에게 외쳤다.

"너희 남자형제들이 되살아난 것만 같지 않느냐! 손님들을 모셔 왔다. 이 손님들이 너희 형제들이 흘린 피의 보상을 받아내실 것이다!"

사십 명의 아리따운 처녀들이 달려 나와서 한 명씩 빠짐없이 사십 명의 베크 한 사람 한 사람에게 다가갔다. 처녀들이 말을 받아서 말뚝에 고삐를 묶고, 도착한 자들을 손님방으로 들인 다음, 침구를 깔고 그들에게 절을 하고는 미소로 마음을 녹였다.

처녀들은 상냥하고 민첩하고 영리하다네.

베크들을 사로잡았다네.

처녀들의 아름다움이 그들의 혼을 빼앗아 갔다네.

장난기 심한 사십 명의 처녀가 그들에게 숄을 흔드네.

이 매력 있는 처녀들보다 더 예쁜 여자는 세상에 없다네.

시중을 드는 동안 손님들이 매혹되길 원했다네.

손 씻을 물을 가져 오고.

타타르식 식탁보를 깔고,

다과를 곁들인 음식을 능숙하게 내놓기 시작하네.

씨 없는 포도와 꿀이 담긴 잔이 놓였네.

호두도 피스타치오도 여기 있네.

베크들이 앉아서 맘껏 즐길 일만 남았다네.

장난기 많은 처녀들에게서 눈길을 떼지 않는 일만 남았다네.

처녀들이 지칠 줄 모르고 손님들을 접대하네.

구운 고기 요리를 내오네.

붉은 찻주전자에 차를 끓이네.

차를 따르며, 이걸 눈여겨보시라.

우연인 듯 부드러운 손길로

손님을 불태우네. 바보가 아닌 자는 알아차리리라!

그 사이 노파는 아라크를 내오네.

베크들이 술을 마시며 이런 생각이 드네.

'우리에게 시중들고 저렇게 흥을 돋우니,

이 칼미크 여자들은 모두 선발된 여자들 같아.

지금까지 거절이라곤 하지 않았어.

분명 이 밤에 이 미녀들은 거리낌 없이

뭔가 더 달콤한 걸 대접할 거야.'
베크들은 달콤한 휴식을 즐기며
자기들끼리 이런 즐거운 대화를 나누었네.
아무런 재앙도 위험도 예상하지 못했네.

노파가 칼미크 인들에게 소식을 전하네.
알파미시가 성에서 한가롭게 먹고 마시고 있으니
왕에게 지체 없이 군사를 보내라 하네.
이미 날이 저물어 저녁이 오네.
군사가 접근하는 걸 알게 되자,
노파가 흥겹게 먹고 마시는 베크들에게 말하네.
"아이고, 젊은이들. 재앙이, 뜻밖의 재앙이 닥쳤다오.
왕이 이리로 군사를 보냈다지 뭐요!
여러분을 어떻게 구하나? 어디다 여러분을 숨기나?"
노파는 손님들이 불쌍한 척 거짓으로 슬픔의 눈물을 흘리며,
긴 머리카락을 풀어 헤치고 가슴을 치네.
"날 제물로 바쳐 여러분을 구하세요!"
그녀가 이렇게 말하고는 마당으로 서둘러 나가자
손님들이 벌떡 자리를 박차고 일어나 뒤따라 달려가네.
말을 보러 서둘러 마당으로 갔네.
말을 살핀 다음 성문을 열고
밖으로 나와서 듣고 보네.
노파의 말은 헛소리가 아니었네.
왕의 군사가 그들에게 아주 가까이 다가오네.
청동 나팔을 크게 불어대면서,

양쪽에서 노파의 성을 에워싸네.

베크들은 보았네. 전투를 벌일 시간이네.
노파에게 말하길, "자, 고맙소, 할멈!
할멈이 제때 우리에게 알려주지 않았다면,
과연 불시에 칼미크 놈들에게 잡힐 뻔 했소.
할멈이 아니었으면 파멸할 뻔 했어요!
정말 어머니처럼 당신은 우리에게 다정했소이다!"
실제로 누가 자기들의 적을 도왔는지
순진한 베크들은 결코 깨닫지 못했네.
그렇게 할망구 수르하일은 교활했다네!
손님들이 말을 타고 마당을 돌아가네.

첫 번째로 하킴이 달려 나가네.
적의 군사가 그에게 접근하네.
그가 동료들에게 말하네.
"친구는 용감한 심장의 버팀목.
용감한 자는 스스로 친구를 찾을 것이네.
친구가 남긴 발자취가 우리에게는 향유가 되고
슬픈 눈에는 치유제가 되지.
날 콘그라트의 베크로 부르니,
죽도록 적과 맞붙어 싸우겠네.
단 하나의 염원으로 용기백배하다네.
성스러운 맹세를 충실히 지키세.
내 사랑에, 어릴 적부터 날 사랑한

여인에게 부끄럽지 않도록!

전투의 북소리가 울렸네.

분노의 열기로 끓어오르지 않는 자는 겁쟁이!

북소리를 듣지 않는 자는 겁쟁이!

전쟁의 우레 소리가 울리는 시각에

철갑옷을 걸치지 않는 자는,

어깨끈을 매지 않는 자는 겁쟁이!

겁쟁이로서 영원한 멸시에 처할지니!

흔들림 없이 싸우라!"

하킴이 기마병들에게 말했네.

칼미크 병사들도 그 시각에

전투대형을 갖추었네.

그러나 그들 중 많은 군사가 흔들리고 있네.

그들은 피할 길 없는 재앙과 마주 선 것 같았네.

알파미시가 앞으로 달려 나갔네.

그가 다시 말하네.

"적의 피로 초원을 적셔라.

적의 재를 초원에 흩뿌려라.

전장으로 전속력으로 말을 달려라.

왼쪽, 오른쪽! 전장으로!"

매처럼 용맹스러운 하킴이 이렇게 말했다네.

적에게 곧장 전속력으로 달리며

하킴이 검을 높이 들었네.

손은 강철보다 강하고,

가슴은 산비탈같이 넓은,

사십 명 모두가

포효하는 산의 사자가 되었다네.

겁을 주는 호랑이가 되었다네.

적을 재로 만들어버리는 자가 되었네.

바로 그 순간 알파미시를 뒤따라

사십 인이 하나가 되어 곧장

칼미크 적군에게 내달리네.

편자가 천둥을 치네!

제 앞으로 달려오는 그들을 보고,

전투에서 우세하다고 오판하고,

칼미크 인들이 채찍으로 말을 때리네.

시끌벅적 우즈베크 인들을 향해 달려가며

열심히 빽빽대고 씩씩대네.

홧김에 대형을 부수고,

별똥별이 되어,

길 잃은 양 떼가 되어,

이리저리 우왕좌왕하네.

더는 무사가 아니라네.

그때 그렇게 그들은 갈팡질팡했네!

용맹한 자들이 소리치며 겁을 주네.

겁쟁이들이 소리치며 달아나네.

칠비르-촐에서 고함소리가 그칠 줄 몰랐네.

씩씩대는 소리가, 용사의 함성 소리가 그칠 줄 몰랐네.

칼미크 인이 어디로 내달리든,

하킴-베크가 제 부대를 이끌고

용 같이 그를 낚아챘네.

검을 휘둘러 두 동강 냈네.

적은 헛되이 탈출구를 찾고 있었네.

큰 전투가 벌어졌다네!

먼지는 짙은 안개가 되어 떠돌았네.

마치 칠비르의 전장이 온통

먼지 안개에 휩싸인 듯 했다네.

마치 보이지 않는 달로부터

무성한 안개가 퍼지는 듯 했네.

언덕이든 산꼭대기든,

계곡이든 협곡이든,

곳곳에서 무수한 적이

칼과 창에 쓰러졌다네.

우즈베크 인들의 희생물이 되었다네!

도처에서 알파미시는 그들을 죽였네.

칠비르가 온통 피에 잠겼네.

칼날은 전투의 열정을 드러낸 뒤

저들의 뼈 때문에 무뎌졌다네.

자, 하킴-베크는 이렇게 싸웠다네!

그는 적에게 해방을 허락하지 않았네.

손에 휴식을 허락하지 않았네.

그는 칼을 능숙하게 휘둘렀네.

다이아몬드 창을 휘둘렀네.

그렇게 그는 칼미크 인들과 싸웠다네!

그의 베크 기마병들도

용감한 자기 지도자와 경쟁하며,

제 용맹을 곱절로 만들어

전투에서 기적을 보여주었다네.

제 목을 내놓길 꺼리질 않고,

칼미크 무리들에게 겁을 주며,

사십 명이 백사십 명에 맞서 싸웠네.

초원의 전장을 질주하네.

밤안개 속을 나네.

성난 사자가 되어

용맹한 자들을 찾아 맞붙네.

칼집에 칼을 집어넣지 않네.

맞붙는 자들의 목이

오른쪽 왼쪽으로 멀리 날아갔네.

달아나는 자들은 창을 던져 죽이고.

상처 입은 자들은 말로 짓밟았네.

수많은 칼미크 인들이 그 밤에

제물이 되어 초원에 누웠네.

살아남은 자들이 그 밤에

칠비르 땅을 기어가며,

죽음의 고통 속에서 흙을 깨물었네.

교활하고 비겁한 행동에 대한

징벌을 그 전투에서 받고 말았네.

아, 그들의 수는 헤아릴 수 없었네!

그럼에도 다른 칼미크 인들은

그 무시무시한 전투에서 운이 좋았다네.
분명 그들의 일부가 살아남은 건 기적이었네!
그들은 온전한 다리로 간신히 길로 나왔네.
그곳에서 부대 대형으로 모여
공포와 전율에 휩싸인 채,
저희끼리 이렇게 말하네.
"원군을 기다려야 한다." 그들이 말하네.
"다시 겨뤄야 한다." 그들이 말하네.
"살아오지 못할 거야." 그들이 말하네.
"더 멀리 도망치는 게 낫다." 그들이 말하네.
그리고 말을 돌려 도망갔다네.

칠비르-촐에 어둠이 내려앉았네.
베크들이 말하네. "어쨌든
승리는 우리의 운명인 거야.
왕은 비통한 상황에 처할 운명이야!"
"놀이는 끝났다." 그들이 말하네.
"안식할 때야." 그들이 말하네.
"밤이 어둡고 습하다." 그들이 말하네.
"이렇게 고생을 했는데 왜 천막 없이
밤을 보내야 하지?" 그들이 말하네.
"내일은 아침부터
적을 깡그리 없애러 가자." 그들이 말하네.
"다시 전투를 벌이자." 그들이 말하네.
"그들의 피를 쏟게 하자!" 그들이 말하네.

"우린 싸움에 있어선 게으르지 않다." 그들이 말하네.

"불행의 날이 그들을 기다리고 있어!" 그들이 말하네.

"지금은 쉬러 가세." 그들이 말하네.

"성에서 이 밤을 보내세." 그들이 말하네.

"수르하일은 늙었고," 그들이 말하네.

"그녀의 슬픔이 극심하잖아." 그들이 말하네.

"어제 우리에게는

그토록 친절했잖아." 그들이 말하네.

"그녀와 함께 있자." 그들이 말하네.

"빚을 갚자." 그들이 말하네.

이리하여 베크들은 말을 돌려,

그녀가 있는 성으로 되돌아간다네.

　그들은 교활한 할망구 수르하일에게 되돌아와서 처녀들과 유쾌한 말을 주고받기 시작했다. 처녀들이 손에 황금 포도주잔을 들고 안녕을 기원하는 노래와 함께 베크들을 접대했다.

"콘그라트 땅에서 오신 님아.

이곳에서 하마터면 덫에 걸릴 뻔했던 님아.

사자가 되어 전장으로 달려간 님아.

당신 대신 내가 희생양이 될 테예요.

소중한 내 손님이여, 나의 술탄이시여!

전투에서 적에게 수치를 안긴 님아.

재빨리 적을 무찌른 님아.

우린 당신 운명이 소중해요.

당신은 기뻐해야 해요. 슬퍼해선 안 돼요.

왕에게 복수하길 빌어요!

향기로운 포도주에, 알리야르.

깃든 우리의 기쁨이여, 알리야르!

난 칼미크 땅의 튤립.

포플러나무보다 날씬한 내 몸매.

당신은 콘그라트 땅의 눈보라.

당신은 바이순 땅의 비바람.

내 소중한 손님이여, 내 술탄이시여.

내 심장이 당신을 원해요.

내 어찌 당신 마음을 끌까요?

이보다 장난기 많은 눈을 본 적 있나요?

이보다 더 정열적인 말을 당신은 들은 적 있나요?

당신이 기뻐하길 원하면서

당신의 잔을 채웠어요.

혹시 내가 싫은가요?

잔이 커요. 무거워요.

아, 내 손이 저려 와요!

더 다정히 대해주면 안 되나요. 알리야르, 알리야르.

어서 마셔요. 알리야르, 알리야르!"

물결치는 머리칼.

장난기 그득한 눈.

소매가 좁은 드레스.

어깨에 두른 가는 숄.

찰랑찰랑 소리 나는 귀걸이.

거부할 수 없을 만큼 유혹적인 말!

천국의 기쁨이 서린 눈!

페리보다, 구리야보다 그들이 더 예쁘네.

가득 찬 잔을 쥐고 있다네.

사십 명이 하나 같이 멋지다네.

진심을 다해 시중들지 않는가?

그대의 노예들이 아닌가?

"유혹당해라, 알리야르, 알리야르.

취해라, 알리야르, 알리야르!"

이렇게 이 미녀들이 노래하네.

가녀린 몸통을 손으로 받칠 거라네.

장난스럽게 눈썹을 위로 치켜 올릴 거라네.

까만 고수머리를 흔들 거라네.

포도주를 마시라고 권하네.

하나같이 달처럼 환하게 빛났다네.

하나같이 사랑에 빠졌다네.

그녀들의 이름은 달콤했네.

베크들 모두 미녀들이 마음에 들었네.

이건 천국의 쉼터가 아닌가?

구리야들이 그들 앞에서 일어서네.

종달새 노래도 이보다 달콤하지는 않았으리!

처녀들이 아라크를 대접하네.

잠 오는 묘약이 든 술이었네!

베크들이 한껏 달아올라 마시네.

취하지 않으면, 알리야르, 알리야르.

사랑해주지 않을 거예요. 알리야르, 알리야르!

이렇게 밤새 유혹했네.

베크들이 사양하지 않고 밤새 마시네.

그리고 밤새 농을 주고받으며

구리야들을 안네.

무사의 영혼은 광대해

술이 강이 되어 흐르네.

사십 명 중 취하지 않은 무사는

단 한 명도 없었다네!

자, 벌써 동이 트기 시작했네.

재앙에 대한 아무런 의심 없이

하킴은 유쾌하게 술을 마시고 있네.

잠 오는 묘약이 든 술이었네.

적이 가까이에 있다는 걸 그가 안다면!

하킴은 주는 대로 다 마시네.

단숨에 들이켜고, 자기가 달라 해서 또 마셨다네.

줄곧 배짱을 부리며 미친 듯이 마셔대네!

그의 무사들이 모두

죽은 자처럼 취한 걸 안다면!

마귀할멈 수르하일이 타이차-칸에게

전령을 보낸 걸 안다면!

그는 술을 잔으로 마시지 않고 항아리로 마셨네.

자, 항아리가 벌써 몇 개째인가!

항아리 하나만 해도 높이가 1아르신이나 되는데,

목구멍까지 술이 가득 찼네!

결국 거인은 흠씬 취해버렸네.

친위대와 마찬가지로 그도 취했네.

하킴-베크가, 콘그라트의 술탄이 취했네.

그러자 대화도 끝났네.

그러자 부드러운 눈길도 끝났네.

처녀들의 태도가 순식간에 변해버렸다네.

잔과 음식을 모두 치우고,

식탁보도 걷어버리고,

잔치를 장식하는 모든 것을,

자리와 담요까지 모든 것을,

그들이 재빨리 가져가버렸네.

수르하일을 보라!

그녀의 가슴에 심장 대신 무엇이 있는지 보라!

그녀가 무슨 일을 벌이는지 보라!

그녀의 모든 야비한 술책을.

그녀의 복수가 진행되었네.

처녀들이 장작을 가져오네.

수르하일이 승리에 취해 장작불을 피우네.

마당이 불길로 환해지네.

마귀할멈이 우즈베크의 베크들을 모두

무자비하게 태워 재로 만들었네.

알파미시는 태울 수 없었네.

음모에 문제가 생겨버렸네.

하킴-베크는 죽은 자처럼 취해서

불길 속에 누워 깨어날 줄 몰랐네.

그러나 불길에 휘감긴 채 타지 않았다네!

이때 타이차-칸이

자신의 군대와 함께 때맞춰 와서 보았네.

알파미시는 멀쩡했네!

공포가 그의 영혼을 덮쳤네.

그가 군사들에게 명령하네.

그를 난도질해 죽여라!

날카로운 이스파간[1]의 다이아몬드 칼이

그에게서 튀어나왔다네!

수없이 시도해봐도 마찬가지였네.

매번 칼을 갈았다네!

칼의 이가 빠질 뿐이었네!

그에게 화살을 쏘기 시작했네.

화살도 그를 뚫지 못했네.

그의 육신은 돌과도 같았네.

그를 어찌할 도리가 없었다네!

왕이 마귀할멈을 질책하기 시작했네.

"이런 빌어먹을! 액운을 몰고 오는 여자야." 왕이 말하네.

"분명코 앞일을 세세히 내다보아야만 했잖소," 왕이 말하네.

---

1 지금의 이란 지역에 위치하는 페르시아의 옛 무역 도시. 옷감과 무기의 교역이 활발했다.

"보시오. 그놈은 불에 타지 않소.

보시오. 칼에도 끄떡없고

화살도 뚫지 못하오.

저놈의 몸은 마법의 힘이 지키는 것이 분명하오.

그는 인간이 아니라 바위덩어리인 게야.

불태우기 전에 생각했어야지!

닷새를 취해 누워 있겠지.

열흘을 돌덩어리처럼 누워 있겠지.

하지만 영원히 취해 있는 게 아니잖소.

잠시 동안은 잠들어 있겠지만,

결국 깨어날 게 아니요.

당신이 그의 친위대를 전부

불태우지만 않았어도,

그는 잔치를 즐기고 나서

아침에 제 발로 떠났을 게 아니요.

자진해서 평화롭게 떠났을 게 아니요.

저와 같은 거인과 우리가 맞서야 하다니 재앙이야!

그는 이제 앞으로 영원히 우리의 적이니,

그가 이미 여기 와 있다는 건

도시들이 잿더미가 되리란 걸 뜻하거늘!

우리 모두의 파멸을 뜻하거늘!

우리 왕국이 평화로웠다면,

당신 같은 마녀는 죽여버렸을 것이오.

당신은 마녀이고 마녀의 딸이오.

이 일을 어떡해야 할지 말하시오.

교활한 짓거리는 집어치우시오. 안 그랬다가는

당장 그 목을 쳐서

몸뚱이에서 달아나게 만들 것이오!"

알파미시는 상처 입지 않는 몸을 타고 났다. 그는 불 속에 집어 던져도 불붙지 않고 칼로 벨 수도 없었다. 활을 쏘아도 상처를 입힐 수 없었다. 칼미크 인들은 자신들이 어떤 재앙과 맞닥뜨린 건지 알 수 없어 어찌할 바를 몰랐다.

칼미크의 왕이 수르하일에게 말했다.

"넌 알파미시를 포로로 잡은 게 아니라, 우리를 불행에 취해 날뛰게 하고 말았다. 실로 그는 술이 깨고 나면 사십 명의 죽은 자기 기마병들에 대한 복수로 나라 안에 산목숨을 하나도 남기지 않을 것 아니냐!"

교활한 노파 수르하일이 일어나서 대답했다.

"대왕이시여, 당신은 원하는 건 뭐든 하실 수 있습니다. 이 무르트-튜베 산 밑에 지하 감옥을 만들어 거기다 알파미시를 던지라 하세요. 그는 한 닷새나 열흘 거기 누워 있을 거예요. 한 한 달 누워 있게 하지요. 그래도 안 되면 한 해라도 내내 누워 있게 하지요. 이 축축한 지하 감옥 안에서 틀림 없이 썩어버릴 거예요. 털끝 하나 우리를 어쩌지 못할 거예요."

칼미크의 왕은 교활한 수르하일이 건넨 계략이 마음에 들었다. 그래서 칼미크 백성들에게 무시무시한 명령을 내렸다.

"가을이 되기 전에 꽃이 시들어선 안 될 일!

어서 빨리 알파미시를 깊은 지하 감옥에 처넣어라!

후일 우리가 자신을 책망하지 않도록,

너희들은 사십 사젠[2] 만큼 지하 감옥을 파야 한다.

2 러시아 고대 길이 단위로, 1사젠은 2.13미터에 해당한다.

한 치의 빈둥거릴 틈도 너희에게 허락지 않을 터!

평민이든 귀족이든 너나없이 괭이를 들어라.

오늘 모두 땅을 파라.

오늘은 누구도 귀족 행세를 하지 말라.

이 일을 피할 궁리는 말아야 한다.

대재앙으로부터 너희들을 구하기 위한 것임을 잊지 말라

그러니 자 백성들아, 온 힘을 다해 일을 시작하라.

그를 넣을 지하 감옥을 사십 사젠 만큼 파라!"

타이차-칸의 말을 백성들이 귀담아 들었네.

아무도 입을 열어 논쟁하지 않았네.

누구는 들것을 들고, 누구는 괭이를 잡네.

가장 신분이 높은 계급인 왕조차

땅을 파고 또 파네. 땀을 닦지도 않았네.

땅을 파지 않은 자는 흙을 날랐네.

그들은 모두 힘을 아끼지 않고 일했네.

열흘 할 일을 하루 만에 해치웠다네.

사십 사젠짜리 지하 감옥을 팠네.

사십 사젠 높이의 언덕이 그 위로 솟아올랐네.

온 힘을 다한 노동에 왕이 그들을 칭찬했네.

모두 알파미시를 살펴보러 갔다네.

타이차-칸은 군사와 함께 뒤따라갔네.

알파미시가 죽은 자처럼 취해 누워 있는 곳으로.

천만다행, 알파미시는 지하 감옥 속에 던져지게 되었네!

열 명의 장사가 그를 들어 올리고자 했지만

힘이 부족해 숨만 헐떡거렸네.

이십 명의 장사가 용을 써보고, 백 명의 장사가 용을 써보았네.

아무리 해도 들 수 없다네, 무슨 수를 써도 옮길 수 없었다네!

칼미크 인들은 순종으로 힘센 말 열 마리를 골랐네.

튼튼한 밧줄을 골라

거인의 손발을 옭아맸네.

그러나 알파미시는 죽은 자처럼 누워

취기에서 깨어날 줄 모르네.

이 사람 알파미시 우즈베크의 용사는 깨어나지 않았네.

칼미크 인들은 생각했네. '우린 힘들었지만,

열 마리쯤 되면 말은 힘들지 않겠지.'

말 열 마리를 밧줄에 매어 채찍을 있는 힘껏 갈겼네.

그러나 채찍을 아무리 후려쳐도

말은 쓸데없이 발굽으로 땅만 긁어대다

기진맥진 기절해서 드러누웠다네.

칼미크의 백성들이 공포에 휩싸였네.

과연 지하 감옥도 소용없단 말인가?

알파미시-하킴이 술에서 깨어나면

정신을 차려 밧줄을 끊으면 어쩌나?

그를 어떻게 다룬단 말인가?

그는 진짜 용! 용은 건드리기만 해도

불길이 온 나라를 집어삼킬 거야!

알파미시에게 말이 있다는 걸 떠올린 사람들이

즉시 멋진 바이치바르를 끌고 왔네.

그의 꼬리에 알파미시를 묶었네.

적들이 채찍으로 치바르를 갈기기 시작하자

칼자국 같은 상처가 생겼네.

살이 갈라지고 뼈가 드러났네.

하지만 바이치바르는 신음소리를 내지 않았네.

그는 적들이 원하는 게 뭔지 알아차렸다네.

충직한 종인 자신을 이용해 하킴을 죽이려 하는 것을!

말은 고통을 참으며 한 걸음도 떼지 않았네.

한 쪽 다리조차 들지 않았다네!

붉은발 조롱이는 산비탈에 내려앉아야 한다네.

말 못하는 짐승도 생각이 있다네.

알파미시의 준마는 여느 인간들보다 생각이 깊다네.

바이치바르가 고통을 참네.

더는 참을 수 없는 지경이네.

휘갈기는 채찍마다 칼처럼 살을 찌르네.

저렇듯 고통을 감당하는 힘은 어디서 생겨나는 것일까?

필사적으로 내내 채찍을 갈기고 또 갈겨대네.

바이치바르는 제 주인이 불쌍해 앙다문 이빨을 벌렸네.

울며 큰 소리로 히잉거리기 시작했네.

불쌍한 말이 참다못해 커다란 눈물방울을 떨구었네.

끔찍한 고통으로 인해 몸을 떠네.

마지못해 자리를 뜨기 시작하네.

꼬리에 묶은 용사를 힘겹게 끌고 가네.

그 뒤로 칼미크 인들의 소란스런 무리가

물밀 듯 몰려들었네. "자, 알파미시를

지하 감옥으로 떨어뜨려.

알파미시는 결코 콘그라트로 돌아가지 못해!"

치바르가 지하 감옥으로 다가가네.

커다란 구멍 앞에 멈춰 서서

생각하네. '만약 날개를 펴면,

아마 내 안에서 힘을 찾아내겠지.

그러나 꼬리에 묶인 용사가 무거워.

그의 무게 때문에 내 꼬리가 뜯겨나갈 수 있어.

그때는 그도 나도 좋을 게 없어.'

말이 땅 속에 박힌 것처럼 어쩔 줄 모르고 서 있네.

말이 불안해하는 걸 적들이 보았네.

그들은 다시 공포에 휩싸이기 시작했네.

"알파미시가 갑자기 술이 깨면 어떡하지!"

그 순간 죽음 같은 두려움이 칼미크 인들을 엄습했네.

지하 감옥 구멍을 빽빽하게 둘러싸고

날카로운 검을 빼들었네.

뒤에서 다시 치바르를 채찍으로 휘갈기네.

"뛰어, 뛰어넘어!"

바이치바르가 몸을 숙이고 늘 하던 대로

뛸 거리를 재고는 그대로 제자리에서 뛰어올랐네!

순식간에 지하 감옥을 뛰어넘었네.

바로 그 순간 한 칼미크 인이

자기 칼로 바이치바르의 꼬리를 내리쳐서

단칼에 꼬리를 잘랐다네.

알파미시가 지하 감옥 바닥으로 떨어져 내렸네.

깊은 지하 바닥에 용사의 몸이 큰 대자로 뻗었다네!

얼마나 취했던지 그래도 깨어나지 않았네.

바닥에 떨어져도 깨어나지 않았네.

몸은 멀쩡했지만,

죽은 통나무처럼 바닥에 누워 있었네.

포로 신세로 마신 술값을 치렀네.

분명 그게 그의 운명인 것 같았네!

지하 감옥 속은 좁고 축축하고 어둡기만 했네.

그는 아무 느낌 없이 누워 있네.

의식도 지하 동굴처럼 어두웠네.

한편 치바르는 붙잡혔네. 불쌍한 말이여!

칼미크 인들이 앙심을 품고 대하네.

'네 녀석 때문에 우린 불행한 일을 수없이 겪었어.

어서 빨리 뒈져버려!"

말은 고삐에 매여 왕에게 끌려 왔네.

알파미시는 지하 감옥에 갇히고 그는 마구간에 묶였네.

치바르는 풀이 죽어 땅에 닿도록 고개를 숙이네.

성가신 파리조차 쫓지 않네.

아무리 고통이 심해도, 아무리 지쳐도,

곡식에도 건초에도 말은 입을 대지 않았네.

시원한 물조차 마실 생각 없이

용사에게 닥친 운명을 생각하며 몹시 우울해 했네.

칼미크 인들은 광포한 악의로 타올랐네.

"이건 도대체 어떻게 된 짐승이야!" 이렇게 말하고는

말에게 끔찍한 폭력을 가했네.

그들이 구유를 가져오네. 나무 구유가 아니라

몽땅 무쇠로 만든 구유였네.

구유의 무게는 구십 바트만.

불쌍한 말의 목에 이 무거운 짐을 지우네!

그것도 부족해 쇠 육십 바트만을 가져와 모두 조각내

갖가지 못과 징을 벼리네.

바이치바르의 발에 그것들을 두들겨 박았네.

이 준마가 달아나기는커녕,

서지도 눕지도 못하게 하려는 것이라네.

말은 적들에게 이런 고통을 겪었다네!

마침내 칼미크 인들의 소란이 멎었네.

어쨌든 그들은 목적을 달성했네.

무수한 날 혹은 무수한 주가 흘러

무거운 취기가 알파미시 몸에서 가셨네.

그가 눈을 떴네. 제정신인가, 아닌가?

정말 그는 갇힌 건가? 과연?

지하 감옥에 갇힌 걸 알게 된 알파미시는 억장이 무너지는 심정으로 자신의 행동을 뉘우쳤다. 그가 울음을 터뜨리며 말했다.

"아, 이런 비참한 운명에 내가 놓이게 되었구나!

낯설고 먼 나라에서 난 죄수로구나!

이 땅속에서, 이 어둡고 깊은 구멍 안에서,

얼마 동안이나 난 이 수치 속에서 살아야 한단 말이냐?

벗어날 수 있을 것 같지 않구나!

나는 콘그라트의 지도자였다. 더할 나위 없이 행복했다.

사랑받는 남편이었다. 나는 친척들의 기쁨이었다.

나는 내 나라 콘그라트의 검이자 방패였다.

이 모든 게 지나갔구나, 꿈처럼 스쳐갔구나!

이 어두운 구멍 속에서, 이 차가운 바닥에서,

자유로웠던 하루하루를

홀로 외로이 떠올리게 되었구나!

누가 여기 와서 나에 대해 물을까?

날 자랑스러워했던 내 나라의 누가, 그리고 언제

내가 살았는지 죽었는지 알아볼까?

이렇게 생각하겠지. '그는 재난을 당한 거야.

출정 길에 흔적 없이 사라졌어.'

늙으신 내 아버지, 할머니가 되신 내 어머니,

오래오래 절 기다리셔야 할 것 같습니다!

아, 어떻게 해방을 꿈꿀 수 있을까?

날개가 있으면 날아가련만!

소식이라도 전하련만!

나의 아내여, 그곳에서 당신은 과부가 될 테지!

내 누이야, 넌 얼마나 슬픈 것이냐!

방패를 잃은 내 나라야,

그대들의 행복에 필요했던 내 힘이

무용지물이 될 운명이구나.

내 나라의 얼굴에 먹칠을 했으니

내 백성이 내게 수치의 낙인을 찍으리라.

내가 어리석은 길로 들어서지 않았더라면,

내가 저 독주를 마시지 않았더라면,

내가 저 마귀할멈을 그렇게 믿지만 않았더라면,

내가 바보 같이 저 마귀할멈 집에 묵으러 가지만 않았더라면,

저 처녀들의 잡소리에 귀 기울이지 않았더라면,

독을 탄 아라크를 마시지 않았더라면,

과연 저 겁 많은 적이 나를 이겼을까?

과연 나를 지하 감옥에 가두었을까!

내 스스로 날 파멸시킨 거란 말이다, 알파미시-술탄!"

중얼거리며 악이 받쳐 소리치며

아니면 벙어리처럼 침묵하며

알파미시는 지하 감옥 속에 앉아 하루하루를 보냈네.

보초가 그를 감시하며

뼈다귀를 던져 조롱하네. "어이 받아. 처먹어!"

자 이게 수르하일이 그에게 꾸민 짓이었다네!

칼미크 인들의 환희에 찬 함성이 하늘을 찔렀다네.

이런 소문이 온 세상을 떠돌았네.

용사 알파미시가 감금되어 죽었다는

소식이 콘그라트 땅에도 전해졌네.

사람들이 여기저기서 이 일에 대해 수근거렸네.

친구는 슬퍼하고, 음흉한 적은 기뻐하네.

정말일까 아니면 거짓일까?

바이부리의 귀에도 소문이 들렸네.

가슴이 찢어지는 슬픔에 그는 죽을 것만 같았네!

그가 친척들에게 바삐 물었네.

"사실이야, 아니야?" 모두 그에게 대답을 얼버무렸네.

과연 친척이나 이웃은 사실을 말할까?

진실을 알 수 없어 그는 더 어쩔 줄 모르네.

하킴이 살아있다면 흔적을 찾아야만 하지.

만약 죽었다면 어찌 유해도 없이 애도할까?

그는 기다리고 기다리네. 그는 자기 딸에게 가서,

자기 고통의 비밀을 그녀에게 털어놓았네.

그들은 생각하네. 하킴은 과연 혼자 떠난 게 아니네.

그는 사십 명의 사람을 데리고 출정했네.

만약 모두 다 죽은 게 아니라면,

단 한 사람도 소식을 전하지 않을 까닭이 없네.

분명 모두 파멸했네!

바르친에게만은 말해선 안 되네.

신부에게는 내색도 해선 안 돼!

당분간 슬픔을 감추어야 해!

그러나 어느 날 바르친-아이가 직접

이웃 여인들에게 이 소식을 들었다네.

'하킴이 파멸했다.' 사람들이 말한다는 것을!

어찌 그녀가 칼디르가치에게 속내를 털어놓지 않을 수 있을까?

바르친이 누이에게 비통한 소식을 가져갔네.

두 번째 노래

제 차례가 아닌데 그는 권력을 낚아챘어.
—가장 나쁜 사람들을 제 수하로 끌어들였단다.

  알파미시가 죽었다는 소문은 들었지만 진실이 무엇인지는 알 수 없었던 담대한 바르친-아이는 비애를 속으로 삭였고, 불행한 운명에 남몰래 숨죽여 울었다. 하루가 가고 이틀이 가고, 한 달이 흐르고 두 달이 흐르고, 야속한 세월만 흘러갔다. 일가친척 모두 억장이 무너졌지만, 결국 소문을 믿을 수밖에 없었다. 모두 검은 상복을 입었다. 그렇게 일 년이 흘렀다. 바이부리는 자기 아들 알파미시를 기리는 성대한 추모식을 열었다. 추모식이 끝나고 모든 일가친척이 상복을 벗었다. 아예 슬픔을 잊은 사람들도 있었다. 바이부리에게는 첩으로 삼은 여자노예가 있었다. 페르시아 여인으로 이름이 바담이었다. 바이부리는 그녀에게서 아들 울탄을 얻었다. 그는 대머리였다. 그래서 울탄-타스라는 별명을 얻었다. 바담이 누구고 어떤 여자였는지는 다음에 이야기하겠다. 지금은 울탄, 그러니까 그녀의 아들에 대해 말하기로 하자. 알파미시가 있었을 때는 누가 이 울탄을 거들떠보기나 했을까? 첩에다 페르시아 여자의 아들이니 그가 왕위를 이어받을 수 없다고들 했다. 그렇다고 그를 모욕까지 할 수는 없었는데, 어쨌든 바이부리의 아들이고, 그의 집에서 살고 있으며, 그 아버지가 그를 거부하지 않고 있으니, 그와 싸우며 모욕하는 것은 좋을 리가 없었다. 이렇게 그를 신경 쓰는 사람은 아무도 없었다. 그나마 그를 좀 두려워하고 그 앞에서 굽실대는 건 말을 치는 목동들뿐이었다. "그래도 족장의 아들이고 우리 감독관을 맡고 있잖아. 우리 운명은 그에게 달려 있어."

알파미시가 이국에 출정 갔다가 사라진 후, 족장 바이부리는 알파미시를 잃은 깊은 슬픔에 금세 노쇠해버렸고, 백성을 다스리는 일에 흥미를 잃었다. 그러자 울탄이 고개를 꼿꼿이 세우고 속으로 생각했다. '나의 때가 왔다!' 실제로 그에게 심복들이 생겼다. 울탄-타스는 권력을 찬탈하는 데 성공했다. 울탄이 통치자가 되자, 이방인들이 콘그라트 사람들 위에 군림하며 그들을 조롱했다.

오래지 않아 울탄이 본색을 드러냈다. 그는 전에 자기를 존중하지 않았던 모든 사람들에게 복수하기 시작했다. 자기 심복들을 최고 요직에 세웠고, 누구보다 자격 있고 뛰어난 사람들은 말단 자리에 임명했다. 그는 자기 베크들과 함께 백성을 박해했다. 그가 통치하면서부터 나라 안에 신음소리가 들리기 시작했다. 자기 아버지인 늙은 바이부리와 알파미시의 어머니인 그 아내는 자기 종복으로 삼았고, 칼디르가치-아임은 초원으로 쫓아내 바비르 호숫가에서 낙타를 기르게 했다. 울탄-타스는 다른 누구보다 카라잔이 두려웠다. 그는 무기와 말을 빼앗고 카라잔을 사람이 살지 않는 알라타크 산으로 멀리 귀양 보냈다. 죽이겠다고 위협하여 카라잔이 사람들을 만나는 것도, 사람들이 그를 찾아가는 것도 막았다. 그런데 바르친은 건드리지 않았다. 그녀에 대해서는 이렇게 결정했던 것이다.

"날 피해서 어디로 숨든 간에, 그녀는 내 여자가 되어야 해. 조만간 내 여자로 만들 거야."

세월이 흘렀다. 알파미시에 대한 말이 차츰 잦아들었다. 많은 사람이 그를 잊기 시작했다. 그가 살아서 나타날 거라고 거의 아무도 믿지 않았다.

바르친은 알파미시가 이국으로 떠나기 직전에 그의 아이를 가졌다. 아들이 태어났을 때, 그녀는 그를 야드가르라고 불렀다. 그녀가 말했다. "내 너를 통해 알파미시를 기억할 것이다." 세월이 흐르고 야드가르가 성장했다. 바르친은 종종 아들을 제 앞에 앉혀놓고 스스로를 위로하며 그에게 말하곤 했다.

"야드가르, 내 소중한 아들, 꼭 살아다오!

내 아들은 살아남아 사람들 속에서 남자가 되어야 한다.

남자가 되어서 때가 되면 아버지를 대신해야 해.

그러면 그때 비로소 내 눈물이 마를 거야.

울탄-타스가 신분과 지위가 높은 사람이 되었어.

제 차례가 아닌데 그는 권력의 줄을 낚아챘어.

얼마나 거만하고 잔인해졌단 말이냐!

이 나라에서 가장 훌륭한 사람들을 무시했단다.

가장 나쁜 사람들을 제 수하로 끌어들였단다.

저런 통치자가 나라에 이득이 될까?

그가 닦는 건 정의의 길이 아니란다.

강압의 길이 자유롭고 넓어졌어.

만약 그가 콘그라트 전부를 노예로 만들 수 있었다면,

만약 그가 전능한 운명 같은 권세를 지녔다면,

누가 그에게 맞서 말이라도 할까?

귀족과 평민 모두 고분고분한 양이 되었어!

울탄이 노예의 자식이라 해도,

어쨌든 그는 족장 가문에 포함되었어.

어쨌든 바이부리의 아들로 불려왔어.

하지만 연로하신 아버지 족장도, 봐,

완전히 노예처럼 울탄에게 박해받고 있어.

할아버지는 강제로 그의 종이 되었단다!

다 늙어버린 바이부차 할머니를,

자기 어미를 시중들게 했단다.

그가 불쌍한 칼디르가치를 얼마나 모욕했는지 아니?

나고 자란 집에서 쫓아냈어. 몰아냈단다!

그는 그녀를 바비르 호수로 내쫓았어.

칼디르가치는 거기서 낙타를 기르게 되었어.

이런 굴욕 이런 압박을 어찌 견딜까?

이런 빌어먹을 부정한 세상!"

칼디르가치는 외롭네. 홀로 초원에 사네.

의지할 곳 없네. 눈물이 마를 날이 없네.

이따금 슬픈 얼굴로 터벅터벅 걸어 집에 오겠지.

어린 야드가르와 함께 하며 마음을 달래겠지.

수없이 야드가르를 가슴에 꼭 끌어안고

말할 거야. '내 삶에 다른 위안은 없어.

나의 벗인 남동생은 흔적도 없이 죽었어.

야드가르, 넌 동생이 남긴 빛!"

칼디르가치가 말할 거야. 화색이 도는 듯할 거야.

자기 사랑을 부드럽게 안을 거야.

두 팔로 껴안고, 그를 가슴에 꼭 안고,

낙타에 태워 초원으로 떠날 거야.

바비르 호숫가로 낙타가 그들을 데려 갈 거야.

여기서 칼디르가치는 낙타를 기르게 될 거야.

여기 초원에서, 사랑하는 고모 칼디르가치 곁에서,

야드가르-잔은 뛰놀게 될 거야.

칼디르가치는 야드가르와 함께 바비르-콜에서 한동안 살 거야.

그와 함께 슬픔도 아픔도 잠시 잊겠지.

알파미시 없이 울탄-타스의 지배 아래 그들은 슬픔과 굴욕 속에 살았다. 하루하루 흘러갔고, 달이 가고 해가 갔다. 알파미시는 칼미크 인들이 판 지하 감옥에 내내 갇힌 채 앉아 있었다. 그러던 어느 날 알파미시는 고개를 들어 구멍 위쪽을 바라보았다. 기러기가 날개를 펼치고 지하 감옥 위를 맴도는 게 보였다. 기러기에게 알파미시가 말했다.

"넌 혹시 콘그라트에서 날아올라 길을 떠나지 않았더냐?

평범한 기러기로 보이는 넌 혹시 후마윤[3] 아니냐?

네 날개의 그림자를 무엇 때문에 내게 드리웠느냐?

사람 말을 한다면,

가족이 보낸 소식으로 내 기운을 북돋아다오!

넌 혹시 내 일가친척이 보낸 전령의 새가 아니더냐?

이 깊은 지하 감옥에 있는 나를 어떻게 찾아낸 것이냐?

난 내 적의 폭압에 시달리고 있다.

---

3 1508년에 태어나 1556년에 사망했다. 인도 북부를 점령한 몽골 지배자.

칼미크의 왕이 날 이 지경으로 만들었구나!

한숨만 쉬어도 눈물이 솟는구나.

이 지하 감옥에서 어찌 난 아직까지 숨이 붙어 있단 말이냐?

어찌 고통에 부서져 재가 되지 않았단 말이냐?

어깨 위에 머리가 붙어 있기나 한 것이더냐?

적의 흉계를 멸하소서, 나의 알라여!

날짐승아, 왜 내 위를 맴도느냐?

넌 내 나라의 하늘을 날아다니지 않았느냐?

내 사랑이 보낸 소식을 가져오지 않았더냐?

기러기더냐, 후마윤이더냐, 왜 내 머리 위를 맴도느냐?

난 이 구멍 속에 앉아 유수프처럼 슬픔에 빠졌어.

유수프가 받은 그런 도움[4]을 나도 받을 수는 없을까?

기러기더냐, 후마윤이더냐, 왜 내 머리 위를 맴도느냐?

길을 가다 화살에 맞아 다친 건 아니더냐?"

하킴은 많은 말을 기러기에게 했다네!

기러기도 그 말에 대답할 수 있으면 좋으련만,

새는 사람의 말을 할 줄 몰랐네!

알파미시는 고개를 젖히고 보네.

기러기가 점점 낮게, 점점 더 낮게 나는 게 보이네.

마지막으로 그래 마지막으로 원을 그리네.

원을 그리다 지하 감옥으로 떨어지네.

다행히 하킴-칸 곁에 떨어지네!"

---

4 유수프는 자신의 형제들에 의해서 광야에 있는 우물 밑으로 버려졌는데, 지나가던 대상들에 의해서 구출되었다.

알파미시가 기러기를 손에 쥐고 보았다. 다리 하나가 부러졌고, 한쪽 날개는 화살에 다쳐 있었다. 기러기는 완전히 기진맥진했다. 그래서 지하 감옥으로 떨어진 것이었다. 알파미시가 혼잣말을 했다.

"내 나라 바비르 호수에 내가 갈 때면, 이 기러기는 건강한 모습으로 나와 만나곤 했겠지. 그런데 지금, 내 자신이 깊은 지하 감옥에 누워 자유를 찾아 나갈 수 없는 지금 이 기러기는 불구가 되어 나와 만났구나. 더는 날 수 없구나!"

지하 감옥에서 알파미시는 사람들과 말을 나누는 걸 잊었다. 그는 하루 종일 기러기와 이야기하기 시작했다. 상처가 다 나을 때까지, 많은 날을 알파미시는 아픈 기러기와 보냈다. 기러기가 지하 감옥 바닥 위로 조금씩 날기 시작했다. 길 떠날 채비를 하는 것이었다. 하킴-베크가 편지를 써서 날개 아래에 묶고 기러기에게 말했다.

"내게는 황금 허리띠가 있다네.
내게는 고통 때문에 침울해진 이성이 있다네.
내게는 내가 저지른 치욕스런 실수가 있다네.
저 먼 나의 고국 콘그라트 땅에 가면
비탄에 빠져 계신 내 아버지 바이부리를 만날 수 있을 거야.
내 소식을 어서 아버지께 전해드려.
지금 내 고향 콘그라트 땅은 도탄에 빠졌어.
지금 내 고향은 날 잃었어.
지금 그곳에선 내 어머니의 신음소리가 들려.
내 소식을 어서 어머니께 전해드려.
난 그 땅의 통치자, 지도자였어.
그 곳에 과부가 된 내 아내 바르친이 살고 있어.

남편 하킴이 살아있다고 그녀에게 어찌 알릴까!

내 아내에게 애타는 내 소식을 전해다오.

난 눈물로 세월을 보내니 극심한 아픔에 몸 둘 바를 모르고,

저기 폭군이 있으니 선함을 알 길이 없어라!

그의 천막 가까이 가지 마라.

내 친누이가 거기 있으니,

누이에게 애타는 내 소식을 전해다오.

늦가을에 기른 꽃 한 송이 있으니,

이미 나 없이 태어났을 아들이 거기 있으니,

떠나오기 전 야드가르라 이름 지었던 고아가 있으니,

애타는 내 소식을 야드가르에게 전해다오!

콘그라트에 소중한 내 벗이 있으니,

나와 의형제를 맺은 용사 카라잔이 있으니,

카라잔에게 이 애타는 소식을 전해다오.

아, 내 위신이 떨어졌으면 어찌하나!

내 왕관이 머리에서 떨어졌으면 어쩌나!

내 나라 콘그라트에는 신이 점지한

내 이복동생 울탄-타스가 있으니,

지금은 그가 통치자일 것이니,

울탄-타스에게 애타는 내 소식을 전해다오.

내 전령 기러기야, 부디 길 조심해라.

매가 다니는 길은 멀리 돌아가거라.

사나운 다른 새들을 피해 가거라.

네 기러기 날개의 흔적을 하늘에 남기지 말거라.

실수로 죽지 말거라.

네 가슴으로 내 불행을 느끼거라.

넌 편지를 그곳까지 가져가야 한다!

기러기 잡는 새를, 독수리를 넌 만나지 말거라!

사냥꾼의 화살이 널 건드리지 말거라!

부디 조심해서 날거라! 자 날아라!

내 친구 기러기야, 날 도와다오.

맹세코 네가 내 모든 희망이니!"

알파미시는 기러기에게 이렇게 말하네.

작별하며 눈물을 흘리네.

길을 잃고 날아든 저 기러기는 베크의 말을 알아들었다네.

구멍을 벗어나 날아가기 시작했네.

날개 달린 전령인 기러기는 이미 멀리 사라졌네.

알파미시는 지하 감옥에서 다시 혼자가 되었네.

아, 이 지하 감옥은 너무나 깊어 벗어날 수가 없구나!

기러기는 알파미시의 편지를 날개 아래 감추었네.

멀리 점점 더 멀리 하늘을 날아가네.

소식을 전하러 콘그라트로 날아가는 저 기러기가 얼마나 날쌘지 보라!

낮에 쉬고 밤새워 하늘을 나네.

밤에 쉴 때면 낮에 길을 재촉했네.

어디에 머물든 오래 멈추지 않았네.

밤낮으로 길을 간 지 벌써 보름.

눈 쌓인 높은 산봉우리를 얼마나 많이 지나쳐 왔던가!

샤카만 산의 고개가 보였네.

기러기는 멈춰 쉴 곳을 찾았네.

날개가 뻣뻣해졌네. 기러기는 지쳤다네.

하지만 베크의 지시를 기러기는 잊지 않았다네.
왼쪽 오른쪽 산을 둘러보았네.
그 산에 사나운 새는 보이지 않았네.
기러기는 내려갔네. 그리고 마음 놓고,
기러기답게 큰 소리로 끼룩끼룩 울기 시작했네!

샤카만 산에는 사람이 살고 있었다. 산에 사는 사람들은 모두 새고기 외에 다른 건 먹지 않는 사냥꾼이었다. 그들은 날아가는 새를 아주 정확하게 맞출 수 있었다. 아주 날쌘 새조차 맞춰서 떨어뜨리지 못하는 경우는 드물었다. 누가 실수하면 그의 이름은 오래도록 수치로 남았다.

그 샤카만 산에 한 노파가 자기 아들과 함께 살고 있었다. 알파미시의 전령인 기러기가 칼미크 땅 쪽으로 날아가다가 이 노파의 아들에게 사냥감이 되었다. 이 녀석이 기러기를 쏘았는데, 기러기는 화살에 상처만 입고, 다친 날개로 도망쳤다. 그래서 알파미시가 있는 지하 감옥으로 떨어졌던 것이었다.

그때 노파의 아들은 수치를 당했다. 사람들 사이에 그의 오명이 퍼졌다. 젊은 사냥꾼은 너무나 속상해서 병까지 얻었다. 몸져누운 채 날이 갈수록 메말라갔다. 그가 그렇게 누워 있는데 하루는 기러기 울음소리가 들리는 게 아닌가. 귀에 익은 기러기 울음소리였다! 바로 그놈이로구나! 얼마나 아팠던지 간에, 사냥꾼은 곧바로 몸이 가벼워졌다. 그가 베개에서 머리를 들고 자기 어머니에게 말했다.

'나의 적인 그 기러기가 다시 날아왔어요!
멍청한 놈이 어디선가 끼룩끼룩 대는 게 들려요.
내 심장을 수치의 검은 어둠으로 뒤덮은

그 기러기 놈을 이제는 결코 놓칠 수 없어요!

엄마, 내 활과 화살을 준비해줘요.

내 실수를 바로잡으러 갈 거예요.

그 절름발이 기러기가 가장 좋은 약이라고,

가장 좋은 의사라고 엄마한테 말하겠어요!

그놈을 못 잡으면 집에 돌아오지 않을 테니 그리 아세요!"

그의 말에 노파가 대답했다.

"왕들은 왕들에게 자기 특사를 보낸다.

그들과 함께 정보원들이 돌아다니지.

네 기러기는 어느 용사의 전령이란다.

어디서든 특사와 정보원과 전령은 모두

건드려선 안 된다는 걸 알아야지.

어느 나라에서든 그들을 죽인 자는 죽임당해야만 해.

아들아, 전령 기러기를 죽이지 말거라!

내가 알게 된 바로는 그 용사는 술탄이란다.

그는 적국에서 지하 감옥에 갇혀 있어.

전령 기러기는 사로잡힌 용사의 명을 받들고 있어.

용사의 편지를 가지고 그의 나라로 날아가고 있단다.

만약 네 손에 기러기가 죽으면,

내일 나는 상복을 입게 될 거야.

맹세코, 넌 네 차례가 아닌데 죽게 될 거야!

내 아들아, 전령 기러기를 쏘지 마라.

날 고통에 처하게 하지 마라.

내 아들아, 네 모든 친구들을 괴롭게 하지 마라.

네 적들의 기쁨을 더하지 마라.

아, 아들아, 전령 기러기를 건드리지 마라!"

사냥꾼은 자기 어미의 말을 듣고 화가 났다.

"엄마, 그게 내 고통을 덜어주는 거요?

엄마, 기러기 한 마리 때문에 참 많이 투덜대네!

만약 그렇다면, 엄마는 속죄도 없이 죽을 거야!

왜요, 엄마. 그 기러기가 다정한 친구라도 되는 거요?

왜 갑자기 새 때문에 난리를 떠는데요?

저놈의 기러기가 살아있는 한

엄마는 아들을 지옥의 불길로 집어던지는 거야.

분명 엄마는 아들보다 기러기가 더 소중한 거지!

엄마의 멍청한 예언 따위는 무섭지 않아.

보아하니 그 기러기 놈이 엄마를 미치게 만든 거지!"

이 말과 함께 아들은 침상에서 일어나서

활을 집어 들고 화살을 화살집에 담았네.

집을 나와 기러기 소리가 나는 쪽으로 가네.

몰래 협곡을 따라 위로 계속 터벅터벅 가네.

기러기는 쉬고 있네. 위험을 예상하지 못하네.

녹초가 되었네. 제 몸을 돌보지 않네.

활을 든 사냥꾼이 점점 가까이 가네. 자, 자, 화살을 쏠 거라네.

아들이 이미 기러기를 겨누고 있는 걸 본 노파가 마음 편히 앉아 있는 기러기를 향해 멀리 소리쳤다.

"너, 산 속 깊은 눈아, 남김없이 녹아 내려라!

적의 시체가 썩어 문드러져 재가 될지어다!

너, 날개 달린 전령아, 끼룩끼룩 대지 마라!

태평스러움을 잊어라, 죽음의 공포를 떠올려라!

더 생각할 것도 없이 어서 서둘러 하늘로 솟구쳐라!

지독한 적이 조용히 널 지켜보고 있으니!

적은 네게 안 보이고, 넌 드러나 보이니,

난 재앙으로부터 널 지키길 원해.

대담한 사냥꾼인 내 아들이 사악한 네 적이란다.

내 아들이 정확한 활 솜씨로 널 쏘아 떨어뜨릴 거야.

꼬챙이에 꽂고 불에 구울 거야.

널 구워 먹을 텐데 이 슬픔을 어찌할꼬.

기러기야, 음흉한 적을 믿지 마라.

아무래도 너는 네 잘못으로 죽을 것 같아!

난 아들에게 말했다. "이 기러기는 전령이란다.

전령의 죽음은 치명적인 재앙과 악의 원천이야!"

그런데도 내 아들은 널 죽이러 갔단다.

내가 충고하니 어서 다치지 않게 날아가거라.

내 아들이, 네 적이, 벌써 겨누고 있어!"

노파가 기러기에게 그토록 비통하게 말하네.

노파의 아들은 몸을 숨기고 제물을 쫓네.

단단한 활을 힘껏 당겼네. 활시위가 끼익 소리를 내네.

활시위에서 화살이 번개처럼 날아가네.

마음 놓고 있던 기러기는 한순간에 죽을 거라네!

하지만 한순간이 지나지 않아 기러기는 이미

번개가 되어 앉은 자리에서 하늘로 날아올랐네.

기러기를 겨냥했던 화살은

목표물을 찾지 못하고 바위틈에 꽂혔네.

재앙에 처한 기러기를 노파가 도왔네!

집으로 돌아온 노파의 아들은 슬픔에 병이 도졌네.

그는 생각하네. '무엇 때문에 신은 나를 불행하게 했을까?'

여느 때의 그가 아니었네.

활을 든 사냥꾼은 그 자리에 쓰러졌네.

수치스러운 실패 때문에 앓아누웠다네. 불쌍한 젊은이!

한편 기러기는 앞으로 날아가네.

구름 아래로 길을 잡고 쏜살같이 날아가네.

사악한 사나운 새가 쪼지만 않으면

여기서는 누구도 그를 화살로 맞추지 못할 거라네.

뒤를 보다 앞을 보다 하네.

왼쪽 오른쪽 살피네. 그리고 앞으로 날아가네.

기러기 깃털에서 땀이 비 오듯 떨어졌네.

기러기는 수심에 가득 찬 콘그라트로 날아가네.

아, 콘그라트 땅으로 날아가는 길은 멀기만 해!

벌써 많은 산을 넘었네.

기민한 새의 눈에 콘그라트 땅이 보이네.
기러기가 맴돌며 내려다보네. 아래에
에메랄드 빛 바비르 호수가 보이네!
땅으로 내려가 낙타들 사이에 앉았네.
마침내 무사히 편지를 배달했네!

기러기는 칼디르가치-아임이 낙타를 기르는 곳에 내려앉았다. 칼디르가
치-아임은 사랑하는 조카 야드가르의 손을 잡고 이리저리 서성이며 중얼
거리고 있었다.

"지난날 그는 이 나라의 자랑이었지.
일가친척 모두의 기쁨이었어.
그가 없는 지금, 어린 양 야드가르-잔,
이토록 광활한 초원에서 우린 너와 나, 단둘이구나!
넌 아버지를 잃었고, 난 남동생을 잃었다.
내 죽는 날까지 네 이름을 받드마.
네 아버지를 기려 네 이름을 '야드가르'라 했단다.
콘그라트 왕가의 플라타너스인 네 아버지가 쓰러졌구나.
어떤 번개가 쳐서 쓰러뜨렸단 말이더냐?
그의 새싹, 나의 잔 야드가르야, 피어나거라!"

낙타들을 돌아보며 칼디르가치가 기러기가 내려앉은 자리로 다가갔다.
놀란 기러기는 날개를 파닥이며 하늘로 솟구쳤다. 그 바람에 기러기 날개
에 묶여 있던 알파미시의 편지가 땅으로 떨어졌다. 칼디르가치가 편지를
주워서 읽기 시작했다. 이 편지는 이미 오래전 모두들 죽었다고 여겼던 남

동생이, 하킴-베크-알파미시가 보낸 것이었다. 그 편지에는 알파미시의 글씨로 이렇게 적혀 있었다.

"나는 낯선 적국 칼미크의 지하 감옥에 홀로 외로이 앉아 있습니다. 모두가 날 잊은 지 오래, 날 해방 시켜줄 이가 아무도 없어요."

편지를 다 읽은 칼디르가치가 어린 야드가르에게 모두 이야기해주고, 어떻해야 할지 생각했다. '동생이 저기 저 칼미크 땅에서 강력한 적의 손아귀에 사로잡혀 있어. 가는 데 여섯 달이 걸려. 이런 일에는 아무나 보낼 수 없어. 동생을 구할 사람은 단 한 사람 밖에 없어. 용사 카라잔은 아마 동생을 구할 수 있을 거야.' 그녀는 그렇게 결정하고는 야드가르를 낙타들 곁에 남겨 두고 카라잔을 만나기 위해 알라타그로 떠났다.

카라잔이 칼디르가치에게 말했다.

"가을이 올 때까지 장미는 붉으리!
내 의식에 안개가 끼지 않으리!
당신이 왔다는 걸 울탄이 몰라야 하는데!
그가 아는 순간 재앙이 닥칠 것이오!
그때는 그가 당신에게
최후의 심판보다 더 무서운 짓을 자행할 겁니다!
가련한 여인이여, 무엇이 당신을 여기 오게 했나요?
혹 울탄의 칙령을 모르는 겁니까?
울탄-타스가 이 일로 당신을 처형할 겁니다.
도처에 그의 눈과 귀가 있어요.
가련한 여인이여, 어찌 이리 조심성이 없습니까!
내가 이리 말하니, 당신은 눈물을 쏟는구려.
하늘이 우리 편이 아닌데 어찌 할까요!

울탄-타스의 압제가 우리를 짓밟았는데 어찌 할까요!

그보다 더 강하고 높은 이가 없는데 어찌 할까요!

알파미시가 없는데,

카라잔이 백성에게서 쫓겨났는데 어찌 할까요!

난 당신들 가운데 이방인, 울탄 타스는 술탄!

콘그라트 위에 먹구름이 길게 드리웠어요!

당신 동생 알파미시는 당신을 지켜주지 못할 거외다.

당신의 벗, 카라잔도 당신을 보호하지 못할 거외다.

당신의 적 울탄-타스는 당신을 살려두지 않을 거외다.

이 좋지 않은 때에 왜 내게 왔습니까?

이 일로 울탄-타스 그놈이 당신을 처형할 겁니다!

가련한 여인이여, 어찌 이리 조심성이 없습니까!"

칼디르가치-아임이 억장이 무너져 카라잔에게 대답했다.

"내 영혼이 고통스럽기 한이 없어요.

집 없는 여자의 운명이 진실로 힘겨워요.

카라잔-아카, 당신께 호소합니다!

난 때 이르게 시든 장미가 되었어요.

탄원편지를 당신께 가져왔어요.

내 동생이 멀리서 탄원서를 보냈어요.

외로운 기러기가 그걸 콘그라트로 가져왔어요.

전령 기러기에게 수없는 복이 쌓일 거예요.

다행히도 남동생은 아직 살아있고 건강해요!

알파미시는 지하 감옥에 앉아 있다고 썼어요.

기러기 편에 우리 모두에게 편지를 보낸다고 썼어요.

카라잔과 만나길 기다린다고 썼어요.

말하자면 모든 희망이 당신에게 있다고 썼어요.

말하자면 친구에게 도움을 구한다고 썼어요!

알파미시가 그 지하 감옥을 벗어나기만 한다면,

그의 모든 적에게 최후의 심판이 닥칠 거예요!

카라잔-아카, 외람되오나 말하겠어요!

나 같은 불쌍한 여자의 말을 들으니,

내 남동생을 돕고 싶지 않으세요?

당신이 잘 아는 그 땅으로 가서

당신 친구를 지하 감옥에서 꺼내고 싶지 않으세요?

그 일로 당신은 내 마음을 끌 수 있을 텐데요!

자기 친구에게 도움이 될 텐데요.

당신 말고 누가 거길 가겠어요?

용맹한 다른 사람을 찾는다 해도,

알파미시가 아직 죽지 않았다고 해도,

말(言)을 모르는데 누가 간들

그 지하 감옥을 찾을 수 있겠어요.

물어보기 시작하면 바로 이방인인 걸 알 거라고요!

당신에게도 이 과업이 쉽지 않겠지만,

당신밖에 없어요, 카라잔-아카!"

카라잔은 친구의 소식이 기쁘면서도 여전히 그녀가 걱정스러웠다.

"다행히 살아있었군요, 나의 벗 알파미시! 그가 그런 편지를 보냈다면, 도움을 구하고 있다면, 내 어찌 그를 구하러 가지 않겠는가? 내게 편지를 주고, 당신은 울탄-타스가 알기 전에 서둘러 여길 떠나시오. 불쌍한 여인이여, 그가 당신을 죽일 겁니다."

칼디르가치는 편지를 카라잔에게 건네주고 떠났다. 그런데 그에게 편지를 읽어주는 것을 그만 깜빡하고 말았다. 카라잔은 편지를 허리띠 속에 감추고 출정할 채비를 시작했다. 그는 길고 긴 비단 밧줄을 준비했다. '알파미시를 찾았을 때 살아있으면, 밧줄로 그를 지하 감옥에서 끌어내야지." 그는 그렇게 결심하고 털모자를 쓴 다음 서둘러 먼 칼미크 땅으로 떠났다.

> 매는 가파른 산비탈에 앉기를 좋아하네.
> 유배 가운데 말을 빼앗겨서
> 카라잔은 걸어서 출발해야 했네.
> 알지 못하던 일을 겪었네.
> 보행자는 길에서 많은 고통을 겪네.
> 먼 길에 많은 고난을 겪네.
> 이제 무엇이 칼미크 땅에서 그를 기다리는가?
> 고향 땅에 대한 애수가 그를 짓누르네.
> 도망자는 거기로 들어가는 게 금지되어 있다네.
> 왕에게 발각되면 살가죽이 벗겨질 거라네.
> 그러나 친구가 도와달라고 부르면
> 카라잔은 그를 위해 목숨을 내놓을 거라네!
> 그 친구가 벌써 죽은 게 아닐까?
> 그래도 용사 카라잔은 앞을 향해 가네.
> 많은 산을 걸어서 넘고,
> 초원과 숲을 헤치고 가네.
> 많은 강과 호수를 지나자

마침내 그의 앞에 무라트 산이 일어서네.

마침내 그의 앞에 칼미크 땅이 펼쳐지네!

그는 고향 땅 초원의 공기를 들이마셨네.

숨 쉬며 눈물로 슬픔을 달랬네.

여기 왕의 지하 감옥에 그의 친구가 있었네!

그 지하 감옥이 어디 있는지 카라잔-베크는 몰랐네.

알파미시가 썼는데 그는 읽지 않았다네.

이 사람은 우즈베크 말을 읽고 쓸 줄 몰랐네!

'수도에 그 지하 감옥이 있겠지.'

이렇게 생각하며 카라잔은 왕의 수도로 들어가네.

타이차-칸의 지하 감옥은 하나가 아니라네.

어떻게 그는 자기 친구가 갇힌 지하 감옥을 찾는단 말인가?

카라잔은 허리띠를 더 단단히 조이고

털모자를 더 깊숙이 눌러 썼네.

그는 자기 백성 속에서 이방인처럼 다니네.

사람들에게 묻는 건 어쨌든 위험하네.

물으면 의심을 산 나머지 이 불쌍한 사람은 죽게 될 거라네!

이 거리 저 거리, 카라잔은 타이차 왕의 수도를 배회했다. 돌아다니며 어떻게 알파미시를 찾을까 궁리했다. 한 거리에서 아이 서넛이 공기놀이를 하는 게 보였다. 공기놀이를 하다 모두 한 아이에게 덤벼들어 그의 공기를 빼앗았다. 그러자 이 아이가 말했다.

"아, 나쁘다. 사람이 혼자일 때는 늘 모두가 그를 해치는구나. 나를 때리고 내 공기를 빼앗았어! 콘그라트의 왕 알파미시한테도 그랬지. 홀로 나쁜 일을 당해야 했어. 얼마나 오랜 세월을 지하 감옥에 앉아 있는 거야! 알파미시에게 친형제나 제 머리를 아까워하지 않을 믿음직한 친구가 있다면, 그가 와서 그를 구출할 텐데."

카라잔이 이 소년의 말을 듣고 아이들이 갖고 있던 공기를 도로 빼앗아서 그에게 돌려주었다. 그리고 그에게 물었다.

"얘야, 너 알파미시에 관해 말했지. 어떤 지하 감옥에 그가 앉아 있는지 말해주지 않을래?"

소년이 그에게 대답했다.

"말해줄 수 없어요. 정말 우리 왕이 내린 칙령을 모른단 말이에요? 알파미시가 갇힌 지하 감옥에 대해 말하는 사람은 목이 달아나고 가축을 뺏기게 된다구요."

"에이," 카라잔이 말했다. "내가 너한테 친절을 베풀었으니, 너도 나한테 친절해야지. 아무도 못 듣게 조용히 말해다오."

"조용히 말하는 건 괜찮아요." 소년이 대답했다. "칠비르 초원으로 가세요. 그러면 산이 보일 거예요. 무라트-튜베라는 산이에요. 이 산에 가까이 가면, 큰 언덕이 보일 거예요. 언덕에 오르면 돼요. 언덕 밑에 그 지하 감옥이 있어요. 나한테 들었다고 아무한테도 말하지 말아요."

카라잔에게 필요한 건 그게 전부였다. 그는 칼미크의 수도를 떠나 칠비르-츌로 향했다. 그가 그 언덕에 도착하자, 실제로 언덕 아래 지하 감옥이 보였다. 그것은 지하 감옥이 아니라 아예 바닥없는 심연이었다. 카라잔이 아무리 들여다보아도, 지하 감옥에는 아무것도 보이지 않았다. 그토록 지하 감옥은 깊었다. 알파미시가 위를 올려다보자 지하 감옥 위에 있는 사람이 보였다. 무게가 구십 바트만에 달하는 갑옷을 걸친 용사 카라잔이 알파미시에게 나타났지만 저 멀리 지하 감옥 위에 있는 사람이 누군지 어찌 알랴! 알파미시는 이렇게 생각을 굳혔다.

'이 사람은 보초 중 하나겠지. 왕의 첩자인 거야. 어쩌면 내 목을 가지러 왔는지도 모르지.' 콘그라트의 포로가 실의에 빠졌다고 적의 졸개가 생각하지 않도록 하기 위해 알파미시는 일어나 몸을 꼿꼿이 세우고 위를 향해 소리쳤다.

"이봐 너, 사형집행인, 날 염탐하기 위해 온 것이냐?
아니면 사자로서 왕의 인사를 내게 가져온 것이냐?
넌 너의 왕에게 이렇게 보고해야 할 것이다.
"알파미시는 아주 오래 살려고 합니다!"
입 다물지 말고 네 왕에게 내 말을 전해라.
무사 알파미시는 운명이 직접 고른 사람이다!
용맹의 대가로 지하 감옥에 던져졌다.
알파미시가 지하 감옥에서 나간다면,
타이차, 네 대가리를 박살낼 것이다!
이런 무사를 넌 지하 감옥에서 썩게 하고 있다!
너는 칼미크다운 속임수를 우리에게 보여주었다.
너의 선행은 우리에게 덫이었다.
네 궁전을 모조리 부술 테니 그리 알아라!
아무리 오래 사자를 붙잡아 가둔들,
사자의 분노는 살아남을 것이다!
자, 염탐꾼, 네게 전하는 내 말은 이게 전부다!"

카라잔이 이 말을 듣고 억장이 무너져 비통한 눈물을 흘렸다. "나의 친구는 지하 감옥에 갇혀서도 저토록 용맹하게 있었구나. 낙담하지 않는구나!" 그는 자기가 왔다는 소식을 전했다.

'백주대낮은 슬픈 사람에게 다정하지 않군!

이봐요, 여기 염탐꾼은 없습니다.

당신의 신실한 친구가 왔어요.

명예를 쌓고,

많은 공을 세우고,

적들 가운데 당신 친구가 된 그 사람이 왔어요.

오래 말할 시간이 없어요.

당신을 위해 말 달리기 시합에 나갔던 걸

당신에게 상기시킬 수 있습니다.

당신에게 거짓말하려는 게 아니에요.

난 당신 앞에서 궁지에 몰린 게 아니에요.

알겠습니까, 난 바로 용사 카라잔입니다!

바이순스탄에 날아온 기러기가

우리에게 당신 편지를 가져왔어요.

살아있지만 지하 감옥에 감금되어 있다고 하더군요.

자, 당신 소망이 이루어졌습니다.

용사 카라잔이 당신 앞에 있어요!

당신 소식을 듣고,

내 고통의 불길을 진정시키고,

이렇게 생각했습니다. "그가 살아있는데

도와달라는 그의 부름을 받은 내가

팔짱을 끼고,

우정의 부적을 더럽히고,

친구에 대한 친구의 믿음을 잃고,

정말 두려움의 안개를 떨쳐내지 않을 텐가.

걸어서라도 이 땅으로

가지 않을 텐가, 용사 카라잔!

내 친구 하킴-칸이 앉아 있는

바로 그 지하 감옥을 찾지 않을 텐가!"

알파미시, 당신에게 내가 왔어요.

난 당신의 의형제 카라잔입니다.

타이차의 첩자가 아니라구요!

당신은 친구를 수치스럽게 만들고 있군요.

신이 당신의 울분을 없애줄 겁니다.

알겠습니까? 용사 카라잔이

당신이 갇힌 지하 감옥 위에 서 있어요!

내가 준비한 밧줄을

지하 감옥으로 던지겠습니다.

밧줄로 당신 몸통을 묶으세요.

단단히 묶는 걸 잊지 마세요.

빌어먹을 지하 감옥을 벗어나게요.

어떻게든 당신을 끌어낼 겁니다!

우리 함께 길을 떠나요.

신이 허락하시면 무사히 갈 겁니다.

당신의 사랑하는 콘그라트에 갈 겁니다.

우애로운 삶을 우리 다시 시작합시다.

조국이 당신을 기다립니다.

이봐요, 당신 아내는 주인 없이 홀로

울탄에게 핍박 받고 있습니다.

애수의 불길에 타버린

아내가 당신을 콘그라트에서 기다리고 있어요.

당신의 신실한 바르친-아이가 기다린단 말이에요.

당신 누이동생 칼디르가치는 어떤지 아세요?

온갖 굴욕을 견디고 있답니다.

당신으로 인해 고통당하고 슬퍼하며,

당신 없이 병이 나서 시들어가고 있어요.

아비 없이 자라온 당신 아들이

우울 속에 당신을 그리고 있습니다.

아이가 기쁨을 몰라요.

부모님이 거기서 당신을 기다립니다.

동년배 친구들이 기다립니다.

모두가 당신을 껴안길 기다립니다.

진실을 들으세요.

담대하게, 알파미시.

그곳에 많은 적이 생겼습니다.

적들이 권력을 잡는 데 성공한 것이죠.

모두를 노예로 만드는 데 성공했습니다!

일가친척들이 당신을 맞아 행복해 할

고향 콘그라트로 돌아갑시다.

다정한 아내의 위로가 기다립니다.

당신 이름을 영광되게 하소서.

적의 음모를 뒤엎으세요.

조국이 더 나아지도록.

자, 나와 함께 행복한 길을 떠납시다!"

알파미시가 카라잔을 알아보고 생각했다. '그가 친구를 위해 많이 노력하는구나. 그러나 그는 나를 끌어낼 힘이 충분치 않아!'

카라잔이 구멍 속으로 자기가 가져온 비단 밧줄을 던졌고, 알파미시는 그걸 허리에 감았다. 카라잔이 힘껏 당기기 시작했다. 카라잔에게 힘이 충분할 것 같아 보이자 알파미시는 또 이런 생각이 들었다.

'그가 정말 나를 끌어내는 데 성공하고, 다행히 우리가 콘그라트에 당도하게 되면, 많은 사람들이 모여 큰 잔치를 벌이겠지. 나는 잔치에서 뭔가 이야기할 거고, 그러면 카라잔은 뽐내기 시작할 거야. 이 불쌍한 분이여, 내가 당신을 구하지 않았다면, 당신은 칼미크의 지하 감옥에서 썩었을 겁니다! 그가 자랑을 늘어놓는 건 내 명예에 이로울 게 없겠지.'

등을 뒤로 젖힌 채 알파미시는 발을 지하 감옥 벽에다 붙였다. 카라잔은 알파미시가 더 무거워졌다고 느꼈다. 그는 더 힘껏 당겼다. 그러자 밧줄이 끊어져 알파미시가 지하 감옥 바닥에 떨어졌다. 카라잔은 밧줄을 다시 엮어 끝을 알파미시에게 던졌다. 그러나 알파미시가 그에게 말했다.

"높은 산꼭대기에 안개가 내려앉았네.
난 지하 감옥을 떠날 운명이 아닌 거야!
부질없이 시간 낭비 말게, 카라잔.
자네는 친구를 위해 저 험한 길을 떠났네!
얼마나 많은 고통을 거쳐 와야 했단 말인가!
언젠가 훗날 다시 만나세.
마음의 빚은 그때 갚겠네.
그러니 지금은 쓸데없이 서 있지 말게, 카라잔!
어차피 자넨 날 끝까지 끌어올리지 못하네.
나의 친구, 난 자네보다 많이 무겁다네.

나의 친구, 머리가 달아나지 않게 피하게.

여기 서 있는 건 위험해, 카라잔!

건강하고 행복하게. 어서 길을 떠나게.

나의 친구, 날 원망하지 말게나!"

그러나 지하 감옥 위에서 알파미시의 말을 들은 카라잔은 자신의 귀를 믿을 수 없다는 듯이 대답했다.

"당신 의식에 안개가 낀 건 아닌가요?

하킴-베크, 내가 지금 이 말을 당신에게서 듣는 게 맞나요?

당신은 언제부터 그렇게 지하 감옥을 좋아하게 되었나요?

난 이제 무슨 낯짝으로 콘그라트로 돌아간단 말인가요?

정말 난 이제 눈물에 목이 메지 않겠습니까?

정말 당신 편지를 가지고 기러기가 날아오지 않았나요?

당신 누이 칼디르가치에게는 뭐라고 한단 말인가요?

나의 친구, 내가 그토록 희망을 걸었던 당신이 아닌가요?

정말 당신은 콘그라트의 귀족이 아니었던가요?

정말 당신은 가까운 사람들로 인해 울어보지 않았단 말인가요?

정말 적과 싸운 적이 없단 말인가요?

난 이제 칼디르가치-아임과 어찌 대면한단 말인가요?

그녀가 말할 것입니다. '카라잔, 이 사기꾼, 겁쟁이!'

정말 내가 당신을 구출하고자 하지 않는단 말인가요?

정말 친구를 신실하게 돕는 걸 내가 단념할 거라 믿나요?

정말 내 도움이 친구에게 치욕이 될 거라 생각하나요?

정말 내가 친구를 구하며 술수라도 부린다는 건가요?

내가 지금 이런 말을 알파미시와 하고 있는 건가요?

나의 친구, 내게 잔꾀를 부리는 건 과연 당신 자신이 아닌가요?

정말 용맹한 사자가 쥐새끼 같은 겁쟁이가 된 건가요?

정말 알파미시가 구속을 사랑하게 된 건가요?

내가 얼마나 기다려야 하죠, 알파미시?

내가 와서 살아있는 당신을 찾았는데,

과연 내가 당신을 버리겠습니까, 나의 친구 하킴?

이제 난 무슨 낯짝으로 콘그라트로 간단 말인가요?

지하 감옥에서 당신은 오만해졌군요.

과연 이곳이 호기와 고집을 부릴 곳이란 말인가요?

밧줄을 묶고 자유를 찾아 기어 나오세요!

내가 이 고생을 한 건 다 당신 때문 아닌가요!"

카라잔의 말을 받아 알파미시가 대답했다.

"높은 산꼭대기에 안개가 내려앉았네.

나는 지하 감옥을 벗어날 운명이 아닌 것 같아.

자네 밧줄이 다시 끊어지면 어쩌나?

떨어져서 크게 다칠 수도 있어, 카라잔!

죽도록 다치는 건 괜찮아.

하지만 난 영원히 불구가 될 수도 있어!

난 내 생을 저주하며 피눈물을 흘리고 있어!

자넨 나로 인해 수치를 당해선 안 되네.

용사에게는 불구자의 운명보다 죽음이 더 나아.

내가 그토록 불행한 사람이라면,

달아나도 구원받을 수 없겠지.

카라잔, 하킴-베크는 죽었다고 말하게.

싸우다 죽지 못하는 게 한이네!

내가 말하잖나, 보이는 데 서 있지 말게.

지하 감옥이든 무덤이든 내겐 마찬가지네.

하지만 나의 친구, 자넨 자기 운명을 시험하지 말게.

언덕이 높아. 칼미크 인 보초가 망원경으로 볼 거야.

1야가치[5] 떨어진 곳에서 망원경을 통해 자넬 볼 거야.

사형집행인이 오기 전에 어서 서두르게.

만약 내 모든 일가친척이 소리 높여 울거든,

어머니, 아버지, 아내, 내 아들, 그리고 칼디르가치가 울거든,

나를 찾았을 때 죽어 있었다고 말하게.

자네, 내 아들을 나처럼 사랑해주게.

자 이제 서두르게. 자신을 파멸시키지 말게."

카라잔은 알파미시의 말을 듣고 슬픔에 젖어 생각에 잠겼다. 그는 자기 털모자를 벗어 털모자와 상의했다.

"이 카라잔이 얼마나 간절히 친구를 구하고자 했던가!

네 개의 눈[6]으로 지하 감옥을 찾지 않았던가?

차라리 내가 찾아 낸 친구가 죽어 있었더라면!

내 친구가 살아있는데 떠나기를 원치 않는구나!

영원한 고통의 표식을 심장에 지니고 떠나는구나.

---

5 약 7km에 해당하는 길이의 단위.
6 매우 주의 깊게 찾는다는 뜻.

나의 준마, 쏜살같은 나의 말, 너는 어디 있느냐?

난 청록색 체판을 입었었다. 화려했었지.

내가 찾던 사람은 알파미시였다.

난 무기도 없이 서둘러 길을 나섰었다.

내가 지닌 무기라곤 맨주먹에 밧줄 하나가 전부였다.

털모자야, 내가 여기 서 있어야 할지 가야 할지 충고해다오!

내 머리 위로 재앙의 먹구름이 드리워졌구나.

사로잡히면 날 저 세상으로 보내겠지.

더는 참을 수 없구나.

난 혼자다. 나의 털모자야, 너라도 충고해다오!"

생각에 잠긴 채 카라잔은 오래 서 있었네.

내내 털모자가 충고해주길 기다리고 있었네.

털모자가 그에게 무슨 충고를 줄 수 있으랴?

양쪽 귀마개와 뒤 덮개가 달린 털모자였지만 벙어리였네.

모자공이 그걸 만들 때 정신을 불어넣지 않았다네.

불쌍한 카라잔은 내내 서서 점쳤다네.

돌연 그는 멀리서 경보를 발령하는 외침소리를 들었네.

그가 자기 털모자를 계속 아래위로 던지고 있는 걸

칼미크 보초 하나가 보았다네.

카라잔은 더 생각할 겨를이 없었네.

친구와 작별하며 목 놓아 울기 시작했네.

알파미시가 그를 축복했네.

카라잔은 털모자를 깊숙이 눌러썼네.

"네 이놈 털모자야, 넌 돌대가리구나!"

비록 걸어야 했지만 쏜살같은 말처럼

불쌍한 카라잔은 재빨리 길을 나섰네.

그는 다시 고국을 저버렸네.

"난 여기 살 권리가 없다." 그가 말하네.

"우정에 명예와 영광을 바쳤지만," 그가 말하네.

"사악한 운명의 노리개가 되었구나." 그가 말하네.

"알라타우 산속으로 사라지리라." 그가 말하네.

수많은 산을 넘고 넘어,

초원을 걷고 또 걸어,

오랜 시간이 흐른 후에 고독한 독수리는

그곳으로, 인적 없는 산악지방으로 돌아왔네.

마침내 칼디르가치가 그에게 나타났네.

카라잔은 알파미시에 관해 말해줄 수 있는 전부를 칼디르가치에게 알려주었다. 그들은 알파미시의 운명을 함께 슬퍼했다. 칼디르가치-아임과 작별하며 카라잔이 말했다.

"때 맞지 않게 고집을 부리니 어찌한단 말인가요! 어쨌든 지하 감옥을 빠져 나오긴 하겠지요. 누구에게도, 일가친척에게도 가까운 친구에게도, 누구에게도 내가 거기 가서 알파미시를 보았다고 말하지만 말아주세요. 다들 그가 죽었다고 생각하게 내버려 두세요."

카라잔은 불쌍한 칼디르가치를 배웅했다. 그리고 그들은 알파미시 없이 살았던 대로 슬픔과 굴욕 속에 살아가기 시작했다.

한편 베크 알파미시는 지하 감옥에 남아 있었다.

칼미크 땅의 타이차-칸의 수도에는 시장이 하나 있었다. 얀기 바자르로 불리던 시장이었다. 타이차는 얀기 바자르의 관리를 자기 딸 탑카-아임에게 맡겼다. 탑카-아임이 사십 명의 자기 처녀들을 불러들여 말했다.

"나의 친구들이여, 내가 지시하노니,

더 기지 넘치고 더 민첩하길 바란다.

너희들도 알다시피 오늘은 장이 서는 날.

붉은색 바지를 입어야 해.

지금 너희에게 붉은색 막대7를 줄 테니

그걸 가지고 얀기 바자르로 가.

시장이 금방 활기를 띠어야 해.

상인들 품목을 일일이 검사해야 해.

장부, 저울, 자, 하르바르8,

저울추, 일반 추, 아르신 등 몽땅 검사해라.

상인이란 작자들은 모두 탐욕스럽지.

아무리 엄한 처벌로 위협해도

불법적인 이윤을 얻길 좋아하지.

구리공이든 제화공이든, 통장이든 옹기장이든

사물함이나 창고를 갖고 있기 마련이야.

가축시장에도 들러서

일반 양 가격이 얼마고, 혈통 있는 양은 얼마인지 알아봐야 해.

천도 살펴보고, 피혁도, 양탄자도 살펴봐라.

상인들은 아주 교활하다는 걸 기억해라.

---

7 매우 주의 깊게 찾는다는 뜻.
8 붉은색 막대는 칸 시대 관리의 상징이었다.

모두 교활하게 부정한 이윤을 구한다는 걸 잊지 마라!"

왕의 딸 탑카-아임이
이런 지령을 자기 하녀들에게 내렸네.
처녀들은 관복을 입었네.
"우리는 얀기 바자르를 살필 거야." 그들이 말하네.
"전부 살피고, 저울질하고, 잴 거야." 그들이 말하네!

장을 돌아보고 온 처녀들이 탑카에게 보고했다.
"탑카-아임, 우리는 당신의 지시를 전심전력을 다해 수행했습니다. 당신
의 지시를 자랑으로 여기며 엄격한 모습으로 얀기 바자르 구석구석을 다녔
습니다. 좌판마다 다니며 모든 물품을 살펴보았습니다. 상인이든 수공업자
든, 젊었든 늙었든, 모두의 저울추와 기랴와 아르신을 빠짐없이 점검했습
니다. 직접 저울질하고, 직접 쟀습니다. 양 시장과 염소 시장도 주의 깊게
둘러보았습니다. 모든 걸 꼬치꼬치 캐묻고, 철저히 조사하고, 가격이 적당
한지, 높지 않은지 검토했습니다. 과도한 이윤을 남기는 중개상에게는 엄
벌을 내렸습니다. 신을 두려워하라 했습니다! 다음번에는 그렇게 많이 바
가지 씌우지 않을 것입니다! 가축시장에서 우리는 기이한 하얀 염소를 보
았습니다. 땅에 닿도록 털이 자라 있었고, 눈처럼 새하얬습니다! 또 뿔은
그야말로 하늘을 찔렀답니다!"
탑카는 그들의 말을 믿지 않았다.
"그럴 리가 있나!"라고 말했다.
처녀들이 맹세했다.
"우리 눈으로 직접 보았을 때, 우리도 믿을 수 없었습니다. 아주 가까이
서 그 염소를 보았는데 말입니다."

탑카-아임은 처녀들의 말에 호기심이 생겨서 옷을 입고 처녀들과 함께 얀기 바자르로 향했다. 그들이 도착하니, 정말 그런 기이한 염소가 그곳에 있었다. 탑카-아임은 이 염소가 아주 마음에 들어서 눈을 떼지 못했다. 그녀는 팔십 텐가를 주고 염소를 사서 자기 궁전으로 끌고 왔다. 탑카는 염소 목에 은방울을 달라고 명령했다. 그리고 매일 염소와 함께 마당을 산책했다. 염소를 보면 탑카는 기쁘고 즐거웠다.

적잖이 세월이 흘렀다. 염소가 털이 빠지기 시작했다. 예쁜 털을 잃고 몸도 야위기 시작했다. 탑카가 슬픔에 젖어 자기 처녀들에게 말했다.

"얘들아! 벌써 봄이 멀지 않았다!

염소가 털을 잃고, 몸이 야위기 시작했구나.

너희 중 누가 염소를 돌보는 일을 맡은 거냐?

왜 내 염소가 마르고 갑갑해하기 시작한 거냐?

돌보지 않거나 먹이를 훔치는 게 아니냐?

병이 있는 건 아닌가 염려스럽구나!

아니면 짝이 없어서 염소가

저렇게 털이 빠지고 생기 없이 마르는 것이냐?"

처녀들이 그녀에게 말했다.

"당신 말이 맞습니다, 탑카-아임. 이 동물은 자유롭게 돌아다니며 제 입맛대로 풀을 뜯어먹는 데 익숙합니다. 당신 손으로 주는 것으로는 염소가 배부를 수 없습니다. 곧 신선한 풀이 파릇파릇 돋아날 겁니다. 그러면 염소는 한층 더 지루해하고 마르기 시작할 겁니다."

탑카-아임은 고삐에 묶어 염소를 끌고 사십 명의 자기 처녀들과 함께 목동 카이쿠바트에게 갔다. 카이쿠바트는 예전에 바이사리의 양을 치다가 바르친을 얻기 위해 오던 알파미시를 처음 만나 그에게 바이사리의 집으로 가는 길을 가르쳐준 적이 있다. 알파미시가 바르친-아이를 취해서 카이쿠바트는 알파미시와 친한 지인이 되었다. 이제 카이쿠바트는 칼미크 왕 타이차의 양을 치고 있었다. 탑카-아임이 목동 카이쿠바트에게 물었다.

"넌 얼마를 받고 아버지의 가축을 치는 거냐?"

"당신 아버지인 왕에게서 여섯 달에 금화 여덟 닢을 받지요."

그에게 탑카가 말했다.

"나도 이 염소 한 마리에 대해 너에게 금화 여덟 닢을 줄 것이다. 이 염소를 데려가서 양들과 함께 길러서 원기를 회복시키고 옆구리에 살이 통통하게 오르도록 만들어라."

카이쿠바트가 대답했다.

"돈을 선불해주면 그렇게 하지요."

탑카-아임이 말했다.

"기한이 되면 그때 주지. 내 아버지에게도 임금을 당겨 받느냐?"

"오, 당신의 아버지에게는 받고 싶으면 언제든 임금을 받는답니다." 카이쿠바트가 대답했다. "만약 기한이 지난 뒤에 당신한테 임금을 달라고 하면, 당신은 내가 나쁜 계획을 품고 왔다고 공표하고 나를 두들겨 패라고 지시할 수 있지요. 그리고 돈은 주지 않겠지요. 현찰로 주든가, 아니면 당신 염소를 몰고 떠나세요."

"음, 그렇게 고집을 부린다면, 좋아, 미리 돈을 주지." 탑카가 그에게 금화 여덟 닢을 꺼내주었다.

카이쿠바트는 아주 만족했다.

'이 나쁜 놈의 왕의 딸이 오래 다투지 않고 돈을 미리 꺼내주었어. 분명 나에게 마음이 있는 거야. 만약 내가 그녀의 염소를 회복시키면, 아마 내게 시집도 올 거야.'

그는 속으로 이렇게 생각했다.

카이쿠바트에게 염소를 내주고 탑카-아임은 그에게 명령했다.

'내 머리채보다 더 숱 많고 긴 건 없지.

풀어 헤치면 헤아릴 수 없지.

머리카락마다 양 한 마리를 얻는다면,

아무리 많은 양 떼라도 그 수를 다 채울 수 없어.

누가 내 무성한 머리카락을 빼앗을 텐가?

땅을 전부 초토화하는 적뿐이지!

카이쿠바트, 내 말을 명심해.

너는 염소의 건강을 어서 빨리 회복시켜야 해.

매일 정성껏 염소를 보살펴라.

잘 먹이고, 멀리 몰고 다니지 마라.

얼마를 요구하든 넌 받았으니,

제대로 못 기르면 전적으로 네 책임인 줄 알아라."

그녀가 이렇게 말했네. 명랑하고 교활하네.

잠시 중단되었던 놀이를 다시 시작했네.

탑카가 일을 어떻게 처리하는지 듣고 나서

처녀들은 웃으며 옆구리를 붙잡았네.

카이쿠바트는 벙어리에다 귀머거리가 되어 그 자리에 서 있네.

목동은 탑카-아임을 향한 사랑에 취했네.

일이 흡족하게 끝난 데다 사랑에 취한 카이쿠바트는 염소를 양의 무리에 넣고 나서 자신에게 말했다.

"이런 행복한 날이 오리라곤 짐작도 못했지.

달 같은 여인이 염소를 끌어왔단 말이야!

그녀의 처녀들이 한쪽으로 비켜섰고,

난 그녀와 단둘이 얘기를 나눌 수 있었어.

탑카-아임이 내게 마음이 끌린 거야.

이건 금세 의심의 여지없이 명확해졌어.

그녀에게 난 쓸 만한 고객이지.

그래서 품삯을 오래 흥정하지 않았던 거지.

돈을 주며 나에게 윙크했단 말이야!

불쌍한 내가 아내를 아무리 그리워한들,

저렇게 멋진 여자를 난 꿈에도 본 적이 없어.

환한 미소를 그토록 많이 내게 선물했는데,

장난스런 말을 그토록 많이 내게 재잘댔는데,

그녀가 이것들을 괜히 입술에서 흘렸단 말인가?

분명 왕의 딸도 나를 마음에 들어 한 거야.

만약 내가 염소를 잘 돌보면, 그녀는

틀림없이 내 아내가 될 거야.

나랑 얘기할 때, 참 다정했잖아!"

그렇게 그는 꿈꾸며 가축 떼를 목초지로 몰아갔네.

저 하얀 염소도 양 떼와 함께 가네.

사랑에 빠진 카이쿠바트가 노래하네.

왕의 딸과 참으로 멋진 삶을 시작할 거라네.

그가 노래하는 사이 염소가 한 쪽으로 길을 벗어나더니

벌거벗은 언덕을 향해 재빨리 가네.

이 언덕은 무라트-튜베 가까이 있었네.

무라트-튜베 산과 높이가 같았네.

이 언덕 옆에 깊이 파인 지하 감옥이 있었네.

점점 더 아래로 그 지하 감옥을 팔수록

언덕은 점점 더 높아갔지만, 벌거벗은 채 남았네.

그 언덕 위에서 염소가

흥이 나서 뛰놀았다네. 그러다 지하 감옥으로 떨어졌다네.

우두머리 양이 양 떼를 초원으로 이끌고 가네.

카이쿠바트는 노래하네. 사랑에 취했네.

양치기 카이쿠바트가 양 떼를 모으네.

하얀 염소가 보이지 않는다네!

그는 번개를 맞은 것처럼 서 있네.

그는 곧장 천국에서 지옥으로 떨어졌네.

"아이고, 망했다! 난 내 신부를 잃었어!"

양 떼를 백 번이나 살피고 또 살펴도

염소는 없네! 살다 살다 이런 낭패를 다 겪는구나!

하얀 염소 발자국이 퍼뜩 그의 눈에 띄네.

발자국을 뒤쫓아 가며 운명에 비네.

발자국은 무라트-튜베 가까이 있는 언덕으로 나 있네.

'헤헤, 이제 찾았어!' 그는 속으로 생각하네.

그가 언덕을 오르네. 언덕 아래에는 지하 감옥이 있네.

그는 빌어먹을 언덕 아래로 달려갔네.

지하 감옥 가까이 누워서 바라보네. 지하 감옥은 캄캄하네.

염병할 염소가 안 보여!

그가 다시 보네. 자기 눈을 믿을 수 없네.

지하 감옥에서 사람이 몸을 움직이는 것 같네!

그는 자기가 미쳐가는 것만 같았네.

카이쿠바트는 들여다보고 또 들여다보았다. 마침내 컴컴한 지하 감옥 속에서 하얀 염소도 보였다. 어떤 사람이 염소를 그러안고 산 채로 삼키려 하는 것 같았다. 그것을 보고 카이쿠바트는 몸을 구부려 목청껏 아래를 향해 소리쳤다.

"어이, 땅 밑에서 사는 사람! 넌 대체 누구냐?

염소를 산 채로 삼키길 좋아하는 것 같은데,

염소를 건드리지 말게! 긴 말 할 것 없이 말하지.

이 염소는 우리 둘의 목숨보다 값진 놈이란 말이야!

왕의 딸 탑카가 이 염소 주인이야.

내가 이렇게 빌게. 제발 나한테 해를 끼치지 마라.

탑카가 염소를 돌보라고 나에게 줬어.

내 목숨을 담보로 염소를 맡겼단 말이다!

무슨 일로 넌 여기 있는 것이냐?

가마솥에 끓이지도 않고 짐승을 잡아먹으러 온 건 아니지?

거기 떨어진 짐승은 다친 데는 없나?

난 탑카의 염소를 책임져야 해.

포기해, 제발 염소만은 삼키지 마!"

알파미시는 카이쿠바트의 말을 듣고는 자리에서 일어나 대답했다.

"야 너, 머리 까진 놈! 어떻게 여기 온 거야?

넌 팔자가 좋은 놈인 모양이구나!

내가 여기서 살아 나가면,

타이차-칸의 권좌를 너에게 주마!

머리를 베지는 않을 테니 걱정마라.

카이쿠바트, 내 말 잘 들어라.

탑카를 신부로 얻는 값을 양 떼로 치러라.

신이 허락하시면, 양치기 일을 청산할 날이 올 거야.

그날 탑카-아임을 네게 주마.

그녀 가슴에 네 머리를 안겨주지.

카이쿠바트, 내 말 들어.

겁난다고 어리석은 짓 하지 마라.

네가 날 돕기를 원하기만 하면,

지하 감옥에서 나가서 왕을 권좌에서 내쫓고,

그의 권좌도, 딸도 다 너에게 주지!"

카이쿠바트가 물었다.

"그런데 넌 대체 누구냐?"

"에이, 이 머리 까진 놈아, 내가 누군지 모른단 말이냐!" 알파미시가 말했다. "나는 알파미시다. 칼미크 놈들한테 붙잡혀서 벌써 칠 년이나 이 지하 감옥에 앉아 있는 알파미시란 말이다."

"난 당신이 오래전에 죽은 줄로만 알았어요. 뭐, 당신이 맞다면, 그래 당신 말을 믿겠소. 당신을 찾아서 기쁘오. 하얀 염소는 선금으로 줄게요. 신부 값을 치르기로 하지요. 내게 염소를 맡길 때, 탑카-아임은 상냥하고 쾌활한 모습이었소. 나에게 마음이 있는 것 같았어요. 왕의 딸이 나에게 시집오는 걸 거부하지 않을 것처럼 보였단 말이오."

　이렇게 말하며 카이쿠바트는 알파미시에게 덤으로 양 대여섯 마리를 더 던져주었다. 그리고 멀리 양 떼를 몰고 갔다.

　이제 카이쿠바트는 매일 무라트-튜베 주위에서 양을 치며 날마다 알파미시에게 양을 다섯 내지 열 마리 던져주고, 그가 요구하는 건 뭐든 다 가져다주고, 지시하는 건 뭐든 열성적으로 수행하기 시작했다. 양 떼의 주인인 왕이 그에게 뭐라고 할지에 대해서도 카이쿠바트는 생각하지 않았다. 탑카-아임을 얻는 신부 값으로 지하 감옥에 양을 던지고 또 던졌다. 양 떼가 줄어들고 줄어들어 급기야 얼룩무늬 암말 한 마리만 남았다. 이 말을 붙잡아 지하 감옥으로 다가가서 그가 말했다.

"불쌍한 사람에게는 근심이 늘 따라 다니지요.

내게 위안을 주는 건 탑카-아임의 발그레한 얼굴입니다.

신부 값으로 양 오백 마리를 주었어요.

얼룩무늬 암말도 줄게요.

당신 같은 중매쟁이는 나의 불행입니다!

왕의 양 떼에 대해 난 책임을 져야 해요.

이렇게 빌 테니 제발 날 파멸시키지 마세요.

탑카의 모습이 늘 내 눈 앞에 어른거려요.

언제까지 꿈만 꿔야 하는 건가요?

이봐요, 중매쟁이, 우리의 결혼잔치를 앞당길 순 없는 겁니까?

분명 당신은 내가 처한 재앙 따윈 아랑곳하지 않는 거죠!

이 카이쿠바트는 탑카를 얻으려고 양 떼를 몽땅 내줬어요.

이봐요, 중매쟁이, 그러니까 이제 선한 마음씨를 보여주세요.

이 양 떼를 몽땅 삼켰으니까,

이제 쓸데없이 날 기다리게 하지 마세요.

자비를 베푸는 게 내 숙명이었다면,

당장 지금이라도 당신은 탑카-아임을 내게 줄 수 있잖아요.

이제 당신은 내 말을 알아들어야 해요.

이제 어떻게든 그 일에 착수하세요.

이제 있는 힘을 다해 밖으로 나오란 말입니다.

난 이미 그녀 때문에 제정신이 아닙니다.

질질 끌지 말고 계획한 걸 실행에 옮기란 말입니다.

어서 날 탑카-아임에게 장가보내주세요!"

카이쿠바트의 말에 알파미시가 대답했다.

"가을이 오기도 전에 장미가 시들어선 안 되지.

종달새는 시든 덤불 위에 앉아선 안 되지.

양 오백 마리든 아니면 심지어 육백 마리든,

그런 값으로 탑카-아임을 얻는 건 명예롭지 않아.

넌 아직 신부 값을 반도 못 치렀어.

신부 값을 전부 다 치르기 전에는

난 지하 감옥에서 기어나갈 생각이 없어.

이 점을 넌 지혜로운 책들에서 읽을 수 있어.

넌 신부 값에 대한 셈을 말부터 시작해야 했어.

싼 값에 왕의 딸을 갖길 원하는 거야?

말을 끌고 오지 않았잖아. 그러니 소란 떨 것 없어!

나로서는 지하 감옥을 떠나는 게 의미가 없지."

알파미시의 말에 카이쿠바트가 대답했다.

"양 오백 마리가 티끌 만큼밖에 안 된단 말인가요?

도대체 당신의 탐욕의 끝은 어딘가요?

마음에 근심과 두려움이 얼마인가요!

왕이 내게 내릴 처벌이 얼마인가요!

나의 탑카-아임이 남자를 홀리는 마녀가 아닙니까?

얼룩무늬 암말이 남아 있습니다.

물론 엄선된 최상의 말이라고 말하진 않을게요.

안장 가방을 얹어 놓을만한 말이라면, 그저 이 자리에서 떠나세요.

만약 카이쿠바트가 암말을 주면,

신부 값에 대한 셈을 끝낼 건가요, 중매쟁이님?

나를 풍족하게 했던 모든 걸 당신에게 줬어요.

뭘 지시하든 난 당신 손에 달렸어요.

하지만 어서 날 탑카-아임에게 장가보내줘요!"

알파미시는 카이쿠바트에게 대답했다.

"네가 처한 상황이 딱하니,

좋아, 암말을 말로 여기지.

곧 탑카-아임을 받게 될 거야."

알파미시가 땅 밑에서 이렇게 말했네.

"아이고, 설득했네!" 이 불쌍한 사람은 아주 기뻐했네.

카이쿠바트가 암말의 고삐를 움켜쥐었네.

안장에 매단 자기의 양치기 주머니를 벗겼네.

말을 지하 감옥으로 끌고 갔네.

지하 감옥 가까이 꿇어 앉혔네.

말 다리를 밧줄로 단단히 묶었네.

다리로 밀어서 지하 감옥 속으로 떨어뜨렸네.

"어이, 이제 신부 값을 전부 다 치른 거야!"

베크 알파미시가 고개를 뒤로 젖히고 보네.

얼룩무늬 암말이 지하 감옥으로 바람같이 떨어지네.

용사는 떨어지는 말을 낚아챘네.

이로써 말의 죽음을 막았네.

살펴보고 생각했네. "형편없네. 이건 말도 아니야!

그래도 성공이야. 지하 감옥 안에 말이 있단 말이야!"

여러 날이 지나고 카이쿠바트가 다시 나타났다.

"이봐요, 중매쟁이님, 이제 뭐로 날 기쁘게 할 겁니까?

우린 벌써 셈을 끝낸 것 같은데,

내 마음의 갈망은 여전히 채워지질 않고 있잖아요.

언제까지 지하 감옥에 그렇게 앉아 있을 겁니까?

우리 사이에는 굳은 합의가 있었잖아요!"

카이쿠바트의 말을 듣고 알파미시는 그에게 또 말했다.

"아니야, 카이쿠바트. 난 만족할 수 없어. 왕의 딸에 대한 신부 값으로 그
만큼은 적지."

카이쿠바트는 거의 울먹이다시피 했다.

"너는 신부 값으로 줄 게 아무것도 없어요. 이미 몽땅 다 주었다고 당신

한테 말했잖아."

"아무것도 줄 게 없다면, 장사를 해." 알파미시가 말했다. "수익으로 얻은 걸 가져 와."

"무슨 장사를 하라는 거야?" 카이쿠바트가 애원했다. "내가 팔 물건이 어디 있어요?"

"아," 알파미시가 말했다. "물건은 내가 주지. 자, 뼈로 찬가부스[9]를 몇 개 만들었어. 처녀들은 찬가부스를 연주하는 걸 좋아하잖아. 갖고 가서 팔아."

알파미시가 지하 감옥 위로 그가 만든 찬가부스들을 던졌다. 카이쿠바트는 그것들을 모아서 주머니에 넣고 생각했다.

'얀기 바자르는 탑카가 관리하지. 그녀의 사십 명의 처녀들이 장을 감독하고 있잖아. 그래서 또 다른 처녀들도 거기 모이는 걸 좋아하고. 얀기 바자르로 가야겠어. 거기 가서 팔자고.'

카이쿠바트는 얀기 바자르로 떠났다. 그는 찬가부스를 퉁기며 처녀들을 유혹하기 시작했다. 연주하고 나서 자신의 상품에 아낌없는 찬사를 보냈다.

"얀기 바자르에 서서
나는 찬가부스를 파네.
나 자신이 연주하며 노래한다네.
저명한 거장 카이쿠바트라네.
틸리-툴리-틸-툴리-유.
찬가부스 소리는 아름답네.
천국의 종달새 노래 같다네.
모든 아름다운 처녀들에게는

9 작은 악기의 일종. 한쪽을 이빨로 물고 손가락으로 현을 뜯는다.

싸게 줄 거라네.

찬가부스는 모두가 좋아하네.

틸리-툴리-틸-툴리-유.

그대들의 몸매는 포플러나무보다 날씬하고,

그대들의 몸은 눈보다 새하얗네.

뺨은 장미보다 붉고

눈동자는 하늘의 별보다 밝네.

드러낸 이는 진주요,

입술은 루비 같네.

그대들은 모두 천국의 미녀보다 멋지다네!

낭랑하게 울리는 코무즈[10]처럼

내 찬가부스 소리는 달콤하네.

어이, 아름다운 처녀들,

단돈 몇 푼 아까워 마라.

틸리-툴리-틸-툴리-유.

나는 찬가부스를 판다네.

나는 거장 카이쿠바트라 불린다네.

어이, 누구한테 찬가부스를 팔까?

그대들의 뺨은 사과보다 붉네.

그대들은 장미보다 향기롭네.

어이, 누구에게, 누구에게 찬가부스를 드리리오?

서둘러 찬가부스를 사오.

기쁨을 빼앗기지 마오.

단 몇 푼에 줄 거라오.

10 아주 오래된 현악기의 일종.

봄보다 아름다운 처녀들이여,

돈이 부족한데,

맛있는 빵이 있거든,

혹 시큼해도, 혹 싱거워도,

그것도 나는 받아줄 수 있으니.

찬가부스는 단 두 푼이라네.

세상에 이보다 싼 건 없다네.

난 찬가부스를 판다네.

틸리-툴리-틸-툴리-유."

　많은 처녀들이 카이쿠바트 주위에 모여들었다. 그가 찬가부스를 연주하며 노래로 자기 상품을 한껏 치켜세우는 걸 들었다. 몇몇 처녀들이 찬가부스를 튕겨보고 연주해보고 소리를 시험해보기 시작했다. 한 처녀가 샀다. 또 다른 처녀도 샀다. 그러자 나머지 처녀들의 눈동자가 이글거렸다. 처녀들이 몸이 달아 앞다투어 카이쿠바트의 찬가부스를 사기 시작했다. 그만큼 음악이 마음에 들었던 것이다. 처녀들이 카이쿠바트에게 빵을 두 개씩 내밀었다. 모두 아주 만족스러워했다. 그런데 카이쿠바트는, 그를 보라, 얼마나 일을 능란하게 처리했던지, 빵을 얼마나 많이 벌었던지, 주머니에 빵을 집어넣을 겨를이 없었다!

　이때 탑카-아임의 사십 명의 처녀들이 다가왔다. 그들도 마음에 들어서 찬가부스를 팔라고 요청했다.

　"에헴," 카이쿠바트가 그들에게 말했다. "늦은 사람은 행복을 찾지 못한 거지요. 단 한 개도 안 남았답니다. 다시 준비해서 바로 이 장소에서 팔기로 하지요. 당신들도, 만약 마음에 들면, 얻을 수 있을 거예요. 다만, 아름다운 아가씨들, 이젠 좀 더 비싸게 받을 겁니다."

"이봐요, 가져와요, 가져와!" 탑카-아임의 처녀들이 소란떨기 시작했다. "선불로 받아요." 그들도 그에게 빵을 두 개씩 주었다.

"좋아요." 카이쿠바트가 말했다. "반드시 가져오지요!" 그가 기뻐하며 생각했다. '잘 팔았어. 찬가부스를 팔아서 나머지 신부 값은 빵으로 치르지 뭐.'

그는 지하 감옥으로 돌아와서 빵을 몽땅 알파미시에게 던졌다.

"얼마나 많이 벌었는지 봐!"

한편 알파미시는 찬가부스를 하나 더 그에게 던지며 말했다.

"이 찬가부스는 얀기 바자르로 가져가지 마. 탑카가 산책하는 정원으로 가서 연주를 시작해. 조심해, 처녀들에게는 보여주지 마. 처녀들이 널 보거든 붙잡히지 마. 물어보기 시작할 거야. 입 다물어. 나에 대해 아무 말도 하지 마. 네가 직접 만들었다고 해. 발설하면 넌 네 일을 전부 망치게 될 거야. 만약 처녀들이 널 뒤쫓기 시작하면, 달아날 수 있겠어?"

"뚱뚱한 여자들은 베개처럼 부드럽고, 공작처럼 위풍당당하지. 마른 여자들은 쥐새끼처럼 가만히 있지 못하지. 발로 차고 염소새끼처럼 뛰어대지. 하지만 날 따라잡진 못하지. 내가 그들한테서 달아나지 못할 리가 없지." 카이쿠바트가 대답하며 이쪽저쪽 지하 감옥을 뛰어넘으려 했다.

"어허, 야 이 머리 까진 놈아, 조심해, 지하 감옥으로 떨어지겠어. 여긴 나 혼자로도 비좁단 말이다!"

카이쿠바트가 흠칫 놀라더니 찬가부스를 집어 들고 떠났다. 왕의 딸의 정원에 도착하자 눈에 띄지 않는 곳을 골라 담장을 넘고 우엉 밑에 몸을 숨겼다. 그런 다음 찬가부스를 퉁기기 시작했다. 탑카-아임이 찬가부스 소리를 듣고 사십 명의 자기 처녀들과 함께 정원으로 나와서 연주하는 사람을 찾기 시작했다. 그들이 다가오자 카이쿠바트는 우엉 밑에서 느닷없이 뛰쳐나와서 달아나려고 했다. 탑카-아임이 사십 명의 처녀들과 함께 도망자를 뒤쫓으며 말했다.

"오, 저런 교활하고 교활한 놈, 카이쿠바트!
카이쿠바트가 우리에게 수치를 안겼다.
찬가부스를 뺏을 수 없었어.
저 도망자를 따라 잡을 수 없을지 몰라!"
그를 뒤쫓아 달려갔네.
사십 하고도 또 한 명의 처녀가 한 남자를 뒤쫓네.
그는 처녀들에게 붙잡히지 않네.
오, 저 머리 까진 놈이 골치로다!
거의 손에 잡혔는데 빠져 나갔네.
잡힐 듯 처녀들이 "아, 아!" 했는데 달아나버렸네.
산양처럼 뛰어 다니네.
이토록 많은 처녀들을 골탕 먹였네!
오른쪽에서 둘러싸도 빠져 나가고
왼쪽에서 둘러싸도 빠져 나갔다네.
이 처녀는 머리로 들이받고,
저 처녀는 달려가며 꼬집었네.
그를 향해 서둘러 달려오는 저 처녀.
손을 뻗쳤네. "거기 서! 거기 서지 못해!"
텅 빈 공기만 움켜쥐네.
창피해서 땅에 쓰러지네.
머리 까진 교활한 인간 카이쿠바트가
젊은 수말처럼 음탕하게 웃네.
얼마나 많은 미녀들을 골탕 먹였나!

마침내 처녀들은 기력이 다 빠졌네!

그러나 탑카-아임은 지칠 줄 모르네.

날렵하게 그를 뒤쫓네.

거의 따라 잡았는데, 아하!

양치기가 또다시 재빨리 몸을 피했네.

그 순간 양치기는 발을 잘못 디뎠네.

발이 미끄러진 양치기가

곧장 큰 대자로 뻗어버렸네.

그렇게 해서 그는 탑카에게 사로잡히게 되었다네.

아, 카이쿠바트는 어쩜 저렇게 불운하담!

탑카-아임의 사십 명의 또래 처녀들이 그를 또 기다리네.

모두 정신을 차리고 그녀를 도우러 달려가네.

몽둥이로 사정없이 카이쿠바트를 때리네.

"찬가부스를 누가 만들었는지 우리에게 털어놔!"

카이쿠바트는 완강하게 대답하네. "내가 직접 만든 거야!"

"응 뭐라고, 이 재수 없는 놈아!" 그들이 말하네.

"사실대로 털어놓는 게 좋아!" 그들이 말하네.

"거짓말하는 거 누구한테 배웠어?" 그들이 말하네.

"정말 하늘이 무섭지 않은가보지!" 그들이 말하네.

"아직 덜 맞았나보네!" 그들이 말하네.

"누가 찬가부스를 만들었는지 어서 대답해.

안 그러면 살아서 우리 손을 빠져나가지 못할 줄 알아, 이 겁쟁이 자식아!"

그러자 카이쿠바트는 처녀들을 향해 부르짖었다.

"내가 너희들한테 거짓말하는 거면, 피를 쏟아도 좋아!
너희들이 한 번 때릴 때마다, 틀림없이 말하건대,
전갈이나 뱀이 무는 것 같단 말야!
탑카-아임의 몽둥이만은, 맹세코,
그 맛이 버터보다 더 좋은 것 같아.
탑카-아임, 알겠어? 난 너한테 빠졌어!
난 정말 널 얻으려고 많은 신부 값을 들이고 있어.
만약 내가 네 남편이 될 운명이라면,
탑카-아임, 몽둥이로 날 고통스럽게 할 게 아니라,
내게 입맞춤하는 게 낫지!"

처녀들은 더 화가 나서 다시 몽둥이로 카이쿠바트를 때리기 시작했다. 그러나 탑카-아임이 그들을 말렸다.

"그만큼 때렸으면 일단 됐어! 저놈을 이 나무에 묶어라. 저놈을 어떡할지는 그 다음에 생각하자."

뜨거운 태양 아래 카이쿠바트를 뒤쫓느라 몹시 지친 처녀들이 그를 나무에 묶고, 탑카와 함께 정원에 드러누워 쉬었다. 그들은 눕자마자 잠이 들었다. 탑카-아임은 자지 않았다. 일어나서 포로에게 갔다. 처녀들이 카이쿠바트를 장난 아니게 두들겨 팼기에 그는 온몸이 욱신거렸다. 왕의 딸이 다시 자기에게 오는 걸 보고, 카이쿠바트는 놀랐다.

'아이고, 저 여자가 다시 날 때리기 시작하면, 곧장 죽을 거야. 차라리 몽땅 사실대로 말하는 게 낫겠어. 될 대로 되라지 뭐!'

왕의 딸이 그에게 다가와서 물었다.

"자, 누가 찬가부스를 만들었지? 말할 거야, 안 할 거야?"

"말할게, 말한다고." 카이쿠바트가 대답했다. "알파미시가 만들었어. 지하 감옥 속에 앉아 있는 우즈베크 인 포로 말이야."

"그렇게 많이 몽둥이맛을 보느니 진작 실토했으면 좋았잖아?"

"콧수염을 빙빙 감을게. 넌 이해 못하지. 눈썹을 움츠릴게. 한쪽 눈을 깜박일게. 한적한 곳에서 넌 나와 단둘이 얘기 좀 해야겠네. 너도 이해 못하지. 그런 언어를 이해 못한다면, 탑카-아임, 넌 어떻게 된 아가씨야?"

탑카-아임이 웃음을 터뜨렸다.

"내 아버지인 왕에게 알파미시란 이름을 지닌 포로가 하나 있다고 들었다. 내 아버지는 그에 관해 묻는 것만은 엄하게 금지하시고, 그의 이름을 입에 담는 것조차 허락지 않으셔. 이 알파미시가 사람 같지 않고, 검독수리 같은 야수의 모습을 하고 있다는 게 사실이냐? 하지만 다른 사람들은 그가 빼어난 미남이고 유명한 용사라고 말하기도 해."

"사실은 사실이지." 카이쿠바트가 대답했다. "네가 그를 보면, 넌 그가 금방 마음에 들 거야."

탑카-아임이 카이쿠바트에게 말했다.

"지하 감옥에 갇히기 싫거든, 지금 당장 날 알파미시에게 데려다줘. 오래 전부터 이 우즈베크 인 무사가 어떤 사람인지 보고 싶었다."

"좋아!" 카이쿠바트가 대답했다. "하지만 너랑 네 처녀들한테 하도 두들겨 맞아서 걸어서는 거기까지 못가. 먼 길이야. 안장을 얹은 말을 주면 가지. 안 주면 자리에서 안 일어날 거야."

탑카는 알파미시를 만나고 싶어 몸이 달았다. 그녀는 아버지의 마구간으로 갔다. 금화 한 닢을 주자 마부가 좋은 말 두 마리에 안장을 얹어주었다. 탑카는 말을 끌고 와서 카이쿠바트를 풀어주며 말했다.

"만약 누가 길에서 멈춰 세우거든, 내가 내 염소를 보러 네 양 떼가 있는 곳으로 가는 중이라고 말해라. 길에서 쓸데없는 말을 지껄이지 않도록 주의해. 난 용서받을 테지만, 넌 당장 지하 감옥에 처넣고 목을 베어버릴 거야."

그들이 말을 달렸다. 카이쿠바트는 만족해하고 기뻐했다. 처벌을 면한 데다 왕의 말을 타고 왕의 딸과 나란히 달려가고 있으니! 그는 생각했다.

탑카가 내 말을 따랐단 말이야. 확실히 나에게 마음이 있는 거야. 분명 자기 처녀들한테서 멀리 떨어져서 나랑 단둘이 있고 싶은 거라고!'

카이쿠바트는 행복했다. 그러나 이때 탑카가 이런 말을 했다.

"오래전, 알파미시에 관한 소문을 듣자마자,
난 그를 그리워하기 시작했어.
듣자니 걸출한 무사라잖아!
내 말을 농담으로 여기지 마.
보지도 않고 난 그를 사랑하게 된 것 같아.
그로 인해 은밀한 고통을 겪고 있어!
어떤 사람인지 가서 봐야지.
그에게 건강이 어떠냐고 묻게 되면,
이건 조금도 그를 모욕하려는 게 아니야.
어쩌면 난 그에게 도움이 될 지도 몰라.
그에게 가는 길이 왠지 너무 오래 걸리는 것 같은데,
너 바른 길로 날 데려가는 거 맞아?
가까이 다가간 다음 넌 한쪽으로 비켜 서.
이런 대화는 셋이서 나눠서는 안 되는 거야."

카이쿠바트는 알파미시를 향한 그녀의 마음에 질투가 났다.

"아이고, 아름다운 아가씨, 안쓰러워 죽겠네.

네가 저 먼 곳까지 갈 가치가 있을까?

무엇 때문에 쓸데없는 슬픔의 짐을 마음에 지려 할까?

그가 네 사랑에 대답할 리가 없는데.

어쨌든 넌 그를 도울 수 없어.

그 지하 감옥은 깊고 밤같이 어두워.

네 아버지 타이차-칸이 알게 되면,

정말 네 목도 베어버릴 텐데.

제발, 탑카-아임, 넌 내 소망이야!

장미처럼 넌 아름다움으로 넘쳐나.

네 아름다움이 내 잠을 앗아갔어.

난 격정에 완전히 지쳐 시들어버렸어.

잠만 잃은 게 아니야, 난 정신도 나갔어!"

그 사이 그들은 지하 감옥에 도착했다. 지하 감옥은 아주 깊었다. 지하 감옥 안은 밤같이 어두웠다! 탑카-아임이 감옥 안을 들여다보자, 그녀의 미모의 빛을 받아 지하 감옥이 밝아졌다. 왕의 딸의 눈에 매같이 용감한 남자 알파미시의 모습이 보였다. 탑카는 건강이 어떤지 물으며 말했다.

"죄수여! 왕의 딸 탑카-아임이 당신 앞에 있어요.

내 평생 기꺼이 당신 노예가 될 겁니다.

내가 당신의 구원의 여인이 되어준다면,

당신은 이런 미녀에게 무엇이 되어주겠습니까?

알아두세요. 내 부는 헤아리기 힘들고,

신은 내 머리에서 비단 터번이 빛나게 하였고,

밝은 태양처럼 내 미모를 찬란하게 하였고,

젊고 날씬한 포플러나무가 내게 어울리게 하였어요.

만약 운명이 내 행복을 위해

내가 당신을 구해주길 원한다면,

그래서 내가 당신 종이 된다면, 여기

지하 감옥에서 고통당할 운명에 처한 당신은

이런 미녀에게 무엇이 되어줄 것입니까?

오래전부터 난 당신을 그리워했어요.

당신은 내 마음에 평화를 돌려줄 건가요?

얼마나 오랜 세월을 지하 감옥 밑바닥에 앉아 있는 것입니까?

용사에게 굴욕보다 나쁜 건 없지 않나요?

반지모양으로 물결치는 고수머리의 탑카-아임에게 대답해주세요.

탑카가 당신을 해방시켜주면,

이런 미녀에게 당신은 무엇이 되어주길 원하세요?"

탑카-아임의 말을 듣고서 알파미시가 대답했다.

"왕의 딸의 말을 내가 듣는 것이더냐?

이 말로 인해 내 머리가 빙빙 도는구나.

네 미모에 관한 요란스러운 소문을 들었다.

네 목적이 무엇이냐?

달콤한 내 영혼은 지옥에 떨어졌다.

난 벌써 칠 년 동안 지하 감옥에 고달프게 갇혀 있다.

네 청록색 옷이 참으로 좋구나!

타향에서 내게 건네는 네 인사가 참으로 좋구나.

말해라. 넌 무슨 이유로 온 것이냐?

네 백성 앞에 난 죄인이다.

난 싸움을 벌였다. 아니, 싸움이 아니라 최후의 심판이다!

그러나 네 아버지인 왕은 죄가 백배는 더 많다.

난 매가 되어 날아올랐지만, 날개가 망가졌다.

왕의 딸이여, 기꺼이 네게 대답해주지.

너와 혼인을 통한 인척 관계를 맺는 데 이의가 없다.

난 매가 되어 내 나라에서 날아올라서,

네 나라의 깊은 지하 감옥에 내려앉았어!

아름다운 아가씨, 날 돕고 싶거든,

네 매부로 날 여겨주길 바란다."

모욕을 느낀 왕의 딸은 길을 되돌아가려고 하면서 카이쿠바트에게 말했다.

"카이쿠바트! 알파미시, 이 무뢰한을 네게 넘기마. 난 혼인을 통해 인척 관계나 맺으려고 그에게 온 게 아니야. 형제에 삼촌에, 동서에 매부에, 그가 없어도 온갖 일가친척이 넘쳐. 그가 내 마음을 알지 못했다면, 지하 감옥에 앉아 있게 내버려 둬!"

탑카-아임은 기분이 몹시 상했다. 카이쿠바트는 그녀가 느낀 모욕이 그에게 이롭지 않다는 걸 깨달았다. 그는 지하 감옥으로 다가가서 알파미시에게 말했다.

"중매쟁이님! 그녀에게 "네 남편이 되는 데 동의해"라고 말해야지요. 그게 낫지 않겠어요?"

알파미시가 그에게 대답했다.

"그렇게 말할 수 있었지만, 그런 말은 네 심장에 박힐 거라 생각했어. 널 슬프게 하고 싶지 않아."

카이쿠바르트가 말했다.

"당신 양심이 내 앞에서 깨끗하다면, 그렇게 말하세요. 당신을 해방시켜
주게 하고, 그때 가서 보자고요. 만약 지하 감옥 속에 머물러 있으면, 당신
없이 어떻게 내가 그녀를 얻겠어요?"

"그녀를 다시 불러 와." 알파미시가 말했다.

카이쿠바르트가 탑카-아임을 따라잡고 말했다.

"알파미시는 네가 돌아오길 바라고 있어. 네가 그의 말을 잘못 알아들은
거야. 그는 네 남편이 되는 것에 동의해."

탑카-아임이 알파미시에게 되돌아왔다.

"슬픈 날에 사람들이 애통해하는구나. 아, 슬프도다!
카이쿠바르트가 내 길을 되돌렸어요.
이 구멍 속에서 당신은 산채로 지옥에 떨어졌지요!
내가 해방시켜주면 당신은 내게 무엇이 되어줄 겁니까?
내 고향 땅은 번영을 누리고 있어요.
여기에 나와 함께 있으면 당신은 지상낙원에 이를 겁니다.
난 당신과 달콤한 대화를 나눌 거예요.
나의 우상이여, 당신을 신처럼 숭배할 거예요!
내가 해방시켜주면 당신은 내게 무엇이 되어줄 겁니까?"

알파미시가 그녀에게 대답했다.

"만약 우리 둘이서 왕의 정원에서 살게 된다면,
서로를 사랑하며 즐겁게 살아가겠지.

만약 내 고향 콘그라트로 나와 같이 가면,

너는 내 속에서 길동무와 남편을 찾게 되겠지!"

세 번째 노래

내가 해방시켜주면 당신은 내게 무엇이 되어줄 겁니까?
—내 말이여, 설득력을 지녀라.

탑카-아임은 궁전으로 돌아와서 생각하고 또 생각하다 궁전에서 지하 감옥까지 지하통로를 파기로 결심했다.

정열에 사로잡힌 자는 평안은 잊어야지.
곧장 가는 길이 없으니 구불구불 둘러서라도 갈 거라네.
땅 위로 그가 갈 길은 가로막혔으니,
땅 밑으로라도 그는 붙잡히지 않고 지나갈 수 있을 거라네.
탑카-아임의 가슴 속엔 온통 하킴뿐.
탑카-아임은 자기 궁전 밑에
지하통로를 파는 걸 두려워하지 않았네.
일 년이 걸린다 해도 탑카-아임은 기꺼이 기다릴 거라네.

그녀는 믿을 만한 사람들을 구할 수 있었다네.
그들에게 지시를 내리려고 그녀가 나가네.

"가을이 오기 전에 꽃은 시들지 않아야 해!
인부들아, 너희들은 내게 맹세해야 한다.
이 일은 비밀에 부쳐야만 한다.
만약 너희들이 이 일에 대해 떠들지 않으면,
큰 상이 기다리고 있을 것이다.
너희들이 일하는 소리가 들려선 안 되고,
너희 중 단 한 사람도 눈에 띄어선 안 된다.
흙은 오직 밤에만 치울 수 있다.
눈에 띄지 않게 조심조심 치워야 해."
날이 가고 달이 가네. 이제 드디어
지하 감옥으로 가는 지하통로에 길 뚫렸네.
탑카-아임이 다시 사람들에게 지시하네.
"이제 너희는 자유의 몸이 될 때가 되었다.
열심히 일했으니, 나는 상을 아끼지 않을 것이다.
너희들은 해를 입지 않을 것이다. 너희들이 잘 되길 바란다.
백 살까지 살아라. 그러나 죽는 순간에도
너희 중 누구도 비밀을 발설해선 안 된다."
인부들에게 이렇게 경고하고 나서 그녀는
홀로 저 지하통로로 내려가네.
통로에서 몸을 숙일 필요도 없네.
사람 키만큼 높은 굴을 지나며
탑카는 자기 발상에 감탄했네.

그녀는 알파미시를 찾아갈 수 있다네!

그는 탑카-아임의 도움에 만족할 거라네.

탑카-아임의 도움으로 그는 해방될 거라네.

그렇게 탑카-아임은 지하 감옥으로 다가갔네.

여기로 오는 길이 그녀는 너무나 즐거웠네.

하지만 도착하자 실망해서 분통이 터지고 말았네.

에헤, 탑카-아임의 일이 잘못되고 말았네!

그녀의 희망은, 즐거움은 어디 갔단 말인가?

사실 알파미시는

지하통로로 걸어 들어갈 수도 없을 뿐더러

심지어 기어들어갈 수도 없었네.

애를 써봐야 지하 감옥에서 지하통로로는

거인의 머리 하나도 들어갈 수 없었다네.

탑카-아임이 울며 그의 목을 쓰다듬네.

정말 그녀의 희망은 달콤하기만 했는데,

보다시피 운명은 너무도 잔인했네.

알파미시는 지하 감옥에서 당분간 그대로 살아야 하네!

하지만 그는 탑카-아임을 위로하네.

"이리 와. 여기에서라도 둘이 앉아

다정히 이야기 나누며 마음을 달래자."

탑카-아임은 하루가 멀다 하고 지하 감옥에 갔네.

매일 거인에게 위안을 주네.

그런데 지하통로로 내려가는 입구를 어디에 파놓았는지

탑카는 자기 처녀들에게 말하지 않았네.

집에 찾아 온 손님이 앉는

주빈석 아래에 입구가 있었는데

떨나무로 교묘하게 덮어놓았네.

탑카-아임이 지하 감옥으로 떠난 어느 날

마귀할멈 수르하일이 느닷없이 그녀를 찾아왔네.

처녀들이 벌떡 일어서서 경의를 표하고

주빈석에 앉으라고 권했네.

마귀할멈이 그쪽으로 향했네.

어떤 재앙도 보지 못하고,

마귀할멈은 대담한 걸음으로 떨나무를 밟았네.

마귀할멈 발밑에서 떨나무가 부서지는 소리가 들리더니,

순식간에 그녀가 구멍 속으로 떨어졌네.

누가 이런 비열한 술수를 그녀에게 쓸 수 있단 말인가?

지하통로로 가는 구멍은 깊기는 했지만,

깎아지른 듯 가파르지는 않고 약간 비스듬해서

마귀할멈은 멀쩡했네. 옆구리를 다쳤을 뿐.

칼미크의 신이 그녀를 도운 게지.

그러나 어디로 떨어진 건지 할멈은 감을 잡을 수 없었네.

두 다리로 일어설 힘은 충분해서

그녀는 캄캄한 땅 밑 통로를 따라 계속 앞으로 느릿느릿 걸었네.

도대체 언제 교활한 타이차-칸은

그녀 몰래 지하통로를 판 거야?

그리고 대체 이 지하통로는 어디로 나 있는 거야?

그 순간 수르하일은 지하 감옥을 보았고

지하 감옥 속에서 탑카-아임을 발견했네."

노파가 알파미시와 함께 있는 탑카를 보고 말했다.

"얘야, 탑카, 너랑 진지하게 얘기 좀 해야겠구나.

너한테 이게 무슨 일이냐?

내가 늙어서 눈이 멀기 시작한 게냐?

네 옷이 연푸른 녹색이 아니더냐?

내 땅에는 훌륭한 기마병이 없느냐?

탑카, 넌 꽃다운 나이에 죽게 생겼구나!

어떻게 저 같은 사람 잡아먹는 괴물이 네 마음을 빼앗은 거냐?

탑카, 내 말을 끝까지 들어라.

너는 왕인 네 아비를 망신시키고 있어.

여기서 내가 널 찾으리라고 생각이나 했겠느냐?

내가 살아서 지하 감옥까지 오지 않았다면 차라리 나았을 게다!

왕의 딸이 죄수와 밀회를 즐기기 위해

지하통로로 궁전을 빠져나와 달려가야 하겠느냐?

탑카, 너는 완전히 타락했구나.

넌 죽을 것이야. 아비의 명예의 복수가 있을 것이야!"

마귀할멈 수르하일은 이 말을 하는 동안

지하 감옥 안으로 들어가지 못하고 겨우 입구에 서 있네.

알파미시가 이 말을 듣네.

이런 말을 듣자 사자의 분노로 타오르네.

하지만 파놓은 굴은 하킴의 키에 맞지 않았네.

겨우 머리 하나만 빠져 나갈 수 있었다네!

정말 이 모든 모욕적인 언사에 대한 대가를

이 늙어빠진 올빼미는 치르지 않아도 된단 말인가!

그 사이 수르하일은 줄행랑치고 있었네.

알파미시가 탑카에게 고함치네. "뛰어, 뛰어!

쫓아가서 잡아! 산양보다 더 빨리 뛰어!"

마귀할멈은 다리가 아주 길었다네.

토끼같이 깡충깡충 뛰고 뱅글뱅글 도네.

이리 뛰고 저리 뛰고 하면서

늘 그렇듯 교활하게 탑카한테 잡히지 않네.

하지만 그래도 그녀는 늙었고,

탑카는 젊고 재빠르네.

자, 탑카가 마귀할멈을 용케 덮쳤네.

치맛단을 잡아채서 꽉 쥐고

교활한 노파를 놓칠까 봐 단단히 붙잡네.

노파는 남은 힘을 다해 용을 썼네.

얼마나 거세게 달아나려 했던지 두툼한 무명치마가 찢어졌네.

탑카의 손에 뜯긴 치맛단이 남았네!

손에 천 조각을 쥔 채 탑카-아임은 꼼짝도 할 수 없었네.

정신이 들었을 때 노파는 멀리 달아나 있었네.

탑카는 다시 그녀를 뒤쫓아 내달렸네.

하지만 노파는 흔적도 없이 사라져 달아났네!

노파는 땅 밑에서 무사히 빠져나오자 곧장 왕에게 달려가 말했다.

"땅에 엎드려 왕께 절합니다." 그녀가 말하네.

"불안해서 죽을 지경이에요." 그녀가 말했네.

마귀할멈이 문턱에 서서 말하네.

"나의 왕이시여, 내 머리를 걸고
숨김없이 말해드리지요.
알파미시와 함께 있는 당신 딸을 보았어요!
사위를 얻었으니 축하드리지요! 농담이 아니라,
기쁜 소식을 알렸으니 선물을 받아야겠어요.
나의 왕이여, 딸도 제대로 간수 못하는데,
백성은 다스릴 수 있겠어요?
당신 딸이 처녀시기에
당신 눈앞에서 방종에 빠져들었단 말이에요!"

칼미크의 왕은 자리에서 벌떡 일어서서 수르하일에게 화를 냈다.

"내게 재앙을 가져와 놓고서는 또 불평을 늘어놓으려고 온 게냐! 처음부터 신중하라 하지 않았느냐! 맹세코 약속하지 않았느냐. 내가 그를 죽일 거라고 말이다! 땅 밑에 처박혀 있으면 알파미시가 썩어 없어질 거라고 말이다! 그런데 벌써 몇 년째 들리는 거라곤 알파미시에 대한 말뿐인데, 그는 계속 살아있고, 또 살아있고, 썩지 않는단 말이다! 그로 인한 내 슬픔이, 근심이 얼마더냐!"

마귀할멈 수르하일이 왕에게 대답했다.

"뭘 지시하든지, 모든 건 당신 손에 달렸어요. 마차 오백 대를 준비시켜 질 산으로 가게 하세요. 거기에서 돌을 실어 와서 지하 감옥을 메워버리게 하세요. 위로는 돌에, 옆으로는 흙에 짓눌려서 알파미시는 죽을 거예요. 이렇게 했는데도 죽지 않으면, 어떻게 해도 그를 죽일 수 없는 거예요."

칼미크의 왕은 그 방법이 마음에 들어서 그렇게 하라고 지시했다.

이 사실을 듣자 탑카-아임은 짐마차꾼들에게 가서 말했다.

'내 말이여, 설득력을 지녀라.

내 말이여, 곱고 진실하여라.

적의 영광에 끼얹는 차가운 재가 되어라.

나의 동포들이여! 마구를 채우고 채비를 마쳤으니,

모두 건강하게 살아 돌아오세요.

친구들이여, 잘 다녀오세요!

그렇지만 여러분은 왜 길을 떠나야 하나요?

우정 어린 내 말을 믿으세요.

말들이 산에서 돌을 실어 나르는 건 쉽지 않아요.

이 돌들은 여러분에게 도움이 되지 않을 거예요.

왜 여러분이 마녀의 일로 헛된 길을 가야 한단 말입니까?

그녀가 여러분을 자만에 빠뜨렸어요!

제 말 듣고 각자 집으로 돌아가세요.

저 빌어먹을 질 산에서 무엇이 당신들, 일꾼들을 기다리고 있는지

수르하일은 말해주지 않을 거예요.

거기에는 불을 뿜는 사나운 용이 살아요.

용을 만나면 모두 살아남지 못할 거예요.

이 용은 산도 집어삼킬 수 있어요!

당신들은 몽땅 파멸할 운명에 처했어요.

당신들의 길에 고통과 죽음이 함께 할 거예요.

여러분 가족과 아내를 불쌍히 여기세요.

정신 나간 사람이나 갈 수 있어요.

제발 이 일에 빠져들지 마세요.

마차꾼들, 제발 돌아와요!"

마차꾼들이 일어서서 그녀에게 대답했다.

"보리와 건초를 말들에게 먹이고
우리가 산으로 가는 건 우리 뜻이 아닙니다.
당신 아버지 타이차-칸이 우리를 보내는 겁니다.
눈이 내렸으니 선단 바퀴자국이 남겠지요.
우리는 오백. 모두 무장했어요.
용이 뿜는 불에 타죽는다 해도
왕의 명을 받들어야 한답니다."

마차꾼들은 탑카-아임의 충고를 듣지 않고 질 산으로 향했다. 방으로 돌아온 탑카-아임은 지하 감옥으로 가서 알파미시에게 말했다.

"진주구슬을 꿴 실이 끊어진 것처럼
종일 내 눈에서 눈물방울이 떨어져요.
내 위안의 횃불은 꺼졌어요.
사랑하는 사람아, 당신 생애의 끈은 잘렸어요.
당신 행복의 화관은 당신 머리에서 떨어졌어요.
내 소중한 사람이 살 곳은 이 무상한 세상이 아닌가 봐요.
마침내 당신은 죽음에 사로잡혔어요.
알파미시, 나의 용사, 용감한 사람, 내 말 들어요.
어쨌든 내 아버지는 당신을 죽일 거예요!
내가 이곳에서 알게 된 건 한 가지뿐.

당신은 죽고 여기 몸이 남을 거예요.

콘그라트 땅이 아니라, 이 낯선 땅에요!

난 온 마음을 다해 당신을 섬기길 꿈꾸었어요.

당신의 노예가, 당신의 작은 누이동생이 되고 싶었어요.

그러나 난 당신과 저 큰 길을 갈 수 없어요.

당신 고향 콘그라트에 당신과 갈 수 없어요.

헌신적인 당신 아내가 되어 살 수 없어요.

그리고 당신은 나와 함께 하는 기쁨을 맛볼 수 없어요.

아, 이제 당신 삶의 끈이 끊어질 거예요.

당신은 낯선 땅에서 썩어 사라질 운명이에요.

나의 술탄이여, 곧 당신을 처형할 거예요.

정말 나의 술탄은 이 처형을 몰라요.

생매장시키길 원하고 있어요!

내 처녀의 얼굴은 튤립같이 발그레했어요.

슬픔 때문에 내 얼굴은 사프란같이 샛노래질 거예요.

콘그라트의 우두머리 알파미시는 때가 오기도 전에

낯선 땅에서 홀로 외로이 죽을 거예요.

일가친척도 만백성도

그의 죽음을 결코 알 수 없을 거예요!"

알파미시는 자기에게 마음을 온전히 맡긴 탑카-아임을 위로했다.

"무상한 세상에서 삶엔 끝이 있기 마련이지.

죽음의 운명을 비켜가는 자는 아무도 없어.

사람이나 파리나 죽기는 마찬가진 거야! 그런 거야.

나의 사랑하는 벗 탑카-아임, 그러니

날 염려할 이유는 없소.

알파미시를 죽이긴 쉽지 않아.

난 아마 세상에 좀 더 살 거야.

날 죽이면 칼미크 인들은 기쁘겠지.

네 아버지 왕은 하루가 멀다 하고 칠 년 동안이나 그런 날을 기다려 왔어.

아니 땐 굴뚝에 연기 날 리 없건마는

새카맣게 타버린 축축한 통나무 연기가 무엇보다 자욱해.

이건 다 신소리에 불과하겠지.

그저 적의 공허한 허세에 불과하지.

지금 즉각 그를 처단하자 떠들어대지!

탑카-아임, 지레 슬퍼하지 마.

비록 칠 년을 지하 감옥에 갇혀 있었어도,

비록 내가 굴욕에 처했어도, 난 콘그라트의 왕이야.

적의 지하 감옥을 벗어날 수 있을 거야.

고향 땅이 그리워 가슴이 미어져.

늘 내 말이 생각나.

아직 살아있을까, 나의 바이치바르, 나의 말?

나의 말, 나의 준마는 날 떠올릴까?

우리 둘 다 포로 신세가 되어버렸어.

탑카-아임, 난 날개를 잃어버렸겠지?

네 아버지가 내 말을 죽였겠지?

탑카-아임, 내 청을, 내 통곡을 들어줘.

알파미시는 그 말이 어떻게 되었는지 알고 싶어 죽을 지경이야.

네가 내 말에 대한 소식을 알려주면 난 용기가 날 거야!

사랑하는 칼미크 여인아, 그토록 많은 눈물을 흘리지 마.

네 경이로운 눈동자를 불쌍히 여겨.

아직 난 매장당할 이유가 없어.

그토록 많은 세월을 포로가 되어 지하 감옥에 앉아 있지만,

햇살 같은 네 마음씨로 난 따스해.

네가 남긴 흔적은·나의 영원한 성소가 될 거야!

내 말에 대해 사실대로 알려줘."

칼미크 왕의 딸 또한 알파미시에게 말했다.

"당신 말이 어떻게 생겼는지 모르지만

왕의 마구간에 말이 한 마리 있어요.

특징을 말해볼게요. 수말인지 아닌지 모르지만,

아무튼 찍혀 있는 낙인은 칼미크 게 아니에요.

들리는 소문에 사로잡았다고 했어요.

발목 위쪽에 못을 박아놓았어요.

주철로 만든 구유로 꼼짝 못하게 눌러놓았어요.

구유의 무게가 구십 바트만이나 돼요.

이 말이 당신 것이 아니면 내 실수를 용서해요.

이 불쌍한 말은 다리로 일어설 수 없어요.

땅에서 머리를 들 힘도 없어요.

벌써 칠 년을 그렇게 고통당해야 했어요.

칼미크 인들이 말을 굉장히 두려워해요.

사람의 지혜를 지녔다고 하고,

그리워 슬퍼하는 게 사람 같다고 해요.

"이러저러해서 다른 사람들보다 우리한테 더 위험해."

칼미크 사람들은 이렇게 말해요.

말에 관해 이런 황당한 얘기를 하고 있어요!

말의 고향이 콘그라트라고 들었어요.

우즈베크 사람이 이 말을 타고 다녔다고 들었어요.

말은 숱한 해 동안 계속해서 고통을 참고 있어요.

그리고 고통 속에서 말로 살아온 자신의 생애를 끝마칠 거예요.

그를 돌보는 사람은 아무도 없어요.

곡물도 건초도 주지 않아요.

가다가 뭐든 손에 잡히는 걸로 때려요.

가다가 그 슬픈 눈에 침을 뱉어요."

탑카-아임의 말을 듣고서 알파미시가 그녀에게 말했다.

"잘 들어. 적들은 날 사로잡아야 했어.

졸리게 만드는 사악한 묘약으로 날 취하게 만들어서

이 구멍에 처넣었던 거야.

말의 힘을 빌려 날 끌고 와야 했지.

그런데 내 충직한 말이 날 끌어올리려 했어.

그러자 말한테 온갖 고통을 가했어. 그래서 어쩔 수 없었던 거야!

내 앞에서 바이치바르의 양심은 깨끗해.

그의 꼬리에서 내가 잘려 나간 걸 알아.

그가 괜히 그렇게 슬픈 게 아니야.

내가 산산조각 났다고 생각하고

내 말은 나에 대한 슬픔을 가눌 수 없는 거야.

탑카-아임, 귀 기울여 내 말을 들어.
충직한 종복의 운명은 내게 소중해.
말이 풀려날 수 있도록 도와줘.
적들이 나에 대한 승리를 만끽하지 않게 해줘!
자, 이 향내 나는 마른 풀을 한 묶음 줄게.
이 풀 냄새는 내 충직한 말에게 익숙해.
이 냄새 나는 풀을 갖고 바이치바르가 있는
마구간으로 달려가. 거기 가서 풀에 불을 지펴.
칼미크 사람 누구도 눈치채지 못하게 말이야.
향내 나는 풀 연기가 코에 가 닿기만 하면
말은 곧 생기를 찾게 될 거야.
그는 고향의 냄새를 맡게 될 거고,
주인이 살아있다는 걸 금방 알아차릴 거야!
아리따운 아가씨, 서둘러, 달려, 어서!"

탑카-아임은 풀 한 묶음을 집어 들었네.
향내 나는 풀을 가지고 서둘러 길을 나섰네.
왕의 마구간까지 풀을 가져갔다네.
마부들을 피해 숨어서 풀에 불을 지폈다네.
향내 나는 풀 연기가 말의 콧구멍에 가 닿았네.
일순간 말의 의식이 또렷해졌네.
말은 알파미시가 향내 나는 마른 풀을
늘 몸에 지니고 출정하던 게 생각났네.
향내 나는 풀로 다시 태어난 듯하네.
바이치바르는 하킴-베크가 살아있음을 알았네.

말은 칠 년 동안 고개를 숙이고 누워 있었네.

이 순간 그는 금방 일어서서 자유롭게 숨 쉬기 시작했네.

머리를 들어 올리고 유쾌하게 울기 시작했네.

그 순간 구유도 조각 나 떨어졌네.

못들도 저절로 다리에서 빠지기 시작했다네.

자유를 얻은 준마가 마구간에서 달려 나가네.

수도를 몽땅 꿰뚫고 준마가 질주하네.

산속에서 들리는 천둥소리는 바이치바르가 질주하는 소리라네!

지하 감옥에서 무사가 말을 기다리네.

치바르는 그곳으로, 무라트-튜베로 길을 재촉해 가네.

칼미크 인들이 욕하는 소리가 들리네. "이 죽일 놈의 말!"

'우즈베크 놈의 이 말은,' 그들은 생각하네,

'칠 년 동안 불구상태였어!' 그들은 생각하네.

'이 교활한 놈이 칠 년 동안 속인 거야.

이 망할 것이 죽으려고 미친 거 아냐?'

바이치바르가 달려가네. 그와 마주치는 자는 죽은 목숨이네!

이제 칼미크 사람 모두가 어찌할 바를 모르게 되었네.

저딴 짐승은 태워 죽이는 게 나았을 거라 하네!

그런데 치바르는 다른 기적을 일으켰네.

보이지 않는 자기 날개 한 쌍을 활짝 펴고

이제 물새처럼 땅 위로 날아오르고 있었다네!

이게 어떻게 된 얼룩말인지 즐기시라.

말이 물새처럼 나는 걸 본 적이 있단 말인가?

지하 감옥 앞에서 말이 반갑게 울기 시작했네.

그는 지하 감옥 주위를 일곱 번 빠른 걸음으로 돌았네.

깊숙이 들여다보고 하킴을 보았네.

다시 원래의 모습이 되었다네.

아무런 고통도 당하지 않은 것 같았다네.

    알파미시는 자기 말을 보자 기뻐서 기도를 읊조리기 시작했다. 그는 신성한 칠탄들에게 어떻게든 지하 감옥을 기어나갈 수 있게 해달라고 부탁했다.

그는 기도를 하고 다시 되풀이하네.

그리고 희망에 차서 지하 감옥 위를 올려다보네.

지하 감옥 구멍 위에 그의 말이 서 있네.

말은 자기 꼬리가 자라는 걸 느끼네.

꼬리는 한 순간이 아니라 계속 길어지고 풍성해져서

정확히 사십 사젠이 되었네!

이제 치바르가 지하 감옥으로 자기 꼬리를 떨어뜨리네.

꼬리를 본 하킴이 환호했네.

구원에 대한 기다림이 헛되지 않았다네!

용사 알파미시는 저 사십 사젠짜리 꼬리로

자기 몸통을 단단히 감았네.

몸통을 묶고 나서 그는 말에게 고함쳤네. '당겨!

나의 말아, 내 희망을 저버리지 마.

네가 끌어 올리면 행복의 나날이 다시 빛나기 시작할 거야!"

바이치바르는 그의 희망을 저버리지 않았네.

땅에 닿도록 머리를 숙이고 안간힘을 썼네.

용사를 꼬리에 묶고 당겼네.

당겨 올렸네! 용사는 자유로운 세상을 보았네.

말 위에 얹힌 마구를 보고 탄식했네.

마구가 엉망이네.

칠 년의 세월 동안 해지고 낡았네.

알파미시는 친구의 안장 끈을 풀고,

땀과 오물을 닦아내기 시작했네.

말을 정돈해야만 하네!

털 속에 온갖 더러운 게 우글거렸네.

알파미시는 손톱으로 열심히 털을 긁기 시작했네.

말은 주인의 보살핌이 좋네.

온순히 서서 감사의 울음을 우네.

한편 질 산 꼭대기 쪽에서 이쪽으로

돌을 실은 마차들의 선단이 오네.

갖은 고생을 하며 재앙을 겪고

마차꾼들의 무리가 다가오네.

길을 재촉해 마침내 도착해서 보네.

그들은 자기 눈이 믿기지가 않네.

그들은 생각하네. '정말 우리가 미친 건가?'

그들은 바라보네. 벌거벗은 언덕 꼭대기에

말이 서 있고, 그 옆에 사람이 하나 있는데,

멀리서도 눈에 띄는 무시무시한 거인이라네.

저 강인하고 거대한 인간이 도대체 누구란 말이냐?

지하 감옥을 빠져 나온 알파미시가 아니란 말이냐?

누구의 손이 그를 해방시켰단 말이더냐?

뭣 하러 이 돌을 실어왔단 말이더냐?

마차꾼들은 하나같이 모두 죽음 같은 공포에 질렸네.

"저 알파미시는 질 산에서 무라트-튜베로 온

그 용이 아니냐?

말도 마차도 초원에 내버리자!"

모든 걸 운명에 맡기고

마차꾼들은 오백 명 모두

이 소식을 가지고 뛰어서 도시로 달려가네.

사람들이 타이차-칸에게 소식을 전하네.

"알파미시가 지하 감옥에서 도망쳤습니다!" 그들이 말하네.

"그와 함께 그의 말도 함께요! 바로 그 말이요!" 그들이 말하네.

"왕이여, 그걸 본 자가 오백입니다!

왕이여, 어서 명령을 내리소서!"

"수도를 둘러싸라!" 왕이 명령하네.

"국경을 폐쇄하라!" 왕이 명령하네.

"병사들은 무장하라!" 왕이 명령하네.

"우즈베크 놈을 붙잡아서 다시 지하 감옥에 집어넣든가,

그게 안 되면 죽을힘을 다해 싸워라!" 왕이 명령하네.

어른아이 할 것 없이 불안에 떨게 만들고

수도 곳곳에 구리 나팔 소리가 울려 퍼지네.

왕의 전령들이 사방으로 날아가네.

무장한 기마병들의 별동대가

연이어 내달려 초원에 먼지가 자욱하네.

온 나라가 불안에 떠네. "알파미시가 도망쳤어!"

칠 년 전에 왕에게서

우즈베크 인의 양을 나눠 받았던 자들이

이제 공포에 질려 서로서로 말하네.

"그런 상을 받지 않았으면 행복했을 것을!"

칼미크 병사들이 다가오는 것을 보고 알파미시는 무기를 쥐었다. 말에 올라 적을 향해 가며 그가 말했다.

"행복이여, 내 위로 솟구쳐라.

내 머리를 밝게 비추어라.

적을 박살내 먼지로 만들어라!

나의 적, 칼미크의 왕이여, 조심해라.

왕좌와 왕관을 잊지 마라!

내 힘에 놀라서

넌 이미 이성을 잃었다.

네 모든 첩들과 아내들을,

왕이여, 나의 적이여, 잃지 않게 조심해라!

이 악당 놈아, 우리는 너를 파멸시킬 것이다.

지체 없이 목을 칠 것이다.

너는 많은 백성을 다스리고 있다.

네 백성을 잃지 않도록 조심해라!

나에 대한 네 탄압은 힘겨웠다.

넌 값비싼 대가를 치를 것이다.

넌 큰 나라를 다스리고 있다.

네 왕국을 잃지 마라!

자, 내 불구대천의 적, 맞서라!

네 군대는 얼마나 위대하더냐!

가진 거라곤 두 손밖에 없는 내가

네 군대를 몰살시킬 것이다.

너희들 모두에게 최후의 시각이 도래했으니,

너희 중 살아남는 자는

내가 벌인 일을 볼 것이다.

내가 너희에게 주의를 주고자 했으니,

번개같이 싸우는 내 모습에 세상이 놀랄 것이다.

너희들 위에 캄캄한 하늘이 덮일 것이다!"

그는 적의 군대를 바라보았네.

준마를 채찍으로 때리고,

고삐를 당기더니,

격노한 용처럼

칼미크 인들을 마주해 달려 나갔네.

그는 적들에게 분노를 내뿜었네.

전장을 뒤흔든 건

지진 소리가 아니네.

놀라 웅성대는 소리가

왕의 군사들을 뒤흔들었다네.

그러나 칼미크 인들은 정신을 차렸네.

소총들이 우레 소리를 내며 불을 뿜네.

총알이 전장 위를 날아가네.

탄환을 무서워하지 않고,

무수한 적을 향해

거인 알파미시가 질주하네.

알파미시 혼자 수천 명과 맞섰다네!

대포들이 전장에서 으르렁대네.

포탄이 전장에서 쌩쌩 날아가네.

그러나 총탄도 뚫고 연기도 뚫고

알파미시가 다치지 않고 질주하네!

자, 어디 그의 모습을 한 번 볼까.

투석기병들이 열 지어 섰네.

투석기를 떠난 돌들이 씩씩거리며 날아가네.

궁수들이 열 지어 섰네.

전투용 화살들이 쌩쌩 날아가네.

화승총들이 불을 뿜네.

불을 뿜는 대포들이 으르렁대네.

그런데 알파미시는 아랑곳하지 않는다네!

오른쪽 어깨를 펴고,

왼쪽 어깨를 펴고,

그는 다이아몬드 검을 휘두르네.

칼미크 인들의 목을 자르네.

전장에 피가 흐르네.

적포도주가 물결을 이루네.

용사 알파미시가 포도주를 따르네.

황금투구로 포도주를 마시네.

이 거인이 어떤 모습인지 보이는가?

수천 명에 맞서 혼자 싸우고 있다네!

말들이 울부짖고, 나팔소리 울리네.

불같은 분노에 이를 가네.

다친 자들이 죽어가며 숨을 헐떡이네.

적들의 머리와 시체가

말발굽에 짓밟히네.

대등하지 않은 싸움을 치르네.

몸을 사리지 않고 싸우네.

시체 더미를 쌓아 올리며

알파미시가 싸우네. 그를,

그와 같은 무시무시한 장사를

적은 당해 낼 방도가 없네.

이보다 필사적인 싸움은 없었다네!

이보다 용맹스런 용사는 없었다네!

하킴이 어떤 사람인지 보이는가?

하킴은 마치 마법에 걸린 것 같네.

그는 수천의 적이 무섭지 않네.

수천의 적이 그를 무서워하네.

그는 기마병들의 대열을 쓰러뜨리네.

그는 보병들의 대열을 쓸어버리네.

적들의 눈에는 그가

무시무시한 재앙의 화신이라네.

많은 자가 마음이 흔들려

생각하네. '그를 어찌해야 할까?

우리 노력이 부족했단 말인가?

우리는 피를 아끼지 않고

물보다 많은 피를 흘리고 있어.

도대체 무엇으로 그를 물리친단 말인가?

그의 강도짓을 어찌 중지시킨단 말인가?

진정 그는 불굴의 의지를 지녔어.

그는 총탄에 상처입지 않고,

포탄에도 끄떡없어.

돌과 화살에도 다치지 않고,

다이아몬드 칼도 그에게는 소용없단 말이야!

악마가 그를 전투에서 보호하는 거야!

그의 말, 빌어먹을 치바르도

주인처럼 다치지 않아.

우리 칼미크 사람들이 도대체 뭘 보고 있는 거지?

더 싸우다가는 모두 죽어!

뭣 때문에 헛되이 죽어야 해?'

겁쟁이들은 그렇게 말하고,

용감한 자들은 다른 말을 하네.

"모두 달아나야 할 이유는 없어."

그들이 말하네.

"우리는 많은 군사가 있고," 그들이 말하네,

"우즈베크 놈은 혼자야!" 그들이 말하네.

"그를 죽이지 못하거나,

사로잡지 못할 일은 없어!"

칼미크 인들이 말들을 빙 둘러 세우고,

더 밀집해서 앞으로 움직였네.

그렇게 하면 일이 더 잘 될 거라 하네.

원 속에 그를 가둘 거라 하네.

그는 우리 목전에 있게 될 거라 하네.

우리는 다시 싸움을 시작할 것이고,

그러면 그 즉시 그는 재앙에 빠질 거라 하네!

그들이 돌진했네. 봐라, 봐!

선두에 선 장사들은 어떤 모습이냐?

가슴에는 구리로 만든 보호대를 댔고,

손에는 뚫리지 않는 방패를 들었네.

머리에는 못이 박힌 강철 투구를 썼네.

달려가네. 그들이 휘파람을 불며 당차게 덤비네.

먹이를 찾아 전장을 배회하네.

원 속에 갇힌 알파미시와

맞붙어 겨룰 순간을 찾네.

하킴-베크가 한 녀석과 맞닥뜨렸네.

달려가며 그의 목을 빼앗았네.

다른 녀석과 만났네. 그의 목도

또한 잘랐네.

세 번째 녀석이 결투에 돌입했네.

자기 운명을 피하지 못하고

세 번째 녀석도 목이 잘렸네.

알파미시는 닥치는 대로 목을 벴네.

저 많은 병사들을 죽였네.

전장이 온통 피로 잠겼네.

오직 그만 바라보아라.

모든 용사들이여, 그를 보아라!

떼 지어 달려드는 적을, 보이지,

그는 갈대를 베듯 베어버리네.

장사이자 용사인 알파미시!

어떻게 그에게 맞선단 말이냐?

전장 곳곳에 시체가 널렸네.

적의 오른쪽 날개든 적의 왼쪽 날개든

검은 안개가 덮네.

의심이 다시 그들을 붙잡네.

"이 고독한 우즈베크 사람은,

그가 정말 사람이란 말인가?

용이나 사탄이 아니냐?

헛되이 동포가 죽는구나!

칼미크 인들이여, 우리는 아무것도 기다릴 게 없다.

칼미크 인들이여, 우리는 달아나야 해!"

통곡에 이은 외침소리. "달아나!"

칼미크 군사들이 모두 뒷걸음질 치네.

온통 난장판이었다네.

겁쟁이나 용맹스런 자나 너나없이

이성을 상실한 무리가 되어 달려가네.

그들은 도시로 달려왔네.

도시의 저잣거리를 달려가네.

상인들이 그들을 보네.

"전장 사정이 어때요?"

도망자들이 달리며 소리치네.

"이 멍청이들아, 꾸물댈 시간 없어.

상인들은 빨리 가게 문 닫아걸어요!

죽기 전에 어서 도망쳐요.

꾸물대다가는 모두 죽은 목숨이오!
최후의 심판이 저기 왔소!
그가 곧 나타날 거요.
우리를 뒤쫓아 그가 달려오고 있어요.
모두 도망쳐요!"
쾅! 천둥이 친 것 같았네.
시장은 금방 아수라장이 되었네.
상인들이 모두 도망가네.
많은 자들이 물건을 내던지고
통곡하며 각자 집으로 달려가네.
"재앙이다, 재앙! 우린 모두 파멸이야!"

한편 전장에서는
전투에 취한 하킴이
가장 용맹한 자들의 목을,
달아나길 원치 않았던 자들의 목을,
정예병들의 목을 하나하나 치네.
하킴은 도주자들도 잊지 않았네.
힘을 다 쓰지 않고 아낀 알파미시가 추격에 나섰네.
그는 도시로 쳐들어왔네. 그리고 다시
여기에서 그들이 피를 흘리네.
승리자의 얼굴은 무시무시하다네!
어디 있든 마주치는 족족 일순간
칼미크 인들의 목이 달아났네.
알파미시는 분노에 취했네.

이 거리 저 거리 말을 달렸네.

용보다 더 무시무시했네.

거리는 돌을 몰랐네.

그는 머리로 길을 닦았네.

거리는 물을 몰랐네.

그는 피로 길을 적셨네.

그렇게 칠 년 동안의 지하 감옥 생활을 끝낸

콘그라트의 술탄 알파미시는

자기 적들에게 복수했네!

그는 도시의 중앙광장으로 뛰어올라갔네.

마귀할멈 수르하일이 보였네.

그러자 그는 악의에 찬 기쁨을 드러냈네.

마귀할멈의 길을 막고 그가 말했네.

"할멈, 어딜 그리 바삐 가는가?" 그가 말하네.

"나한테 또 술을

대접하려나보지?" 그가 말하네.

마귀할멈은 이제 죽는다는 걸 깨달았네.

무슨 말인가 하고 싶어

두꺼비 같은 입을 쩍 벌렸네.

혀를 굴리는데 말이

돌덩이가 되어 혀에 앉았네.

턱만 덜덜 떨었네.

아즈라일[11]처럼 알파미시는

---

11 이슬람 신앙에서 죽음을 담당하는 천사.

늙은 마귀할멈 머리 위에 검을 들었네.

그녀를 오래 고통스럽게 하지 않고

머리를 두 동강 냈네.

바이치바르를 앞으로 움직여갔네.

그는 보네. 왕궁에서 나와

힘센 말의 기운을 돋우는 한편

멀리서부터 위협적으로 소리치며

중앙광장을 가로질러 달려오는 칼미크의 거인을.

맹렬하게 달려들더니 말고삐를 당기고

알파미시의 길을 가로막았네.

"너 이 우즈베크 악당 놈,

콘그라트의 미친 멧돼지!

미쳤느냐? 아니면 취했느냐?

이 우즈베크 놈아, 무슨 짓을 벌이고 있는 거냐?

얼마나 많은 사람들의 목을 벤 거냐!

나는 안카-파흘라반이다. 알겠느냐?

나는 전장에 나가지 않았다.

이 말썽꾼아, 네가 곧 진정하리라 생각했다.

진정할 줄 모르고 날뛰었으니, 이 우즈베크 놈아.

넌 이제 끝장이다. 알겠느냐?

내게서 용서를 기대하지 마라.

알아서 꺼지는 게 좋을 거다!"

하킴-칸이 이 말을 듣네.

하킴은 분노에 휩싸였네.

그는 그 즉시 안카와 맞붙네.

"어디 보자." 그가 말하네.

"귀찮게 거치적거리는 네 놈은 누구냐?

영웅-무사라는 너는 뭐 하는 놈이냐?

천치 같은 네 놈이 어디 용사냐!

야, 떠버리, 여기가 어디라고 지껄여대는 거냐?

이 수다스러운 놈아, 누굴 위협하는 거냐?

허풍쟁이, 누구 앞에서 폼을 잡느냐?

이 칼미크 놈아, 넌 누굴 가로막고 서 있는 게냐?

이 후레자식아, 누구한테 고함치는 거냐?

내가 누군지 모르느냐? 난 용사 알파미시란 말이다!

참 겁 모르는 똥개 같은 놈이구나.

집에 가서 잠자코 잠이나 자거라.

집에서 마누라하고 자식이랑 시시덕거리기나 해.

나의 적아, 넌 참 불행한 놈이구나!

네 놈은 전사를 보지 못한 게로구나.

용사들과 싸우는 게 어떤 건지 모르는 게로구나!

너 같은 불량배나 상대하라고

내 왼 주먹이 달려있는 게 아니다.

자기가 용인 줄 안다마는

너는 보잘 것 없는 벌레가 아니더냐?

하잘 것 없는 네 놈은

네 동족들 속에서나 뻐기고 다녔겠지.

나는 용맹한 안카-바티르다,

나는 강한 데다 위대하다!

이 겁 모르는 정신 나간 칼미크 놈아!

넌 길거리의 바보였어.

떠벌리는 걸로 사람들을 즐겁게 해 왔겠지.

네 앞의 죽음을 보고

그래서 전장에 나왔지.

마지못해 용맹한 놈이 된 거지.

네가 알아서 꺼져라.

이 불행한 놈아, 당장에 쓸어서 먼지로 만들어버릴 테다!"

무시무시한 안카에게

하킴-베크가 이런 말을 하네.

아주 거만한 태도로 말하네.

그에게 안카는 이렇게 말하네.

"어이, 우즈베크 놈, 정신 차려.

어른 말 들어." 그가 말하네.

"나는 네 놈이 무섭지 않아, 알겠어?

내 눈에 네 놈은," 그가 말하네.

"심지어 인간도 아니야!

다시 말하지. 꺼져.

내게서 용서는 기대하지 마.

어디 내 손에 잡히기만 해봐라.

네 놈 목을 비틀어버릴 테니까.

그럼 넌 네 고향 땅으로

영원히 돌아가지 못할 거다.

우즈베크 놈, 정신 차리는 게 좋을 거야!

카라잔이 네 친구라고 들었다.

그래서 나는 너를 존중해 왔어.

네 놈이 활개치고 다니며

나의 칼미크 사람들을 아무리 많이 죽였어도,

나는 오랫동안 입 다물고 있었다.

내내 전장에 나가지 않았어. 알겠느냐?

너 자신을 비난해라!"

안카-파홀라반은 이렇게 말했네.

하킴-칸은 웃음으로 대답하고는

바이치바르에게 채찍질을 가하고

고삐를 끌어당겼네.

그러자 바이치바르가 앞다리를 들어 올렸네.

그 순간 칼미크 인 안카가

무거운 곤봉으로

알파미시의 등을 쳤네.

그리고 칼미크 인은 날쌔게 곁을 지나쳐 갔네.

용사 알파미시에게

그 곤봉을 맞은 느낌은

모기가 문 것 같았을 뿐.

이제 그는 분노의 불길을 거세게 일으켰네.

이제 날카로운 자기 검을 확 빼들었네.

이제 말에게 채찍을 대접하고,

고삐를 놓아주었네.

회오리바람이 되어 바이치바르가 날아갔네.

알파미시가 적을 덮쳤다네.

알파미시가 단숨에 목을 잘랐다네.

목 없는 통나무처럼

안카-파흘라반은 땅으로 떨어졌네.

허풍은 파멸로 끝이 났네.

이때 타이차-칸이 직접

중앙광장으로 달려오네.

하킴에게 싸움을 거네.

호위병들이 그를 에워싸

자기 왕을 지키네.

왕과 알파미시는

결투를 벌이네.

왕은 지금까지 몰랐던 공포를

즉시 맛보았네.

그는 하킴-칸의 손에 죽었다네!

그의 모든 용사들이 한 무리로

결전에 돌입했네.

이 얼마나 놀라운 싸움인가?

그들은 창으로 싸움을 벌였네.

그러나 그들은 눈이 먼 게 아닌가?

어떻게 자기편을 찌른단 말인가!

살아남은 자들도 있었지만

알파미시는 그들을 건드리지 않았네.

그는 그들을 강제로 항복시켰다네.

칼미크의 왕을 죽이고 칼미크 인들을 겁먹게 만든 후 베크 알파미시는 승리자로서 칼미크의 수도를 돌아 다녔다. 이때 양치기 카이쿠바트를 만났다. 알파미시가 그에게 말했다.

"내가 지하 감옥에 있었을 때, 카이쿠바트, 네가 많은 도움을 주었어. 내가 칼미크의 왕 타이차를 죽였으니, 네가 이 나라의 왕이 되었으면 좋겠다. 나는 약속에 충실하니, 널 왕의 딸 탑카-아임과 맺어주고 싶다. 칼미크 인들에게서 행복이 떠났으니, 우리의 시간이 온 것이다. 네가 나에게 많은 도움을 주었으니, 나의 친구여, 이제 네가 이 땅을 다스려라. 원하는 대로 해라. 네 권리다. 훌륭하게 다스려라. 자비를 베풀고 싶으면 베풀고, 벌하고 싶으면 벌해라. 너는 왕이야! 하지만 단 이 칼미크 땅만을 지배해라. 너는 칼미크 인들에게 네가 거대한 독재자임을, 무시무시한 통치자임을 보여주어야 한다. 이를 나로부터 시작해라. 백성들 앞에서 권위 있고 위협적인 어투로 나와 얘기해. 네가 아무리 거친 말을 해도 나는 분개하지 않을 거야. 체면상 네 앞에서 굽실대는 척 해주겠다."

알파미시는 칼미크 사람들을 전부 모았다. 카이쿠바트는 아무것도 모르는 척 지팡이를 끌고 그에게 다가오더니 지팡이를 마구 휘두르며 위협적인 어투로 소리쳤다.

"이 멍청한 애송이, 지금 무슨 짓을 한 겁니까!
당신은 성질을 너무 심하게 부렸어요!
아무 죄 없는 칼미크 사람들을 그렇게 많이 죽이고,
칼미크의 왕까지 죽였어요!
내가 지금 애 같은 당신의 흥분을 가라앉혀주겠소.
이보시오, 말썽꾸러기 애송이, 당신 칼은 어디서 났소?
누가 당신에게 이유 없이 사람을 벨 권리를 줬나요?
강아지가 사자의 길을 가고 싶었던 것이오?
당신은 눈으로 진정한 사자를 보지 못한 모양이군!
당신에게 가르침을 줄 테니 내 말 잘 들으시오.

내가 가진 힘이 어떤지를?

내 주먹은 소매에 들어가지도 않을 만큼 크오!

말썽피우는 습관을 곧 버리게 해주겠소.

당신이 벌인 폭동에 대한 벌로 목을 쳐야 마땅하나

애송이에게 칼을 드는 건 부끄러운 일.

몽둥이질로 대신해서

당신 멋대로 구는 걸 관두게 하겠소!"

위협적인 어투를 가장한 카이쿠바트의 말을 다 듣고서 알파미시는 공손
하게 대답했다.

"형제여, 네가 아무리 날 위협적으로 대해도,

나는 전적으로 네게 복종하는 게 기쁘다.

카이쿠바트, 네 힘은 유명하지 않은 곳이 없는데,

용사가 평범한 목동들 속에 몸을 숨겼다는 걸

칼미크 인들만 몰랐구나.

나 자신은 오래전부터 이 사실을 잘 알았고,

결코 날 너와 대등하게 여기지 않았어.

항상 네 앞에서 고개를 숙였지.

어릴 적부터 나는 네 버팀목이 되기로 했어.

너에 대한 경의의 표시로 나는 많은 공적을 쌓았어.

전념을 다해 자넬 섬겼지.

네게서 용기와 지혜를 배우기를

진심으로 바랐지. 그러니 난

네가 무슨 말을 해도 순종할 거야.

매질을 해도 영광으로 받아들일 거야.

너에게 모욕을 느끼지 않을 거야.

왕의 딸 탑카를 네 아내로 주고

너를 왕으로 선포하겠어!"

카이쿠바트가 이에 대답했다.

"우정 어린 당신의 말에 만족하니,

당신의 헌신을 내게 증명해보이시오.

자, 탑카-아임을 산 채로 내게 데려오시오!

그동안은 당신을 용서해주겠소.

만약 일을 해내지 못하면, 심한 처벌을 내릴 것이오!"

큰절을 하고 알파미시가 달려가네.

카이쿠바트를 돕기 위해 서둘러가네.

그의 칭찬을 소중히 하는 표정이네.

숨죽이고 있던 칼미크 백성들이

당혹스런 표정으로 바라보고, 생각에 잠겨 말하네.

'봐, 저 목동 카이쿠바트가 어떤 사람인지!

힘이 세기로 온 세상에 유명하다잖아.

그와 동향인 용사가 그를 섬기는 걸 기뻐하잖아!

이런 기적이 있어! 저런 용맹한 사람을

우리가 알아보지 못했다고!

알파미시가 지하 감옥을 빠져나오자마자

우릴 도울 자로 부름 받은 게 틀림없어.

저 같은 양치기는 우리에게 아주 쓸모 있지 않겠어!

그는 오래전에 왕의 사위가 되어서

알파미시와 전투할 때 군사들을 이끌어야 했어.

그랬으면 알파미시가 우리 동족을 죽이지 못하게 했겠지.

이 우즈베크 인은 우리에게 자기의 우즈베크 인 근성12을 드러냈어.

그런데 키이쿠바트 앞에서는 너무나 겸손하게 변했잖아!"

그렇게 하여 알파미시는 적들을 속여 넘겼네.

온 나라를 자기 의지에 굴복시켰네.

그는 카이쿠바트를 영웅으로 선포했네.

목동을 왕의 옥좌에 앉혔네.

카이쿠바트가 칼미크 땅을 다스리네.

이때 그에게 옛 친구들이 오네.

많은 목동들과 다른 평민들이네.

들어와서 놀란 표정으로 그를 보네.

축하의 말을 하길 원하네.

행복하게 통치하라, 건강하라, 부유하라 하네.

카이쿠바트는 자비롭게 그들을 맞이하네.

옥좌에 앉아서 그들에게 감사를 표하네.

한 사람 한 사람 필요한 게 뭔지 얘기를 나누네.

그들에게 중재를 약속하네.

그의 치세에는 원통함이 없을 거라 하네.

이때 알파미시-하킴이 들어오네.

그는 탑카-아임에게 전령을 보냈네.

---

12 우즈베크란 단어에서 '우즈'는 자기 자신이고, 베크는 '대공, 지배자'란 뜻이다. 우즈베크 인 근성이란
   그 스스로 지배자가 되려는 속성을 말하는데, 여기서는 자기네를 무자비하게 공격한 알파미시의 행
   위를 뜻한다.

탑카-아임은 천막 안에서 사무치는 그리움에 수척해졌네.

탑카는 이제 참을 수 없네.

그녀의 행복했던 시절은 지나갔네.

사랑하는 사람은 떠났고, 사악한 혀들이

그가 그녀의 손을 원하지 않는다고 말하네.

그렇게 그녀는 자기 여자 친구들 사이에서 그리워하던 차에

갑자기 알파미시에게서 소식을 받네.

사랑하는 사람이 그녀와 만나고 싶어 한다고 하네.

'그는 날 그리워하고 있어!' 그녀가 생각하네.

'만나면 아주 기뻐할 거야!' 그녀가 생각하네.

'열정적인 키스를 퍼부어줄 거야!' 그녀가 생각하네.

'꾸물대선 안 돼,' 그녀가 생각하네.

'그는 나에게 냉담해질 거야!' 그녀가 생각하네.

탑카는 전령을 기다리게 하지 않고

처녀들을 불러 자기와 동행하게 하네.

그녀는 전령에게 말했네. "가자!"

자, 그럼 탑카의 모습을 볼까.

심장이 그녀의 가슴에 있는 걸까?

그녀의 가슴에서 새가 떨고 있나?

기쁨이 어떠할지, 가늠해보라!

처녀들은 제대로 가고 있네.

열 명이 앞장 서 가며,

마주치는 자들에게 언명하네. "비켜라!"

다른 열 명은 그녀와 나란히 가네.

또 다른 열은 그들 뒤에 가네.

마지막 열은 노래를 부르네.

탑카-아임이 궁전에 도착해 왕좌 곁에 서 있는 알파미시에게 다가갔다.
알파미시가 탑카에게 말했다.

"아름다운 아가씨, 내가 네게 말하니,
아마 이 말이 마음에 들지 않을 것이야.
포로가 되어 지하 감옥에 있던 시절에
네가 준 도움을, 우정을 내가 존중하지 않았더냐?
널 존중하는 마음이 없었다면,
이렇게 네게 청하지 않았을 것이다.
이제부터 네 도움은 필요 없다.
어쨌든 너는 예전 권력을 잃었으니,
지시하는 걸 모두 따라야 해.
그러나 네게 강요하고 싶지는 않다.
네게 경의를 표할 것이야.
무례하게 굴지도 않을 것이야.
네 아버지 칼미크의 왕은 죽었다.
보이느냐? 카이쿠바트가 이제 왕이다.
이제 온 세상에 그의 명성이 자자해.
그는 오래전부터 널 마음에 품었다.
탑카-아임, 네 가슴에 고통을 주지 말고
그의 사랑에 사랑으로 답해라.
그는 네 신부 값을 치렀어.
네 첫 번째 신랑이었던 거야.

처음으로 값을 치른 자는 사랑받아야만 해.

탑카-아임, 네 미모에 관한 소문을 듣고,

카이쿠바트는 멀리서 여기로 왔다.

지위는 물론 그의 땅은 풍요롭고 크다.

너에 대한 사랑으로 그는 낯선 땅에서

가난한 목동이 되었다. 이제 그는 큰 왕이다.

탑카, 그의 사랑을 거부하지 마.

카이쿠바트와 함께 하는 네 삶은 달콤할 거야.”

알파미시의 말을 듣고 탑카-아임은 분개했다.

“당신을 도와달라고 내가 얼마나 신에게 빌었는지 아나요!

당신으로 하여 내가 맛본 건 슬픔과 불안뿐입니다.

당신을 위해 얼마나 많은 눈물을 쏟았는지 당신은 아나요!

당신 때문에 얼마나 많은 고초를 겪었는지 당신은 아나요!

내 목에 걸린 값비싼 목걸이에는

황금 부적-신이 빛나고 있어요.

내 사랑, 당신은 내가 눈썹으로 장난치는 걸 좋아했잖아요.

내 사랑, 당신의 사랑은 어디 간 건가요?

소중한 사람아, 이게 내 사랑에 대한 보답입니까?

당신은 지옥 같은 지하 감옥에서 고생했었죠.

내가 당신의 재앙을 막아주었잖아요!

내 타고난 운명에 행복은 없는 거지요.

하늘이 내 음식에 독을 탄 거지요.

내 소중한 사람아, 이게 내 사랑에 대한 보답입니까?

마슈하드[13] 염료로 눈썹을 물들이고,

털이 복슬복슬한 술이 달린 비단 숄을 두르고,

내가 당신 안의 정열을 일깨우지 않았습니까, 소중한 내 사람아?

소중한 사람아, 이게 당신이 주는 보답입니까?

힘든 시절에 그렇게 당신을 도우며,

그 도움에 어떤 값이 매겨질지 내가 알았겠습니까?

그토록 마음 바쳐 섬겼던 사람에게

내가 곧 필요 없어지리라고 생각했을까요?

내 소중한 사람아, 정녕 이게 당신의 보답이란 말입니까?

지금 이런 중매로 내게 영광을 베푸셨으니,

나의 왕이여, 참으로 무례하시오!

당신이 저 머리 벗겨진 놈한테 빚을 졌다면,

내 어찌 그의 아내가 될 수 있으리오?

그를 위해 내 미모를 소중히 하라고?

소중한 사람아, 당신이 주는 보답이 이거란 말이지요?"

탑카의 영혼이 분노로 타올랐네.

카이쿠바트가 서서 그녀에게서 눈길을 떼지 않네.

그녀의 말을 다 듣고 지시하네.

즉시 뜨거운 물을 가져오라 하네.

양동이 가득 뜨거운 물을 가져오네.

그는 벗겨진 자기 머리를 물에 담그고

오랫동안 뜨거운 물속에서 벗겨진 부분을 긁었네.

이런 이상한 행동으로 모두를 당혹하게 만들었네.

---

13 이란 호라산주(州)의 주도(州都). 이곳의 염료는 화장품 재료로 유명하다.

그는 머리가 빠진 게 아니었네.

짐승의 내장으로 교묘하게 고수머리를 감싼 다음,

내장을 말리고 나니 대머리로 보였던 거라네.

뜨거운 물에 내장을 푹 담그고,

조각조각 머리에서 떼어낸 다음,

머리를 꺼내니 그는 곧 고수머리가 되었네.

젊고 날씬하게 되었네. 그는 사실 유수프처럼 잘생겼다네.

잘생긴 모습에 탑카-아임의 눈이 부셨네.

밤도 환하게 비출 것 같이 잘생겼다네!

그는 자기의 긴 머리카락을 땋아 내렸네.

땋아 내린 검은 머리가 허리춤까지 내려오네.

카이쿠바트는 중국인이었네.

목동으로 일했지만, 그는 귀족 자제였다네!

탑카-아임은 그에 관한 말을 듣고 싶어 하지 않았었네.

이제 그녀는 사랑의 불길로 타오르네.

정열이 한 순간에 그녀의 기억을 앗아갔네.

"저기 있는 알파미시는 뭐야! 저 사람은 끔찍한 재앙이야!

하마터면 저 사람과 살다 평생을 저주할 뻔 했어!

쓸데없이 저 사람에게 마음을 쏟았어."

그러곤 심지어 알파미시를 쳐다보지도 않았고,

그 순간 탑카는 속으로 이렇게 생각했네.

"이제부터 난 카이쿠바트 단 한 사람만 좋아할 거야!

그래 사실 전에도 그는

내 시선을 끌었었어.

날 사랑한다는 걸 슬쩍 비치기라도 하지.

밝은 노을같이 그가 저렇게 멋진데,

날 사랑해서 고향 땅을 버렸는데,

어떻게 내가 그의 아내가 되길 거부하겠어?"

하킴-베그가 탑카-아임을 옥좌로 이끄네.

처녀들에게 그녀를 뒤따르라 명하네.

카이쿠바트는 왕처럼 옥좌에 앉아 있네.

점잔 빼는 표정을 짓네.

왕답게 탑카-아임을 바라보네.

그녀의 여자 친구들을 거만하게 바라보네.

정말 아무것도 모른다는 듯이

베크 알파미시에게 그가 말하네.

"이 처녀들이 누군지 내게 설명해보라.

무슨 필요로 이들이 내게 온 거지?

머리를 조아리며 우리를 성가시게 할 거라면

내일 오게 해. 우린 지금 바빠."

알파미시가 그에게 공손히 말하네. "오 나의 왕이여!

왕이여, 왕의 딸 탑카를 소개해 올리지요!

왕이여, 당신을 향한 정열에 사로잡힌 여인이오.

당신 없이는 살 수 없다고 말하고 있습니다.

사랑의 감정을 당신께 고백하길 원합니다."

카이쿠바트는 이 말을 듣고

자신의 기쁨을 조금도 내색하지 않고,

내키지 않는다는 듯이 마지못해

탑카를 아내로 맞으라는 청을 수락했네.

곧 알파미시는 혼례를 준비하기 시작했네.

오, 카이쿠바트, 이 훌륭한 사람이 누군지 봐!

막바지에 그가 어떤 운명의 보상을 받았는지 봐!

머리 빠진 목동이었네. 남의 양을 쳤다네.

지금 그는 왕관을 썼다네.

덤으로 왕의 딸을 아내로 맞기까지 했다네!

첫날밤이 지나고

낮의 환한 빛이 온 궁전을 비추었네.

카이쿠바트는 탑카와 헤어져야 했네.

아침부터 그는 왕의 권좌에 올라앉아야 하네.

용사 알파미시가 그와 나란히 옥좌에 앉네.

그는 카이쿠바트 정권의 재상이라네.

그들은 함께 일을 논의해야 하네.

맨 먼저 해야 할 일은 온 나라에 알리는 거라네.

영광스러운 카이쿠바트가 나라를 다스리고 있다고,

그가 타이차-칸의 딸 탑카-아임의 남편이 되었다고 알리네.

그는 자기 혼례 잔치에 어른 아이 할 것 없이 모두 다,

칼미크 사람 전부를 초대하네.

북소리가 울리네. 수르나이[14]를 불어대네.

구리 카르나이[15] 소리 웅웅대고 삑삑대네.

포고관원들이 목이 쉬도록 외치네.

"칼미크의 새 왕께서, 영광스러운 카이쿠바트께서

---

14 플루트와 유사한 목각 관악기.
15 호른처럼 기다랗게 생긴 금관악기.

젊은 아내 탑카-아임과 함께

만백성을 혼례잔치에 부르시는도다.

귀족이나 평민이나 모두 초대에 응할지어다!"

저런 잔치에 누군들 기뻐하지 않으랴?

늙으나 젊으나 백성들이 물밀듯 잔치에 가네.

사람들은 그곳에서 친구들과 친지들을 만나네.

만나서 많은 얘기를 나눌 거라네.

바이사리는 타이차-칸에게 모든 걸 빼앗겼었네.

바이사리는 멸시 당했고 완전히 짓밟혔었네.

하지만 그도 잔치에 늦지 않았네.

'알파미시를 만나야지.' 그렇게 그는 생각했네.

'바르친 소식을 들어야지!' 그렇게 그는 생각했네.

숙부를 보자마자 알파미시는

그에게 달려가 두 팔을 벌려 안았네.

숙부를 위해 그는 아들처럼 정신적 고통을 당했네.

늙은 바이사리는 이제 마음을 놓았네.

이 만남에 감동해서 흐느끼기 시작했네.

카이쿠바트도 옥좌에서 일어나서 서둘러 그에게 오네.

그는 얼굴을 땅에 대고 바이사리의 발치에 엎드렸네.

손에 입 맞추고 아버지라 불렀네.

바이사리의 손을 잡아 옥좌로 끌었네.

어느 하나 소홀함 없이 그를 기쁘게 하려고 애썼네.

카이쿠바트, 그가 늘 왕이었던 게 아니네.

카이쿠바트는 바이사리 집의 양치기였네.

그는 바이사리에 대한 연민으로 가득 찼네.

재무 장부를 가져오라고 명하네.

재무 장부를 즉각 대령했네.

카이쿠바트는 장부를 꼼꼼하게 살폈네.

타이차가 바이사리한테 빼앗은 가축 떼는

유난히 큰 목록을 이루고 있었네.

카이쿠바트는 그 즉시 목록을 전부 지웠네.

불쌍한 바이사리에게 그의 가축 떼를 돌려주었네.

바이사리의 행복이 한도 끝도 없네.

그에게 드리워진 노을이 기쁨의 빛으로 물들었네.

그는 다시 존경받게 되었네. 다시 그는 부자가 되었네.

영광스러운 왕 카이쿠바트여, 만수무강하소서!

한편 잔치는 순조롭게 진행되고

백성들은 훌륭한 음식에 흡족해 했네.

자, 몇 날 며칠 계속된 잔치가 드디어 끝나가네.

백성들은 제각각 집으로 흩어지기 시작했네.

늙은 바이사리는 잔치자리를 떠났네.

카이쿠바트는 통치행위에 착수하네.

누군가에게 엄중하게 말하네.

"개는 감히 사자 발자국을 따라오지 못하는 법이다!

적들은 늙은 풀같이 말라 죽을 것이다!"

칼미크 사람 모두 이 말을 듣고 말하네.

"이 양치기-왕은 정말 어수룩하지 않아.

그는 자기를 다시 증명해보일 거야, 카이쿠바트!"

한낮이었네. 예상하지 못한 일을

백성들은 보았다네.

카이쿠바트가 벌떡 일어나서 발을 구르기 시작하더니

베크 알파미시의 따귀를 때렸네.

팔을 꽉 붙잡고 올가미 밧줄을 가져오라 했네.

팔을 묶고 떠밀었네. "움직여!"

다시 그 지하 감옥으로 몰아가서 처넣으려 하네!

모든 칼미크 사람들이 공포에 사로잡혔네. "이 새 왕 말이야.

행동거지로 볼 때 정말 무서울 게 없는 왕이야!

용사들에게 공포의 대상인 우즈베크 인 알파미시가, 우아!

저렇게 연신 따귀를 때려도 가만히 있잖아.

만백성이 있는 가운데 양처럼 온순하게

다시 지하 감옥으로 끌려가고 있잖아.

정말 이 풋내기 양치기 왕은

용맹한 자가 분명해!

그는 자기의 모든 적을 벌벌 떨게 할 거야!

자기 친구도 용서하지 않는데,

우리는 잘못했다간 어떻게 되겠어!

알파미시는 칼미크 땅을 뒤흔들었어.

그런데 이 카이쿠바트가 천만 배 더 무시무시하잖아!"

카이쿠바트와 알파미시-하킴이 직접

이 책략을 꾸몄다는 걸

거기 있던 칼미크 인 누구도 알아차리지 못했을 거라네!

카이쿠바트가 떠나고 사람들도 그를 뒤따라

집으로 흩어지기 시작했네.

밤이 오고 사람들은 평화롭게 자고 있네.

카이쿠바트는 지하 감옥으로 돌아오네.

알파미시에게 그의 말을 끌어다주었네.

그의 무기와 갑옷이 말에 실려 있네.

카이쿠바트가 지하 감옥을 조심스럽게 들여다보네.

그곳에 차분하게 앉아 있는 알파미시가 보이네.

이제 카이쿠바트는 그에게 밧줄을 내려 보내네.

밧줄은 올가미 밧줄 열 개를 꼬아 만든 거라네.

지하 감옥에서 친구를 멋지게 끌어내네.

있는 힘을 다해 마침내 끌어냈네.

그리하여 하킴-칸은 다시 해방되었네.

알파미시가 친구에게 진심으로 말하네.

"책략이 기막히게 성공했어." 그가 말하네.

"물론 우리는 곤란한 상황을 겪을 수도 있었지." 그가 말하네.

"네가 내 충고를 무시했다면 말이야.

적과 함께 살 때는 마음을 놓아선 안 돼." 그가 말하네.

"칼미크 인이 영원히 고분고분하지는 않을 거야." 그가 말하네.

"우리의 책략이 주는 교훈이 없다면,

너는 낯선 땅에서 권력을 유지하지 못할 거야.

널 권자에서 쫓아내려 할 거라고.

폭력을 행사해서 널 죽일 수도 있어.

마땅히 그래야 하는 대로 날 다뤘으니까

너는 적의 존경을 얻게 됐어.

왕의 위엄을 굳건히 한 거지."

두 친구는 작별했다. 서로에게 건강과 행복을 빌어주었다. 작별하며 알파미시는 카이쿠바트에게 또 이렇게 말했다.

"가을이 서둘러 꽃을 시들게 하지 말지어다.

신이 네 지혜를 앗아가지 말지어다!

나의 친구여, 내 말을, 내 부탁을 잊지 마라.

내 부탁이니, 언제고

내 옹고집 숙부 바이사리에게 가다오.

나의 충고이자 명령인 이 말을 그에게 전해다오.

몹쓸 사람, 도대체 무슨 생각을 하는 건가?

왜 일가친척에게 돌아오지 않는 건가?

힘으로 아니면 속임수로라도 노인의 생각과 분별을

깨쳐다오. 떠나게 해다오.

저 먼 길을 가면 바이순 땅이 있지.

세상 그 어디보다 내게 소중한 땅이야.

내 고향을, 내 일가친척을 다시

떠올리기만 해도 나는 얼마나 많은 눈물을 쏟는지!

이 고향 땅으로 말을 몰아가네.

나의 친구, 카이쿠바트, 나를 잊지 말게!

자, 작별하세, 자네 손을 다시 주게!"

알파미시에게 카이쿠바트도 작별의 말을 건넸다.

"꽃밭은 하늘의 벌을 알지 못해야지!

적들이 알지 못하게 밤에 떠나게.

적들이 알게 되면 나는 괴롭네!

모든 관리들이 곧 나를 배반할 걸세.

날 죽이리란 걸 전적으로 확신하네!

너의 군기가 네 위에서 유유히 흔들리고 있네.

내 친구는 매를 다룰 줄 알지.

내 친구는 호랑이의 힘을 타고 났지.

표범의 대담한 심장을 지녔지.

꺼졌던 내 횃불을 자네가 다시 타오르게 했지.

건강하게. 무사히 길을 가길 비네.

먼 길에 지치지 않길 비네.

자네 백성을, 자네 땅을 풍요롭게 하게.

카이쿠바트의 우정을 때로 기억해주게.

영광 있으라, 칭송 받으라, 나의 용사여, 영웅이여!"

어두운 밤에 그들은 작별했네.

불쌍한 카이쿠바트는 터벅터벅 걸어 몰래 궁으로 돌아왔네.

용사 알파미시는 고향 생각뿐이네.

단 한 명의 적도 마주치지 않고 달렸네.

칼미크 인들은 알파미시가 구멍 속에 있는 줄 아네.

알파미시는 먼 길을 날아가네.

네 번째 노래

그대는 어떤 선한 눈의 눈동자인가?
어떤 순결한 입의 정직한 혀인가?

카이쿠바트는 왕위에 올라서 칼미크 땅을 다스리기 시작했다. 칼미크의
장로들은 빈번히 회의를 했다. 알파미시가 감옥에서 달아나지는 않았을까
염려했던 것이다. 그런데 알아보는 것은 금지되어 있었다. 왕의 허락 없이는
누구도 지하 감옥으로 내려갈 권한이 없었다. 점차 족장들도 잠잠해졌다.

그 사이 알파미시는 고향으로 돌아가고 있었다.

"산 속에 안개가 없으니 좋구나.
길에 선단이 없으니 좋구나.
뜰에 주인이 없으니 좋구나.
백성이 없으면 술탄에게 왕국이 없구나!
내 백성을 잃었다면, 나는

누구를 다스릴 거란 말인가? 뭐하러 왕 노릇을 한단 말인가?

물 없는 모래밭을 지나, 황량한 초원을 지나,

먼 길을 슬픔에 젖어 나는 가네.

장미가 질 것이니 축복 받은 땅이 슬퍼하네.

도시가 퇴락하니 술탄이 쓰러지네.

나는 부유했었네. 헤아릴 수 없이 친구가 많았네.

이제 초라해진 나는 가장 가까운 친지들에게도 환영받지 못하네.

내 종족 속에서, 내 백성들 속에서 나는 왕이었네.

나쁜 시기에 나는 덫에 걸렸네.

안개 속에 보이는 저건 아스카르 산이 아닌가?

나는 바른 길로 가고 있는 것인가?

아버지는 늙으셨고, 어머니도 늙으셨네.

부모님 소식을 전혀 모르네.

콘그라트 종족이여, 너는 어디 있는가?

행복했던 시절은 어디로 갔는가?

그곳에서 내 친구들은 어찌 되었는가?

그곳에서 사랑하는 바르친은 어찌 되었는가?"

용감한 사람이 길을 달렸네. 그토록 슬퍼했네.

이런 말들을 중얼거렸네.

가파른 비탈에서 우르르 산사태 소리가 났네.

바이치바르는 산길을 질주했네.

돌을 부수어 모래알로 만들며,

돌에서 불꽃을 일으켰네.

외로운 한 사람이 말을 타고 질주하는데,

"수백 명이 말을 달리는 소리구나."라고 말할 것이네.

"맹렬하고 아주 소란스러운 울라크 경주를 하나보다!"

이제 알파미시는 알라타크를 목전에 두었네.

그는 산에 올라서서 바라보았네.

고향 지방이 보였네.

그의 바이순 족이 여름을 나던 곳이네.

동포들을 보았네. 마음에 그리움이 사무쳤네.

뜨거운 눈물이 방울방울 떨어졌네.

친족은 그 없이 어찌 살고 있을까?

콘그라트의 상황은 어떨까?

그가 물어본들 누구에게 묻는단 말인가?

근처에 사람이라곤 단 한 명도 없네!

그는 괴로워하며 느릿느릿 말을 걸렸네.

마침 그 시각 콘그라트 쪽에서 오는

큰 규모의 선단이 그곳에 당도해서

짐을 내리고 휴식을 취하네.

하킴은 선단 대장들에게 물어보기로 했네.

말머리를 틀어 그들에게 향했네.

물어보고 싶은 말이 너무도 많아 서둘러 그들에게 가네.

그들 가까이 다가가며 얼마나 흥분했던가!

여정에 지친 선단 대장들이 동물들을 짐에서 해방시켜준 참이었다. 막 다리를 쉬게 하려던 참이었다. 누구는 완전히 드러누웠고, 누구는 기대고 누웠다. 알파미시가 그들에게 다가가 말했다.

"슬퍼하는 자는 생각과 꿈에 골몰하지.

선단 대장들은 이 도시 저 도시 떠돌기 바쁘다네.

용맹한 자에게 전장은 영광이지 두려움이 아니라오.

나는 자주 잔치에서 베크들과 함께 떠들썩하게 놀았소이다.

내 심장에는 고난의 날카로운 가시가 박혀 있소이다.

이 낙타들은 누구 것인가? 어린 낙타들은 누구 것인가?

아스트라한에 다녀오는 데 칠 일이면 되겠지.

십 바트만 무게의 짐을 쉽게 나르네.

이 낙타들은 누구 것인가? 어린 낙타들은 누구 것인가?

떠나는 길인가, 돌아오는 길인가?

나는 운명에 쫓겨 이곳에 이르렀네.

가축 떼를 기르는 자는 목동이라 부르지.

목동들, 어디서 와서 어디로 가는가?

이건 누구의 낙타들이며 어린 낙타들인가?"

선단 대장들은 알파미시의 말에 대답했다.

"평원에서 길을 잘 잡도록 하게.

창에 뚫린 상처에서 피가 시내가 되어 달리네.

누구는 오른쪽으로 누구는 왼쪽으로 갈 것이고,

우리는 방랑하며 제 갈 길을 가네.

무슨 일로 우리에게 묻는가?

선단을 이끄는 자들은 서두르지 않네.

우리는 벨벳과 브로케이드 꾸러미를 싣고 가네.

어린 낙타들은 낙타들에게 묶였네.

무슨 일로 우리에게 묻는가?

우리는 쉬고 싶어서 여기 누웠네.

저마다 정해진 길이 있네.

자네 자신이 자기 길을 알고 있는지 생각해야 하지.

자네가 탄 아라비아산 준마가 춤추고 있네.

자네 고삐를 당길 때가 되지 않았나?"

그때 알파미시가 선단 대장들에게 또 한 마디 했다.

"조력자가 영리한 곳에서 재판관은 언제나 현명하지.

만약 말이 불구이면, 말 탄 자는 재앙이지.

책임으로 인해 다친 곳도 수치도 없네.

누구의 낙타들을 몰고 어디로들 가는가?

알고 싶다면 자네들에게 사실을 말해주지.

난 떠돌이라네. 한 곳에 오래 머물지 않지.

여러 땅 여러 민족을 떠돌아다니네.

뻐기며 남을 험담하고 놀리기 좋아하는 자는 싫어하지.

그런 놈들은 얘기할 필요 없이 목을 쳐버린다네.

허리띠에 찬 칼 보이지.

이게 누구의 낙타들인지 어서 말하지 그래!"

선단 대장들은 자기들끼리 눈짓을 주고받았다.

"저런 노련한 무사와 언쟁을 할 필요 있나? 그냥 곧장 대답해주고 그와 떨어지는 게 낫지 않겠어?"

이렇게 판단하고 그들은 말했다.

"땅의 골이 비 때문에 겉으로 기어올라 드러나네.

선단이 힘들게 비탈을 올라가네.

처녀는 사랑하는 사람을 생각하네.

그래, 서 있네. 영웅의 집은 무너지지 않을 것이네!

슬퍼하는 노예는 이룰 수 없는 꿈을 꾸며 사네.

알려주지. 우리는 울탄-베크의 선단을 이끌고 가네.

우리는 울탄-베크가 내린 지령에 따라 움직이는 중이네.

그는 선단 대장이 아닐세. 평범한 양치기가 아닐세.

울탄은 콘그라트 땅 전체의 왕이 되었다네!"

알파미시가 선단 대장들에게 다시 말했다.

"먼 옛날 바이순-콘그라트 땅의

맨 첫 족장은 다반비였지.

그의 후계자인 아들의 이름은 알핀비였네.

그는 아들을 둘 두었네.

바이부리가 큰 아들이었고, 작은 아들은 바이사리였어.

바이부리 왕에게 늙은 나이에도 불구하고

신이 아들을 주었네. 하킴-카이사르지.

자라났을 때 알파미시로 불렸어.

그래서 내가 자네들에게 물었던 거라네.

콘그라트 부족을 나는 여러 번 방문했어.

좋고 나쁜 일을 많이 겪었지.

알파미시와 만나서 술판을 벌였네.

그곳에 울탄이란 이름을 지닌 베크가

있었다니 금시초문일세.

땅 밑에서 거기로 솟아난 건가,

신비한 술탄이 하늘에서 떨어진 것인가?

그런 기적은 한 번도 들어보지 못했어.

분명 그 사람은 왕위를 찬탈한 자야.

콘그라트에 그런 베크가 살았던 적이 없어!

그는 어떤 종족에서 콘그라트 종족에게 온 건가?

누가 그에게 베크의 칭호를 주었단 말인가?

누가 그에게 콘그라트의 일을 맡겼단 말인가?

자네들의 이상한 대답을 들으니 머릿속이 캄캄해지네.

콘그라트 사람들한테 무슨 일이 생긴 것이냐?"

알파미시의 말에 선단 대장들은 다소 충격을 받았다.

"이 사람은 왜 지난날을 떠올려서 우리를 괴롭히는 걸까? 욕을 해도 결코 우리를 가만히 내버려 두지 않을 거야. 얘기를 나누지 않으면 불행이 닥칠 거야! 길에 지쳐서 이제 막 여장을 풀고 다리를 뻗었는데, 그가 달라붙어서 쉬게 해주지 않고 있잖아!"

자기들끼리 소곤대더니 선단 대장들이 알파미시에게 말했다.

"좀 작은 소리로 말하시지.

위험한 말은 입 밖에 내지 않는 게 좋을 거요!

저 울탄을 직접 보면

그와 관계하지 않는 것이 좋다는 걸 깨달을 거요.

과연 그의 잔인함에 한계가 있던가요?

용감한 사람들이 백만이라도

이 악당은 무시한다고요!

그가 알파미시'라는 이름을 듣는다면,

그 즉시 자네는 서 있는 그 자리에서 목이 매달릴 거네.

이걸 다 쓸데없이 우리에게 말하고 있네.

기억하게. 우리는 알파미시'라는 말을 모르네!"

알파미시는 생각했다. '이런 악마가 잡아갈 놈들! 이놈들하고 엮여봐야 뭐하겠어? 그냥 누워 있어라!'

무시무시한 매, 하킴-베크는 더 멀리 길을 가네.

치바르를 타고 자기 갈 길을 가네.

밤은 어둡고 낮은 연기 같은 먼지에 뒤덮였네.

바이치바르는 가파른 길로 달려가네.

바이치바르 눈앞에 여름방목지가 보이네.

유쾌한 울음소리를 내더니 재갈을 물어뜯네.

틀림없이 그는 이 지방을 아는 것이네.

이 목초지에서 뛰놀았을 것이네.

말 떼들이 바이치바르의 목소리를 듣네.

그의 울음소리에 흥분했네.

한 무리로 모여서 울음으로 대답하네.

바이치바르의 목소리를 알아듣는 것이네.

외딴 수풀에서 그에게 소식을 전하네.

용사의 집은 무사하니 행복해라!

콘그라트의 왕은 치바르를 타고 길을 재촉하네.

바이치바르의 어미인 회색 암말이

과연 아들의 목소리를 모르겠는가?

불쌍한 것 이제 포로가 아니야, 멈춰!

어찌 서둘러 아들을 보고 싶지 않을까!

치바르를 떠올리자마자

회색 암말은 자기 말 떼와 떨어져서

길 쪽으로 달려가네.

말몰이꾼이 서둘러 뒤쫓네.

"쿠르하이트! 쿠르하이트!" 초조하게 소리치네.

힘이 빠져 어찌할 바를 모르고 서 있네.

보아하니 말을 돌아오게 할 수 없네.

암말의 울음소리를 하킴이 들었네.

회색 암말이 와서 그의 앞에 섰네.

하킴은 생각하네. '짐승인데도

어미의 감정을 잃지 않았구나!'

아픔이 그의 가슴을 뒤흔들었네.

뜨거운 눈물이 눈에서 솟구쳤네.

마음이 아파서 하킴이 말했네.

자기 치바르에게 말했네.

'내 착한 말 바이치바르,

내 충직한 길동무, 나의 날쌘 준마,

과연 내가 네 기쁨을 모르겠느냐마는,

너를 질투하는 마음을 거둘 힘이 없구나.

너는 네 늙은 어미를 만났구나!

치바르, 너는 내 아픔을 이해해야만 해.

어서 나를 내 집으로 데려가다오.

너처럼 나도 내 어머니를 만나야지!"

아들을 보니 회색 말은 이제 행복하네.

이제 회색 말은 더 기쁘게 울기 시작했네.

그리고 치바르의 주위를 일곱 번 뛰어 돌고

행복으로 온 몸을 떨며 아들 앞에 섰네.

네가 이 멋진 광경을 봤어야 하는 데 말이야!

갑자기 하킴 앞에 기적이 펼쳐졌네.

갑자기 암말의 젖통이 부드러워지며

젊은 암말처럼 젖이 가득 차올랐다네!

하킴은 이 광경에 놀라지 않을 수 없었네.

마음으로 감동한 하킴은 서둘렀네.

그는 말머리에서 굴레를 벗기네.

"그래 나는 내 힘을 잃지 않을 것이야.

친구들에겐 불쌍하고 적들에게는 웃기는 놈이 되는 거지!

나의 말 바이치바르, 너는 충직하게 나를 도왔어.

칼미크 땅에서 내 동지였어.

물 없는 초원에서 내 갈 길을 줄여주었어.

치바르, 넌 전투에서 날 구한 게 한두 번이 아니야.

지금 네 어미를 만났으니

어릴 때 그랬던 것처럼 어미젖을 빨아라.

나도 어서 고향집으로 가서

사랑하는 내 어머니를 만나고 싶구나.

네가 내 속의 어머니에 대한 그리움의 불길을 더 강하게 지폈구나.

유쾌한 울음으로 초원을 가득 채워라, 치바르.

어릴 때처럼 네 어미젖을 빨아라, 치바르!"

셀 수 없이 한숨을 쉬며 하킴이 말하네.

쏟아지는 비가 되어 그의 눈에서 뜨거운 눈물이 흐르네.

겸손하게 신에게 기도를 올리며

운명에 도움을 구하네.

하지만 자기에 대해서는 이렇게 생각하네.

"쓸데없는 눈물로 마음이 약해져선 안 돼!"

"어이, 치바르, 길을 떠날 때가 되지 않았을까?"

치바르는 어미 가슴에서 떨어졌네.

알파미시가 그에게 굴레를 씌웠네.

갈대숲 쪽으로 길을 잡으며

그는 바이순의 갈대를 보며

생각하네. '고향의 갈대야, 무슨 말이 하고 싶어서 소란을 떠느냐?

기쁨으로 내 심장을 어루만지려는 것이냐,

아니면 슬픈 소식으로 영혼에 어둠을 드리우려는 것이냐?'

회색 암말을 놓친 종은

길 가운데 앉아 있었네. 그는 힘이 하나도 없었네.

그는 앉아서 슬퍼하며 생각하네. '어디로

이 늙은 암말이 달아났을까?'

알파미시가 다가와서 묻네.

"왜 너는 길바닥에 돌처럼 꼼짝 않고 앉아 있는 것이냐?

얘야, 무슨 이유로 이리 쓰라린 눈물을 흘리는 것이냐?

말해봐라, 누가 널 죄 없이 모욕한 것이냐?

말해봐라, 누구의 말 떼를 몰고 다니는 것이냐?

말 주인이 누구냐? 이 땅에는 누가 사는 것이냐?

나는 형형색색 날쌘 말을 타고 달리니

넌 내게 사실을 말해야만 해.

지금 나는 바이순 땅에 있는 게 아니냐?

종족 일가에 대해 내게 사실대로 말해라.

너는 누구 종복으로 이 말 떼를 모는 것이냐?"

젊은 종이 그에게 대답하네.

"무사님, 당신의 질문은 내 심장을 찢어놓을 거예요.

여기서 누구 가축을 치냐고 물었지요?

당신이 묻자마자 나는 온통 노랗게 질렸어요.

내가 여기서 누구와 이 큰 슬픔을 나눌까요?

알고 싶어 하니 대답해드리지요.

이 가축 떼는 주인이 없어요!

어딘지 모를 곳에서 한창 나이에 죽은 것 같아요.

열 번 백 번 물어보세요.

"이 말 떼의 주인이 누구냐?"

없는 주인을 어디서 찾는단 말입니까?

이 말 떼는 주인이 없어요!"

알파미시가 어린 목동에게 대답했네.

"정말 내 질문이 널 모욕한 것이냐?

나야말로 매우 놀랐구나.

주인 없는 가축 떼를 치고 있었다니!

내 말 귀담아 똑똑히 들어라.

정말 세상에 주인 없는 가축이 있더냐?

이 초원에 누구의 압제가 드리운 것이냐?

어허, 이런 땅에서 우리는 기쁨을 찾을 수 없겠구나.

저기 잘 다져진 길로 다시 멀리 가자꾸나.

뭔가 알게 되거든 입 다물지 말고

언제라도 나에게 몰래 알려라!"

목동은 알파미시에게 대답했네.

"하킴-베크가 이 땅에서 우리 주인이었어요.

그는 당당하고 힘센 단봉낙타였어요.

무사로서 백성의 존경을 받았지요.

고함소리로 전투의 열기를 불태우며,

혼자서 수많은 적을 무찌르곤 했어요.

그런데 바이사리가 여기로 돌아오길 원하지 않았던 거예요.

후에 그는 이 점을 무척 슬퍼했지요.

나의 왕은 장인을 구하러 갔어요.

아마 칼미크의 지하 감옥에 빠진 것 같아요.

그리고 감옥에서 나의 왕 하킴잔은 죽은 것 같아요.

분명 그와 함께 그의 숙부인 장인도 죽었을 거예요.

여기에는 아비 없는 용사의 아들이 있어요.

단지 너무 어려서 성년이 되기 전에는

아버지를 대신할 수 없어요.

그동안 백성이 슬퍼하는 건 까닭이 없는 게 아니에요.

우리는 아주 힘든 상황에 처했어요.

우리의 적법한 술탄이 살았는지 죽었는지도 모르는데

참칭자 왕이 우리 목 위에 앉았어요.

건달 녀석 울탄-타스가 권력을 잡았어요.

모든 재산도 울탄이 가로챘어요.

모든 백성이 그를 아주 싫어해요.

우리의 베크 하킴-칸이 돌아오기만 하면,

조국 땅 바이순이 슬픔을 모르게 될 텐데요!"

어린 목동의 말을 들은 알파미시는 아무것도 모르는 척 말했다.

'만약 정말로 알파미시가 죽었다면 그를 살려낼 수 없어. 그런데 울탄-타스가 너희들의 베크가 된 건, 나라가 그의 압제에 처한 건 너희 잘못이야."

이 말에 목동이 대답했다.

"사실 내 아버지인 쿨타이는 알파미시와 아주 친했어요. 알파미시는 쿨타이를 아주 사랑했습니다. 내 아버지가 알파미시의 종이란 걸 몰랐던 사람은 알파미시가 아들일 거라고 생각했답니다. 그렇게 그들은 진심을 나눴어요. 보세요. 그런 사람이 칼미크 땅에서 죽고, 여기서는 악당 울탄이 권력을 빼앗았단 말이에요! 죽도록 맞지 않고 일을 나가는 날이 없어요! 우리는 폭군의 압제에 신음하며 살고 있어요. 심한 모욕 속에서 고통 받고 있어요. 우리는 그를 증오합니다."

"기도해라. 네 주인은 다시 돌아올 거야!" 이렇게 말하고 알파미시는 다시 멀리 길을 떠났다.

호숫가로 길을 가던 알파미시 눈에 하얀색과 초록색과 푸른색 천막들이 서 있는 게 보였다. 목동으로 일하는 종들이 천막 안에 있었다. 누구는 다리를 깔고 앉아 있었고, 다른 누구는 반쯤 누워 있었고, 또 다른 누구는 완전히 드러누워 뒹굴고 있었다.

알파미시는 생각했다. '어디 저 사람들한테 장난 좀 쳐볼까.'

그는 그들에게 다가갔다. 그런데 그들은 여행자를 보고 그가 베크인 걸 알아보지 못했다. 그들은 다리를 모으지 않고 계속 뒹굴거렸다.

그들을 향해 알파미시가 말했다.

"천막 잘 세웠네그려.

어이, 용사들, 용맹한 사람들 같구먼.

다리 좀 모으고 길손에게 하다못해

쿠미스 한 잔이라도 대접할 수 없는가?

한 잔 마시고 초원을 짓밟으며 계속 길을 감세.

많은 산을 넘어왔으니 피곤한 게 당연하지 않나.

쿠미스 한 잔 주지 않겠나!"

목동들은 자리에서 일어나지 않은 채로 대답했다.

"우리와 말하며 우리를 놀리지 말게.

쿠미스를 마시고 싶으면 저 천막으로 내려가게.

다만 우리 쿠미스를 맛보거든,

우리 하는 말로, 길을 잃지 않도록 잘 살피게.

자기 배의 양이 얼만지 알면,

시간 낭비 말고 저 아래 천막으로 가게.

여행자 양반, 우리 쿠미스를 어디 즐겨보게."

알파미시는 마음이 상하긴 했지만

종들의 말에 미소만 지었을 뿐이네.

그는 말을 묶어두고 걸어서 아래로 내려갔네.

쿠미스가 가득 찬 커다란 가죽부대들이 보이네.

하나를 쥐고 마시자 단숨에 바닥났네.

그러나 하나로는 목만 축였을 뿐이네.

있는 건 죄다 비웠네.

마지막 한 방울까지 다 마시고 갈증을 달랬네.

그는 바이치바르에 올라 다시 길을 재촉했네.

목동들도 목이 말랐네.

그 천막으로 와서 보니 가죽부대가 죄다 비었네.

보고도 믿지 못하네. "이런 기적이 있나!

이 많은 쿠미스를 도대체 누가 다 마실 수 있단 말인가?

그에게 가죽부대는 다른 사람으로 치면 찻잔이네!

대체 그는 누구야, 어디서 나타난 놈이야?

하늘이 우리한테 재앙을 내려 보냈어!

단 한 방울이라도 쿠미스가 남아 있는 가죽부대가 없어!

어찌 우리가 상상이나 할 수 있었겠어.

저렇게 많은 양을 제 속에 들이 붓고 살아서 떠날 놈이

인간 족속 중에 어디 있냐고!

쿠미스 때문에 배가 터질 거라고!"

한편 하킴은 그들에게서 점점 더 멀어져 갔네.

먹구름 낀 자기의 여름 방목지를 따라 가네.

초원의 호수가 그의 앞에 펼쳐졌네.

그는 물가에 누워 있는 가축 떼를 보네.

그 자신의 소유인 가축 떼라네.

마주친 자들에게 하킴-베크가 질문하네.

"이 곳을 뭐라 부르는가? 어떤 민족이 사나?

이 목초지의, 이 물의 주인이 누구지?

여기서 치고 있는 저 많은 가축 떼는 누구 거지?"

어느 누구도 그를 알아보지 못하네.

그들은 생각하네. '지금 온 이 자는 이상한 사람이다.

나쁜 의도가 있는 게 분명해.

적국에서 보낸 게 아닐까?

여기서 떼어놓는 게 낫겠어!'

혹자는 경계하는 눈초리로 그를 보고, 다른 자는

거칠게 여행자한테 등을 돌리고,

또 다른 자는 허리에 찬 검을 잡네.

알파미시는 바비르 호수를 따라 가네.

자기 소유지를 따라, 고향 땅을 따라

그는 가네. 누구 하나 알아봐주는 이 없이 용사가 가네.

말하네. "정의롭지 못한 세상이여!"

슬픔에 젖어 바비르 호수를 떠나며

낙타들을 바라보았네. 자기 누이에 대한,

칼디르가치-아임에 대한 생각에 괴롭네.

하킴은 그녀에 관해 아무것도 모르네.

살아서 만날 수나 있으려나?

　칼디르가치가 기르던 낙타들이 호수 근처 풀 위에 누워 있었다. 알파미시의 몫이었던 낙타들 중에 털이 검은 늙은 단봉낙타가 한 마리 있었다. 이 낙타도 알파미시가 죽었다고 생각하고 자기 주인을 애도하며 칠 년 동안 누워 있기만 하고 땅에서 일어날 생각을 안 했다. 자기 베크가 돌아온 걸 느끼고 이 녀석은 갑자기 온 힘을 다해 울부짖으며 다리로 벌떡 일어서더니 길로 나갔다.

　낙타를 치던 칼디르가치-아임은 변변한 옷도 없이 누더기를 걸치고 있었다. 메마른 몸이 구멍 틈으로 보였다. 낙타를 뒤쫓으며 그녀가 소리쳤다.

　"멈춰! 뒤꿈치에 벌써 흙이 묻었어! 서라고!

　내 사랑하는 남동생은 어디 있단 말인가? 네 주인은 어디 있단 말이냐?

　젊은 매가 은빛으로 빛나네.

　황금 흉갑, 황금 옷깃.

　하지만 네가 완전히 주인 없는 낙타인 건 아니야.

　아비 없이 자라는 불쌍한 내 조카,

　남동생의 아들 야드가르가 건강하게 살아있으면,

　그가 네 주인이 될 거야. 서라고! 서!

　내 골은 이미 태양에 속속들이 굽혔어!

　이런 운명의 악행을 뭐하러 난 견디나?

　울탄-타스가 심하게 날 모욕했네.

　서! 뒤꿈치에 흙이 묻었어! 멈추라고!

　하늘의 고통이 내 가슴을 찢네. 오,

　초원에도 울탄-칸의 귀가 있지.

　누구라도 내 슬픈 신음을 들으면,

　끔찍한 재앙이 될 수 있지!

　멈춰! 하킴의 낙타야, 너에게 소리치잖아.

　내 동생의 사랑하는 낙타야!

　콘그라트 왕가의 플라타너스는 쓰러졌어!

　서! 이 고집불통 검은 낙타야, 어디를 가려고 서둘러?

　늙고 기력 없어 칠 년을 누워 있더니

이제 산양보다도 더 기운차게 뛰는구나!"

"멈춰!"하고 낙타에게 소리치며 칼디르가치-아임은

우네. 겨우겨우 낙타를 뒤따라 걷네.

홀로 말을 타고 오는 사람이 보이네.

칼디르가치는 가까이 다가가기를 두려워하네.

길 가는 사람, 낯선 사람이다.

처녀에게 나쁜 짓을 할 수도 있어.

그녀는 생각하네. '저 사람한테서 몸을 숨기는 게 좋겠어!'

그를 피해 가시덤불 속에 숨었네.

하킴-베크-순카르가 가까이 다가오네.

늙은 검정 낙타가 알파미시 앞에 섰네.

고개를 젖히고 공손하게 우렁찬 울음을 우네.

무사는 자기 낙타를 알아보네.

그는 생각하네. '내 늙은 검정 낙타가 살아있었구나!

내 민족은 나 없이 어찌 살고 있을까?'

슬픈 한숨이 알파미시의 가슴을 찢네.

낙타는 일곱 번 연속해서 그의 둘레를

활기차게 뛰네. 눈동자가 타오르네.

하킴은 그 모습을 바라보고 속으로 생각했네.

'말 못하는 짐승도, 봐라,

주인에 대한 사랑을 간직하고 있거늘.'

그의 심장이 갈기갈기 찢어졌네.

"자, 나의 낙타야, 안녕. 이제 되돌아가.

건강하게 살아있어. 콘그라트에서 날 기다려."

그러자 검은 낙타는 뒤돌아 힘없이 걸음을 옮겼네.

하킴-베크-순카르는 누이에게 다가갔네.

그는 말했네. "나의 종족이여, 나의 민족이여!

이 시간 동안 넌 어찌 되었느냐, 나의 민족이여!

너는 내 슬픔의 짐을 지고 있는 것이냐, 나의 민족이여?"

그리고 그는 자기 누이에게 묻네.

"내 말 주의 깊게 들으오.

아가씨, 내가 부탁하니 날 봐주오.

여행 중인 이 무사가 누구와 닮지 않았소?

길을 계속 가기 전에 나는

저 검은 낙타의 머리를 뽑아버리고 싶구려.

저놈이 그대를 쩔쩔매게 하는 것 같아 보이니 말이오.

만약 주인이 낙타 목숨 값을

치르라고 하면 내 값을 치르리다!"

덤불 밑에 숨은 그의 누이가

말하네. "이보시오, 여행자 양반, 왜 날 겁주는 거예요?

내게 수수께끼 같은 소리는 하지 않는 게 좋아요.

만약 당신이 검은 낙타를 죽이면,

내 가슴에도 날카로운 칼을 꽂는 거예요.

길손 양반, 검은 낙타를 불쌍히 여겨요.

내 눈물과 피를 헛되이 쏟게 하지 말아요.

악당 울탄-칸이 소식을 듣자마자,

그 즉시 내 머리를 벨 거예요.

날 까마귀 먹이로 만들 거예요.

내 민족을 더 잔혹하게 탄압할 거예요!"

누이 칼디르가치의 말을 듣고서 알파미시는 자신을 드러내지 않은 채 대답했다.

"그대는 어떤 선한 눈의 눈동자인가?
어떤 순결한 입의 정직한 혀인가?
불쌍한 여인아, 왜 그대는 덤불 아래 숨었는가?
콘그라트 종족 가운데 그대는 누구의 새싹인가?
햇살 비추는 봄날, 뜰에서 꽃은 시들지 않네.
풍족한데 누가 그런 누더기를 걸치고 있는가?
어떻게 건달 울탄이 권력을 잡았는가?
아니면 그대는 가까운 사람들 중에 의지할 자가 없는가?"

알파미시의 누이 칼디르가치가 대답했다.

"내가 그의 눈의 눈동자인 그 사람은 멀리 있어요.
내가 입 속의 혀가 되어주었던 그 사람은 멀리 있어요.
그대의 모호한 암시를 내가 이해했다면,
우리의 재앙에 대해 그대는 어찌 알 수 있었단 말이오?
그러나 그대 스스로 진실을 알아냈으니,
좋아요, 비밀의 자물쇠를 풀지요.
나는 내 콘그라트 종족이 자랑스러워요.
내 집도 부끄럽지 않아요.
나는 바이부리 왕의 딸이 되는 사람이오.
나는 초원에서 낙타 떼 곁에서 일하는데,
과연 붉은 비단이나 비단 옷을 차려 입을까요?

어떤 운명이 날 기다리는지 내가 알았을까요?

나는 동생 알파미시를 애타게 기다려요.

그는 먼 지방으로 방랑길에 올랐어요.

많은 공적을 세웠지요.

아마 적들과 싸우다 실수를 한 것 같아요.

낯선 땅에서 죽었다는 소문이 들려왔어요.

살아있는 것 같다는 소문도 들려왔어요.

그가 직접 보내는 소식만은

아직까지 하나도 오지 않아요.

필시 그가 죽었으리라 우리는 생각해요.

그가 죽지 않고 건강하게 살아있다면,

과연 적이 그를 포로로 잡을 수 있었겠어요?

그 혼자서 천 명의 적을 공포에 처하게 했었던 걸요!

전투 중에 그가 실수를 했고

그래서 지하 감옥에 빠졌다고 쳐도 벌써 달아났을 거예요.

동생이 살아있고, 울탄이 우리 콘그라트의 왕이

되었다는 걸 타향에서라도 알았다면.

그는 우리의 버팀목이 되어주었을 거예요!

그는 달아나서 벌써 말을 달려왔을 거예요!

그는 오지 못할 운명인가 봐요.

재앙과 슬픔은 한 몸인가 봐요.

그는, 나의 동생, 알파미시는 죽었나 봐요!

내 슬픈 말을 들어봐요.

울탄 개가 감히 사자 발자국을 따라 가려 했어요.

내 남동생의 아름다운 아내가 있는데

(아직 아내일 수 있지만, 필경 과부겠지요),

악독한 울탄이 그녀도 갖고 싶어 해요.

이 악당은 그녀와 혼례를 올릴 심사예요!

내 올케 바르친-술루의 동의만

그는 얻지 못했을 뿐이에요.

바르친-아이가 울고 있어요. 가을날 먹구름보다도 더 캄캄해요.

벌써 몇 날 며칠 먹지도 마시지도 자지도 않아요!

울탄이 보내는 중매쟁이들이 매일 와서

선물공세를 하며 말만 낭비하고 있어요.

바르친은 그가 보내는 값비싼 선물들을 받지 않고

이렇게 말하며 거절하고 있어요.

"나의 하킴-베크는, 내 소중한 남편은 살아있다!"

그녀의 남편이, 나의 동생이 돌아오리라 믿고 있어요."

알파미시는 자기 누이 칼디르가치에게 말했다.

"만약 알고 싶다면, 내 말을 믿으오.

그대의 남동생은 죽지 않았소. 그는 살아있고 무사하오.

참으로 오랜 세월을 나는 그와 함께 지하 감옥에 갇혀 있었소!

내 입이 거짓말 하는 걸 허락지 않으니,

내가 말하거든 내 말을 믿으오.

그대의 하킴-아카는 아직 거기서 비통해하고 있소.

하지만 그는 곧 달아나서 적에게 치욕을 안길 것이오.

그는 교활한 적들에게 복수할 것이오!

슬퍼하지도 말고 울지도 마오. 그는 곧 여기로 올 것이오.

울탄에게 용사의 복수가 기다리고 있으니 그리 아시오!"

누이가 그에게 대답했다.

"만약 그대가 무사로 불린다면, 보세요,
악은 행치 말고, 항상 선을 행하세요.
건강하세요. 그리고 때가 되기 전에 죽지 마세요.
만약 그대가 내 동생이라면, 날 속이지 말아요.
오, 신이여, 먼 길에 저주를 내려주오.
그들이 우리에게 얼마나 큰 슬픔을 안겼단 말이냐!
용사의 집을 폐허로부터 지키세요.
참칭자의 권력의 날들이 암흑에 덮일지니.
적법한 군주를 우리에게 돌려주오.
바이부리의 집의 흔적은 없어지지 않을지니!
여행자여, 정말 그대는 내 동생이 아닌가요? 말하세요.
만약 그대가 내 동생이라면, 날 속이지 말아요!
내 질문을 농담으로 여기지 말아요.
동생 없이 어찌 살았냐고 내게 물어요.
맹렬한 추위가 장미를 죽이지 못할지니!
동생의 은밀한 꿈을 내가 이룰 거예요.
여기에 아들을 남겼잖아요.
잘생긴 아들을 보면 얼마나 좋아 할까요!
보고 싶어요? 야드가르를 데리러 유르트에 뛰어갔다 올까요?"
칼디르가치-아임은 동생에게 이렇게 말했네.
말 위에 앉은 채 하킴은 생각에 잠겼네.

만약 그가 누이 앞에서 자신을 드러내면,

그 고백에 누이의 가슴이 찢어질 거라네.

그는 생각했네. '진실을 감추는 게 낫겠어!

때 이른 정직으로 우리는 일을 망치게 될 거야.'

그는 메마른 목소리로 누이에게 말하네.

"나를 자기 동생이라 부르지 마오.

불쌍한 여인이여, 곧 그와도 만나게 될 거요!"

이 말과 함께 말을 돌려

비밀을 간직한 채 매는 길을 떠났네.

'여행자는 떠난 것인가?' 덤불 밑에서 금방 나오지 않고 칼디르가치-아임은 생각했다. 바라보았다. 눈길 닿는 곳에 보였다. 누군가 말을 타고 가고 있었다. 그런데 그가 올라 탄 말이 그녀의 동생 알파미시의 최고의 말을 닮았다. 바이치바르를 닮았던 거였다.

말을 알아본 칼디르가치가 여행자를 뒤쫓아 내달렸다. 그녀는 확신했다. 정말 알파미시다! 그녀가 달려가며 말했다.

"어이, 여행자, 말을 재촉하지 말아요!

말을 세워요, 고삐를 당겨요!

당신은 날 못 봤잖아요, 나 좀 봐요.

내 운명에 관해 참을성 있게

더 자세히 물어봐요! 말을 붙잡아요!

칼미크 땅에서 오는 길이면,

모든 두려움은 잊고 아무것도 숨기지 말아요!

내가 어리석든가, 아니면 그쪽이 내 동생이에요!

난 치바르를 보기만 하면 돼요.

내가 눈이 멀었거나, 아니면 그쪽이 내 동생이에요!

날염한 면으로 꿰맨 그대의 안장덮개를 나는 알아요.

내가 이 안장덮개를 만들었어요.

붉은발조롱이는 산비탈에 앉기를 좋아하네.

얼마나 세상은 거짓되고, 얼마나 그는 무정한가!

불쌍한 바르친은 무엇을 겪어야 했는가!

그의 말을 통해 동생을 알아봤어야 했다!"

그리고 눈물을 흘리며 그녀는 그를 뒤쫓아 뛰어가네.

하킴-베크는 누가 부르는 소리를 들은 것 같네.

몸을 돌려 보네. 칼디르가치가 오네.

고삐를 당기고 멈추어 기다리네.

그는 생각하네. '이 만남은 좋은 결과를 가져올까?

누이는 재차 용기를 찾을까?'

연민의 눈물이 용사의 눈동자를 태우네.

칼디르가치-아임이 동생에게 달려오네.

도착하자마자 말고삐를 붙잡아

목에 얹고, 불쌍한 여인,

울며 등자에 머리를 부딪치네.

"나의 동생이 돌아왔어! 나의 동생이 살아 왔어!"

안장에 앉은 알파미시는 그답지 않네.

그는 곰곰이 생각하네. '만약 내가 누이에게 털어놓고

"내가 그대 동생이고, 너는 내 누이야"라고 말하면,

그때는 정말 누이가 내게서 떨어지지 않고

아무 데도 못 가게 할 거야.

심장을 얼음보다도 더 차갑게 만들어야 해!'

생각한 대로 그는 행동했네.

그녀한테서 고삐를 당겨 빼앗으며

말하네. "내 말이 치바르와 친척지간이긴 하오.

하지만 당신은 터무니없는 말을 하고 있소."

그는 고삐를 홱 잡아당겨 말을 출발시켰네.

칼디르가치-아임은 비통하게 통곡하기 시작했네.

"아카 하킴, 왜 그렇게 행동하는 거야?

친누이를 앞에 두고 모르는 사람인 척 하다니!"

그렇게 울부짖고 난 뒤 검은 낙타를 쫓아 되돌아갔네.

가련한 여인, 겨우 발을 떼며 슬픔에 겨워 신음하네.

베크 하킴은 제 갈 길을 가네.

용사의 심장이 갈기갈기 찢어지네.

"불쌍한 내 누이, 불행한 내 누이!"

그가 우네. 말의 갈기가 온통 젖었네.

이 울음소리를 듣자 하늘이 부르르 떨었네.

알파미시는 바이치바르를 전속력으로 달리게 하네.

달리네. 용사는 목초지로 다가가네.

　무수히 많은 가축 떼가 목초지에서 풀을 뜯고 있었다. 알파미시가 목동들을 향해 그들이 치는 게 누구 양인지 물었다.

　"목동들, 너희는 누구 집의 종이더냐?

　목동들, 너희가 치는 양 떼가 누구의 것이더냐?

　왼쪽을 봐도, 오른쪽을 봐도,

여기는 어찌 이리 양이 많으냐!

이렇게 많은 양 떼를 나는 어디에서도 보지 못했다.

이 양 떼의 주인이 누군지 알면 기쁘겠구나.

목동의 일이란 초원에서 양 떼를 먹이는 것이지.

좋은 풀을 먹이고 쉬고 자게 하는 것이지.

양 떼 수가 늘어나면, 그 목동이 초원에서 강한 자!

목동들, 나는 알아야겠다.

목동들, 너희는 여기에서 누구의 양을 치는 것이냐?"

목동들이 알파미시에게 대답했다.

"바이부리가 이 양 떼의 주인이었지요.

우리의 베크 알파미시가,

그런 사람에 대해 들어본 적이 있지요?

후에 족장 바이부리의 재산을 물려받았어요.

지금은 울탄-타스, 우리의 참칭자 왕이

이 양 떼를 전부 소유하고 있어요. 악당 녀석!

우리는 그의 종입니다. 양치기가 뭘 알아요?

그 악당이 또 무슨 짓을 꾸밀지!

그 악당은 압제로 부자가 되었어요!"

살찐 양들이 빈틈없이 초원에 가득했다. 셀 수 없이 많은 양 떼 곁을 지나가며 알파미시는 놀랐다. 칠 년의 세월을 감옥에서 보내며 그는 이 재산들에 대해 잊어버렸던 것이었다.

그는 길을 계속 갔다. 가다보니 고결한 외모에 턱수염이 하얀 사람이 양 떼 옆에 서 있는 게 보였다. 그는 슬픔 속에서 울부짖고 있었다.

"아, 나는 사랑하는 내 아이와 헤어졌다. 노년에 내 영혼에 평안이 없구나!"

그를 보자마자 알파미시는 그가 누군지 알았다. 이 사람은 그의 소중한 친구인 노인 쿨타이였다. 알파미시는 그에게 다가가 모르는 척 하며 물었다.

"할아범, 왜 그리 슬피 울며 눈물을 흘리시오?

다 늙어서 어린 낙타처럼 뭘 그리 울부짖고 있는 것이오?

간에 염장치고 심장을 찢겠소이다!

애라도 찾다 못 찾은 것이오?

하늘이 할아범에게 슬픔을 내려 보내기라도 한 거요?

오래전 멀리 떠난 사람에 대한 추억 때문이오?

아니면 죽은 아이가 불쌍해서 그러는 거요?

아들이요 손자요? 내가 알아선 안 되는 거요?"

그에게 늙은 쿨타이가 대답했다.

"아! 내가 애통해하는 사람은 아들도 내 손자도 아니요. 그는 바이부리의 아들이에요. 그와 나는 깊은 우정을 나눈 친구였소. 그의 이름은 알파미시요. 모르는 사람들 사이에서 그는 쿨타이의 아들로 통했소. 아는 사람들 사이에서는 쿨타이 영감이 그의 종이었소. 원하는 대로 생각하라지요. 그는 외지로 떠나서 거기서 죽었소. 저 많은 재산이 울탄에게 넘어갔소! 이 사실을 생각하니 울음을 멈출 수 없어 그러오."

알파미시가 말했다.

"어이, 영감, 내가 알파미시를 보여주면, 그 대가로 뭘 줄 거요?"

쿨타이가 성을 내며 대답했다.

"그의 동생의 김이 모락모락 나는 내장을 주겠소!"

알파미시가 말했다.

"영감, 보게, 내가 누굴 닮았나?"

"내 무덤을 닮았소이다!" 쿨타이가 성이 나서 소리 질렀다. "네 놈이랑 비슷한 떠돌이들이 많이 왔었다. 어느 한 놈 예외 없이 알파미시가 보낸 소식을 갖고 왔다고 하더구나. 기쁜 마음에 얼마나 많은 선물을 안겨줬는지 모른다. 그들이 양과 염소를 얼마나 많이 먹어 치웠는지 몰라. 그리고는 가버리더구나! 죄다 이렇게 생각한 거지. '나도 가서 말해야지. "알파미시!"하고 말이야. 쿨타이가 믿고 뭔가 나한테 줄 거야. 속아 넘어 갈 거야.' 분명 네놈도 날 속여서 염소나 얻으려 하는 게야. 받고는 제 갈 길 가겠지. 네 놈도또 우리에게 슬픔을 안기러 온 거겠지."

"아이고, 쿨타이 할아범!" 알파미시가 웃음을 터뜨렸다. "날 몰라보는 게요? 할아범의 알파미시에게는 어떤 자국 같은 게 없었소?"

쿨타이가 대답했다.

"알파미시의 오른쪽 어깨에 신성한 다섯 손가락 자국이 있소."

알파미시는 자기 어깨를 드러내 보여주었다. 쿨타이가 보고 소리쳤다.

"오, 네가 내 소중한 자식이구나!
너는 저 험준한 산에서 날아 온 깨끗한 눈발 아니냐?
선단 속의 젊은 낙타 아니냐?
내 눈의 눈동자, 네가 다시 나와 함께 있구나.
백성과 고향 땅의 주인!"
쿨타이 영감이 이렇게 환호성을 질렀네.
사랑과 존경을 표하며 하킴의 주위를 도네.
"사랑하는 내 자식, 정말 너냐!

네가 떠나고 우리 모두 널 그리며

낙타가 되어 낮이고 밤이고 울부짖었어.

어디서 널 찾을까? 어떻게 널 도울까?

저 먼 적의 땅에서 죽었다고 생각했어.

바람이 네 유해를 쓸어 가버렸다고 생각했다.

하지만 이제 먼 땅에서 돌아오니

적의 가슴을 찔러서 염장을 쳐라!

콘그라트에서 예전 같은 풍요를 꿈꾸지 마라.

재앙에다 한없는 치욕이 얼만지 세어라.

나를 봐라, 내 소중한 아들아.

네 늙은 할아비 쿨타이의 눈이 퉁퉁 부었구나!"

그는 하킴을 가슴에 꼭 껴안으며 우네.

"아들아, 나쁜 시기에 돌아왔구나.

콘그라트 위에서 울탄-타스의 채찍이 찰싹찰싹 소리를 내고 있어.

그가 벌이는 일은 상상조차 할 수 없어.

보면 참을 수가 없을 거다."

"지금 상황은 이렇단다. 벌써 삼십 일째 울탄-타스의 혼례잔치가 이어지고 있어. 네 아내를 뺏을 심사란다. 만약 네가 손 놓고 있으면, 그는 정말 제 목적을 이룰 거야!"

알파미시가 대답했다.

"할아버지, 우리 이렇게 하는 거예요. 둘이 같이 잔치에 갈 겁니다. 할아버지는 내 옷을 입고, 나는 할아버지 옷을 입어요. 누가 내 친구이고 누가 적인지 내 눈으로 직접 보고 싶어요. 그래야 발을 헛디뎌서 누군가 파놓은 함정에 빠지지 않지요."

쿨타이가 말했다.

"옳지, 아들아, 그렇게 하면 되겠구나! 네가 온 이 기쁜 날 나도 잔치자리에서 벌어지는 염소 뺏기 싸움에 참가하마."

그들은 옷을 벗어서 바꿔 입었다. 쿨타이는 알파미시의 화려한 옷을 입고 바이치바르의 등에 올라탔다. 완전히 점잖고 위엄 있는 원로 같았다. 알파미시는 찢어진 목동의 케바나크[16]를 자기 어깨에 걸치고, 허리띠를 아무렇게나 맸다. 머리에는 양치기의 투마크[17]를 썼고, 발에는 양치기의 장화를 신었다. 그들은 하얀 염소를 잡았고, 알파미시는 고기와 고깃국을 배불리 먹었다. 용사는 하얀 염소 털을 잘라내서 턱수염을 만들었고, 가위로 가죽을 오려서 덧붙이는 코를 만들었다.

호수가 가까이 있었다.

알파미시는 호숫가에서 물에 비친 자기 모습을 보았다. 등이 굽은 모습이 영락없이 목동 쿨타이였다. 그는 쿨타이의 지팡이를 쥐고 잔치자리로 떠났다. 그가 줄지어 선 유르트 옆을 지나가는데, 한 젊은 여자가 그를 보았다. 이 여자는 길을 가는 사람이 쿨타이라고 생각했다. 마침 쿨타이의 가축 떼에 자기 염소 세 마리를 보낸 여자였다.

'염소가 잘 있나 물어봐야지.' 그녀는 이렇게 생각하고 가짜 쿨타이를 뒤쫓아 뛰어가며 소리쳤다.

"쿨타이 할아버지, 내 말 좀 들어봐요, 멈춰요!

잔치에 가나보죠? 젊은 사람처럼 뛰어 가시네!

물어보고 싶은 게 하나 있어요.

아이고, 나 지쳤소! 멈춰요! 내 고함소리 안 들려요?

16 펠트로 만든 상의로 주로 목동들이 입고 다닌다.
17 귀를 덮는 모피 모자.

내 예쁜 염소들 잘 있나 알고 싶다고요!

제 집에 들르세요. 제가 대접할게요.

내 염소들 건강하지요, 살아있지요?

즐겁게 잘 뛰놀지요, 살 좀 쪘나요?

분명 먼 길에 지쳤잖아요, 아이구야!

할아버지, 부탁이에요, 저희 집에 들어가세요.

기막히게 맛있는 고깃국을 대접할게요!"

알파미시는 장난기가 발동했다.

'네 염소들은 포동포동 살이 오르고 잘 뛰어놀고 있어. 숫염소를 팽개치고 숫양과 놀아나고 있더구나. 새끼를 낳아 번식하고 있다. 일 년에 두 마리 세 마리 씩 낳아주더구나. 네 염소 세 마리에서 난 새끼가 백열네 마리나 되었어!"

이 여자는 생각이 좀 모자랐다. 염소 세 마리에서 새끼가 백열네 마리가 태어났다고! 백 마리도 넘게! 그녀는 가슴이 부풀어 올랐다.

"오호, 할아버지, 당신의 입은 기름처럼 부드럽군요!" 이 젊은 여자는 그렇게 단순했다.

이 여자는 알파미시를 붙잡고 놓아주지 않았다.

"저희 집에 가세요!"

유르트 안으로 들어갔다. 빵부스러기 하나 없었다. 주인 여자가 알파미시에게 말했다.

"할아버지, 잠시만 앉아 계세요. 옆집 여자한테 가서 체 좀 빌려 올게요. 빵을 구워드릴게요. 버터도 발라드리지요."

그녀가 체를 구하러 달려 나갔다. 이웃 여자 집에는 여자 대여섯이 앉아서 이러쿵저러쿵 수다를 떨고 있었다. 체를 빌리러 온 이 젊은 여자는 시챗

말로 입이 오십 개였다. 다른 여자들하고 앉아서 할 일 없이 수다만 떨다가 쿨타이를 까맣게 잊어버렸다.

한편 쿨타이-알파미시는 유르트를 온통 뒤지고 있었다. 양 위장 주머니에 든 버터와 응유가 든 주머니가 보였다. 입 속에서 살살 녹았다! 장난삼아 몽땅 다 먹어 치워서 유르트를 텅 비게 하고 나왔다.

젊은 여자가 체를 가지고 돌아왔다.

"할아버지, 왜 먹지도 마시지도 않고 가는 거예요?"

알파미시가 대답했다.

"잔치에 늦을까 염려되네. 나는 배부르다네. 집을 둘러보고 이것저것 맛보았어. 네 소금으로 점심 요기를 충분히 했으니 염려 말게."

여자가 말했다.

"돌아오는 길에 제 집에 들르세요!"

그녀가 체를 들고 집에 들어가보니 온통 뒤죽박죽이었다. '분명, 악귀가 그의 몸속에 들어가 주인 노릇을 한 걸 거야. 먹을 거라곤 하나도 남은 게 없어! 만약,' 그녀가 생각했다. '이 할아버지가 쿨타이였다면, 그 많은 음식을 혼자서 작살낼 수는 없었을 거야. 노인은 장이 얇다고. 아니면 이건 귀신이었거나, 그것도 아니면 어떤 힘센 용사였던 거야!' 이렇게 그녀는 결론을 내렸다.

자, 이제 쿨타이의 모습을 하고 혼인잔치로 떠난 알파미시에 대해 이야기하기로 하자.

　　지팡이를 끌고 하킴-쿨타이가 가네.
　　"운명이 허락해서 내가 고향집으로 돌아가면,
　　아름다운 내 아내와 만나게 될 것이고,

그녀의 혼례잔치를 볼 거야."

많은 여자들이 그와 함께 잔치에 가는 길을 따라 가네.

그들은 풍성한 잔치를 보고자 하네!

저마다 무거운 음식 보따리를 가져가네.

(잔치장소로 가는 길은 가깝지 않아. 이 점에 주목하시라!)

여자들은 무거운 짐에 짓눌려 헐떡거리는 데 넌더리가 났네.

여자들은 마르는 걸 겁내 풍만했네.

"할아버지가 우리를 좀 도와주면,

할아버지를 위해 낮이고 밤이고 신에게 기도하지요.

할아버지에게 젊은 부인을 달라고요.

게다가 왕의 외동딸을 달라 하지요.

우리는 보따리를 옮길 힘이 벌써 다 빠졌어요.

우리 짐을 좀 받아주면

우리는 빈 수레가 되어서 돌아다닐 텐데 말이에요.

할아버지, 우리가 처한 어려움을 좀 해결해주세요.

할아버지를 위해서 신에게 기도할게요!"

알파미시는 여자들 때문에 이성을 잃었네.

그들에게서 음식 보따리를 넘겨받았네.

품이 넓은 케바나크로 몽땅 다 쌌네.

동행하는 여자들이 찬사를 보냈네.

그들과 함께 길을 갔네. 계속 농담으로 웃기며 갔네.

큰 황무지를 지나가야 했네.

그는 점점 걸음을 빨리 하며 가네.

음식을 싼 케바나크를 등에 지고 나르네.

느릿느릿 움직이는 여자들은 아무리 해도 늦어지기만 했네!

마침내 그는 완전히 시야에서 사라졌네.

그렇게 하킴이, 저 가짜 노인이 가네.

길을 가다 그는 푸른 초원을 보고

졸졸 흐르는 깨끗한 샘물을 보았네.

어깨에서 짐을 내리고 기슭에 앉았네.

"식탁보에 싼 게 뭐지? 어디 보자." 그가 말했네.

그는 여자들의 보따리에 든 케바나크를 꺼냈네.

갖가지 음식이 든 식탁보를 풀었네.

그리고 음식을 물가 풀 위에 펼쳐 놓았네.

거기 있는 건 전부 잔치를 위해 준비한 것이었네.

버터와 응유, 호두가 들어간 염소치즈,

구운 고기와 양 꼬리 지방,

버터에 구워 층을 낸 빵 카틀라마,

그리고 밀가루를 입힌 계란 프라이는 쿠이마크였네.

여자들의 보따리에서 발견한 모든 것을 용사는 장난삼아 다 먹어치웠다. 가짜 영감 쿨타이는 부스러기 하나 남기지 않았다.

모든 음식을 작살내고 나서 그는 초원에 여기저기 흩어져 있던 마른 소똥과 점점이 놓인 양과 염소의 똥을 적잖이 모았다. 이것들로 그릇들을 다 채우고 뚜껑을 꼭 닫은 다음 식탁보로 쌌다. 원래 모양대로 만들어서 전부 다 샘물가 앞쪽에 세워 놓은 다음 다시 길을 떠났다.

시야에서 알파미시를 놓친 여자들은 집으로 돌아가야 할지, 아니면 그를 따라잡아야 할지, 어찌할 바를 몰랐다. 자기들끼리 말다툼하다가 샘물까지 오게 되었는데, 그곳에서 식탁보에 싸인 그릇들을 보았다. 그들은 기뻐했고 노인을 축복했다.

"신이여, 그의 꿈에 뚱뚱하고 선한 노파가 나오게 하시고, 우리 걱정은 그만하게 하세요!"

여자들은 샘물을 실컷 마시고 나서 각자 자기 그릇을 챙겨서 머리 위에 얹었다. 그들은 시내를 건너기 시작했다. 여자들 중 하나가 너무나 서투르게 기슭으로 건너뛰는 바람에 머리에서 그릇이 떨어졌다. 요란한 소리가 들렸고, 똥이 나뒹굴었다.

이것을 보고 다른 여자들이 말했다.

"아마도 저 년한테는 연적이 있는 거야. 똥을 몰래 넣었어. 잔치에 가서 식탁보를 풀었는데 음식 대신 똥이 나타나면 사람들 앞에서 망신을 당할 테지."

그들은 그렇게 결론을 내렸다. 한 여자가 말했다.

"우리 그릇에도 똥이 들어 있는 거 아냐!"

각자 자기 그릇을 열어 보았다. 전부 음식 대신 똥이 들어 있었다!

여자들은 흥분해서 쿨타이에게 저주를 퍼부었다. 그들은 봇도랑 가에 자기 그릇들을 파묻었다. "그릇은 돌아오는 길에 챙겨가자"고 결정했다. 식탁보는 속옷 허리춤에 묶었다.

만약 누가 "왜 당신들은 잔치에 아무것도 가져오지 않았소?"라고 물으면, 이렇게 말할 셈이었다. "쿨타이가 우리에게 이런 짓을 했어요!"

다섯 번째 노래

권력이 뭔지, 영원히 모르고 죽었더라면 좋았을 것을!

　다시 늙은 목동 쿨타이의 모습을 하고 잔치자리로 떠난 알파미시에 대해 얘기하겠다. 쿨타이-알파미시는 바이치바르의 등에 타고 울탄-타스의 혼인잔치에 갔다.

　울탄-타스가 알파미시의 치세를 모방하여 관례를 지키라고 지시했다. 만약 누군가 염소 몸통 뺏기 싸움에서 염소를 얻게 되면, 그걸 바르친의 벨벳 유르트 위에 놓아야 한다는 것이었다.

　쿨타이-알파미시가 막 도착했다. 그는 바이치바르의 고삐를 바짝 묶고 자기 말의 그늘 밑에 누워 말했다.

　"자, 그럼 염소 싸움에서 나의 행복을 시험해보기로 할까!"

　사람들이 놀랐다. 늙은 목동이 울라크에서 말을 달리길 원하고 있으니! 그를 비웃었다. 이 가짜 노인이 치욕을 맛볼 것이라고 예언했다. 그가 염소 싸움에 참가한 모습은 바로 이러했다.

사랑에 빠진 자들은 정신이 몽롱한 법이라네.

그건 으스름을 닮아

제 운명이 보이지 않네.

모든 길은 울라크로 나 있네.

지치지 않고 셀 수 있는 자는 세어보라.

모인 장사들의 수가 얼마인지.

거의 만 이천 명이라네!

그들 모두 숫낙타 같이

가슴팍이 탄탄하다네.

왜 울라크를 시작하지 않는 거야!

그들은 이내 성을 낼 것만 같았다네. 어떡하나!

얼마나 시끌벅적 격렬하게 싸울까!

자 이제 울라크의 시작을 알리네.

쿨타이가 알파미시라는 것을 아니까

우리는 쿨타이를 보기로 하세.

그는 말고삐를 홱 잡아당겨

채찍으로 치바르를 세게 쳤네.

뜨거운 채찍이 철사처럼

바이치바르의 살에 박혔네.

바이치바르는 군중을 둘로 갈랐네.

사람들이 혼비백산했네. "봐,

맨 앞에 달려가는 사람, 쿨타이 영감이잖아!"

그는 벌써 염소를 낚아채서

말을 더 빨리 내달렸네.

그는 바르친의 유르트로 달려가서

지붕에 염소를 던지고
다시 울라크 경기장으로 말을 달렸네.
바이치바르는 화살처럼 질주했네.
그러나 두 번째 염소 몸통은
울탄의 밤색 말이 차지했네.
울탄-타스는 염소를 재빨리
안장에 가로로 놓고,
밤색 말을 타고 서둘러 내달렸네.
적의 밤색 말이 성공했네!
오, 가짜 영감 쿨타이-알파미시는
분통이 터져 어찌할 바를 몰랐네!
치바르에게 채찍을 세게 내려치고
달려가 한쪽으로 바싹 따라붙었네.
순식간에 그는 이 염소의
뒷다리를 잡아챘네.
기수는 다리를 잡고 끌고 가서
전리품을 내던졌네.
밤색 말이 바이치바르의
길을 가로질렀네.
바이치바르는 밤색 말을 밀쳤네.
밤색 말을 쓰러뜨리고 걷어차더니
스스로 전리품을 가지고 앞으로 갔네.
이 얼마나 경이로운 준마인가!
그래, 잘했어, 쿨타이 영감,
그래, 잘했어, 쿨타이 청년!

그 모습이 별보다 밝고

그 수염은 눈같이 희네!

누가 그를 뒤쫓아 저리로 가면, 그는 이리로 오네.

이 따위 적수는 재앙이야!

악의에 차서 사람들을 목매달 거야.

그에게서 염소를 빼앗지 못할 것이기 때문이지!

어이, 사람들, 모르겠어?

이 사람은 쿨타이가 아니라 알파미시라고!

바르친은 벨벳 유르트 위에 염소를 던진 사람이 누군지 살펴보다가 멀어져가는 바이치바르를 보았다. 꼬리를 보고 말을 알아보았다. 바르친은 자기 아들 야드가르에게 말했다.

"야드가르, 낮이고 밤이고 나는 비통하게 울었단다.

하지만, 얘야, 용사인 네 아버지가 나타나셨단다!

난 네 행복의 별을 믿었어.

신이 우리를 재앙에서 구하실 거라고 말이야!

그건 틀림없이 치바르의 꼬리였단다!

네 아버지께서 적을 모두 쓰러뜨릴 거야!

내 아들아, 네 아버지는 자유롭게 되신 게야!

멀리서 건강하게 살아 돌아오신 게야.

하지만 아직은 자기 모습을 드러내고 싶지 않으신 게야!"

어머니의 말을 들은 야드가르가 대답했다.

"정말로 나의 아버지께서 돌아온 거라면, 난 어떻게든 울탄-타스와 그의 사람들에게 복수해야만 해요. 만약 내가 그들에게 고통을 당하게 되면, 아버지께서 내 신음소리를 듣고 와서 날 구할 거예요. 나의 아버지-베크가 돌아오셨다는 게 거짓이라 해도 상관없어요. 이런 압제 아래 사느니 차라리 죽는 게 나으니까요."

야드가르는 지팡이를 쥐더니 울라크를 위해 준비해놓은 염소들에게 달려가서 염소들을 사방으로 몰아 흩어지게 했다. 염소들을 몰며 그는 엄마의 유르트에서 점점 멀어졌다. 그러다가 쿨타이 할아버지의 모습을 한 알파미시와 길에서 마주쳤다. 자기 아들을 보고 알파미시가 말했다.

"어디에서, 어느 뜰에서 이런 꽃이 피어났더냐?

얘야, 넌 염소를 잘 모르는구나.

자, 얘야, 네가 누구의 아들인지 말해주겠니?

네 훤칠한 외모가 달 같구나.

푸른 매에 널 견주어야겠구나.

팽팽하게 당긴 활에 네 눈썹을 견주어야겠구나.

네 목소리는 종달새가 노래하는 것 같구나.

자, 얘야, 숨기지 말고 사실대로 말해다오.

지체 높은 네 아버지가 누구냐, 넌 누구의 아들이더냐?

만약 널 낳은 사람들에게 은밀한 소망이 하나 있다면,

빠짐없이 완전하게 이루어질 것이다!

나는 신의 은총을 받았단다.

그래서 이 할아비는 네 운명을 훤히 내다볼 수 있단다!

널 보며 내가 하는 말은 농담이 아니란다.

얘야, 분명 너는 인간 족속이 아니로구나!

천국의 얼굴을 한 아이야, 넌 누구의 아들이더냐?

용감한 붉은발조롱이는 산비탈에 앉기를 좋아한단다.

이렇게 앳된 네가 지금까지 슬픔만 알았구나.

너는 용사들에게 루스템 같은 공포의 대상이 될 것이야.

그리고 가장 강한 적과의 분쟁에서 승리할 것이야.

왕이 네 앞에서 기어가야 한다 해도 수치가 아니야!"

그의 말에 야드가르는 심장이 찢어지는 것 같았다.

"당신은 고통을 맛본 내 몸속에 영혼과도 같은 분이셨어요.

모두로부터 날 지켜주는 커다란 방패였어요.

그리고 아, 할아버지, 당신은 날 잊었어요!

불행한 나는 기쁘게 죽을 거예요.

분명 아버지는 먼 나라에서 못 오실 거예요!

아버지가 떠나시던 그 불운한 날에

나는 아직 어머니 뱃속에 있었어요.

그러나 아, 할아버지, 당신은 날 잊었어요!

나는 당신 뜰에 핀 튤립,

누군가에게는 나도 사랑스럽고 소중하지요.

그러나 아, 할아버지, 당신은 날 잊었어요!

나는 오래전 칼미크 땅으로 떠난 베크의,

베크 알파미시의 왕위를 물려받을 아들이에요!"

가짜 쿨타이에게 야드가르가 말했네.

길을 바라본 야드가르는 공포에 떨기 시작했네.

말을 타고 달려오는 두 사람을 보았을 때,

그는 가슴이 무너져 내려 비통하게 울기 시작했네.

"죽을 것 같이 슬퍼요, 다정한 쿨타이 할아버지.

쿨타이, 절 불쌍히 여겨 재앙에서 구해주세요!

케바나크로 감싸 날 숨겨줘요.

저 멍청이들에게 굴욕 당하게 하지 마세요!

노년에 죽는 게 무서워서

내 가족의 적들에게 날 넘기지 말아요.

그들한테서 날 감춰줘요. 나를 불쌍히 여겨줘요!"

경마장 쪽에서 두 사람이 말을 타고

사악한 적처럼 그들에게 달려와서

채찍으로 야드가르를 위협하네.

그가 놀라서 뒷걸음질 치네.

"할아버지, 이 사람들이 날 죽이려고 해요!"

야드가르는 가짜 쿨타이의 허리띠를 붙잡고

마음이 혼란스러워 이렇게 소곤거렸네.

두 사람은 잔인하게

야드가르를 붙잡았네.

"우리는 칸의 지위를 두고 이 녀석과 다툴 만큼 다퉜어.

이 애송이를 어서 없애자."

"아이에게 어찌 이렇게 행동하느냐, 이 악당 놈들!" 알파미시가 더는 참을 수 없어 다가온 두 사람에게 소리쳤다.

"이 아이에게도 한때는 아버지가 있었다. 어떻게 불쌍한 아이를 때릴 수 있단 말이냐? 아이를 그냥 두고 경마장으로 가서 계속 즐겨라!" 그가 무사 중 한 놈의 손을 쥐자 그놈이 생각했다. '오, 이 사람은 진정한 용사군!' 그의 손가락뼈가 뚝뚝 부러지는 소리를 내기 시작했고, 눈에는 눈물이 가득 고였다. 그가 손목을 빼내려했지만 되지 않았다. 그런데 쿨타이-알파미시는 이런 생각이 들었다. '내가 가진 진짜 힘을 그들이 모르게 하는 게 좋겠어!' 그는 기수의 손을 놓아주고, 그가 울라크에서 획득한 염소 두 마리를 그 무사와 그의 동료에게 선물했다. '아무리 잘 아는 것 같아도 인간은 인간을 모르는 거야. 쿨타이에게 저런 힘이 있다고 누가 생각했겠어!" 무사들은 이렇게 말하면서 말에 올라타고 떠났다.

야드가르는 가짜 영감 쿨타이에게 말했다.

"사랑하는 할아버지, 제 말 들어보세요.
목숨을 부지하고 싶어 그러는 거지요?
그렇지만 내가 사실을 알아서는 안 되는 건가요?
할아버지는 날 죽이려는 두 사람을 물리쳐주었어요.
만약 할아버지가 진짜 쿨타이라면,
노인인데 어디서 그런 힘이 났어요?
할아버지는 그의 손가락을 전부 다 으스러뜨릴 뻔 했잖아요!
할아버지는 나의 친아버지 알파미시 아닌가요?
만약 그렇다면, 쓸데없이 날 놀리는 거잖아요!"

가짜 영감 쿨타이-알파미시가 그에게 대답했다.

"진주 목걸이의 실이 끊어진 것처럼
네 앞에서 나는 눈물을 흘리는구나.
아픔 때문에 내 피가 가슴에서 굳어버렸구나.
내 소중한 어린 양아, 난 널 구했어.

그러나 나쁜 때가 또 닥치면 그때도 내가 널 구할 수 있을까?

어찌 하랴! 비애만이 우리의 운명인 것을!

야드가르, 날 아버지라 부르지 마라.

네 아버지는 젊었고, 보다시피 난 늙지 않았느냐.

불쌍한 네 아버지는 적들의 구덩이 속에 있어.

만약 네 아버지가 적의 족쇄를 풀고 탈출했다면,

과연 널 구하지 않았겠느냐?

네 아버지 용사 알파미시는 널 구하지 않을 사람이 아니다!

만약 그가 포로상태에서 탈출 했다면,

그가 너에게 달려오는 것을 누가 방해할 수 있겠느냐?

그가 널 가슴에 꼭 끌어안지 않았겠느냐!

그가 널 어루만지며 위로하지 않았겠느냐!

영혼을 송두리째 바쳐 소중한 아들을 사랑하는데,

그가 먼 나라에서 돌아왔다면,

명예를 모르는 악당인 개자식 울탄이

바르친-아이와 혼례를 올리려고 하는 잔치장소로

널 안고 들어가지 않았겠느냐?

네 아버지가 올 수만 있었다면,

잔치자리에서 울탄은 목이 달아났을 게야.

그러나 네 아버지 알파미시-술탄은 구덩이에 감금된 채

칼미크 땅 속에서 고통당하며 돌아가셨단다!"

이 말을 듣고 야드가르는 생각했다.

나도 쿨타이 할아버지를 몰랐던 거구나. 할아버지는 놀라운 힘을 타고난 거였구나! 사람 눈에 띄지 않는 곳에서 그와 얘기해야겠어. 어떤 일이 있어

도 내 어머니를 울탄에게 내줄 수는 없어! 아버지가 오실 때까지 기다리지
않을 거야. 내가 직접 저 악당을 처벌할 거야!'

그리고 야드가르가 말했다.

"할아버지, 우리 저리 멀찍이 좀 가요.

우리 단둘이 속마음을 터놓고 나직이 얘기 좀 해요.

여기서 우리끼리 몰래 나눈 얘기를

개자식 울탄-타스가 모르게요.

울탄의 손에 내가 죽는다 해도,

내 어머니 바르친을 저 형편없는 놈에게 넘길 수는 없어요!

그런 수치를 내가 받아들인다면,

그 다음에 백성들의 얼굴을 어찌 보겠어요!

이 얼간이가 내 어머니를 강제로 가지고 싶어 해요!

시도 때도 없이 중매쟁이를 보내 많은 재물을 약속해도

내 어머니는 결코 동의하지 않았어요.

할아버지, 혼례를 막으려면 어찌해야 할까요?"

쿨타이-알파미시가 야드가르에게 대답했다.

"울탄이 압제자라는 것은 만백성이 알고 있단다.

그러나 그와 싸울 힘을 누가 모으겠니?

얘야, 이것도 염두에 두어라.

통치자는 존경을 얻은 자이기도 하다는 것 말이다.

비록 울탄이 강도라 해도 권력이 그의 손에 있어.

야드가르, 이 점을 명심해야 해.

넌 이미 많이 자랐으니 이해해야만 해.

생명을 구하기 위해 어머니는 혼례를 치르는 거야.

넌 근심과 슬픔의 짐을 마음에서 내려놓아라.

어머니를 울탄에게 내주고 그와의 일을 수습해라.

이제 울탄은 용보다도 더 무시무시해졌어.

만약 콘그라트가 온통 이 형편없는 놈에게 박해받고 있다면,

만약 바이순이 온통 그놈 앞에서 벌벌 떨고 있다면,

얘야, 너도 폭군에게 굴복해라.

그를 속여서 안개에 휩싸이게 해라.

야드가르잔, 그의 신뢰를 얻어.

그러면 그와 함께 바이순을 통치하게 될 거야.

이 가르침으로 마음을 굳건히 해라.

네 어머니를 울탄에게 넘겨줘서 그의 아내가 되게 해라."

이에 야드가르가 대답했다.

"슬픈 노예인 나는 누구에게 속마음을 털어놓을 수 있을까요?

나는 내 백성에게 많은 빚을 지고 있어요.

친어머니를 적에게 넘기기 전에

나는 그의 손에 죽을 준비가 되어 있어요.

사랑하는 할아버지, 나는 양심과 명예를 지킬 거예요.

야드가르는 악당의 종이 되지 않을 거예요.

이 혼례잔치를 망치러 달려갈 거라고요!"

야드가르의 말을 듣고서 가짜 쿨타이가 외쳤다.

"얘야, 장하구나! 정직한 어머니에게서 태어났으니 변함없이 늘 정직해라. 나 또한 양 떼를 두고 이 더러운 자식의 잔치에 참석하려고 왔단다. 할수 있는 한 이놈의 연회를 망칠 것이야. 비록 넌 아직 어린애고 나는 머리가 희끗한 노인이지만, 이른바 절반이 둘이면 하나가 아니냐. 백성들 입에 오르내리는 속담 중에 그런 게 있단다."

야드가르는 이런 따뜻한 말을 누구한테도 들어본 적이 없었다. 가짜 할아버지 쿨타이는 그를 다정하게 위로했다. 야드가르의 가슴이 마구 뛰었다. 그는 노인과 헤어지고 싶지 않았다.

쿨타이-알파미시가 그에게 말했다.

"만약 우리가 들판에 함께 도착하면, 그들은 이렇게 말할 거야. "아이와 노인이 왜 함께 오지? 분명 야드가르는 쿨타이와 어떤 공모를 꾸민 거야." 그러니까 우리는 따로 도착해야 해. 너는 울라크 경기장 쪽에서 오고, 나는 잔치장소 쪽에서 오는 거야. 길은 똑같아. 양쪽에서 동시에 나타나는 거야. 네가 신호를 하면 내가 싸움을 일으키마."

이제 쿨타이-알파미시가 잔칫집에 도착하는 모습을 지켜보자.

노소 없이 그의 말솜씨를 맛보라!
그는 자기 목소리로 온 세상을 뒤흔들었네.
곤봉-지팡이를 끌며 그가 가네.
콘그라트로 들어가는 대문 옆에서 무릎을 꿇었네.
저 대문을 지나 그가 도시로 가네.
그는 귀족 평민 할 것 없이 자기 백성을 보네.
그리고 자기를 알아보지 못한 친어머니와
자기 유모를 금방 알아보네.

그의 어머니는 잔치를 위해 잡은 양들의 내장과 머리를 씻으며 봇도랑 끝에 앉아 있었다. 쿨타이-알파미시는 정체를 드러내지 않고 그녀에게 다가가 말했다.

"이봐요, 아주머니, 어떻게 지내세요? 나는 아주머니 소식도 못 듣고 초원에서 가축을 치며 살고 있어요."

노파 어머니가 그를 보았다. 모습은 목동 쿨타이인데, 목소리는 알파미시였다.

"네가 "이봐요"하고 말하니 마음이 밝아지는구나.

내 아픈 뼈마디가 전부 나았구나.

알파미시의 목소리를 내 귀가 알아들었어.

쿨타이의 모습을 하고 널 드러내지 말거라!

내 약한 눈이 다시 강해졌어.

내 속이 온통 펄펄 끓는구나.

메말랐던 가슴에 젖이 가득하구나.

내 노년에 기쁨의 눈물을 선물 받았어.

너와 헤어진 지 칠 년,

네가 없는 동안 나는 단 한 번도

햇빛도 밝은 달빛도 보지 않았어.

단 한 번도 미소를 지을 수 없었단다.

눈물로 내 옷깃은 다 젖었단다.

쿨타이의 모습 뒤에서 널 드러내지 말거라!

난 여기서 슬픔과 수치를 견뎌왔다.

그러나 지금까지 신성한 희망으로 살아왔다.

제발 이 어미의 몸을 장작불에 던지지 말거라!

어서 바르친에게 가. 가서 아내의 눈을 위로해줘라.

그러나 쿨타이의 모습 뒤에서 널 드러내지 말거라!"

어머니의 말을 들은 알파미시가 말했다.

"허 참, 아주머니, 제정신이에요? 우리가 지금 밤중에 얘기하는 게 아니잖아요. 벌건 대낮이구만. 날 더 잘 좀 봐요. 두 눈으로 똑똑히 보세요. 나는 쿨타이에요. 알파미시가 돌아온다면, 그는 알파미시로서 올 거예요. 뭐하러 쿨타이의 모습을 하고 와서 자기 어머니를 어리둥절하게 만들겠어요?"

노파는 생각했다. '그와 귓속말로 얘기 좀 해야겠어!'

"진주 목걸이 실이 끊어진 것처럼

한숨만 쉬면 눈에서 눈물이 떨어지네요.

저기 아저씨, 내 속내 좀 들어봐요.

아마 내 아들 소식이 있을 테지요?

선한 사람이 까닭 없이 중얼거릴 리 없고,

이 한탄은 당신 혼자만 듣는 거예요.

쿨타이잔, 난 울탄-타스의 압제가 끔찍해요!

며느리 바르친-아이에게 가기가 겁나요.

우리 모두 의지할 데는 바르친-아이 밖에 없어요.

'알파미시' 대신 '바르친'하고 우리는 말해요.

말해줄 거면 사실대로 말해요. 하지만 명심해요.

비탄에 빠뜨리지는 말아요.

울탄의 아내만 되지 말았으면!

불쌍한 바르친-아이에게 어떻게 알려주지요?"

쿨타이-알파미시가 그녀에게 대답했다.

"아주머니, 그건 걱정하지 마세요. 필요한 것 모두 잘 전할게요."

"아, 전해요, 전해. 당신은 우리 집안의 친구잖아요, 쿨타이-아카!" 그렇게 노파는 작별하며 그를 격려했다.

가짜 쿨타이가 혼인잔치에 도착했다. 울탄-타스가 권좌에 근엄하게 앉아 있고, 손님들의 시중을 들고 있는 노인 바이부리가 보였다. 노인이 검은 가죽부대를 어깨에 지고 물을 나르고 있었다. 어떤 손님들은 울탄에게 아첨하려고 노인에게 무례하게 굴었다. 그를 밀치고 욕하고 주먹으로 위협하고 조롱했다.

이 광경을 보자 쿨타이-알파미시는 가슴이 미어졌다. 그는 울탄-타스에게 다가가 그를 훈계했다.

"멋진 초록 옷을 차려 입었구나. 그래, 좋아!
넌 적법한 우리 왕이 아니다. 그래, 그것도 좋아!
너 같은 베크가 세상에 적겠느냐?
그러나 비열한 짓에 대한 복수가 따르지 않을 수는 없다!
만약 건방진 아들이 감히 아버지를 때렸다면,
그는 문둥병이 들어 백묵같이 하얗게 될 것이다.
어찌 감히 족장 바이부리를 때리고
그의 정직한 흰머리에 침을 뱉고
눈물을 쏟아 개울을 이루게 하느냐!
그는 노년에 접어든 지체 높은 사람이니
그를 모욕하지 말라, 울탄-베크!"

울탄-타스에게 이렇게 말하고 나서 그는 자기 아버지에게 또 말했다.

"제 말씀을 듣기를 청하옵니다, 나의 나리!

당신 소금을 많이 먹었습니다, 나리!
물 나르는 일을 제게 양보하세요.
이런 고통에서 당신을 벗어나게 할 것입니다.
무거운 물 부대를 제게 넘겨주세요.
당신 집에서 내가 먹은 소금이 한 짐 가득입니다.
당신의 소금 값을 치르길 원합니다, 나의 친구여.
마음에 무거운 멍에를 지셨군요.
아들을 잃고 갑자기 모든 것을 잃었어요!
눈물 없이는 당신을 바라볼 수 없어요.
콘그라트의 연로한 족장이 지금은 물을 나르는 종이 되다니요!
무거운 물 부대를 제게 넘겨주세요.
당신과 오래 소곤거릴 시간이 없어요.”

늙은 바이부리가 그의 말을 듣고 말했다.

“내가 운다. 내 옷깃이 온통 젖기 시작했어.
그토록 많은 세월 나는 백성 가운데 족장이었다.
그러나 이제는 모욕에 처한 불필요한 사람이 되었어.
가혹한 삶이구나. 난 누구에게도 필요치 않은 사람이 되었어!”

쿨타이-알파미시가 아버지에게 말했다.

“내 어찌 말에 말을 이을 수 있을까요,
어찌 마음에 품은 걸 당신께 말할 수 있을까요?
만약 오늘 내가 당신을 위해 일한다면,

당신과 콘그라트의 모든 사람들에게 유익할 겁니다.

만약 내가 잔치에서 물 나르는 일꾼이 되면,

적들과 교묘한 장난을 벌일 겁니다.

적의 많은 비밀을 귀에 담을 겁니다.

잔치에서 가짜 왕에게 뭘 말해야 할지 압니다.

이 더러운 개자식이 잔치에서 즐거워하겠지요.

이 잔치가 그에게 불길한 징조가 될 거에요!"

이렇게 그는 바이부리와 몰래 이야기했네.

노인과 한참 동안 실랑이를 벌여야 했네.

바이부리는 이런 일에 휘말리는 게 겁났네.

가짜 쿨타이는 부대를 강제로 뺏다시피 넘겨받았네.

그가 이 부대를 메고 부엌으로 들어가네.

요리사들이 잔치에서 먹을 플로프를 준비하네.

새로 온 물 나르는 일꾼이 요리사들을 밀치고

아궁이 쪽으로 다가가서는 별 말 없이

여러 개의 솥에 물을 붓네.

플로프 요리사들이 기뻐하네. 신이여, 건강하게 하소서.

우리 할아버지 대단하셔. 우리의 물 나르는 일꾼 쿨타이 만세!"

가짜 쿨타이는 부엌에서 나와 울탄-타스에게 돌아왔다. 그의 혼례를 축하하며 속으로 생각했다. '사태를 짐작도 못하겠지, 이 비열한 놈!'

가짜 목동은 그에게 아첨했다. 울탄-타스는 그의 축하를 받아들이고 자비롭게 그와 말을 나누기 시작했다. 좀 전에 그가 했던 대담한 말은 떠올리지 않았다.

"쿨타이-바바, 당신의 축하에 우리는 큰 감명을 받았어요. 가축 떼는 잘 있나요? 우리 충직한 종의 삶이 행복할지어다!"

가짜 양치기가 대답했다.

"여보게, 가축 떼는 다 잘 있네. 양들은 건강하고 토실토실하지. 자네가 잔치를 열어 알파미시의 아내를 아내로 맞이한다는 소문을 듣고 생각했지. "이런 혼인은 많지 않아. 뭐하러 쓸데없이 양 떼 곁에 붙어 있어? 나도 잔치에 가야 해. 복잡하게 생각할 것 없어. 베크가 결혼하는 건 일생에 한 번 볼까 말까 하다고! 양민들처럼 나도 플로프나 실컷 먹는 거지. 그리고 보답으로 솔 하나 받을지 모르잖아. 필요한 만큼 놀고 나서 양 떼에게 돌아가는 거지."

울탄-타스가 그에게 대답했다.

"이런 날 우리를 잊지 않고 혼례에 오셨으니, 할아버지, 잘 하셨네. 주저 말고 드시오. 내 당신을 플로프 요리사로 임명하리다. 아무 솔이나 가서 먹을 수 있는 데까지 마음 놓고 먹고 배를 달래보구려. 한 달 내내 배부르게 실컷 먹어봐요. 그대의 소망이 이루어질지어다."

쿨타이-알파미시는 부엌으로 향했다. 사십 명의 무사-요리사들이 사십 개의 솔 옆에 서서 플로프를 만들고 있었다. 사십 명의 무사-화부들은 아궁이의 불을 살폈다. 새로운 플로프 요리사가 그들을 밀치고 나아갔다. 그러다 느닷없이 한 놈을 세게 밀쳤다.

"어이, 영감," 넘어진 녀석이 말했다. "이게 지금 뭐 하는 거야!"

"뭐냐 하면 말이야," 쿨타이가 대답했다. "마침내 우리의 때가 온 거지." 그는 이 무사의 어깨를 잡고 멀리 내동댕이쳐버렸다.

"내가 뭘 어쨌다고!" 녀석이 고함쳤다.

"얘야, 잠자코 있어라. 내가 직접 불을 피우마." 그는 부지깽이를 들고 화부가 되어 솔 옆에 서서 불을 지폈다. 플로프를 만들기 시작했다. 이 솔 저 솔 오가며 저었다. "다 됐다!" 다 익히지도 않고 고기와 쌀의 물기를 말려버렸다. 먹어라, 울탄, 목구멍에 걸려라, 이놈!

거기에 파르만-쿨이라 불리는 하인 녀석이 있었다. 언젠가 알파미시가 노예 신분에서 해방시켜준 놈이었다. 울탄의 치세에 이 녀석은 부엌 책임자가 되었다. 바카불[18]이 된 것이다. 어린 야드가르가 부엌에 들렀다. 바카불이 그를 보고 고함쳤다.

"이 빌어먹을 새끼야, 뭘 얻어 처먹으러 여기에 왔어!" 그가 국자를 휘둘러서 야드가르를 때렸다. 야드가르의 입에서 피가 났다.

이 광경을 보고 쿨타이-알파미시가 파르만-쿨에게 말했다.

'바람에 갯버들의 무성한 잎은 살랑댈 뿐이다.
작은 뼈 하나는 플로프에 손해도 아니야.
어이, 멍청이, 뭣 때문에 야드가르를 때린 거냐?
실로 그의 아버지는 우리의 술탄이었다.
알파미시가 널 해방시켜주었다는 걸 기억해.
울탄 때문에 머리가 돈 게냐?
그게 알파미시가 베푼 은혜에 대한 보답이냐?
작은 뼈 하나는 플로프에 손해도 아니란 말이다!"

이 말과 함께 그는 커다란 머리뼈 하나를 솥에서 꺼내서 야드가르에게 주었다. 야드가르는 기뻐하며 뼈를 받아들고 고기를 뜯었다. 그는 고기를 씹으며 어머니에게 달려갔다. 울탄의 꼭두각시 노릇을 하는 베크들 중 하나가 이 광경을 보고 말했다.

"어쩐지 쿨타이가 백성들을 선동하는 것 같아. 야드가르한테서 뼈를 빼앗아야 해."

18 궁중 요리사 중 책임 요리사를 일컫는 말로, 셰프에 해당한다.

다른 베크들이 말했다.

"괜찮아! 쿨타이도 오늘은 중요한 인물이잖아. 뽐내고 싶어서 아이에게 뼈다귀를 준 건데 뭘. 즐기게 놔 둬."

이 일을 파르만-쿨의 아내가 알고 달려와서 남편에게 소리를 질렀다.

"이 건방지고 멍청한 올빼미 새끼야, 누구한테 유세를 부리는 거야?

내 느낌에 넌 내일 정오에 죽을 거야.

야드가르를 때리고 넌 얼마나 처먹을 거야?

내일 죽음의 공포가 널 벌벌 떨게 할 거라고!

너는 슬픈 내 말을 들어라.

넌 네가 한 행동을 감추지 못할 거야.

어떻게 알파미시가 이 사실을 모르겠어!

저 머리 희끗한 남자가 누군지 생각하는 게 좋을 거야.

물이 든 부대를 저렇게 가볍게 나르잖아.

이건 목동 쿨타이가 잔치에 온 게 아니라고.

먼 나라에서 알파미시가 온 거란 말이야!

너의 울탄은 내일 머리가 달아날 거야!"

바카불 파르만-쿨도 아내에게 한 마디 했다.

"어릴 때부터 넌 참견하기 좋아하는 올빼미 년이었어.

멍청아! 그 수다스러운 입 좀 다물고 있어.

누가 너한테 그러든? 울탄 왕이 알면,

넌 그 말 때문에 목을 내놔야 할 거야!"

그러자 그의 아내가 그에게 한 마디 더 했다.

"멍청하게 나한테 으르렁대지 마.

나처럼 이 일을 좀 똑바로 보라고.

과연 쿨타이 할아버지가 바이부리보다 젊어?

넌 족장이 물 부대 옮기는 걸 도와줘봤어?

노인이 저런 무거운 부대를 옮기는데 도왔냐고?

그가 옮기는 부대는 진짜 무거워!

내가 방금 봤어. 수염은 가짜야.

우리의 베크 알파미시가 돌아왔어. 용사가 돌아왔다고!

그가 있는 여기서 네가 야드가르를 때렸다가는

넌 아침에 즉각 피를 쏟을 거야!

보라고, 사람들은 그를 알아보지 못하고 있어.

그는 자기 적들을 심판할 거야.

그는 평범한 양치기로 백성들 속에서 돌아다니고 있어.

내일이면 모두 보게 될 거야. 그는 하킴-술탄이야!

내일 정오에 검은 안개가 내려앉을 거야.

아비 없는 아이를 때리는 건 무술만의 수치야.

내일 너는 양같이 머리를 떨어뜨리게 될 거야.

내일 너는 네 마지막 날을 보게 될 거라고!"

그녀의 남편인 부엌 책임자가 대답했다.

"마누라, 네 빛나는 눈을 바라보는 게 난 좋아.

하지만 마누라, 난 네가 걱정돼!

마누라, 내가 지금 얼마나 너하고 부딪치고 있는 거야?

태생이 멍청했다면,

너 오늘 눈까지 멀었어.

알파미시하고 쿨타이 영감이 하나라면,

아마 넌 오래전에 눈이 먼 거야.

어릴 때부터 난 너와 다툴 운명이었어.

내가 희다고 말하면 넌 검다고 할 테지.

이 불쌍한 여자야, 난 널 도울 수 없어.

이 당나귀 딸아, 고집불통아!

그냥 뒈져, 여기서 꺼져!

만약 지금 네가 죽으면, 나는 단 한 푼도

쓰지 않을 거라는 것만 알아둬!"

  부엌 책임자는 아내를 욕하고 내쫓았다.

  그 사이 야드가르는 뼈다귀를 핥으며 어머니에게 달려갔다. 바르친-아이
는 아들이 쾌활하게 웃는 것을 보고 기뻐서 물었다.

  "내 아들 야드가르잔, 뭐가 그렇게 유쾌하니?

무슨 장난이라도 친 거니?

그게 아니면 누구한테 다정한 말이라도 들은 거야?

뭐냐, 왜 웃는지 말해다오.

지난 밤 꿈에 네 화살에 관통당해 오리가 떨어졌더구나.

내 아들은 용감한 사냥꾼이 될 거야.

그래, 너의 손은 정확할 거야.

그래, 적의 손은 묶여버릴 거야.

그래, 아들의 나쁜 적들은 하나같이 다 죽을 거야!

사랑하는 내 아들, 복 받아라!

자, 웃는 이유가 뭔지 말해주련?

매는 높은 장대 위에 앉는다.

아이들은 가축 떼를 목초지로 데려간다.

아들아, 이 어미는 널 위한 제물이 될 거란다!

자, 웃는 이유가 뭔지 말해주련?"

야드가르가 어머니에게 대답했다.

"나의 어머니, 질문에 대답해드릴게요.

난 이제 눈물을 흘리지 않아도 돼요.

나는 콘그라트 종족의 존경을 받게 되었어요.

쿨타이 할아버지가 내게 좋은 뼈를 주었어요.

그래서 난 이렇게 기뻐하는 거예요!

나는 굴욕 속에 살며 많은 세월 고통당했어요.

슬픔의 안개 아래 자라났어요.

적들에 둘러싸여 마음이 불안했어요.

이제 쿨타이 할아버지가 내 방패가 되었어요.

바카불이 날 부엌에서 쫓아냈어요.

게다가 잘못한 것도 없는데 때리기까지 했어요.

이 일로 쿨타이가 그에게 욕을 퍼부어댔다고요!

그를 비난하고 창피를 주었다고요!

그러고는 나를 쓰다듬어주고, 다정한 말로 위로하고,

머리뼈를 주었어요!"

야드가르의 어머니 바르친-아이가 말했다.

"쿨타이 할아버지는 가난뱅이라 초대받지 못한 손님이야.

쿨타이 할아버지는 그런 뼈를 줄 수 없을 거야.

그 노인이 쿨타이라고 생각하지 마라.

그 사람은 쿨타이 차림을 한 네 아버지란다.

울탄-타스의 잔치에 원수를 갚으러 온 거란다!

네가 모욕당하고 핍박당하는 걸 그가 보았어.

그의 아들 야드가르가 멸시받고 탄압받았어!

네 아버지는 화가 나면 용 같단다.

하지만 그는 아직 자기 모습을 드러내지 않고 있어.

그는 걱정을 모르고 바이순에 살았단다.

그가 있었을 때 적들은 발도 내밀 수 없었단다.

그는 다이아몬드 칼을 녹슬지 않게 했단다.

그는 전투에서 수없이 적을 쓰러뜨릴 수 있었어.

그의 굳센 발걸음 소리가 들리는구나, 얘야!

노호하는 우레 같은 그의 목소리가 들리는구나, 얘야!

나는 알파미시의 아이를 지켰어!

내 소중한 아들아, 네 베크가, 네 용사가, 네 아버지가

마침내 칼미크 땅에서 돌아왔구나!"

바르친의 말에 야드가르는 기뻤다.

자, 그럼 이제 울탄의 잔치에서 벌어졌던 활쏘기 시합에 대해 이야기하겠다.

사람들이 물밀듯 잔치로 밀려드네.

고귀한 족속과 천한 족속,

귀족과 평민,

노인과 젊은 기마병.

모두 혼인잔치의 풍성한 음식을

사십 일 동안 즐길 거라네!

더러운 매춘부들의 자식들이,

울탄의 꼭두각시들이 취했네.

더러운 울탄 녀석이

잔치집의 문을 막 나왔네.

볼거리가 시작되어야 하네!

우레 같은 북소리가 들리기 시작했네.

사람들이 시합장소로 움직였네.

최고의 궁수들이

과녁을 쏘아서

칸과 손님들을 즐겁게 할 거라네.

궁수들은 장난을 쳐대며

활시위를 당겨보네.

손의 힘을 점검하네.

쿨타이가 그들 사이를 돌아다니네.

가짜 쿨타이 알파미시라네.

"뭐요, 쿨타이 영감, 떠들지 좀 마쇼,

우릴 방해하지 말란 말이오!"

궁수들이 그에게 말하네.

알파미시는 그들의 비웃음에 기뻐하네.

아무도 그를 몰라보는 것이니까!

한편 울탄이 보낸 자들이

다시 바르친-아이를 성가시게 하네.

야비한 충고를 하네.

"다들 현명한 여자라고 경애하는데,

뭘 그리 고집을 피우시나?

장미는 영원히 피어 있지 않고,

젊은 시절은 지나가지.

그때는 중매쟁이들이 오지 않을 거야.

바르친, 그렇게 자만하지 마.

울탄에게 시집가, 바르친!"

중매쟁이들에게 그녀가 대답하네.

"내가 같은 말을 얼마나 되풀이해야 하지?

나는 참칭자의 아내가 되지 않아.

내게 필요한 건 내 남편이야!"

그들이 그녀에게 말하네. "이유 없이

행복을 걷어차는구나, 바르친.

울탄-베크는 나라의 주인이야.

"예" 대신 "아니오"라고 대답하며

손해를 보는구나."

바르친이 말을 하네. "절대 안 돼!"

고리모양으로 물결치는 곱슬머리 여인에게 존경과 찬양을!

중매쟁이들을 그녀는 다시 쫓아냈네.

중매쟁이들이 말하네. "상황이 안 좋아.

베크 울탄-타스가 무슨 말을 할까?

또 거절했는데 어떻게 받아들일까?"

그들은 그녀에게 돌아가야 하네.

아마 보다 현명하게 대답할 거야.

다시 베크들은 그녀의 집에 들어가네.

내내 똑같은 대화를 나누네.

"우리는 현명한 말을 기다려.

고집 피우지 말고 분별 있게 생각해.

정말 나중에 후회할 거야."

바르친-아이는 생각을 바꾸지 않네.

"당신들과 같이 체로 물을 거르지.

울탄이 당신들 이성을 앗아갔어.

나는 그가 싫다고 말하잖아.

아무리 재앙이 닥칠 거라 날 위협해도 너희들에게

"아니오" 대신 "예"라고 대답하지 않을 거야.

당신들의 울탄-타스는 도둑에다 인육을 먹는 괴물이야.

그러니 죽을 때가 되기 전에 그는 파멸할 거야.

그의 씨를 신이 싹 쓸어버릴 거라고!

어디 강제로 날 가져보라 하지 왜!

핍박당한 백성의 신음소리 들리네.

오, 내 나라의 종족이여,

네 짐이 감당할 수 없이 무겁구나,

하지만 너의 때가 오리라!"

중매쟁이들이 그녀의 집을 뻔질나게 드나드네.

이제 그들은 발을 끌기도 힘드네.

그러나 바르친은 중매쟁이들의 말을 외면하네.

망신을 줘서 쫓아내네.

그들은 울탄에게 말하네.

"아무리 말을 해도

바르친-아이가 고집을 꺾지 않습니다.

심장이 얼음 같아요.

당신께 시집오지 않겠답니다.

울탄-베크는 자기 남편이 아니랍니다.

울탄-베크는 때가 오기 전에 죽을 거랍니다.

힘으로 자기를 가지랍니다.

그녀와 말해봐야

우리는 시간만 허비하는 거예요."

울탄-타스에게 이렇게 보고하고 나서

중매쟁이들은 하나같이 죽은 것도 산 것도 아니네.

얼굴이 얽은 데다 머리가 벗겨진 울탄-타스는

이 말을 듣고서 시합장으로 갔다네.

시합장에서 사람들이 웅성대네.

늙은 쿨타이 영감도

과녁을 쏘았다고 말하네.

그가 누구보다 멀리 화살을 쏘았다네!

활시위를 너무 팽팽하게 당겨서

탄력 있는 활을 너무 구부려서

활이 두 동강 났네.

그는 부러진 활을 멀리 던져 버렸네!

그는 다른 활들도 부러뜨렸네.

아주 튼튼하고 단단한 활이었다네.

과녁마다 화살을 쏘아 맞혔다네!

그가 어디서 이런 힘을 얻었단 말인가?

그는 모든 궁수들의 코를 납작하게 만들었네.

사람들을 깜짝 놀라 어리둥절하게 만들었네.

사람들이 그에게 묻네.

"이봐요, 쿨타이, 할아버지, 말해봐요.

영감 속에 무슨 변화가 생긴 거예요?

활 쏘는 거 어디서 배웠어요?

쿨타이, 우리가 영감을 아는 데 말이에요!

세상에 이런 기적이 있나요, 그래, 쿨타이잔!"

쿨타이-알파미시가 사람들에게 말했다.

"여러분이 알고자 하니 내 힘이 어떻게 된 건지 말하리다. 오래전부터 난 이런 힘이 있었소. 그런데 쓸모가 없었지. 게다가, 난 생각했소, 늙은 나이에 힘을 뽐내 뭐하겠소? 으스대기 싫어서 힘을 자제하고 있었소. 그게 낫 겠다고 생각했지요. 그런데 잔치가 열려 사람들이 산더미 같이 모인 지금 나는 결심했소이다. 내 힘을 드러내서 사람들을 깜짝 놀라게 해주자. 사람 들이 말할 거야. 간신히 돌아다니던 저 영감이 힘센 용사였다고 말이야! 그 런데 사실인즉슨, 알파미시는 그의 할아버지 알핀비에게 물려받은 무게가 십사 바트만이나 나가는 청동 활을 갖고 있었소. 알파미시와 나는 종종 아 르팔리 호수에 가서 그 활을 들어 올려 화살을 쏘곤 했소. 내가 화살을 쏘 고, 그가 화살을 쏘면, 화살은 번개 같이 날아서 아스카르 산까지 날아가더 니 커다란 꼭대기들을 무너뜨렸소. 하지만 늘 내 화살들이 알파미시의 것 보다 더 멀리 날아가곤 했어요."

"어허, 쿨타이 할아버지," 누군가 그의 말을 끊었다. "늙으니 사리분간이 잘 안 되기 시작한 모양이지요. 만약 당신 말처럼 무게가 십사 바트만이나 되는 활이라면, 세상에 기적은 없어요, 그런 무게는 거인들도 무거워요!"

"쯧쯧," 쿨타이가 대답했다. "긴 말 필요 없이, 그 물건이 가벼운 지 무거운 지를 두고 골머리 썩을 필요가 없네. 우리는 그 활을 모기같이 여기지도 않았으니까."

"아," 그에게 사람들이 말했다. "그 활이 어디 남아 있는지 우리가 모르니 안타까운 일이네. 어디 있는지 알면, 어떻게든 여기로 끌어올 텐데 말이야."

쿨타이가 대답했다.

"여러분이 모른다면, 내가 알지. 알파미시는 벌써 칠 년 전에 사슬에 묶인 채 칼미크의 구덩이 속에 파묻혀서 죽었소. 그의 활은 아르팔리 호숫가에 남아 있어요. 맙소사, 벌써 오래전에 초원의 수풀에 파묻혔겠네!"

이 대화를 듣고 울탄-타스는 사람들을 그 장소로 보냈다. 갔던 사람들이 돌아와서 말했다. "정말 그런 활이 있습니다." 울탄은 황소 여러 마리를 한데 묶어 그 장소로 몰고 가라고 지시하고 자기 베크들을 모아서 서슬 시퍼렇게 명령했다.

> "너희들은 콘그라트에서 제약 없는 자유로운 삶을 살아왔다.
> 알파미시와도 자주 말할 수 있었다.
> 그가 이 무거운 활을 어떻게 들어 올렸는지,
> 어떻게 그런 활로 화살을 쏘았는지,
> 어떻게 그토록 굳센 절벽 정상을 무너뜨렸는지
> 아무도 모른다는 건 말이 안 된다.
> 너희가 몇이든 전부 다
> 지체 없이 아르팔리 호수로 떠나라.
> 그 무거운 활을 내 황소들 등에다 싣고
> 이리로 가져오라.

그리하여 나 울탄-베크에게 경의를 표하라.

너희가 몇이든, 만약 가지 않으면,

기억하라, 무자비한 나의 복수가 있을 것이다!

왜 말 없이 뒷머리만 긁적거리고 있느냐?

내 지령은 간단하다. 아르팔리로 출발하라!"

울탄의 말에 베크들은 공포에 사로잡혔다.

"이제 우리 어떡하지?"

집에 머물러 있던 바르친-아이는 울탄의 잔혹한 처사에 대해 알고 나서 야드가르가 공적을 이룰 운명이라는 걸 속으로 예견했다. 어쩔 줄 몰라 하는 베크들 앞에 나와서 바르친이 말했다.

"베크들, 내 보잘 것 없는 청을 들어주어요.

그래요, 내 오두막은 무너지지 않고 서 있을 거예요!

뜰에 나뭇잎이 떨어지니 꽃들도 지겠지요.

이제 뜰에서 종달새는 어디다 둥지를 틀까요?

내 아들을 여러분께 드리지요.

그가 여러분을 위해 저 솜털 같은 활을 가져올 거예요.

만약 황야 한가운데에서 낙타가 갑자기 쓰러졌다면,

만약 말이 경련을 일으켜 쓰러졌다면,

어린 낙타가 낙타의 짐을 져야만 하지요.

사자-용사의 아들, 나의 어린 사자 야드가르잔이

아버지의 활을 꺼내서 가져올 거예요!"

바르친-아이의 말을 듣고 울탄-타스는 생각했다. 마침내 그녀가 우리를 사랑하게 되었구나! 빌어먹을 야드가르가 계속 그녀의 계획을 방해하고 우

리한테 맞서 왔던 거야! 그녀는 이제 그를 벗어나기로 한 모양이야. 직접 그를 죽음으로 내몰고 있잖아!'

그는 채찍으로 머리를 때려서 야드가르를 내몰았다. 바르친-아이는 가슴이 미어 터졌다.

"내 진심으로 당신한테 말하죠.

사과 같은 내 얼굴을 마르게 하지 마세요.

남편의 동생인 당신을 남편처럼 존중하겠습니다.

이제부터 당신을 주인처럼 공경하겠어요.

내 어린 양을 때리지만 말아주세요.

내가 간청하니 내 아이를 놀리지 말아주세요.

당신의 슬픈 신부가 말합니다.

날카로운 슬픔에 내 가슴이 찢어졌어요.

난 울며불며 당신들 사이를 마구 돌아다녀야 합니다!

자비를 베풀어서 내 아이를 때리지 말아주세요!

결혼 축하연을 주재하며

쓸데없이 아이에게 그런 장난을 치는군요."

그런데 울탄은 다시 채찍으로 아이를 때렸네.

바르친-아이가 울탄에게 다시 말하네.

"나뭇잎이 살랑거리는 건 바람이 분다는 표시지요.

내 비단 면사포가 바람에 살랑거리네요.

당신 앞에 있는 건 강력한 적이 아니라 아이입니다.

그런 분노와 고함이 무슨 필요 있나요?

당신 짓거리가 도를 넘었어요, 이 멍청아!"

어머니의 말에 야드가르는 심장이 사자 같아져서 소리쳤다.

"더 세게 쳐라, 쳐! 지금은 네 차례이니 쳐라.
슬픈 날 고개를 떨어뜨리고 나는 우네.
더 세게 쳐라, 쳐. 개의 분노를 갑절로 만들어라.
야드가르가 너와 무엇을 한단 말인가?
어쨌든 지금은 권력이 네 손 안에 있으니
훔친 권력을 실컷 즐겨라!"
울탄의 채찍이 비처럼 눈처럼 휘몰아치네.
야드가르의 눈에서 뜨거운 눈물이 흐르네.
다만 어떠한 자비도 그는 기다리지 않네.
아버지가 나타나서 울탄에게 죗값을 치르게 하시리라!
울탄이 야드가르를 때리네. 비열한 영혼!
아르팔리 호수로 아이를 몰아가네.
야드가르와 함께 걸으며 힘겹게 숨쉬며
불쌍한 알파미시는 눈물을 삼키네.
가짜 쿨타이는 아이를 위로하고 싶네.
"얘야, 견뎌라. 어쩌겠니? 고통을 참아라.
악당의 권력은 영원하지 않을 것이야.
아, 봄이여, 오너라! 눈아, 어서 녹아라.
압제자여, 알파미시의 복수를 겪어라!"

아르팔리 호수로 가는 길은 머네.
아직까지 산 속에서 탁 트인 땅은 보이지 않네.
야드가르의 신음은 하늘에 대한 책망이네.

호수는 푸르고 초원은 초록이 싱그럽네.

자, 여기 그것이, 무늬가 새겨진 오래된 활이 있네!

이 무거운 활을 그가 어찌 들까?

그러나 돌연 아버지가 그의 기억에 찾아왔네.

그 순간 그의 심장이 파열될 것 같았네.

그는 기쁨과 공포의 외침을 내뱉었네.

활을 바라보았네. 활은 어마어마하게 컸네.

그런 무게는 황소도 끌 수 없네!

고아는 한탄하는 표정으로 모두의 눈을 보네.

누가 이런 과제로부터 해방시켜줄 것인가?

울탄은 자비를 베풀지 않고 채찍으로 그를 계속 때리네.

"자 끌어!" 성난 호랑이처럼 그가 소리치네.

야드가르가 두 손으로 활을 잡네.

울탄이 그를 때리네. "끌어, 이 버릇없는 새끼야, 끌라고!"

야드가르가 기도하네. "오, 나의 신이여, 여길 보세요.

내 속에 아버지의 힘을 불어넣어주세요!"

초원의 억센 풀에 휘감긴 채

활은 시위를 위로 하고 땅에 파묻혀 있었네.

야드가르가 애를 쓰네. 고개를 흔드네.

가슴으로 밀다 어깨로 누르다 하네.

아무리해도 무게를 극복할 수 없네.

잔인한 울탄-타스가 채찍으로 그를 치네.

더 자주 때릴수록 아픔이 점점 더해가네.

야드가르는 활을 움직일 힘이 없네.

알파미시는 그를 보며 고통 받네.

이 비열한 놈이 정말 의미 없이 그를 고통스럽게 하네!

마지막 힘을 다해 분노를 억누르며

말 없는 격분 속에서 얼음같이 차가워져서

고결한 사자가, 저 가짜 양치기가,

사람들이 몰라본 술탄이 울탄을 바라보네.

그의 앞에 울탄이, 콘그라트의 가짜 술탄이 있네.

오, 철면피 술탄, 넌 어찌 그리 천박한가!

불쌍한 야드가르는 아무 소용없이 무거운 활과 싸웠다. 그는 활을 끌어낼 수 없어서 다시 애원하는 눈빛으로 차례차례 사람들의 눈을 바라보았다.

알파미시-쿨타이가 아들에게 말했다.

"오, 야드가르, 나의 어린사자, 무사의 아들!

부질없이 사람들의 눈을 애처롭게 바라보는구나!

고통을 참아라. 위엄을 지키고 마음을 굳건히 해라.

용사인 네 아버지처럼 담대하여라!"

그의 말이 야드가르를 강하게 만들었네.

야드가르는 생각했네. '나는 아버지의 명예에 먹칠을 했어!'

일순간 아이는 등을 곧게 폈네.

그는 멸시의 눈길을 적에게 고정시켰네.

단 한 방울의 눈물도 더 흘리지 않았네.

아이는 근육 속에서 용사의 힘을 느꼈네!

그는 거대한 활을 흔들기 시작했네.

활을 묶고 있던 올가미 밧줄을 풀기 시작했네.

땅 속에 박힌 활이 살짝 움직였네.

억센 풀줄기가 투두둑 끊어지기 시작했네.

활을 묶고 있던 무성한 풀의 사슬을 끊고

저 엄청난 무게의 거대한 활을

돌연 야드가르는 땅에서 끌어내네!

활을 자기 쪽으로 끄네.

써레를 끌듯 활을 등 뒤로 끄네.

이 기적에 모든 사람이 놀랐네.

알파미시는 영웅이 된 아들에게 감동했네.

울탄-타스는 침울하네. 그는 기뻐하지 않네.

끔찍한 의심에 마음이 상했네.

"이 아이는 연약한 양이 아니야.

아버지보다 더 강해진 것 같아.

저 개자식 때문에 낭패를 겪을 거야!

내게서 왕관을 뺏을 거야!

나쁜 종말이 우리를 기다리고 있어!"

그 순간 그의 얼굴에서 핏기가 싹 가셨네.

이 비열한 놈은 심지어 공포에 질려 몸을 떨었네.

'이제 어떡하지?' 울탄-타스가 생각했네.

울탄-타스는 아이를 죽일 생각을 했네.

야드가르의 공적에 콘그라트는 놀라움을 금치 못했네.

"새 알파미시다!" 백성들이 말하네.

사람들의 심장이 기쁨으로 타오르네.

사실이야? 거짓말 아니야? 우리의 노래를 방해하지 마라.

그냥 들으며 이 달콤한 소식을 맛보아라.

용감한 어린 매가 높이 나네.

아르팔리-콜에서 돌아오는 길은 멀고 험하네!

저 무거운 오래된 청동 활을

콘그라트의 문 앞까지 아이가 끌고 왔네.

문에서 그는 연회장으로 길을 잡았네.

거대한 활을 연회장으로 가지고 들어가 놓았네.

그 사이 바르친-아이가 연회장으로 서둘러 오네.

그런 아들이 어찌 자랑스럽지 않을까?

혼자서 얼마나 위대한 일을 한 것인가!

아들의 주위를 걸으며 흡족해하네.

일곱 번 돌고 껴안기 시작했네.

아들의 뺨과 입술에 입 맞추기 시작했네.

"너는 나의 기쁨." 그녀가 말하네.

"해야 할 일을 하고," 그녀가 말하네.

"집에 상을 안겼어." 그녀가 말하네.

"너는 백성의 보호자." 그녀가 말하네.

"너는 기적을 이루었어!" 그녀가 말하네.

"그래 네 제물이 될 거야!" 그녀가 말하네.

"나의 아들, 넌 아버지의 자리에 앉게 될 거야.

나의 아들, 넌 온 세상에 유명해질 거야."

말하는 동안 그녀는 눈물을 흘리네.

가짜 영감 쿨타이는 백성과 함께 물러나 있네.

그는 꿈꾸듯 바르친의 말에 귀 기울이네.

여전히 아들과 아내에게 자기를 밝히지 않네.

그는 생각하네. '날 드러낼 때가 아니야.

조국에 기적을 보여주고 싶어.'
왕의 연회장에 간신히 들어간
그의 거대한 활이 벽에 기대어져 있네.
알파미시-쿨타이는 사람들에게 눈을 찡긋 했네.
그는 거대한 활을 집어 들고 돌아섰네.
어깨에 메고 문지방을 넘었네.
저 무게가 십사 바트만에 이르는 청동 활을
곧장 경연장으로 가지고 갔네.
바다처럼 대양처럼 군중이 소란스럽네.
기적을 본 사람들은 혼란스러웠네.
경연장에 와서 그는 자기 활을 손에 쥐었네.
멀리 있는 플라타너스 한 그루를 보았네.
팽팽한 시위를 세게 당겼네.
그리고 멀리 있는 플라타너스에 화살을 쏘았네.
화살이 시위를 떠나 번개같이 날아갔네.
맹렬한 소리에 모든 사람이 전율했네.
오래된 플라타너스가 멀리 있었네.
화살이 번개같이 과녁에 도달했네.
플라타너스에서 커다란 가지가 부러졌네.
긴 경연장을 다 덮을 수 있을 정도였네!
백성들은 어안이 벙벙했네. "멋진 일이야!"
울탄은 어안이 벙벙했네. "위험한 일이야!"
"자, 쿨타이 영감이 한 일 봤지!
난 쿨타이 영감이 뭔가 수상해."
새로운 근심이 괴롭히네. 쿨타이 영감!

백성들 사이에 쿨타이에 대한 소문이 떠들썩하게 일기 시작했네.

"저 목동이 활 쏘는 솜씨는 기적이야!"

다른 사람들은 이렇게 말하네. "저 사람 악귀가 들렸어."

누구는 속으로 또 누구는 소리 내어

말하네. "울탄-타스의 잔치는 저주 받아라!

음탕한 계집의 자식 울탄-타스야, 지옥으로 꺼져라!

쿨타이 영감은 늙어서 몸이 안 좋은지 오래되었어.

용사 알파미시가 몰래 돌아온 거 아닐까?"

콘그라트 땅이 온통 야단법석이었네.

이제 울탄-타스의 어미에 대해 이야기하겠다.

한때 울탄-타스의 어미는 바담-포간샤로 불렸다. 지금은 그녀를 바담-한샤로 높여 부른다. 버릇대로 '바담-포간샤'라고 부른 자는 혀가 잘렸다. 페르시아 여자 바담은 젊었을 때 양치기였다. 그녀는 혀를 내밀고 자는 버릇이 있었다. 한번은 까마귀가 그녀의 혀끝을 쪼아버렸다. 그래서 바담은 말을 더듬게 되었다. '르' 대신 '이'라고 말했다.

그녀는 족장 바이부리의 첩이 되었고 바이부리의 아들을 낳았다. 그게 울탄이다. 울탄은 자기를 알파미시의 동생이라 여겼고, 때를 기다려 마침내 나라를 손에 넣게 되었다. 바담-한샤가 된 그의 어미 바담-포간샤는 미친 낙타처럼 사악한 여자였다. 누가 귀띔만 하면 당장 마구잡이로 재판을 열어 보복했다. 평민이나 귀족이나 다 이 여자를 증오했다. 그녀에 대해 이렇게들 말했다. "왕의 집에 있는 더러운 가마솥이나 양치기 집에 있는 가마솥이나 냄새나기는 똑같지 뭐."

한편 바르친의 말에 희망을 품은 울탄-타스는 잔치를 계속하며 혼례를 준비하고 있었다. 여자들만의 잔치를 벌일 때가, 올란[19]을 할 때가 되었다.

바담-한샤가 말했다.

"내 늙어서 죽지 않고 내 아들 베크의 혼례를 마침내 보게 되었으니 정말 기쁘구나. 내 직접 쌍봉낙타를 타고 가서 올란에 참가할 예쁜 처녀들을 모을 것이야."

그녀는 젊은 처녀들을 불러 모으러 낙타를 타고 떠났다. 바담이 가며 노래를 불렀다.

"천천히 또 빨리 나는 달려가네.

가파른 골목길을 달려가네.

좁은 숲길을 달려가네.

푸른 멧비둘기가 되어 날아가네.

낮게, 낮게 나는 나네.

예쁜 아가씨들, 나는 너희들을

내 아들의 잔치에서 보고 싶네.

내가 청하니 우리 잔치에 오오!

너희들은 보기에 아름답네.

화려한 붉은 옷을 입어야 하네.

처녀들의 기지는 보물.

재치 있는 말솜씨는 보고.

콘그라트는 너희들이 자랑스럽네!

우리는 온 세상에 잔치를 베푸네.

내가 청하니 우리 잔치에 오오!"

이렇게 포간샤-한샤 바담이

---

19 결혼식 때 부르는 노래 형식으로, 청춘 남녀들이 즉흥시에 곁들여 노래를 부르는 놀이이다.

종족마다 부족마다 돌아다니네.

형편없는 말을 누가 알아들을까?

백성이 듣고 웃네.

저마다 자기 입을 가리네.

올란의 밤이 찾아왔다. 처녀들이 도착했다. 마른 처녀들은 쥐새끼같이 쏘다니고 염소새끼같이 뛰어다니고 파리새끼같이 날아다녔다. 발랄하게 깔깔대며 까불었다. 뚱뚱한 처녀들은 베개처럼 푸근했다. 잔치를 기다리며 앉아 있거나 걸어 다녔다. 공작처럼 위엄 있었다.

알파미시의 누이인 칼디르가치도 초원에 자기 낙타를 두고 왔다. 바르친-아이가 울탄의 청혼을 받아들여 이날 밤 혼례를 올리기로 했다는 소문이 그녀의 귀에까지 들렸다. 그녀는 생각했다. '혼례를 치른 후에 바르친은 울탄의 궁으로 거처를 옮길 거야. 그럼 언제 다시 불쌍한 바르친-아이를 볼 수 있을까?' 바르친-아이가 울탄의 아내가 된다는 생각에 너무 힘들었지만, 그녀는 가기로 결정했다.

칼디르가치가 도착했다. 바담-한샤가 그녀의 손에 등불 두 개를 쥐어주고 세 번째 등불은 그녀의 머리에 얹었다. 그때 야드가르도 도착했다. 칼디르가치는 사랑하는 야드가르에게 말했다.

"야드가르잔, 내 말 귀담아 들어라.

난 다시 내 종족에게 왔어.

혼례 모임에 뭐하러 내가 등불을

머리에 얹고 있어야 하는지 모르겠구나.

나의 잔 야드가르야, 넌 왜 그리 유쾌한 거냐?

사람들의 따뜻한 말에 마음이 기쁜 것이냐?

아니면, 내 소중한 야드가르야,

불쌍한 내 처지를 비웃고 싶은 것이더냐?

둘 곳 없는 마음에 오직 '오!'와 '아!' 소리뿐이구나.

내 눈에서 눈물이 마르지 않는구나.

내 오빠 하킴-아카는 소식도 없이 사라졌다.

그의 아들 야드가르여, 콘그라트에 빛을 비추라!

야드가르잔, 너는 뭐가 그리 기쁘냐?

홀로 외로이 나는 낙타를 길렀다.

메마른 초원에서 쓰라린 눈물을 흘렸어.

이별의 장작불에 심장을 태웠어.

고통에 지쳐 나는 여기로 왔다.

여기 왔는데 친구가 없구나.

넌 웃으며 즐겁게 장난치며 뛰어들어 왔어.

얘야, 야드가르, 너는 이렇게 물었지.

"칼디르가치 고모, 어떻게 지냈어요?

불쌍한 고모, 슬퍼하지 마요, 울지 마요!"

야드가르가 아니면 누가 날 위로해줄까?

왜 너는 그리 즐겁게 웃는 거냐, 야드가르?"

바르친-아이도 울탄의 신부로서 거기 있었다. 고모 칼디르가치의 말에 야드가르는 슬퍼졌다. 그래서 어머니 바르친-아이에게 이렇게 말했다.

"어머니 제 말 들으세요.

사람들이 우리를 두고 온갖 말을 떠들어대요.

불쌍한 고모의 운명을 가볍게 해줄 수는 없나요?

소중한 어머니, 고인이 되신 내 아버지를

더 성심껏 기릴 수는 없나요?

혼례의 등불을 내던질 수는 없나요?

우리에게 죽음을 달라고 신에게 부탁할 수는 없나요?"

야드가르는 하고 싶은 말을 솔직하게 했네.

그 말을 듣고 바르친-아이가 일어섰네.

그녀의 마음속에 알파미시의 모습이 떠올랐네.

몸속에 영혼이, 영혼 속에는 많은 고통이 있네.

고리처럼 물결치는 곱슬머리 여인은 갑자기 온통 창백해졌네.

가을이 오고 창백해진 화단이 텅 비었네.

장미 줄기에 까마귀가 내려앉는 것 같았네.

바르친이 말했네. "이 혼례는 끝장나라!"

등불을 멀리 유르트 지붕 위로 내던졌네.

잔치가 벌어지는 유르트 안에 무덤의 암흑이 닥쳤네.

처녀들이 까악 소리를 질렀네. 어둠이 무섭네.

유르트 안에서 아주 큰 소동이 일어났네.

바담-한샤가 초원에서 돌아와 유르트로 다가가는데 유르트 안이 갑자기 어두워지는 게 보였다. 들어가서 무슨 일인지 알아본 뒤 그녀는 생각했다. 마땅히 바르친에게 욕을 퍼부어대야겠지만, 지금 그렇게 하면, 그녀는 모욕감을 느껴서 혼례에 응하기로 한 마음을 바꾸겠지. 때가 되기 전에 겁을 주어서는 안 되지. 일단 내 며느리가 된 뒤에 보자. 그때는 단단히 되갚아주마!'

그녀는 다시 등불을 켜고 엄히 말했다.

"이런 일이 다시 있어서는 안 된다! 처녀들, 올란을 시작하세!" 그녀는 이렇게 말하고 자리에 앉았다.

그러는 동안 쿨타이-알파미시가 들어왔다.

"쿨타이, 왜 너는 빈둥거리며 중얼중얼거리는 거냐? 부르지도 않았는데 여긴 왜 와?" 바담-한샤가 불만에 차서 말했다.

쿨타이-알파미시가 대답했다.

"처형, 너랑 나는 인척인 걸. 이런 잔치자리에서, 네 아들 울탄의 혼례잔 치에서, 내 어찌 즐기지 않을 수 있겠어? 너랑 둘이서 올란 서너 소절 부르 고 싶은데 말이야."

"네가 나랑 같이 올란을 부르겠다니 우리랑 대등하다고 생각하나보지." 바담은 쿨타이 앞에서 뻐기며 말하고는 그를 조롱했다.

"자, 뭘 부르실 텐가? 양치기 종놈의 슬프고 궁핍한 삶? 점토로 지은 움 막? 양의 똥? 이런 건 내 아들 울탄 왕의 혼례에서 부르는 올란에 적합하지 않은데 말이야."

쿨탄-알파미시가 그녀에게 말했다.

"나의 처형님, 죄가 두렵지 않은가, 왜 친척을 몰라보고 불쌍한 목동을 모욕하지? 실제로 우리는 대등해. 정말 나는 네 매부야. 그렇지 않은가?"

쿨타이가 아니라 알파미시와 말을 하고 있다는 걸 바담은 몰랐다. 바담 은 올란 몇 소절을 그와 같이 부르기로 동의했다. 하지만 자기가 먼저 시작 하기를 원했다.

바담-한샤
"양 떼가 연못으로 달려간다고 넌 말했지.
이삭을 훑으니 지푸라기가 됐네.
네가 말하는 대로 이루어질지어다, 쿨타이!
나의 매부여, 울탄-베크의 시대를 찬미하라. 야이-야이."

쿨타이-알파미시
"양들이 줄지어 전속력으로 내달리네, 바담!
포플러 같았던 네 몸매가 구부러진 갯버들이 되었네, 바담!
늘그막에 넌 며느리를 얻었네!
너로 인해 난 행복하네, 처형님 잔-바담! 야르-야르."

바담-한샤
"밤색 양들은 양 떼의 우두머리들.
내가 올란을 부르기 시작하면 죽은 자들이 살아나네.
아리따운 처녀들, 젊은 처녀들, 더 유쾌해져라!
울탄-타스가 너희에게 은화를 선물할 거야! 야이-야이."

쿨타이-알파미시
"수염 없는 염소들이 양 떼의 우두머리들.
늙은 괴물 할망구들을 뜨겁게 하지.
젊고 예쁜 아가씨들, 정말 내가 늙었나?
알파미시의 돈은 훔친 물건이지! 야르-야르."

바담-한샤
"주물 테를 두르지 않은 문은 예쁘지 않지.
금반지 없는 아가씨들은 슬퍼하지.
너희들은 재미있는 문구를 준비하지 않았지.
끝나가는 내 올란이 너희를 재미있게 할 거야. 야이-야이."

쿨타이-알파미시

"주물 테를 두르지 않은 문은 예쁘지 않지.

금반지 없는 아가씨들은 슬퍼하지.

재미있는 문구를 말할 때가 오지 않았네.

정말 끝 무렵에 올란은 망쳐질 거라네! 야르-야르."

"에이, 쿨타이-잔, 네 머리는 멍청해. 그 놀이를 하는 게 아니잖아. 말을 왜곡하고 있잖아!" 바담-한샤가 그의 말을 끊었다.

그녀에게 쿨타이-알파미시가 대답했다.

"에이, 처형님 바담, 투덜대기 좋아하는 쭈그렁 할망구야, 마음을 어둡게 하지 마라. 참견하지 마라. 네 매부인 내가 뭔가를 어쩌다가 그렇게 말하려는 게 아니란 말이지."

"음," 그에게 바담이 말했다. "그렇다면, 제기랄, 능력껏 불러보라고."

그리고 그녀는 다시 시작했다.

바담-한샤

"양치기 종 쿨타이는 대화를 서두르네!

까악 까악 울어대는 까마귀, 나의 잔-쿨타이는 힘이 없어! 야이-야이."

쿨타이-알파미시

"오, 슬픔의 먹구름들이 돌아다니네, 처형님 바담!

네 쉰 목소리가 난 역겨워, 이 쭈그렁 할망구야!

나는 선량한 사람, 나는 명예가 소중하네!

적의 가슴 속에서 비애의 까마귀가 까악 까악 울리라! 야르-야르."

바담-한샤

"쓸데없이 참견하는구나, 불쌍한 종 쿨타이.

똥개처럼 뒤지고 다니지 마라, 종 쿨타이!

지저분하고 불쌍한 물 나르는 종 쿨타이가

가져다주는 물은 달지 않네. 야이-야이."

쿨타이-알파미시

"난로 속에 불이 있으니 빵이 뜨겁네.

으르렁대지 마, 입 다물어, 네 혀나 치료해.

네 창자를 빼서 개한테 던져주랴!

욕에 후한 값을 치르네. 잔돈 받아! 야르-야르."

바담-한샤

"날카로운 혀를 가졌네, 매부.

면도기같이 말로 깎네, 매부.

영감, 내 아들이 베크 울탄이란 걸 기억해.

네 혀를 싹뚝 자르면, 넌 매애 하고 울 거야, 매부! 야이-야이."

쿨타이-알파미시

"재치 있는 익살은 값이 좋지!

분별 있는 일가친척들에겐 영혼이 값어치 있지!

울탄-타스하고 같이 장에 나가보지.

사람들이 말할 거야. "피부병에 걸렸으면 반 푼이 값이오." 야르-야르."

바담-한샤

"혀를 날카롭게 놀리며 쓸데없이 지껄이지 마, 쿨타이!

부드럽게 말해서 말조심해라, 쿨타이!

말문이 막히거든 비난하지 마라.

늦기 전에 혀를 묶어라, 쿨타이! 야이-야이."

쿨타이-알파미시

"농담에 길들여진 내 혀가 죄로다.

내 스스로 혀를 물어 끊을 준비가 되어 있다네!

네가 목동 쿨타이를 사랑하게 된 건 아닌가?

하-하-하! 목동 영감 쿨타이는 익살꾼이라네! 야르-야르."

잔치 책임자들이 올란을 듣고 말했다.

"목동 쿨타이, 망할 영감 같으니! 양 떼를 치며 익살을 연습한 거야. 울탄
베크 어머니한테서 존경을 빼앗았어. 올란마다 모조리 다 그녀를 이겼어!
그녀가 어땠든 간에 그래도 중요한 사람의, 우리 베크의 어머니잖아! 노파
를 웃음거리로 만드는 건 좋지 않아! 만약 그가 그걸 좀 더 젊은 여자와 하
면, 그렇게 분하진 않을 거야. 바르친을 그와 겨루게 하면 어떨까?"

몇몇이 곰곰이 생각했다. "울탄-베크가 이걸 미심쩍은 눈으로 보지 않을
까?" 그들이 울탄에게 가서 물었다.

"어떨까요?"

찾아온 자들에게 울탄-타스가 말했다.

"쿨타이는 이미 늙었어. 짝을 이뤄 부르게 해도 돼."

잔치 책임자들이 와서 쿨타이에게 말했다.

"당신은 대단한 재담가로 보이오! 이제 신부와 겨뤄보시오."

바르친과 쿨타이-알파미시가 올란을 부르기 시작했다.

쿨타이-알파미시

"산비탈에 꽃 양탄자가 깔렸네.

강에는 비버가 노네. 야르-야르.

당신 배우자는 나에게, 당신을 비난하지 않네,

가까운 친구였네. 야르-야르.

날카로운 대화를 나누기 위해

우리는 올란을 부를 거라네. 야르-야르.

소식이 있네. 야르-야르.

칠 년을 아니면 육 년을 바르친-아이는

양탄자를 짰네. 야르-야르.

무늬가 솜씨 좋네! 야르-야르.

그녀는 겸손하네. 바르친-아이.

그녀는 현명하네. 야르-야르.

너의 허리띠는

닳고 닳았네! 야르-야르.

그러나 이건 단지 숄이네.

허리띠가 아니네. 야르-야르."

바르친

"너는 올란을 부르며 내 심장에 칼을 꽂는구나.

말을 엮는구나. 아, 네 목소리는 어찌 이리 좋으냐!

내 남편의 목소리를 너무도 닮았구나! 야르-야르."

쿨타이-알파미시

"어허, 넌 어리석은 여자로다. 세상에 기적은 없어.

그래, 죽은 자가 부활한 걸 대체 누가 보았다더냐? 야르-야르."

바르친

"가을이 오고 화려한 뜰이 시들리라. 내가 말하네!

하지만 앙상한 덤불도 종달새를 유혹하리라. 내가 말하네!

무사인 내 남편은 죽은 자들 가운데서 일어서리라. 내가 말하네!

나의 야드가르가 아버지를 얻고 기운을 내리라. 내가 말하네! 야르-야르."

쿨타이-알파미시

"신이 났구나. 브로케이드와 비단을 멋지게 둘렀구나.

자기 운명에 핍박당해서 의무를 잊었구나.

그러나 만약 희망과 사랑을 노래하길 그치지 않았다면,

저 못된 늑대는 네게 왜 필요하더냐? 무슨 의미더냐? 야르-야르."

바르친

"브로케이드와 비단으로 치장하고 난 슬픔에 젖어 있네.

운명이 핍박하지 않는다면 난 의무를 다할 것을.

난 이 혼례가 필요 없네. 이 혼례가 난 무섭네!

그러나 나는 야드가르의 목숨을 지켜야 한다네! 야르-야르."

쿨타이-알파미시

"울탄-타스는 거만하지만 권력을 쥐었네. 게다가 부자지.

대머리지만 정열적이지. 남편이 아닌 자보다, 나보다. 나쁜 놈! 야르-야르."

바르친

"비록 권력을 쥐었고 부자라도 나는 그가 혐오스럽네!

백성이 핍박당해 불행에 처했네. 곳곳에서 신음소리가 들리네.

나의 올란치! 야드가르는 네게 반했네. 야르-야르.

그는 다시 아버지를 갖고 싶어 하네.

장난꾸러기가 아버지 수염을 잡아당기고 싶어 하네.

아버지 머리에서 모자를 벗기고 싶어 하네. 야르-야르."

쿨타이-알파미시

"내 영혼이 아프네. 맹세코 내 영혼이 슬퍼하네.

나는 우네. 눈물이, 뜨거운 구슬이 난 부끄럽지 않네.

난 벌겋게 달아올라 노을이 질 때까지 노래할 거라네.

그러나 겁쟁이가 아니라도 모자는 벗지 않을 거라네. 야르-야르!"

바르친

"내가 말한 것이, 올란치[20], 사랑의 표시라네.

노래해, 침묵하지 마, 어서 자기를 달궈.

노을을 기다리지 마. 그리고 머리에 쓴 털모자를 벗어. 야르-야르."

쿨타이-알파미시

"그렇게 말하지 마. 노을이 질 때까지 기다려. 서두르지 마.

정신을 굳건히 해. 참아. 타올라. 서두르지 마.

노을이 비치면 넌 내가 벌이는 일을 바라봐. 야르-야르."

---

20 올란 놀이를 하는 남자.

바르친

"맛난 음식은 입술보다 이빨이 더 잘 느끼네.

어리석지 않은 사람이, 내가 사랑하는 사람이 모자를 벗을 거라네. 야르-야르."

쿨타이-알파미시

"봄이 올 때가 됐네. 꽃이 제때 피어났네.

길을 가로지르니 운명이 잔인하네.

대머리는 모자를 벗어서는 안 되지.

머리에 생긴 피부병은 악덕이 아니던가? 야르-야르."

바르친

"봄은 오지 않았네. 여기에 생기로운 장미는 아직 없네.

운명의 위협도 재앙도 아직 없네.

나의 친구 나의 남편은 아직 대머리도 아니고 머리가 희지도 않았네. 야르-
야르."

쿨타이-알파미시

"나는 슬프네. 내 운명은 진정 쓰라리네.

네 아이를 내가 안고 있네. 눈물의 강이 흐르네.

그를 안기 힘드네. 손이 마비되었네. 야르-야르!"

바르친

"나는 아이에게서 제물로 바쳐질 머리카락을 잘라냈네.

그 자신이 냄새로 아버지를 알아볼 수 있었네.

아이는 아버지의 품에서 잠들고 싶네. 야르-야르."

쿨타이-알파미시

"나와 함께 짝을 이뤄 올란을 부르니 넌 기쁘지 않으냐?

적이 지닌 힘을, 적이 숨겨놓은 금은보화를 넌 알아냈느냐?

"아이를 받아!"라고 두 번 말해야 하나?

너는 위험으로부터 그를 지키는 울타리인가? 야르-야르."

바르친

"뜰마다 가을이 돌아다니네. 모든 나무가 시들 때라네.

앙상한 나무에도 종달새는 앉을 수 있지.

어미가 아비에게 아이를 어루만지라고 준다면,

과연 거기 아이에게 무슨 위험이 있느냐? 야르-야르."

쿨타이-알파미시

"알파벳을 모르면 편지를 쓸 수 없지!

아들 받으라고 하잖아! 정신 차려!

이 짓이 그에게 해가 되는 거 아냐? 직접 판단해! 야르-야르."

바르친

"낮이고 밤이고 나는 아들이 불쌍해 울었네. "아이고, 아이고!"

저토록 황금같이 빛나고 버터같이 달콤한 내 아들!

하지만 너를 네 친아버지가 멀리 쫓아내는구나! 아이고, 아이고! 야르-야르."

쿨타이-알파미시

"아이, 바르친-아이,

아이, 바르친-굴!

달보다 더 밝고, 꽃보다 더 상냥하네.

너는 더 슬기로워져라. 야르-야르.

울탄-타스에게 시집가지 마라.

죽음이 저 앞에서 기다리고 있어!

굴-바르친-아이, 야르-야르.

그렇게 알아라. 야르-야르!"

바르친

"그렇게 말하며

쓸데없이 겁주는구나.

정말 나의 종달새는

뜰에 있는 보리수에 앉을 거라네. 야르-야르.

적의 아내가 될 수는 없지.

명예를 지키리. 야르-야르.

나의 남편 술탄, 나의 하킴잔.

오직 그 한 사람만, 야르-야르,

바르친-아이는 사랑하네. 야르-야르"

쿨타이-알파미시

"우리는 여기에 새끼염소들을 두고 떠났네.

돌아오니 다 자랐네.

우리가 없이 꽃피어난 바르친은

장미보다 예쁘지 않은가?

아름다움으로 세상을 놀라게 하며

잔치를 베푸네. 야르-야르.

혼례 잔치를 베푸네. 사람들이 말하네.

얼마나 풍성한 잔치인가! 야르-야르.

우리는 망아지들을 남겨 두고 떠났네.

돌아와 보니 말이 되었네.

우리는 생각했네. 바르친보다

더 신실하고 다정한 아내는 없어.

그러나 바르친-아이는 다 자랐네.

그리고 우리에게 낯선 여인이 되었네. 야르-야르!"

바르친

"많은 생각을 한 탓에

바르친-아이는 지혜가 늘었네.

아니, 영혼을 걸고 맹세컨대

나는 당신에게 낯선 여인이 되지 않았네. 야르-야르!

아이고, 내가 졌네. 내 중매쟁이!

당신은 다시 왕. 야르-야르.

내게는 다시 배우자. 야르-야르!"

올란 노래 부르기가 끝났다. 날이 밝았고 아침이 지나갔다. 한낮이 되어가고 있었다. 한편 여기저기 삼삼오오 사람들이 모여들었다. 소문이 온 나라에 날아갔다. 얘기는 온통 하나였다. 머리가 맞닥뜨리는 곳이면 어김없이 들렸다. "이 쿨타이 말이야, 알파미시 아냐?"

그 사이 진짜 쿨타이가 도착했다. 그는 알파미시의 것인 용사가 차는 두툼한 허리띠를 두르고 빛나는 투구를 썼다. 쿨타이에게 알파미시가 말했다.

"할아버지, 울탄의 사람들을 불러서 내가 왔다고 알리세요."

쿨타이가 대답했다.

"어허, 그의 앞잡이들이 이제 많아졌어. 만약 그들을 모아놓고 내가 '알파미시가 돌아왔다!'하고 알리면, 그들이 날 죽이지 않겠어?"

알파미시가 그를 안심시켰다.

"겁내지 마세요. 내가 가까이 있을 거예요. 기미만 보여도 할아버지를 구해드릴게요."

쿨타이 영감이 그의 말을 따랐다. 바이치바르에 올라타고 다시 길을 떠났다. 알파미시가 말한 대로 하기 위해서였다. 아무도 그를, 그러니까 진짜 쿨타이를 알아보지 못했다. 사람들이 보고 놀랐다. 대체 이 위풍당당한 노인 무사는 누구야?

궁전 가까이 간 쿨타이는 바이치바르를 묶어놓고 사람들을 불러 말했다.

"잔치를 벌일 시간이 오고 있네.
뜰의 꽃밭에 꽃이 필 거라네.
콘그라트 종족 사람들,
알파미시가 왔다는 걸 알지어다!
이 소식을 널리 알려라.
가라앉아 있지 말고 기쁨으로 들끓어라.
청록색 아름다운 꽃을 들고
친지들과 친구들을 찾아가라.
여기 그가, 너희들의 술탄 알파미시가 있노라!
거대한 나팔을 불어라.
어서 대포를 쏘아대라.
신이 백성의 기도를 들어주셨네.
술탄 알파미시가 너희와 함께 있노라!

봄이 왔으니 뜰아 초록으로 물들어라.

장미야 붉은 꽃망울을 터뜨려라.

종달새야 사랑에 취해라.

종달새야 노래해라.

참칭자 왕이여 파멸하라.

울탄의 압제여 모두 끝장나라.

알겠느냐, 알파미시가 왔노라!

슬픔의 안개야 흩어져라.

경솔한 폭군이여 참회하라.

콘그라트-바이순이여 기뻐하라.

그가, 네 적법한 술탄이 여기 있노라!

친구여 명예와 사랑 속에 살아라.

적은 피에 잠겨 죽을지어다!

적에게 죽음을 안기러 알파미시가 왔노라!

바이순-콘그라트의 종족이여 살아라!

우애롭게 한 형제로 살아라!

영광과 영웅다운 행동 속에 살아라!

그리고 풍요롭게 살아라.

너희의 검이자 방패인 알파미시가 왔노라!

물이 든 가죽부대를 나르는

백발의 노인 족장 바이부리여,

젊은 아들이 그대를 소리쳐 부르니

그를 만나시오. 그가 여기 있소, 알파미시가 여기 있소!

그대의 금지령을 어기고

명예의 약속을 이행하러

위험과 재앙을 두려워하지 않고

머나먼 적의 땅으로 떠났던 그가 여기 있소.

칠 년을 구덩이에 갇혀 누워 있었소.

칼미크 땅을 온통 뒤흔든

그가 건강하게 살아 돌아왔소.

그를 만나시오. 그가, 알파미시가 여기 있소!

심장이 슬픔으로 들끓는,

많은 굴욕을 겪은

너, 그의 누이 칼디르가치,

더는 고통스러워 마라, 더는 울지 마라.

네 동생은 적의 손에 죽지 않았다.

그를 만나라. 알파미시가 왔어!

사랑하는 아들이었던 그를

젖 먹여 키운 그대여,

고통당한 그의 어머니여, 아시오.

그대의 아들은 적의 손에 죽지 않았소.

그를 만나시오. 그가 여기 있소. 알파미시가 여기 있소!

친지들이여, 그의 친구들이여,

또래들이여, 동료-사자들이여,

내 모든 콘그라트의 종족이여,

잔인한 적 밑에서 칠 년을

지도자 없이 여기 있었구나,

어린 낙타들로 여기 있었구나!

너희들의 벗 알파미시가 여기 있음을 알라!

젊어 과부가 된

그의 아내 바르친이여, 알라.

그대의 사랑하는 하킴-베크가

살아서 감옥을 탈출했어.

그를 만나. 그가, 알파미시가 여기 있어!

왕의 바이치바르가 그를 태우고

조국 땅으로 날아왔다.

나의 백성이여, 이 소식을 들으라.

그를 만나라. 그가 여기 있다. 알파미시가 여기 있다!"

이 소식을 양치기 쿨타이가 잔치에 가져왔네.

연회장 건물이 고함으로 요동쳤네.

세상의 종말이 시작된 것 같았네.

울탄의 앞잡이들은 금방 코를 떨어뜨렸네.

"우리는 어떡하지!" 그들이 말하네.

"최후의 심판의 날을 그가 우리에게 보여줄 거야!

이 사람은, 이 위풍당당한 노인 무사는 누구야?

어떻게 왕의 바이치바르를 타고 달려온 거지?"

그들 중 누구도 쿨타이를 알아보지 못했네.

정말 쿨타이를 알파미시라고 생각했네!

한편 알파미시는 목동의 케바나크를

어깨에서 벗어던지고 털모자를 머리에서 벗어던지네.

하얀 염소 털을 얼굴에서 단숨에 떼어내네.

그것들을 벗겨내네. 그것들을 내버리네.

그는 번쩍이는 황금 허리띠를 둘렀네.

그의 아름다운 모습 앞에서 적들은 말을 잃네.

아름답고 위대한 용사 베크 하킴이

진짜 자기 얼굴을 사람들에게 드러내네!

이때 행복의 탄성이 울려 퍼지네.

노인 바이부리가 연회장으로 달려 들어오네.

숨을 헐떡이며 불편한 걸음으로 재빨리 달려오네.

그의 눈이 반짝이네. 기쁨으로 빛나네.

"오, 내 새끼, 부활한 내 새끼!"

그는 아들에게 달려가네. 팔을 벌려

아들을 안으며 자랑스럽게 말하네.

"너는 진짜 카이사르처럼 위대해졌구나!

이 불쌍한 것, 그래 얼마나 고통스러웠느냐!"

이때 다시 고함소리가 들렸네.

그의 노파 어머니가 달려온 것이네.

소중한 아들을 안았네.

아들을 안고 애정 어린 말을 하네.

어머니의 기쁨으로 뜨겁게 타오르네.

"아이고, 내 새끼! 내 하킴잔-술탄!"

이때 다른 고함소리가 들렸네.

"오, 나의 하킴잔, 내 소중한 남편!"

그의 아내 바르친-아이가 달려오네.

그녀의 가슴 위로 행복의 눈물이 강이 되어 흐르네.

이 기쁨에 하킴도 우네.

낙타를 기르던 칼디르가치-아임이

자기 가족을 뒤따라 울며 달려오네.

동생을 안네. "아카-잔 하킴!

오, 내 소중한 동생, 그토록 오래 기다린 내 동생!"
그렇게 그들은 서서 손님과 말하네.
저마다 차례를 기다려 기쁜 마음으로 그를 껴안네.
모두 열광하며 우네.
그의 건강상태를 알고 싶어 하네.
사랑하는 사람들이 다시 서로를 찾았네.
아들인 동생인 남편인 그를 다시 찾았네!

이 소문은 벌써 빠르게 백성들에게 퍼지네.
사방에서 백성들이 서둘러 거기로 가네.
노소 없이 이 소문에 들떠서 서둘러 가네.
도시 콘그라트로 가는 길은 하나가 아니네.
길마다 사람들이 메뚜기 떼같이 바글거렸네.
알파미시가 자기 백성에게 돌아왔다는데,
누가 이런 구경거리를 놓치겠는가?
한편 알파미시는 일가친지에 둘러싸인 채
신호를 주고 아버지의 옥좌에 앉네.
만백성 앞에서 망신을 당한 울탄은
고개를 숙이고 비통한 마음에 잠겨 있네.
울음을 터뜨린 와중에 이렇게 말했네.
"권력이 뭔지, 베크가 뭔지
영원히 모르고 죽었더라면 좋았을 것을!
권력의 유혹을 피하고
여느 사람처럼 살았으면 좋았을 것을!
모든 부와 권력보다 지금 나는

말 떼를 몰 때 쓰던 저 고리 달린 막대기가 더 소중해!

콘그라트 사람들이여, 당신들을 보는 것도 난 수치스럽네!"

슬픔과 치욕 속에 불행한 울탄-타스는

주먹으로 자신을 때리기 시작했네.

알파미시가 자기 백성에게 돌아왔다면,

참칭자 베크는 죽을 때가 된 거지.

누가 그의 잔인무도한 행동에 대해 말하지 않겠는가?

하다못해 야드가르만이라도 괴롭히지 않았더라면!

그때 갑자기 야드가르가 자리를 박차고 일어섰네.

그는 성난 젊은 낙타처럼 벌떡 일어섰네.

울탄에게 달려가 주먹을 날렸네.

울탄이 용서를 구하지만 소년은 받아들이지 않네.

그의 손을 묶어 아버지에게 데려가네.

그는 옥좌로 다가가 아버지 앞에 섰네.

뼈마디 하나하나 흥분에 떨었네.

아버지에게 인사말을 했네.

베크를 보고 울탄은 떨기 시작했네.

공포의 전율이 죄인을 뒤흔들었네.

눈을 들지 못하고 그는 땅만 보네.

무시무시한 알파미시의 목소리가 울려 퍼지네.

집회에서 비난하는 말이 쏟아졌네.

분노에 찬 말을 마치고 알파미시가 지시하네.

불운한 울탄-타스는 감옥에 갇히게 되었네.

울탄은 끌려갔네. 왕이 묻네.

"무슨 일이지? 내 친구 카라잔은 대체 어디 있는 거야?

이런 행복한 날에

왜 내 친구가 보이지 않지?"

참석자들 중 한 사람이 대답했다.

"당신이 떠나고 울탄-타스가 자신을 백성의 통치자로 선포했을 때, 그는 당신 곁에 있던 모든 사람들을 여러 직책에 임명했습니다. 카라잔만은 아무 직책도 주지 않았을 뿐더러 그를 알라타크로 보냈어요. 울탄은 카라잔한테서 사람들을 만날 권리를 빼앗았어요. 그는 칙령을 쓰고 거기에 인장을 찍어서 문서를 카라잔에게 주었습니다. 이런 내용이었어요. '만약 네가 누군가와 말을 나누는 것은 물론 나란히 서 있는 게 단 한 번이라도 내 눈에 띄기만 하면, 너 자신을 책망해라. 교수대에 매달고 목을 칠 것이다." 이런 이유로 아무도 카라잔을 보지 못했고 그에 대해 아무것도 모릅니다. 만약 카라잔이 죽을 때가 되기 전에 알라타크 산에서 벌써 죽은 것만 아니라면, 그 문서는 그의 손에 있어야 합니다."

이 말을 듣고 알파미시가 지령을 내렸다.

"가장 빠른 말들을 골라 지체 없이 안장을 얹어라. 혼자 가지 말고 서넛이 함께 가라. 카라잔을 찾아서 데려오라. 옷과 엄선해서 선물로 보내는 말을 내 소식과 함께 그에게 전해라. 알파미시가 콘그라트로 돌아왔고, 자기 친구를 어서 빨리 만나기를 소망한다고 말해라!"

네 명의 기마병이 알라타크로 출발했다. 도착해서 카라잔을 찾았다. 용사 카라잔이 그들을 보고 놀랐다.

"무슨 일이오?" 그가 물었다.

알파미시의 사람들이 그에게 말했다.

"우리의 술탄 베크 하킴이 왔어요!

어서 채비하세요, 카라잔!
중요한 거든, 하찮은 거든 상관없이
아무 생각 말고 잊어버리세요.
꾸물대지 말고 어서 갑시다!
하킴잔이 당신에게 선물로
이 말과 예복을 보냈어요!"

큰 사냥매는 꾸물댈 생각을 안 했네.
의형제의 선물을 받았네.
그의 심장 속에서 기쁨의 열기가 퍼지네.
그는 서둘러 준마에 안장을 얹었네.
거기 갈 때는 넷이었는데,
돌아올 때는 다섯이었네.

카라잔이 말을 달려가는데 소식이 앞서 달리네.
그가 도착하네. 사람들이 그를 뒤따라 달리네.
누군가 알파미시에게 알리러 서둘러 가네.
소식을 들은 알파미시가 옥좌에서 아래로 내려오네.
나이든 대신들이 그에게 다가갔네.
그들은 경의를 표하며 손님을 맞이해야 하네.
그들이 나가서 바라보네. 간절히 기다리던 손님이 그들에게 오네!
자, 그가 도착하네. "어서 오게, 형제여!"

카라잔이 도착한 후에 회의가 열렸다. 일들을 논의했고 잔치를 준비했다.

손님들을 위해 하얀 유르트를 많이 세웠네.

유르트 안에는 단것들이 수북이 쌓였네.

그날 황금을 쏘아 맞히는 활쏘기 시합이 있었네.

황금 호박들이 궁수들의 과녁이었네.

밤의 어둠이 땅에 내려앉았네.

수고를 마다않고 사람들이 무리지어 잔치에 밀려들었네.

횃불을 들고 쾌활하게 걸었네.

잠잠했던 대포들이 다시 불을 뿜었네.

수많은 솥을 들판으로 가져왔네.

수없이 많은 불을 들판에 피웠네.

셀 수 없이 많은 양을 잡았네.

요리사들은 끓였고 제빵사들은 구웠네.

사람들의 무리가 밀려들고 또 밀려들었네.

바이순-콘그라트 사람들이 전부 거기 모였네.

용사 알파미시와 용사 카라잔은

꼭 붙어 서서 잔치를 이끌었네.

귀족 평민 구분 없이 백성들은 마음껏 즐겼네.

잔치가 끝나자 큰 집회가 소집되었네.

알파미시는 백성과 함께 일들을 논의했네.

그는 슬픔에서 해방되었네.

그는 충직한 자기 종들에게 후한 상을 내렸네.

울탄의 앞잡이들을 베크는 용서하지 않았네.

서둘러 엄격한 조사를 명했네.

자기 적들을 도처에서 찾아냈네.

찾아낸 적들을 심문하고 심판했네.

캄캄한 구덩이 속에 많은 사람을 가뒀네.

가장 해로운 자들은 죽음을 선고했네.

알파미시는 울탄을 사십 일 동안 쉼 없이

더할 나위 없이 혹독하게 심문했네.

사십 일 후에 그는 지시했네.

"울탄-타스의 목숨을 끊어라." 나라에 평화가 찾아왔네.

이제 알파미시는 질서를 확립했네.

그는 통치 업무를 평화롭게 논의했네.

크고 작은 일을 엄밀하게 살폈네.

그는 조국이 풍요롭기를 바라네.

일가친척이 행복해하는 걸 보았네.

바르친-아이와의 사랑으로 기뻐했네.

고난의 상처를 가슴에서 쓸어냈다네.

시간이 흘러 어느 날 무사 몇몇이 궁전에 도착했다. 알파미시에게 그들이 말했다.

"내뱉은 말에는 항상 실수가 있지요.

바르친의 아버지, 족장 바이사리가 당신에게 소식을 보냅니다.

가을이 오면 모든 꽃은 져야 하지요.

당신 장인이 타향에서 아주 슬퍼하고 있습니다.

그는 집으로 돌아오기로 결심했어요.

힘들게 내린 결정입니다.

고난을 많이 겪었어요.

그와 함께 남았던 사람은 그와 함께 옮겨 다녔어요.

지금 그는 코카미시 호숫가에 머물고 있어요.

그곳에서 바이사리-바이는 옛날처럼 여름을 나고 있어요.

노인은 자기 딸 바르친을 그리워했습니다.

"그 애와의 이별을 견딜 수 없구나." 그는 말합니다.

"외동딸 아니냐." 그가 말합니다.

"내 눈의 눈동자!" 그가 말합니다.

밤이고 낮이고 한숨을 내쉬며 그는 이렇게 말했습니다."

이 말을 듣고 알파미시는 자기 숙부이자 장인의 전령들을 말에서 내리게 했다. 그들을 잘 먹이고 선물까지 안겨서 되돌아가게 했다. 귀한 손님들이어서 당도할 수 있도록 하라고 했다. 또 명망 있는 사람 열 명을 지명해서 전령들과 함께 코카미시로 보내며 바이사리와 동행하라는 지령을 내렸다. 코카미시 호수의 목초지는 곧장 가면 멀지 않았다.

사람들이 코카미시에 도착해서 알파미시의 지령을 알렸다. 그들의 친절한 말을 듣고 나서 바이사리도 친절한 말로 대답했다. 오래 묵은 울분을 버리고 일가친지가 그에게 보여준 공경에 대해 무척 고맙다고 했다. 그리고 초대를 받아들였다. 그는 자기 딸 바르친이 너무 보고 싶었고, 또 조국에서 다시 살고 싶었다. 알파미시가 보낸 열 명의 사자들을 자기 카라반 앞에 세우고 바이사리-바이는 동행들과 함께 콘그라트로 떠났다.

그들을 맞이하러 갔던 사람이 돌아와 그들이 가까이 왔다고 궁전에 알렸다. 바르친-아이는 걸어서 길로 나갔다. 저 멀리 자기 부모가 보이자 그녀가 말했다.

"과연 이제 나는 마음의 아픔을 몰라도 될까?

내가 보는 게 꿈인지 생시인지 알 수가 없어!
정말 내 앞에 어머니가 오고 계신 거야?
황금 허리띠로 골반을 꾸미고
내 앞에 오시는 분은 내 아버지 아냐?"
두 팔을 벌리고 바르친이 그들에게 달려가네.
행복의 눈물이 바르친의 눈에서 흘러내리네.
자기 딸을 보자 노인은 힘이 쑥 빠졌네.
그 순간 관절을 움직일 수 없었네.
그 순간 기쁨에 짓눌렸네.
딸을 보자 눈물을 참지 못했네.
늙은 가슴에 자식을 꼭 껴안았네.
적들의 땅은 이제 멀고도 멀다네!
저 먼 길이 아무리 힘들었어도
늙은 바리사리는 고향에 왔네!
어머니가 딸을 안네.
이 만남의 기쁨을 이해해야 한다네!
바이사리가 소중한 사위 앞에 서 있네.
"자네 건강한 모습으로 집에 왔는가, 하킴?"
알파미시는 이 말이 참 다정하게 들렸네.
칠 년 동안 낯선 땅을 헤맨 사람은
가족을 만나는 것이 얼마나 기쁜 것인지 아네.
그들의 모든 울분이 연기처럼 녹아 사라졌네.
바이부리도 바이사리를 맞으러 왔네.
그 모든 일에도 불구하고 어쨌든 둘은 형제!
그들 마음속의 형제애가 다시 타올랐네.

서로에 대한 모든 걸 어서 알고 싶어 하네.

서로를 생각하니 눈물이 앞을 가렸네.

있었던 일은 있었던 일. 떠올리기 창피했네.

오래된 불화의 상처를 건드려야 한단 말인가?

나랏일에 대해 얘기하는 게 낫지.

고향 땅을 그들은 풍요롭게 해야 하네.

그 사이 태양은 벌써 이글거리기 시작했네.

궁전에 도착했네. 바르친이 어머니를 모시고 가네.

손님들 식사를 준비하기 시작했네.

귀족 남자들이 그들을 축하하러 왔네.

악사들도 곧 거기 모였네.

나팔수들도 왔고 피리쟁이들도 왔네.

나팔소리 크게 울렸네. 타르 소리도 거기서 들렸네.

우레 같은 탬버린과 드럼 소리. 타라-탐!

저마다 연주할 수 있는 악기를 연주했네.

노인들도 젊은이들도 즐겁게 했네.

젊은 처녀들도 무리를 이루어 모였네.

그리고 즐거움의 불길이 오래도록 꺼지지 않았다네.

그러나 유희를 끝낼 시각이 되었네.

사람들이 자기 거처를 찾아 흩어졌네.

어떤 사람들은 남았네. 불평거리가 있었네.

알파미시에게 청하네. "이것 좀 보고 해결해줘요!"

베크들이 최고회의에 모였네.

함께 탄원의 해결에 몰두했네.

울분을 들어주고 "그래" 혹은 "아니"라고 말한 후

베크들은 자리에서 일어섰네. 회의가 끝났네.

그렇게 하여 용사 알파미시는, 저 위대한 매는

온갖 역경을 겪은 후에

조국 땅으로, 자기 동포의 품으로 돌아왔다네.

그렇게 그는 칠 년 동안을 적들에게 포로로 잡혀 있다가

사랑하는 제 나라를 보았다네.

그렇게 사랑하는 아내를 되찾았다네.

그렇게 바이순-콘그라트의 세상을 통일했다네.

이 일들은 다 오랜 옛날에 일어났다네.

저 매가, 용사 알파미시가 이 일들을 이루었다네.

그의 명성이 온 세상에 퍼졌다네.

그에 관한 노래를 구연가 파질[21]이 부르네.

여기서 알파미시를 찬미하며

"가이!"[22]라는 외침을 당신들에게 자주 듣는다면,

가장 좋은 말들이 내게 떠오를 거라네.

나는 평범한 농부이자 가수인 파질이네.

내 능력껏 노래했네. 그리고 노래는 여기가 끝이라네!

21 올란 놀이를 하는 남자.
22 〈알파미시〉의 우즈베크어 원작은 파질 율라시-오글리의 구술에 토대를 하고 있다.

해설

우즈베크 영웅 서사시의 불멸의 기념비

투라 미르자예프

1

오래된 고대부터 오늘날까지 수백 년의 역사를 자랑하는 이 우즈베크 민중 영웅 서사시는 생생한 구전 형식을 통해 전해져왔다. 1917년 사회주의 혁명 전까지 이 우즈베크 서사시의 존재와 전파에 대한 정보는 아주 빈약했다. 19세기 후반부와 20세기 초에 러시아의 동양학자들과 여행객들, 민속학자들, 외교관들에 의해서 이 우즈베크 민속작품의 일부가 채록되거나 출판되었다. 19세기 후반부에는 민속 작품 애호가들의 노력으로, 가끔씩은 국가적 구연가들의 주도로 민족의 다스탄[1]들이 개별적으로 기록되었는데, 〈고로글리에 관한 설화〉, 〈사나바르〉, 〈딜라람〉, 〈바흐람과 굴란담〉, 〈아시크 가리프와 샤흐사남〉, 〈유수프와 아흐메트〉, 〈타히르와 주흐라〉, 〈툴룸비〉 등이 그것이다. 문학적으로 개작되거나, 혹은 심하게 굴절되기도 했

---

1 '다스탄('dastan')은 중앙아시아 지역에서 구비전승된 영웅설화 장르를 일컫는 용어인데, 구비문학에서 가장 큰 영역을 차지하고 있다. 우리나라의 판소리의 '소리'와 '아니리'처럼 운문과 산문이 혼용되어 있고, 전통악기의 반주에 맞춰 구연하는데, 장시간 동안 쉬지 않고 완창 하는 것도 판소리 창연전통과 비슷하다(역자주).

던 이 민속 작품들은 복사본의 필사를 통해서 전파되었으나, 19세기 말부터는 인쇄수단을 통해서 출판되었다. 이 출판물들의 수준은 민속연구가들의 학술적 요구에 부응할 정도는 아니었다.

혁명 전의 동양학이 카자흐와 키르기스, 카라칼파크[2] 민족들의 서사시 연구에서 많은 성과를 달성했음에도 불구하고, 우즈베크의 서사시 연구에는 관심을 두지 않고 있었다. 심지어 고대 우즈베크 서사시의 구전적 전통은 도시 문화와 기록문학에 의해 떠밀려서 완전히 사라져버렸다는 주장도 나왔다. 그래서 소비에트 시대에 재능 있는 민중 구연가들의 발굴과 유명한 서사시 작품들의 전승을 위한 채록 작업은 우리 시대의 위대한 발견 중 하나라고 부를 수 있다.

소비에트 시대에는 거의 200명에 달하는 민중 구연가들을 발굴했는데, 그 중에는 에르가시 줄만불불-오글리, 파질 율다시-오글리, 풀칸-샤이르, 이슬람 나자르-오글리, 아브둘라-샤이르, 베르디-바흐시 등 쟁쟁한 서사시 구연가들이 포함되어 있다. 우즈베크 민속연구가들의 대규모 수집 작업에 힘입어 약 100여개의 플롯을 가진 300여 서사시 작품의 채록이 성사되었는데, 그 속에는 〈알파미시〉, 〈야드가르〉, 〈유수프와 아흐메트〉, 〈알리베크와 발리베크〉, 〈쿤툭미시〉, 〈무라트 칸〉, 〈루스템 칸〉, 〈시린과 샤카르〉, 〈아르지굴〉, 〈키란 칸〉, 거대한 연작 다스탄인 〈고로글리〉(40개 이상의 다스탄 연작), 새로운 다스탄인 〈레닌 동지〉, 〈지자크의 봉기〉, 〈마맛카림-팔반〉, 〈하산-바트라크〉, 〈마르디카르〉, 〈아칠다프〉 등의 굵직한 다스탄들이 있다. 이런 광범위한 서사시 수집품들은 그 자체로 우즈베크 민중 구전 창작세계의 엄청난 풍부함을 과시했다.

다스탄은 우즈베크 민속작품 중 가장 강력한 장르였다. 다양한 정치사회적, 경제적 조건 속에서 수백 년 동안 숙성된 다스탄은 완성도 높은 플롯과

---

2 우즈베크스탄의 북서부에 위치한 자치 공화국으로 누쿠스가 수도이다(역자주).

다양한 구성물과 주제들을 함유하는 작품이다. 고전적 다스탄은 운을 갖춘 산문과 시로 구성되었으며, 그 음창은 돔브라나 두타르, 기자크, 발라반 등의 악기들과 함께 이뤄졌다.

우즈베크의 민중 다스탄들은 주제에 따라 영웅 서사시, 전쟁 소설, 역사 다스탄, 낭만적 서사시 등으로 대분된다. 이런 다양한 종류의 다스탄들은 주로 문학에서 출발한 다스탄들로서, 이후 구연가들의 레퍼토리에 포함되면서부터 구전작품으로 새롭게 탄생하게 된 것이다.

영웅 서사시는 오랜 유목·반(半)유목 생활이 가져온 우즈베크 민족 특유의 기질들과 일상, 가부장적-부족사회적 특성 등과 밀접하게 관련 있다. 이 서사시는 현실의 실제 사건들을 이상화된 형식 속에서 묘사한다. 이런 유형의 다스탄들은 다양한 종족과 부족들이 충돌, 특정한 영토에서의 정주, 민족 단위로의 결합 등이 발생하는 가부장적 부족사회 시절이나 초기 봉건주의 시대에 생성되었다. 씨족과 부족이 민족 단위로 결합하는 과정과 초창기 국가형태의 출현, 그리고 부족과 민족의 결합체가 외부의 적에 대항하여 독립성을 지키기 위해 수행한 헌신적이고 용맹스러운 투쟁은 이러한 영웅 서사시를 위한 최고의 재료를 제공했다. 따라서 서사시 내용이 가진 영웅적 면모는 그러한 다스탄들의 최고의 특징이다.[3] 바로 이러한 특징이 서사시적 설화의 본질과 그 이념적 지향성, 그리고 예술적 고유성을 결정한다.

이 영웅 다스탄의 영향 아래에서 전쟁 업적을 노래하는 작품들, 즉 전쟁 소설이 탄생했다. 영웅 서사시에서 주인공의 성격이 적과의 단독 대결이나 몇몇 무사들과의 결합이라는 조건 속에서 드러난다면, 전쟁 소설에서 주인공은 전투의 현장에서 활약한다. 전쟁 소설의 지배적 모티프는 용맹과 용기, 고향 땅의 독립과 자유를 지키기 위한 투쟁, 고상함, 애국심과 우정이

---

3 V. Ya. 프로프, 러시아 영웅 서사시, 모스크바, 1958년, 5쪽.

었다(〈유수프와 아흐메트〉, 〈알리베크와 발리베크〉 등).

역사 다스탄 창작의 토대는 민중의 창작 상상력에 의해서 변형되고 풍성해진 실제 인물들의 활약상이었다. 역사 다스탄에는 전설과 사실, 실제와 예술적 허구가 서로 뒤엉켜있다(〈아이술루〉, 〈셰이바니 칸〉, 〈아이치나르〉, 〈톨가나이〉, 〈마맛카림-팔반〉, 〈지자크의 봉기〉 등).

낭만적 다스탄은 초기 봉건주의 시대 일상과 긴밀하게 연관되어 있다. 사랑의 음모, 무서운 모험 등 환상 동화에 가까운 속성이 그들만의 특징이다. 낭만적 다스탄들의 플롯 구도는 서로서로 유사한 점이 적지 않다. 많은 낭만적 다스탄 작품 속에는 미인을 찾아 떠나는 주인공이 등장한다. 그 여행길에서 기상천외한 사건들이 발생한다. 주인공은 초자연적인 괴물들과 싸우며, 모든 난관을 극복하고 자신의 신부를 찾아낸다. 이러한 플롯 구도의 전통적 반복은 이들 작품들의 예술적 창조성을 결코 훼손하지 않는다. 이들 작품 각각은 독특한 구성과 정성들인 형상들, 등장인물 행위의 다양한 동기화 등에서 서로 차별된다(연작 〈루스템〉, 〈라우샨〉, 〈쿤툭미시〉, 〈시린과 샤카르〉 등).

문학에서 출발한 다스탄들은 위대한 문학작품의 영향 아래에서 생성되었거나, 고전적 문학 작품의 일종의 개작으로 나타났다(〈파르하트와 시린〉, 〈레일리와 메즈눈〉, 〈바흐람과 굴란담〉, 〈제바르 칸〉 등). 이 다스탄들은 원칙적으로 작품이 발생한 시대와 장소, 환경, 그리고 주제와 내용적 이념, 역사적 사건의 묘사 방법에 따라 구분된다. 이 다양한 형태의 다스탄들은 보통 동일한 구연가-소리꾼에 의해서 공연되었다. 그래서 다양한 유형의 다스탄들의 구성요소들이 혼합되고 융합되었다. 낭만적 다스탄 작품 속에 영웅 서사시의 고유한 속성이 나타나고, 영웅 서사시에 낭만적 모티프와 에피소드들이 등장하는 것은 당연했다. 많은 민족의 서사시에 공통적인 이러한 현상은 수백 년 동안 이어진 우즈베크 민족의 다스탄 창작 전통에서도 확인된다.

다스탄 〈알파미시〉는 우즈베크 민족의 구전 창작에서 특별한 자리를 차지한다. 〈알파미시〉는 선명한 영웅 서사시적 특징을 함유한 표본 같은 작품이다. 그 속에 일련의 낭만적 모티프와 에피소드들이 포함되어 있는 것도 사실이다(예를 들어, 알파미시가 칼미크로 가던 도중 묘지에서 밤을 지새우는 에피소드가 있는데, 그날 밤 알파미시와 바르친이 각자의 꿈속에서 펼치는 독창적인 듀엣, 이국땅에서 갇힌 알파미시를 도와주는 목동과 중국 왕자라는 일인이역을 수행하다가 칼미크의 왕좌를 차지하는 카이쿠바트의 모험적 연애담 등). 그럼에도 불구하고, 이 다스탄은 우즈베크 민속 작품 중 영웅 서사시의 기본적 속성을 모두 함유하고 있는 유일한 작품이다. 여기에는 우즈베크 민족의 영광어린 과거가 반영되어 있으며, 기념비적이고 이상화된 형식 속에서 당시 일상과 기질에 대한 폭넓은 그림을 제공하고 있고, 빛나는 이상과 그 이상의 지향을 최고조로 표현하고 있다.

이 다스탄은 투르크 출신의 민족들과 비록 투르크 계통이 아니더라도 지리적으로 가까운 민족들 사이에서 폭넓게 퍼졌다. 우즈베크[4], 카라칼파크[5], 카자흐[6]에서는 이 서사시가 다스탄 형태로 퍼졌으며, 타지크[7], 알타이[8], 타타르[9], 바시키르[10]에서는 전설이나 동화의 형태로 전파되었다. 중세 오구스

---

4 알포미시(Alpomish), 타시켄트, 1979; 지르문스키 V. M., 알파미시(Alpamysh)에 대한 설화와 용사들의 동화, M., 1960.

5 알파미스(Alpamys), 누쿠스, 1981; 사기노프 I. T., 카라칼파크 영웅 서사시, 타시켄트, 1962.

6 용사 알파미스(Alpamys), 아우에조프·스미르노바 편집, 알마아타, 1961.

7 알파미시(Alpamysh), 타지크 구연본들, 스탈리나바트, 1960.

8 울라가셰프 N., 알타이-부차이, 노보시비르스크, 1941; 수라자코프 S. S., 알타이 설화 〈알리프-마나시〉에 관하여 / 〈서사시 〈알파미시〉(Alpamysh)〉에 관하여〉. 서사시 〈알파미시〉(Alpamysh)의 논의 자료, 타시켄트, 1959.

9 발리토바 A. A., 서사시 〈알파미시〉(Alpamysh)의 타타르 버전 / 〈터키-몽골 언어학과 민속학〉, M., 1960.

10 키레예프 A. A., 바시키르 서사시 〈알파미시〉(Alpamysh)에 관하여 / 〈바시키르 철학의 제문제〉, M., 1959.

[11] 서사시의 최대 걸작인 〈내 할아버지 코르쿠트의 책〉으로 편입된 〈밤시 베이레크〉[12]에 관한 설화도 그 내용과 플롯이 다스탄 〈알파미시〉와 아주 유사하다.

2

서사시 〈알파미시〉(이 서사시의 카자흐와 카라칼파크 버전 제목은 〈알파미스〉이다)의 수집과 출판은 19세기 말과 20세기 초에 시작되었다. 동양학자인 E. F. 칼의 일기에 언급된 바에 따르면, 그는 1890년 테르메스[13]에서 멀지 않는 살리하바트에 체류 중일 때, 우즈베크 출신의 구연가 아만나자르가 두타르의 반주에 따라 3시간을 연속해서 부르는 서사시 〈알파미시〉를 들었다.[14] 카자흐 인들 사이에서 〈알파미스〉(Alpamys) 출현에 관해 최초로 언급한 사람은 유명한 타시켄트의 민속학자인 A. A. 디바예프였다.[15] 그는 1896년 시르다린스카야 현[16] 아무다린스카야 군의 전직 군수였던 육군 소장 K. I. 라즈고노프로부터 카라칼파크 구연가인 지예무라트 베크무하메도프의 구술을 채록한 〈알파미스〉 텍스트를 수령했다. A. A. 디바예프는 그것을 카자흐어라고 착각했는데,[17] 카라칼파크의 가수에 의해서 구성되고 구연된 이

---

11 터키어의 일종으로, 남서 터키어라 불린다. 북우즈베크어, 투르크멘어, 아제르바이잔어, 오스만 터키어 등이 이 언어군에 들어간다(역자주).

12 〈내 할아버지 코르쿠트의 책〉. 학술원 회원 V. V. 바르톨드의 번역, M. L., 1962. ㅁ

13 아프가니스탄과 인접해있는 우즈베크의 도시(역자주).

14 자리포프 Kh. T., 우즈베크 민중 서사시 연구를 위해 / 〈소련 민족들의 서사시 연구의 제문제〉, M., 1958. 101쪽.

15 〈러시아 고고학 협회의 동양 분과 기록물〉, 1896, 11권, 1-4호, 292쪽.

16 러시아 제국에 편입되었던 우즈베크 지역으로서, 현재의 우즈베키스탄과 지리적으로 거의 겹친다(역자주).

17 시디코프 T., 〈알파미스〉의 카자흐 버전. 박사논문 요약문, 알마아타, 1953, 3쪽.

텍스트를 카자흐 서사시라고 러시아어로 번역 소개했다.[18] 〈알파미스〉 카
자흐 버전의 최초 출판물은 〈키사와 알파미시〉(〈알파미시에 관한 소설〉. 여기서 주
인공의 이름은 우즈베크어에서 그대로 따왔다)란 제목으로 나왔는데, 1899년에 카
잔에서 주숩베크 셰이홀리슬라모프에 의해서였다. 그의 버전은 어떤 수정
도 없이 몇 번이나 카잔에서 재출간되었다(1901, 1905, 1907, 1910, 1912, 1914,
1916년). 러시아어로 번역되어 A. A. 디바예프에 의해서 〈위대한 영웅 알파
미스〉[19]란 제목으로 출판된 카자흐어 버전의 산문 구연본도 1917년 혁명
이전에 출판된 이 서사시 목록에 포함된다.

1917년 혁명 이후에 민중 창작물에 대한 관심은, 특히 서사시 〈알파미
시〉에 대한 관심은 폭증했다. 우즈베키스탄을 위시해 모든 공화국에서 이
서사시 버전들의 출현과 채록, 연구에 관한 밀도 높은 작업이 개시되었다.
소비에트 시대에 〈알파미시〉는 28명의 우즈베크 구연가들에 의해서 전편
공연, 혹은 부분 공연 형태로 33회나 공연되었다. 이 다스탄의 전편 공연
은 파질 율다시-오글리, 풀칸-샤이르, 베르디-바흐시, 부리 카디크-오글
리, 베크무라트 주라바이-오글리, 사잇무라트 파나흐-오글리, 우미르 사파
르-오글리 등 쟁쟁한 구연가들에 실시 및 채록되었다.

가장 온전하고 예술적으로 완성된 〈알파미시〉 텍스트는 뛰어난 민중 시
인이며, 평생 〈알파미시〉를 공연한 파질 율다시-오글리에 의해서 채록된
다스탄 구연본이다.

여기서 뛰어나고 독창적이며 재능이 넘치는 이 민중 가수의 삶과 창작세
계에 대해서 이야기하는 것은 적절할 것이다.

율다시의 아들 파질은 1872년 사마르칸트 현의 불룬구르스키 면의 라이
크 리(현재는 지자크스카야 현의 바흐말스키 군)에서 가난한 농부의 자식으로 태어났

18 디바예프 A. A., 무사 알파미스 / 〈시르다린스카야 현의 통계를 위한 자료 모음집〉, 10권, 타시켄트,
   1902.
19 〈투르케스탄 소식지〉, 1916, 10월 8(21)과 9(22).

다. 어린 시절에 부모를 여읜 그는 당시 사회 환경으로서는 피할 수 없는 혹독한 삶의 역경을 거쳐 갔다. 부잣집의 종노릇과 목동 생활을 하면서 그는 친구들로부터 돔브라 연주와 노래를 배우게 된다. 그는 이때부터 죽을 때까지 글을 읽을 줄 몰랐다.

이후 파질은 고향 마을에서 그 당시 '불룬구르스카야 유파'를 형성하며 영웅 서사시의 구연에 있어서 유난히 명성이 높았던 유명한 가수들의 제자가 되었다. 이 유파의 가수들은 전통적 기교와 희비극의 결합을 특징으로 하면서, 극도의 서사시적 단순성과 명료성을 추구하여, 그자체로 오늘날까지 입에서 입으로 구전되는 설화들의 질료가 되었다. 이 유파의 가장 고참 대표자 중 한 명인 율다시-샤이르는 젊은 파질의 재능에 주목하여 그를 자기 옆에 두고 인내력을 가지고 예술의 비밀스런 세계로 끌어들였으며, 심지어 그를 자기 딸과 결혼시켜 가족으로 받아들이기까지 했다. 젊은 가수 파질은 돔브라와 노래로 자기 마을 너머 저 멀리까지 그 명성을 넓혀갔다.

가수 파질은 갖가지 민속 작품들을 암기하는 데 지치는 줄 몰랐으며, 말년에는 거의 40여개 다스탄을 암기하여 공연했는데, 〈알파미시〉, 〈야드가르〉, 〈유수프와 아흐메트〉, 〈루스템〉, 〈무라드 칸〉, 〈시린과 샤카르〉, 〈인티자르〉, 〈마시리카〉, 〈누랄리〉, 〈파르하트와 시린〉, 〈아시크 가리프와 샤흐사남〉, 〈톨가나이〉 등 영웅 서사시, 낭만적 서사시를 비롯해 문학 서사시, 혹은 민중 서사시까지 여러 명작들을 공연했다. 1922년부터 시작하여 다양한 시기에 이 구연가의 입에서 약 30개의 다스탄이 채록되었는데, 이는 우즈베크 민속 작품의 연구에 있어서 기록적인 수치이다.

이것은 파질 율다시-오글리의 다방면의 활동에 있어서 하나의 측면에 불과하다. 그 두 번째 측면은 그의 고유한 시 창작세계이다. 이미 어린 시절부터 그는 연주자로서 뿐만 아니라, 많은 다스탄들의 저자로서, 시인의 자기표현 가능성이 풍부한 고유한 장르의 작품들인 '테르마'[20]의 저자로서도 명성을 떨쳤다. 1917년 혁명 전에도 그는 〈마맛카림-팔반〉과 〈지자크의 봉기〉 같은 대작 다스탄을 창작했는데, 채록을 할 수가 없었기 때문에 모두 기억을 통해 간직하고 있었다(후자는 1916년 발생한 중요한 역사 사건에 관한 것인데, 당시 투르케스탄[21] 지역의 혁명 사건들에 대한 일종의 서막이었다).

당연히 이 시인은 온 영혼을 다해 1917년 혁명의 승리를 열렬히 환영했으며, 곧 새로운 삶의 건설에 들어가, 1955년 죽는 날까지 수십 년간 우즈베크 지역과 전 소련에서 벌어진 모든 사건들의 적극적 참여자이자 공동체 험자로서의 삶을 다했다. 그의 이런 삶은 혁명 후 시대의 창작 속에서 가장 좋은 이미지로 새겨졌다. 이에 관해서는 다음 작품들의 제목들에서도 여실히 증명되는데, 그의 자전적 다스탄인 〈나의 날들〉, 테르마 〈1917년 혁명을 환영한다〉, 〈셀마시〉(이 제목은 타시켄트에 있는 거대한 농업기계 공장 명칭인데, 우즈베키스탄의 사회주의 산업의 선구적 공장 중 하나였다), 〈나의 집단농장〉, 〈푸시킨에게〉, 〈훈장수상자 잠불에게〉 등의 작품이 그것이다.

2차 대전 시기에 시인의 영감어린 작품은 테르마 〈전사인 내 아들에게〉, 〈무장하시오!〉, 〈온 세계가 듣게 하라〉 등이 있는데, 이것들은 적들과 싸우는 사람들을 격려하며, 승리를 연마시켰다. 우즈베키스탄에서 가장 인기가 많은 구연가-가수였던 파질 율다시-오글리의 활동은 국가 최고 훈장인 레닌 훈장의 수여로 이어졌다. 작가 동맹 회원이었으며, 1942년부터는 공산당 당원이 되었던 파질은 민중 속에서 머물렀고, 자기 고향 마을에 만들어진 집단농장의 경영에 참가했다.

20 테르마는 다스탄 시작 전에 구연가들이 연주했던 시의 형태이다. 테르마는 교육적 내용과 구연가의 자전적 내용으로 이뤄져있다.
21 페르시아어로 '터키 인의 나라'란 뜻으로, 터키 출신들이 거주하는 중앙아시아의 지역을 일컫던 용어이다. 현재 중국 서부지역부터 우즈베키스탄, 투르크메니아, 키르기지야, 타지키스탄, 카자흐스탄이 여기에 해당한다.

파질 율다시-오글리는 놀랄만한 기억력과 뛰어난 구연력만 보유한 것이 아니었다. 그는 주지한 바대로, 재능 있는 시인이었으며, 수시로 자기가 구연하는 민속 작품들을 자기 식으로 해석하고 변용하고 보충하는 훌륭한 즉흥시인이었다. 지금까지 어느 누구에 의해서도 완수되지 못한 매력적인 과제는 예술적 가치에 있어서 만장일치로 최고로 인정받는 이 가수 파질의 〈알파미시〉 구연본을 세상에 내놓는 것이다(독자들이 보고 있는 이 출판본이 바로 그 것이다). 그 이념적 내용의 의미심장함과 깊이, 핵심적 형상들의 심리적 세공 정도, 구성적 균형감과 완결성, 풍부함, 미적 감각, 전통적 형상 수단과 기법의 적합성 등 이 모든 것은 재능 있는 시인의 창조적 개성의 흔적을 간직하고 있으며, 이 구연본의 이념적-예술적 가치는 그러한 조건 속에 내재해 있다.

1939년 우즈베키스탄의 뛰어난 시인인 하미트 알림잔은 다스탄 〈알파미시〉의 전판을 약간 축소하여 출판하고, 그 책에 서문을 붙였다. 하미트 알림잔은 이 다스탄의 이념적 내용과 형상들, 예술적 특성을 연구한 후, 그 근저에 용기의 모티프와 애국심, 우정, 우애, 선행의 모티프가 깔려있음을 보여줬다.[22] 따라서 바로 이 시기에 〈알파미시〉가 중학교와 고등 교육기관의 교과과정에 포함된 것은 우연이 아니었다.

이 다스탄의 러시아어 번역과 함께 학술적 차원에서 이 영웅 서사시의 연구에 새로운 전기가 마련된다. 이 우즈베크 다스탄의 러시아어로의 예술적 번역은 하미트 알림잔의 출판물을 토대로 진행되었다. 처음에는 일부

---

22 알파미시, 타시켄트, 1939, 5~20쪽 (우즈베크어).

장들이 번역되다가[23] 나중에는 다스탄 전부가 완전히 번역되었다.[24]

러시아어로의 번역으로 인해 이 다스탄 연구에 있어서 문제의식이 확장되었다. 러시아어 출판본 〈알파미시〉에 게재한 V. M. 지르문스키의 서문과 그가 우즈베크 학자인 Kh. T. 자리포프와 함께 공저한 〈우즈베크 민중영웅 서사시〉란 단행본에는 그 기본적인 의미가 잘 나와 있다. V. M. 지르문스키와 Kh. T. 자리포프는 개별 장에서는 다스탄 〈알파미시〉를 세밀하게 연구했으며,[25] 결론 장에서는 〈우즈베크 서사시의 일반적 특징〉에 대해서 연구했다.[26]

다스탄 〈알파미시〉와 그 연구 문제들에 대한 지역적 학술회의의 수행[27]과 그 회의 자료집의 출판[28]은 이 다스탄의 다양한 버전과 국가별 구연본의 향후 연구에 자극제가 되었다.[29] 서사시 〈알파미시〉에 관해, 여러 공화국들과 우즈베키스탄 외부 지역에서 수집된 자료들의 핵심 부분과 그 연구 결과물들은 V. M. 지르문스키의 주저작[30] 속에 정리되어 있다.

23 알파미시. 서사시의 몇 장들. L. 펜콥스키의 번역. V. M. 지르문스키의 서문, 타시켄트, 1943; 알파미시. 1부. V. 데르자빈, A. 코체트코프, L. 펜콥스키의 번역. V. M. 지르문스키의 서문, 타시켄트, 1944.
24 알파미시. 파질 율다시의 영웅 서사시 구연본. L. 펜콥스키의 번역. M. 셰이흐자데의 서문, 1949; 알파미시. 파질 율다시-오글리의 영웅 서사시 구연본. L. 펜콥스키의 번역. V. M. 지르문스키의 서문, 1949.
25 지르문스키 V. M., 자리포프 Kh. T., 우즈베크 민중 영웅 서사시, M., 1947. 61~108쪽.
26 상기서, 303~457쪽.
27 서사시 〈알파미시〉에 대한 지역적 학술회의의 발표문과 정보교환 요약문들, 타시켄트, 1956.
28 미르자예프 T., 서사시 〈알파미시〉의 우즈베크 구연본들, 타시켄트, 1968 (우즈베크어); 스미르노바 N., 시디코프 T., 〈알파미스〉의 카자흐어 구연본들에 관하여 / 〈무사 알파미스〉, 알마아타, 1961, 429~487쪽; 호시니야조프 Zh., 서사시 〈알파미스〉의 카라칼파크 버전의 역사-민속적 특징. 박사학위 논문 요약본, 타시켄트, 1978; 브라긴스키 I. S., 서문 / 〈알파미시〉. 텍스트들의 타지크어 구연본, 스탈리나바트, 1959, 3~8쪽; 사기토프 M. M., 바시키르 민족의 서사시 창작세계 / 〈바시키르 민족의 창작 세계. 서사시〉, 2권, 우파, 1973, 5~25쪽 (바시키르어).
29 서사시 〈알파미시〉에 관하여, 타시켄트, 1959.
30 지르문스키 V. M., 알파미시에 관한 설화와 무사들의 동화, M., 1960.

3

민중 구전 창작물의 제작 연대에 대한 정의는 아주 복잡한 사안이다. 구연되고 구전되는 민속 작품들은 아주 심한 변형을 통해서 우리에게 전승되어진다. 그래서 민속 창작물의 제작 연대를 해명하려면 그 기본적 착상과 역사적으로 조건화된 중핵을 통찰할 줄 알아야 하며, 핵심과 부차적인 것을 구분하고 시간적 발생 연대가 후대인 모티프와 형상들을 분간할 줄 알아야 한다.

수백 년 동안 구전 전승되어온 다스탄 〈알파미시〉는 여러 차례의 개작과 축소, 다양한 성격의 보강을 겪어왔다. 다스탄 〈알파미시〉의 형성 시대와 장소에 관한 학자들의 의견이 많은 면에서 결코 일치하지 않는다는 사실은 당연한 것이다. A. K. 보롭코프의 의견에 따르면, 〈알파미시〉는 콘그라트족의 서사시였는데, '킵차크-터키식' 굴절 과정을 거쳐 12~14세기 경 데시트-이-킵차크[31]의 초원 지역에서 발생한 것이다.[32] V. M. 지르문스키는 알파미시에 관한 설화는 셰이반 칸의 우즈베크 유목민들과 함께 16세기 경 남우즈베키스탄으로 전파되었으며, 그곳에서 서사시 〈알파미시〉는 고대 용사 노래와 동화의 토대가 되었고, 여기서부터 〈알파미시〉가 우즈베크인들과 카라칼파크 인, 카자흐 인 사이에서 널리 보급되었다고 주장했다.[33] Kh. T. 자리포프는 약간 다른 관점을 견지하고 있는데, 그는 다스탄 〈알

---

31 11~15세기 경 아랍어와 페르시아어 문헌에 나오는 지명으로서, 초원과 사막이 대부분인 이르티시 강에서 두나이 강에 이르는 지역을 말한다. 13세기 몽골에 의해서 점령되어 킵차크 한국이 설치된다. 오늘날 카자흐스탄의 영토와 비슷하다(역자주).

32 보롭코프 A. K., 알파미시에 관한 영웅 서사시 / 서사시 〈알파미시〉에 대한 지역적 학술회의의 발표문과 정보교환 요약문들, 타시켄트, 1956. 7쪽.

33 지르문스키 V. M., 알파미시에 관한 영웅 설화의 역사와 발생학의 제문제 / 〈서사시 〈알파미시〉에 관하여〉, 타시켄트, 1959. 23쪽.

파미시〉가 몽골 침입 이전에 시르다리야[34] 강 하류지방과 아랄해 근교에서 터키어를 사용하는 콘그라트 유목 집단에 의해서 생성되었는데, 가부장적 부족사회가 해체되는 상황에서 발생한 것이라고 생각한다.[35]

〈알파미시〉의 형성 시기와 장소에 관해 이들 학자들이 도입한 관점은 본질적으로 모순을 야기하기보다는 상호보완적이다. 이들 연구자들은 발생 장소(아랄해의 북부와 북서부에 해당하는 아랄해 인근, 데시트-이-킵차크의 초원 지역)와 발생 집단(터키 유목민족인 콘그라트)의 문제, 또한 서사시의 형성 조건들에 관한 문제에 있어서는 거의 합의에 이르고 있다는 점을 언급하고자 한다. 단, 발생 시기에 대한 문제에 있어서 그들의 의견은 차이가 난다(10~11세기, 12~14세기, 16세기).

만약 다스탄 〈알파미시〉의 주도적 모티프들과 고래(古來)의 플롯 상황에 의거한다면, Kh. T. 자리포프의 가설이 좀 더 설득력 있게 여겨지는데, 왜냐하면 이 다스탄의 플롯 구성 속에 가부장적-부족사회적 특성들과 당대 삶의 사회적 수준이 반영되어 있기 때문이다. 바이사리가 '1만 가구원'에게 자문을 구하는 장면은 부족 차원의 자문에 대한 명백한 흔적물이다("형제동포 들이여, 나에게 자문을 해주시오!"). 바이사리를 필두로 하여 콘그라트 부족의 일부가 집단적으로 유목지를 이동하는 것도 똑같은 사실을 말해주는데, 그 속에는 부족생활의 일상적 특징이 드러난다. 이 다스탄에는 또한 봉건적 관계가 형성되기 이전의 역사적 상황 속에서 종족의 공동권력자(예를 들어 바이부리가 여기에 해당)가 가지는 권력에의 집착도 묘사되어 있다. 하지만 콘그라트 부족의 일부가 이동한 칼미크(다스탄에 나오는 이 국가는 칼미크의 나라, 아이마크, 카샬로 불린다)에서는 발전된 봉건적 관계의 징후가 없다. 그래서 90명에 이

34 중앙아시아에서 길이로서는 가장 길고, 수량에서는 두 번째인 강. 카자흐스탄과 우즈베키스탄을 거쳐 아랄해로 유입된다(역자주).

35 자리포프 Kh. T., 서사시 〈알파미시〉의 기본 모티프들 / 〈서사시 〈알파미시〉에 관하여〉, 타시켄트, 6~14쪽.

르는 칸(혹은 '샤흐'라 불리는 왕)의 무사들은 토카이스탄 동굴에 살고 있다. 그들은 '바르친을 각자 소유로 할 것인지, 아니면 모두를 위한 공동 아내로 삼을 것인지"에 대해서 숙고하는데, 여기에는 집단혼인 시대의 영향이 들어가 있다. 사회적 삶의 일정한 발전 단계를 보여주는 유사한 종류의 징표들은 이 다스탄의 발생학적 설정을 위해서 무엇보다도 중요한 것들이다. 이와 동시에 가부장적-부족사회로부터 봉건적 관계로 이월하는 과정은 모든 곳에서 동시에, 동일한 형태로 이뤄진 것은 아니라는 점도 강조해야 한다. 일부 지역에서는 이 과정이 신시대[36]까지 계속 이어서 진행되었다. Kh. T. 자리포프는 "만약 데시트-이-킵차크 초원의 몇몇 지역에서 10~11세기에 봉건적 구조가 지배했다면, 다른 지역에서는 사회적 삶과 일상 속에서 아직도 가부장적 부족사회가 유지되었다. 서사시 〈알파미시〉는 콘그라트 부족이 정착한 데시트-이-킵차크의 바로 이 지역에서 몽골의 침입이 발생하기 이전에 형성되었다."[37]라고 말한다.

　Kh. T. 자리포프의 또 다른 가설도 서사시 〈알파미시〉의 형성 시기와 장소를 규정하는 데 중요한 의미를 차지한다. 그는 서사시에서 사용되는 부족 명칭인 '콘그라트'(kongyrat)가 처음에 몽골어인 '쿤후라트'(kunkhurat)(혹은 '훈기라트'(khugirat))와는 상관이 없다고 말한다. 전설에 의하면, 이 부족의 이름은 '콘그라트'(kongyrat)에서 왔는데, 그 뜻은 밤색이나 갈색, 혹은 진회색 말로서 말에 대한 숭배라는 토테미즘을 반영하는 것이었다. 첨언하자면, 이 서사시의 여러 다른 구술본에서 알파미시와 그의 말 바이치바르는 같은 젖을 먹고 자란 것으로 묘사된다.

　상기의 사실들로부터 우리는 다스탄 〈알파미시〉가 시르다리야 강 하류

36 보통 유럽에서 '신시대'는 르네상스에서 시작하여 민족국가형성시기까지를 말하는데, 혹자는 1492년 신대륙의 발견 시점까지를 잡기도 하고, 혹자는 1789년 프랑스 혁명까지라고 주장하기도 한다(역자주).
37 자리포프 Kh. T., 서사시 〈알파미시〉의 기본 모티프들, 9쪽.

와 아랄해 인근 지역에서 10~11세기 무렵 유목민족인 콘그라트 부족 내에서 형성되었으며, 가부장적 부족사회 구조가 일부 지역에서 초기 봉건주의로 넘어가는 시기에 형성되었다는 결론에 도달할 수 있다. 이 결론은 일련의 터키 부족들의 민족 통합 과정이 바로 이 시기에 발생했다는 사실에 의해서 확인된다. 이곳저곳을 떠돌며 유목을 하는 콘그라트 부족은 자신의 다스탄을 다른 부족과 민족들에게 전파했고, 새로운 집단은 이 다스탄을 자신들의 서사시적 전통에 입각하여 다시 개작을 했다. 다스탄 〈알파미시〉는 이런 식으로 터키어 사용 민족들 속에서 전파된 것이다. 만약 콘그라트 부족이 하나의 민족 발생에 관여한 것이 아니라, 여러 민족들, 특히 우즈베크 민족, 카라칼파크 민족, 카자흐 민족의 발생에 있어 중요한 역할을 했다면, 이 서사시의 광범위한 전파는 충분히 납득된다.

이 다스탄의 우즈베크어 버전은 15세기 말과 16세기 초에 '갱신'의 과정을 겪은 후 최종적으로 형성되었다. 하지만 그 속에 작품의 토대와 일련의 모티프들, 플롯 구성은 작품의 탄생 시의 원형을 유지하고 있다.

4

이 서사시에 표현된 민중의 소망은 항상 서사시의 이상을 반영하고 있다. 주지한 바대로 서사시 〈알파미시〉는 콘그라트 부족 내에서 가부장적 부족사회의 진화를 형상화했다. 가부장적 가정의 쇠퇴 과정에서 발생했던 일부일처제 가정의 정착을 위한 투쟁은 이 시대에 사회적 관계 속에서 가장 중요한 위상 중 하나를 차지했다. 진보적인 현상으로 간주되던 일부일처제 가정의 출현은 가부장적 부족사회 구조를 뒤흔들었다.

진보적 사회 역량의 열망과 가정의 견고함을 수호하기 위한 그들의 투쟁은 다스탄 〈알파미시〉의 이념적 노선을 규정한다. 〈알파미시〉 속에 묘사된 사회적 발전 단계 속에는 적대자들로부터 가족과 정혼녀를 보호하려는 투쟁이 사적이고 개인적인 사랑이나 운명을 위한 것일 뿐만 아니라, 새로운 사회적 관계를 위한 것으로 나타난다. 불순한 세력들을 제압한 알파미시의 승리가 사회적 의미를 지니는 것은 이 때문이다. 이 서사시 속에는 알파미시 삶의 핵심 목표를 설명하는 발언들이 여러 차례 나타난다. 그의 영웅적 활약은 이민족 무사들 사이에서 논쟁과 반목의 대상으로 전락한 바르친을 노예상태에서 구출하는 것에 정향되어 있다. "나는 내 정혼녀를 칼미크 나라에서 데려갈 것이다.", "나는 죽을 때까지 바르친-아이를 찾아다닐 것이다." 등 알파미시의 이런 말들은 다스탄 전체를 관류하는 라이트모티프이며, 주인공 행위의 핵심 목표를 강조하고 있다. 주인공과 칼미크 용사들 간의 충돌은 가부장적 부족사회에서 발생하는 가족적-일상적 투쟁의 해결방법을 연상시킨다.

이 다스탄에는 16~18세기에 있었던 칼미크와 우즈베크의 관계와 두 민족 무관들의 내란이 반영되어 있다는 의견도 존재한다. 이 다스탄 텍스트의 정교한 연구를 통해 이 속에는 칼미크와 콘그라트 사이의 직접 교전에 관한 내용은 어디에도 없음이 밝혀졌다. 이와 관련하여 다음과 같은 플롯상의 계기들이 관심을 끈다. 형 때문에 분노를 느낀 족장 바이사리는 동족들과 회의 후에 칼미크의 나라로 유목지를 이동시키나, 칼미크 인들이 종교도 다르고 다른 언어를 사용하는 문제에 대해서는 그리 걱정을 하지 않는다. 그 대신 길을 떠나 목적지에 도달한 콘그라트 사람들은 멋모르고 곡초 종자들을 망치게 된다. 이 다스탄에서 칼미크 사람들은 농경민족이고 농부들인데, 실제로는 그런 적도 없었고, 그럴 수도 없었다. 그들의 수도는 많은 '장인'들이 사는 거대한 대도시이며, 그 용사들도 코칼다시, 카라잔 등 터키식 이름을 가지고 있다. 먼 곳에서 온 사람이나 원주민이나 완벽하게 말을 알아듣고, 심지어 혼인관계를 맺으려 하며, 신부 쟁탈전도 벌이게 된다(바르친 스스로 알파미시가 청혼 경쟁자들과의 시합에 참여하여 칼미크 용사들과 동등하게 경쟁하도록 조건을 건다). 칼미크 인 카라잔은 알파미시의 의형제이자 가장 친한 친구가 된다. 이 모든 것들과 함께 적대감의 계기들도 그대로 나타난다. 하지만 여기서는 국가 간의 반목이 아니라 민속 작품의 전통적 적대자, 즉 도식적인 선악의 대립 차원으로 보는 것이 타당하다. 알파미시와 카라잔은 선의 화신이고, 칼미크 왕인 타이차와 그의 궁중 참모들과 무사들은 악의 화신이다. 따라서 서사시 〈알파미시〉의 초기 형성 단계에서는 악을 담당하는 적대자들이 '칼미크'란 명칭을 사용하지 않았으며, 다스탄에 묘사된 충돌들도 역사적으로 실제로 있었던 터키족 종족, 부족 간, 혹은 터키족과 이웃한 외부 민족 간의 빈번했던 전쟁을 반영한 것으로 가정하는 것이 바람직하다.

이 모든 것에다가 자칭 칼미크란 이름을 사용한 민족이 데시트-이-킵차크 초원에 나타난 시점은 서사시 〈알파미시〉가 발생했다고 간주되는 그 역사적 시기보다 더 늦었다는 사실을 추가해야 한다. 이 서사시에서 칼미크란 명칭이 등장하게 된 것은 아마도 역사적 사건들에 대한 복기의 결과인 듯하다. 즉, 16~18세기 경 칼미크-오이라트 부족의 수차례에 걸친 침략 이후, 이 서사시의 주인공들에게는 칼미크-오이로트 부족이 그들의 주적으로 등장하게 된 것이다. 따라서 V. M. 지르문스키의 다음과 같은 지적은 절대적으로 타당하다: "이 서사시의 테마는 무사들의 동화에서처럼 가정과 가문이 연관된 사적인 것이고, 좀 더 넓은 의미에서도 부족적인 것이며(수장 바이부리와 알파미시가 지배하는 콘그라트 부족의 운명), 역사적이나 민족적-국가적 차원의 것이 아니다. 그래서 봉건 사회의 특징인 사회적 계급분화와 그 투쟁은 서사시의 전개상에서 단지 표면적이고 간접적 방식으로만 반영되고 있다. 역사는 마치 우회로처럼 이 고대 설화 속으로 에둘러 들어오고 있으며,

그와 동시에, 중앙아시아 민족들에게 역사적으로 끔찍한 재앙이었고, 그래서 이 지역의 국가 간 결속에 크게 기여하기도 했던 16~18세기 칼미크의 침략 시기에 콘그라트족 중 바이순이라는 부족으로 역사적-지리적 지역화도 함께 발생하게 된다. 하지만 칼미크 인들과의 전쟁들도 이 서사시에서는 우즈베크 인들(콘그라트 부족민들)과 이민족 칼미크 인들의 민족적 대립 속에서 간접적으로만 반영되고 있다.[38]

이 다스탄에 존재하는 이슬람교와 관련된 모티프들도 비슷한 방식으로 바라봐야 한다. 데시트-이-킵차크 초원의 터키 유목민들은 실제로는 알파미시에 관한 다스탄이 형성된 추정 시기보다 훨씬 더 늦게 이슬람교로 개종했었다. 이슬람교의 요소들도 분명 중앙아시아에서 이슬람교도가 출현한 시기 이후에 다스탄으로 유입되었다.

여기서 이슬람의 이념과 종교의식을 반영하는 구체적인 사례를 몇 개 지적해보자. 먼저 알파미시와 바르친, 칼디르가치의 출생 축하연에 방문한 반미치광이 떠돌이인 이슬람 순례자를 꼽을 수 있다. 이 순례자는 아이들의 이름을 지어준다(장차 알파미시가 될 아기에게는 의미심장한 이름 하킴을 준다). 여기서 또한 이 아이들(두 명의 여자 아이와 한 명의 남자 아이)이 학교에 다니게 된다고 알려주는데, 이것은 초원의 유목민들 세계에서는 불가능한 일이다. 그 다음에는 바이부리(봉건 영주)가 친동생 바이사리(봉건 신하)에게 이슬람식의 조세를 지불하기를 요구하는 장면이 나온다. 다스탄 〈알파미시〉에서 이 모든 장면들은 많지 않은 분량을 차지하는데, 그래서 독자(청자)는 주인공들 속에 이슬람적인 특성이 적기 때문에 그냥 그들이 무슬림이라는 사실을 잊게 된다. 예를 들어, 그들은 '나마스'[39]라 불리는 무슬림의 필수 기도를 행하지 않으며, 말 속에 수호자 알라신과 예언자 마호메트에 대한 호소를 넣지 않

---

38 지르문스키 V. M., 터키 영웅 서사시. / 선별 논문집. L., 1974, 346~347쪽.
39 무슬림들이 하루에 다섯 번 드리는 예배(역자주).

는다. 오직 칼미크 왕의 형리들이 바이사리한테 종자들 훼손에 대한 처벌을 하려고 할 때만, 바이사리가 자신의 무죄에 대한 증거로 이슬람 종교의 상징인 "신성한 칼리마[40]를 암송할 수"도 있다고 항변한다. 하지만 이후 알파미시는 이 '칼리마'를 칼미크 사람인 카라잔에게 암송하라고 부적당한 충고를 하는데, 나중에 카라잔도 칼리마 암송으로 자신의 용기를 충전시키게 된다. 이 고귀한 용사인 카라잔이 과감하게 절교하게 되는 형제들은 카라잔의 이슬람 개종과 관계단절에 대하여 비난을 한다(즉 아랍-무슬림이 상상했던 것처럼, 그들은 자신의 종교를 이교라고 생각하는데, 이것은 이슬람이 전파되기 전에 데시트-이-킵차크에 거주했던 샤먼적 이교도 유목민들의 특징은 전혀 아니다). 하지만 그 비난이 석연치 않아 카라잔이 정확한 의미로 무슬림이 되었는지 아닌지에 대해서는 명확치 않다.

바르친과 알파미시는 몇 차례 '신성한 칠탄[41]들'의 도움을 호소한다. 하지만 플롯 상으로 가장 극적인 순간 중 하나였던 장면에서 이 호소는 순전히 수사적인 차원일 뿐이었는데, 지하 감옥에 갇힌 알파미시를 구출한 것은 이 칠탄들이 아니라, 그의 충직한 말인 바이치바르였기 때문이다.

또한 나중에 추가된 것이 분명한 코란에 관한 언급도 이 서사시에는 유기적이지 않다(알파미시를 처음 만나는 순간 카라잔의 입에서 코란 언급이 나오는데, 이것은 사실상 논리적으로 설명될 길이 없다). 또한 이슬람 의식이 거의 의미를 가지지 않는 알파미시와 바르친의 혼례에 등장하는 회교승도 마찬가지다.

자신의 구연이 청자들(중앙아시아 무슬림들)의 정서에 가깝고 이해에 용이하도록 만들 목적으로 이 다스탄 속에 이슬람의 이념과 신화, 의례를 도입했던 구연가들을 이해하기란 어렵지 않다. 시인 파질과 같은 뛰어난 구연가들은 이 요소들을 감칠 나고 재치 있게, 그리고 정도를 지키면서 성공적으

---

40 칼리마의 원뜻은 말, 혹은 말씀이다. 이 칼리마를 공인하는 것은 이슬람 신앙의 핵심이며, 이슬람을 구성하는 다섯 요소 중 첫째에 해당한다(역자주).

41 이슬람의 민중 설화에서 다양한 삶의 영역을 담당하는 비밀스럽고 신성한 40명의 성령들(역자주).

로 도입했는데, 그래서 그것들이 너무 이질적으로 느껴지지도 않고, 작품의 이념적-예술적 총체성을 파괴하지도 않는 것이다. 하지만 그것들은 이 서사시를 (눈으로 보든, 귀로 듣든) 직접적이고 정서적으로 접하게 될 때는 어쨌든 '무종교적'인 것처럼, 대부분의 경우 비(非)이슬람적인 것처럼 제시된다. 이 점을 좀 더 확실하게 이해하기 위해서는 다음 사항을 기억해야 하는데, 데시트-이-킵차크 초원과 중앙아시아 초원지대에 거주했던 터키 유목 부족들은 이슬람교에 특별한 도취 없이 서서히 동화되었다는 사실이다(거의 18세기에 와서야 완전 동화된다). 그들은 광신도는커녕 열성적인 무슬림도 되어본 적이 결코 없는데, 이것은 널리 알려진 사실이다.

〈알파미시〉에서 나중에 부가된 첨가물들에 관한 문제는 한 가지만 더 언급하고 마무리하고자 한다. 등장인물들이 이 다스탄의 형성 시기와 초기 출현 시기에는 결코 접할 수 없었던 몇 가지 사실들이 존재하는데, 바로 총이나 대포 등의 화염 무기들과 망원경의 존재가 그것이다. 이 물건들에 대한 언급은 드물긴 하지만 텍스트 곳곳에 배치되어 있다. 주인공들이 망원경을 실제적 도움이 필요한 경우에 직접적인 용도로 사용하고 있다는 것도 특징적이다. 화염 무기의 경우는 급박한 혈전을 펼치는 주인공들에 의해서 사용되는데, 사실상 단지 재미로만 사용된다. 바르친을 차지하기 위한 시합에서 표적 맞추기를 한다거나, 바이사리 부족이 유목지 이동을 개시하는 순간의 중요성과 부족 지도자의 권능을 강조하기 위해 대포를 쏘게 하는 사례가 그것이다.

구연가들의 재능과 민중적 지혜의 보고(寶庫)인 서사시 〈알파미시〉에 대한 그들의 애정 덕분에 이 다스탄은 후세의 어구 삽입과 이질적 내용의 추가를 통해 다스탄의 이념과 형상들의 체계를 유지하면서도, 전체의 높은 예술성과 부분의 유기성이 잘 결합되어 최상의 구연물로 재가공 되었다.

5

〈알파미시〉는 용맹함과 애국심, 민족의 단결, 사랑과 충절, 가족의 결집력을 노래하는 서사시이다. 이 이념들은 파질 율다시-오글리의 구술을 통해 다스탄의 형식 속에서 훌륭하게 예술적으로 육화되었다. 이 구술 속에는 바이부리와 바이사리 형제의 자식 없는 상황과 미래 영웅의 기적 같은 탄생, 그 영웅의 용맹스러운 청년기, 최초의 영웅적 업적, 신부 바르친을 쟁취하기 위한 칼미크 무사들과의 시합, 알파미시의 7년간의 포로 생활, 용맹스러운 말의 도움으로 인한 감금에서의 해방이 그려지고 있으며, 왕위 찬탈자 울탄의 결혼식에 잠입, 그를 제압하여 승리를 쟁취하고, 자신의 아내 바르친을 구출한 후, 콘그라트 부족의 일시적 몰락 후에 결집된 백성들 위에 군림하는 과정을 그리고 있다.

이 다스탄에서 용맹함은 애국심의 이념과 유기적으로 연관된 상태에서 묘사되고 있다. 서사시의 긍정적 주인공들은 자기 백성들과 조국 바이순-콘그라트와 밀접하게 연계되어 있다. 그들은 어디에 있더라도 자기 백성들과 조국의 모든 고통과 비애를 공유하며, 그들과의 이별상태를 슬퍼한다.

"안개 속에 보이는 저건 아스카르 산이 아닌가?
나는 바른 길로 가고 있는 것인가?
아버지는 늙으셨고, 어머니도 늙으셨네.
부모님 소식을 전혀 모르네.
콘그라트 종족이여, 너는 어디 있는가?
행복했던 시절은 어디로 갔는가?
그곳에서 내 친구들은 어찌 되었는가?
그곳에서 사랑하는 바르친은 어찌 되었는가?"

608   알파미시 _ 해설

이 다스탄에서 고향 땅에 대한 애정의 모티프들은 부족의 단결이라는 이념과 접합되며, 유기적으로 결합된다. 분열은 부족적 연합체를 재앙의 구렁텅이로 몰아넣는다. 바르친과 칼디르가치, 심지어 부족장인 바이사리조차도 남의 나라에서 멸시를 당하게 된다. 다스탄 속에서는 이 점에 관해서 수차례 과장된 형식으로 말하고 있다. 알파미시와 바르친의 결혼은 부족의 재결합으로 귀착된다. 이를 통해 이 작품은 사랑하는 연인과 가족을 가질 자격이 있는 자만이 공적을 쌓을 수 있고, 용기와 용맹함을 보여줄 수 있으며, 자신의 명예와 친지들의 행복을 지켜낼 수 있다는 근본 사상을 도드라지게 표현하고 있다.

이 다스탄의 핵심 주인공 알파미시는 광활한 초원의 용사이며, 콘그라트 부족의 희망이자 지주이고, 부족 역량의 화신이다.

"내 하얀 철갑 투구를 쓰고,
내 전투용 황금 갑옷을 입고,
내 다이아몬드 칼을 칼집에서 뽑아서,
용사의 손에 온 신경을 곤두세우고,
적에게 달려가 적을 곤경에 빠뜨리겠어요.
잔뜩 성난 낙타가 되어서 울부짖겠어요.
분노로 타오르며 사자와 같이 되겠어요.
흉포한 호랑이의 목을 따버리겠어요!"

고대에도, 중세에도 무사의 강력한 힘을 소유한 인간은 유달리 높게 평가받아왔다. 외부의 적들과 거친 자연과의 투쟁이라는 역사적 조건 속에서 물리적 힘이 결정적 역할을 수행했기 때문에 이런 평가는 자연스러운 것이었다. 바로 이러한 이유 때문에 민중은 영웅 찬가나 동화, 서사시 작품들 속에 셀 수도 없이 많은 적의 무리들과, 강력하고 무서운 괴물들과 홀로 전투를 벌일 수 있고, 승리를 쟁취할 수 있는 무사의 형상을 만들어내 왔던 것이다.

이 다스탄에서 알파미시의 엄청난 물리적 힘과 무사적 재능의 묘사에 특별히 주의를 기울인 것은 우연이 아니다. 알파미시는 7살 때 할아버지 알핀비부터 내려온 14바트만[42]짜리 활로 화살을 쏴서 아스카르 산 정상을 날려버렸다. 이 때문에 그는 용사란 뜻의 '알프'란 별칭을 얻게 되었다. 알파미시의 무사적 능력은 바르친이 자신에게 청혼한 사람들 앞에 내세운 조건들을 수행하는 과정에서 시험받게 된다. 이민족 무사들과의 투쟁 속에서 알파미시는 힘이나 능숙함뿐만 아니라, 지력에서도 그들을 앞선다. 알파미시는 그들과 달리 협소한 사적 목적을 추구하는 것이 아니라, 분열된 부족의 통합을 자신의 임무로 삼기 때문에, 지능에 있어서도 그들보다 훨씬 높은 곳에 서 있다.

알파미시는 무엇을 위해 싸우며, 누구와 싸우는 지 정확하게 알고 있다. 그는 뛰어난 지성과 고귀한 목적을 가진 영웅이다. 그는 옳음과 그름을, 피억압자와 탄압자를 쉽게 판별한다. 그는 부득이한 상황이 아니면 자신의 엄청난 힘을 동원하지 않는다. 무엇보다 그는 일을 평화적 방식으로 해결하려고 애쓴다. 그는 자신의 소용돌이치는 감정을 이성에 종속시킬 줄 아는 영웅이다. 이 점과 관련하여 다음 일화는 의미심장하다. 칼미크 왕 타이차의 권력 수중으로 떨어졌던 바이사리의 부족민들은 다시 자신의 고향 땅으로 유목지를 이동하기로 결정한다. 이를 저지하기 위해 타이차는 이 평화적인 콘그라트 사람들을 제압하기 위해 군대를 파병한다. 알파미시의 친구가 된 카라잔은 콘그라트 부족민 보호에 헌신할 준비가 되어 있다.

---

[42] 중앙아시아에서 사용되던 무게단위. 1바트만은 지역마다 30kg에서 180kg에 이를 정도로 다양하게 계측했다(역자주).

'너는 나를 겁 많은 사람으로 오해하지 마라.

너는 이성 잃은 분노에 자유를 주지 마라.

내 친구여, 그런 식으로 상상하지 마라!

홧김에 그런 폭력을 행사하지 마라.

그들은 자발적으로 온 게 아니니,

괜히 그들을 죽일 수는 없는 것이다!"

이 용맹스럽고, 동시에 선량한 용사는 악 자체의 화신인 노파 수르하일의 계략에 빠져 7년간이나 적의 포로로 감금된다. 기만과 허욕에 저항하는 알파미시의 무기력함 속에는 어린애 같은 순진무구함과 영적인 순결함, 쉽게 남의 말을 믿는 심성이 들어 있다.

이 다스탄의 2부도 풍부한 일상적 모티프들과 사실적 일화를 공유하고 있다. 7년간의 강금 생활 후에 알파미시는 고향으로 돌아온다. 도중에 그는 고향 사람들과 목동들을 만나고, 또한 무역 선단과 방랑자 등 다양한 계층의 사람들을 만난다. 그들의 말을 통해 그는 자기 부족과 친지들의 상태에 관해, 자기가 없는 동안 부족민 위에 군림한 경쟁자 울탄과 자기를 사람들이 어떻게 생각하고 있는 지에 관해 알게 된다. 이 장면들 속에서 알파미시는 인간적인 면이 가득한 이상적 영웅으로 밝혀진다.

울탄이 강제로 바르친을 아내로 삼으려 한다는 사실을 알게 된 알파미시는 자기를 키워준 쿨타이 변장을 하고 결혼식장에 간다. 결혼식장에서 그는 행방불명된 아들 때문에 슬퍼하며 모욕당하고 있는 자신의 부모님들과 만난다. 그는 눈물이 북받쳐 오르는 상황에서 살인 위협 때문에 겁을 먹은 자신의 아들 야드가르를 보게 된다. 알파미시는 울탄과 요리사, 요리장을 응징한다. 그의 용사다운 힘을 통해 부족민들은 자기들이 사랑하는 영웅을 알아보게 된다. 이렇게 영웅이 고향으로, 자신의 집으로, 가족한테로, 자신의 부족민한테로 복귀하는 장면이 성사된다.

칼미크 왕인 타이차에 대한 승리와 마찬가지로 울탄에 대한 알파미시의 승리도 사랑과 가족, 부족민, 부족의 독립성과 온전함 등을 수호하기 위한 주인공의 투쟁과 분리할 수 없다.

이처럼 이 용사의 위대한 형상에는 영웅적이고 훌륭한 인물에 대한 백성의 희구와 염원, 그리고 사회적 정의라는 그들의 이상이 집결되어 있다.

이 다스탄에는 우즈베크 민속 작품의 여성상 중 가장 완벽한 여성 중 하나인 바르친의 형상 또한 매우 중요하며 많은 내용을 함유하고 있다. 고향과 가족에 대한 애정, 부족민과 친지에 대한 존경심, 용맹함과 독립성은 그녀 성격의 본질을 구성한다. 그녀는 똑똑하고 활동적인 여성이다. 그녀의 아버지가 이국땅으로 떠날 것을 결심했을 때, 그녀는 어머니한테 아버지를 설득하라고 충고한다. 아버지의 연세를 존중하는 딸로서 바르친은 감히 직접 아버지를 찾아가지는 못하지만, 자신의 상황 판단에 의거하여 어머니께 아내는 남편의 조언자가 되어야 한다고 설득하고 있다.

"아내란 항상 자신의 남편에게 충절을 지켜야 하지만,
아내는 또한 남편 수하에서 일등 충신이 되어,
남편의 생각을 자기 손 안에 움켜쥐고 있어야 합니다."

바르친의 형상 속에는 여성-용사에 관한 서사시의 전통적인 관념이 육화되어 있다. 그녀의 용맹함, 용기, 대담함, 자기 힘에 대한 신념 등은 칼미크 무사들이 강제로 그녀를 집에서 끌어내려고 시도하는 일화에서 노골적으로 드러난다. 바르친은 첫 번째 청혼자에게 "나를 약하다고 생각했다간, 네 머리가 날라갈 것이다."라고 자신만만하게 대답한다. 이 말은 그녀의 라이트모티프가 되어 다스탄 전체를 관통해 간다. 바르친은 자신이 물리적 힘에 있어서 어떤 무사들한테도 지지 않는다는 사실을 알고 있으며, 코카만과 대결하여 그를 제압함으로써 이것을 증명한다. 바르친은 알파미시도 그녀의 마음을 알고 있으며, 그녀를 도우러 올 것이라는 깊은 신념을 가지고 있기 때문에 이국 무사들의 요구를 경멸조로 거부한다.

"과연 알파미시한테까지 소식이 도달하지 않을 것 같아요?
과연 그가 말에 올라타는 것을 무서워할 것 같아요?
그의 복수가 대혼란을 야기할 것이오.
당신네 중 어느 누구의 머리도 무사하지 못할 것이오!
〈…〉
만약 알고 싶다면 말하리다. 난 당신들만큼 힘이 강하오.
나는 당신들 누구의 아내도 아니오!"

정신적인 면에서도, 재능 면에서도 바르친은 칼미크 무사들에게 결코 뒤지지 않는다. 그는 용기가 있을 뿐만 아니라, 당당하기도 하다. 그녀는 자신에게 청혼하는 무사들에게 자기의 용맹함과 전투력에 걸맞은 동일한 자질을 요구한다. 이에 관해서는 알파미시와 90명의 무사 앞에서 바르친이 제시하는 조건들이 훌륭하게 증명한다(활쏘기, 동전 사격, 경주 우승과 격투기 승리).

알파미시가 여러 경기에서 승리하게 되는 마지막 순간에 바르친은 큰 기여를 한다. 그녀는 무사 코칼다시와의 결투에서 지친 알파미시가 강하게 되도록 자극한다. 경주에 참여한 바이치바르는 바르친의 목소리를 듣고 나서 경쟁자들을 앞지르고 경기를 승리로 이끈다. 알파미시의 전우인 치바르에게 하는 다음과 같은 말은 따뜻한 서정성과 심오한 흥분이 관통되고 있다.

"쿠르하이트, 치바르여, 내 님의 말이여!
좀 더 힘차게 달려, 자, 뒤쳐지지 마!
하얀 내 처녀 가슴이
너를 위한 고산의 목장이 되어줄 것이다!
네 부드러운 털을 빗겨주기 위해서,
내 머리카락을 말솔로 내주마.

⟨…⟩

금강석 같은 다리를 가진 말이여, 일등으로 들어오너라.
내 가슴의 눈 덮인 두 언덕을 밟아라.
단지 나와 사랑하는 친구를 떼어놓지만 말아다오!"

바르친의 형상은 오랜 옛날의 사회적 일상의 사실성에 근거하고 있다. 유목민족들의 가부장적 부족사회 체제 하에서 가정 내 여자들은 독립성과 실제적으로 남성과의 동등한 권리를 향유했다. 여자는 자주 손에 무기를 들고 전쟁에 참여했다. 바르친이 빠진 상황이나 바르친 스스로 만들어낸 상황이 가지는 서사시적 전통성에도 불구하고, 바르친의 형상이 탄생하게 된 사실적이고 역사적인 토대는 그대로 드러난다.

중앙아시아 유목 민족들의 삶에서 여성들이 가진 능동적이고 책임감이 강한 역할을 보여주는 것이 바로 칼디르가치의 형상이다. 그녀가 이 다스탄에서 다양한 일화들과 사건들의 연계라는 중요한 플롯 기능을 수행하게 되는 점은 결코 우연이 아니다. 칼디르가치는 바이부리가 숨겨놓은 바르친의 편지를 발견하며, 자신의 동생 알파미시로 하여금 칼미크의 유목지로 달려갈 것을 강요한다. 또한 칼디르가치는 알파미시가 진실한 사명에 눈을 뜨게 만들어주고, 그에게 바르친과 바이사리의 구출과 콘그라트 부족의 통합이라는 고차원적 삶의 목표를 지시해준다. 먼 여행을 떠나는 알파미시를 배웅하면서 칼디르가치는 그에게 송별사를 전한다.

"속히 살아서 무사히 오거라.
교활한 간계를 부리는 적들을 용서하지 마라.
너의 모든 일들을 성공으로 완성하거라.
사랑스러운 너의 어머니를 슬프게 하지 마라.
네 신부를 구출하고 돌아오거라."

칼디르가치의 정신적 아름다움은 동생에 대해 안타까워하면서도 까다롭게 대하는 사랑과 신부 바르친과 조카 야드가르에 대한 태도에서 나타난다.

알파미시가 없는 사이에 부족의 권력을 강탈한 울탄은 잔인하게 칼디르가치를 모욕하면서, 그녀를 초원으로 추방하고 낙타들을 키우도록 만든다. 하지만 칼디르가치는 굴복하지 않는다. 그녀는 동생이 강금 상태를 뚫고 집으로 돌아올 것을 믿고 있다. 칼디르가치는 탄압당하고 멸시받는 동족들을 보면서 불의에 항거하고 있다. 그녀의 하소연 속에는 크나큰 고통과 분노가 있다.

"내 골은 이미 태양에 속속들이 굽혔어!
이런 운명의 악행을 뭐하러 난 견디나?
울탄-타스가 심하게 날 모욕했네."

"이 서사시의 여성들은 남자와 동등한 지위를 차지하고 있으며, 세상일뿐만 아니라, 전쟁에 관해서도 결코 굴복하는 일이 없다. 이것은 다른 많은 민족의 서사시를 제압하는 중앙아시아 서사시만의 특징이다."라고 설파한

S. P. 톨스토프의 주장은 바르친과 칼디르가치의 형상 속에 그대로 적용되고 있다.[43]

전 세계 서사시 작품들 속에 폭넓게 퍼져있는 주인공들의 우정과 형제애란 주제는 이 우즈베크 다스탄에서도 적지 않은 지위를 차지하고 있다. 카라잔과 알파미시의 감동적인 우정은 민족 간의 한계와 배타성, 적대감 등의 현상들보다 훨씬 더 차원 높다는 점이 주목할 만하다. 카라잔은 알파미시의 인류애와 억압, 불의, 비열함에 대한 저항감으로 인해 이 우즈베크 용사와 가까워진다. 카라잔은 사악하고 불공정한 타이차-칸의 신하가 되는 것을 거부하며, 자신의 동족인 칼미크 무사들과 대결해야 함에도 불구하고 알파미시의 편으로 돌아선다. 알파미시에게 협력하는 카라잔은 바르친과 결혼하려고 바동대는 무사들, 특히 자신의 친형제들과의 대결에 나서게 된다. 발생할 수 있는 온갖 재난과 모욕, 비방에도 불구하고 카라잔은 자신의 콘그라트 출신 의형제를 계속해서 수호한다. 악과 불의와의 공동투쟁은 알파미시와 카라잔의 우정을 더욱 더 공고화한다. 서사시적 전통에 따르면 카라잔은 주인공과 함께 그의 고향으로 가게 된다. 알파미시의 아버지와 어머니는 그를 아들처럼 살갑게 반겨준다.

"보는 그대로구나.
내 아들의 전우여!
널 진작 알지 못한 게 유감이야!"
이때, 자기의 사랑하는 아들을 자랑스러워하며
늙은 어머니가 하킴에게 달려와서,
소중한 아들을 껴안았네.
그녀는 카라잔도 똑같이 껴안아주고,

43 톨스토프 S. P., 우즈베키스탄의 고대 문화, 타시켄트, 1943, 12쪽.

그들에게 축복의 말을 했네.”

민속 문학에서 널리 알려진 것처럼, 형제애는 친구를 한 가정의 구성원으로 만들어주고, 이를 통해 그를 부족 전체의 구성원으로 만들어준다. 알파미시의 우정과 전우애 속에는 서사시적 전통에서 흔히 볼 수 있듯이, 다양한 부족과 민족을 가깝게 만들어주는 형제애에 관한 고대의 관습이 시적으로 발현되고 있다.

알파미시의 충직한 친구인 쿨타이와 카이쿠바트의 형상도 이 다스탄이 가지고 있는 풍부한 사회적-정신적 이상에 대해서 말해주고 있다.

노동 계층의 대표자인 쿨타이는 부족 사회의 귀족 계층을 구성하는 족장이나 베크[44]가 전통적인 주인공으로 등장하는 영웅 서사시에서 민주주의적 요소를 도입하는 인물이라는 점에서 중요한 의미를 가진다. 가부장적 사회의 노예임에도 불구하고 쿨타이는 주인공을 양육한 사람이며, 부족의 민중적 지혜를 육화한 인물이다.

서사시적 전통에 따르면, 이국땅을 방랑하는 주인공은 거지와 사귀게 되고 그 사이에서 우정이 싹튼다. 그 거지는 주인공이 힘든 순간에 도움을 주게 되는데, 주인공이 적들을 제압하고 난 다음에는 그 거지의 신분을 상승시켜, 잔혹하고 불공정한 퇴임 독재자를 대신해서 권력자가 되도록 도와준다. 다스탄 〈알파미시〉에서 이런 역할을 맡는 것이 바로 목동 카이쿠바트이다. 그는 지혜를 소유한 평민 출신의 장인으로 그려지는데, 그의 지혜는 타고난 지력의 장점에 의해 배가된 삶의 경험에서 나온 것이다. 동시에 카이쿠바트는 선량하며, 때로는 우둔해보이기까지 하다. 그러한 특성은 정신적으로나 출생신분으로나 고귀한 인간이 자신을 숨기는 마스크라서 결코

44 베크는 고대 터키에서 씨족장을 가리키는 말이었으나, 중앙아시아 국가에서는 영주의 신분에 대한 명칭으로 변화된다. 19세기 중반 이후 터키와 아제르바이잔에서는 사람을 부르는 존칭어로 사용되기 시작했다(역자주).

곧장 드러나지는 않는다. 카이쿠바트가 묘사되는 일화들은 진정한 사실주의가 관류하고 있으며, 밝고 경쾌한 유머로 채색되어 있다. 카이쿠바트 장면들의 노선은 영웅 서사시 장르로 자연스럽게 엮여 들어온 모험적 민속 작품의 모티프라고 할 수 있다.

상기했듯이, 이 다스탄에는 도덕성에 따라 분류된 인물들의 첨예한 대립이 도입되어 있다. 알파미시와 바르친, 칼디르가치, 카라잔, 쿨타이, 카이쿠바트, 바이부리, 바이사리 등은 사악한 어둠의 힘을 육화하는 타이차 왕과 마귀할멈 수르하일, 울탄, 바담, 코칼다시, 90명의 무사들과 대립하고 있다.

타이차는 (역사적이 아니라) 서사시적 칼미크의 왕이며, 박해자이고 강압자이다. 이와 동시에 그는 수르하일과 90명의 무사들의 조종을 받는 꼭두각시 인형이다. 야외 전투에서 패배를 당한 후 타이차는 고향 땅으로 복귀하려고 결정한 평화적인 콘그라트 사람들을 저지하기 위해 군대를 보낸다. 그의 죄 때문에 2번이나 피가 낭자한 전쟁이 발발하며, 두 번 모두 알파미시가 그를 무찌른다. 타이차 왕의 패배와 파멸은 사악한 힘의 패배를 상징한다.

노파 수르하일은 악의 능동적 공범자이며, 콘그라트 인과 칼미크 인 사이의 불화와 갈등의 원흉이다. 그녀는 교활하게 알파미시를 지하 감옥에 유폐시키고, 그의 동료 무사들을 죽게 만들었다. 수르하일의 형상을 통해 사람들과 민족 간의 불화를 야기하는 사회의 모든 어두운 세력들은 수모를 당하고 명예훼손을 당하게 된다.

이 다스탄의 구성상 악당 울탄의 형상과 그에 대한 핵심 주인공의 태도는 중요한 지위를 차지한다. 족장 바이부리의 아들인 울탄은 첩의 소생임에도 불구하고, 아버지를 계승할 일정한 권한을 가지고 있다. 알파미시는 그를 동생처럼 대하고 자신의 부재 시 울탄이 부족을 통치하는 것이 정당하다고 생각한다. 하지만 시간이 지나자 울탄은 자신의 왕위 찬탈 성향을 노골적으로 드러낸다. 그는 알파미시의 친족들을 학대하고 탄압하며, 자신이 알파미시의 아내 바르친과 결혼하려고 획책한다. 그는 가부장적-부족사회의 불문법을 파괴하면서 부족의 이익에 해악을 끼친다. 고향으로 복귀하는 알파미시를 만난 쿨타이는 분노에 싸여 이렇게 말한다.

"아들아, 나쁜 시기에 우리한테 왔구나.
콘그라트 위에서 울탄-타스의 채찍이 찰싹찰싹 소리를 내고 있어.
그가 벌이는 일은 생각조차 할 수 없어.
보면 참지 못할 거란다."

'공정한 군주'의 사상은 그 역사적 한계에도 불구하고, 봉건주의라는 새로운 체제가 탄생하는 조건 하에서, 혈통이 비슷한 부족들이 그들을 노예로 삼으려고 혈안이 된 외국 지배자들을 돕는 이적 행위까지 하면서 서로를 적대시하는 사회발전 단계에서는 진보적인 사상이었다.

그래서 목동들이 처음 만나는 사람에게 새로운 지배자에 대한 불만을 표출하는 것은 우연이 아니다. 알파미시의 노력에 의해서 재결합된 부족은 다시 붕괴에 처해졌다. 무사 알파미시에게는 훨씬 더 명예로운 임무가 부여되는데, 그것은 자신의 부족민과 지인들을 폭군적 지배자의 내적 탄압으로부터 구출하는 것이다. 이렇게 이 작품의 가장 중요한 사상 중의 하나, 즉 적에게는 강력하고 위협적이며, 자기 부족에게는 온순한 지도자에게 집중된 강건하고 정의로운 지배력이 부족의 행복을 좌우한다는 사상이 등장한다. 합법적으로 모든 콘그라트 사람들의 수장이 되는 알파미시는 그런 이상적 지도자의 모든 특징을 공유하고 있다.

6

다층적이며 다양한 문체를 가진 작품인 다스탄 〈알파미시〉는 서사시적 전통에 따라 돔브라나 투다르 등 현악기의 반주에 맞춰 구연자의 가창 방식으로 읽혀져 왔다. 다스탄 텍스트의 구성에는 운문 부분과 산문 부분이 교차하고 있는데, 이것은 또한 터키어 사용 민족들의 서사시가 갖는 전통적 특징에 해당한다. 다스탄 속의 시는 7음보, 8음보, 11음보 바르마크[45]로 되어 있다.

음보의 바뀜과 운의 체계는 독특하면서도 일정한 서사시적 전통에 따르고 있다. 7음보와 8음보의 짧은 바르마크는 빠르게 전개되는 사건 전달을 위해 사용되며, 역동성을 살아나게 만든다. 말을 타고 달리는 주인공의 질주, 전쟁 장면, 뜻하지 않는 소식의 통보, 호소, 행사의 묘사 등이 그러한 예이다. 11음보의 긴 바르마크는 서사시적 유창함과 행위의 박자감을 재현시키는데, 독백과 인물 간의 대화, 갖가지 성격묘사 등이 이런 시행들을 통해 전달된다. 이 다스탄에는 11음보 바르마크가 양적으로 우세하다.

러시아어 독자들이 접할 수 없는 원전의 운문 분석은 더 하지 않겠지만, 여기에 사용된 운의 음성학적 정확성과 낭랑함, 풍성함과 깊이만은 지적해 두고자 한다. 게다가 운문 부분의 몇몇 문장들은 인접 문장들과 운을 맞추지 않는 문장들에 의해서 분리되기도 하고, 인접하기도 하면서 운이 맞춰지고 있다. 이로 인해 청자들의 청각에 완벽한 미학적 효과를 제공하는 데에 중요한 역할을 하는 선율의 요소가 강화된다.

이 다스탄의 산문 부분 또한 예술적으로 독특하며 표현성이 풍부하다.

---

45 손가락이란 뜻을 가진 단어로, 시 한 행을 일컫는 말이다. 손가락이 손가락 마디로 구성되어 있는 것처럼, 시 한 행(바르마크)은 음보(투라크)로 이루어지는데, 음보는 주어진 규칙에 따라 배열된 짧고 긴(강세가 없고 강세가 있는) 일정수의 음절들을 가지고 있다.

산문에서는 운율을 맞춘 산문인 '사지'[46]가 사용된다. 인물들의 직접 발화도, 사건의 서술 부분도 이 사지로 전달된다.[47] 다스탄에서 산문 텍스트는 운문 부분에 비해서 현저하게 적다. 시적 기능에 따라 판단해보면 이 서사시의 산문과 운문 부분은 동등한 가치를 지닌다.

예술 현상으로서 다스탄 〈알파미시〉는 다른 유명한 우즈베크 민속 작품이나 터키어, 더 넓게는 전 세계 민속 작품들과 많은 공통적인 것들을 드러낸다. 이 공통점들은 이념적-주제적 차원, 플롯적-구성적 차원, 형상적, 스타일적 차원 등 많은 차원에서 나타나고 있다. 수많은 익명의 구연가들이 사용한 중요한 창작 기법 중 하나는 청자들이 이미 전에 들었거나 터득한 작품들을 통해 잘 알려진 플롯 모델들을 지속적으로 활용하는 것이다. 왜냐하면 그렇게 하면 처음 듣게 되는 새로운 작품이 더 쉽게 이해되고 공감 있게 수용되기 때문이다. 그들 중 몇몇 모델들을 지적해보자.[48]

플롯의 대전제는 이미 위에서 언급한 바 있듯이, 주인공의 기적적인 탄생과 초자연적인 속도로 빠른 그의 성인화, 어린 시절부터 획득한 그의 무사다운 역량 등이다. 바로 이런 식으로 알파미시가 초반에 독자들에게 제시된다. 그 다음, 이미 탄생 순간부터 주인공과 여주인공의 운명은 하나로 결합되어 있는데, 그래서 바르친은 알파미시의 정혼녀가 되고, 이 모티프는 행복한 결말(이것도 민속 작품들이 갖는 불변의 전통이다)에 도달할 때까지 전체 플롯의 핵심 줄기가 된다. 한편, 결말에 이르기 전에 주인공은 자신의 긍정적 자질을 완전히 보여줘야 하는데, 그래서 핵심 주인공이 해결의 소임을 맡게 되는 갈등 상황, 즉 병적일 정도로 쉽게 모욕 받는 바이사리의 기질이 몇몇 억지스러운 방법들에 의해서 만들어진다.

---

46 운 맞추기를 의미하는 아랍어로, 운을 맞춘 산문을 뜻한다(역자주).
47 번역가는 인물의 직접 발화의 경우에만 운을 맞추고 아주 살짝 리듬감을 표현하고 있다.
48 그들 중 많은 모델들은 매우 다양한 민족들의 민속 작품 속에서 공통적이거나 유사한 형태로 나타나는데, 반드시 이웃한 민족들의 작품에서만 그런 것이 절대 아니다.

전통적 모델 중 하나는 적들과의 투쟁을 통해 업적을 쌓게 될 긴 여행을 떠나는 용사의 무장 장면이다.

"그의 큐폴라 모양의 강철 투구가 덜컹거리네.
코뿔소의 가죽으로 만든 방패가
소리를 내는구나.
청동으로 만든 칼집 끝 장식이 딸그랑거리고,
등자가 찰랑거리네.
말이 몸을 파르르 떨면서 콧김을 뿜어내네."

이 장면 앞에는, 처음에는 동생의 망설임과 늑장에 대해 비난하지만, 나중에는 송별 인사(송별사의 모티프도 서사시의 기본 모티프 중 하나이다)를 해주는 사랑하는 누이 칼디르가치와 충직한 쿨타이의 도움으로 길을 떠나는 알파미시의 여행 채비 장면이 있다.

"사랑하는 동생아, 넌 제때에 떠날 수 있게 되었구나!
다른 나라들로 가는 너의 길이 행복하길 빈다, 동생아!
그래, 네가 고른 친구가 나타날 것이다, 동생아!
그래, 너에게 칠탄들이 동행할 것이다, 동생아!

여행 출발 이후에 가장 보편적 차원에서 민속적이고 표준적이면서 또한 익숙해진 도식을 독창적인 이미지들로 변신시키는 요소는 카라잔과의 만남과 논쟁, 그리고 논쟁 이후에 그들을 묶어주는 진실한 우정(전통적으로 무사한테는 충직한 친구-의형제가 있어야 한다), 그리고 주인공이 그 길고 힘든 길의 고난을 어떻게 극복하는가에 대해 다스탄 곳곳에 등장하는 장황하면서도 높은 예술성을 가진 묘사들이다.

"알파미시가 직선 길을 질주하네.

치바르[49]가 거품을 흔들어 떼어내네.

치바르가 콧김을 뿜으면서 재채기를 하네.

칼미크 사람들의 나라로 가는 길은 멀다네.

바람이 초원을 먼지로 뒤덮지만,

치바르는 쉬지도 않는다네."

　가장 중요한 핵심적 플롯 순간은 셀 수 없이 많은 적의 무리들을 상대로 알파미시가 홀로, 카라잔과 함께, 혹은 몇몇 용사들과 함께 수행하는, 변함없이 승리를 쟁취하는 그 전투 장면들이다. 긍정적 주인공인 알파미시의 힘과 불패의 능력을 좀 더 선명하게 돋보이게 하기 위해서 이 다스탄에는 현실과는 완전히 동떨어진, 소위 널리 알려진 정황의 재구성을 허용하고 있다. 바이사리 부족인 콘그라트 사람들이 고향으로 돌아가는 그때, 칼미크의 군대가 그들의 뒤를 쫓아 몰려오는데, 적들의 접근 순간에 어떤 것도 칼미크 사람들에게 양보하려들지 않던 초원의 무사들인 콘그라트 사람들이 적에 대항하려고는 생각조차 하지 않고, 오직 부지기수의 가축 떼가 뿔뿔이 흩어지지 않게 하는 데에만 여념이 없다. 이 모든 것은 알파미시가 카라잔과 함께 한 번 더 수많은 적들을 물리치게 할 기회를 주기 위한 설정이다.

　전통적인 장면들 중에서 고래(古來)로 터키 인들에 의해서 가장 많은 사랑

---

49 알파미시의 준마 바이치바르의 애칭.

을 받아온 마상 스포츠 경기인 바이가[50]와 울라크[51](염소잡기놀이)의 장면 또한 언급해두자. 가끔 참여자들의 죽음으로 끝을 맺게 되는 이 경기들(결혼 등을 위한)의 일화들은 아름답다. 그런 묘사들은 보통 노골적으로 과장을 하는데, 여기서는 일반적인 영웅 서사시, 특히 우즈베크의 영웅 서사시의 가장 본질적인 특징 중 하나로 보아야 한다.

과장, 주인공의 전기적 사실의 과대포장, 적들의 외양에 대한 그로테스크한 묘사 등은 이 다스탄의 기본적인 문체적 기법들 중 하나이다. 이것은 묘사되는 사건들의 성격과 규모에 의해서 정의된다. 알파미시의 말 중에서 전형적인 과장의 한 예를 보도록 하자.

"내 눈빛으로 저 태양을 말려버리겠다.
내가 크게 고함치면 저 언덕도 무너져 내릴 것이다."

부정적 인물들의 형상들은 그로테스크 기법을 통해 병적이고 거대하며 괴물같이 만들어지고 있다. 바르친에게 청혼을 한 자들, 그리하여 알파미시와 그의 의형제 카라잔이 결전을 벌이게 되는 그 사람들의 초상은 그로테스크하고 아이러니한 태도로 그려진다.

"또 한 사람의 칼미크 인이 경기장으로 나오네.
진짜 거대한 칼미크 무사라네.
만약 그가 분노하여, 미쳐 날뛴다면,
돌을 녹이고, 얼음을 녹인다네.

---

50 중앙아시아에서 가장 오랫동안 사랑받던 말 경주. 보통 5~50km의 거리(과거에는 50km이상)를 직선으로 달리는 경주로서, 기수의 전략적 기술이 가장 중요한 역할을 한다(역자주).
51 중앙아시아 유목민족들 사이에서 전해오는 집단경기. 상대편의 염소 거죽을 빼앗아 목표지점까지 먼저 도착하는 경기(역자주).

〈…〉
이 거인이 모래 위에 발자국을 남기면,
그 발자국 흔적에 한 가마니의 종자 씨라도 뿌릴 수가 있다네.
〈…〉
그가 쥐고 있는 곤봉은,
오백에 열 치 모자란 길이였다네."

  그로테스크하고 아이러니하게 묘사된 칼미크 용사들의 터무니없는 크기
는, 한편으로는 바르친에 대한 그들의 요구가 근거 없다는 것을 보여주어
야 하며, 다른 한편으로는 긍정적 주인공들의 업적을 상찬하고, 그들의 능
숙함, 힘, 재능을 도드라지게 해야 한다.
  우즈베크 영웅 서사시 외에도 널리 사용되는 비유의 기법은 파질 욜다
시-오글리라는 뛰어난 장인을 만나 만개되고 있다. 알파미시가 칼미크의
나라로 입성하는 장면을 그가 어떻게 묘사했는지 보자. 주인공이 처음으로
카라잔을 만나는 순간에 둘 사이에는 민속작품에 전통적으로 등장하는, 첨
예하고 적대적인 대화인 '아이티슈프'가 발생한다. '아이티슈프'는 암시와
비유, 수수께끼와 그에 대한 답변으로 가득 찬 대화이다. 여기서는 숨겨진
위협과 상대를 기죽이려는 의도가 느껴진다. 그런 종류의 대화들은 구연자
의 개인적 재능에 따라 변조되거나 활력을 갖게 되는 동양의 민속 시학의
표준 중 하나이다.
  알파미시는 카라잔에게 비유적이고 이미지적인 형식으로 자신이 온 목적
에 대해서 알려준다.

  "어쩌다가 나는 코카미시의 강물에서
  오리 한 마리를 놓쳐버려 크게 상심하고 있어.

나는 한 마리 매가 되어 내 오리를 찾고 있는 중이야.

〈 … 〉

한때 저 알라타크 산에는 모든 유목지에
그들의 준마들로 가득 찼지.

4천 무리의 가축 떼를 이끌던 한 집은
그들 지역에서 가장 가난한 자에 속할 정도였다.
내 열정을 불태운 그녀가, 새끼 낙타 같은 그녀가,
바로 그 가축 떼들과 함께 먼 곳으로 떠났단다.
이 수컷 나르[52]가 자신의 새끼 낙타를 찾고 있다."

카라잔은 똑같은 어투로 대답한다.

"당신이 놓친 오리가 여기에 있습니다.
불쌍한 그녀는 아이나-콜에 정착하러 왔었죠.
아흔 마리의 솔개 떼가 그녀 머리 위를 빙빙 돌면서,
밤낮으로 그 불쌍한 여자를 감시하고 있습니다."

이 대화의 많은 암호성에도 불구하고 그 의미는 너무나도 명확하다. 민족의 고대적 상상력에까지 거슬러 올라가는 이 생각 표현의 비유적 방식은 이 다스탄에서 유목민족의 삶을 관통하는 일상과 자연 환경을 반영하기 위한 사전 정보를 제공해준다. 용사를 나르와 매에 비유하고, 여자를 오리와 새끼 낙타에 비유하는 것, 그리고 부정적인 인물은 죽은 고기를 먹는 솔개에 비유하는 것 등은 예술적 표현력을 위해 중요한 수단들이다.

52 등에 혹이 하나만 있는 낙타(역자주).

터키어군 민족들의 민속 작품에 공통적인 예술적 수단들 중에서 인물의 외양을 구축하는 것에 대해서, 특히 아주 중요한 등장인물들의 외양을 구축하는 것에 대해서 지적하겠다. 부차적 인물들은 보통 이름만 등장하고 마치 얼굴은 없는 사람처럼 등장한다(단, 부정적 인물의 혐오스러운 특징을 그로테스크한 형식으로 두드러지게 만들 필요가 있을 경우는 제외한다). 알파미시가 첫 만남에서 카라잔의 눈에 어떤 식으로 보이는지 살펴보자.

> "루스템 같은 당신의 불타오르는 시선,
>
> 〈…〉
>
> 깎아지른 바위 같은 어깨,
>
> 〈…〉
>
> 자신만만한 큰 머리.
>
> 〈…〉
>
> 당신의 가슴과 척추,
> 샘물처럼 솟구치는 웃음,
> 고운 아미와 노을 같은 눈."

이것도 그로테스크이지만, 부정적 인물들의 성격적 특징 속에 있는 모욕적 그로테스크와는 달리 칭찬의 그로테스크이다.

주인공의 외양적 특성 묘사에서는 풍경이나 전쟁 장면, 일상 장면의 묘사에서처럼 수식어가 가장 중요한 역할을 한다. 이 다스탄의 많은 수식어들은 전체적으로 우즈베크 민속 작품의 전통에 따르고 있다. 이 서사에 시종일관 등장하는 많은 수식어들은 청자들에게 묘사 대상을 떠올리게 만드는 감각적 인상을 강화시켜준다. 알파미시의 무사용 활은 항상 "14바트만짜리"(이것은 가장 작은 추의 무게이다) 청동 활이며, 칼은 항상 "이스파간[53]의 다이아몬드로 만든" 칼이며, 고위 인사의 유르트는 항상 "벨벳으로 만든" 유르트이고, 명마는 항상 "아랍의" 명마이다. 이 다스탄에는 동양 시의 전통과 특징을 보여주는 비유도 많이 등장하는데, 미인의 몸매를 '사이프러스'에 비유하고, 미인의 눈썹을 '활'에, 속눈썹을 '화살'에 비유하는 것 등이 있다.

알레고리도 중요한 역할을 한다. 인물의 직접 발화를 담당한 많은 시 부분들은 이후에도 2행시로 (아주 조금씩 변주되어) 시작되는데, 그것은 발화의 의미와 감정적 뉘앙스를 예고하고 도드라지게 만들어준다.

"봄이 되면 마당에 장미꽃이 향기롭다네.
봄이면 나이팅게일이 노래하고, 사랑에 취합니다."

다음은 불행을 예견하는 비관적 구절이다.

"가을이 왔어요. 장미 잎사귀가 떨어질 거예요.
종달새는 시든 장미에 앉아 노래하지 않는 법이에요."

다음은 이웃-적의 위협을 염두에 둔 구절이다.

"너, 산 속 깊은 눈아, 남김없이 녹아 내려라!
적의 시체가 썩어 문드러져 재가 될지어다!"

수십 행이 이어지는 동안 여러 번 반복되는 이런 '흥분제 같은' 공식들은 청자들에게 구연가가 각성시키고자 하는 특정 정서들을 쥐어짜게 만든다.

53 지금의 이란 지역에 위치하는 페르시아의 옛 무역 도시. 옷감과 무기의 교역이 활발했다(역자주).

직접 발화의 덩어리들을 이어주는 반복(보통 한 행에서 발생하는) 구문도 유사한 기능을 발휘한다. 예를 들어, 알파미시를 만났을 때 카라잔의 말 속에 들어있는 반복을 보자.

"난 당신을 다른 사람으로 착각했어요."

알파미시는 이렇게 대답한다.

"칼미크 인이여, 날 누구로 착각했나?"

모놀로그 시에는 양태가 바뀌는, 유사한 반복 행은 알파미시가 고향의 지인한테 보낼 편지를 가지고 가는 기러기를 부를 때 나타난다. 먼저 아버지에 대해서 이렇게 말한다.

"애타는 이 내 소식을 어서 아버지께 전해다오."

그다음 어머니에 대해 말한다.

"애타는 이 내 소식을 어서 어머니께 전해다오."

이후에는 이렇게 말한다.

"애타는 이 내 소식을 내 아내에게 전해다오.
〈…〉
애타는 이 내 소식을 누이에게 전해다오.

〈…〉

애타는 이 내 소식을 울탄-타스에게 전해다오."

다스탄 〈알파미시〉에 사용된 예술적 기법들의 다양성과 독특함은 이 이야기에 고유한 조화로움을 제공하는데, 그 조화로움 덕분에 청자들(혹은 독자들)의 기억 속에 잘 녹아들게 된다. 이 다스탄의 운문 행들의 다수는 민중의 지혜와 경험을 압축된 형태로 흡수하고 있어서 마치 속담이나 경구로 들릴 정도로 시적으로 뛰어나게 다듬어져 있다.

하미트 알림잔은 "다스탄 〈알파미시〉는 자유롭고 당당하며 훌륭한 사람들에 대한 이야기이며, 그들의 명예에 대한 찬가이고, 민중의 심장으로 가는 길을 발견한 서사시이다."라고 썼다.[54] 〈알파미시〉는 민중의 역사 중에서 분열된 부족과 씨족들을 민족 단위로 통합하는 방법을 찾던 복잡다단한 영웅적 시기를 서술하는 작품이다.

형제애와 애국심, 민족협력의 감정을 고양시키는 이 다스탄의 미학적이고 인식론적인 중요성은 엄청나게 크다. 서사시 〈알파미시〉는 영원한 문화적, 예술적 가치를 지닌 작품이다. V. M. 지르문스키는 "호머에 의해서 집필된 서사시와 유사하게, 우즈베크 고전적 판본인 알파미시에 대한 이 다스탄은 마르크스가 인류 사회의 멋진 유아기라 명명한 그 사회 발전 단계만이 고유하게 가졌던 특징들, 즉 우아한 단순함과 은은한 위엄, 가부장적 인간미 등을 지닌, 세계적인 영웅 서사시의 훌륭한 모범 중 하나이다."[55]

콘그라트 사람들의 삶과 풍습, 현명한 세계관과 세계 이해 등을 영웅 서사시에 훌륭하게 반영한 모범작인 다스탄 〈알파미시〉는 당대의 시적인 거

54 알림잔 하미트, 서문을 대신해서 / 알파미시, 타시켄트, 1939, 16쪽 (우즈베크어).
55 지르문스키 V. M., 터키 영웅 서사시. / 선별 논문집. L., 1974, 348쪽.

울이었다. 동시에 이 기념비적인 작품은 세계 문화사에서도 우즈베크 민중의 천재적 창조력을 기리는 예술적 기념비로서 수 백 년 넘게 중요한 지위를 차지하고 있다.

맛과 멋을 지닌 위대한 서사시

최종술·백승무

1. 영웅 서사시의 의미와 위상

일정한 역사와 문화를 가진 민족은 대부분 자신만의 고유한 민족 서사시를 가지고 있다. 민족의 탄생과 형성, 혹은 부족 간의 통일과 그 번영을 노래하는 서사시는 해당 민족의 정통성과 정체성을 확보하는 중요한 근거였다. 그 서사시를 통해 민중들은 자신이 속한 집단의 역사적 연원을 이해하고 동질감을 서로 공유했으며, 자기 존재의 실체감을 확인했던 것이다. 특히 민족의 운명을 구원한 위인이 등장하는 영웅 서사시의 경우에는 초인적인 능력과 지고한 품성을 지닌 영웅의 형상을 통해 소속 집단에 대한 충성심과 자긍심을 드높일 수 있었다. 즉, 영웅 서사시는 민족의 삶을 기록한 역사서이자 개인의 윤리적 행위를 규정하는 인생 교과서 역할을 했던 것이다.

또한 영웅 서사시는 특정 저자 없이 익명으로 전승되긴 했지만, 그 민족이 사용하는 언어의 다양한 특징들을 그대로 보여준다는 점에서 엄청난 문학적 보고이기도 하다. 영웅 서사시는 문학 장르가 형성되기 이전에 입에서 입으로 구전되었기 때문에 그 속에는 해당 민족의 감성과 상상력, 정서

등이 총체적으로 발현되기 마련이다. 그와 동시에 집단 특유의 가치관과 전통, 각종 생활풍습과 일상적 모습들이 백과사전적으로 반영되어 있음은 말할 것도 없다. 따라서 영웅 서사시는 민족적 영웅의 활약이라는 서사적 플롯 속에 해당 집단의 삶과 의식이 한데 녹아들어간 정신적, 물질적 총화로 간주해도 무방하다.

2. 〈알파미시〉의 내용과 특징

〈알파미시〉는 중앙아시아 지역에 널리 퍼진 영웅 서사시 중 하나로, 민족 서사시 장르가 가지는 보편성과 우즈베크적인 특수성이 동시에 나타나는 작품이다. 부족 민족의 독립과 통일, 이상적인 영웅에 대한 민중의 동경, 사회적 정의실현 등 영웅 서사시의 일반적 특징이 고스란히 드러나는 한편, 우즈베크 민족의 기질과 전통, 일상적 삶과 풍습(유목민의 일상과 결혼제도, 인사법, 상세한 마구용어, 놀이·경기 문화 등) 또한 풍부하게 묘사되고 있다. 형식적인 면에서도 투르크 문화권 특유의 서사시 양식(산문과 운문의 결합, 악기 반주, 운율적 특징)과 우즈베크어의 언어문화적 특성이 고루 발현되고 있다. 또한 이 서사시가 형성되던 시기의 사회적 환경, 즉 가부장적 부족사회에서 초기 봉건주의 시대로 진입하던 과도기적 상황도 작품의 플롯에 깊이 개입하고 있다.

〈알파미시〉의 내용은 주인공 알파미시가 위기에 처한 형제 부족과 자신의 정혼녀 바르친을 용맹스럽게 구출한 후, 자신에게 닥친 위기까지도 영웅적으로 극복하여 부족의 통일과 번성에 도달하는 과정을 그리고 있다. 자기 동족에 대한 열렬한 애정, 바르친에 대한 지고한 사랑, 의형제 카라잔과의 뜨거운 형제애, 초인적인 힘과 영특한 지력 등 알파미시는 우즈베크 민중이 이상으로 삼는 완벽한 인간의 자질을 보유한 인물이다. 이 매력적이고 정의로운 영웅이 흥미진진하고 긴장된 서사 위에 올라타 적을 무찌르는 과정은 통쾌하고도 감동적이다. 이 짜릿하고 박진감 넘치는 영웅담이 구연가의 구수한 입담과 반주악기의 유려한 가락, 세밀한 운율로 정제된 고도의 음악성과 함께 청자의 심금을 휘젓는 장면은 상상만으로도 장경이다.

알파미시뿐만 아니라 여타 긍정적 주인공들도 거짓을 모르는 담백한 심성을 보유하고 있으며, 어떤 심리적 동요 없이 정의와 평화를 위해 헌신하지만, 불행과 슬픔을 표출할 때는 구구절절 가슴 메는 표현들을 쏟아내기도 한다. 평범한 청자-민중의 쉬운 이해를 위해 전체적으로 쉬운 단어와 문장을 구사하지만, 격화된 감정과 숭고한 의지를 표현할 때는 문학성 높은 화려한 문장도 거침없이 분출한다.

3. 〈알파미시〉의 구연 방식

〈알파미시〉는 그 구연 형식과 내용에 있어서 우리 구연전통인 판소리와 여러 공통점을 가지고 있다. 비교적 단순한 악기인 돔브라, 두타르, 기작, 발라반의 반주로 구연되는 점도 그렇고, 소리와 아니리처럼 운문과 산문이 기능적으로 혼용되어 있는 점, 장시간 동안 쉬지 않고 완창 하는 것도 판소리 창연전통과 비슷하다. 내용 면에서도 권선징악적 교훈성과 피억압자에 대한 구슬픈 연민, 해학미 넘치는 과장과 재담 등은 판소리와 유사하며, 특히 화려하고 웅장한 활극 장면은 〈적벽가〉, 변장을 하고 잔치 현장에 잠입하여 참칭자 울탄-타스를 제압하는 장면은 〈춘향전〉의 피날레를 연상시킨다.

〈알파미시〉는 보통 1개의 반주 악기와 함께 구연된다. 반주 악기는 지역에 따라 다르게 선택되는데, 구연가가 유목민족의 이동식 거주지인 유르트에 도착하면 부족민들을 모아놓고 공연을 시작한다. 〈알파미시〉처럼 길이가 긴 작품의 구연은 몇 시간이 걸리기도 하는데, 구연자가 구연 도중에 잠시 휴식을 취하기 위해 앞에 천을 깔아 놓고 쉬러 가면 부족민들이 거기에 돈을 올려놓기도 한다. 어떤 구연가는 구연 도중 무아지경에 빠져 자신도 모르는 사이에 유르트 내부를 이리저리 휘젓고 다니는가 하면, 어떤 구연가는 입에서 불을 내뿜는 묘기까지 곁들여 청중들을 즐겁게 해주기도 한다. 유목생활의 따분한 일상에 지친 민중을 모아놓고 그 상상력의 세계를 끝없는 지평선 너머로 데려가고, 때로는 밤하늘에 빛나는 영롱한 별빛처럼 휘황찬란하게 만드는 이들의 마법은 좁고도 넓은 유르트 공간을 낭만과 몽상의 전당으로 만들기에 부족함이 없었다.

4. 〈알파미시〉 번역의 원칙

〈알파미시〉 번역자가 합의한 번역의 대원칙은 학술적 차원의 정확성과 대중적 차원의 가독성을 동시에 확보한다는 것이다. 번역의 정확성도 중요하지만, 서사시의 발생과 전파, 전승이 구연형태로 이뤄진 점, 주요 청자가 일반 민중이라는 점에서 구어성을 최대한 살려야 함이 마땅하다. 이를 토대로 두 번역자가 합의한 내용은 다음과 같이 정리될 수 있다.

① 한글 표기는 국립국어원의 '러시아어 표준표기법'에 의거한다.
② 원작의 현장성과 구술성을 중시하여 구어의 느낌을 최대한 살리며 지나친 문어적 표현은 삼간다.
③ 번역체는 피하고 우리말 표현에 맞게 번역하여 자연스러운 문장을 유도한다. 원본의 문장을 축어적으로 번역하기보다는 자연스러운 한국어의 통사구조를 선호한다.
④ 고어적 표현은 줄이고 현대적 표현을 선호하지만, 상황에 따라 고어체를 살릴 수도 있다. 전체적으로 특정 표현방식이나 스타일을 고집하기보다 상황에 따라 융통성을 발휘한다.
⑤ 운문 부분에서는 시적 문체를 살리고, 산문 부분은 집단을 대상으로

한 구술이기 때문에 존댓말을 사용하며, 대화에서는 한국인의 정서에 맞게 신분, 연령에 따른 존칭어를 구사한다.

많은 역자의 변명처럼 외국어를 우리말로 옮길 때 발생하는 표현의 불가피성과 부정확성에 대해서는 부끄럽고 죄송할 따름이다. 특히 우즈베크어에서 러시아어로 번역된 텍스트를 중역했기 때문에 그러한 의미적 차이는 더 할 것이다. 속히 우즈베크어 전문 역자가 등장하여 이 서사시를 보다 정확하고 유려하게 번역하는 날이 오길 손꼽아 기다린다.

끝으로 번역에 사용된 판본은 표도르 야코블레비치 프리마 교수가 책임편집자로 참여한 '소벳스키 피사텔' 출판사의 〈알파미시〉(1982년 2판)인데, 이 판본은 시인 레프 미나예비치 펜콥스키(1894~1971)가 우즈베크어를 러시아어로 번역한 텍스트이다.

〈아시아 클래식〉을 펴내며

하루 종일 우리는 인터넷과 신문, 방송 등을 통해서 무수한 정보를 주고받는다. 그럼에도 우리는 늘 진정한 이야기에 목말라 한다. 그 까닭은, 백 년 전 발터 벤야민이 이미 말했듯이, 우리가 알게 되는 일들이 하나의 예외 없이 설명이 붙어서 전달되기 때문이 아닐까. 거기, 상상력이 설 자리는 없다.

"옛날 한 옛날에"로 시작되는 이야기는 한 순간이 아니라 모호해서 오히려 영원한 시간과 관련을 맺고 있다. "어느 마을에"로 시작되는 이야기의 공간 역시 아홉 시 뉴스의 특정 발화(發話) 지점하고는 상관이 없다. 그곳은 어디에도 없고 동시에 어디에나 있다.

그래서 우리는 이렇게 말할 수 있을 것이다.

"이야기는 미래의 모든 곳을 향해 열려 있다."

몽골의 한 소년이 초원을 초토화시킨 참혹한 조드(재앙)의 희생자가 된다. 아직 때가 아니라고 염라대왕이 돌려보내며 한 가지 선물을 준다. 소년은 뜻밖에도 '이야기'를 선택한다. 세상에 이야기가 생겨난 사연이다. 그리하여 바리공주부터 이난나까지, 손가락만한 일촌법사부터 산보다 큰 쿰바카르나까지, 엄마를 무시해서 돌이 된 말린 쿤당에서 두 어깨에서 매일 뱀이 자라는 폭군 자하크까지 크고 작은 이야기들이 나뉘고 또 섞이면서 아시아를 아시아답게 만들어왔다.

우리 현실은 충분히 추하지만, 그래도 아시아의 광대한 설화의 초원에서 새삼 희망을 읽는다. 오늘 밤 우리가 꾸는 꿈이 부디 그 증거이기를!

구연가 파질 율다시-오글리 Фазил Юлдаш-огли

1872년 우즈베키스탄 사마르칸트에서 태어나 1955년 3월 17일 사망했다. 우즈베키스탄의 대표적 국민 시인이자 구연가였으며, 그의 아들과 제자들도 이름을 떨친 구연가였다. 영웅서사시 〈알파미시〉를 비롯 해 그가 암송하는 작품(다스탄)은 40편이 넘었고, 자신이 직접 다스탄을 창작하기도 했다.

채록·러시아어 번역 레프 펜콥스키 Лев Пеньковский

1894년 우크라이나 크레멘추크에서 태어나 1971년 모스크바에서 사망했다. 소련의 시인이자 번역가로 활동했다. 평생 중앙아시아의 서사시와 명작을 러시아어로 번역하는 데에 기여했다. 키르기즈스탄의 민 족서사시 〈마나스〉와 우즈베크스탄의 영웅서사시 〈알파미시〉, 카자흐스탄의 민족서사시 〈키스-지베크〉 등을 최초로 러시아인들에게 소개했다. 그외에도 그루지아와 아르메니아의 시를 러시아어로 번역했으며, 하이네, 괴테, 베랑제, 위고 등의 시를 번역하기도 했다. 그의 번역물들은 높은 시적 음감을 가지고 있다.

옮긴이 최종술

서울대학교 노어노문학과와 동 대학원을 졸업했으며, 러시아학술원 산하 러시아문학연구소에서 「알렉산 드르 블로크와 19세기 러시아 낭만주의 시인들: 기억과 암시의 시학」으로 박사학위를 받았다. 현재 상명 대학교 러시아어문학과 교수로 재직 중이다. 주요 논문으로 「파우스트적 세계지각과 반휴머니즘」「인텔 리겐치아와 그리스도」「시와 러시아 정신 – 자유, 그리고 애수에 관하여」, 역서로는 리디야 긴즈부르크의 『서정시에 관하여』(공역), 알렉산드르 블로크의 『블로크 시선』, 블라디미르 나보코프의 『절망』 등이 있다.

옮긴이 백승무

서울대학교 노어노문학과를 졸업하고, 러시아학술원 산하 러시아문학연구소에서 박사학위를 받았다. 현 재 한림대 학술연구교수로 재직 중이고, 《한국 희곡》과 월간 웹진 《오늘의 서울 연극》 편집위원을 맡고 있다. 논문으로 「스타니슬랍스키의 모순」 외 다수가 있으며, 톨스토이의 『부활』을 번역했고, 『20세기를 빛낸 극작가 20인』「한국연극, 깊이」 등의 저서를 집필했다.

한국어 감수 이영진

1956년 전남 장성에서 태어났다. 1976년 《한국문학》에 「법성포」등을 발표, 한국문학 신인상을 수상하 면서 작품 활동을 시작했다. 1981년 '오월시(五月詩)' 동인을 결성했다. 1986년부터 2년간 자유실천 문인협의회 사무국장을 지냈으며, 《전남매일》 발행인, 민족문학작가회의 문화정책위원장을 역임했다. 2003년 4월부터 2006년 3월까지 문화관광부 문화중심도시조성추진기획단 단장을 지냈다. 시집 『6.25 와 참외씨』『숲은 어린 짐승들을 기른다』『아파트 사이로 수평선을 본다』가 있다.

알파미시

2015년 11월 30일 초판 1쇄 펴냄

구연가 파질 율다시-오글리 | **채록·러시아어 번역** 레프 펜콥스키
옮긴이 최종술, 백승무 | **한국어 감수** 이영진
펴낸이 김재범 | **책임편집** 김형욱 | **편집** 윤단비 | **관리** 박신영
인쇄 AP프린팅 | **제본** 대원바인더리 | **종이** 한솔PNS | **디자인** 나루기획
펴낸곳 (주)아시아 | **출판등록** 2006년 1월 27일 | **등록번호** 제406-2006-000004호
전화 02-821-5055 | **팩스** 02-821-5057
주소 서울시 동작구 서달로 161-1 3층(흑석동 100-16)
이메일 bookasia@hanmail.net | **홈페이지** www.bookasia.org

ISBN 979-11-5662-177-5 (04800)
      978-89-94006-53-6 (세트)

*값은 뒤표지에 표시되어 있습니다.

이 도서의 국립중앙도서관 출판시도서목록(CIP)은 서지정보유통지원시스템 홈페이지(http://seoji.nl.go.kr)와
국가자료공동목록시스템(http://www.nl.go.kr/kolisnet)에서 이용하실 수 있습니다.(CIP 제어번호: CIP2015029530)